Prolog

Er stellte die Einkaufstüte ab und verstaute seine Einkäufe in dem winzigen Kühlschrank. Das Eis, ihre Lieblingssorte von Häagen-Dasz, war fast geschmolzen, aber er wusste, dass sie es genau so mochte, so sahnig und cremig mit den knusprigen Gebäckstückchen. Es war Wochen her, dass er sie zuletzt gesehen hatte. Obwohl es ihm schwerfiel, drängte er sie nie. Er durfte nichts überstürzen, musste geduldig sein. Sie musste von sich aus zu ihm kommen wollen. Gestern hatte sie sich schließlich gemeldet, per SMS. Und gleich würde sie da sein! Die Vorfreude ließ sein Herz schneller schlagen.

Sein Blick wanderte durch den Wohnwagen, den er gestern Abend noch ordentlich aufgeräumt hatte, und fiel auf die Uhr über der kleinen Küchenzeile. Schon zwanzig nach sechs! Er musste sich beeilen, denn er wollte nicht, dass sie ihn so sah, so verschwitzt und unrasiert. Nach der Arbeit war er noch schnell beim Frisör gewesen, aber der ranzige Geruch nach Imbissbude klebte in jeder Pore. Rasch zog er sich aus, stopfte die nach Schweiß und Frittenfett stinkenden Klamotten in die leere Einkaufstüte und zwängte sich in die Dusche neben der Miniküche. Auch wenn es eng und der Wasserdruck äußerst bescheiden war, so zog er die Nasszelle des Wohnwagens den unhygienischen öffentlichen Sanitärräumen des Campingplatzes, die zu selten gereinigt wurden, vor.

Er seifte sich von Kopf bis Fuß ein, rasierte sich sorgfältig und putzte die Zähne. Manchmal musste er sich dazu zwingen, denn oft war die Versuchung, sich hängenzulassen und in Selbstmitleid und Lethargie zu versinken, groß. Vielleicht hätte er es getan, wenn sie nicht wäre.

Ein paar Minuten später schlüpfte er in frische Unterwäsche und ein sauberes Polohemd, aus dem Schrank nahm er eine Jeans. Schließlich streifte er die Uhr über sein Handgelenk. Ein Pfandleiher am Hauptbahnhof hatte ihm vor ein paar Monaten hundertfünfzig Euro geboten – eine glatte Unverschämtheit, hatte er vor dreizehn Jahren doch elftausend Mark für dieses Meisterstück aus einer Schweizer Uhrenmanufaktur bezahlt. Er hatte die Uhr behalten. Sie war die letzte Erinnerung an sein altes Leben. Ein prüfender Blick in den Spiegel, dann öffnete er die Tür und trat aus dem Wohnwagen.

Sein Herz machte ein paar raschere Schläge, als er sie draußen auf dem klapprigen Gartenstuhl sitzen sah. Seit Tagen und Wochen hatte er sich auf diesen Augenblick gefreut. Er blieb stehen, um ihren Anblick auf sich wirken zu lassen, ganz in sich aufnehmen zu können.

Wie wunderschön sie war, wie zart und zierlich! Ein kleiner, süßer Engel. Das weiche blonde Haar, von dem er wusste, wie es sich anfühlte und wie es roch, fiel ihr über die Schultern. Sie trug ein ärmelloses Kleid, das ihre leicht gebräunte Haut und die zerbrechlichen Wirbel in ihrem Nacken sehen ließ. Auf ihrem Gesicht lag ein konzentrierter Ausdruck, sie war damit beschäftigt, etwas in ihr Handy einzutippen, und bemerkte ihn nicht. Weil er sie nicht erschrecken wollte, räusperte er sich. Sie blickte auf, ihr Blick begegnete seinem. Das Lächeln begann in den Mundwinkeln und breitete sich dann über ihr ganzes Gesicht aus. Sie sprang auf.

Er musste schlucken, als sie nun auf ihn zukam und vor ihm stehenblieb. Der Ausdruck des Vertrauens in ihren dunklen Augen versetzte ihm einen Stich. Großer Gott, wie süß sie war! Sie war der einzige Grund, weshalb er sich nicht längst vor einen Zug geworfen hatte oder auf eine andere kostengünstige Art und Weise vorzeitig aus seinem elenden Leben geschieden war.

»Hallo, Kleines«, sagte er rau und legte seine Hand auf ihre Schulter. Nur ganz kurz. Ihre Haut fühlte sich samtig und warm an. Am Anfang hatte er immer Hemmungen, sie zu berühren.

»Was hast du deiner Mutter erzählt, wo du bist?«

»Die ist heute Abend mit meinem Stiefvater auf irgend so 'nem Fest, bei der Feuerwehr, glaub ich«, erwiderte sie und steckte das Handy in ihren roten Rucksack. »Ich hab gesagt, ich geh zu Jessie.«

»Gut.«

Mit einem Blick vergewisserte er sich, dass kein neugieriger Nachbar oder zufälliger Passant sie beobachtete. Er vibrierte innerlich vor Aufregung, seine Knie waren ganz weich.

»Ich habe dein Lieblingseis für dich gekauft«, sagte er leise. »Wollen wir reingehen?«

Donnerstag, 10. Juni 2010

Sie hatte das Gefühl, nach hinten wegzukippen. Sobald sie die Augen öffnete, drehte sich alles. Und ihr war übel. Nein, nicht übel, sondern sterbenselend. Es roch nach Erbrochenem. Alina stöhnte und versuchte, den Kopf zu heben. Wo war sie? Was war passiert, und wo waren die anderen?

Eben hatten sie doch noch alle zusammen unter dem Baum gesessen, Mart neben ihr, sein Arm um ihre Schultern. Das hatte sich gut angefühlt. Sie hatten gelacht, und er hatte sie geküsst. Katharina und Mia hatten dauernd wegen der vielen Mücken gemeckert, sie hatten Musik gehört und dieses süße Zeug getrunken – Wodka mit Red Bull.

Alina richtete sich mühsam auf. Ihr Kopf dröhnte. Sie schlug die Augen auf und erschrak. Die Sonne stand schon tief. Wie spät mochte es sein? Und wo war ihr Handy? Sie konnte sich nicht erinnern, wie sie hierhergekommen war und wo sie überhaupt war. Die letzten Stunden waren wie ausgelöscht. Ein echter Filmriss!

»Mart? Mia? Wo seid ihr?«

Sie kroch bis zum Stamm der mächtigen Trauerweide. Es bedurfte ihrer ganzen Kraft, auf die Beine zu kommen und sich umzublicken. Ihre Knie waren weich wie Butter, alles drehte sich um sie herum, und sie konnte nicht richtig klar sehen. Wahrscheinlich hatte sie ihre Kontaktlinsen verloren, als sie gekotzt hatte. Denn das hatte sie. Der Geschmack in ihrem Mund war widerlich, und in ihrem Gesicht klebte Erbrochenes. Das trockene Laub knisterte unter ihren nackten Füßen. Sie blickte an sich herunter. Ihre Schuhe waren auch weg!

»Scheiße, Scheiße, Scheiße«, murmelte sie und kämpfte gegen die aufsteigenden Tränen. Sie würde einen Riesenärger kriegen, wenn sie in diesem Zustand zu Hause auftauchte!

Aus der Ferne wehten Stimmen und Gelächter zu ihr herüber, der Duft von gegrilltem Fleisch drang ihr in die Nase und ließ die Übelkeit wieder stärker werden. Wenigstens war sie nicht irgendwo in der Pampa gelandet; ganz in der Nähe gab es Menschen!

Alina ließ den Baumstamm los und machte ein paar unsichere Schritte. Alles um sie herum drehte sich wie in einem Karussell, aber sie zwang sich, weiterzugehen. Was für Arschlöcher die alle doch waren! Von wegen Freunde! Ließen sie hier einfach besoffen liegen, ohne Schuhe und Handy! Wahrscheinlich hatten die dicke Katharina und die blöde Zicke Mia sich noch köstlich über sie amüsiert. Die konnten was erleben, wenn sie sie morgen in der Schule sah! Und mit Mart würde sie nie mehr im Leben ein Wort reden.

Erst im letzten Augenblick bemerkte Alina die steil abfallende Böschung und blieb stehen. Da unten lag jemand! Zwischen den Brennnesseln, direkt am Wasser. Dunkle Haare, ein gelbes T-Shirt – das war Alex! Verdammt, wie war der dahin gekommen? Was war passiert? Fluchend machte Alina sich an den Abstieg. Sie verbrannte sich die nackten Waden an den Brennnesseln und trat auf irgendetwas Spitzes.

»Alex!« Sie ging neben ihm in die Hocke und rüttelte an seiner Schulter. Er stank auch nach Kotze und stöhnte leise. »Hey, wach auf!«

Mit der Hand verscheuchte sie die Mücken, die aufdringlich um ihr Gesicht schwirrten.

»Alex! Wach auf! Komm schon!« Sie zerrte an seinen Beinen, aber er war so schwer wie Blei und rührte sich nicht.

Auf dem Fluss fuhr ein Motorboot vorbei. Eine Welle schwappte heran, das Wasser gluckerte im Schilf und spülte über Alex' Beine. Alina stockte vor Schreck der Atem. Direkt vor ihren Augen schob sich eine bleiche Hand aus dem Wasser und schien nach ihr zu greifen.

Sie prallte zurück und stieß einen erschrockenen Schrei aus. Im Wasser zwischen den Schilfhalmen – keine zwei Meter von Alex entfernt – lag Mia! Alina glaubte ihr Gesicht unter der Wasseroberfläche zu erkennen, sie sah im diffusen Zwielicht der Abenddämmerung helles, langes Haar und weit geöffnete, tote Augen, die sie direkt anzusehen schienen.

Wie gelähmt starrte Alina auf das grausige Bild. In ihrem Kopf herrschte ein einziges Durcheinander. Was zum Teufel war hier passiert? Eine neue Welle bewegte Mias toten Körper, ihr Arm ragte gespenstisch blass aus dem dunklen Wasser, als ob sie um Hilfe bäte.

Alina zitterte am ganzen Leib, obwohl es noch immer unerträglich heiß war. Ihr Magen rebellierte, sie taumelte, drehte sich um und erbrach sich in die Brennnesseln. Statt Wodka und Red Bull kam aber nur noch bittere Galle. Verzweifelt schluchzend kroch sie auf allen vieren die steile Böschung hoch, das Gestrüpp zerkratzte ihre Knie und Hände. Ach, wäre sie doch nur schon zu Hause, in ihrem Zimmer, im Bett, in Sicherheit! Sie wollte nur weg von diesem schrecklichen Ort und alles vergessen, was sie gesehen hatte.

Pia Kirchhoff tippte den letzten Bericht über die Ermittlungen im Todesfall Veronika Meissner in den PC. Die Sonne brannte seit dem frühen Morgen auf das

Flachdach des Gebäudes, in dem sich die Büros des Kommissariats 11 befanden, und die digitale Anzeige der Wetterstation, die auf dem Fensterbrett neben Kai Ostermanns Schreibtisch stand, zeigte 31 Grad an. Raumtemperatur. Draußen waren es locker noch drei Grad mehr. In jeder Schule hätte es hitzefrei gegeben. Obwohl alle Fenster und Türen weit geöffnet waren, ging kein Lufthauch, der etwas Linderung gebracht hätte. Pias Unterarm klebte an der Schreibtischplatte, sobald sie ihn darauflegte. Sie seufzte und gab einen Druckbefehl, dann heftete sie den Bericht in den schmalen Ordner. Fehlte nur noch der Obduktionsbericht, aber wo hatte sie ihn hingelegt? Pia stand auf und suchte in ihren Ablagekörben, um den Vorgang endlich abschließen zu können. Sie hielt seit vorgestern allein die Stellung im K11, denn ihr Kollege Kai Ostermann, mit dem sie sich das Büro teilte, war seit Mittwoch auf einer Fortbildung im Bundeskriminalamt in Wiesbaden. Kathrin Fachinger und Cem Altunay nahmen an einem länderübergreifenden Seminar in Düsseldorf teil, und der Chef hatte seit Montag Urlaub und war mit unbekanntem Ziel verreist. Dem akuten Mangel an potentiellen Gästen war deshalb auch die kleine Feierstunde, die Kriminalrätin Dr. Nicola Engel aus Anlass von Pias Ernennung zur Kriminalhauptkommissarin für den frühen Nachmittag anberaumt hatte, zum Opfer gefallen, doch das hatte Pia nicht gestört. Rummel um ihre Person war ihr zuwider, die Änderung des Dienstgrades eine verwaltungstechnische Formalie, mehr nicht.

»Wo ist denn dieser dämliche Bericht?«, murmelte sie ärgerlich. Es war schon kurz vor fünf, und um sieben wollte sie auf das Abitreffen nach Königstein. Die Arbeit auf dem Birkenhof ließ ihr viel zu selten Zeit, soziale Kontakte zu pflegen, deshalb freute sie sich darauf, die Mitschülerinnen von früher nach 25 Jahren wiederzusehen.

Ein Klopfen an der offenstehenden Tür ließ sie herumfahren.

»Hallo, Pia.«

Pia traute ihren Augen nicht. Vor ihr stand ihr ehemaliger Kollege Frank Behnke. Er sah verändert aus. Seinen üblichen Look – Jeans, T-Shirt und abgelatschte Cowboystiefel – hatte er gegen einen hellgrauen Anzug, Hemd und Krawatte getauscht. Das Haar trug er etwas länger als früher, auch war sein Gesicht nicht mehr so ausgezehrt, was ihm besser stand.

»Hallo, Frank«, erwiderte sie erstaunt. »Lange nicht mehr gesehen.«

»Und doch gleich wiedererkannt.« Er grinste, schob die Hände in die Hosentaschen und musterte sie eingehend von Kopf bis Fuß. »Siehst gut aus. Hab gehört, dass du die Karriereleiter hochgefallen bist. Beerbst den Alten bald, was?«

Wie früher schon schaffte Frank Behnke es auch diesmal mühelos, sie in Sekundenschnelle zu verärgern. Die höfliche Frage nach seinem Befinden blieb Pia im Hals stecken.

»Ich bin mitnichten die Karriereleiter ›hochgefallen‹. Mein Dienstgrad hat sich geändert, sonst nichts«, entgegnete sie kühl. »Und wen meinst du mit dem Alten? Etwa Bodenstein?«

Behnke zuckte nur grinsend die Schultern und kaute auf seinem Kaugummi herum. Das hatte er sich nicht abgewöhnt.

Nach seinem unrühmlichen Abgang aus dem K11 vor zwei Jahren hatte er gegen seine Suspendierung geklagt und vor Gericht Erfolg gehabt. Allerdings war er nach Wiesbaden zum Landeskriminalamt versetzt worden, was bei der Regionalen Kriminalinspektion in Hofheim niemand bedauert hatte.

Er ging an ihr vorbei und ließ sich auf Ostermanns Stuhl nieder.

»Sind alle ausgeflogen, was?«

Pia brummte nur etwas und suchte weiter nach dem Bericht.

»Was verschafft mir die Ehre deines Besuches?«, fragte sie, statt auf seine Frage zu antworten.

Behnke verschränkte die Arme hinter dem Kopf.

»Tja, wie schade, dass ich die frohe Botschaft vorerst nur dir verkünden kann«, sagte er. »Aber die anderen werden es noch früh genug erfahren.«

»Was denn?« Pia warf ihm einen argwöhnischen Blick zu.

»Die Arbeit auf der Straße hatte ich satt. Den Mist hab ich lange genug gemacht«, erwiderte er, ohne sie aus den Augen zu lassen. »SEK, K11, das hab ich alles hinter mir. Ich hatte immer die besten Bewertungen, und man hat mir meinen kleinen Fehltritt verziehen.«

Kleiner Fehltritt! Behnke hatte Kollegin Fachinger in einem Ausbruch unbeherrschten Zorns niedergeschlagen und sich noch andere Verfehlungen geleistet, die eine Suspendierung gerechtfertigt hatten.

»Ich hatte private Probleme zu der Zeit«, fuhr er fort. »Das wurde berücksichtigt. Beim LKA habe ich ein paar Zusatzqualifikationen erworben und bin jetzt beim K134, Dienststelle Interne Ermittlung, zuständig für Strafanzeigen und Verdachtslagen gegen Angehörige der Polizei und für Korruptionsprävention.«

Pia glaubte sich verhört zu haben. Frank Behnke als interner Ermittler? Das war absurd!

»Zusammen mit Kollegen der anderen Bundesländer haben wir in den letzten Monaten ein neues Strategiekonzept entwickelt, das ab dem 1. Juli bundesweit in Kraft tritt. Verbesserung der Dienst- und Fachaufsicht innerhalb der untergeordneten Behörden, Sensibilisierung der Beschäftigten und so weiter …« Er schlug ein Bein über das andere, wippte mit dem Fuß. »Frau Dr. Engel ist eine kompetente Behördenleiterin, aber aus den einzelnen Kommissariaten wurden uns verschiedentlich immer wieder Verfehlungen von Kollegen zugetragen. Ich selbst kann mich noch lebhaft an Vorfälle hier im Haus erinnern, die durchaus bedenklich sind. Strafvereitelung im Amt, Nichtverfolgung von Straftaten, unberechtigte Datenabfragen, Weitergabe interner Dokumente an Dritte … um nur ein paar Beispiele zu nennen.«

Pia hielt in ihrer Suche nach dem Obduktionsbericht inne.

»Worauf willst du hinaus?«

Behnkes Lächeln wurde maliziös, in seine Augen trat ein unangenehmes Glitzern, und Pia schwante nichts Gutes. Schon immer hatte er seine Überlegenheit und Macht Schwächeren gegenüber genüsslich ausgespielt, ein Charakterzug, den sie an ihm verachtete. Als Kollege war Behnke mit seiner Missgunst und ewig miesen Laune die reinste Landplage gewesen, als Beauftragter der internen Ermittlung konnte er zur Katastrophe werden.

»*Du* solltest es doch am besten wissen.« Er stand auf, kam um den Schreibtisch herum und blieb dicht neben ihr stehen. »Du bist doch das erklärte Lieblingskind vom Alten.«

»Ich habe keine Ahnung, wovon du sprichst«, antwortete Pia eisig.

»Tatsächlich nicht?« Behnke trat so nah an sie heran, dass es ihr unangenehm war, aber sie unterdrückte den Impuls, vor ihm zurückzuweichen. »Ich werde hier im Haus ab Montag eine behördeninterne Überprüfung durchführen, und ich muss wohl nicht sehr tief graben, um ein paar Leichen ans Tageslicht zu holen.«

Pia fröstelte trotz der Tropenhitze im Büro, aber sie schaffte es, äußerlich gelassen zu bleiben, obwohl sie innerlich kochte; ihr gelang sogar ein Lächeln. Frank Behnke war ein nachtragender, kleinlicher Mensch, der nichts vergaß. Der alte Frust nagte noch immer an ihm und hatte sich in den letzten Jahren wahrscheinlich verzehnfacht. Er sann auf Rache für vermeintlich erlittenes Unrecht und Demütigungen. Es war nicht klug, ihn sich zum Feind zu machen, aber Pias Verärgerung war stärker als die Vernunft.

»Na dann«, sagte sie spöttisch und wandte sich wieder ihrer Suche zu. »Viel Erfolg in deinem neuen Job als … Leichenspürhund.«

Behnke wandte sich zur Tür.

»Dein Name steht bisher noch nicht auf meiner Liste. Aber das kann sich schnell ändern. Schönes Wochenende.«

Pia reagierte nicht auf die unmissverständliche Drohung, die in seinen Worten mitschwang. Sie wartete, bis er verschwunden war, dann griff sie nach ihrem Handy und wählte Bodensteins Nummer. Der Anruf ging hin, aber niemand nahm ab. Verdammt! Ganz sicher hatte ihr Chef keine blasse Ahnung, welche böse Überraschung hier auf ihn wartete. Sie wusste ziemlich genau, worauf Behnke angespielt hatte. Und das konnte für Oliver von Bodenstein ausgesprochen unangenehme Konsequenzen haben.

Drei Pfandflaschen sind eine Packung Nudeln. Fünf Pfandflaschen das Gemüse dazu. Das war die Währung, in der er rechnete.

Früher, in seinem alten Leben, hatte er nicht auf Pfand geachtet, er hatte Leergut achtlos in die Mülltonne geworfen. Genau solche Menschen, wie er einer gewesen war, sicherten ihm heute seine Grundversorgung. Zwölf Euro fünfzig hatte er vorhin beim Getränkehändler für die zwei Tüten mit leeren Flaschen bekommen. Sechs Euro schwarz zahlte ihm der geldgierige Halsabschneider pro Stunde dafür, dass er elf Stunden täglich in dieser Blechbüchse am Rande eines Industriegebiets in Fechenheim stehen und Würstchen grillen, Pommes frittieren und Hamburger braten durfte. Stimmte am Abend die Kasse nicht auf den Cent, dann wurde ihm das vom Lohn abgezogen. Heute hatte alles gestimmt, und er hatte nicht um sein Geld betteln müssen, wie sonst üblich. Der Dicke war guter Laune gewesen und hatte ihm den ausstehenden Lohn von fünf Tagen ausbezahlt.

Zusammen mit den Einkünften aus seiner Pfandflaschen-Sammelaktion hatte er rund dreihundert Euro im Portemonnaie. Ein kleines Vermögen! Deshalb hatte er sich beim türkischen Frisör gegenüber vom Hauptbahnhof in einem Anfall von Übermut nicht nur einen frischen Haarschnitt, sondern auch eine Rasur gegönnt. Nach einem Besuch bei Aldi hatte er noch genug übrig gehabt, um die Miete für den Wohnwagen für zwei Monate im Voraus zu bezahlen.

Er stellte den klapprigen Motorroller neben dem Wohnwagen ab, zog den Helm vom Kopf und nahm die Einkaufstüte vom Gepäckträger.

Die Hitze machte ihn fertig. Nicht mal nachts kühlte es richtig ab. Morgens wachte er schon schweißgebadet auf, in der elenden Frittenbude aus dünnem Wellblech herrschten Temperaturen von sechzig Grad und die unangenehme Luftfeuchtigkeit zementierte den Gestank von Schweiß und ranzigem Fett in allen Poren und den Haaren fest.

Der heruntergekommene Wohnwagen auf dem Dauercampingplatz in Schwanheim hatte damals eine vorübergehende Notlösung sein sollen, damals,

als er noch fest daran geglaubt hatte, er werde es schaffen und seine finanzielle Situation wieder in den Griff bekommen. Doch nichts im Leben erwies sich als so dauerhaft wie ein Provisorium – mittlerweile hauste er hier im siebten Jahr.

Er öffnete den Reißverschluss des Vorzeltes, das vor Jahrzehnten einmal dunkelgrün gewesen sein mochte, bis die Witterung es zu einem undefinierbaren hellgrauen Farbton ausgebleicht hatte. Heiße Luft schlug ihm entgegen, im Innern des Wohnwagens waren es noch ein paar Grad mehr als draußen, es roch stickig und muffig. Egal, wie gründlich er putzte und lüftete, die Gerüche hatten sich in den Polstern und allen Ritzen und Fugen festgefressen. Auch nach sieben Jahren empfand er sie als unangenehm. Aber eine Alternative gab es für ihn nicht.

Nach seinem Absturz ins Bodenlose gehörte er selbst hier, in den Favelas der Gescheiterten am Rande der Metropole, als verurteilter Straftäter zur Unterschicht. Hierher verirrte sich niemand, um Urlaub zu machen und die glitzernde Skyline Frankfurts, die beton- und glasgewordenen Symbole des großen Geldes auf der anderen Seite des Flusses, zu bewundern. Seine Nachbarn waren größtenteils schuldlos verarmte Rentner oder verkrachte Existenzen wie er selbst, die irgendwann auf der Rolltreppe nach unten gelandet waren. Häufig spielte Alkohol die Hauptrolle in ihren Lebensgeschichten, die sich auf deprimierende Weise ähnelten. Er selbst trank höchstens mal ein Bier am Abend und rauchte nicht, achtete auf seine Figur und sein Äußeres. Auch von Hartz IV wollte er nichts wissen, denn ihm war allein der Gedanke daran, als Bittsteller auftreten zu müssen und der bornierten Willkür gleichgültiger Beamter ausgeliefert zu sein, unerträglich.

Ein winziger Rest von Selbstachtung war das Letzte, das ihm geblieben war. Wenn er den verlor, konnte er sich gleich umbringen.

»Hallo?«

Eine Stimme vor dem Zelt ließ ihn herumfahren. Hinter der halb vertrockneten Hecke, die die winzige Parzelle, auf der sein Wohnwagen stand, umgab, stand ein Mann.

»Was wollen Sie?«

Der Mann kam näher. Zögerte. Seine Schweinsäuglein huschten argwöhnisch von links nach rechts.

»Jemand hat mir gesagt, Sie würden einem helfen, wenn man Ärger mit 'nem Amt hat.« Die hohe Fistelstimme stand in einem grotesken Gegensatz zu der massigen Erscheinung des Mannes. Schweiß perlte auf seiner Halbglatze, der aufdringliche Geruch nach Knoblauch überlagerte noch unangenehmere Körperausdünstungen.

»So. Wer behauptet so was?«

»Die Rosi vom Kiosk. Die hat gesagt, geh zum Doc. Der hilft dir.« Der schwitzende Talgbrocken blickte sich wieder um, als fürchtete er, gesehen zu werden, dann zog er verstohlen eine Rolle Geldscheine aus seiner Hosentasche. Hunderter, sogar ein paar Fünfhunderter. »Ich zahl auch gut.«

»Kommen Sie rein.«

Der Kerl war ihm auf Anhieb unsympathisch, aber das spielte keine Rolle. Er konnte sich seine Mandantschaft nicht aussuchen, seine Adresse fand sich in keinem Branchenbuch, und eine Webseite hatte er erst recht nicht. Allerdings hatte seine Käuflichkeit nach wie vor Grenzen, das hatte sich auch in den einschlägigen Kreisen herumgesprochen. Mit seiner Vorstrafe und der immer noch laufenden Bewährung würde er sich in nichts hineinziehen lassen, was ihn womöglich wieder in den Knast bringen konnte. Die Mundpropaganda bescherte ihm Kneipenwirte und Imbissbudenbetreiber, die gegen amtliche Auflagen verstoßen hatten, verzweifelte Rentner, die auf Kaffeefahrten und bei Haustürgeschäften hereingelegt worden waren, Arbeitslose oder Migranten, die das komplizierte System der deutschen Bürokratie nicht verstanden und junge Leute, die von den Verlockungen eines Lebens auf Kredit frühzeitig in die Schuldenfalle gelockt worden waren. Jemand, der ihn um Hilfe bat, wusste, dass er nur gegen Bargeld arbeitete.

Sein anfängliches Mitleid hatte er sich schnell abgewöhnt; er war kein Robin Hood, sondern ein Söldner. Gegen Bargeld und Vorkasse füllte er an dem zerschrammten Resopaltisch in seinem Wohnwagen amtliche Formulare aus, übersetzte verklausulierte Behördensprache in verständliches Deutsch, gab juristischen Rat in allen Lebenslagen und besserte so sein Einkommen auf.

»Worum geht's?«, fragte er seinen Besucher, der mit einem abschätzenden Blick die offensichtlichen Indizien der Armut erfasste und angesichts dieser an Sicherheit zu gewinnen schien.

»Mann, ist das heiß hier drin. Ham Sie 'n Bier oder 'n Glas Wasser?«

»Nein.« Er gab sich keine Mühe, freundlich zu sein.

Die Zeit der Besprechungstische aus Mahagonifurnier in klimatisierten Räumen, Tabletts mit Wasser- und Saftfläschchen und auf den Kopf gestellten Gläsern war definitiv vorbei.

Der Dicke zog mit einem Schnaufen ein paar zusammengerollte Papiere aus der Innentasche seiner speckigen Lederweste und reichte sie ihm. Umweltpapier, eng bedruckt. Finanzamt.

Er faltete das schweißfeuchte Papier auseinander, glättete es und überflog es.

»Dreihundert«, verlangte er ohne aufzublicken. Gerolltes Bargeld in Hosentaschen war immer Schwarzgeld. Der dicke Schwitzer konnte es sich leisten, etwas mehr zu zahlen als den üblichen Tarif, den er Rentnern und Arbeitslosen abnahm.

»Was?«, protestierte der neue Mandant wie erwartet. »Für so 'n bisschen Papierkram?«

»Wenn Sie jemanden finden, der es günstiger macht – bitte schön.«

Der Dicke murmelte irgendetwas Unverständliches, dann blätterte er widerwillig drei grüne Scheine auf den Tisch.

»Krieg ich wenigstens 'ne Quittung?«

»Klar. Meine Sekretärin stellt Ihnen später eine aus und gibt sie Ihrem Chauffeur«, erwiderte er sarkastisch. »Jetzt setzen Sie sich schon. Ich brauche ein paar Angaben von Ihnen.«

Der Verkehr staute sich am Baseler Platz vor der Friedensbrücke. Seit ein paar Wochen war die Stadt eine einzige verdammte Baustelle, und sie ärgerte sich, weil sie nicht daran gedacht hatte und in die Innenstadt gefahren war, statt die Strecke über das Frankfurter Kreuz und Niederrad nach Sachsenhausen zu nehmen. Während sie im Schneckentempo hinter einer Rostlaube von Kleinlaster mit litauischem Kennzeichen über die Mainbrücke kroch, kreisten Hannas Gedanken um das unerfreuliche Gespräch mit Norman von heute Morgen. Noch immer war sie stinksauer über dessen Blödheit und seine Lügerei. Es war ihr wirklich schwergefallen, ihn nach elf Jahren fristlos zu entlassen, aber er hatte ihr keine andere Wahl gelassen. Bevor er wutschnaubend abgezogen war, hatte er sie übel beschimpft und wüste Drohungen ausgestoßen.

Hannas Smartphone gab einen Summton von sich, sie ergriff es und öffnete das Mailprogramm. Ihre Assistentin hatte ihr eine E-Mail geschrieben. Der Betreff lautete »Katastrophe!!!«, und statt eines Textes fand sich nur ein Link zu FOCUS online. Hanna klickte mit dem Daumen auf den Link, und ihr wurde flau im Magen, als sie die Überschrift las.

»Hanna Herz-los«, stand da, in dicken Lettern, daneben ein ziemlich unvorteilhaftes Fotos von ihr. Ihr Herz begann zu rasen, sie bemerkte, dass ihre rechte Hand unkontrolliert zitterte, und schloss sie fester um das Smartphone. *»Ihr geht es nur um den Profit. Die Gäste ihrer Sendung müssen einen Knebelvertrag unterschreiben, bevor sie zu Wort kommen. Und das, was sie sagen, wird ihnen von Hanna Herzmann (46) vorgeschrieben. Maurer Armin V. (52) sollte in der Sendung (Thema: Mein Vermieter will mich entmieten) von seinem Ärger mit seinem*

Vermieter sprechen, doch vor laufender Kamera wurde er von der Moderatorin zum Mietnomaden abgestempelt. Als er nach der Ausstrahlung der Sendung dagegen protestierte, lernte er die vermeintlich mitfühlende Hanna Herzmann von einer anderen Seite kennen, und ihre Anwälte gleich dazu. Jetzt ist Armin V. arbeitslos und ohne Wohnsitz; sein Vermieter hatte ihm schließlich gekündigt. Ähnlich erging es Bettina B (34). Die alleinerziehende Mutter von fünf Kindern war im Januar Gast in Hanna Herzmanns Sendung (Thema: Wenn Väter sich verdrücken). Entgegen vorheriger Absprachen wurde Bettina B. als überforderte Mutter und Alkoholikerin dargestellt. Auch bei ihr hatte die Ausstrahlung unangenehme Folgen: Sie bekam Besuch vom Jugendamt.«

»Scheiße«, murmelte Hanna. Was einmal im Internet stand, ließ sich nie wieder löschen. Sie biss sich auf die Unterlippe und dachte angestrengt nach.

Leider entsprach der Artikel der Wahrheit. Hanna besaß ein todsicheres Gespür für interessante Themen, und sie schreckte auch nicht davor zurück, unangenehme Fragen zu stellen und tief im Dreck zu wühlen. Dabei waren ihr die Menschen und ihre oftmals tragischen Schicksale im Grunde genommen völlig egal, die meisten verachtete sie sogar insgeheim ihres Dranges wegen, sich jede Blöße zu geben, nur um für fünfzehn Minuten berühmt zu sein. Hanna schaffte es, den Leuten vor laufender Kamera ihre intimsten Geheimnisse zu entlocken, und verstand es dabei meisterhaft, mitfühlend und interessiert zu wirken.

Allerdings reichte die wahre Geschichte oft nicht aus, dann war ein wenig Dramatisierung notwendig. Und das war Normans Sache gewesen. Er hatte es zynisch ›*Pimp my boring life*‹ genannt und gerne die Realität über jede Schmerzgrenze hinaus verzerrt. Ob das moralisch in Ordnung war oder nicht, war Hanna ziemlich schnuppe, letztlich gab der Erfolg, gemessen an den Einschaltquoten, seiner Taktik recht. Zwar füllten die Beschwerdebriefe solchermaßen getäuschter Gäste mehrere Ordner, denn oft kapierten die erst hinterher, wenn sie dem Gespött ihrer Mitmenschen ausgesetzt waren, was sie da in aller Öffentlichkeit an Peinlichkeiten von sich gegeben hatten. Nur sehr selten kam es tatsächlich zu einer Klage, und das lag an den ausgefeilten, juristisch absolut wasserdichten Verträgen, die jeder, der in ihrer Sendung überhaupt zu Wort kommen wollte, vorher unterschreiben musste.

Hinter ihr hupte es. Hanna schreckte aus ihren Gedanken hoch. Der Stau hatte sich aufgelöst. Sie hob entschuldigend die Hand und gab Gas. Zehn Minuten später bog sie in die Hedderichstraße ein und fuhr in den Hinterhof des Gebäudes, in dem sich ihre Firma befand. Sie steckte das Smartphone in ihre Tasche und stieg aus. In der Stadt war es immer ein paar Grad wärmer als im

Taunus, die Hitze staute sich zwischen den Häusern und hatte Saunaqualität erreicht. Hanna flüchtete in das klimatisierte Foyer und betrat den Aufzug. Auf der Fahrt in den fünften Stock lehnte sie sich an die kühle Wand und betrachtete kritisch ihr Spiegelbild. In den ersten Wochen nach der Trennung von Vinzenz hatte sie entsetzlich verhärmt und mitgenommen ausgesehen, und die Mädchen in der Maske hatten ihre ganze professionelle Kunstfertigkeit aufbieten müssen, um ihr zu dem Aussehen zu verhelfen, an das die Fernsehzuschauer gewöhnt waren. Aber jetzt fand Hanna sich ganz passabel, zumindest im schummrigen Licht des Aufzugs. Die ersten silbernen Strähnen deckte sie mit einer Haartönung ab, nicht aus Eitelkeit, sondern aus purem Selbsterhaltungstrieb. Das Fernsehbusiness war gnadenlos: Männer durften graue Haare haben, für Frauen dagegen bedeuteten sie die sukzessive Verbannung in Kultur- oder Kochsendungen im Nachmittagsprogramm.

Kaum dass Hanna im fünften Stock aus dem Aufzug getreten war, erschien Jan Niemöller vor ihr wie aus dem Nichts. Ungeachtet der tropischen Temperaturen, die draußen herrschten, trug der Geschäftsführer der *Herzmann production* ein schwarzes Hemd, schwarze Jeans und als Krönung des Ganzen einen Schal um den Hals.

»Hier ist der Teufel los!« Niemöller tänzelte aufgeregt neben ihr her und fuchtelte mit den dünnen Armen. »Die Telefone klingeln im Sekundentakt, und du bist nicht zu erreichen. Und wieso erfahre ich von Norman, dass du ihn fristlos entlassen hast, und nicht von dir? Erst schmeißt du Julia raus, jetzt Norman – wer soll denn hier noch die Arbeit machen?«

»Meike wird für den Sommer als Julias Vertretung einspringen, das ist doch schon geklärt. Und wir werden eben erst einmal mit einem freien Producer arbeiten.«

»Und mich fragst du nicht einmal!«

Hanna musterte Niemöller kühl.

»Personalentscheidungen sind meine Sache. Ich habe dich eingestellt, damit du dich um den kaufmännischen Kram kümmerst und mir den Rücken freihältst.«

»Ach, so siehst du das mittlerweile.« Er war prompt beleidigt.

Hanna wusste, dass Jan Niemöller heimlich in sie oder eher noch in ihren Glanz, der auch auf ihn als ihren Mitgeschäftsführer abstrahlte, verliebt war, aber sie schätzte ihn lediglich als Partner, als Mann war er nicht ihr Fall. Außerdem wurde er in letzter Zeit etwas zu besitzergreifend, sie musste ihn in seine Schranken weisen.

»Das sehe ich nicht so, das *ist* so«, sagte sie deshalb, noch eine Spur kühler. »Ich lege Wert auf deine Meinung, aber entscheiden tue ich immer noch allein.«

Niemöller öffnete schon den Mund, um zu protestieren, aber Hanna schnitt ihm mit einer Handbewegung das Wort ab.

»Der Sender hasst diese Art von Publicity. Wir haben keine besonders starke Position mehr, bei den Scheißquoten der letzten Monate, mir blieb gar nichts anderes übrig, als Norman rauszuschmeißen. Wenn sie uns aus dem Programm nehmen, könnt ihr euch alle einen neuen Job suchen. Kapierst du das?«

Irina Zydek, Hannas Assistentin, erschien im Flur.

»Hanna, Matern hat schon dreimal angerufen. Und so gut wie jede Zeitungs- und Fernsehredaktion, mal abgesehen von Al Dschasira.« Ihre Stimme hatte einen besorgten Unterton.

In den Türen ihrer Büros tauchten die anderen Mitarbeiter auf, ihre Verunsicherung war spürbar. Sicherlich hatte sich herumgesprochen, dass sie Norman fristlos entlassen hatte.

»Wir treffen uns in einer halben Stunde im Konfi«, sagte Hanna im Vorbeigehen. Zuerst musste sie Wolfgang Matern zurückrufen. Ärger mit dem Sender konnte sie sich im Augenblick überhaupt nicht leisten.

Sie betrat ihr lichtdurchflutetes Büro, das letzte im Gang, warf ihre Tasche auf einen der Besucherstühle und setzte sich hinter den Schreibtisch. Während ihr Computer hochfuhr, blätterte sie rasch die Rückrufbitten durch, die Irina auf gelben Post-its notiert hatte, dann griff sie nach dem Telefonhörer. Unangenehmes schob sie nie lange vor sich her. Sie tippte auf die Kurzwahltaste mit der Nummer von Wolfgang Matern und holte tief Luft. Er meldete sich nur Sekunden später.

»Hier ist Hanna Herzlos«, sagte sie.

»Schön zu hören, dass du das noch mit Humor nehmen kannst«, entgegnete der Geschäftsführer von Antenne Pro.

»Ich habe eben meinen Producer fristlos entlassen, denn ich habe erfahren, dass er über Jahre hinweg die Lebensgeschichten meiner Gäste frisiert hat, wenn ihm die Wahrheit zu langweilig erschien.«

»Und das hast du nicht gewusst?«

»Nein!« Sie legte alle Empörung, zu der sie fähig war, in diese Lüge. »Ich bin fassungslos! Ich konnte doch nicht jede Story überprüfen, musste mich auf ihn verlassen. Das ist – oder war – schließlich sein Job!«

»Sag mir bitte, dass das keine Katastrophe wird«, sagte Matern.

»Natürlich nicht.« Hanna lehnte sich zurück. »Ich habe schon eine Idee, wie man den Spieß umdrehen kann.«

»Was willst du tun?«

»Wir werden alles zugeben und uns bei den Gästen entschuldigen.«

Einen Moment war es still.

»Die Flucht nach vorn«, sagte Wolfgang Matern schließlich. »Das ist es, wofür ich dich bewundere. Du versteckst dich nicht. Lass uns morgen beim Mittagessen darüber reden, okay?«

Hanna konnte sein Lächeln förmlich hören, und ihr fiel ein Stein vom Herzen. Manchmal waren ihre spontanen Einfälle doch die besten.

Der Airbus war noch nicht zum Stehen gekommen, da klickten schon die Verschlüsse der Sicherheitsgurte und die Leute standen ungeachtet der Anweisung, bis zum endgültigen Erreichen der Parkposition auf ihren Plätzen zu bleiben, auf. Bodenstein blieb sitzen. Er hatte keine Lust, minutenlang eingezwängt im Gang zu stehen und von den anderen Passagieren angerempelt zu werden. Ein Blick auf die Uhr zeigte ihm, dass er gut in der Zeit war. Die Maschine war nach vierundfünfzig Minuten pünktlich um 20:42 gelandet.

Seit heute Nachmittag hatte er die erleichternde Gewissheit, seinen Lebenskompass nach zwei turbulenten, chaotischen Jahren endlich wieder genordet zu haben. Seine Entscheidung, zu dem Prozess gegen Annika Sommerfeld nach Potsdam zu fahren und damit einen Schlussstrich unter die ganze Angelegenheit zu ziehen, war goldrichtig gewesen. Er fühlte sich wie befreit von einer Last, die er seit dem letzten Sommer, nein, eigentlich seit jenem Tag im November vor zwei Jahren, als er begreifen musste, dass Cosima ihn betrog, mit sich herumgetragen hatte. Das Scheitern seiner Ehe und die Sache mit Annika hatten ihn seelisch völlig aus der Bahn geworfen und seinem Selbstwertgefühl erheblichen Schaden zugefügt. Letztlich hatte ihn seine private Misere unkonzentriert werden lassen und ihn zu Fehlern verleitet, die ihm früher nie unterlaufen wären. Allerdings hatte er in den vergangenen Wochen und Monaten auch festgestellt, dass seine Ehe mit Cosima alles andere als so perfekt gewesen war, wie er sich das über zwanzig Jahre lang eingeredet hatte. Viel zu oft hatte er nachgegeben und gegen seinen Willen gehandelt, der Harmonie, den Kindern, dem äußeren Schein zuliebe. Das war nun vorbei.

Die Schlange im Gang setzte sich langsam in Bewegung. Bodenstein stand auf, hob seinen Koffer aus dem Gepäckfach und folgte seinen Mitreisenden Richtung Ausgang.

Von Gate A49 war es ein ordentlicher Fußmarsch bis zum Ausgang, irgendwo folgte er einem falschen Schild, wie es ihm immer wieder auf diesem gigantischen Flughafen passierte, und landete in der Abflughalle. Mit der Rolltreppe fuhr er hinunter in die Ankunftsebene und trat hinaus in die warme Abendluft. Kurz vor neun. Um neun Uhr wollte Inka ihn abholen. Bodenstein überquerte die Taxispur und blieb bei den Kurzzeitparkplätzen stehen. Er sah ihren schwarzen Landrover schon von weitem und lächelte unwillkürlich. Wenn Cosima ihm versprochen hatte, ihn irgendwo abzuholen, dann war sie zu seiner Verärgerung immer mindestens eine Viertelstunde zu spät aufgetaucht. Bei Inka war das anders.

Der Geländewagen bremste neben ihm, er öffnete die hintere Tür, wuchtete seinen Rollkoffer auf den Rücksitz und stieg dann vorne ein.

»Hi.« Sie lächelte. »Guten Flug gehabt?«

»Hallo.« Bodenstein lächelte auch und schnallte sich an. »Ja, wunderbar. Danke fürs Abholen.«

»Kein Problem. Gern geschehen.«

Sie setzte den linken Blinker, warf einen Blick über die Schulter und fädelte sich wieder in die Reihe der langsam fahrenden Autos ein.

Bodenstein hatte niemandem erzählt, weshalb er wirklich in Potsdam gewesen war, auch Inka nicht, obwohl sie in den letzten Monaten eine echte Freundin geworden war. Diese Sache war einfach zu persönlich. Er lehnte seinen Kopf an die Nackenstütze. Ein Gutes hatte die Geschichte mit Annika Sommerfeld zweifellos gehabt. Er hatte endlich angefangen, über sich selbst nachzudenken. Das war ein schmerzlicher Prozess der Selbsterkenntnis gewesen, der ihn hatte begreifen lassen, dass er nur ziemlich selten das getan hatte, was er wirklich wollte. Immer hatte er Cosimas Wünschen und Ansprüchen nachgegeben, aus Gutmütigkeit, purer Bequemlichkeit oder vielleicht sogar aus Verantwortungsbewusstsein, aber das spielte keine Rolle. Im Endeffekt war er zum langweiligen Ja-Sager geworden, zum Pantoffelheld, und damit hatte er jegliche Attraktivität eingebüßt. Kein Wunder, dass sich Cosima, die nichts so sehr hasste wie Routine und Langeweile, in eine Affäre gestürzt hatte.

»Ich habe übrigens die Schlüssel für das Haus bekommen«, sagte Inka. »Wenn du willst, kannst du es dir heute Abend noch ansehen.«

»Oh, das ist eine gute Idee.« Bodenstein blickte sie an. »Du müsstest mich allerdings vorher nach Hause fahren, damit ich mein Auto holen kann.«

»Ich kann dich auch später heimfahren, sonst wird es zu spät. Es gibt noch keinen Strom im Haus.«

»Wenn dir das nichts ausmacht.«

»Macht es nicht.« Sie grinste. »Ich habe heute Abend frei.«

»Na, dann nehme ich dein Angebot gerne an.«

Dr. Inka Hansen war Tierärztin und betrieb gemeinsam mit zwei Kollegen eine Pferdeklinik im Kelkheimer Stadtteil Ruppertshain. Durch ihren Job hatte sie auch von dem Haus erfahren, einer Doppelhaushälfte, dessen Bauherr das Geld ausgegangen war. Seit einem halben Jahr ruhten die Bauarbeiten, und das Haus war für einen vergleichsweise günstigen Preis auf dem Markt.

Eine halbe Stunde später hatten sie die Baustelle erreicht und balancierten über eine Holzbohle zur Haustür. Inka schloss auf, sie traten ein.

»Der Estrich ist drin, alle Installationen sind gemacht. Aber das war's«, sagte Inka, als sie durch die Räume im Erdgeschoss schlenderten.

Anschließend gingen sie die Treppe hoch in den ersten Stock.

»Wow! Die Aussicht ist spektakulär«, stellte Bodenstein fest. In der Ferne sah man die glitzernden Lichter von Frankfurt auf der linken und den hell erleuchteten Flughafen auf der rechten Seite.

»Unverbaubare Fernsicht«, bestätigte Inka. »Und wenn es hell ist, sieht man von hier aus sogar Schloss Bodenstein.«

Das Leben machte manchmal wirklich seltsame Umwege. Er war vierzehn Jahre alt gewesen, als er sich unsterblich in Inka Hansen, die Tochter des Pferdetierarztes aus Ruppertshain verliebt hatte, aber er hatte nie den Mut aufgebracht, ihr das zu gestehen. Und so war es zu Missverständnissen gekommen, die ihn zum Studium in die Ferne getrieben hatten. Dort war ihm erst Nicola über den Weg gelaufen, dann Cosima. An Inka hatte er gar nicht mehr gedacht, bis sie sich im Zuge einer Mordermittlung vor fünf Jahren wieder begegnet waren. Damals hatte er noch geglaubt, seine Ehe mit Cosima würde ewig halten, und wahrscheinlich hätte er Inka wieder aus den Augen verloren, wenn sich nicht ausgerechnet ihre Tochter und sein Sohn ineinander verliebt hätten. Im letzten Jahr hatten die beiden geheiratet, und auf der Hochzeit hatte er als Vater des Bräutigams neben ihr, der Mutter der Braut, gesessen. Sie hatten sich gut unterhalten, danach gelegentlich telefoniert und waren dann ein paar Mal zusammen essen gewesen. Im Laufe der Monate hatte sich eine echte Freundschaft entwickelt, die Telefonate und Abendessen wurden bald zu einer regelmäßigen Gewohnheit. Bodenstein war gerne mit Inka zusammen, er schätzte sie sehr als Gesprächspartnerin und gute Freundin. Inka war eine starke, selbstbewusste Frau, die großen Wert auf ihre Freiheit und Unabhängigkeit legte.

Das Leben gefiel Bodenstein ganz gut, so wie es war, mal abgesehen von seiner Wohnsituation. Er konnte nicht ewig im Kutscherhaus auf Hofgut Bodenstein wohnen.

Im schwindenden Tageslicht besichtigten sie das ganze Haus, und Bodenstein erwärmte sich immer mehr für den Gedanken, nach Ruppertshain zu ziehen, um ganz in der Nähe seiner jüngsten Tochter zu leben. Cosima wohnte seit ein paar Monaten auch in Ruppertshain. Sie hatte eine Wohnung im Zauberberg, der ehemaligen Lungenheilstätte, gemietet, wo sie auch ihr Büro hatte. Nach Monaten der Vorwürfe, Gegenvorwürfe und Kränkungen verstanden Cosima und Bodenstein sich so gut wie selten zuvor. Sie teilten sich das Sorgerecht für Sophia, die für Bodenstein oberste Priorität hatte. Er hatte seine jüngste Tochter an jedem zweiten Wochenende bei sich, und manchmal auch unter der Woche, wenn Cosima Termine hatte.

»Es ist wirklich ideal«, sagte er begeistert, als sie den Rundgang beendet hatten. »Sophia hätte ihr eigenes Zimmer, und wenn sie erst älter ist, kann sie alleine hierherkommen oder sogar mit dem Fahrrad zu meinen Eltern fahren.«

»Das habe ich mir auch gedacht«, entgegnete Inka. »Soll ich dir den Kontakt zum Verkäufer machen?«

»Ja, sehr gerne.« Bodenstein nickte.

Inka schloss die Haustür ab und ging vor ihm über das Brett Richtung Straße. Die Nacht war dunstig, und zwischen den Häusern stand noch die Wärme des Tages. Der Duft von Holzkohle und gegrilltem Fleisch lag in der Luft, aus einem der Gärten schallten Stimmen und Gelächter herüber. Im Kutscherhaus, das ein Stück weit abseits des Gutshofes stand, gab es keine Nachbarn, keine beleuchteten Fenster anderer Häuser oder vorbeifahrende Autos, abgesehen von den Gästen des Schlossrestaurants. In dunklen Nächten, besonders im Winter, versank das Leben zu später Stunde vollkommen in der Stille des Waldes. Je nach Gemütslage konnte diese Ruhe bedrückend sein oder besänftigend, aber Bodenstein war ihrer überdrüssig.

»Stell dir vor«, sagte er, »wenn es klappen sollte, dann wären wir fast so etwas wie Nachbarn.«

»Würde dir das gefallen?«, fragte Inka leichthin.

Sie blieb neben ihrem Auto stehen, wandte sich um und sah ihn an. Im Licht der Straßenlaterne glänzte ihr naturblondes Haar wie Honig. Bodenstein bewunderte aufs Neue ihre klaren Gesichtszüge, die hohen Wangenknochen und ihren schönen Mund. Weder die Jahre noch die harte Arbeit als Tierärztin hatten ihrer Schönheit etwas anhaben können. Der Gedanke, warum sie nie einen Mann oder festen Freund gehabt hatte, ging ihm zum wiederholten Mal durch den Kopf.

»Klar.« Er ging um das Auto herum zur Beifahrertür und stieg ein. »Das wäre doch wunderbar. Wollen wir schnell noch im Merlin eine Pizza essen gehen? Ich habe einen Bärenhunger.«

Inka setzte sich hinter das Lenkrad.

»Okay«, antwortete sie nach einem winzigen Zögern und ließ den Motor an.

Schon das dritte Mal kurvte Pia auf der vergeblichen Suche nach einem geeigneten Parkplatz durch die engen kopfsteingepflasterten Gassen der Königsteiner Altstadt und verfluchte dabei die Ausmaße ihres Geländewagens. Direkt vor ihr parkte ein Kombi aus und sie rangierte geschickt rückwärts in die Parklücke. Nach einem letzten prüfenden Blick in den Rückspiegel schnappte sie ihre Tasche und stieg aus. Sie war nie auf einem Klassentreffen gewesen und sie war wirklich gespannt auf ihre ehemaligen Mitschülerinnen. Sie ging an der Eisdiele vorbei, und ihr Blick fiel auf einen Gitterzaun, hinter dem eine Baugrube gähnte. Hier hatte das Haus gestanden, in dem sie vor zwei Jahren die Leiche von Robert Watkowiak gefunden hatte. Sicher hatte die Tatsache, dass ein Toter in dem Haus gelegen hatte, dem Makler den Verkauf der Immobilie nicht unbedingt erleichtert.

Pia ging durch die Fußgängerzone und bog in Höhe der Buchhandlung rechts in Richtung Kurpark zur Villa Borgnis ein. Schon von weitem hörte Pia Gelächter und Stimmengewirr, das das Plätschern des von Blumenrabatten umstandenen Springbrunnens übertönte. Sie bog um die Ecke und musste grinsen. Immer noch derselbe Hühnerhaufen wie damals!

»Piiiiia!«, rief eine Rothaarige schrill und kam mit ausgebreiteten Armen auf sie zu. »Wie schön, dich zu sehen.«

Eine herzliche Umarmung, Küsschen links und rechts.

Sylvia strahlte über das ganze Gesicht und schob sie vor sich her, im nächsten Moment war sie umgeben von altbekannten Gesichtern und konstatierte erstaunt, wie wenig sich die Mitschülerinnen von damals verändert hatten. Irgendjemand drückte ihr ein Glas Aperol Spritz in die Hand. Küsschen, Lächeln, überschwängliche Umarmungen, ehrliche Wiedersehensfreude. Sylvia hielt eine launige Ansprache, die immer wieder von Gelächter und Pfiffen unterbrochen wurde, dann wünschte sie allen Anwesenden viel Vergnügen. Yvonne und Kristina überreichten ihr als Dankeschön im Namen des Abijahrgangs 1985 einen großen Blumenstrauß und einen Gutschein für ein Wellness-Wochenende, und Pia musste sich ein Grinsen verkneifen. Typische Taunus-Torten-Geschenke! Aber sie kamen von Herzen, und Sylvia war zu Tränen gerührt.

Pia nippte an ihrem Glas und verzog das Gesicht. Das süße Zeug war nicht gerade ihr Lieblingsgetränk, aber es war total ›in‹ und hatte bedauerlicherweise dem guten alten Prosecco den Rang abgelaufen.

»Pia?«

Sie wandte sich um. Vor ihr stand eine dunkelhaarige Frau, in deren erwachsenen Gesichtszügen sie sofort die Fünfzehnjährige erkannte, als die sie sie in Erinnerung hatte.

»Emma!«, rief sie ungläubig. »Ich wusste gar nicht, dass du heute auch hier bist! Wie schön, dich zu sehen!«

»Ich freu mich auch! Ich hab ganz kurzfristig zugesagt.«

Sie sahen sich an, dann lachten sie und umarmten sich.

»Hey!« Pias Blick fiel erst jetzt auf den runden Bauch ihrer alten Jugendfreundin. »Du bist schwanger!«

»Ja, stell dir vor. Mit dreiundvierzig.«

»Das ist doch heute kein Alter mehr«, erwiderte Pia.

»Ich hab eine Tochter, Louisa, die ist fünf. Und eigentlich dachte ich, dass es das war. Aber – unverhofft kommt oft.« Emma hakte sich bei Pia unter. »Und du? Hast du Kinder?«

Pia verspürte den vertrauten Stich, den diese Frage immer in ihr hervorzurufen pflegte.

»Nein«, antwortete sie leichthin. »Ich hab's nur zu Pferden und Hunden gebracht.«

»Die kannst du nachts wenigstens irgendwo einsperren.«

Sie grinsten beide.

»Mensch, ich hab nicht gedacht, dass wir uns noch mal wiedersehen«, wechselte Pia das Thema. »Vor ein paar Jahren hab ich auch zufällig Miriam wiedergetroffen. Irgendwann kommen doch alle in den schönen Taunus zurück.«

»Ja, sogar ich.« Emma ließ ihren Arm los. »Du entschuldigst, wenn ich mich einen Moment setze. Die Hitze macht mich fertig.«

Sie setzte sich mit einem Seufzer auf einen der Stühle. Pia nahm neben ihr Platz.

»Miriam, du und ich«, sagte Emma. »Wir waren echt das Trio infernale. Unsere Eltern haben uns gehasst. Wie geht's Miri?«

»Gut.« Pia nahm noch einen Schluck von dem orangefarbenen Zeug. Es war noch immer sehr warm und ihr Mund vom vielen Reden ausgetrocknet. »Letztes Jahr hat sie meinen Ex geheiratet.«

»Wie bitte?« Emma riss die Augen auf. »Und … du … ich meine … das ist doch ziemlich ätzend für dich, oder?«

»O nein, nein. Das ist absolut okay. Henning und ich verstehen uns jetzt besser denn je, wir arbeiten hin und wieder zusammen. Außerdem bin ich auch nicht allein.«

Pia lehnte sich zurück und blickte über die Terrasse. Es war ein bisschen wie früher auf einer Klassenfahrt. Die, die früher schon miteinander befreundet gewesen waren, hatten auch jetzt zusammengefunden. Hinter den hohen Zedern erstrahlte der Turm der Burgruine im Licht der Scheinwerfer vor dem dunkelblauen Abendhimmel, an dem die ersten Sterne schwach leuchteten. Ein friedlicher, unbeschwerter Abend. Pia war froh, dass sie hergekommen war. Sie kam in ihrer Freizeit viel zu wenig unter Menschen.

»Erzähl mir was von dir«, forderte Pia ihre alte Klassenkameradin auf. »Was machst du so?«

»Ich habe Lehramt studiert, bin aber nach zwei Jahren an einer Grundschule in Berlin in den Entwicklungsdienst gegangen.«

»Als Lehrerin?«, fragte Pia neugierig.

»Zuerst ja. Aber dann wollte ich in die Krisengebiete. Wirklich etwas bewegen. So bin ich bei *Doctors worldwide* gelandet. Als Logistikerin. Und da war ich in meinem Element.«

»Was hast du da gemacht?«

»Organisation. Transport von Medikamenten und dem medizinischen Material. Ich war zuständig für die Kommunikationstechnik, für Unterbringung und Verpflegung der Mitarbeiter. Zollabfertigung, Routenplanung, Fuhrpark, Instandhaltung und Bewirtschaftung der Camps, die Sicherheit des Projekts und Kontakt zum einheimischen Personal.«

»Wow. Das klingt aufregend.«

»Ja, das war es auch. Üblicherweise finden wir katastrophale Bedingungen vor, null Infrastruktur, korrupte Behörden, verfeindete Volksstämme. In Äthiopien habe ich vor sechs Jahren dann auch meinen Mann kennengelernt. Er ist Arzt bei *DW*.«

»Und wie kommst du jetzt wieder ausgerechnet hierher?«

Emma klopfte leicht auf ihren Bauch.

»Als ich letzten Winter feststellte, dass ich schwanger war, bestand Florian, das ist mein Mann, darauf, dass ich mit Louisa nach Deutschland gehe. Schließlich gilt eine Schwangerschaft in meinem Alter als Risiko. Ich lebe bei seinen Eltern in Falkenstein. Vielleicht hast du den Namen meines Schwiegervaters schon einmal gehört: Dr. Josef Finkbeiner. Er hat vor vielen Jahren den Verein *Sonnenkinder e. V.* gegründet.«

»Klar, davon habe ich schon gehört.« Pia nickte. »Diese Einrichtung für ledige Mütter und ihre Kinder.«

»Genau. Eine wirklich phantastische Sache«, bestätigte Emma. »Wenn das Baby erst da ist, kann ich dort auch etwas mehr tun. Im Moment helfe ich nur ein bisschen bei der Organisation für die große Feier zum achtzigsten Geburtstag meines Schwiegervaters Anfang Juli.«

»Und dein Mann ist immer noch in irgendeinem Katastrophengebiet?«

»Nein. Er ist vor drei Wochen aus Haiti gekommen und hält jetzt für *DW* überall in Deutschland Vorträge. Ich sehe ihn zwar auch nicht wirklich oft, aber er ist wenigstens an den Wochenenden zu Hause.«

Ein Kellner kam mit einem Tablett, Emma und Pia nahmen sich jeweils ein Glas Mineralwasser.

»Hey, es ist echt schön, dich wiederzusehen« Pia hob lächelnd das Glas. »Miri wird sich auch freuen, wenn sie hört, dass du wieder im Land bist.«

»Wir könnten uns doch mal zu dritt treffen. Mal ein bisschen über alte Zeiten plaudern.«

»Gute Idee. Warte, ich geb dir meine Karte.« Pia griff in ihre Tasche und kramte nach einer Visitenkarte. Dabei bemerkte sie, dass ihr stumm geschaltetes Handy vibrierte und leuchtete.

»Entschuldige«, sagte sie und reichte Emma ihre Karte. »Da muss ich leider drangehen.«

»Dein Mann?«, erkundigte sich Emma.

»Nein. Mein Job.«

Eigentlich hatte Pia heute frei, aber wenn es einen Verdacht auf ein Tötungsdelikt gab und die Kollegen von der Bereitschaft einem anderen Fachkommissariat angehörten, spielte das keine Rolle. Es war so, wie sie es befürchtet hatte: In Eddersheim war ein totes Mädchen gefunden worden.

»Ich komme hin«, sagte sie zum BvD, der schon vor Ort war. »Halbe Stunde. Schick mir die genaue Adresse bitte noch mal als SMS.«

»Du bist bei der Kriminalpolizei?«, fragte Emma erstaunt und hielt die Visitenkarte hoch. »Kriminaloberkommissarin Pia Kirchhoff.«

»Seit heute sogar Kriminal*haupt*kommissarin.« Pia grinste schief.

»Was wollen die jetzt um diese Uhrzeit von dir?«

»Es gab eine Leiche. Und dafür bin leider ich zuständig.«

»Mordkommission?« Emmas Augen wurden groß. »Mensch, das ist ja aufregend. Hast du auch einen Revolver?«

»Eine Pistole. Und aufregend ist es nicht wirklich. Meistens eher frustrierend.«

Pia verzog das Gesicht und stand auf. »Ich erspare mir jetzt die große Verabschiedungsrunde. Wenn einer nach mir fragt …«

Sie zuckte die Schultern. Emma erhob sich ebenfalls.

»Weißt du was, ich lade dich zu unserem Sommerfest ein. Dann sehen wir uns wenigstens wieder. Und wenn Miriam Lust hat, bring sie einfach mit, okay? Ich würde mich wirklich freuen.«

»Ich komme gerne.« Pia umarmte die Freundin. »Auf ganz bald.«

Es gelang ihr, ungesehen zu entkommen. Zehn nach zehn! So ein Mist. Ein totes Mädchen. Das würde eine lange Nacht werden, und da sie allein auf weiter Flur war, war sie es, der die unerfreuliche Aufgabe zufiel, mit den Eltern zu sprechen. Die Fassungslosigkeit und Verzweiflung der Angehörigen war das Schlimmste an ihrem Beruf. Während sie durch die Fußgängerzone zu ihrem Auto ging, gab ihr Handy einen klingenden Ton von sich, und das Display leuchtete auf. Der BvD hatte gesimst. *Mönchhofstraße, Hattersheim-Eddersheim. An der Staustufe.* Pia schloss ihr Auto auf, ließ den Motor an und die Fenster herunter, um ein wenig frische Luft hereinzulassen. Sie gab die Adresse ins Navigationsgerät ein, schnallte sich an und fuhr los.

»Die Route wird berechnet«, verkündete die weibliche Computerstimme freundlich. »Die Route liegt in der angegebenen Richtung.«

22,7 Kilometer. Ankunftszeit 22:43.

Hanna bog in die kleine Stichstraße am Waldrand ein, an deren Ende ihr Haus lag. Die Außenstrahler, die von Bewegungsmeldern angeschaltet wurden, tauchten es in helles Licht. Sie trat auf die Bremse. Hoffentlich wartete nicht Vinzenz als böse Überraschung oder sogar Norman! Doch dann sah sie vor der Doppelgarage einen knallroten Mini mit Münchener Kennzeichen stehen und atmete auf. Meike war offenbar einen Tag früher gekommen als angekündigt! Sie lenkte ihr Auto neben das ihrer Tochter und stieg aus.

»Hallo, Meike!«, rief sie und lächelte, obwohl ihr nicht danach zumute war. Erst die grässliche Auseinandersetzung mit Norman, dann das Gespräch mit Wolfgang Matern. Bis um sieben hatten sie mit dem ganzen Team im Konferenzraum eine Krisensitzung gehabt, anschließend hatten Hanna und Jan sich mit einer freien Producerin getroffen, die anderthalb Stunden lang kettenrauchend in einer verqualmten, düsteren Bar voller Anzugtypen in einer Nebenstraße der Goethestraße unverschämte Forderungen gestellt hatte. Völlig verschwendete Zeit.

»Hallo, Hanna.« Meike erhob sich von der obersten Treppenstufe. Zwei Koffer und eine Reisetasche standen vor der Haustür.

»Warum hast du nicht angerufen, dass du heute schon kommst?«

»Ich habe es ungefähr zwanzig Mal versucht«, erwiderte Meike vorwurfsvoll. »Wieso hast du dein Handy ausgeschaltet?«

»Ach, es gab heute jede Menge Ärger.« Hanna seufzte. »Irgendwann hab ich das Ding einfach ausgemacht. Du hättest doch im Büro anrufen können.«

Sie gab ihrer Tochter einen Kuss auf die Wange, den diese mit einer Grimasse quittierte, dann schloss sie die Haustür auf und half Meike, das Gepäck ins Haus zu bringen.

Der Umzug von Berlin nach München schien Meike gutgetan zu haben. Seitdem sie sie das letzte Mal gesehen hatte, hatte ihre Tochter zugenommen. Ihr Haar war gewachsen und ihr Kleidungsstil hatte sich ein wenig normalisiert. Vielleicht würde sie den spätpubertären Hausbesetzerlook bald endgültig ablegen.

»Du siehst gut aus«, sagte sie.

»Du nicht«, erwiderte Meike und betrachtete Hanna kritisch. »Du bist ganz schön alt geworden.«

»Danke für das Kompliment.«

Hanna streifte die Schuhe von den Füßen und ging in die Küche, um sich ein eiskaltes Bier aus dem Kühlschrank zu holen.

Das Verhältnis zwischen Meike und ihr war schon immer kompliziert gewesen, und Hanna war sich nach diesem ersten Wortwechsel nicht mehr sicher, ob es eine gute Idee von ihr gewesen war, ihre Tochter zu bitten, während ihrer Semesterferien als Produktionsassistentin einzuspringen. Das, was andere Leute hinter ihrem Rücken über sie sagten, hatte sie noch nie interessiert, aber Meikes Feindseligkeit machte ihr mehr und mehr zu schaffen. Am Telefon hatte ihre Tochter sofort klargestellt, dass sie den Job nicht etwa aus Gefälligkeit, sondern aus rein finanziellen Gründen annehmen würde. Trotzdem war Hanna froh, Meike den Sommer über bei sich zu wissen. Ans Alleinsein hatte sie sich noch nicht gewöhnt.

Die Toilettenspülung rauschte, wenig später kam Meike in die Küche.

»Hast du Hunger?«, erkundigte Hanna sich.

»Nein. Ich habe schon was gegessen.«

Erschöpft setzte Hanna sich auf einen der Küchenstühle, streckte die Beine aus und wackelte mit den schmerzenden Zehen. *Hallux rigidus* an beiden großen Zehen, der Preis, den dreißig Jahre Pumps gefordert hatten. Das Laufen in Schuhen mit mehr als vier Zentimeter hohen Absätzen wurde mehr und mehr zur Qual, aber sie konnte schließlich nicht dauernd in Turnschuhen herumlaufen.

»Wenn du auch ein kaltes Bier willst, im Kühlschrank sind noch ein paar Flaschen.«

»Ich mach mir lieber einen grünen Tee. Hast du jetzt etwa mit dem Trinken angefangen?« Meike füllte Wasser in den Wasserkocher, nahm einen Porzellanbecher aus dem Schrank und suchte in den Schubladen, bis sie den Tee gefunden hatte. »Wahrscheinlich ist Vinzenz deshalb abgehauen. Du schaffst es echt, jeden Kerl zu vergraulen.«

Hanna reagierte nicht auf die Provokationen ihrer Tochter. Sie war zu müde, um sich auf ein Wortgefecht einzulassen, wie sie sie früher täglich ausgetragen hatten. Mittlerweile legte sich die schlimmste Aggressivität meistens nach ein paar Stunden, und Hanna versuchte, ihre Ohren so lange auf Durchzug zu schalten.

Meike war ein Scheidungskind, ihr Vater, ein notorischer Besserwisser und Nörgler, war ausgezogen, als sie sechs Jahre alt gewesen war, und hatte sie danach an jedem zweiten Wochenende gründlich verwöhnt und erfolgreich gegen ihre Mutter aufgehetzt. Seine Gehirnwäsche wirkte siebzehn Jahre später noch immer.

»Ich hab Vinzenz gemocht«, sagte Meike nun und verschränkte die viel zu dünnen Ärmchen vor ihrer Brust, die kaum diese Bezeichnung verdiente. »Er war witzig.«

Sie war ein ganz normales Kind gewesen, doch dann hatte sie sich als Teenager beinahe hundert Kilo Kummerspeck angefuttert. Mit sechzehn hatte sie dann quasi aufgehört zu essen, und ihre Magersucht hatte Meike vor ein paar Jahren in eine Klinik für Essgestörte gebracht. Sie hatte mit ihren eins vierundsiebzig gerade noch neununddreißig Kilo auf die Waage gebracht, und eine ganze Weile hatte Hanna jeden Tag mit dem Anruf gerechnet, der ihr verkündete, dass ihre Tochter gestorben sei.

»Ich habe ihn auch mal gemocht.« Hanna trank den letzten Schluck Bier. »Aber wir haben uns auseinandergelebt.«

»Kein Wunder, dass er die Flucht ergriffen hat.« Meike schnaubte verächtlich. »Neben dir kriegt man ja auch keine Luft. Du bist wie ein Panzer, überrollst jeden ohne Rücksicht auf Verluste.«

Hanna seufzte. Sie empfand keine Verärgerung über die verletzenden Worte, nur tiefe Traurigkeit. Diese junge Frau, die sich aus Protest gegen sie beinahe zu Tode gehungert hatte, würde sie niemals wirklich mögen. Und daran war Hanna selbst schuld. In Meikes Kindheit und Jugend war ihr ihre eigene Karriere wichtiger gewesen als ihr Kind, deshalb hatte sie ihrem Exmann das Feld mit einem Gefühl der Erleichterung so gut wie kampflos überlassen. Meike hatte die perfiden Machtspielchen ihres Vaters nie durchschaut, viele Jahre lang hatte sie ihn kritiklos vergöttert. Dass er seine Rache an Hanna auf ihrem Rücken ausgetragen hatte, begriff Meike nicht. Und Hanna hütete sich, das Thema anzuschneiden.

»So siehst du mich also«, sagte sie leise.

»So sieht dich jeder«, entgegnete Meike scharf. »Dir geht es doch immer nur um dich.«

»Das stimmt nicht«, widersprach Hanna. »Ich habe für dich …«

»Ach, hör doch auf!« Meike verdrehte die Augen. »Gar nichts hast du für mich getan! Für dich gab's immer nur deinen Job und deine Kerle.«

Der Wasserkessel begann zu pfeifen. Meike schaltete ihn ab, goss Wasser in die Tasse und hängte den Teebeutel hinein. Ihre abgehackten Bewegungen verrieten die innere Anspannung, unter der sie stand. Zu gerne hätte Hanna ihre Tochter in den Arm genommen, hätte ihr etwas Nettes gesagt, mit ihr geredet und gelacht, sie nach ihrem Leben gefragt, aber sie tat es nicht, weil sie sich vor Zurückweisung fürchtete.

»Ich habe dir das Bett oben in deinem alten Zimmer bezogen. Handtücher liegen im Bad«, sagte sie stattdessen und stellte die leere Flasche in den Flaschenkorb. »Entschuldige mich bitte. Ich hatte einen anstrengenden Tag.«

»Kein Problem.« Meike sah sie nicht einmal an. »Wann muss ich morgen antreten?«

»Passt es dir um zehn?«

»Ja, geht klar. Gute Nacht.«

»Gute Nacht.« Hanna verkniff sich in letzter Sekunde den Kosenamen aus Kinderzeiten, Mimi, den Meike aus ihrem Munde nicht hören wollte. »Ich freue mich, dass du da bist.«

Keine Antwort. Aber auch keine Beleidigung. Das war schon ein Fortschritt.

»Was ist denn hier los?« Pia duckte sich unter dem Absperrband hindurch, nachdem sie sich durch eine aufgeregte Menschenmenge gezwängt hatte.

»Im Sportverein da drüben hatten sie heute Abend ein Sommerfest«, erklärte der uniformierte Kollege.

»Aha.« Pia blickte sich um.

Ein Stück weiter vorne standen Einsatzfahrzeuge von der Feuerwehr, zwei Rettungswagen mit stumm blinkendem Blaulicht, daneben ein Streifenwagen, zwei Zivilfahrzeuge und Hennings silberner Mercedes Kombi. Dahinter war ein Waldstück hell erleuchtet. Sie umrundete den sandigen Beachvolleyballplatz und warf einen kurzen Blick in die offen stehende Seitentür des einen Rettungswagens, in dem eine junge dunkelhaarige Frau versorgt wurde.

»Sie hat die Leiche gefunden«, erklärte einer der Rettungssanitäter. »Steht unter Schock und hat zwei Promille Alkohol im Blut. Der Doc ist unten am Fluss und versorgt die andere Schnapsdrossel.«

»Was war da los? Komasaufen?«

»Ich weiß nicht.« Der Sanitäter zuckte die Schultern. »Die junge Dame hier ist laut Ausweis dreiundzwanzig. Eigentlich ein bisschen alt für so was.«

»Wo muss ich hin?«

»Den Trampelpfad entlang, runter zum Fluss. Wahrscheinlich haben sie das Tor mittlerweile aufgekriegt.«

»Danke.« Pia ging weiter. Der Pfad zog sich am Fußballplatz entlang. Man hatte die Flutlichtanlage eingeschaltet, und auf der anderen Seite des Maschendrahtzaunes drängten sich noch mehr Neugierige als vorne an der Absperrung. Mit den ungewohnt hohen Absätzen konnte Pia kaum richtig laufen. Die grellen Scheinwerfer der Feuerwehr- und Rettungsfahrzeuge blendeten sie, so dass sie nicht sehen konnte, wo sie hintrat. Vor einem offenstehenden Eisentor standen Feuerwehrleute und packten ihren Schneidbrenner ein.

Zwei Sanitäter kamen ihr in der Dunkelheit mit einer Trage entgegen, der Notarzt lief neben ihnen her und hielt eine Infusionsflasche hoch.

»Guten Abend, Frau Kirchhoff«, grüßte er. Man kannte sich von ähnlichen Gelegenheiten zu ähnlich unchristlichen Uhrzeiten.

»Guten Abend.« Pia warf einen Blick auf den Jungen. »Was ist mit ihm?«

»Lag bewusstlos neben der Leiche. Stark alkoholisiert. Wir versuchen, ihn wach zu kriegen.«

»Okay. Wir sehen uns später.« Sie stakste den Pfad entlang, neugierig begafft von den Schaulustigen hinter dem Zaun des Sportplatzes, und verfluchte im Stillen die ungewohnten Slingpumps.

Ein paar Meter weiter begegnete sie zwei uniformierten Beamten und Kollege Ehrenberg vom Einbruch, der heute Bereitschaftsdienst und sie angerufen hatte.

»Guten Abend«, sagte Pia. »Könnt ihr bitte dafür sorgen, dass die Leute hier vom Sportplatz verschwinden? Ich will keine Fotos oder Filme von einer Leiche bei Facebook oder YouTube sehen.«

»Geht klar.«

»Danke.« Pia ließ sich von Ehrenberg kurz die Situation schildern, dann ging sie weiter und dachte neidisch an ihre Kollegen, die jetzt gemütlich ihren Feierabend genossen. Von Ferne vernahm sie erregte Stimmen und ahnte, was dort los war. Nach fünfzig Metern hatte sie die hell erleuchtete Stelle am Flussufer erreicht. Am Fuße einer steilen Böschung standen Pias Exmann Dr. Henning Kirchhoff und Christian Kröger, Chef des Erkennungsdienstes der RKI Hofheim, bekleidet mit weißen Schutzoveralls im grellen Licht der aufgestellten Scheinwerfer wie zwei Marsmenschen auf einer Seebühne und bezeichneten sich gegenseitig als Dilettanten und Pfuscher, der eine mit ätzender Überheblichkeit, der andere mit heißblütigem Zorn.

Auf dem Fluss hatte direkt hinter dem Schilf ein Schiff der Wasserschutzpolizei beigedreht und tauchte den Uferstreifen mit einem grellen Scheinwerfer vom Wasser aus in taghelles Licht.

Drei Kollegen von der Spurensicherung verfolgten die heftige Auseinandersetzung aus gebührender Entfernung mit einer Mischung aus Resignation und Geduld.

»Hey, Frau Hauptkommissarin. Schickes Kleid«, bemerkte einer von ihnen und stieß einen anerkennenden Pfiff aus. »Und tolle Beine!«

»Danke. Worum geht's da?«, erkundigte sich Pia.

»Das Übliche halt. Der Chef behauptet, der Doc würde vorsätzlich Spuren vernichten«, sagte ein anderer und hob seine Kamera. »Fotos haben wir aber schon gemacht.«

Pia machte sich an den Abstieg und hoffte, sie würde nicht vor aller Augen umknicken und direkt in den Brennnesseln landen, die meterhoch links und rechts des kleinen Pfades wucherten.

»Das darf doch wohl nicht wahr sein!«, schrie Kröger entnervt, als er sie erblickte. »Jetzt trampelst du auch noch mitten durch die DNS-Spuren! Erst Ehrenberg, der Schlaumeier, dann der verdammte Leichenaufschneider, dann der Notarzt und jetzt auch noch du! Warum könnt ihr nicht wenigstens ein bisschen Rücksicht nehmen? Wie sollen wir denn hier überhaupt noch gescheit arbeiten?«

Die Frage war durchaus berechtigt. Der Fleck, auf dem die beiden standen, maß höchstens fünf Quadratmeter.

»Guten Abend, die Herren.« Pia achtete nicht auf Krögers Ausbruch, das war sie von ihm gewohnt. Er war ein Perfektionist, der am liebsten jeden Tat- oder Fundort für ein paar Stunden ganz für sich allein hatte, bevor jemand anderes ihn kontaminierte.

»Hallo, Pia«, begrüßte Henning sie. »Bist du Zeugin der Verbalinjurien geworden, mit denen dieser Mensch mich wieder einmal auf primitivste Art und Weise überzogen hat?«

»Eure Kooperationsprobleme interessieren mich nicht«, entgegnete Pia knapp. »Was ist hier passiert?«

Kröger blickte kurz auf, dann weiteten sich seine Augen, und er starrte sie mit einem Ausdruck der Verblüffung an.

»Siehst du zum ersten Mal eine Frau im Kleid?«, blaffte Pia ihn an. Sie fühlte sich ohne Jeans und feste Schuhe fehl am Platz und seltsam schutzlos.

»Das nicht. Aber … dich schon.« Der anerkennende Ausdruck in seinen Augen hätte ihr zu einem anderen Zeitpunkt vielleicht geschmeichelt, jetzt verärgerte er sie.

»Hast du genug gesehen? Dann kannst du mir erzählen, was wir hier haben.« Pia schnippte vor seinem Gesicht mit den Fingern. »Also?«

Kröger räusperte sich.

»Äh … ja. Hm. Folgende Auffindesituation: Der bewusstlose Junge lag auf dem Bauch, und zwar genau dort, wo der Herr Rechtsmediziner gerade steht. Das linke Bein lag im Wasser. Das Mädchen so, wie es da jetzt noch liegt.«

Die Leiche des jungen Mädchens hing zwischen Schilf und Ufergestrüpp, auf dem Rücken treibend, die Augen weit geöffnet. Ein Arm ragte aus dem Wasser. Bei jedem leichten Wellengang schien sie sich zu bewegen.

Pia betrachtete die schaurige Szenerie im kalten Scheinwerferlicht. Für einen Moment drohte sie die Ungeheuerlichkeit der Tatsache, dass ein so junger Mensch sterben musste, bevor er überhaupt die Gelegenheit zu leben bekommen hatte, zu überwältigen.

»Wir haben ein Stück weiter oben unter einer Trauerweide leere Wodkaflaschen und Red-Bull-Dosen gefunden. Außerdem ein paar Kleidungsstücke, Schuhe, ein Handy und jede Menge Erbrochenes«, sagte Christian Kröger. »Für mich sieht es so aus, als hätten sich ein paar Jugendliche unbefugt Zugang zu diesem abgesperrten Grundstück verschafft, um sich ungestört zu betrinken. Irgendwie ist die Sache wohl aus dem Ruder gelaufen.«

»Was ist mit dem Jungen?«, wollte Pia wissen.

Henning hatte den bewusstlosen Jungen bereits untersucht, bevor er vom Notarzt abtransportiert worden war.

»Hatte auch recht ordentlich gezecht, der Bursche«, erwiderte er. »Und gekotzt. Seine Hose war offen.«

»Und was schließt du daraus?«

»Möglicherweise wollte er sich erleichtern. Dabei ist er die Böschung heruntergestürzt. Er hat frische Kratzspuren an Händen und Unterarmen. Vermutlich hat er sich die zugezogen, weil er noch versucht hat, den Sturz abzufangen.«

Was mochte sich hier abgespielt haben?

Pia trat einen Schritt zur Seite, um Krögers Leuten Platz zu machen. Zu zweit zogen sie die Leiche des Mädchens aus dem Wasser.

»Wiegt ja gar nichts. Nur Haut und Knochen«, sagte einer der Männer.

Pia hockte sich neben das tote Mädchen. Es trug ein helles Oberteil mit Spaghettiträgern und einen Jeansminirock, der nach oben gerutscht war und um ihre Taille hing. Das Licht war nicht ausreichend, aber für Pia sah es so aus, als ob der blasse, knochige Körper des Mädchens mit dunklen Flecken und Striemen übersät war.

»Henning? Sind das da Blutergüsse?« Pia wies auf den Bauch und die Oberschenkel des toten Mädchens.

»Hm. Könnte sein.« Henning leuchtete mit seiner Taschenlampe den Körper der Leiche an und runzelte die Stirn. »Ja, das sind Blutergüsse und ausgewaschene Platzwunden.«

Er nahm erst ihre linke, dann ihre rechte Hand genau in Augenschein.

»Kröger?«, rief er.

»Was ist?«

»Darf ich sie umdrehen?«

»Bitte.«

Henning reichte Pia die Taschenlampe und drehte mit seinen behandschuhten Händen das Mädchen auf den Bauch.

»Großer Gott!«, stieß Pia hervor. »Was ist *das* denn?«

Der untere Teil des Rückens und das Hinterteil des Mädchens waren völlig zerfetzt, weißlich schimmerten die Knochen des Rückgrats, der Rippen und ein Beckenknochen durch das dunklere Muskelgewebe.

»Schiffsschraubenverletzungen«, urteilte Henning und blickte Pia an. »Die Kleine ist weder heute Abend gestorben noch hier. Sie liegt schon länger im Wasser, die Waschhautbildung an den Händen ist bereits ziemlich ausgeprägt. Wahrscheinlich wurde sie von der Strömung angespült.«

Pia stand auf.

»Du meinst, dass sie mit den anderen Jugendlichen gar nichts zu tun hatte?«, erkundigte sie sich.

»Ich bin hier nur der Rechtsmediziner«, entgegnete Henning. »Das herauszufinden ist dein Job. Fakt ist, dass das Mädchen nicht erst seit heute Abend tot ist.«

Pia rieb nachdenklich ihre nackten Oberarme und schauderte, obwohl es alles andere als kalt war. Sie blickte sich um, versuchte sich ein Bild dessen zu machen, was hier vorgefallen war.

»Ich versuche mal, etwas aus der jungen Frau herauszubekommen, die die beiden gefunden hat«, sagte sie. »Lasst das tote Mädchen bitte in die Rechtsmedizin bringen. Ich hoffe, der Staatsanwalt gibt schnell die Genehmigung für eine Sektion.«

»Warte!« Kröger bot ihr galant seinen Arm, um ihr die Böschung hoch zu helfen, und sie ergriff ihn.

»Danke.« Pia lächelte kurz, als sie oben angelangt war. »Aber nicht, dass du dir so was angewöhnst.«

»Ganz sicher nicht.« Er grinste. »Nur wenn du in sommerlicher Abendgarderobe und unpassendem Schuhwerk in unwegsamem Gelände unterwegs bist.«

»Du hast ein bisschen zu viel Umgang mit Henning.« Pia grinste auch. »Man merkt es an deiner Ausdrucksweise.«

»Er ist zwar ein überheblicher Mistkerl, aber sein Wortschatz ist unglaublich. Ich lerne bei jedem gemeinsamen Einsatz dazu.«

»Dann kannst du ja deine Einsätze demnächst als Fortbildung deklarieren. Bis gleich.«

Kröger hob grüßend die Hand und machte sich wieder an den Abstieg.

»Ach, Pia?«, rief er. Sie drehte sich um.

»Wenn dir kalt ist – in meinem Auto liegt eine Fleecejacke.«

Pia nickte und machte sich auf den Weg zum Rettungswagen.

Der Abend in Gesellschaft mit den alten Klassenkameradinnen und die unverhoffte Begegnung mit Pia hatten Emma gutgetan. Beschwingt und gut gelaunt schloss sie die dunkelgrüne georgianische Haustür der großen Villa ihrer Schwiegereltern auf, in der Florian, Louisa und sie im ersten Stock eine ganze Etage bewohnten. Aufgewachsen in einer gesichtslosen Reihenhaussiedlung in Niederhöchstadt hatte Emma sich auf den ersten Blick in das große Haus aus verwittertem rotem Backstein mit seinen Erkern, Türmchen und den weißen Sprossenfenstern verliebt. Sie mochte die hohen stuckverzierten Decken in den Salons, die verglasten Bücherschränke, die Ornamente der Fußböden, das geschwungene filigrane Treppengeländer. Es war charmant. Florians Mutter nannte den Baustil des Hauses Rokoko, Florian selbst bezeichnete ihn abfällig als Zuckerbäckerstil. Kitschig und überladen fand er es, aber er hatte zu Emmas Bedauern auch nicht vor, auf ewig hier zu leben. Sie hätte es für immer hier aushalten können.

Die Villa stand am Rande eines großen Parks, der bis zum Waldrand reichte. Gleich nebenan befand sich das Wohnhaus des Vereins *Sonnenkinder e. V.* Bis Florians Vater es in den späten sechziger Jahren des vergangenen Jahrhunderts erstanden hatte, war es ein Altersheim gewesen, später war noch das gegenüberliegende Gebäude dazugekommen, in dem sich heute die Verwaltung, der Kindergarten und die Schulungsräume befanden. Weiter hinten im Park standen drei Bungalows mit eigener Zufahrt, in denen enge Mitarbeiter von Emmas Schwiegervater mit ihren Familien lebten. Das mittlere Haus war eigentlich einmal für Florian gebaut worden, doch der hatte es vorgezogen, von zu Hause wegzugehen, deshalb war es nun auch vermietet.

Emma hatte bereits im Auto die Schuhe ausgezogen. Bei der Hitze schwollen ihr schon tagsüber die Knöchel und die Füße an, abends war es fast unerträglich, in Schuhen zu laufen. Die hölzerne Treppe knarrte unter ihrem Gewicht. Hinter den Milchglasscheiben der dreiflügeligen Wohnungstür sah sie einen Lichtschimmer. Sie öffnete leise die Tür und schlich auf Zehenspitzen hinein. Florian saß am Küchentisch, vor ihm sein Laptop. Er war so konzentriert, dass er sie nicht bemerkte. Emma stand eine ganze Weile im Türrahmen und betrachtete die scharfen Konturen seines Profils. Auch nach sechs Jahren vermochte sein Anblick sie noch immer zu faszinieren.

Dabei war es zwischen ihnen keine Liebe auf den ersten Blick gewesen, als sie sich damals in dem Camp in Äthiopien kennengelernt hatten – sie die technische Leiterin des Projekts, er ihr medizinisches Pendant. Sie hatten sich vom ersten Augenblick an nur gestritten. Ihm war nichts schnell genug gegangen, und sie hatte sich über seine Überheblichkeit und Penetranz geärgert. Es war gar nicht so einfach, Medikamente und technisches Gerät über Hunderte von Kilometern auf dem Landweg herbeizuschaffen. Doch letztlich arbeiteten sie für dieselbe Sache, und obwohl sie sich fürchterlich über ihn aufgeregt hatte, so hatte er sie als Arzt tief beeindruckt. Für seine Patienten arbeitete er bis zur völligen Erschöpfung, manchmal 72 Stunden am Stück, und im Notfall improvisierte er, nur um helfen und heilen zu können.

Dr. Florian Finkbeiner machte keine halben Sachen; er war mit Leib und Seele Arzt und liebte seinen Beruf. Ein Menschenleben, das er nicht retten konnte, betrachtete er als persönliche Niederlage. Es war diese Widersprüchlichkeit seines Charakters, die Emma langsam, aber sicher in ihren Bann gezogen hatte, auf der einen Seite der mitfühlende Menschenfreund, auf der anderen Seite der grüblerische Zweifler, der fast schon zynisch klingen konnte. Manchmal versank er in tiefer Melancholie, die in depressive Zustände umschlagen konnte, aber er konnte auch witzig, charmant und ausgesprochen unterhaltsam sein. Außerdem war er der wohl bestaussehende Mann, den sie je getroffen hatte.

Emmas Kollegin hatte sie gewarnt, als sie ihr gestanden hatte, dass sie sich in Florian verliebt hatte. Lass die Finger von ihm, wenn du dich nicht unglücklich machen willst, hatte sie gesagt. Der schleppt die Probleme der ganzen Welt mit sich herum. Aber, hatte sie spöttisch hinzugefügt, vielleicht ist er genau der Richtige für dich mit deinem Helfersyndrom. Emma hatte die Zweifel, die diese Worte in ihr geweckt hatten, schnell verdrängt. Einen Mann wie Florian musste sie eben mit seinem Job und seinen Patienten teilen, aber das, was für sie übrig blieb, reichte ihr. Ihr Herz floss über vor Zärtlichkeit, wenn sie ihn so dasitzen sah. Das lockige dunkle Haar, der Bartschatten auf Wangen und Kinn, die warmen dunklen Augen, der empfindsame Mund, die zarte Haut an seinem Hals.

»Hallo«, sagte sie leise. Er zuckte erschrocken hoch, starrte sie an und schloss mit einem Knall seinen Laptop.

»Großer Gott, Emmi! Musst du mich so erschrecken?«, stieß er hervor.

»Entschuldige bitte.« Sie drückte auf den Lichtschalter. Die Halogenlampen an der Decke tauchten die Küche in gleißend helles Licht. »Das wollte ich nicht.«

»Louisa hat den ganzen Abend gequengelt«, sagte er und stand auf. »Sie wollte nicht essen, hatte Bauchweh. Ich habe ihr dann noch ein paar Geschichten vorgelesen, und jetzt schläft sie.«

Er nahm sie in die Arme und küsste sie auf die Wange.

»Wie war dein Klassentreffen? Hat's Spaß gemacht?«, erkundigte er sich und legte seine Hand auf ihren Bauch. Das hatte er schon sehr lange nicht mehr getan. Noch etwas mehr als fünf Wochen, dann war diese Schwangerschaft, die von Anfang an unter keinem guten Stern gestanden hatte, herum. Florian hatte kein zweites Kind gewollt – und sie eigentlich auch nicht, aber dann war es irgendwie passiert.

»Ja, es war echt interessant, sie alle nach so langer Zeit zu sehen. Irgendwie haben sie sich kaum verändert.« Emma lächelte. »Und ich habe meine frühere beste Freundin wiedergetroffen, die ich seit dem Abi nicht mehr gesehen habe.«

»Das ist schön.« Florian lächelte auch, dann warf er einen Blick auf die Küchenuhr über der Tür. »Sag mal, ist es okay, wenn ich noch mal rüber zu Ralf auf ein Bier gehe?«

»Natürlich. Das hast du dir nach einem Abend mit einer quengeligen Louisa verdient.«

»Es wird auch nicht zu spät.« Er küsste sie noch einmal auf die Wange, dann schlüpfte er in seine Slipper, die neben der Wohnungstür standen. »Bis später!«

»Ja, bis später. Viel Spaß.«

Die Tür fiel hinter ihm ins Schloss, im Treppenhaus ging das Licht an. Emma stieß einen Seufzer aus. In den ersten Wochen seit seiner Rückkehr aus Haiti war Florian seltsam gewesen, aber in den letzten Tagen schien er sich wieder gefangen zu haben. Emma kannte seine düsteren Phasen, in denen er abweisend und in sich gekehrt war. Meist vergingen sie nach ein paar Tagen, diesmal hatte es jedoch sehr viel länger gedauert. Obwohl er selbst vorgeschlagen hatte, bis zur Geburt des Babys in Falkenstein zu bleiben, musste es sich für ihn komisch anfühlen, plötzlich wieder in Deutschland zu sein und im Haus seiner Eltern zu leben, aus dem er vor über fünfundzwanzig Jahren mehr oder weniger geflohen war.

Emma öffnete den Kühlschrank, holte eine Flasche Mineralwasser heraus und schenkte sich ein Glas ein. Dann setzte sie sich an den Küchentisch. Nach den vielen aufregenden Jahren des Zigeunerlebens, das sie in die entlegensten Gebiete auf dem Globus geführt hatte, fand sie die Vorstellung, endlich sesshaft werden und Wurzeln schlagen zu können, ausgesprochen verlockend. Nächstes Jahr wurde Louisa schulpflichtig, spätestens dann war es ohnehin vorbei mit dem Leben in irgendwelchen Camps. Florian war ein hervorragender Chirurg, er hätte in jeder Klinik in Deutschland mit Kusshand eine Stelle bekommen. Allerdings war er mit sechsundvierzig Jahren auch nicht mehr jung. Seine Chefs, so hatte er bei einer Diskussion über dieses Thema erst neulich gesagt, seien dann womöglich jünger als er. Außerdem könne er sich nicht vorstellen, Tag für Tag in einem Krankenhaus mit degenerierten, vollgefressenen Wohlstandsopfern konfrontiert zu werden. Das hatte er mit derselben Vehemenz von sich gegeben, mit der er sich für seine Ziele einsetzte, und Emma hatte begriffen, dass ihn nichts würde umstimmen können.

Sie gähnte. Zeit, ins Bett zu gehen. Emma stellte das benutzte Wasserglas in die Spülmaschine und löschte das Licht. Auf dem Weg ins Badezimmer schaute sie nach Louisa, aber die schlief tief und friedlich, umgeben von ihren Stofftieren. Emmas Blick fiel auf das Buch, aus dem Florian der Kleinen vorgelesen hatte, und sie musste lächeln. Wer weiß, wie lange er hatte vorlesen müssen! Louisa war ganz vernarrt in Sagen und Märchen, sie kannte das Märchenbuch auswendig, egal ob Hänsel und Gretel, Rapunzel, Schneeweißchen und Rosenrot oder den gestiefelten Kater. Behutsam schloss Emma die Tür. Florian würde sich schon in seinem neuen Leben zurechtfinden. Irgendwann würden sie ein eigenes Haus haben und eine richtige Familie sein.

Der Fußballplatz hatte sich geleert, aber hinter der Absperrung zur Schleuse hin drängten sich noch immer sensationslüsterne Schaulustige und inzwischen auch die Vertreter der Presse. Pia versuchte erneut, ihren Chef zu erreichen. Vergeblich. Sein Handy war zwar eingeschaltet, aber er ging nicht dran. Bei Kriminaloberkommissar Kai Ostermann hatte sie mehr Glück, er meldete sich sofort.

»Entschuldige die Störung«, sagte Pia. »Wir haben in Eddersheim kurz vor der Staustufe eine Wasserleiche aus dem Fluss geholt. Ich könnte deine Hilfe gebrauchen.«

»Kein Thema«, erwiderte Kai, ohne auch nur ein Wort über die späte Uhrzeit zu verlieren. »Was soll ich machen?«

»Ich brauche die Genehmigung für eine Obduktion, gleich morgen. Und vielleicht kannst du die Vermisstenmeldungen checken. Ein junges Mädchen, zwischen vierzehn und sechzehn Jahren. Blond, sehr schlank, dunkelbraune Augen. Henning meint, sie sei schon ein paar Tage tot.«

»Alles klar. Ich fahre gleich ins Büro.«

»Ach, und versuch bitte den Chef zu erreichen.« Pia beendete das Gespräch und schickte Bodenstein eine SMS. Seit vier Tagen war er verschollen, dabei hatte er ihr letzte Woche gesagt, er sei ab Donnerstagabend wieder erreichbar.

»Frau Kirchhoff!«, rief ein Mann mit einer Kamera des Hessischen Rundfunks auf der Schulter. »Kenne mer net e paar Bilder habbe?«

Aus reiner Gewohnheit wollte Pia ablehnen, aber dann überlegte sie es sich anders. Ein Bericht im Fernsehen konnte bei der Klärung der Identität des toten Mädchens durchaus hilfreich sein.

»Ja, könnt ihr«, sagte sie also. Sie bat einen der Streifenpolizisten, die an der Absperrung standen, die Kameraleute und Journalisten zum Leichenfundort zu begleiten. HR, SAT1, RTL Hessen, Antenne Pro, rheinmaintv. Alle hörten lieber Polizeifunk als Musik im Radio.

Einer der Rettungswagen war mit dem jugendlichen Komasäufer verschwunden, an seiner Stelle stand ein Leichenwagen da.

Pia klopfte an die Seitentür des verbliebenen Rettungsfahrzeugs, die sofort geöffnet wurde.

»Kann ich mit der Frau sprechen?«, erkundigte sie sich.

Der Notarzt nickte. »Sie steht noch unter Schock, aber wir konnten sie so weit stabilisieren.« Pia kletterte in den Wagen und setzte sich neben die junge Frau auf den Notsitz. Sie hatte ein blasses, aber hübsches Kindergesicht mit weit aufgerissenen Augen, in denen Pia Angst und Schrecken las. Das Entsetzliche, das sie erlebt haben mochte, würde sie nie mehr loslassen.

»Hallo«, sagte Pia freundlich. »Ich bin Pia Kirchhoff von der Kripo Hofheim. Können Sie mir Ihren Namen sagen?«

»A … Alina Hindemith.«

Sie roch unangenehm nach Alkohol und Erbrochenem.

»Eben haben Sie doch gesagt, Sie heißen Sabrina«, mischte sich der Rettungsassistent ein. »Und Ihr Personalausweis …«

»Würden Sie uns bitte allein lassen?«, unterbrach Pia ihn.

»Ich … ich kann das erklären«, flüsterte die junge Frau und richtete ihren Blick an die Decke des Rettungswagens. »Es … es war dumm von mir, aber … aber ich habe mir den Personalausweis von meiner älteren Schwester ausgeliehen. Wir … wir sehen uns ziemlich ähnlich.«

Pia seufzte. Leider klappte dieser Trick in so gut wie jedem Supermarkt Deutschlands.

»Ich … ich hab damit … Alkohol gekauft. Wodka und Slibowitz.« Sie fing an zu schluchzen. »Meine Eltern bringen mich um, wenn sie das hören.«

»Wie alt bist du, Alina?«

»Fünf … fünfzehn.«

Fünfzehn Jahre alt und zwei Promille Alkohol im Blut. Eine reife Leistung.

»Kannst du dich erinnern, was passiert ist?«

»Wir sind über das Tor geklettert. Mart und Diego haben den Platz gekannt und gesagt, da stört uns keiner. Und da … da haben wir dann halt so rumgesessen und … und getrunken.«

»Wer war noch dabei?«

Das Mädchen blickte sie kurz an, dann legte es die Stirn in Falten. Es schien ihr Schwierigkeiten zu bereiten, sich zu erinnern.

»Mart und Diego und … und ich. Und Katharina und Alex … und …« Alina verstummte und sah Pia voller Entsetzen an. »Mia! Ich … ich weiß nicht, was genau passiert ist, ich … ich hatte einen Filmriss. Aber dann hab ich Mia im Wasser liegen sehen! Oh Gott, oh Gott! Und Alex, der war so betrunken, ich konnte ihn nicht wecken!«

Ihr Gesicht verzog sich zu einer Grimasse, dann strömten die Tränen.

Pia ließ sie einen Moment weinen. Das Mädchen aus dem Fluss konnte nicht Mia sein, die mit Alina und ihren Freunden getrunken hatte. Henning irrte sich nur sehr selten, und die Schiffsschraubenverletzungen sprachen dafür, dass die Tote schon länger im Fluss gelegen hatte. Pias Handy klingelte, es war Kai Ostermann, leider konnte er ihr nur sagen, dass seine Anfrage nichts ergeben hatte. Pia bedankte sich und legte auf.

Sie fragte das Mädchen nach dem Nachnamen und der Adresse des bewusstlosen Jungen, dann nach der Telefonnummer ihrer Eltern. Als sie beides notiert hatte, kletterte sie aus dem Rettungswagen und besprach sich kurz mit dem Notarzt.

»Sie ist stabil und kann nach Hause«, sagte der. »Morgen wird sie wohl einen ordentlichen Kater haben, aber da muss sie durch.«

»Was ist mit dem Jungen?«, wollte Pia wissen.

»Er ist schon auf dem Weg nach Höchst. Ich fürchte, der kommt nicht bloß mit 'nem dicken Kopf davon.«

»Guten Abend, Frau Kirchhoff«, sagte jemand. Pia wandte sich um. Hinter ihr stand ein dunkelhaariger Mann mit Dreitagebart in verwaschenen Jeans, T-Shirt und abgetretenen Mokassins, der ihr vage bekannt vorkam. Sie brauchte ein paar Sekunden, bis sie Oberstaatsanwalt Dr. Frey erkannte.

»Ha... Hallo, Herr Dr. Frey«, stotterte sie verblüfft, und beinahe wäre ihr noch ein ›Wie sehen *Sie* denn aus?‹ herausgerutscht. Sie hatte ihn nie anders als in einem Dreiteiler mit Krawatte gesehen, stets glattrasiert und mit perfekter Gelfrisur. Er musterte sie seinerseits allerdings mit derselben Mischung aus Neugier und Erstaunen.

»Ich war auf einem Klassentreffen, als die Zentrale angerufen hat«, erklärte sie ihre Aufmachung mit einem Anflug von Verlegenheit.

»Und ich Grillen mit Familie und Freunden.« Auch Staatsanwalt Frey schien eine Rechtfertigung seines ungewöhnlichen Aufzugs für notwendig zu halten. »Man hat mich über den Leichenfund informiert, und da ich sowieso in Flörsheim war, habe ich mich bereit erklärt, die Sache zu übernehmen.«

»Äh ja, das ... das ist gut.« Pia war noch immer leicht irritiert von der Metamorphose des Staatsanwalts, dem sie weder Freunde noch einen entspannten Grillabend zugetraut hatte. Er roch ganz leicht nach Alkohol und einem Hauch Pfefferminze. Offensichtlich war er nicht völlig immun gegen weltliche Genüsse. Eine völlig neue Seite an diesem für seine eiserne Disziplin und seine Arbeitswut berüchtigten Calvinisten, der in ihrer Vorstellung ausschließlich in seinem Büro oder im Schwurgerichtssaal existierte.

»Rufen Sie die Eltern der zwei Saufnasen an?« Der Notarzt schob schwungvoll die Seitentür des Rettungswagens zu.

»Ja, klar. Ich kümmere mich darum«, sagte Pia.

»Man sagte mir, dass Sie die Ermittlung leiten.« Staatsanwalt Frey ergriff ihren Arm und zog sie ein Stück zur Seite, damit der Rettungswagen vorbeifahren konnte.

»Ja, das stimmt.« Pia nickte. »Mein Chef ist noch im Urlaub.«

»Hm. Was genau ist hier vorgefallen?«

Pia erläuterte in knappen Worten die Situation.

»Ich hielt es für richtig, der Presse Zugang zum Leichenfundort zu gewähren«, schloss sie ihren Bericht. »Mein Kollege konnte auf die Schnelle keine Vermisstenanzeige finden, die auch nur annähernd gepasst hätte. Vielleicht kann die Öffentlichkeit bei der Klärung der Identität des toten Mädchens hilfreich sein.«

Der Staatsanwalt runzelte die Stirn, nickte dann aber zustimmend.

»Eine rasche Aufklärung eines Todesfalls ist immer wünschenswert«, entgegnete er. »Ich schaue mir die Sache mal an. Wir sehen uns später noch.«

Pia wartete, bis er in der Dunkelheit verschwunden war, dann tippte sie die Nummer, die ihr das Mädchen gegeben hatte, in ihr Handy. Ein leichter Wind war aufgekommen, sie fröstelte. Die Presseleute kamen zurück.

»Können wir noch ein kurzes Statement haben?«

»Gleich.« Pia ging ein paar Meter Richtung Flussufer, um ungestört sprechen zu können, denn am anderen Ende der Leitung hatte sich eine äußerst wache Männerstimme gemeldet. »Guten Abend, Herr Hindemith. Mein Name ist Kirchhoff von der Kripo Hofheim. Es geht um Ihre Tochter Alina. Keine Sorge, es geht ihr gut, aber ich würde Sie bitten, nach Eddersheim zu kommen. An die Staustufe. Sie können es nicht verfehlen.«

Die Männer vom Bestattungsunternehmen kamen den Trampelpfad mit einem Leichensack auf einer Bahre hoch. Sofort flammten die Lampen der Kameras auf. Pia ging zu Krögers Dienstwagen, der wie üblich nicht abgeschlossen war, angelte die dunkelblaue Fleecejacke vom Rücksitz und schlüpfte hinein. Dann fasste sie ihr offenes Haar im Nacken zusammen und band es mit einem Gummi zu einem Knoten. So fühlte sie sich schon etwas mehr wie sie selbst und gerüstet, um vor die laufenden Fernsehkameras zu treten.

Seit dem frühen Abend wurde überall auf dem Campingplatz gegrillt und getrunken. In den Sommermonaten spielte sich das soziale Leben der Bewohner vorwiegend im Freien ab, und mit der fortschreitenden Uhrzeit stiegen Lärm- und Alkoholpegel. Gelächter, Gegröle, Musik – niemand nahm auf irgendjemanden Rücksicht, und bisweilen eskalierten an und für sich unbedeutende Ereignisse zu lautstarken und handfesten Auseinandersetzungen zwischen Nachbarn, die sich schon in nüchternem Zustand nicht grün waren. Üblicherweise gelang es dem Platzwart, die Streitigkeiten zu schlichten, aber die Hitze schürte die Aggressionen und so musste in den vergangenen Wochen mehrfach die Polizei gerufen werden, bevor es Verletzte oder gar Tote gab.

Schon seit Jahren lud ihn niemand mehr ein, denn er hatte konsequent jede Einladung abgelehnt. Eine Verbrüderung mit den anderen Campingplatzbewohnern war das Letzte, was er wollte, und bei seiner Vergangenheit war es eindeutig besser, wenn niemand wusste, wer er wirklich war und warum er hier lebte. Der Verpächter war der Einzige, dem er irgendwann einmal seinen richtigen Namen gesagt hatte, und er bezweifelte, dass er sich an ihn erinnerte. Einen offiziellen Mietvertrag für den Wohnwagen gab es nicht. Um keine schlafenden Hunde zu wecken, zahlte er die Miete bar und pünktlich. Seine offizielle Anschrift war ein Postfach auf dem Schwanheimer Postamt. Hier, auf dem Campingplatz, gab es ihn nicht. Und das war gut so.

Er hatte es sich schon vor Jahren zur Gewohnheit gemacht, spazieren zu gehen, wenn abends gefeiert und gesoffen wurde. Der Krach störte ihn nicht einmal, aber seitdem er in der Imbissbude arbeitete, konnte er den Geruch von gebratenem Fleisch und Würstchen, der zu ihm herüber waberte, kaum mehr ertragen. Er war den Fußweg am Main entlang gelaufen und hatte sich für eine Weile auf eine Bank gesetzt. Normalerweise beruhigte ihn der träge dahinfließende Fluss, doch heute hatte ihn das gleichmäßige Rauschen in einen quälenden Zustand gesteigerter Wahrnehmung versetzt, in dem ihm die Jämmerlichkeit seines Lebens in ihrer ganzen Aussichtslosigkeit so deutlich bewusst wurde wie selten. Um dem sinnlosen Kreisen seiner Gedanken zu entfliehen, war er losgejoggt, immer am Fluss entlang, bis nach Goldstein und zurück.

Totale körperliche Erschöpfung war normalerweise das beste Mittel, den bitteren Gedanken Einhalt zu gebieten. Diesmal funktionierte es nicht. Vielleicht lag es an dieser unerträglichen Hitze. Die kalte Dusche hatte nur kurze Linderung gebracht, nach einer halben Stunde war er wieder völlig durchgeschwitzt und wälzte sich unruhig von einer Seite auf die andere. Plötzlich schrillte sein Handy, das in der Ladestation auf dem Tisch stand. Wer mochte das um diese Uhrzeit sein? Er stand auf und warf einen Blick auf das Display, dann nahm er das Gespräch entgegen.

»Tut mir leid, dass ich so spät noch störe«, sagte eine heisere Bassstimme am anderen Ende der Leitung. »Mach mal den Fernseher an. Es ist auf allen Kanälen.«

Bevor er antworten konnte, hörte er nur noch das Besetztzeichen. Er griff nach der Fernbedienung und schaltete den kleinen Fernseher am Fußende seines Bettes ein.

Sekunden später sah er das ernste Gesicht einer blonden Frau auf dem Bildschirm. Hinter ihr blinkten Blaulichter, zwischen den von Scheinwerferlicht erhellten Bäumen glitzerte schwarzes Wasser.

»*… eines jungen Mädchens gefunden*«, hörte er die Frau sagen. »*Nach ersten Einschätzungen lag die Leiche bereits seit ein paar Tagen im Wasser. Weitere Erkenntnisse erhoffen wir uns von der Obduktion.*«

Er erstarrte.

Zwei Männer luden eine Bahre mit einem Leichensack in einen Leichenwagen, hinter ihnen trugen zwei mit Schutzoveralls bekleidete Gestalten Plastikbeutel, dann schwenkte die Kamera auf die Schleuse.

»*Unweit der Staustufe bei Eddersheim wurde heute die Leiche eines jungen Mädchens im Main gefunden*«, sagte der Sprecher aus dem Off. »*Die Identität des Mädchens ist nicht bekannt, und die Polizei hofft auf Hinweise aus der Bevölkerung. Erinnerungen an einen ähnlichen Fall vor ein paar Jahren werden wach.*«

Ein älterer Mann blinzelte in grelles Licht.

»*Ei, da ist doch schonnemol ein Mädsche im Fluss gefunne worn. Drübbe, in Höchst war des, an dere Wörthspitze. Da wisse se bis heut net, wer des arme Ding gewese ist. Wenn isch misch rischtisch erinner, denn is des so zehn Jahr her, un da habbe …*«

Er schaltete den Fernseher ab, stand in der Dunkelheit. Sein Atem ging so schnell, als wäre er gerannt.

»Neun«, flüsterte er gepresst. »Das ist neun Jahre her.«

Die Angst kroch wie Gänsehaut über seinen Körper. Sein Bewährungshelfer wusste, dass er hier lebte. Also war es für Polizei und Staatsanwaltschaft kein Problem, das herauszufinden. Was würde jetzt passieren? Erinnerten sie sich an ihn?

Jede Müdigkeit war verflogen, seine Gedanken überschlugen sich. An Schlaf war nicht mehr zu denken. Er schaltete das Licht ein und nahm den Putzeimer und eine Flasche Klorix aus dem Schrank neben der Küchenzeile. Sie würden kommen, alles durchsuchen und ihre DNS hier in seinem Wohnwagen finden! Das durfte auf keinen Fall geschehen, denn wenn er gegen seine Bewährungsauflagen verstieß, musste er sofort zurück in den Knast.

Vorsichtig schloss Pia die Haustür auf, darauf gefasst, die Hunde daran hindern zu müssen, in freudiges Begrüßungsgebell auszubrechen, um Christoph nicht zu wecken. Doch kein Hund erwartete sie im Windfang, stattdessen drang ihr der Geruch von gebratenem Fleisch in die Nase und in der Küche brannte Licht. Sie legte ihre Tasche und die Autoschlüssel auf die Anrichte in der Diele. In der Küche saßen die vier Hunde und verfolgten in synchroner Andacht jede von Christophs Bewegungen. Er stand am Herd, in Shorts, Schlaf-T-Shirt und Küchenschürze, in den Händen zwei Fleischgabeln. Die Dunstabzugshaube lief auf Hochtouren.

»Hi«, sagte Pia überrascht. »Bist du wach oder schlafwandelst du?«

Die Hunde wandten nur kurz die Köpfe und wedelten mit den Schwänzen, dann fanden sie das Geschehen am Herd wieder weitaus faszinierender.

»Hey, Süße.« Christoph grinste. »Ich hab schon fast geschlafen, da ist mir siedend heiß eingefallen, dass ich die Rouladen im Kühlschrank vergessen hatte. Ich hab Lilly doch versprochen, als Begrüßungsessen Rouladen zu machen.«

Pia musste grinsen. Sie trat neben ihn und gab ihm einen Kuss.

»Ob es in ganz Deutschland noch einen Mann gibt, der um halb zwei morgens bei geschätzten sechsundzwanzig Grad Celsius *Rouladen* brät? Unglaublich.«

»Ich hab sie sogar noch gefüllt«, sagte Christoph nicht ohne Stolz. »Senf, Gurke, Speck, Zwiebeln. Versprochen ist versprochen.«

Pia zog Krögers Fleecejacke aus, hängte sie über eine Stuhllehne und ließ sich auf einen der Küchenstühle sacken.

»Wie war dein Klassentreffen?«, erkundigte Christoph sich. »Muss lustig gewesen sein, wenn du so lange durchgehalten hast.«

»Ach, das Klassentreffen.« Das hatte Pia völlig vergessen. Die lachenden und schwatzenden Frauen auf der Terrasse der Villa Borgnis unter dem samtschwarzen Sternenhimmel erschienen ihr wie der harmlose Heile-Welt-Vorfilm zu einem Horrorschocker, der Realität hieß. Und in dieser Realität war ein Teenager gestorben.

Sie kickte die Slingpumps, aus denen der Ausflug ins Unterholz einen Fall für die Mülltonne gemacht hatte, von den Füßen.

»Ja, das war ganz nett. Aber leider musste ich noch arbeiten.«

»Arbeiten?« Christoph wandte sich um und hob die Augenbrauen. Er wusste, was nächtliche Arbeit in Pias Job zu bedeuten hatte. Selten war es harmlos. »Schlimm?«

»Ja.« Pia stützte die Ellbogen auf den Tisch und rieb sich das Gesicht. »Richtig schlimm. Ein totes Mädchen, zwei jugendliche Komasäufer.«

Christoph ersparte sich und ihr eine Floskel wie ›Oh Gott, das tut mir leid‹.

»Magst du etwas trinken?«, fragte er stattdessen.

»Ja, ein schönes kaltes Bier wäre jetzt vielleicht genau das Richtige, obwohl ich heute Abend wieder die Bestätigung dafür bekommen habe, dass Alkohol keine Probleme löst, sondern welche schafft.«

Sie wollte aufstehen, aber Christoph schüttelte den Kopf.

»Bleib sitzen. Ich hol's dir.«

Er legte die Fleischgabel weg, deckte den Bräter ab und stellte die Gasflamme des Herdes kleiner. Dann nahm er zwei Flaschen Bier aus dem Kühlschrank und öffnete sie.

»Glas?«

»Nein. Muss nicht sein.«

Christoph reichte Pia die Flasche und setzte sich neben sie an den Tisch.

»Danke.« Sie nahm einen tiefen Schluck. »Ich fürchte, du musst Lilly morgen alleine abholen. Da ja außer mir niemand da ist, werde ich zur Obduktion müssen. Tut mir leid.«

Morgen würde Christophs siebenjährige Enkeltochter Lilly aus Australien eintreffen und vier Wochen lang auf dem Birkenhof bleiben. Als Pia vor ein paar Wochen davon erfahren hatte, war sie alles andere als begeistert gewesen. Christoph und sie hatten beide Fulltime-Jobs, und man konnte ein kleines Kind schließlich nicht allein auf dem Hof lassen. Geärgert hatte sie sich vor allen Dingen über den Egoismus von Lillys Mutter Anna, Christophs zweitältester Tochter. Ihr Lebensgefährte und Vater der Kleinen war Meeresbiologe und hatte im Frühjahr die Leitung eines Forschungsprojekts in der Antarktis übernommen. Anna hatte ihn unbedingt begleiten wollen, aber das war mit einem schulpflichtigen Kind unmöglich. Christoph hatte ihr die Bitte, Lilly für diese Zeit zu sich zu nehmen, mit der Begründung abgeschlagen, sie sei Mutter und habe Verantwortung für ihr Kind, also müsse sie auf solche Dinge eben verzichten. Anna hatte verzweifelt gebettelt, bis sich Christoph und Pia schließlich auf den Kompromiss eingelassen hatten, die Kleine in den zweiwöchigen australischen Winterferien bei sich aufzunehmen. Pia, die Anna als Einzige von Christophs drei Töchtern nicht besonders mochte, hatte sich nicht gewundert, als aus den zwei Wochen schließlich doch vier geworden waren. Irgendetwas hatte die raffinierte Anna mit Lillys Schule gedreht und eine Beurlaubung für ihre Tochter erhalten. Typisch. Damit hatte sie wieder einmal erfolgreich ihren Willen durchgesetzt.

»Das ist doch kein Problem.« Christoph streckte die Hand aus und streichelte Pias Wange. »Was ist passiert?«

»Das ist alles noch etwas rätselhaft.« Sie nahm einen weiteren Schluck. »Ein Sechzehnjähriger, der nach einer Sauforgie im Koma liegt, und ein junges Mädchen, das wir aus dem Main gefischt haben. Sie muss schon länger im Fluss gelegen haben, ihre Leiche wurde von einer Schiffsschraube zerfetzt.«

»Klingt entsetzlich.«

»Ist es auch. Wir haben keine Ahnung, wer das Mädchen ist. Es liegt keine passende Vermisstenanzeige vor.«

Eine Weile saßen sie am Küchentisch, tranken das Bier aus und schwiegen. Das war eine der vielen Eigenschaften, die Pia an Christoph schätzte. Sie konnte mit ihm nicht nur reden, sondern auch schweigen, ohne dass dieses Schweigen je unangenehm wurde. Er spürte genau, ob sie über irgendetwas sprechen wollte oder einfach nur seine stumme Gesellschaft brauchte.

»Gleich zwei Uhr.« Pia stand auf. »Ich glaub, ich springe schnell unter die Dusche und dann ins Bett.«

»Ich bin hier auch gleich fertig.« Christoph erhob sich ebenfalls. »Ich räume nur noch die Küche auf.«

Pia ergriff sein Handgelenk, er blieb stehen und sah sie an.

»Danke«, sagte sie leise.

»Wofür?«

»Dass es dich gibt.«

Er lächelte dieses Lächeln, das sie so an ihm liebte.

»Das kann ich nur zurückgeben«, flüsterte er und schloss sie fest in seine Arme. Sie schmiegte sich an ihn und spürte seinen Mund in ihrem Haar. Und für den Moment war alles gut.

»Wir fahren zu Onkel Richard, nur du und ich«, sagte Papa und zwinkerte ihr zu. »Da darfst du Ponyreiten und dann auch die Geschenke aufmachen.«

Oh ja, Ponyreiten! Und ganz allein mit Papa, ohne Mama und die Geschwister! Sie freute sich und war richtig aufgeregt. Obwohl sie schon ein paar Mal mit Papa bei Onkel Richard gewesen war, konnte sie sich nicht richtig an das Haus und die Ponys erinnern, das war komisch. Aber sie freute sich riesig, denn Papa hatte ihr auch ein hübsches neues Kleid mitgebracht, das sie vorher schon anziehen durfte.

Sie betrachtete sich im Spiegel, berührte mit den Fingerspitzen das rote Hütchen auf ihrem Kopf und lachte. Das Kleid war ein richtiges Dirndl mit einem kurzen Rock und einer Schürze. Papa hatte ihr die Haare zu zwei Zöpfen geflochten, und sie sah wirklich ganz genauso aus wie das Rotkäppchen in ihrem Märchenbuch.

Er brachte ihr immer Geschenke mit, und diese Geschenke waren das Geheimnis von Papa und ihr, denn den anderen brachte er nie etwas mit. Nur ihr. Sie war sein Liebling. Mama war mit den Geschwistern über das Wochenende weggefahren, deshalb hatte sie Papa ganz für sich.

»Hast du noch was für mich mitgebracht?«, fragte sie neugierig, weil die große Papiertüte noch immer ganz prall war.

»Allerdings.« Er lächelte verschwörerisch. »Hier, magst du es anschauen?«

Sie nickte eifrig. Er nahm noch ein Kleid aus der Papiertüte. Es war rot, und der Stoff fühlte sich in ihren Fingern kühl und sehr weich an.

»Ein Prinzessinnenkleid für meine kleine Prinzessin«, sagte er.

»Und passende Schuhe habe ich auch für dich gekauft. In Rot.«

»Oh, toll! Darf ich mal gucken?«

»Nein, später. Wir müssen los. Onkel Richard wartet schon auf uns.«

Sie ließ sich hochheben und schmiegte sich an ihn. Sie liebte seine dunkle Stimme und den Duft nach Pfeifentabak, den seine Kleider ausströmten.

Wenig später saßen sie im Auto. Sie fuhren eine ganze Weile, und sie war ganz aufgeregt, wenn sie etwas sah, was sie kannte. Das war ein Spiel, das sie immer mit Papa spielte, wenn sie zusammen auf einem Geheimnis-Ausflug waren. So nannte er das, denn sie durfte den Geschwistern nichts davon erzählen. Weil die sonst neidisch waren.

Irgendwann war die Straße zu Ende, es ging durch den Wald bis zu einer Lichtung, auf der ein großes Haus aus Holz mit einer Veranda und grünen Schlagläden stand.

»Das sieht ja genauso aus wie in meinem Märchenbuch!«, rief sie aufgeregt und freute sich, als sie die Ponys auf der Wiese vor dem Haus sah.

»Darf ich gleich reiten?« Sie rutschte aufgeregt auf dem Sitz hin und her.

»Natürlich.« Papa lachte und parkte den Mercedes neben ein paar anderen Autos. Bei Onkel Richard war immer etwas los, und darauf freute sie sich auch, denn alle waren Freunde von Papa und hatten Geschenke und Süßigkeiten für sie dabei.

Sie stieg aus und rannte zu den Ponys, die sich streicheln ließen. Onkel Richard kam auch heraus und fragte, auf welchem Pony sie reiten wollte. Am liebsten mochte sie das weiße Pony, das hieß Flocke, das wusste sie. Komisch, dass sie sich an den Namen erinnerte, aber gar nicht wusste, wie das Haus von innen aussah.

Nach einer halben Stunde gingen sie hinein. Im Haus waren die Freunde von Papa und Onkel Richard. Alle begrüßten sie fröhlich und bewunderten das Dirndl und das rote Käppchen. Sie drehte sich hin und her und lachte.

»So, zieh mal das Dirndl aus.« Papa stellte die Papiertüte auf den Tisch und nahm das Kleid heraus. Onkel Richard nahm sie auf den Schoß und half dabei, ihr das Kleid und echte Seidenstrümpfe anzuziehen, wie Mama auch welche hatte. Die anderen lachten, weil sie sich so ungeschickt anstellten mit den Bändern, die an einem Gürtel befestigt wurden. Das war echt lustig!

Aber das Schönste war das Kleid – ein richtiges Prinzessinnenkleid in Rot! Und die roten Schuhe dazu, mit Absätzen!

Sie schaute sich im Spiegel an und war ganz stolz. Und Papa war auch stolz, er führte sie durch das Wohnzimmer die Treppe hinauf, wie bei einer Hochzeit. Onkel Richard ging vorneweg und öffnete eine Tür. Sie staunte. In dem Zimmer stand ein echtes Prinzessinnenbett mit Baldachin!

»Was spielen wir denn?«, fragte sie.

»Etwas ganz Lustiges«, antwortete Papa. »Wir ziehen uns auch noch um. Warte hier und sei artig.«

Sie nickte. Kletterte auf das Bett und hüpfte darauf herum. Alle hatten ihr schönes Kleid bewundert und waren so nett zu ihr! Die Tür ging auf, und sie stieß einen erschrockenen Schrei aus, als sie den Wolf sah. Doch dann musste sie lachen. Das war ja gar kein echter Wolf, das war Papa, der sich verkleidet hatte! Wie schön es war, dass nur sie dieses Geheimnis mit Papa hatte. Nur zu dumm, dass sie sich hinterher nie daran erinnern konnte. Das war wirklich traurig.

Freitag, 11. Juni 2010

Hanna Herzmann hatte schlecht geschlafen. Ein Alptraum hatte den nächsten gejagt, einmal hatte Vinzenz als Gast in ihrer Sendung gesessen und sie vor laufender Kamera bis auf die Knochen blamiert, dann hatte Norman sie bedroht und sich im Traum plötzlich in jenen Mann verwandelt, der sie über Monate hinweg gestalkt hatte, bis er von der Polizei aus dem Verkehr gezogen worden und als Wiederholungstäter für zwei Jahre im Gefängnis gelandet war.

Um halb sechs war sie schließlich aufgestanden, hatte sich unter der Dusche den klebrigen Angstschweiß von der Haut gespült und saß nun mit einer Tasse Kaffee am Computer. Wie befürchtet war das Internet voll mit der blöden Geschichte.

Verdammt! Hanna massierte mit Daumen und Zeigefinger ihre Nasenwurzel. Falls es für eine Schadensbegrenzung nicht längst zu spät war, so musste sie schnell geschehen, bevor sich weitere unzufriedene Gäste ihrer Sendung anspornen ließen, dasselbe zu tun wie Armin V. und Bettina B. Nicht auszudenken, was das für Kreise ziehen konnte! Auch wenn ihre Sendung im Augenblick noch nicht akut bedroht war, so würde die Geschäftsleitung des Senders nicht ewig hinter ihr stehen. Es war zu früh, um bei Wolfgang anzurufen, deshalb beschloss sie, sich bei einer Joggingrunde auf andere Gedanken zu bringen. Beim Laufen konnte sie am besten nachdenken. Sie zog ihre Sportkleidung an, band ihr Haar zu einem Pferdeschwanz und schlüpfte in die Laufschuhe. Früher war sie jeden Tag gelaufen, doch seit ihre Fußprobleme schlimmer geworden waren, hatte sie damit aufgehört.

Die Luft war noch frisch und klar. Hanna atmete tief ein und aus und machte ein paar Dehnübungen auf den Treppenstufen vor der Haustür, dann stöpselte sie ihren iPod ein und suchte nach der Musik, auf die sie jetzt Lust hatte. Sie ging die Straße hinunter bis zur Ecke, an der sich der Parkplatz befand, bog in den Wald ein und begann zu laufen. Jedes Abrollen tat höllisch weh, aber sie biss die Zähne zusammen und zwang sich, weiterzulaufen. Schon nach ein paar hundert Metern hatte sie Seitenstechen, lief trotzdem weiter. Sie würde nicht aufgeben. Hanna Herzmann gab niemals auf! Gegenwind und Probleme betrachtete sie schon ihr ganzes Leben lang als Herausforderung und Ansporn, nicht als Grund, den Kopf in den Sand zu stecken. Und Schmerzen waren eine rein mentale Angelegenheit, von der man sich nicht beeindrucken lassen durfte. Wäre sie anders gewesen, so hätte sie niemals eine solche Karriere gemacht, wäre nie und nimmer so erfolgreich geworden. Ehrgeiz, Beharrlichkeit, Durchhaltevermögen – diese Charaktereigenschaften ließen sie auch in harten Zeiten nie verzagen.

Mit ihrem Reportagemagazin *Auf Herz und Nieren* hatte Hanna vor vierzehn Jahren ein völlig neues, revolutionäres Format entwickelt, das in der deutschen Fernsehlandschaft für Furore und Traumquoten gesorgt hatte. Das Konzept war so einfach wie genial: Eine breitgefächerte Mischung von brisanten und aktuellen Ereignissen, die die Menschen im Land bewegten, dazu persönliche Schicksale, menschliche Dramatik, garniert mit prominenten Gästen, und das alles in neunzig Minuten zur besten Sendezeit, etwas Vergleichbares hatte es bis dato nicht gegeben. Mit dem Erfolg kamen die Nachahmer, aber keine ähnlich konzipierte Sendung war so populär wie ihre. Ihre Medienpräsenz hatte einige durchaus lukrative Nebeneffekte: Sie gehörte zu den bekanntesten Fernsehgesichtern, war überall gefragt. Wenn das Honorar stimmte, moderierte sie Galas und Preisverleihungen, entwickelte Ideen und Konzepte für andere Sendeformate und ließ sich das gut bezahlen. Vor zehn Jahren hatte sie die *Herzmann production* gegründet und produzierte ihre Sendung mittlerweile selbst.

Die Schattenseite des beruflichen Erfolgs war ihr verkorkstes Privatleben. Offenbar gab es keinen Mann, der es an ihrer Seite aushielt. Meikes Worte von gestern Abend schossen Hanna durch den Kopf. Stimmte das? War sie ein Panzer, der alle anderen Menschen niederwalzte?

»Und wenn schon«, murmelte sie mit einem Anflug von Trotz. So war sie eben. Sie brauchte keinen Mann in ihrem Leben.

An der ersten Kreuzung im Wald entschied sie sich für den längeren Weg und bog nach rechts ab. Ihre Atmung normalisierte sich, ihre Schritte wurden elastischer. Sie hatte ihren Laufrhythmus gefunden und spürte die Schmerzen kaum noch. Aus Erfahrung wusste sie, dass sie gleich ganz verschwunden sein würden, noch ein paar Minuten, bis ihr Körper die Endorphine ausschüttete, die Schmerz und Erschöpfung ausschalteten. Nun konnte sie ihre Gedanken um ihr Problem kreisen lassen und die Natur genießen. Den würzigen Geruch, den der Wald nur in den frühen Morgenstunden ausströmte, den federnden Boden, der so viel angenehmer zu laufen war als Asphalt. Es war kurz nach sieben, als sie den Waldrand erreichte und die weiße Kuppel des Baha'i-Tempels in der bereits hoch am Himmel stehenden Sonne leuchten sah. Obwohl sie lange nicht gelaufen war, keuchte sie noch nicht. Ihre Kondition war nicht völlig verschwunden. Zwanzig Minuten benötigte sie für den Rückweg wieder quer durch den Wald bis zur Wochenendhaussiedlung, wie der Teil von Langenhain genannt wurde, in dem ihr Haus stand. Sie war schweißgebadet, als sie in Schritt fiel, doch diesmal war es angenehmer, ehrlicher Sportschweiß, kein Angstschweiß wie letzte Nacht. Und sie hatte auch eine Strategie entwickelt, die sie beim Mittagessen später mit Wolfgang besprechen würde. Hanna zog die Ohrstöpsel aus den Ohren und kramte in der Tasche ihrer Laufjacke nach dem Haustürschlüssel. Im Vorbeigehen streifte sie mit einem flüchtigen Blick ihr Auto, das sie gestern Abend nicht mehr in die Garage gestellt, sondern neben Meikes Mini stehen gelassen hatte.

Was war *das* denn?

Hanna traute ihren Augen nicht. Alle vier Reifen ihres schwarzen Panamera waren platt! Sie wischte sich mit dem Unterarm den Schweiß von der Stirn und ging näher heran. Ein platter Reifen konnte noch ein Zufall sein, nicht aber alle vier. Doch erst als sie das Auto genauer betrachtete, sah sie das Schlimmste. Sie erstarrte. Ihr Herz begann zu rasen, ihre Knie wurden weich und sie spürte, wie ihr die Tränen in die Augen schossen, Tränen des hilflosen Zorns. Jemand hatte in den glänzend schwarzen Lack der Kühlerhaube ein Wort geritzt. Ein einziges Wort, brutal und unmissverständlich, in großen ungelenken Buchstaben. FOTZE.

Bodenstein stellte eine Tasse unter den Auslauf des Kaffeeautomaten und drückte auf den Knopf. Das Mahlwerk rasselte, Sekunden später zog köstlicher Kaffeeduft durch die winzige Küche.

Inka hatte ihn um kurz nach Mitternacht nach Hause gefahren. Er hatte beim Pizzaessen das Gespräch fast alleine bestritten, aber das war ihm erst aufgefallen, als sie ihn auf dem Parkplatz vor dem Kutscherhaus abgesetzt hatte. Seitdem sie das Haus besichtigt hatten, war Inka so wortkarg gewesen wie selten, und Bodenstein fragte sich, ob er irgendetwas gesagt oder getan hatte, was sie verärgert haben könnte. Hatte er sich nicht angemessen bei ihr bedankt, dafür, dass sie ihn am Flughafen abgeholt und sich um die Schlüssel für das Haus gekümmert hatte? In seiner Euphorie über das befreite Gefühl, mit dem er aus Potsdam zurückgekehrt war, hatte er tatsächlich den ganzen Abend nur über und von sich und seinen Befindlichkeiten gesprochen. Das war eigentlich gar nicht seine Art. Bodenstein beschloss, Inka später anzurufen und sich dafür zu entschuldigen.

Er trank den Kaffee aus und zwängte sich in das winzige fensterlose Badezimmer, das er nach dem beinahe luxuriösen Bad in dem Potsdamer Hotel als noch dunkler und enger empfand als sonst.

Es war wirklich höchste Zeit, endlich wieder ein richtiges Zuhause zu haben – eigene Möbel, ein anständiges Badezimmer, eine Küche mit mehr als nur zwei Kochplatten. Die zwei Zimmer im Kutscherhaus mit den niedrigen Decken, den Fensterchen, die kaum größer waren als Schießscharten und den Türrahmen in Zwergenhöhe, an denen er sich ständig den Kopf stieß, hatte er satt. Genauso, wie er es satthatte, als Gast bei seinen Eltern und seinem Bruder zu wohnen, zumal er wusste, dass seiner Schwägerin ein zahlender Mieter für das Kutscherhaus sehr viel lieber wäre als ein Verwandter, der nur für die Umlagen aufkam. Immer wieder fragte sie ganz unverblümt, wann er denn endlich ausziehen würde, und neuerdings tauchte sie sogar regelmäßig mit potentiellen Mietern auf.

Im kümmerlichen Lichtschein der 40-Watt-Birne über dem Spiegel rasierte Bodenstein sich mehr schlecht als recht. Tatsächlich war das Haus, das er gestern mit Inka besichtigt hatte, die ganze Nacht in seinen Träumen herum gespukt. Heute Morgen, im Halbschlaf, hatte er es im Geiste eingerichtet. Sophia würde ihr eigenes Zimmer haben und ganz in seiner Nähe wohnen, und er konnte endlich wieder einmal Besuch empfangen. Das Haus in Kelkheim war so gut wie verkauft, nächste Woche war der Notartermin mit den Käufern. Mit der Hälfte des Geldes konnte er sich die Doppelhaushälfte in Ruppertshain sicherlich leisten.

Draußen polterte es, er hörte Stimmen. Ein zweiter Kaffee brachte seine Lebensgeister in Schwung. Er stellte die Tasse in die Spüle, ergriff sein Jackett und nahm die Autoschlüssel vom Schlüsselbrett neben der Haustür. Auf dem Parkplatz luden Arbeiter der Stadt Kelkheim Absperrgitter von ihren orangefarbenen Lkw und ihm fiel ein, dass heute Abend ein Jazzkonzert im Hof stattfinden sollte. Regelmäßig mietete die Stadt den historischen Gutshof für kulturelle Veranstaltungen, und Bodensteins Eltern kam das Geld nicht ungelegen. Bodenstein schloss die Haustür ab und nickte auf dem Weg zu seinem Auto den Arbeitern zu. Hinter ihm hupte es, er drehte sich um. Marie-Louise, seine tüchtige Schwägerin, hielt neben ihm an.

»Guten Morgen!«, rief sie forsch. »Ich habe zigmal versucht, dich anzurufen. Rosalie hat eine Einladung zum *Concours des Jeunes Chefs Rôtisseurs* in Frankfurt bekommen! Eigentlich wollte sie dir das selbst erzählen, aber du bist ja nicht zu erreichen. Was ist mit deinem Handy los?«

Rosalie, Bodensteins ältere Tochter, hatte sich vor zwei Jahren entschlossen, nach dem Abitur nicht zu studieren, sondern eine Lehre als Köchin zu beginnen. Anfänglich hatten Cosima und er geglaubt, der Hauptgrund für diese Entscheidung sei der Sternekoch, in den Rosalie heimlich verliebt war, und sie hatten damit gerechnet, dass sie nach ein paar Monaten unter der Fuchtel des strengen Franzosen das Handtuch werfen würde. Aber Rosalie hatte Talent und war mit Begeisterung bei der Sache. Ihre Lehre hatte sie mit Bestnoten abgeschlossen. Die Einladung zum Kochwettbewerb der Chaîne des Rôtisseurs war eine großartige Auszeichnung und Anerkennung ihrer Leistung.

»Ich habe schon den ganzen Morgen keinen Empfang.« Bodenstein hielt sein Smartphone hoch und zuckte die Schultern. »Komisch, eigentlich.«

»Na, mit den Dingern kenne ich mich auch nicht aus«, sagte Marie-Louise.

»Ich aber!« Ihr achtjähriger Sohn beugte sich vom Rücksitz aus nach vorne und streckte die Hand aus dem Fenster. »Zeig mal her!«

Bodenstein reichte seinem jüngsten Neffen mit einem Anflug von Belustigung das Handy, aber das Grinsen verging ihm nach fünf Sekunden.

»Kann ja nicht gehen. Du hast noch den Flugmodus aktiviert, Onkel Oli«, verkündete der Knirps altklug und wischte auf dem Touchscreen herum. »Sieht man doch an dem Flugzeugsymbol. Hier, jetzt geht's wieder.«

»Äh … danke, Jonas«, stammelte Bodenstein.

Der Junge nickte ihm huldvoll vom Rücksitz aus zu, und Marie-Louise lachte, nicht ohne Schadenfreude.

»Ruf Rosalie an!«, rief sie und gab Gas.

Bodenstein kam sich selten dämlich vor. Er war kein Vielflieger und hatte gestern den Flugmodus des iPhone zum ersten Mal überhaupt benutzt und das auch nur, weil sein Sitznachbar im Flugzeug ihm gezeigt hatte, wie das ging. Auf dem Hinflug hatte er das Gerät einfach ausgeschaltet.

Während er zu seinem Auto ging, produzierte das Telefon eine wahre Kakophonie an Tönen: Dutzende SMS trafen ein, Rückrufbitten, Hinweise auf verpasste Anrufe, dazu klingelte es.

Pia Kirchhoff! Er nahm das Gespräch an.

»Guten Morgen, Pia«, sagte er. »Ich habe erst gerade gesehen, dass du gestern versucht hast mich zu erreichen. Ist …«

»Hast du heute noch nicht die Zeitung gelesen?«, unterbrach sie ihn unhöflich, ein deutliches Indiz dafür, dass sie unter großem Druck stand. »Gestern Abend haben wir ein totes Mädchen aus dem Main an der Eddersheimer Staustufe geborgen. Kommst du heute ins Büro?«

»Ja, selbstverständlich. Ich bin schon auf dem Weg«, antwortete er und setzte sich ins Auto. Kurz erwog er, Inka vom Auto aus anzurufen, aber dann entschied er sich dafür, ihr am Abend einen Blumenstrauß vorbeizubringen und sich persönlich zu bedanken.

Das Autofahren wurde von Tag zu Tag beschwerlicher. Wenn das so weiterging, dann würde sie in Kürze mit ihrem dicken Bauch nicht mehr hinter das Lenkrad passen oder mit den Füßen nicht mehr an Gas und Bremse reichen. Emma bog nach links in die Wiesbadener Straße ein und warf einen Blick in den Rückspiegel. Louisa starrte aus dem Fenster. Während der ganzen Fahrt hatte sie noch keinen Mucks von sich gegeben.

»Hast du noch Bauchweh?«, erkundigte Emma sich besorgt.

Die Kleine schüttelte den Kopf. Normalerweise plapperte sie wie ein Wasserfall. Irgendetwas stimmte nicht mit ihr. Hatte sie Probleme im Kindergarten? Streit mit anderen Kindern?

Ein paar Minuten später hielt sie vor der Kita und stieg aus. Louisa konnte sich selbst losschnallen und aussteigen und legte großen Wert auf diese Selbständigkeit. In ihrem Zustand war Emma froh, dass sie das Kind nicht aus dem Auto herausheben musste.

»Was hast du denn?« Vor der Tür der Kita blieb Emma stehen, ging in die Hocke und sah Louisa prüfend an. Sie hatte heute Morgen nur lustlos gegessen und ohne Gegenwehr das grüne T-Shirt angezogen, obwohl sie das eigentlich nicht mochte, weil es angeblich kratzte.

»Nichts«, erwiderte das Mädchen und wich ihrem Blick aus.

Es hatte keinen Sinn, das Kind zu bedrängen. Emma nahm sich vor, später mit der Erzieherin zu telefonieren und sie zu bitten, ein Auge auf Louisa zu haben.

»Na, dann viel Spaß heute, meine Süße«, sagte sie und küsste ihre Tochter auf die Wange. Die erwiderte den Kuss pflichtschuldig und verschwand dann ohne die übliche Begeisterung durch die geöffnete Tür zu ihrer Gruppe.

Nachdenklich fuhr Emma zurück nach Falkenstein, stellte das Auto ab und beschloss, einen Spaziergang über das weitläufige Grundstück zu machen, auf dem überall verteilt die Gebäude standen, die zur Einrichtung des Vereins *Sonnenkinder e. V.* gehörten. In der Nähe der Villa ihrer Schwiegereltern befand sich das Herzstück des Ganzen, das Verwaltungsgebäude mit Seminarräumen, Geburtshaus, Kinderkrippe, dem Hort für die kleineren Kinder und der Betreuungseinrichtung für die älteren Kinder, deren Mütter berufstätig waren. Ein Stück entfernt lag das Mutter-und-Kind-Haus, jenes frühere Altersheim. Dann gab es noch verschiedene Gebäude, den Gemüsegarten, Werkstatt, Haustechnik, und am anderen Ende des Parks bildeten die drei Bungalows die äußerste Grenze des riesigen Anwesens.

Am frühen Morgen war die Luft noch kühl und frisch, und Emma brauchte ein bisschen Bewegung. Sie schlenderte den Weg entlang, der sich im Schatten uralter Eichen, Buchen und Zedern zwischen sorgfältig gemähten sattgrünen Rasenflächen und blühenden Rhododendren zum Verwaltungsgebäude durch den Park schlängelte. Sie mochte die üppige Natur, den Geruch, den der nahe Wald an warmen Sommerabenden ausströmte. Obwohl sie nun seit einem halben Jahr hier lebte, genoss sie den Anblick des vielen Grüns noch immer mit allen Sinnen, ein Labsal für die Augen im Vergleich zu den kargen, trockenen Landschaften, in denen sie in den vergangenen zwanzig Jahren gelebt und gearbeitet hatte. Florian hingegen empfand die provokante Fruchtbarkeit der Natur als verstörend. Erst kürzlich hatte er seinem Vater vorgehalten, die Wasserverschwendung sei geradezu obszön. Josef hatte verstimmt auf den Vorwurf reagiert und erwidert, das Wasser für die Beregnung der Grünflächen stamme aus den Regenwasserzisternen.

Jedes Gespräch zwischen Florian und seinen Eltern geriet nach wenigen Sätzen zu einer Kontroverse. Aus harmlosen Gesprächen entfachte er unnötige Diskussionen, die meistens damit endeten, dass er aufstand und verschwand.

Emma war sein Verhalten unangenehm. Sie entdeckte eine rechthaberische und ignorante Seite an ihrem Mann, die ihr nicht gefiel. Er gab es ihr gegenüber nicht zu, aber sie merkte, dass er sich im Haus seiner Eltern, in der Welt seiner Kindheit, überhaupt nicht wohl fühlte. Sie hätte zu gerne verstanden, warum das so war, denn sie empfand ihre Schwiegereltern als freundliche, unaufdringliche Gastgeber, die sich nie in ihre Belange einmischten oder gar unangemeldet in ihrer Wohnung auftauchten.

»Guten Morgen!«, rief jemand hinter ihr, und sie drehte sich um. Ein bärtiger Mann mit Pferdeschwanz kam mit dem Fahrrad den Weg entlanggeradelt und stoppte nun neben ihr.

»Hallo, Herr Grasser!« Emma hob grüßend die Hand.

Ihre Schwiegereltern bezeichneten Helmut Grasser als Hausmeister, aber eigentlich war er viel mehr. Er war ein wahrer Alleskönner und immer guter Laune. Wenn die Schwiegereltern irgendwohin mussten, gab er den Chauffeur, er montierte Regale, wechselte Glühbirnen aus, war aber auch für die Instandhaltung der Gebäude zuständig und hatte die Oberaufsicht über die Pflege des Parks und der Grünanlagen. Gemeinsam mit seiner Mutter Helga, die in der Küche arbeitete, lebte er im mittleren der drei Bungalows.

»Na, läuft der Fernseher wieder?«, erkundigte er sich, seine dunklen Augen, umgeben von einem Kranz Lachfältchen, blitzten belustigt.

»Ach, das ist mir immer noch peinlich.« Emma lachte verlegen. Vorgestern hatte sie Grasser angerufen und gebeten, nach ihrem Fernseher zu schauen, der nicht mehr funktionierte, dabei hatte sie nur versehentlich auf der Fernbedienung den Videokanal eingestellt, das war alles gewesen. Grasser musste sie für weltfremd halten!

»Besser, als wenn er wirklich kaputt gewesen wäre. Ich wollte heute Mittag die Mischbatterie bei Ihnen in der Küche auswechseln. Passt es Ihnen gegen zwei?«

»Ja, natürlich.« Emma nickte erfreut.

»Prima. Dann bis später!« Grasser lächelte und schwang sich wieder auf sein Fahrrad.

Gerade als Emma am Verwaltungsgebäude vorbeigehen und zur Villa einbiegen wollte, trat Corinna Wiesner, die Verwaltungschefin von *Sonnenkinder e. V.*, aus der Glastür, ein Handy am Ohr, und kam ihr mit schnellen Schritten entgegen. Sie sah konzentriert aus, aber als sie Emma erblickte, lächelte sie und beendete das Gespräch.

»Dieses Fest raubt mir noch den letzten Nerv!«, rief sie fröhlich und steckte das Handy weg. »Guten Morgen! Wie geht's dir? Du siehst etwas müde aus.«

»Guten Morgen, Corinna«, erwiderte Emma. »Na ja, ich habe letzte Nacht nicht viel geschlafen. Wir hatten doch Klassentreffen.«

»Ach ja, stimmt. Und? War es schön?«

»Ja. Hat Spaß gemacht.«

Corinna war ein Energiebündel, besaß eine schier unerschütterliche Gelassenheit, ein computerähnliches Gedächtnis und war nie schlechter Laune. Als Verwaltungschefin hatte sie einen Job, der keinen Feierabend kannte: Sie kümmerte sich um das Personal, den Einkauf, die Organisation, die Zusammenarbeit mit Sozial- und Jugendämtern, kannte aber auch jede einzelne Bewohnerin des Mütterhauses und jedes Kind im Hort. Corinna hatte für alles und jeden ein offenes Ohr und Zeit. Darüber hinaus hatte sie vier Kinder, das jüngste war gerade mal zwei Jahre älter als Louisa. Emma staunte Tag für Tag, wie sie dieses Arbeitspensum bewältigte, ohne jemals auszurasten. Sie und ihr Mann Ralf waren selbst Zöglinge der *Sonnenkinder*, Ralf war ein Pflegekind von Emmas Schwiegereltern gewesen und Corinna als Säugling von ihnen adoptiert worden. Beide gehörten zu Florians ältesten und besten Freunden.

»Na, das sieht mir aber nicht so aus, als hättest du einen lustigen Abend gehabt.« Corinna legte Emma freundschaftlich den Arm um die Schultern. »He, was ist los?«

»Ich mache mir ein bisschen Sorgen um Louisa«, gab Emma zu. »Sie verhält sich seit ein paar Tagen irgendwie seltsam, hat angeblich Bauchweh und ist lustlos.«

»Hm. Warst du mit ihr mal beim Kinderarzt?«

»Florian hat sie untersucht, konnte aber nichts feststellen.«

Corinna runzelte die Stirn.

»Das solltest du beobachten«, riet sie. »Aber dir geht es gut, oder?«

»Na ja, ich wünschte, das Baby käme bald«, erwiderte Emma. »Die Hitze macht mir zu schaffen. Aber wenigstens scheint Florian sich allmählich etwas wohler zu fühlen. Die letzten Wochen waren schon ziemlich schwierig.«

Sie hatte vor einer Weile mit Corinna über Florians verändertes Verhalten gesprochen, und Corinna hatte ihr zu Geduld geraten. Für einen erwachsenen Mann sei es nie leicht, ins Haus seiner Eltern zurückzukehren, hatte sie gesagt, erst recht nicht für jemanden, der jahrelang in Krisengebieten unter höchster Anspannung gestanden habe und plötzlich in einer Welt des Überflusses gelandet war.

»Das freut mich.« Corinna lächelte. »Vielleicht kriegen wir es ja hin, dass wir mal zusammen grillen, bevor das Baby da ist. Ich habe Flori schon seit Ewigkeiten nicht mehr gesehen, obwohl er nur ein paar hundert Meter entfernt wohnt.«

Ihr Handy klingelte, sie warf einen Blick auf das Display.

»Oh, entschuldige, da muss ich drangehen. Wir sehen uns später bei Josef und Renate wegen der Gästeliste für den Empfang und das Fest.«

Emma blickte ihr verwirrt nach, wie sie mit energischen Schritten zum Mütterhaus hinüberging. Wieso hatte sie Florian seit Ewigkeiten nicht mehr gesehen? War er nicht erst gestern Abend bei ihr und Ralf zu Hause gewesen?

In einer Beziehung wie der ihren, in der man so oft und manchmal auch lange getrennt war, besaß Vertrauen oberste Priorität. Emma vertraute ihrem Mann, Eifersucht war ihr fremd. Niemals zweifelte sie an etwas, was er ihr erzählte. Aber plötzlich züngelte eine winzige Flamme des Misstrauens in ihrem Inneren empor und setzte sich in ihrem Kopf fest. Der bloße Verdacht, dass er sie angelogen haben könnte, erweckte ein seltsam leeres Gefühl in ihr.

Emma setzte sich langsam in Bewegung.

Sicher gab es eine ganz simple Erklärung dafür, dass Corinna Florian gestern nicht gesehen hatte. Es war schließlich schon sehr spät gewesen, als Florian das Haus verlassen hatte. Vielleicht hatte Corinna nach einem harten Arbeitstag schon im Bett gelegen.

Ja, genauso konnte es gewesen sein. Wieso sollte Florian sie anlügen?

Er beendete das Telefonat und starrte auf den Fernsehbildschirm. Rot-weiße Absperrbänder der Polizei, davor grimmig dreinschauende Polizeibeamte, die Schaulustige davon abhalten sollten, den Ort des Verbrechens zu betreten. Noch immer waren Beamte der Spurensicherung im Einsatz, suchten nach tatrelevanten Spuren, die sie dort niemals finden würden. Nicht in Eddersheim. Die Staustufe lag nur ein paar Kilometer flussabwärts von hier. Er wusste, wo das war.

Schnitt.

Das Gebäude der Frankfurter Rechtsmedizin in der Kennedyallee. Davor eine Reporterin, die mit ernster Miene in die Kamera sprach. Man blendete ein Bild des toten Mädchens ein, und er musste schlucken. So hübsch, so blond und so … tot. Ein zartes junges Gesicht mit hohen Wangenknochen und vollen Lippen, die nie mehr lachen würden. In der Rechtsmedizin hatte man sich offenbar große Mühe gegeben. Sie sah nicht wirklich tot aus, sondern nur so, als ob sie schliefe. Nur Sekunden später blickte sie ihn aus großen Augen beinahe vorwurfsvoll an. Sein Herz machte einen erschrockenen Satz, bis er begriff, dass es sich um Gesichtsrekonstruktionen handelte, eine Computeranimation, doch der Effekt war unglaublich realistisch.

Er tastete nach der Fernbedienung und stellte den Ton wieder an.

»… ihr Alter auf etwa fünfzehn oder sechzehn geschätzt. Bekleidet war das Mädchen mit einem Jeansminirock und einem gelben Oberteil mit Spaghettiträgern Größe 34 der Marke H&M. Wer hat dieses Mädchen gesehen oder kann Hinweise auf ihren Aufenthaltsort in den letzten Tagen oder Wochen geben? Sachdienliche Hinweise nimmt jede Polizeidienststelle entgegen.«

Ein wenig verwunderte ihn die Tatsache, dass die Polizei schon so bald nach Auffinden der Leiche die Bevölkerung um Mithilfe ersuchte. Offenbar hatten die Bullen keine blasse Ahnung, um wen es sich bei dem Mädchen handelte und hofften auf Kommissar Zufall.

Leider – das wusste er seit dem Telefonat von eben – würde es mit ziemlicher Sicherheit keinen einzigen sachdienlichen Hinweis geben, der zu einer Aufklärung führen konnte. Jeder Wichtigtuer würde sich genötigt sehen, bei der Polizei anzurufen, um zu behaupten, das Mädchen irgendwo gesehen zu haben, und die Bullen mussten dann Hunderten unnützer Hinweise nachgehen. Welch absolut sinnlose Zeitverschwendung und Blockierung wichtiger Ressourcen!

Er wollte den Fernseher gerade ausschalten, um zur Arbeit zu fahren, als das Gesicht eines Mannes auf dem Bildschirm erschien. Der Anblick ließ ihn zusammenzucken. Eine Flutwelle lang verdrängter Gefühle schoss aus seinem tiefsten Inneren empor. Er zitterte.

»Du Dreckschwein«, murmelte er und fühlte den vertrauten hilflosen Zorn und die alte Verbitterung in sich aufsteigen. Seine Hand krampfte sich so fest um die Fernbedienung, dass das Batteriefach zerbrach und die Batterien heraussprangen. Er bemerkte es nicht einmal.

»Wir stehen noch ganz am Anfang der Ermittlungen«, sagte Oberstaatsanwalt Dr. Markus Maria Frey. »Bevor allerdings das Ergebnis der Obduktion nicht feststeht, können wir noch nicht sagen, ob es sich um einen Unglücksfall, einen Suizid oder gar einen Mord handelt.«

Das kantige Kinn, dunkles, straff nach hinten gekämmtes und von ersten grauen Strähnen durchzogenes Haar, die einfühlsame, kultivierte Stimme und braune Augen, die so täuschend vertrauenerweckend und freundlich wirkten. Doch das war sein Trick. Don Maria, wie er insgeheim bei der Frankfurter Staatsanwaltschaft genannt wurde, war ein Mann mit zwei Gesichtern: mit Wortwitz, Eloquenz und Charme verstand er diejenigen, die ihm nützlich erschienen, um den Finger zu wickeln, aber er konnte auch ganz anders sein.

Er selbst hatte ihm schon oft genug in die Augen geschaut, bis tief in diese schwarze, von Ehrgeiz zerfressene Seele. Frey war ein erbarmungsloser Machtmensch – überheblich und geltungssüchtig. Deshalb erstaunte es ihn auch nicht, dass er die Ermittlungen an sich gerissen hatte. Der Fall versprach jede Menge öffentliche Aufmerksamkeit, und danach war Frey geradezu süchtig.

Das Handy klingelte wieder, er ging dran. Es war sein Boss aus der Pommesbude, dessen Stimme sich vor Wut überschlug.

»Haste mal auf die Uhr geguckt, du fauler Penner, du?«, kreischte der Fette. »Sieben Uhr ist sieben Uhr und nicht acht oder neun! Du bist in zehn Minuten hier, sonst kannst du …«

Seine Entscheidung war in der Sekunde gefallen, als er Staatsanwalt Frey auf dem Bildschirm gesehen hatte. Einen Job wie den in der Imbissbude konnte er immer finden. Jetzt hatte anderes Vorrang.

»Leck mich am Arsch«, unterbrach er den fetten Halsabschneider. »Such dir einen anderen Idioten.«

Damit drückte er das Gespräch weg.

Es gab viel zu tun. Er konnte sich darauf gefasst machen, dass früher oder später die Polizei hier auftauchen, sein Hab und Gut durchwühlen und den Wohnwagen auf den Kopf stellen würde. Erst recht, weil Don Maria nun die Regie übernommen hatte. Und der hatte ein Gedächtnis wie ein Elefant, besonders was ihn betraf.

Er ging auf die Knie und zog unter der Eckbank einen braunen Pappkarton hervor. Vorsichtig stellte er ihn auf den Tisch und hob den Deckel ab. Zuoberst lag eine Klarsichthülle, in der sich ein Foto befand. Er nahm es heraus und betrachtete es andächtig. Wie alt mochte sie gewesen sein, als das Foto gemacht worden war? Sechs? Sieben?

Zärtlich streichelte er das süße Kindergesicht mit dem Daumen und küsste es schließlich, bevor er das Foto in einer Schublade unter einem Stapel Wäsche verstaute. Die Sehnsucht schmerzte wie Messerstiche. Er holte tief Luft. Dann schloss er den Karton wieder, klemmte ihn unter den Arm und verließ den Wohnwagen.

Bodenstein und Pia verließen den Bereitschaftsraum im Erdgeschoss der Regionalen Kriminalinspektion, der quasi über Nacht zur Soko-Zentrale umfunktioniert worden war. Es war der einzige größere Raum im Gebäude, der unter der Ägide von Kriminaldirektor Nierhoff mehrfach Schauplatz spektakulärer Pressekonferenzen gewesen war, für die der Vorgänger von Dr. Nicola Engel eine ganz besondere Vorliebe gehegt hatte. Während der ganzen turbulenten Besprechung hatte Pia versucht, sich daran zu erinnern, was sie ihrem Chef hatte sagen wollen. Es war wichtig gewesen, das wusste sie noch, aber es fiel ihr nicht mehr ein.

»Unsere Chefin war wieder mal einsame Spitze«, sagte Pia, als sie die Sicherheitsschleuse hinter sich gelassen hatten und über den Parkplatz gingen.

»Ja, heute war sie in absoluter Hochform«, bestätigte Bodenstein.

Um kurz vor neun Uhr hatte ein junger übereifriger Abgesandter der Frankfurter Staatsanwaltschaft einen filmreifen Auftritt hingelegt. Mit zwei Kollegen war er in die Besprechung geplatzt, hatte großspurig das Wort ergriffen und Pia vor allen anwesenden Beamten der Soko »Nixe« angeschnauzt, weil sie seines Erachtens zu voreilig mit zu vielen Informationen an die Presse gegangen sei. Er hatte in völliger Überschreitung seiner Kompetenzen sogar verlangt, dass man ihm und seiner Behörde die Leitung der Ermittlung übertrage. Bevor Pia etwas erwidern konnte, hatte Dr. Engel eingegriffen. Bei der Erinnerung daran, wie sie den kleinen Wichtigtuer mit ein paar kühlen Worten in den Senkel gestellt hatte, musste Pia grinsen.

Dr. Nicola Engel war eine zierliche Person, sie wirkte in ihrem weißen Leinenkostüm zwischen all den Männern und Uniformen mädchenhaft und sogar beinahe zerbrechlich, doch das täuschte. Immer wieder begingen Leute den fatalen Fehler, sie zu unterschätzen, und der junge Staatsanwalt gehörte zu der überheblichen Sorte Mann, der Frauen prinzipiell unterschätzte. Nicola Engel konnte sehr lange schweigend eine Diskussion verfolgen, aber wenn sie schließlich etwas sagte, dann trafen ihre Worte mit der unfehlbaren Präzision einer computergesteuerten Interkontinentalrakete auf den Punkt, meist mit ähnlich vernichtender Wirkung.

Der Staatsanwalt hatte zügig das Feld geräumt, nachdem er das totale Scheitern seiner Mission eingesehen hatte, allerdings nicht ohne Pia zur Obduktion nach Frankfurt zu bestellen, zu der sie ohnehin hätte fahren wollen.

Allen anfänglichen Bedenken zum Trotz hatte sich Dr. Nicola Engel in den letzten beiden Jahren zu einer guten Behördenleiterin mit einem strengen, aber gerechten Führungsstil entwickelt, die sich immer vor ihre Mitarbeiter stellte und interne Probleme nie an die Öffentlichkeit dringen ließ. Innerhalb der RKI Hofheim war ihre Autorität unbestritten, man begegnete ihr mit Respekt, denn im Gegensatz zu ihrem Vorgänger im Amt hielt sie nur wenig von Politik, dafür umso mehr von ordentlicher Polizeiarbeit.

»Die Engel ist schon richtig gut«, sagte Pia und reichte Bodenstein den Autoschlüssel. »Kannst du fahren? Ich muss noch mal mit Alina Hindemith telefonieren.«

Bodenstein nickte.

Im Anschluss an die Besprechung hatten er, Ostermann und Pia mit den jungen Leuten gesprochen, die gestern bei dem Besäufnis dabei gewesen waren. Pia hatte von dem Mädchen, das die Leiche gefunden hatte, die Namen der Mittrinker erfahren und alle vier Jugendlichen mitsamt ihren Eltern auf das Kommissariat bestellt. Zwei Mädchen, zwei Jungs, kleinlaut, tief betroffen, aber nur wenig hilfreich. Keiner von ihnen wollte das tote Mädchen im Schilf bemerkt haben, alle behaupteten, sich nicht erinnern zu können, was überhaupt geschehen war. Sie hatten alle vier gelogen.

»Ich sage dir, die sind abgehauen, als sie die Tote gesehen haben«, sagte Pia und suchte in ihrer Tasche nach der Telefonnummer von Alina. »Und ich bin ziemlich sicher, dass sie ihren Freund Alex bei ihrer Flucht einfach zurückgelassen haben, genau wie Alina.«

»Damit hätten sie sich schlimmstenfalls der billigenden Inkaufnahme des Todes ihres Kumpels schuldig gemacht.« Bodenstein stoppte an der Ausfahrt und setzte den linken Blinker. Mangels Klimaanlage fuhren sie mit heruntergelassenen Fenstern, bis sich die aufgestaute Hitze auf ein erträgliches Maß reduziert hatte. »Ganz sicher haben ihre Eltern ihnen eingebläut, was sie zu sagen haben.«

»Das denke ich auch«, pflichtete Pia ihrem Chef bei. Aus dem Höchster Krankenhaus waren keine guten Nachrichten gekommen. Der sechzehnjährige

Alexander war noch immer nicht ansprechbar und wurde künstlich beatmet. Die Ärzte hielten eine Hirnschädigung aufgrund von Sauerstoffmangel für nicht ausgeschlossen.

Auch wenn jede Menge Alkohol im Spiel gewesen war, so war es kein Kavaliersdelikt, einen bewusstlosen Menschen – einen Freund sogar – einfach seinem Schicksal zu überlassen. Ganz sicher waren sie nicht alle so sturzbetrunken gewesen, wie sie behaupteten, denn dann hätten sie nicht so einfach über das hohe Tor klettern können.

Seit dem frühen Morgen klingelten die Telefone in der Einsatzzentrale beinahe pausenlos. Wie immer, wenn die Bevölkerung um Mithilfe gebeten wurde, riefen auch jede Menge Spinner an, die das tote Mädchen an den abstrusesten Orten gesehen haben wollten. Es war eine unerquickliche Arbeit, den vielen Hinweisen nachzugehen, aber möglicherweise war ja auch ein richtiger Tipp dabei – und dann hatte es sich gelohnt. Die Reporter hatten gestern Abend den bisher nicht aufgeklärten Fall eines anderen toten Mädchens im Main aus dem Jahr 2001 erwähnt, und genau darauf ritt die Presse jetzt herum. Um die Öffentlichkeit zu beruhigen und die immer rasch aufkeimende Kritik an der Arbeit der Polizei zu unterbinden, musste ein schneller Ermittlungserfolg her, koste es, was es wolle. Das war Pias Argumentation für die frühzeitige Informierung der Öffentlichkeit gewesen – und Nicola Engel hatte es akzeptiert, genau wie Oberstaatsanwalt Frey am Abend zuvor.

Bodenstein bog auf die A66 Richtung Frankfurt ab, während Pia vergeblich versuchte, Alina ans Telefon zu bekommen. Ihr Vater verleugnete seine Tochter.

»Diese Lügerei kotzt mich an«, knurrte Pia verärgert. »Wenn es ihr Kind gewesen wäre, das bewusstlos auf der Intensivstation liegt, dann würden sie uns jetzt Feuer unterm Hintern machen.«

»Ich finde es vor allen Dingen im höchsten Maße bedenklich, wenn Eltern ihren Kindern vorleben, wie einfach es ist, Verantwortung für seine Verfehlungen abzuschütteln«, pflichtete Bodenstein ihr bei. »Dieser Reflex, jegliche Schuld sofort von sich auf andere abzuwälzen, ist ein Indiz für den kompletten Niedergang der Moral unserer Gesellschaft.«

Ostermann rief an.

»Sag mal, Pia, wo hast du den Vorgang Veronika Meissner hingelegt? Ich habe den Obduktionsbericht auf dem Tisch und will den nicht hier herumfliegen haben.«

Kai Ostermann mochte auf den ersten Blick aussehen wie ein etwas chaotischer Nerd mit Nickelbrille, Pferdeschwanz und seiner nachlässigen Kleidung, doch das täuschte. Zweifellos war er der strukturierteste und ordentlichste Mensch, dem Pia je begegnet war.

»Den Bericht habe ich gestern gesucht«, erwiderte sie. »Die Fallakte müsste unter meinem Schreibtisch stehen.«

In dieser Sekunde fiel ihr ein, was sie Bodenstein so dringend hatte mitteilen wollen.

»Übrigens, weißt du, wer gestern bei mir im Büro aufgetaucht ist?«, fragte sie, als sie das Gespräch mit Ostermann beendet hatte. »Fahr am besten übers Frankfurter Kreuz und am Stadion vorbei. Wenn wir durch die Stadt fahren, kommen wir zu spät.«

»Keine Ahnung.« Bodenstein setzte den Blinker. »Wer?«

»Frank Behnke. In Anzug und Krawatte. Und noch ein bisschen widerwärtiger als früher.«

»Ach?«

»Er ist jetzt beim LKA. Beim Dezernat Interne Ermittlung!«, sagte Pia. »Ab Montag wird er bei uns eine Untersuchung durchführen. Angeblich hat es Beschwerden und Hinweise auf Unregelmäßigkeiten gegeben.«

»Tatsächlich?« Bodenstein schüttelte den Kopf.

»Nichtverfolgung von Straftaten, unberechtigte Datenabfrage. Oliver, er hat *dich* auf dem Kieker. Er trägt dir die Demütigung nach, die du ihm damals bei der Schneewittchen-Sache zugefügt hast.«

»Was habe *ich* ihm denn da zugefügt?«, wollte Bodenstein wissen. »Er hat sich unmöglich benommen. Und die Untersuchung und Suspendierung hatte er ja wohl nur seinem eigenen Verhalten zu verdanken, nicht mir.«

»In seinen Augen scheint das anders zu sein. Du kennst ihn doch, diesen nachtragenden Vollidioten!«

»Na und wenn schon.« Bodenstein zuckte die Schultern. »Ich habe mir nichts vorzuwerfen.«

Pia saugte nachdenklich an ihrer Unterlippe.

»Ich fürchte doch«, sagte sie dann. »Erinnerst du dich an unseren ersten gemeinsamen Fall?«

»Natürlich. Was meinst du?«

»Die Sache mit Friedhelm Döring. Die Kastration. Eine Untersuchung wegen schwerer Körperverletzung gegen den Tierarzt, den Anwalt und den Apotheker wurde eingestellt.«

»Ja, aber doch nicht aus Gefälligkeit«, entgegnete Bodenstein konsterniert. »Wir hatten noch die Spusi in den OP der Tierklinik geschickt, aber es gab keinerlei verwertbare Spuren, keinen einzigen Beweis! Ich kann Verdächtige schließlich nicht foltern lassen, um irgendetwas aus ihnen herauszupressen!«

Pia merkte, dass ihr Chef allmählich sauer wurde, je länger er über diesen Vorwurf nachzudenken schien.

»Ich wollte dir das nur gesagt haben, damit du darauf vorbereitet bist«, sagte sie. »Ich bin mir nämlich ziemlich sicher, dass Behnke genau damit anfangen wird.«

»Danke.« Bodenstein lächelte grimmig. »Ich fürchte, du hast recht. Er soll sich bloß nicht zu weit aus dem Fenster lehnen, denn er ist bei Gott selbst kein Unschuldslamm.«

»Wie meinst du das?« Jetzt war Pia neugierig. Sie erinnerte sich an das gespannte Verhältnis, das vom ersten Tag an zwischen Behnke und Dr. Engel geherrscht hatte. Damals waren Gerüchte kursiert, die offen zur Schau getragene gegenseitige Abneigung der beiden habe etwas mit einem alten Fall zu tun, in den sie in ihrer Zeit bei der Frankfurter Mordkommission verwickelt gewesen waren. Damals war bei einem Zugriff ein V-Mann der Frankfurter Polizei von einem Kollegen erschossen worden.

»Eine alte Sache«, erwiderte Bodenstein nur ausweichend. »Lange her, aber nicht verjährt. Behnke soll sich warm anziehen, wenn er versuchen will, mir ans Bein zu pinkeln.«

»So ein Mist!«, fluchte Hanna, als direkt vor ihr das grüne Licht auf Rot sprang. Jemand hatte ihr den letzten freien Parkplatz im Parkhaus Junghofstraße vor der Nase weggeschnappt. Sie warf einen Blick in den Rückspiegel, legte den Rückwärtsgang ein und wendete den Mini, den Meike ihr geliehen hatte, in der Auffahrt des Parkhauses. Glücklicherweise fuhr niemand hinter ihr und die Auffahrt war breit genug für dieses Manöver. Es war schon zehn vor zwölf! Um zwölf hatte sie sich mit Wolfgang im Kubu zum Lunch verabredet. Neben ihr auf dem Beifahrersitz lag in einer Klarsichthülle der Schlachtplan zur Schadensbegrenzung, den sie heute Vormittag ausgearbeitet hatte.

Sie bog nach rechts in die Junghofstraße ein und an der Ampel in die Neue Mainzer. Kurz vor dem Hilton hielt sie sich rechts Richtung Börse und entdeckte auf der linken Seite tatsächlich eine Parklücke zwischen einem Lieferwagen und einer dunklen Limousine. Sie setzte den Blinker, gab Gas und zog nach links. Das wütende Hupen und Gestikulieren des Autofahrers hinter ihr, den sie zur Vollbremsung gezwungen hatte, ignorierte sie geflissentlich. Höflichkeit und Rücksichtnahme waren unangebracht im innerstädtischen Krieg um freie

Parkplätze. Für ihr Auto wäre die Lücke zu klein gewesen, aber der Mini passte problemlos hinein.

Hanna stieg aus und klemmte die Aktentasche unter den Arm. Sie hatte den Panamera morgens gleich abholen und in die Werkstatt bringen lassen. Der Werkstattleiter hatte sie eine Stunde später angerufen und gefragt, ob sie nicht Anzeige gegen Unbekannt wegen Sachbeschädigung stellen wolle.

»Ich denke darüber nach«, hatte sie geantwortet und zugestimmt, dass die verunstaltete Motorhaube und die vier zerstochenen Reifen als Beweismaterial aufgehoben werden sollten. FOTZE. Wer hatte das getan? Norman? Vinzenz? Wer sonst wusste, wo sie wohnte? Den ganzen Vormittag hatte sie diesen beängstigenden Gedanken aus ihrem Kopf verbannt, aber nun drängte er sich wieder in den Vordergrund.

Hanna entschloss sich, eine Abkürzung zu nehmen und bereute diese Entscheidung Sekunden später, denn auf der Fressgass war die Hölle los. Vor den Cafés und Restaurants waren alle Plätze unter den großen Sonnenschirmen besetzt, Mitarbeiter der umliegenden Büros und Läden nutzten ihre Mittagspause für ein Sonnenbad, knapp bekleidete Teenager, Mütter mit Kinderwagen und Rentner schlenderten ohne die übliche Frankfurter Eile die Einkaufsmeile entlang. Die Hitze entschleunigte die ganze Stadt.

Hanna passte ihre Schritte dem gemächlichen Trott an. Auf hohe Absätze und ein Kostüm hatte sie heute verzichtet, stattdessen trug sie eine weiße Jeans, T-Shirt und bequeme Sneakers. Sie überquerte die Neue Mainzer in einem Pulk japanischer Touristen und betrat die Terrasse des Kubu vom Opernplatz aus. Neunzig Prozent des mittäglichen Publikums waren Anzugträger aus den benachbarten Bankentürmen, wenige Frauen in Businesskostümen und ein paar Touristen bildeten die Minderheit. Wolfgang saß an einem Tisch am Rande der Terrasse im Schatten einer Platane und studierte die Speisekarte.

Als sie an den Tisch trat, blickte er auf und lächelte erfreut.

»Hallo, Hanna!« Er stand auf, küsste sie links und rechts auf die Wangen und rückte formvollendet den Stuhl für sie zurecht. »Ich habe mir erlaubt, schon mal eine Flasche Wasser zu bestellen. Und etwas Brot.«

»Danke. Sehr gute Idee, ich habe nämlich einen Riesenhunger.« Sie griff nach der Karte und überflog die Tagesangebote. »Ich nehme das Tagesmenü. Bärlauchschaumsuppe und Seezunge.«

»Klingt gut. Ich schließe mich an.« Wolfgang klappte seine Karte zu, Sekunden später war die Kellnerin da und nahm ihre Bestellung entgegen. Zweimal Tagesmenü und eine Flasche Pinot Grigio.

Wolfgang stützte die Ellbogen auf den Tisch, verschränkte die Finger ineinander und blickte sie forschend an. »Ich bin jetzt wirklich neugierig, was du dir ausgedacht hast.«

Hanna gab etwas Olivenöl auf den kleinen Teller, streute grobkörniges Salz und Pfeffer darüber und tunkte ein Stück Weißbrot hinein. Durch die Aufregung heute Morgen hatte sie nicht einmal gefrühstückt, ihr Magen knurrte, und sie war kurz davor, aus Hunger schlechte Laune zu bekommen.

»Wir gehen in die Offensive«, erwiderte sie kauend, nahm ihre Tasche auf den Schoß und zog die Klarsichthülle hervor. »Mit den Leuten, die sich über uns beschwert haben, haben wir schon Kontakt aufgenommen. Ich treffe mich morgen in Bremen mit dem Mann und nachmittags mit dieser Frau in Dortmund. Sie waren beide ausgesprochen zugänglich.«

»Das hört sich doch schon mal gut an.« Wolfgang nickte. »Unser Aufsichtsrat und die Aktionärsvertreter sind ziemlich nervös. Schlechte Publicity können wir uns im Moment nicht erlauben.«

»Ich weiß.« Hanna strich sich eine Haarsträhne aus der Stirn und trank einen Schluck Wasser. Hier im Schatten waren die Temperaturen noch erträglich. Wolfgang nahm seine Krawatte ab, rollte sie zusammen und steckte sie in die Innentasche seines Jacketts, das er über die Stuhllehne gehängt hatte. Hanna erklärte ihm ihre Strategie in knappen Sätzen, und er hörte aufmerksam zu.

Als die Suppe serviert wurde, waren sie sich einig, dass sie versuchen würden, den angerichteten Schaden zu begrenzen.

»Und wie geht es dir sonst?«, erkundigte Wolfgang sich. »Du siehst ein bisschen müde aus.«

»Das nimmt mich auch alles ziemlich mit«, gab sie zu. »Die Sache mit Norman und dieser ganze Ärger. Dazu hat sich Meike gestern Abend wieder furchtbar benommen. Ich glaube, es wird nie etwas mit ihr und mir.«

Wolfgang gegenüber konnte sie aufrichtig sein, musste keine Rolle spielen. Sie kannten sich schon eine halbe Ewigkeit. Er hatte ihren steilen Aufstieg von der Nachrichtensprecherin beim Hessischen Rundfunk bis zum umschwärmten Fernsehstar miterlebt, und wenn sie irgendwohin musste und gerade keinen Mann an ihrer Seite hatte, konnte sie immer auf ihn als Begleiter zurückgreifen. Vor Wolfgang hatte sie keine Geheimnisse. Er war der Erste gewesen, dem sie damals erzählt hatte, dass sie schwanger war – noch vor Meikes Vater. Wolfgang war ihr Trauzeuge gewesen und Meikes Taufpate, er hörte ihr geduldig zu, wenn sie Liebeskummer hatte, und freute sich mit ihr, wenn sie glücklich war. Zweifellos war er ihr bester Freund.

»Und als ob das nicht alles schon genug wäre, hat jemand heute Nacht alle vier Reifen von meinem Auto platt gestochen und die Kühlerhaube zerkratzt.« Sie sagte das bewusst leichthin, als würde es sie nicht besonders berühren. Wenn sie den Dämonen der Angst erst Platz in ihrem Leben einräumte, dann würden sie übermächtig werden.

»Wie bitte?« Wolfgang war ehrlich erschrocken. »Wer macht denn so etwas? Hast du die Polizei gerufen?«

»Nein. Bis jetzt nicht.« Hanna wischte den Teller mit einem Stück Brot aus und schüttelte den Kopf. »Wahrscheinlich war es nur irgendein neidischer Idiot, dem der Panamera ein Dorn im Auge ist.«

»Du solltest das nicht auf die leichte Schulter nehmen, Hanna. Ich mache mir sowieso Sorgen, weil du alleine in diesem Riesenhaus am Wald wohnst. Was ist mit den Überwachungskameras?«

»Die sollte ich mal austauschen lassen«, sagte sie. »Im Moment sind sie nur Staffage.«

Die Kellnerin kam, schenkte Weißwein nach und räumte die Suppenteller ab. Wolfgang wartete, bis sie verschwunden war, dann legte er seine Hand auf Hannas. »Wenn irgendetwas ist, wenn ich dir irgendwie helfen kann … du weißt, du musst es mir nur sagen.«

»Danke.« Hanna lächelte. »Ich weiß.«

Ganz plötzlich schoss ihr der Gedanke durch den Kopf, wie froh sie sein konnte, dass Wolfgang nicht verheiratet oder ernsthaft liiert war. An seinem Aussehen lag es nicht. Er war zwar kein Adonis, aber auch nicht gerade unattraktiv. Im Gegensatz zu den meisten Männern, die sie kannte, hatten ihm die Jahre gutgetan und seinen jugendlich weichen Gesichtszügen eine kantige Männlichkeit verliehen, die ihm gut stand. Sein Haar wurde an den Schläfen grau, und die Lachfältchen um seine Augen waren tiefer geworden, aber auch das stand ihm gut.

Vor ein paar Jahren hatte er mal eine Freundin gehabt, eine langweilige blasse Rechtsanwältin, mit der es ihm ziemlich ernst gewesen war, doch sie hatte vor den Augen von Wolfgangs Vater keine Gnade gefunden. Irgendwie war die Beziehung dann auseinandergegangen; Wolfgang hatte nie darüber gesprochen, aber auch nie mehr eine feste Freundin gehabt.

Die Seezunge wurde serviert. Im KuBu dauerte es mittags mit dem Essen nie lange, man wusste, dass die Gäste, die zum Businesslunch kamen, nicht viel Zeit hatten.

Hanna griff nach ihrer Serviette.

»Ich lass mich nicht ins Bockshorn jagen«, sagte sie energisch. »Jetzt müssen wir erst mal die Kuh vom Eis kriegen, was meine Sendung betrifft. Denkst du, meine Strategie kann funktionieren?«

»Ich glaube schon«, erwiderte Wolfgang. »Überzeugend kannst du ja sein, selbst wenn du nicht von irgendetwas überzeugt bist.«

»Genau!« Hanna griff nach ihrem Weinglas und prostete ihm zu. »Wir kriegen das schon hin.«

Er stieß mit ihr an. Die Besorgnis in seinem Blick war einer leisen Enttäuschung gewichen. Aber das bemerkte Hanna nicht.

Rings um das Institut der Rechtsmedizin an der Kennedyallee war kein Parkplatz mehr zu finden, Bodenstein parkte schließlich in der Eschenbachstraße, und sie gingen die paar hundert Meter zu Fuß. Pias Entscheidung, an die Öffentlichkeit zu gehen, hatte für beträchtliches Medieninteresse gesorgt. Die Presse drängte sich auf den Bürgersteigen, stürzte sich auf jeden, der ins Institut hineinging oder herauskam. Ein Reporter erkannte Bodenstein und Pia, und im Nu waren sie umzingelt und eingekesselt. Aus dem Geschrei und den Fragen entnahm Pia, dass irgendwoher das Gerücht aufgekommen sein musste, außer dem Mädchen sei gestern Abend noch ein Junge Opfer des Phänomens »Komasaufen« geworden, und nun verlangte die Pressemeute gierig nach Details. Für einen kurzen Moment war sie verunsichert. Hatten die Pressefritzen etwa aktuellere Informationen aus dem Krankenhaus als sie selbst? War Alexander gestorben?

»Wieso haben Sie verschwiegen, dass es einen zweiten Toten gibt?«, übertönte ein junger Mann alle anderen und richtete sein Mikrophon wie eine Waffe auf Pia. »Was will die Polizei damit bezwecken?«

Sie wunderte sich nicht zum ersten Mal in ihrem Leben über die Aggressivität und Aufgeregtheit mancher Reporter. Ob sie der Meinung waren, eher etwas zu erfahren, wenn sie besonders laut schrien?

»Es gibt keinen zweiten Toten«, erwiderte Bodenstein anstelle von Pia und schob energisch das Mikrophon zur Seite. »Und jetzt lassen Sie uns durch.«

Es dauerte ein paar Minuten, bis sie sich zur Eingangstür des Instituts durchgekämpft hatten. Im Innern des Gebäudes herrschte Kühle und eine beinahe weihevolle Stille, irgendwo klapperte eine Computertastatur. Die Türen zum Hörsaal an der Kopfseite des holzgetäfelten Flurs standen offen, die Sitzreihen waren leer, aber Pia vernahm eine Stimme und warf einen Blick in den großen Raum. Oberstaatsanwalt Dr. Markus Maria Frey wanderte telefonierend hin und her, heute wieder korrekt in Dreiteiler und mit penibel gescheiteltem Haar. Als er Pia erblickte, beendete er sein Telefonat und steckte das Handy weg. Seine verärgerte Miene glättete sich.

»Ich muss mich für das Benehmen meines jungen Kollegen von heute Morgen entschuldigen«, sagte er, reichte erst Pia, dann Bodenstein die Hand. »Herr Tanouti ist noch etwas übereifrig.«

»Kein Problem«, erwiderte Pia. Sie war etwas überrascht, Dr. Frey hier zu sehen, denn es war ungewöhnlich, dass er selbst zu einer Obduktion in der Rechtsmedizin erschien.

»Na ja, Kriminalrätin Engel hat ihm wohl die Lektion erteilt, die er gebraucht hat.« Ein Lächeln huschte über das Gesicht des Oberstaatsanwalts, doch er wurde gleich wieder ernst. »Was hat es mit dem Gerede von einem zweiten Toten auf sich?«

»Glücklicherweise nichts«, übernahm Bodenstein. »Meine Kollegin hat erst vor einer halben Stunde mit dem Krankenhaus telefoniert. Der Zustand des Jungen, der gestern in der Nähe der Leiche gefunden wurde, ist zwar unverändert kritisch, aber er lebt.«

Während sie die Treppe hinunter in den Keller des Instituts nahmen, klingelte das Telefon des Staatsanwalts wieder, er blieb zurück.

Der Sektionsraum 1 war zu klein, um alle Leute zu fassen. Henning Kirchhoff und sein Chef Professor Thomas Kronlage führten die Obduktion des Mädchens aus dem Main gemeinsam durch, unterstützt von zwei Sektionsassistenten. Die Staatsanwaltschaft hatte gleich drei Beamte aufgeboten, unter anderem den ehrgeizigen Heißsporn von heute Morgen; ein Polizeifotograf, an dessen Namen Pia sich nicht erinnerte, komplettierte die Besetzung.

»Wegen Überfüllung geschlossen«, raunte Hennings Mitarbeiter Ronnie Böhme Pia zu, als sie und Bodenstein sich am Sektionstisch vorbeiquetschten.

»Das ist hier keine rechtsmedizinische Vorlesung für Juristen«, beschwerte sich Henning bei Oberstaatsanwalt Frey. Man kannte sich gut, schließlich kam es nicht selten vor, dass die Rechtsmediziner von Staatsanwaltschaft oder Gericht als Gutachter bestellt wurden. »Muss das sein, dass uns gleich vier von euch hier im Weg herumstehen?«

Die Vertreter der Staatsanwaltschaft steckten die Köpfe zusammen, dann verschwanden zwei von ihnen mit kaum verhohlener Erleichterung, zurück blieben Don Maria Frey und der übereifrige Merzad Tanouti.

»Schon besser«, knurrte Henning.

Die Obduktion eines so jungen Menschen bedeutete für alle Anwesenden eine starke seelische Belastung, die Stimmung war angespannt, selbst Henning sparte sich jeden Zynismus. Tote Kinder und Jugendliche sorgten bei allen Beteiligten für echte Betroffenheit. Weder Bodenstein noch die Staatsanwälte waren zum ersten Mal bei einer gerichtlichen Leichenöffnung dabei, und Pia hatte unzählige Abende und Wochenenden in diesem oder dem benachbarten Sektionsraum 2 verbracht, als sie noch mit Henning verheiratet gewesen war. Um ihren Mann wenigstens gelegentlich zu Gesicht zu bekommen, war ihr häufig nichts anderes übrig geblieben, denn seine Arbeitseinstellung grenzte hart an Fanatismus.

Pia hatte schon Leichen in jedem Stadium der Verwesung und in allen möglichen oder unmöglichen Zuständen gesehen – und gerochen: Wasserleichen, Brandleichen, Skelette, Opfer von Verkehrsunfällen, Unglücken oder schrecklichen Suiziden. Oft hatten Henning und sie am Sektionstisch gestanden und über Alltägliches diskutiert, manchmal sogar gestritten. Nicht zuletzt hatten die ausführlichen Ausflüge in die Forensik unter Anleitung eines so strengen Lehrers wie Henning Pias Blick für die Tatortarbeit geschärft.

Dennoch ließ es Pia nie kalt, wenn sie zu einem Tatort oder Leichenfundort gerufen wurde. Es gab Situationen und Umstände, die so extrem oder grauenhaft waren, dass sie alle Kraft aufbieten musste, um ihre Professionalität zu bewahren. Wie die meisten ihrer Kollegen verstand Pia ihren Job nicht als Mission gegen das Verbrechen auf dieser Welt, aber einer der wichtigsten Gründe, weshalb sie ihre Arbeit gern tat, so frustrierend und deprimierend sie auch oft sein mochte, war der, dass sie das Gefühl hatte, den Toten mit der Aufklärung ihrer Todesumstände Respekt zu erweisen und ihnen wenigstens ein Stück ihrer Menschenwürde zurückgeben zu können. Denn es gab kaum etwas Würdeloseres als eine namenlose Leiche, einen seiner Identität beraubten Menschen, der irgendwo verscharrt oder einfach liegengelassen worden war wie ein Stück Biomüll. Kein Schicksal konnte trauriger sein als das, wochen- oder gar monatelang tot in einer Wohnung zu liegen, ohne von irgendjemandem vermisst zu werden.

Es waren diese glücklicherweise seltenen Fälle, die Pia den wahren Sinn ihrer Arbeit erkennen ließen. Und sie wusste, dass es vielen ihrer Kollegen ebenso ging. Dennoch scheuten viele von ihnen die Rechtsmedizin, deshalb hatte Pia in der Vergangenheit oft freiwillig diese Aufgabe übernommen. Sobald ein Leichnam hier auf dem blanken Seziertisch aus Edelstahl im hellen Neonlicht lag, hatte er seinen Schrecken verloren. Eine Obduktion hatte nichts Düsteres oder Geheimnisvolles an sich, die gerichtliche Leichenöffnung folgte einem strikt vorgegebenen Protokoll, das mit der äußeren Leichenschau begann.

Mit dem Motorroller war es eine halbe Weltreise. Obwohl sein Hinterteil nach anderthalb Stunden auf dem Plastiksitz wie Feuer brannte, genoss er die Fahrt. Der warme Fahrtwind streichelte seine Haut, die Sonne auf den nackten Armen tat ihm gut. Er fühlte sich richtig jung. So viele Jahre hatte er keine Zeit oder Gelegenheit gehabt, eine Mopedtour zu unternehmen. Zwanzig Jahre war es sicher her, die Fahrt mit seinem besten Kumpel, an die er sich so gerne erinnerte. Mit ihren Achtzigern waren sie tatsächlich bis an die Nordsee gegurkt, immer nur auf Landstraßen. Nachts hatten sie gezeltet und manchmal auch unter dem klaren Sternenhimmel geschlafen, wenn sie zu faul gewesen waren, das Zelt aufzubauen. Zwar hatten sie nicht viel Geld gehabt, aber sie waren so frei gewesen wie nie zuvor. Und wie auch nachher nie mehr. In jenem Sommer hatte er am Strand von St. Peter-Ording Britta kennengelernt und sich auf den ersten Blick in sie verliebt. Sie kam aus Bad Homburg, und nach dem Urlaub hatten sie sich weiter getroffen. Er hatte Jura studiert und gerade das erste Staatsexamen bestanden, sie hatte gerade ihre Ausbildung zur Kauffrau im Groß- und Außenhandel beendet und arbeitete in einem Kaufhaus in der Abteilung für Damenoberbekleidung.

Kein halbes Jahr später hatten sie geheiratet. Ihre Eltern hatten sich nicht lumpen lassen und ihnen eine wahre Traumhochzeit ausgerichtet. Standesamt, Kirche, eine Kutsche mit vier Schimmeln davor. Eine Feier mit zweihundert Gästen im Bad Homburger Schloss. Hochzeitsfotos im Park unter der mächtigen Zeder. Flitterwochen auf Kreta. Nach dem zweiten Staatsexamen hatte er eine Anstellung in einer der besten Kanzleien Frankfurts bekommen, Wirtschafts- und Steuerstrafrecht. Er hatte richtig gut verdient, sie hatten sich einen Bauplatz kaufen und ihr Traumhaus bauen können. Dann war ihre Tochter zur Welt gekommen, die er über alles liebte, später der Sohn. Alles war perfekt gewesen. An den Sommerabenden hatten sie mit Freunden und Nachbarn gegrillt, im Winter waren sie zum Skilaufen nach Kitzbühel gefahren, im Sommer nach Mallorca oder nach Sylt. Er hatte promoviert, war Partner geworden – mit knapp dreißig Jahren – und hatte sich auf Strafrecht spezialisiert. Seine Mandanten waren nun nicht mehr Steuerhinterzieher oder fehlgeleitete Wirtschaftsbosse, sondern Mörder, Entführer, Erpresser, Vergewaltiger, Drogenhändler und Totschläger. Seinen Schwiegereltern hatte das nicht gefallen, aber für Britta hatte es keine Rolle gespielt. Er verdiente besser als die Männer ihrer Freundinnen, sie konnten sich alles leisten, was sie haben wollte.

Ja, das Leben war großartig gewesen, auch wenn er achtzig Stunden pro Woche gearbeitet hatte. Der Erfolg hatte ihn berauscht, die Presse bezeichnete ihn schon als den neuen Rolf Bossi. Er bewegte sich wie selbstverständlich in den Kreisen seiner prominenten Klienten, wurde zu Geburtstagen und Hochzeiten eingeladen. Ohne mit der Wimper zu zucken, hatte er tausend Mark pro Stunde abgerechnet, und er war seinen Mandanten jeden Pfennig wert gewesen.

Das alles war lange vorbei. Statt Maserati Quattroporte und 911 Turbo fuhr er jetzt einen uralten Roller. Die Villa mit Garten, Pool und allem nur erdenklichen Luxus hatte er gegen einen Wohnwagen getauscht. Doch mochten sich die Äußerlichkeiten des Lebens auch verändert haben, der Mensch in ihm war derselbe geblieben, mit allen geheimen Wünschen, Träumen und Sehnsüchten. Meistens gelang es ihm, sie zu beherrschen. Manchmal nicht. Manchmal war sein innerer Drang stärker als jede Vernunft.

Er hatte die letzten Häuser von Langenselbold hinter sich gelassen. Jetzt waren es nur noch drei Kilometer. Der Hof war nicht einfach zu finden, und das war von seinen Bewohnern auch genau so beabsichtigt. Sie hatten sehr lange gesucht damals, bis sie das passende Objekt gefunden hatten: einen heruntergekommenen Bauernhof mit einem großen Grundstück hinter einem Waldstück, von keiner Straße aus einsehbar. Es war Jahre her, seitdem er dort gewesen war, und er war beeindruckt, als er sah, was sie daraus gemacht hatten. Er stoppte den Roller vor einem zwei Meter hohen zackenbewehrten Eisentor. Sofort erfassten ihn die von Bewegungsmeldern gesteuerten Kameras und richteten ihre Objektive auf ihn. Der Bauernhof war zu einer uneinnehmbaren Festung geworden, umgeben von einem Zaun, der von innen mit einer blickdichten Plane versehen war. Er setzte den Helm ab.

»*Benvenuto, Dottore Avvocato*«, schnarrte eine Stimme aus der Sprechanlage. »Kommst pünktlich zum Mittagessen. Wir sind hinter der Scheune.«

Das doppelflügelige Tor schwang langsam auf, und er fuhr hindurch. Dort, wo früher Kuh- und Schweineställe gestanden hatten und tonnenweise alter Mist gelagert wurde, befand sich nun ein Schrottplatz. Die sorgfältig sanierte Scheune beherbergte die Werkstatt, auf dem gepflasterten Vorplatz standen chromblitzende Harley Davidsons in Reih und Glied, neben denen sich sein kümmerlicher Motorroller wie ein armer Verwandter ausnahm. Auf der anderen Seite bellten ein paar Staffordshire Bullterrier hinter vertrauenerweckend stabil aussehenden Gitterstäben in einem großen Zwinger.

Er klemmte den Pappkarton unter den Arm und ging um die Scheune herum. Vielleicht wäre er erschrocken, wenn er nicht gewusst hätte, was ihn dort erwartete. Auf einem großen Schwenkgrill brutzelten Steaks, und an Tischen und Bänken saßen mindestens tausend Jahre Zuchthaus. Einer der Männer, ein bulliger Hüne mit akkurat ausrasiertem Bart und Kopftuch, erhob sich von seinem Platz im Schatten und kam auf ihn zu.

»*Avvocato*«, sagte er mit rauer Bassstimme und schloss ihn kurz und heftig in seine muskulösen Arme, die von den Schultern bis zu den Fingerspitzen tätowiert waren. »Herzlich willkommen.«

»Hey, Bernd.« Er grinste. »Schön, dich wieder mal zu sehen. Es ist sicher zehn Jahre her, dass ich hier war.«

»Selbst schuld, dass du nie vorbeikommst. Der Laden läuft richtig gut.«

»Du warst ja schon immer ein begnadeter Schrauber.«

»Allerdings. Und ich hab 'n paar richtig gute Jungs.« Bernd Prinzler zündete sich eine Zigarette an. »Haste schon was gegessen?«

»Danke. Ich habe keinen Hunger.« Allein der Geruch nach gebratenem Fleisch drehte ihm den Magen um. Außerdem war er nicht zum Essen fünfzig Kilometer die Landstraßen entlanggeknattert. Die erwartungsvolle Spannung, die er seit Bernds Anruf gestern Abend nur mühsam unter Kontrolle gehalten hatte, zuckte in ihm empor und ließ sein Herz rascher schlagen. So lange hatte er darauf gewartet! »Du hast am Telefon gesagt, du hättest was Neues für mich?«

»Yep. Jede Menge. Wirst staunen.« Der Hüne kniff die Augen zusammen. »Kannst es nicht abwarten, he?«

»Ehrlich gesagt: nein«, gab er zu. »Ich hab ja auch lang genug drauf warten müssen.«

»Na, dann komm.« Bernd legte ihm den Arm um die Schultern. »Ich muss gleich die Kids von der Schule abholen. Aber du wirst schon allein klarkommen.«

»Einundvierzig komma vier Kilogramm Körpergewicht bei einer Körpergröße von einsachtundsechzig«, sagte Professor Kronlage gerade. »Das ist eine massive Unterernährung.«

Der ausgemergelte Körper des Mädchens war übersät mit Narben, alten und relativ frischen. Im grellen Licht der Neonlampen wurden sie deutlich sichtbar, die Brandwunden, Prellungen, Kratzspuren und Blutergüsse – erschütternde Zeugnisse jahrelanger Misshandlungen, die das Mädchen erlitten hatte.

Eine junge Frau betrat den Raum.

»Die Bilder«, sagte sie nur und drängte sich unhöflich an Bodenstein und Pia vorbei, ohne zu grüßen. Sie setzte sich an den Computer, der auf einem kleinen Tisch an der Wand stand, und tippte auf der Tastatur herum. Wenig später war das Skelett des toten Mädchens auf dem Bildschirm zu sehen. Die Zeiten, in denen schwarzweiße Röntgenaufnahmen an Leuchtkästen geklippt wurden, waren mittlerweile passé.

Kronlage und Kirchhoff unterbrachen die äußere Leichenschau, traten an den Computer und analysierten das, was sie dort sahen: Knochenbrüche im Gesicht, an Rippen und Extremitäten, ähnlich wie die äußerlichen Verletzungen teilweise alt und verheilt, aber teilweise frisch. Vierundzwanzig Frakturen waren zu erkennen.

Pia schauderte bei der Vorstellung daran, welch entsetzliches Martyrium dieses Mädchen hinter sich hatte. Doch wichtiger als die Brüche waren den Rechtsmedizinern verschiedene Reifemerkmale des Skeletts. Verknöcherungen der Wachstumsfugen am Schädelknochen und an den Gelenkenden der langen Röhrenknochen ließen eine erste Altersschätzung zu.

»Sie war mindestens vierzehn, aber höchstens sechzehn Jahre alt«, sagte Henning Kirchhoff schließlich. »Aber das können wir uns gleich genauer ansehen.«

»Auf jeden Fall ist das Kind über Jahre hinweg misshandelt worden«, ergänzte Professor Kronlage. »Dazu ist die abnorme Hautblässe und das laut Laborbefund beinahe völlige Fehlen von Vitamin D im Blut auffällig.«

»Inwiefern auffällig?«, erkundigte sich der junge Staatsanwalt.

»Das sogenannte Vitamin D ist eigentlich kein wirkliches Vitamin, sondern ein neuroregulatives Steroidhormon.« Kronlage sah ihn über den Rand seiner Halbbrille an. »Der menschliche Körper bildet es, sobald die Haut der Sonne ausgesetzt wird. Heutzutage nimmt Vitamin-D-Mangel weltweit fast epidemische Ausmaße an, denn Hautärzte und Gesundheitsbehörden schüren die Hysterie vor Hautkrebs und raten, der Sonne fernzubleiben oder Sonnenschutzpräparate mit einem Lichtschutzfaktor von dreißig oder mehr zu benutzen. Dabei ist …«

»Was hat das mit dem toten Mädchen zu tun?«, unterbrach ihn Tanouti ungeduldig.

»Hören Sie mir doch einfach zu«, wies Kronlage ihn zurecht.

Der Staatsanwalt akzeptierte die Rüge stumm, zuckte nur die Achseln.

»Ein Wert von fünfzehn bis achtzehn Nanogramm pro Milliliter Blut, wie er nach den Wintermonaten in einer Reihenuntersuchung in den USA festgestellt wurde, gilt bereits als ausgeprägter Mangel. Optimal sind fünfzig bis fünfundsechzig Nanogramm pro Milliliter Blut«, fuhr der Professor fort. »Im Blutserum dieses Mädchens wurden vier Nanogramm pro Milliliter festgestellt.«

»Und? Was schließen wir daraus?« Tanoutis Stimme klang noch etwas ungeduldiger.

»Was *Sie* daraus schließen, weiß ich nicht, junger Mann«, entgegnete Kronlage gelassen. »Für mich ergibt sich aus dieser Tatsache, verbunden mit der Hautblässe und der auf den Röntgenbildern erkennbar porösen Knochenstruktur, die Annahme, dass das Mädchen über einen sehr langen Zeitraum keinem Sonnenlicht ausgesetzt war. Das kann bedeuten, das Mädchen wurde gefangen gehalten.«

Einen Moment lang war es ganz still. Ein Handy begann zu klingeln.

»Entschuldigung«, sagte Oberstaatsanwalt Frey und verließ den Raum.

Der Allgemeinzustand des Mädchens war sehr schlecht, ihr Körper extrem unterernährt und dehydriert, ihre Zähne waren kariös und hatten nie einen Zahnarzt gesehen. Damit entfiel die Möglichkeit, anhand des Zahnstatus die Identität festzustellen.

Die äußere Leichenbesichtigung war abgeschlossen, nun begann die eigentliche Sektion. Mit einem Skalpell schnitt Kronlage von einem Ohr zum anderen, dann klappte er die Kopfhaut nach vorne und überließ es einem Assistenten, mit der Oszillationssäge den Schädel zu öffnen, um das Gehirn zu entnehmen. Gleichzeitig öffnete Henning Brust- und Bauchhöhle mit einem einzigen senkrechten Schnitt vom Hals bis zur Hüfte. Rippen und Brustbein wurden mit der Knochensäge durchtrennt, die entnommenen Organe auf einem kleinen Metalltisch oberhalb des Sektionstisches sofort untersucht und Gewebeproben genommen. Zustand, Größe, Form, Farbe und Gewicht eines jeden Organs wurden festgestellt und protokolliert.

»Was haben wir denn hier?«, fragte Henning eher sich selbst als die Anwesenden. Er hatte den Magen aufgeschnitten, um Proben des Mageninhalts zu entnehmen.

»Was ist das?«, erkundigte Pia sich.

»Sieht aus wie … Stoff.« Henning glättete einen der schmierigen Brocken mit zwei Pinzetten und hielt den Fetzen gegen das helle Licht. »Es hat durch die Magensäure ziemlich gelitten. Na ja, vielleicht können die im Labor etwas mehr erkennen.«

Ronnie Böhme hielt ihm einen Asservatenbeutel hin und beschriftete ihn sofort.

Die Minuten vergingen, wurden zu Stunden. Der Oberstaatsanwalt war nicht mehr aufgetaucht. Die Rechtsmediziner arbeiteten konzentriert und akribisch, und Henning, der für das Protokoll zuständig war, sprach die Befunde in das Mikrophon, das er um den Hals trug. Es war vier Uhr nachmittags, als Ronnie Böhme die sezierten Organe in den Leichnam zurücklegte und die Schnitte zunähte. Die Obduktion war damit beendet.

»Die Todesursache war eindeutig Ertrinken«, fasste Henning bei der Schlussbesprechung zusammen. »Allerdings liegen schwerste innere Verletzungen vor, hervorgerufen durch Tritte oder Schläge gegen Bauch, Brust, Extremitäten und den Kopf, die früher oder später ebenfalls zum Tode geführt hätten. Rupturen von Milz, Lunge, Leber und Mastdarm. Außerdem weisen die massiven Verletzungen an Vagina und Anus darauf hin, dass das Mädchen noch kurz vor seinem Tode sexuell missbraucht wurde.«

Bodenstein hörte schweigend und mit versteinerter Miene zu. Hin und wieder nickte er, stellte aber keine Fragen. Kirchhoff blickte ihn an.

»Tja, tut mir leid, Bodenstein«, sagte er. »Ein Suizid ist auszuschließen. Aber ob es sich um einen Unfall handelt oder um einen Mord, das herauszufinden ist jetzt eure Sache.«

»Warum hältst du einen Suizid für ausgeschlossen?«, wollte Pia wissen.

»Weil ...«, begann Henning, aber weiter kam er nicht.

»Dr. Kirchhoff«, unterbrach ihn der junge Staatsanwalt, der es plötzlich eilig zu haben schien. »Ich will den Obduktionsbericht von Ihnen morgen früh auf dem Schreibtisch haben.«

»Aber selbstverständlich, Herr Staatsanwalt. Morgen früh liegt er bei Ihnen im Posteingangskörbchen.« Henning lächelte übertrieben liebenswürdig. »Soll ich ihn auch eigenhändig abtippen?«

»Von mir aus.« Staatsanwalt Tanouti war von seiner eigenen Wichtigkeit so geblendet, dass er gar nicht bemerkte, wie er sich in Sekundenschnelle zum wohl unbeliebtesten Mitarbeiter seiner Behörde machte. »Dann können wir der Presse mitteilen, dass das Mädchen im Fluss ertrunken ist.«

»Das habe ich nicht gesagt.« Henning zog die Latexhandschuhe von den Händen und warf sie in den Mülleimer neben dem Waschbecken.

»Wie bitte?« Der junge Mann machte einen Schritt zurück in den Sektionsraum. »Sie haben doch gerade eben gesagt, das Mädchen sei eindeutig ertrunken.«

»Ja, so ist es auch. Aber Sie haben mich unterbrochen, bevor ich erklären konnte, weshalb ich einen Suizid für ausgeschlossen halte. Sie ist nämlich nicht im Main ertrunken.«

Pia sah ihren Exmann verblüfft an.

»Bei Ertrinken in Süßwasser ist das Lungengewebe so stark überbläht, dass es bei der Öffnung des Brustkorbes herausquillt. Wir nennen dieses Phänomen *Emphysema aquosum*. Das ist aber hier nicht der Fall gewesen. Stattdessen hatte sich ein Lungenödem gebildet.«

»Und was heißt das jetzt auf Deutsch?«, blaffte der Staatsanwalt gereizt. »Ich brauche keine rechtsmedizinische Lehrstunde, sondern Fakten!«

Henning musterte ihn geringschätzig. In seinen Augen glomm ein ironischer Funke. Staatsanwalt Tanouti hatte es sich bis in alle Ewigkeit mit ihm verscherzt.

»Etwas profundere Kenntnisse auf dem Gebiet der Forensik sind nie von Nachteil«, sagte er mit einem sardonischen Lächeln. »Ganz besonders dann, wenn man sich im Blitzlichtgewitter der Presse profilieren möchte.«

Der junge Staatsanwalt lief rot an und machte einen Schritt auf Henning zu, musste dann aber eilig zurückweichen, weil Ronnie Böhme die Bahre mit der Leiche des Mädchens direkt auf ihn zuschob.

»Ein Lungenödem bildet sich beispielsweise in Salzwasser.« Henning nahm seine Brille ab und polierte sie seelenruhig mit einem Papierhandtuch. Dann hielt er die Brille gegen das Licht und prüfte mit zusammengekniffenen Augen, ob sie sauber genug war. »Oder bei Ertrinken in gechlortem Wasser, etwa in einem Schwimmbad.«

Pia wechselte einen raschen Blick mit ihrem Chef. Das war nun wirklich ein äußerst wichtiges Detail, typisch für Henning, dass er es sich bis zum Schluss aufgehoben hatte.

»Das Mädchen ist in Chlorwasser ertrunken«, sagte er schließlich. »Eine genaue Analyse der Wasserprobe aus den Lungen wird das Labor in den nächsten Tagen liefern. Ihr entschuldigt mich. Pia, Bodenstein, Herr Staatsanwalt, noch einen angenehmen Tag. Ich muss das Obduktionsprotokoll tippen.«

Er zwinkerte Pia zu und ging hinaus.

»So ein überheblicher Idiot«, knurrte der junge Staatsanwalt hinter Henning Kirchhoff her, dann verschwand auch er.

»Tja, jeder findet mal seinen Meister«, kommentierte Bodenstein trocken.

»Und das Bürschchen hat ihn heute gleich zweimal gefunden«, erwiderte Pia. »Erst die Engel und dann Henning – für heute sollte es ihm reichen.«

Als Emma mit Louisa von der Kita kam, war der Kaffeetisch auf der Terrasse bereits gedeckt. Ihre Schwiegereltern saßen im Schatten der von Efeu und einer violett blühenden Glyzinie bewachsenen Pergola in gemütlichen Rattansesseln und spielten Scrabble.

»Hallo, Renate! Hallo, Josef!«, rief Emma. »Da sind wir wieder.«

»Pünktlich zu Tee und Kuchen.« Renate Finkbeiner setzte ihre Lesebrille ab und lächelte.

»Und pünktlich zu meinem 3:2-Sieg«, ergänzte Josef Finkbeiner. »Quagga. Das ergibt achtundvierzig Punkte. Damit hab ich dich geschlagen.«

»Was ist denn das für ein Wort?«, entgegnete Renate mit gespielter Empörung. »Das hast du dir doch gerade ausgedacht.«

»Nein, habe ich nicht. Ein Quagga ist eine ausgestorbene Zebraart. Gib schon zu, dass ich heute einfach besser war.« Josef Finkbeiner lachte, beugte sich zu seiner Frau hinüber und gab ihr einen Kuss auf die Wange. Dann schob er den Sessel zurück und breitete die Arme aus. »Komm mal her zu Opa, Prinzessin. Ich habe extra für dich das Planschbecken volllaufen lassen. Möchtest du nicht rasch deinen Badeanzug holen?«

»Au ja«, sagte Emma, die sich am liebsten selbst der Länge nach in das Planschbecken gelegt hätte. Früher war sie gegen Hitze immun gewesen, doch diese Temperaturen verbunden mit hoher Luftfeuchtigkeit waren schier unerträglich.

Louisa ließ sich bereitwillig von ihrem Großvater in die Arme nehmen.

»Wollen wir deinen Badeanzug holen?«, fragte Emma.

»Nee.« Louisa machte sich von ihrem Großvater los, kletterte auf einen der Sessel, ihr Blick war auf den Tisch fixiert. »Will lieber Kuchen.«

»Na dann.« Renate Finkbeiner lachte und hob die Abdeckhauben, die sie zum Schutz gegen Insekten über die Kuchen gestülpt hatte. »Was magst du denn lieber? Erdbeerkuchen oder Käsesahnetorte?«

»Käsesahne!«, rief Louisa mit glänzenden Augen. »Mit extra Sahne!«

Die Schwiegermutter tat Louisa und Emma je ein Stück Käsesahnetorte auf den Teller, dann schenkte sie Emma eine Tasse Darjeeling ein. In Rekordgeschwindigkeit schaufelte Louisa die Torte in sich hinein.

»Will noch eins«, verlangte sie mit vollem Mund.

»Wie heißt das Zauberwort?«, fragte der Großvater, der das Scrabble-Spiel zusammengeräumt hatte.

»Bütte«, murmelte Louisa und grinste spitzbübisch.

»Aber nur ein kleines Stück«, mahnte Emma.

»Nein! Ein großes!«, widersprach Louisa, ein Brocken der Torte fiel ihr aus dem Mund.

»Na, na, was ist denn das für ein Benehmen, Prinzessin?« Josef Finkbeiner schüttelte missbilligend den Kopf. »Gut erzogene Mädchen sprechen nicht mit vollem Mund.«

Louisa sah ihn zweifelnd an, nicht ganz sicher darüber, ob er es ernst meinte oder scherzte. Aber er sah sie ohne zu lächeln streng an, und sie würgte den letzten Brocken Kuchen herunter.

»Bitte, liebe Oma«, sagte Louisa und hielt ihrer Großmutter den Teller hin. »Noch ein Stück Käsekuchen, bitte.«

Emma schwieg, als sie den um Anerkennung heischenden Blick ihrer Tochter sah, den diese ihrem Großvater zuwarf.

Der nickte und zwinkerte dem Kind zu, Louisa strahlte augenblicklich, und Emma verspürte einen kleinen Stich, der sich wie Eifersucht anfühlte.

Sosehr sie sich auch bemühte, sie fand keinen rechten Zugang zu ihrer Tochter. Seitdem sie hier wohnten, war es noch schwieriger geworden, oft fühlte sie sich regelrecht ausgeschlossen. Louisa respektierte sie einfach nicht. Ihrem Schwiegervater und Florian gehorchte sie hingegen widerspruchslos, ja, beinahe freudig. Woran mochte das liegen? Fehlte ihr die Autorität? Was machte sie bloß falsch? Corinna meinte, es sei normal, dass Mädchen oft ausgesprochene Papakinder waren und sich gerade in diesem Alter an der Mutter rieben. Dasselbe hatte Emma auch in diversen Erziehungsratgebern gelesen, trotzdem war es schmerzlich.

»Ich lasse die Damen jetzt mal alleine bei ihrer Teestunde.« Josef Finkbeiner erhob sich, klemmte sich den Karton mit dem Scrabble-Spiel unter den Arm und deutete eine Verbeugung an, worüber Louisa laut lachte. »Renate, Emma, Prinzessin – ich wünsche noch einen angenehmen Nachmittag.«

»Opa, liest du mir gleich noch was vor?«, rief Louisa.

»Heute schaffe ich das leider nicht«, entgegnete der Schwiegervater. »Ich muss gleich noch mal weg. Aber morgen wieder.«

»Okay«, akzeptierte Louisa. Mehr nicht.

Hätte Emma ihr eine solche Absage erteilt, hätte sie einen Wutanfall bekommen. Emma pickte das letzte Stück des Tortenbodens mit der Gabel auf und blickte ihrem Schwiegervater nach. Sie schätzte und mochte ihn sehr, dennoch gab er ihr in Momenten wie diesen immer das Gefühl, in puncto Kindererziehung eine komplette Versagerin zu sein.

Die warme Luft war erfüllt vom Summen der Bienen, die in den Rosenbüschen und den Blumenrabatten rings um die Terrasse eifrig Nektar sammelten. Weiter hinten im Park dröhnte ein Rasenmäher, es duftete nach frisch gemähtem Gras.

»Hast du zufällig die Gästeliste bei dir?«, riss ihre Schwiegermutter Emma aus ihren trüben Gedanken. »Ach, du glaubst nicht, wie sehr ich mich freue, endlich alle meine Kinder einmal wiederzusehen.«

Emma zog die Mappe aus ihrer Schultertasche und schob sie ihrer Schwiegermutter hin. Es freute sie, dass Corinna ihr die Gästebetreuung und die Gestaltung und Versendung der Einladungen übertragen hatte. Das gab ihr das

Gefühl, wirklich zur Familie zu gehören und nicht nur Gast zu sein. Sie hatte die Liste aus einer bestehenden Exceldatei angelegt; ihr selbst sagten fünfundneunzig Prozent der Namen nichts, Renate hingegen stieß bei jedem Haken, der eine Zusage kennzeichnete, einen kleinen Freudenschrei aus.

Ihre ehrliche Begeisterung rührte Emma.

Renate war eine Frau, die mit einem heiteren Lächeln durchs Leben ging und Negatives schlicht ignorierte. Sie interessierte sich keinen Deut für das, was in der Welt passierte, las weder die Tageszeitung, noch schaute sie Nachrichten. Florian bezeichnete seine Mutter mit kaum verhohlener Verachtung als weltfremd, naiv und anstrengend oberflächlich. Tatsächlich war ihre beharrliche Fröhlichkeit manchmal nur schwer zu ertragen, aber sie war allemal besser als die Kritiksucht und depressiven Verstimmungen von Emmas eigener Mutter.

»Ach Gott, wie die Zeit vergeht«, seufzte Renate und fuhr sich über die feuchten Augen. »Sie sind alle längst erwachsene Männer und Frauen, aber ich sehe immer noch die Kinder vor mir, wenn ich ihre Namen lese.«

Sie tätschelte Emmas Hand.

»Es macht mich sehr glücklich, dass du und Florian diesmal mit dabei sein werdet.«

»Wir freuen uns auch sehr«, erwiderte Emma, wenngleich sie absolut nicht sicher war, ob Florian sich tatsächlich auf den Empfang und das Sommerfest freute. Er hatte für das Lebenswerk seiner Eltern, in das diese den Großteil ihres Vermögens gesteckt hatten, nur wenig übrig.

»Stopp!« Emma schaffte es gerade noch, Louisa daran zu hindern, sich ein weiteres Stück Torte zu angeln. »Du hast doch noch die Hälfte auf dem Teller.«

»Ich mag aber nur das Weiche!«, protestierte Louisa kauend.

»Den Boden musst du aber auch essen. Oder soll die Oma den in den Mülleimer werfen?«

Louisa zog eine Flunsch.

»Will noch Kuchen!«, verlangte sie.

»Aber Liebes, du hattest doch schon zwei große Stücke«, erwiderte Renate.

»Aber ich will!«, insistierte das Kind mit gierigem Blick.

»Nein. Schluss!«, sagte Emma entschieden und nahm Louisa den Teller aus der Hand. »Gleich gibt es noch Abendbrot. Erzähl Oma lieber, was ihr heute in der Kita gemacht habt.«

Louisa presste trotzig die Lippen aufeinander, dann begriff sie, dass sie tatsächlich kein drittes Stück Kuchen mehr zu erwarten hatte, und brach in Tränen aus. Sie kletterte von ihrem Stuhl herunter und blickte sich wild um.

»Wehe!«, rief Emma warnend, aber es war zu spät. Die Kleine trat gegen die Vogeltränke aus Keramik, die von dem Stein rutschte, auf dem sie stand, und zerbrach.

»Aber Kind, die schöne Vogeltränke!«, rief die Schwiegermutter.

Emma sah, dass Louisa schon das nächste Ziel im Visier hatte, einen Blumentopf mit blühenden Geranien. Sie sprang auf und erwischte ihre Tochter gerade noch am Arm, bevor sie weiteres Unheil anrichten konnte. Louisa wehrte sich gegen ihren Griff, sie kreischte in einer Frequenz, die Glas zerspringen lassen konnte, trat und schlug um sich. Gelegentliche Temperamentsausbrüche war Emma von ihrer Tochter gewohnt, aber die Heftigkeit ihres Wutanfalls erschreckte sie.

»Ich will Ku-chen! Ich will Ku-chen!«, kreischte sie, krebsrot im Gesicht und völlig außer sich. Die Tränen spritzten aus ihren Augen, sie warf sich auf den Boden.

»Jetzt ist aber Schluss mit dem Theater«, zischte Emma. »Wir gehen hoch in die Wohnung, bis du dich beruhigt hast.«

»Blöde Mama! Blöde Mama! Kuchen! Ich will Ku-cheeeen!«

»Dann lass sie doch noch ein Stück essen«, mischte sich Renate ein.

»Ganz sicher nicht!« Emma funkelte ihre Schwiegermutter wütend an. Wie sollte sie sich jemals bei Louisa durchsetzen können, wenn ihre Schwiegereltern jede Erziehungsmaßnahme derart torpedierten?

»Kuchen! Kuchen! *Kucheeeen!*« Louisa steigerte sich in eine echte Hysterie, sie lief dunkelrot an, und Emma war nahe daran, ihre Geduld zu verlieren.

»Wir gehen besser mal nach oben«, sagte sie. »Tut mir leid. Irgendetwas ist mit ihr in den letzten Tagen nicht in Ordnung.«

Sie zerrte ihre kreischende und heulende Tochter hinter sich ins Haus. Der friedliche Nachmittag war vorbei.

Es gab Tage, die aus einer bloßen Aneinanderreihung schlichter Alltagsbanalitäten bestanden, zu ereignislos, um sich an sie zu erinnern. Die meisten Menschen ließen diese Tage achtlos an sich vorbeifließen, bemaßen den Lauf der Jahre an Geburts- und Feiertagen oder irgendwelchen herausragenden Ereignissen, auf die sich ihr Leben im Rückblick dann reduzierte. Pia hatte sich schon vor vielen Jahren angewöhnt, ein tägliches Kurztagebuch zu führen, in das sie alles, was am Tag geschehen war, in Stichworten notierte. Manchmal amüsierte sie sich selbst darüber, welchen unbedeutenden Mist sie eintrug, aber diese trivialen Notizen verschafften ihr das befriedigende Gefühl, ihr Leben bewusster zu empfinden und keinen Tag einfach nutzlos verstreichen zu lassen.

Pia bremste und fuhr rechts ran, um den Traktor, der von der anderen Seite in die Unterführung einbog, vorbeizulassen. Sie hob grüßend die Hand, Hans Georg, der Landwirt, der oben in Liederbach seinen Hof hatte und für sie jedes Jahr Heu und Stroh presste, grüßte zurück.

An Tagen wie heute hingegen blieb der Kalender oftmals leer. Was hätte sie auch notieren sollen? *Mädchenleiche gefunden, verstockte Jugendliche verhört, Obduktion von 12 bis 16 Uhr, 126 nutzlose Hinweise am Telefon entgegengenommen, Presseanfragen abgewimmelt, den ganzen Tag nichts gegessen, Kathrin Fachinger besänftigt, abends Rasen gemäht?* Wohl kaum.

Pia hatte den Birkenhof erreicht. Sie drückte auf die Fernbedienung, worauf das grüne Tor langsam vor ihr aufschwang. Dieser Luxus war eine von vielen Neuerungen, die Christoph und sie in den vergangenen Monaten dem Hof hatten angedeihen lassen, nachdem die Stadt Frankfurt die seit Jahren drohende Abrissverfügung endgültig zu den Akten gelegt hatte. Durch das heruntergelassene Fenster drang der würzige Duft von frisch gemähtem Gras, und Pia stellte fest, dass Christoph ihr zuvorgekommen war. Der Rasenstreifen zwischen den Birken auf der linken Seite der geschotterten Auffahrt, denen der Hof seinen Namen verdankte, war akkurat gemäht.

Es war die richtige Entscheidung gewesen, den Rabenhof in Ehlhalten nicht zu kaufen. Allein die Renovierung des Anwesens hätte sie auf ewig und drei Tage verschuldet, und da das Bauamt im vergangenen Sommer endlich grünes Licht für den Umbau des Hauses auf dem Birkenhof gegeben hatte, hatten sie lieber Geld in die Modernisierung des doch recht primitiven Häuschens gesteckt.

Pia hielt vor der Garage und stieg aus. Nach zehn Monaten, die sie auf einer Baustelle zwischen Gerüsten, Bauschutt, aufgerissenen Böden, Farb- und Mörteleimern gelebt hatten, war vor ein paar Wochen alles fertig geworden. Das Haus war um ein Stockwerk in die Höhe gewachsen, es hatte ein neues Dach, neue Fenster, eine Wärmedämmung und vor allen Dingen eine anständige Heizung bekommen, denn die alte Elektroheizung hatte ihnen regelmäßig eine horrende Stromrechnung beschert. Nun sorgten ein moderner Luftwärmetauscher und Solarzellen auf dem Dach für Heizung und warmes Wasser. Mit diesen Investitionen hatten sie zwar ihren Kreditrahmen bis aufs Äußerste strapaziert, aber aus dem Provisorium war ein echtes Zuhause geworden. Christophs schöne Möbel waren aus dem Lagerhaus befreit worden, wo sie nach dem Verkauf seines Hauses in Bad Soden eingelagert worden waren.

Pia sehnte sich nach dem anstrengenden Tag nur noch nach einer Dusche, etwas zu essen und einem Glas Wein auf der Terrasse. Die Pferde waren noch auf der Koppel, die Haustür stand weit offen, aber von den Hunden war keine Spur zu sehen. In der Ferne hörte sie den Motor des Traktors. Wahrscheinlich war Christoph auf der hinteren Wiese zugange, und die Hunde leisteten ihm dabei Gesellschaft. Da tauchte der alte rote Traktor auf, auf dem Notsitz neben dem Fahrer hüpfte eine kleine blonde Gestalt auf und ab und winkte mit beiden Armen.

»Piiiiiiaaaa! Pia!«, übertönte eine helle Stimme das Knattern des Motors. Großer Gott! Sie hatte bei all dem Trubel, der sie den ganzen Tag über in Atem gehalten hatte, doch tatsächlich vergessen, dass Lilly heute angekommen war! Pias Begeisterung hielt sich in Grenzen. Adieu Ruhe und Entspannung bei einem Glas Wein!

Christoph bremste unter dem Walnussbaum, Lilly kletterte in affenartiger Geschwindigkeit vom Traktor und kam auf Pia zugerannt.

»Pia! Pia! Ich freu mich so!«, rief sie und strahlte über ihr ganzes sommersprossiges Gesicht. »Ich bin so glücklich, dass ich wieder in Deutschland bin!«

»Ja, und ich erst!« Pia grinste schief, breitete die Arme aus und fing das Mädchen auf. »Willkommen auf dem Birkenhof, Lilly!«

Die Kleine schlang die Arme um Pias Hals und presste ihr Gesicht an ihre Wange. Ihre Freude war so ehrlich und ohne jede Berechnung, dass es Pia ans Herz rührte.

»Es ist soooo schön hier, wirklich!«, sprudelte es aus dem Kind nur so heraus. »Die Hunde sind so süß und die Pferde auch und überhaupt ist hier alles so schön und so grün, viel schöner als zu Hause!«

»Na, das freut mich ja.« Pia lächelte. »Wie findest du dein Zimmer?«

»Toll!« Lillys Augen leuchteten, sie hielt Pias Hand umklammert. »Weißt du wa-as, Pia? Irgendwie kommt ihr mir gar nicht fremd vor, weil wir ja immer skypen. Und das ist so toll. Ich werde sicher überhaupt nie gar kein Heimweh haben.«

Christoph hatte den Traktor abgestellt und kam über den Hof, gefolgt von den vier Hunden, deren Zungen fast bis auf den Boden hingen.

»Opa und ich sind mit dem Traktor rumgefahren, und die Hunde sind die ganze Zeit mit gerannt«, erzählte Lilly begeistert. »Ich hab mit Opa die Pferde auf die Koppel gebracht und, weißt du, der Opa hat mein absolutes Lieblingsessen gemacht, genau wie ich's mir gewünscht hab: Rouladen!«

Sie riss die Augen auf, rieb sich den Bauch und Pia musste lachen.

»Hallo, Opa«, sagte sie zu Christoph und grinste. »Ich hoffe, ihr habt mir noch ein bisschen Lieblingsessen übrig gelassen. Ich hab nämlich einen Bärenhunger.«

Louisa war endlich eingeschlafen. Zwei Stunden lang hatte sie in ihrem Zimmer in einer Ecke gesessen, mit starrem Blick, den Daumen im Mund. Als Emma sie hatte anfassen wollen, hatte sie nach ihr getreten. Irgendwann war sie erschöpft eingenickt, und Emma hatte sie ins Bett gelegt. Dieses eigenartige Verhalten hatte Emma mehr erschreckt als der unbeherrschte Wutausbruch zuvor. Sie klemmte sich das Babyphon unter den Arm und verließ die Wohnung. Zwar war die Besprechung mit Corinna erst für sieben Uhr angesetzt, aber Emma hoffte, noch kurz unter vier Augen mit ihrem Schwiegervater sprechen zu können. Vielleicht konnte er ihr einen Rat geben, wie sie mit Louisa umgehen sollte.

Die Tür zur Wohnung ihrer Schwiegereltern im Erdgeschoss war nur angelehnt. Emma klopfte und trat ein. Wegen der Hitze waren die Schlagläden geschlossen, es herrschte dämmeriges Zwielicht und eine angenehme Kühle. Der Duft von frisch aufgebrühtem Kaffee hing in der Luft.

»Hallo?«, rief sie. »Josef? Renate?«

Keine Antwort. Vielleicht waren sie noch draußen auf der Terrasse.

Emma blieb vor dem großen Spiegel in der Eingangshalle stehen und erschrak fast bei ihrem eigenen Anblick. Sie zog eine Grimasse. Attraktiv war anders. Feuchte Strähnen hatten sich aus dem Haarknoten gelöst und ringelten sich in ihrem Nacken, ihr Gesicht war gerötet und glänzte wie eine Speckschwarte. Schon immer waren Po und Oberschenkel ihre Problemzonen gewesen, die sie recht gut kaschieren konnte. Doch jetzt hatten sie geradezu elefantöse Ausmaße angenommen, dazu schwollen ihre Beine bei der Hitze an. Deprimiert fuhr sie mit beiden Händen über ihr Hinterteil. Eigentlich kein Wunder, dass Florian seit Monaten keine Lust mehr verspürte, mit ihr zu schlafen, so, wie sie aussah!

Plötzlich hörte sie gedämpfte Stimmen und horchte auf. Emma gehörte nicht zu der Sorte Frau, die an geschlossenen Zimmertüren lauscht, doch das Gespräch wurde so laut geführt, dass einzelne Satzfetzen nicht zu überhören waren. Eine Tür wurde aufgerissen, und Emma erkannte nun Corinnas Stimme, die ungewöhnlich aufgebracht klang.

»… nicht schlecht Lust, das ganze Fest abzusagen!«, zischte sie.

Die Erwiderung ihres Schwiegervaters konnte Emma nicht richtig verstehen.

»Das ist mir vollkommen egal! Ich habe ihn immer wieder gewarnt, dass er es nicht übertreiben soll«, entgegnete Corinna scharf. »Allmählich habe ich wirklich die Nase voll davon! Als hätte ich sonst nichts zu tun!«

»Aber jetzt warte doch mal! Corinna!«, rief der Schwiegervater.

Schnelle Schritte näherten sich, es war zu spät, um in die Küche oder einen anderen Raum zu gehen.

»Ach, hallo, Emma.« Corinna musterte sie mit einem eigenartigen Ausdruck in den Augen, und Emma lächelte unbehaglich. Hoffentlich glaubte die Freundin nicht, sie hätte heimlich an der Tür gelauscht!

»Hallo, Corinna. Ich … ich bin etwas zu früh und … ich … ich habe Stimmen gehört und … da dachte ich, ihr hättet schon angefangen.«

»Gut, dass du schon da bist.« Von ihrer Verärgerung war Corinna nichts mehr anzumerken. Sie lächelte ganz wie immer. »Dann können wir noch ein paar Punkte bezüglich der Gäste und der Sitzordnung durchgehen, bevor die anderen kommen. Lass uns raus auf die Terrasse gehen.«

Emma nickte erleichtert. Zwar hätte sie zu gerne gewusst, was Corinna derart auf die Palme gebracht hatte, aber sie konnte unmöglich fragen, denn damit hätte sie zugegeben, dass sie tatsächlich gelauscht hatte, wenn auch unfreiwillig. Ihr Blick fiel durch die offen stehende Tür des Arbeitszimmers und sie sah ihren Schwiegervater, der an seinem Schreibtisch saß, das Gesicht in den Händen vergraben.

Montag, 14. Juni 2010

DIE STIMMUNG im Bereitschaftsraum der Regionalen Kriminalinspektion in Hofheim war angespannt. Das ganze Wochenende über hatte das Telefon beinahe unablässig geklingelt. Hunderte von Hinweisen aus der Bevölkerung waren eingegangen, Dutzende wollten das Mädchen irgendwo gesehen haben. Manches hatte zuerst vielversprechend geklungen, einer genaueren Überprüfung jedoch nicht standgehalten.

Es gab keine Vermisstenanzeige, keine heiße Spur im Fall »Nixe«, nicht einmal eine lauwarme. Sie waren keinen Schritt weiter als am Freitag, und mit jedem Tag, der verging, wurde die Chance auf einen schnellen Ermittlungserfolg geringer.

Pia rekapitulierte die Ergebnisse der Obduktion.

»Das Mädchen war etwa fünfzehn oder sechzehn Jahre alt. Multiple Verletzungen am ganzen Körper lassen auf schwerwiegende Misshandlungen schließen, und das über einen längeren Zeitraum hinweg. Die meisten dieser Verletzungen wurden nicht ärztlich versorgt. Dazu gehören unter anderem in Fehlstellung verheilte Brüche von Ober- und Unterarm, Schlüsselbein.« Die Brutalität, die sich hinter diesen so lapidar klingenden Worten verbarg, war unfassbar. »Es wurden zahlreiche Narben an Rumpf, Armen und Beinen festgestellt, außerdem Spuren sexuellen Missbrauchs und Brandnarben, die an Zigarettenverbrennungen erinnern. Dazu kommt ein extremer Vitamin-D-Mangel, eine signifikante Hautblässe und rachitische Veränderungen der Knochenstruktur, die den Schluss zulassen, dass das Mädchen über sehr lange Zeit nicht dem Sonnenlicht ausgesetzt gewesen ist.«

»Wie lange hat sie im Wasser gelegen?«, erkundigte sich ein Kollege, der normalerweise in einem anderen Dezernat arbeitete, aber wie alle Beamten der RKI, die nicht an einem aktuellen Fall arbeiteten, für die Soko abgestellt worden war.

»Die Liegezeit im Wasser betrug etwa zwölf bis vierundzwanzig Stunden«, erwiderte Pia. »Der Eintritt des Todes ist nicht genau bestimmbar, allerdings höchstens zwei Tage vor Auffinden der Leiche.«

Kai Ostermann notierte die Eckdaten auf der Wandtafel, die bisher noch leer war, abgesehen von den Fotos der Leiche und des Fundortes.

»Todesursache war Ertrinken«, fuhr Pia fort. »Allerdings wurde sie durch stumpfe Gewalteinwirkung, wahrscheinlich Tritte und Schläge gegen Bauch und Brust, so schwer verletzt, dass sie auch so keine Überlebenschance gehabt hätte.

Bei der Obduktion wurden Leber-, Milz- und Harnblasenrupturen festgestellt, die massive Einblutungen in die Bauchhöhle zur Folge gehabt hatten. Wäre sie nicht ertrunken, so wäre sie wenig später innerlich verblutet.«

Es war totenstill, bis auf das gedämpfte Klingeln der Telefone im benachbarten Wachraum. Die vierundzwanzig Männer und fünf Frauen, die vor Pia saßen und standen, rührten sich nicht. Kein Hüsteln, kein Räuspern, kein Stühlerücken. In den Gesichtern der Runde las Pia das, was sie selbst empfand: Betroffenheit, Fassungslosigkeit und Abscheu. Es war oft schon nicht leicht, mit den schrecklichen Folgen von Affekthandlungen umzugehen, aber das, was dieses Mädchen womöglich über Jahre erlitten hatte, sprengte jede Vorstellungskraft. Die meisten ihrer Kollegen waren Familienväter, für sie war es schwer – wenn nicht gar unmöglich –, in einem Fall wie diesem schützende innerliche Distanz wahren zu können.

»Das größte Rätsel bisher ist aber die Tatsache, dass das Mädchen nicht im Main ertrunken ist, sondern in Chlorwasser«, schloss Pia ihren Bericht. »Auf eine genaue Analyse warten wir noch. Hat jemand irgendwelche Fragen?«

Kopfschütteln. Keine Fragen. Sie setzte sich wieder auf ihren Platz und überließ Kai Ostermann die weitere Berichterstattung.

»Die Bekleidung des Mädchens war billige Kaufhausware, die es millionenfach gibt«, sagte Kai. »Unmöglich zu rekonstruieren, wo, wann und von wem sie gekauft wurde. Einen Zahnstatus gibt es nicht, weil sie nie beim Zahnarzt gewesen ist. Bis auf diese mysteriösen Stofffetzen lässt auch der Mageninhalt leider keine Rückschlüsse zu, die uns irgendwie weiterhelfen könnten. Wir stehen mit ziemlich leeren Händen da.«

»Und die Presse macht Druck«, ergänzte Pia. »Sie ziehen Vergleiche zu dem Fall von vor neun Jahren. Ihr wisst, wovon ich spreche.«

Allgemeines Kopfnicken war die Antwort. Vor neun Jahren war ein totes Mädchen vermutlich vorderasiatischer Herkunft an der Wörthspitze im Main gefunden worden, eingewickelt in einen Bettbezug mit Leopardenmuster und beschwert mit dem Fuß eines Sonnenschirmständers. Die Soko »Leopard« hatte immense Anstrengungen unternommen, um die Identität des Mädchens zu klären, Ermittler waren bis nach Afghanistan, Pakistan und Nordindien gereist, hatten überall Fahndungsplakate ausgehängt. Doch obwohl eine hohe Belohnung ausgelobt worden war, hatte es nur knapp zweihundert Hinweise gegeben, und keiner hatte zu einem Ermittlungserfolg geführt.

»Wie wollen Sie weitermachen?«, erkundigte sich Dr. Nicola Engel.

»Ich möchte eine Isotopenanalyse durchführen lassen, damit wir wissen, woher das Mädchen stammt und wo es sich in den letzten Jahren aufgehalten hat. Das könnte uns ein erhebliches Stück weiterbringen«, sagte Bodenstein und räusperte sich. »Außerdem brauchen wir eine Fließwasseranalyse des Mains, um herauszufinden, wo die Leiche ins Wasser gelangt ist.«

»Das habe ich schon veranlasst«, meldete sich Christian Kröger zu Wort. »Ich habe es dringend gemacht.«

»Gut.« Bodenstein nickte. »Wir machen erst einmal genauso weiter, halten engen Kontakt zu Presse und Öffentlichkeit. Ich habe noch immer die Hoffnung, dass sich jemand an irgendetwas erinnert und sich bei uns meldet.«

»Okay.« Die Kriminalrätin war einverstanden. »Was ist mit dem Jugendlichen, der neben der Leiche gefunden wurde?«

»Ich konnte gestern mit ihm sprechen«, sagte Pia. »Er kann sich leider an nichts erinnern. Ein klassischer Filmriss. Bei 3,3 Promille Blutalkoholgehalt nicht verwunderlich.«

»Und die anderen Jugendlichen?«

»Wollen das tote Mädchen gar nicht gesehen haben.« Pia schnaubte. »Zwei von ihnen waren nicht besonders alkoholisiert, und ich bin sicher, sie lügen. Allerdings glaube ich nicht, dass sie irgendetwas gesehen haben, was für uns hilfreich sein könnte. Es war wirklich nur ein zufälliges Zusammentreffen.«

Ihr Handy summte.

»Entschuldigung«, sagte sie in die Runde, nahm das Gespräch entgegen und verließ den Raum. »Hallo, Henning. Was gibt's?«

»Du erinnerst dich an die Stoffreste aus dem Magen des Mädchens?«, erwiderte ihr Exmann, wie üblich ohne sich mit einem Gruß oder einer weiteren Erklärung aufzuhalten. »Der Stoff besteht aus Baumwolle und einer Elastanfaser. Möglicherweise hat sie den Stoff vor Hunger gegessen, sonst hatte sich nichts in Magen oder Darm befunden. Wir konnten einige der Fetzen ziemlich gut aufbereiten. Ist vielleicht interessant für euch. Ich schick dir drei Fotos als Mailanhang.«

Da die Runde im Besprechungsraum ohnehin bereits in Auflösung begriffen war, ging Pia hoch in ihr Büro und setzte sich an den Schreibtisch. Sie rief das Mailprogramm auf und wartete, bis der Server die Mail von Henning heruntergeladen hatte. Ungeduldig trommelte sie mit den Fingern auf den Rand der Tastatur. Natürlich hatte Henning sich nicht die Mühe gemacht, den Anhang zu verkleinern, und der Computer brauchte Minuten, um dreimal 5,3 Megabyte zu laden. Endlich konnte sie das erste Foto öffnen und starrte verständnislos auf den Bildschirm.

Kathrin Fachinger und Kai Ostermann betraten das Büro.

»Was hast du da?«, fragte Ostermann hinter ihr neugierig.

»Henning hat mir Fotos von den Stoffresten aus dem Magen des Mädchens geschickt«, antwortete Pia. »Aber ich erkenne nichts.«

»Lass mich mal gucken.«

Sie rollte mit ihrem Stuhl ein Stück zurück und überließ Kai Tastatur und Maus. Er verkleinerte die Fotos. Zu dritt betrachteten sie die Bilder der Stofffetzen.

»Das größte Stück ist sieben mal vier Zentimeter groß«, erklärte Kai. »Das sind Buchstaben! Der Stoff ist rosa und mit einer weißen Schrift bedruckt.«

Kathrin und Pia beugten sich nach vorne.

»Das könnte ein S sein«, vermutete Kathrin. »Ein I und dann N oder M und D oder P.«

»Und auf dem Bild hier entziffere ich ein O«, sagte Kai.

»S-I-N(M)- D(P) und O«, notierte Pia auf ihrer Schreibtischunterlage.

Kai las die E-Mail, an die Henning die Fotos angehängt hatte.

»Die Magensäure hatte dem Gewebe schon zugesetzt. Es war keine fremde DNS festzustellen. Am Stoff wurden keine Spuren von Zähnen gefunden, er wurde in kleine Teile gerissen oder geschnitten.«

»Aber wie kann er in ihren Magen gelangt sein?«, überlegte Kathrin laut.

»Henning vermutet, sie könnte ihn gegessen haben, weil sie Hunger hatte«, antwortete Pia.

»Großer Gott.« Kathrin verzog das Gesicht. »Das muss man sich mal vorstellen. Wie verzweifelt muss man sein, um Stoff zu essen?«

»Vielleicht hat man sie auch gezwungen«, gab Kai zu bedenken. »Nach allem, was diesem Mädchen widerfahren ist, halte ich das durchaus für möglich.«

Auf dem Flur wurden Stimmen laut.

»… jetzt keine Zeit für so einen Kokolores«, hörten sie ihren Chef sagen. Wenig später erschien Bodenstein im Türrahmen.

»Gerade ist ein Hinweis reingekommen, der ziemlich vielversprechend klingt«, verkündete er. »Pia, wir fahren sofort los.«

Hinter ihm tauchte Frank Behnke auf.

»Sie bezeichnen eine offizielle Untersuchung des Dezernats für Interne Ermittlungen als Kokolores?«, fragte er selbstgefällig. »Kommen Sie von Ihrem hohen Ross runter, Herr *von* Bodenstein, sonst kann das unangenehme Konsequenzen haben.«

Bodenstein wandte sich um und blickte auf Behnke, den er um Haupteslänge überragte, hinab.

»Ich lasse mir von Ihnen sicher nicht drohen.« Seine Stimme wurde eisig. »Wenn mein aktueller Fall geklärt ist, stehe ich der Großinquisition zur Verfügung. Vorher habe ich dazu keine Zeit.«

Behnke wurde erst rot, dann blass. Sein Blick huschte an Bodenstein vorbei. Erst jetzt bemerkte er seine ehemaligen Kollegen.

»Na, Frank.« Kathrin grinste spöttisch. »Hübsch siehst du aus in deiner neuen Verkleidung.«

Mit Frauen hatte Behnke schon immer ein Problem gehabt, ganz besonders mit Kolleginnen, die ihm ebenbürtig oder gar überlegen waren. Aber sein ganz besonderes Hassobjekt war Kathrin Fachinger, die ihn damals nach seiner Attacke wegen Körperverletzung angezeigt und damit für seine Suspendierung gesorgt hatte.

Nach wie vor war der Mangel an Selbstbeherrschung seine schwache Stelle.

»Dich krieg ich auch noch dran!« In seinem Zorn ließ er sich zu einer Äußerung von fataler Unbedachtsamkeit hinreißen und das vor Zeugen. »Euch alle! Ihr werdet euch noch wundern.«

»Ich hab mich schon immer gefragt, was für ein Mensch man sein muss, um als Spion gegen seine eigenen Kollegen zu ermitteln«, entgegnete Kathrin angewidert. »Jetzt weiß ich's. Man muss ein nachtragender, von Minderwertigkeitskomplexen zerfressener Intrigant sein. Eine arme Sau, auf Deutsch gesagt.«

»Das hast du nicht umsonst gesagt«, zischte Behnke, dem dämmerte, welche Blöße er sich gegeben hatte. Er drehte sich auf dem Absatz um und marschierte davon.

»Das hätten Sie sich wirklich sparen können, Kathrin«, tadelte Bodenstein seine jüngere Kollegin scharf. »Ich will keinen unnötigen Ärger haben.«

»Tut mir leid, Chef«, antwortete Kathrin ohne jedes Bedauern. »Aber dieser Giftzwerg wird mir keinen Ärger machen. Dafür weiß ich zu viel über ihn … und über Erik Lessing.«

Diese kryptische Bemerkung ließ Bodenstein innehalten. Er hob die Augenbrauen.

»Darüber reden wir noch«, sagte er mit einem warnenden Unterton.

»Gerne.« Kathrin steckte die Hände in die Hosentaschen ihrer Jeans und schob kampfeslustig das Kinn vor. »Nichts lieber als das.«

»Sie war eben wütend, weil sie ihren Willen nicht bekommen hat. So was ist doch in dem Alter völlig normal, da trotzen alle Kinder hin und wieder.« Florian stand auf und stellte seine Kaffeetasse in die Spüle. »Wirklich, Emmi, ich glaube, du solltest das nicht überbewerten. Heute war sie doch wieder ganz normal, oder?«

Emma sah ihren Mann zweifelnd an.

»Ja. Ziemlich.«

»Das sind Phasen.« Florian nahm sie in die Arme. »Es ist gerade für keinen von uns einfach.«

Emma schlang ihre Arme um seine Mitte und lehnte sich an ihn. Momente der Vertrautheit wie dieser waren rar, und sie fürchtete, dass sie noch seltener werden würden, wenn erst das Baby da war.

»Wir sollten für ein paar Tage wegfahren. Nur du und Louisa und ich«, sagte er zu ihrem Erstaunen.

»Hast du denn Zeit?«

»Vier, fünf Tage werde ich schon herausschinden können.« Er ließ sie los, seine Hände lagen auf ihren Schultern. »Ich hatte seit zehn Monaten keinen Urlaub mehr, und ich war in den letzten Wochen nicht besonders nett.«

»Stimmt.« Emma lächelte.

»Es ist, weil …« Er verstummte, suchte nach den passenden Worten. »Ich weiß, dass du dich hier wohl fühlst, aber für mich ist es irgendwie … ein klaustrophobisches Gefühl, plötzlich wieder im Haus meiner Eltern zu leben.«

»Aber es ist doch nur eine vorübergehende Lösung«, sagte Emma, eigentlich gegen ihre Überzeugung.

»Siehst du das so?«

Sie las Skepsis in seinen Augen.

»Na ja, ich fühl mich hier schon ziemlich wohl«, räumte sie ein, »aber ich kann verstehen, dass es für dich komisch ist. Wenn du wieder einen Job im Ausland bekommst, können die Kinder und ich ja erst mal hierbleiben, aber wenn du in Deutschland bleibst, sollten wir uns etwas Eigenes suchen.«

Endlich erreichte das Lächeln seine Augen. Er wirkte regelrecht erleichtert.

»Danke für dein Verständnis«, sagte er und wurde wieder ernst. »In den nächsten Wochen wird sich entscheiden, wie es für mich in Zukunft weitergeht, und dann können wir planen.«

Er verschwand im Schlafzimmer, um seinen Koffer zu packen, denn er musste gleich zu einer Vortragsreise in die neuen Bundesländer aufbrechen. Auch wenn er wieder für ein paar Tage weg sein würde, so war es Emma leichter ums Herz als seit Wochen. Sie legte beide Hände auf ihren Bauch.

Noch fünf Wochen, dann war das Baby da.

Florian hatte endlich zugegeben, dass er sich hier nicht wohl fühlte, nachdem er wochenlang so gut wie gar nicht mit ihr gesprochen hatte, mal abgesehen von der alltäglichen Verständigung über Kleinigkeiten.

Alles würde gut werden.

Eine halbe Stunde später verabschiedeten sie sich, und sie widerstand erfolgreich dem Drang, sich an ihn zu klammern und nicht mehr loszulassen.

»Ich ruf dich an, wenn ich angekommen bin. Okay?«

»Ja, okay. Gute Fahrt.«

»Danke. Pass auf dich auf.«

Wenig später polterte er die Holztreppe hinunter, die Haustür öffnete sich mit dem leisen Quietschen ungeölter Scharniere und fiel dann mit einem sanften Ploppen ins Schloss.

Emma stieß einen Seufzer aus, dann machte sie sich auf den Weg in die Waschküche. Vielleicht war sie einfach zu sensibel im Moment. Corinna hatte sicher recht: Für Florian war die ganze Situation schließlich auch nicht leicht. Und wenn das Baby erst da war …

Emma öffnete die Tür zur Waschküche und drehte den altmodischen Lichtschalter, bis es klackte und die Neonröhre an der Decke ansprang. Durch ein Oberlicht fiel etwas Tageslicht in den Raum, in dem Waschmaschine und Wäschetrockner standen. Wäscheleinen waren quer durch den Raum gespannt, es duftete nach Waschpulver und Weichspüler. Während sie die Wäscheberge nach dunkel, hell, Kochwäsche und Feinwäsche sortierte, schweiften Emmas Gedanken zu den Anfängen ihrer Beziehung. Als Florian und sie damals festgestellt hatten, dass sie beide aus dem Taunus stammten, hatte ihnen das in der Fremde ein Stück Heimatgefühl gegeben. Mitten im Nirgendwo hatten sie kurioserweise über gemeinsame Bekannte gesprochen, und das hatte eine Nähe vorgetäuscht, die es eigentlich nie gegeben hatte. Viel Zeit, sich richtig kennenzulernen, hatten sie nicht gehabt, denn schon nach ein paar Wochen war sie schwanger gewesen, und sie hatten ziemlich überstürzt im Camp geheiratet, weil Florian nach Indien musste. Monatelang hatten sie sich nur E-Mails geschrieben, und sie hatte sich in den Menschen verliebt, den sie hinter den wunderschönen Formulierungen, den kritischen Reflexionen, den Worten voller Zuneigung und schmeichelhafter Begierde vermutet hatte. Er schrieb von Offenheit und Vertrauen und wie glücklich er darüber sei, sie gefunden zu haben. Stand er jedoch in Fleisch und Blut vor ihr, war alles anders. Ihre Gespräche blieben oberflächlich, erreichten nie auch nur annähernd die Qualität, Tiefe und Innigkeit der zahllosen E-Mails. Immer verspürte sie den schalen Beigeschmack von Enttäuschung, eine Hemmung und die unterschwellige Angst, ihn mit ihrem Bedürfnis nach Nähe und

Zärtlichkeit zu sehr zu bedrängen und zu überfordern. Umarmungen dauerten nie so lange an, wie sie es sich gewünscht hätte, deshalb konnte sie sie nicht genießen, weil sie jede Sekunde erwartete, dass er den Griff lockern, die Distanz wiederherstellen würde. Nie vermochte er ihr das Gefühl der Geborgenheit zu geben, nach dem sie sich mit jeder Faser ihres Körpers sehnte.

Emma hatte geglaubt und gehofft, das würde sich mit der Zeit geben, er würde sich ihr öffnen und erkennen, was sie sich von ihm wünschte, aber dem war nicht so. Und seitdem sie hier im Haus seiner Eltern lebten, hatte sie mehr als je zuvor das Gefühl, ihren Mann überhaupt nicht richtig zu kennen.

»Ach, verdammt, du machst dir zu viele Gedanken«, schalt Emma sich. »Er ist eben, wie er ist.«

Sie ergriff eine Jeans, zog sie auf links und fasste in die Taschen, um nicht versehentlich Münzen, Tempotaschentücher oder Schlüssel mitzuwaschen. Ihre Finger berührten etwas Glattes, sie zog es hervor und erstarrte. Ungläubig starrte Emma auf den Gegenstand aus der Hosentasche, ihr Verstand weigerte sich zu begreifen, welche Bedeutung er hatte. Ihr wurde erst heiß, dann eiskalt, ihr Herz krampfte sich zusammen, und ihr sprangen schmerzhaft die Tränen in die Augen.

Im Bruchteil einer Sekunde stürzte ihre ganze Welt in sich zusammen. In ihrer Handfläche lag eine aufgerissene Kondompackung. Der Inhalt fehlte jedoch.

»Hallo, Frau Herzmann. Ihr Handy ist leider aus, deshalb versuche ich es auf dem Festnetz. Bitte rufen Sie mich an, egal, wie spät es ist. Es ist sehr wichtig. Danke!«

Leonie Verges hatte noch nie bei Hanna angerufen, außerdem hatte ihre Stimme einen so dringlichen Unterton, dass Hanna zum Telefon griff und die Nummer ihrer Therapeutin wählte, obwohl sie eigentlich völlig erledigt war und sich nur noch nach einem kalten Bier und ihrem Bett sehnte. Die Frau musste die Hand auf dem Telefonhörer gehabt haben, denn sie meldete sich, kaum dass es einmal durchgeklingelt hatte.

»Frau Herzmann, es tut mir leid, dass ich so spät störe …« Leonie Verges verstummte, weil ihr wohl einfiel, dass sie selbst ja gar nicht angerufen hatte. »Äh … ich meine, danke für den Rückruf.«

»Ist alles in Ordnung?«, erkundigte Hanna sich. Sie kannte die Therapeutin nur ruhig und beherrscht. Das Scheitern ihrer vierten Ehe innerhalb von zwanzig Jahren hatte Hanna mehr zu schaffen gemacht, als sie je geglaubt hätte, deshalb hatte sie sich nach der Trennung von Vinzenz zu einer Psychotherapie entschlossen. Das durfte niemand wissen, denn wenn die Boulevardpresse davon

Wind bekam, würde sie das am nächsten Tag in fetten Lettern auf der Titelseite der Zeitung mit den vier Buchstaben lesen. Im Internet war Hanna zufällig auf Leonie Verges gestoßen. Ihre Praxis lag weit genug, aber nicht zu weit von ihrem Wohnort entfernt, auf dem Foto sah sie sympathisch aus, und ihr Fachgebiet schien zu Hannas Problemen zu passen.

Mittlerweile hatte sie zwölf Therapiesitzungen hinter sich und war sich nicht mehr sicher, ob es das Richtige für sie war. Es entsprach nicht Hannas Lebenseinstellung, in den Abgründen ihrer Vergangenheit herumzuwühlen. Sie war ein Mensch, der im Hier und Jetzt lebte und nach vorne blickte. Nach der letzten Sitzung hatte sie der Therapeutin eigentlich sagen wollen, dass sie keinen neuen Termin haben wollte, aber in der letzten Sekunde hatte sie es dann doch nicht getan.

»Ja … ich meine, nein«, sagte Leonie Verges gerade. »Ich weiß auch nicht, wie ich es formulieren soll … Es ist eine ziemlich … nun ja … heikle Angelegenheit. Könnten Sie eventuell zu mir kommen?«

»Jetzt?« Hannas Blick wanderte zur Uhr im Display der Ladestation. »Es ist gleich zehn. Worum geht es denn überhaupt?«

Sie hatte nicht die geringste Lust, sich jetzt noch mal ins Auto zu setzen und nach Liederbach zu fahren.

»Es ist … es … es ist eine sehr brisante Geschichte, die für Sie als Journalistin ziemlich interessant sein könnte.« Leonie Verges senkte die Stimme. »Mehr kann ich am Telefon nicht sagen.«

Genau wie die schlaue Frau Verges es wohl beabsichtigt hatte, reagierte Hannas journalistischer Instinkt auf diese Formulierung wie der Pawlow'sche Hund auf den Glockenton. Sie war sich der Manipulation wohl bewusst, doch ihre professionelle Neugier war stärker als ihre Müdigkeit.

»Ich brauche eine halbe Stunde«, sagte sie nur und legte auf.

Meike hatte nicht mehr vor wegzugehen und lieh ihr großzügig den Mini. Fünf Minuten später setzte Hanna rückwärts aus der Einfahrt. Sie ließ das Verdeck herunter und steckte das iPhone in die Konsole, dann wählte sie die Musik aus, die sie hören wollte. Hanna hörte eigentlich nur beim Autofahren oder Joggen Musik. Das mickrige Auto besaß eine gigantische Harman-Kardon-Anlage, selbst bei geöffnetem Dach war der Sound sensationell.

Um diese Zeit war die Luft lau und angenehm, der nahe Wald strömte einen betörenden Duft aus. Die Müdigkeit war verflogen.

Freddie Mercury, der begnadetste Sänger aller Zeiten, begann zu singen. Seine Stimme jagte Hanna einen wohligen Schauer über den Rücken, und sie tippte auf den Lautstärkeregler, bis die Bässe in ihrem Zwerchfell vibrierten. *Love don't give no compensation, love don't pay no bills. Love don't give no indication, love just won't stand still. Love kills, drills you through your heart …*

Der Mini holperte über die Straße, die in den letzten Jahren immer wieder aufgerissen und geflickt worden war, bis sie aussah wie eine Patchworkdecke. An der Hauptstraße bog Hanna nach links ab.

»Jetzt bin ich ja mal echt gespannt«, sagte sie zu sich selbst und gab Gas.

Die Bemerkung von Kathrin Fachinger schwirrte Pia den ganzen Nachmittag durch den Kopf. Woher wusste Kathrin von Geheimnissen aus Behnkes Vergangenheit? Bodenstein hatte zu ihrem Bedauern kein Wort mehr über dieses Thema verloren, aber Pia hatte den Verdacht, dass es etwas mit der Sache zu tun hatte, die ihr Chef auf der Fahrt in die Rechtsmedizin erwähnt hatte. Nur, wie konnte Kathrin darüber Bescheid wissen?

Als Pia um halb zehn nach Hause kam, lag Lilly schon im Bett. Sie zog die Schuhe aus und nahm sich ein kaltes Bier aus dem Kühlschrank. Christoph saß auf der neuen Terrasse, die im Zuge des Hausumbaus auf der rückwärtigen Seite des Hauses entstanden war. Früher am Abend hatte sie ihn angerufen, um ihm zu sagen, dass er nicht mit dem Essen auf sie warten sollte.

»Hi«, sagte sie und gab ihm einen Kuss.

»Hi.« Er setzte seine Lesebrille ab und legte das Buch, in dem er gelesen hatte, neben einen Stapel Zeitungen und Computerausdrucke.

»Was machst du da?« Pia setzte sich auf die Bank, löste das Haargummi und streckte die Beine aus. Das stete Rauschen der nahen Autobahn war hier kaum zu hören, und die Aussicht über den Garten und die Apfelbaumplantagen des benachbarten Elisabethenhofs bis zu den Taunusbergen in der Ferne bot eine weitaus attraktivere Kulisse als der Ausblick von der alten Terrasse. Grillen zirpten, es duftete nach feuchter Erde und Lavendel.

»Eigentlich wollte ich diesen Beitrag für eine Fachzeitschrift schreiben, den ich seit Tagen vor mir herschiebe«, erwiderte Christoph und gähnte herzhaft. »Ich hatte versprochen, ihn bis morgen fertig zu haben, aber irgendwie fehlt mir die notwendige Konzentration.«

Pia vermutete, dass Lilly ihn den ganzen Tag auf Trab gehalten hatte, doch entgegen ihren Befürchtungen schien es sich recht gut anzulassen. Die Kleine war den ganzen Tag mit Christoph im Zoo gewesen und hatte sich gut benommen. Er hatte sie in die Obhut der beiden Zoopädagogen gegeben.

»Und? Leben sie noch?«, erkundigte Pia sich mit einem spöttischen Unterton.

»Ja, sie sind ganz begeistert von ihr.«

»Sie werden sich wohl kaum trauen, etwas gegen die Enkeltochter vom Herrn Zoodirektor zu sagen«, behauptete Pia, die nach wie vor insgeheim der Meinung war, Lilly sei eine unerzogene Nervensäge. Eine mitunter liebenswerte zwar, aber trotzdem eine Nervensäge.

»Da kennst du die beiden aber schlecht«, erwiderte Christoph. »Wir haben schließlich keine Diktatur im Zoo.«

Die Kerze des Windlichts auf dem Tisch flackerte, drei suizidgefährdete Motten tanzten gefährlich nah um das Licht. Die vier Hunde lagen dösend auf den Basaltplatten, die die Wärme des Tages ausströmten wie eine Fußbodenheizung. Zu ihnen gesellten sich der dicke schwarze Kater und seine grau getigerte Gefährtin, die im Frühling plötzlich aufgetaucht war und seitdem den Birkenhof als ihr Zuhause ausgesucht hatte. Die Katze hielt sich etwas abseits, aber der Kater stolzierte würdevoll durch das Gewirr ausgestreckter Hundebeine und -leiber, bis er den Platz gefunden hatte, der ihm zusagte. Er rollte sich zwischen Vorderpfoten und Bauch von Simba, dem Huskymischling, zusammen. Ein Knurren drang aus der Kehle des Hundes, doch es war keine Drohung, sondern pures Wohlbehagen.

Pia lächelte beim Anblick dieser ungewöhnlichen Tierfreundschaft und spürte, wie Stress und Anspannung des Tages von ihr abfielen.

»Apropos Diktatur.« Sie nahm einen Schluck Bier. »Da haben wir heute echt den Knaller erlebt. Ein klassischer Fall von Denunziantentum in bester Stasi-Manier, und das in Glashütten.«

»Hört sich spannend an.«

»Hochnotpeinlich, vor allen Dingen.« Pia, die geglaubt hatte, nichts könne sie mehr wirklich erschüttern, war noch immer fassungslos über die abgrundtiefe Schlechtigkeit der Menschen.

»Ein altes Ehepaar aus Glashütten hat uns angerufen«, erzählte sie Christoph. »Ihre Nachbarn hätten das Mädchen, das wir im Main gefunden haben, seit einem halben Jahr in ihrem Haus versteckt gehalten und hätten es als Dienstmädchen ausgenutzt. Das arme Ding hätte erniedrigende Arbeiten verrichten müssen, auch ans Tageslicht sei es nie gekommen. Es sei so bleich wie ein Albino gewesen. Und seit ein paar Tagen sei es nun verschwunden.«

Sie schüttelte bei der Erinnerung an die Situation den Kopf.

»Die Alten haben uns wahre Horrorgeschichten erzählt. Misshandlungen, nächtliche Sexpartys, Schreie, Prügelorgien. In der Nacht von Dienstag auf Mittwoch wollten sie den Nachbarn dann dabei beobachtet haben, wie er eine Leiche in den Kofferraum seines Autos geladen habe. Oliver hat gefragt, weshalb sie sich nicht eher bei der Polizei gemeldet hätten, und da sagten sie, sie hätten Angst, weil der Mann gewalttätig sei. Wir sind also zu dem Haus rüber und klingeln, als Verstärkung vier Kollegen von der Streife dabei. Die Frau macht uns auf, ein Kind auf dem Arm. Gott, war das peinlich!« Pia verdrehte die Augen. »Da steht meine frühere Klassenkameradin Moni vor mir, die ich erst auf dem Klassentreffen wiedergesehen hatte! Die lächelt arglos und freut sich. Ich sage dir, ich wäre am liebsten im Erdboden versunken, so habe ich mich geschämt!«

Christoph lauschte mit einer Mischung aus Belustigung und Unglaube.

»Also: Es stellte sich heraus, dass das schwedische Au-Pair-Mädchen, das wir übrigens bei bester Gesundheit angetroffen haben, eine Sonnenallergie hat und deshalb nur ungern ins Freie geht. Und es hatte tatsächlich mehrere Partys in den letzten Wochen gegeben, denn erst hatte Monis Mann Geburtstag, dann sie.«

»Und was war mit der Leiche im Kofferraum?«

»Eine Golftasche.«

»Das gibt's doch nicht.«

»Leider doch. Moni war erst stinkwütend, dann musste sie lachen. Sie haben vor drei Jahren dort gebaut, dafür wurde das Haus von den ehemals besten Freunden der Nachbarn abgerissen, weil die in ein Altersheim gegangen sind. Und die Alten haben seitdem nichts Besseres zu tun, als nur dummes Zeug zu erzählen. Monis ältesten Sohn haben sie als Drogendealer bezeichnet, woraufhin er Ärger in der Schule bekam, und von der Tochter haben sie in der Kirche erzählt, sie ginge auf den Strich.«

»Das reicht ja aus für eine Verleumdungsklage.«

»Das hat mein Chef Moni auch geraten.« Pia konnte es noch immer nicht fassen. »Sonst kapieren diese boshaften Alten nie, was sie mit ihrem blöden Geschwätz anrichten.«

»Es kann der Frömmste nicht in Frieden leben, wenn es dem bösen Nachbarn nicht gefällt.« Christoph stand auf. Er streckte sich und gähnte. »Das war heute ein langer Tag, und Lilly ist sicherlich morgen um sechs Uhr wieder topfit. Der Opa muss allmählich ins Bett.«

Pia betrachtete ihn und kicherte.

»Bitte gewöhne dir das bloß nicht an!«, warnte sie.

»Was meinst du?«, fragte Christoph irritiert.

»Dass du von dir selbst in der dritten Person vom ›Opa‹ sprichst. Das ist dermaßen unsexy …«

Christoph grinste. Seine Zähne schimmerten weiß in der Dunkelheit. Er packte die Zeitschriften und Papiere zusammen, ergriff sein leeres Glas und die Rotweinflasche.

»Wie wär's denn damit, dass Mutti fix unter die Dusche springt und dann zum Opa ins Bett kommt?«, neckte er sie.

»Nur, wenn ich unter deine Rheumadecke kriechen darf«, konterte Pia.

»Nichts lieber als das«, erwiderte er und löschte die Kerze. Die Hunde sprangen auf, gähnten, schüttelten sich und trotteten ins Haus, die Katzen bevorzugten Schlafplätze im Freien.

»Lass uns noch einmal nach Lilly schauen«, sagte Christoph.

Sie gingen in ihr ehemaliges Schlafzimmer, das nun als Gästezimmer diente. Er legte Pia den Arm um die Schulter, und einen Moment lang betrachteten sie das friedlich schlafende Kind.

»Sie ist wirklich nicht so übel«, sagte Christoph leise. »Sie hat dir heute übrigens ein Bild gemalt.«

Er wies auf den Schreibtisch.

»Ach, das ist ja süß.« Pia war gerührt, dann betrachtete sie das Bild genauer. Mit der Rührung war es schlagartig vorbei. »Hast du das Bild gesehen?«

»Nein«, antwortete Christoph. »Sie hat ganz geheimnisvoll getan.«

Pia hielt ihm das Blatt hin, und Christoph musste das Zimmer verlassen, weil er einen Lachanfall bekam.

»So ein kleines Monster!«, murmelte sie.

Das Bild zeigte eine ziemlich dicke Figur mit einem blonden Pferdeschwanz neben einem Pferd und vier Hunden und darüber stand: *Für Pia, maine libe Stifoma.*

Das große Hoftor war geschlossen, und Hanna brauchte einen Moment, bis sie im schwachen Schein einer Straßenlaterne die Klingel fand. Üblicherweise stand das Tor der Hofreite weit offen und gestattete jedem Vorbeikommenden einen Blick in den liebevoll gestalteten Innenhof. Leonie Verges besaß zweifellos einen grünen Daumen. Wäre sie nicht Psychotherapeutin, so hätte sie leicht einen Job als Gärtnerin bekommen können. Im Hof blühte und grünte es in verschwenderischer Fülle, Figuren standen zwischen Töpfen, Trögen und Beeten, in denen Blumen und Büsche wuchsen. An einer geschützten Stelle direkt an der Hauswand stand sogar ein Aprikosenbaum.

Hinter dem Tor erklangen Schritte, dann wurde ein Riegel zurückgeschoben, und die kleine Pforte links im Tor öffnete sich.

»Ah, Sie sind's«, sagte Frau Verges mit gedämpfter Stimme.

Erwartete sie um diese Uhrzeit etwa noch anderen Besuch? Sie streckte den Kopf hinaus und blickte an Hanna vorbei die leere Straße hinauf und hinunter.

»Ist irgendwas passiert?« Hanna war leicht irritiert durch das seltsame Verhalten ihrer Therapeutin, die sie nur als ruhige und besonnene Frau kannte.

»Kommen Sie rein«, erwiderte Frau Verges und verschloss die Tür hinter ihr wieder mit dem Riegel. Hannas Blick fiel auf ein gewaltiges Auto, das wie ein Schützenpanzer mitten im kopfsteingepflasterten Hof stand und den Zauber dieses friedlichen Garten Edens mit seiner bedrohlichen Monstrosität entweihte. Das Licht der Hoflampen spiegelte sich in schwarzem Lack, verdunkelten Scheiben und Chrom.

Die Glocke der benachbarten Kirche schlug elf Mal, und ganz plötzlich hatte Hanna ein ungutes Gefühl. Sie zögerte.

»Was …?«, begann sie, doch die Therapeutin schob sie sanft, aber bestimmt vor sich her Richtung Haustür.

Im Haus staute sich die Hitze des Tages, es war stickig, und Hanna brach der Schweiß aus. Warum hockte Leonie Verges mit ihrem Besuch hier drin statt draußen im Hof?

Im Flur blieb die Therapeutin stehen und ergriff Hannas Handgelenk.

»Ich bin mir nicht sicher, ob es eine gute Idee ist, Sie in die Sache mit hineinzuziehen.« Sie flüsterte fast. Ihre dunklen Augen wirkten unnatürlich groß. »Aber die anderen sind da … nun ja … anderer Meinung.«

Die *anderen*! In Kombination mit dem geschlossenen Hoftor, diesem schwarzen Monsterauto und Frau Verges' eigenartigem Benehmen klang das beinahe so, als ob im Haus irgendein Geheimbund darauf wartete, sie mit einem abstoßenden Initiationsritus in seiner Mitte aufzunehmen.

»Leonie, warten Sie.« Hanna flüsterte nicht. Sie konnte Geheimnistuerei nicht leiden, und ihr stand nach diesem Horrortag der Sinn nicht mehr nach unangenehmen Überraschungen. »Was soll das hier alles?«

»Wir werden Ihnen alles erklären«, wich die Frau ihr aus. »Sie können selbst entscheiden, was Sie davon halten.«

Sie ließ Hannas Handgelenk los und ging den Flur entlang in die Küche. Das leise Murmeln brach ab, als Hanna durch die Tür trat. Am Küchentisch saß ein Mann, der sich ihr nun zuwandte. Der Raum schien zu niedrig und zu klein für das Gebirge aus Muskeln und sonnengebräunter tätowierter Haut, das sich nun von einem der Küchenstühle erhob. Der Mann musste mindestens zwei Meter groß sein, und bei seinem Anblick schrillten in Hannas Hirn unwillkürlich sämtliche Alarmglocken. Ein dunkler, scharf ausrasierter Bart, das lange Haar zu einem Zopf geflochten, aufmerksame dunkle Augen, die sie in Sekundenschnelle von Kopf bis Fuß abscannten. Der Mann trug ein weißes T-Shirt, Jeans und Cowboystiefel, aber die dunkelblaue Tätowierung an seinem Hals war deutlich sichtbar. Hanna schluckte. Ein solches Tattoo durften nur Mitglieder der Frankfurt Roadkings, einer berüchtigten Rockerbande, tragen. Was zum Teufel machte einer von ihnen in der Küche ihrer Therapeutin?

»Guten Abend«, sagte der Riese mit einer seltsam heiseren Stimme und hielt ihr die Hand hin. Am Ringfinger der rechten Hand trug er einen dicken silbernen Ring, den ein Totenkopf zierte. »Ich bin Bernd.«

»Hanna«, antwortete sie und schüttelte ihm die Hand.

Erst dann bemerkte sie den zweiten Mann. Ein Blick aus verstörend gletscherblauen Augen fuhr ihr ohne Vorwarnung wie ein Stromstoß durch den ganzen Körper, ließ ihre Knie für einen Moment zittern. Den Rest seines Gesichts nahm sie kaum wahr. Er war ein Stück größer als sie selbst, wirkte neben dem Riesen aber wie ein zierlicher Zwerg. In dem Moment wurde Hanna überdeutlich bewusst, wie sie aussah: ungeschminkt, das verschwitzte Haar zu einem nachlässigen Haarknoten gebunden, T-Shirt, Jeans, Turnschuhe. So verließ sie das Haus normalerweise nicht einmal zum Joggen!

»Was möchten Sie trinken, Hanna?«, fragte Leonie Verges hinter ihr. »Wasser, Cola light, alkoholfreies Bier?«

»Wasser«, antwortete sie und spürte, wie sich ihre anfängliche Verärgerung in eine Neugier verwandelte, die über rein professionelles Interesse an einer guten Story hinausging. Was war das für ein seltsames Gespann? Wieso saßen diese beiden Männer abends um elf in Leonie Verges' Küche? Weshalb waren sie – ohne sie zu kennen – der Meinung, sie sei geeignet, in irgendetwas hineingezogen zu werden? Sie nahm dankend das Glas an und setzte sich auf die Eckbank an den kleinen viereckigen Tisch mit der karierten Wachstuchtischdecke, Mr. Blue Eyes nahm links von ihr Platz, Leonie und der Riese auf den Küchenstühlen.

»Stört es Sie, wenn ich rauche?«, erkundigte sich der Riese unerwartet höflich.

»Nein.«

Er zog eine Zigarettenschachtel hervor, ein Sturmfeuerzeug klackte. Über sein steinernes Gesicht zuckte ein kurzes Lächeln, als er das Verlangen in ihren Augen bemerkte.

»Bitte.« Er schob ihr das Päckchen hin. Sie nahm sich eine, bedankte sich mit einem Kopfnicken und stellte fest, dass ihre Finger zitterten. Seit vier Wochen hatte sie nicht mehr geraucht, der erste Zug wirkte wie ein Joint auf ihr zentrales Nervensystem. Ein zweiter und dritter Zug, und das Vibrieren in ihrem Innern verflüchtigte sich. Sie spürte den Blick von Mr. Blue Eyes fast körperlich, ihre Haut wurde ganz heiß, und ihr Herzschlag beschleunigte sich. Ihr fiel ein, dass er seinen Namen gar nicht genannt hatte. Oder hatte sie ihn überhört? Jetzt nachzufragen erschien ihr peinlich.

Für einen Moment herrschte gespanntes Schweigen, man taxierte sich gegenseitig, schließlich war es Leonie, die das Wort ergriff. Sie saß ruhig auf ihrem Stuhl, beinahe so wie bei einer Therapiestunde, aber unter ihrem gelassenen Äußeren bemerkte Hanna eine starke Anspannung und sah Falten um ihre Augen und ihren Mund, die sonst kaum sichtbar waren.

»Der Grund, warum wir Sie heute Abend hierhergebeten haben, ist ein nicht ganz uneigennütziger«, sagte sie. »Wir erzählen Ihnen, worum es geht, und dann können Sie selbst entscheiden, ob Sie das Ganze für eine Story halten, die für Ihre Sendung interessant werden könnte, oder nicht. Falls Sie kein Interesse haben, vergessen Sie dieses Gespräch einfach. Aber bevor wir Ihnen Details erzählen …«, sie zögerte kurz, »… sollten Sie wissen, dass es eine höchst brisante Angelegenheit ist, die für viele Menschen extrem unangenehm und gefährlich werden kann.«

Das hörte sich nach Problemen an, und die brauchte Hanna im Moment so wenig wie einen Pickel auf der Nase.

»Warum wenden Sie sich ausgerechnet an mich?«, wollte sie wissen und griff im gleichen Moment wie Mr. Blue Eyes nach der Glaskaraffe mit Wasser und Eiswürfeln, die auf dem Tisch stand. Ihre Hände berührten sich, und sie zuckte zurück, als habe sie sich verbrannt.

»Entschuldigung«, murmelte sie verlegen.

Er lächelte nur kurz, schenkte erst ihr und dann sich selbst ein.

»Weil Sie sich nicht davor scheuen, heiße Eisen anzupacken«, erwiderte der Riese anstelle von Leonie. »Wir kennen Ihre Sendung.«

»Ich rede normalerweise nicht über meine Patienten«, warf Leonie ein. »Das verbietet mir schon die Schweigepflicht, aber in diesem speziellen Fall wurde ich davon entbunden, Sie werden hoffentlich verstehen, warum.«

Hannas Neugier war geweckt, aber sie zögerte noch. Üblicherweise arbeitete sie anders. Die Themen, die sie interessierten, fanden sie und ihr Team selbst, in Zeitungen, im Internet, auf der Straße. Doch wenn sie ehrlich war, hatte diese Art der Recherche ihren Reiz verloren. Hartz-IV-Familien, Enkeltrickbetrüger, jugendliche Mütter, kriminelle Migrantenkinder, Ärztepfuschopfer und Ähnliches hatte sie schon ein Dutzend Mal in ihrer Sendung gehabt, das riss niemanden mehr vom Hocker. Es war höchste Zeit für eine Story, die richtig fette Quoten brachte.

»Worum geht es?«, fragte sie und holte ihr Diktiergerät aus der Tasche. »Wenn Sie meine Sendung kennen, dann wissen Sie ja auch, womit wir uns beschäftigen. Die menschlichen Schicksale stehen im Vordergrund.«

Sie legte das Diktiergerät auf den Tisch.

»Ist es in Ordnung, wenn ich das Gespräch aufnehme?«

»Nein«, sagte der Mann mit den blauen Augen, an dessen Namen sie sich nicht erinnerte. »Keine Aufnahmen. Hören Sie einfach nur zu. Wenn Sie es nicht machen wollen, hat es dieses Treffen hier nicht gegeben.«

Hanna blickte ihn an. Ihr Herz begann zu klopfen. Lange konnte sie diesem Blick nicht standhalten. In seinen Augen erkannte sie eine Mischung aus Stärke und Verletzlichkeit, die sie gleichermaßen faszinierte und beunruhigte. Und diesmal sah sie mehr als nur seine Augen. Ein scharf geschnittenes, hageres Gesicht mit einer hohen Stirn. Gerade Nase, markantes Kinn, ein breiter, sensibler Mund, das Haar leicht ergraut – ein bemerkenswert attraktiver Mann. Wie alt mochte er sein? Fünfundvierzig, sechsundvierzig? Was hatte er mit dem Rockerriesen zu tun? Weshalb saß er hier bei Leonie Verges in der Küche? Welches Geheimnis lastete auf seiner Seele?

Sie senkte den Blick. Ihre Entscheidung war gefallen, genau in dieser Sekunde. Die Sache als solche interessierte sie auch, aber den Ausschlag gab etwas anderes. Dieser gutaussehende Fremde mit den irritierend blauen Augen hatte völlig unerwartet etwas in ihrem tiefsten Innern berührt, etwas, von dem sie nicht gedacht hatte, dass es überhaupt noch existierte.

»Erzählen Sie mir, worum es geht«, sagte Hanna. »Ich fürchte mich nicht vor heißen Eisen. Und für eine gute Story bin ich immer zu haben.«

Zwei Wochen später

Donnerstag, 24. Juni 2010

Die Teambesprechungen des K11 fanden wieder im üblichen Raum im ersten Stock statt, den Bereitschaftsraum hinter der Wache hatte man vor ein paar Tagen geräumt und wieder seiner eigentlichen Bestimmung übergeben.

Zwei Wochen nach Auffinden der Mädchenleiche waren sie der Lösung des Falles trotz aufwendiger Ermittlungen keinen nennenswerten Schritt näher gekommen. Die Beamten der Sonderkommission »Nixe« hatten zahllose Hinweise verfolgt und Dutzende Leute befragt, doch jede Spur endete in einer Sackgasse. Niemand kannte das tote Mädchen, niemand vermisste es. Eine Isotopenanalyse hatte ergeben, dass das Mädchen in der Nähe von Orscha in Weißrussland aufgewachsen war, die letzten Jahre ihres kurzen Lebens jedoch im Rhein-Main-Gebiet verbracht hatte. Auch die männliche DNS, die unter einem Fingernagel der Leiche sichergestellt worden war und für einen kurzen Hoffnungsschimmer gesorgt hatte, hatte sie nicht weitergebracht, denn sie war in keiner Datenbank erfasst.

Sämtliche Schiffe, die im tatrelevanten Zeitraum den Main befahren hatten, waren festgestellt und untersucht worden, wobei man sich natürlich auf die Schiffe hatte beschränken müssen, die ein Radar hatten oder bei den Schleusen registriert worden waren. Man hatte sogar die Restaurantschiffe, die auf dem Main in Frankfurt ankerten, untersucht, genauso wie die Ausflugsschiffe. Die vielen privaten Sportboote, die auf dem Main herumfuhren, waren allerdings durch das Raster gefallen. Angesichts der zahllosen Möglichkeiten, eine Leiche von einer Brücke oder direkt vom Ufer aus in den Fluss zu befördern, stand der gewaltige personelle und technische Aufwand in keinem Verhältnis zum Ergebnis.

Die Presse, die nach Resultaten lechzte, warf der Polizei blinden Aktionismus und sinnlose Vergeudung von Steuergeldern vor.

»Leider hat uns auch die Zusammenarbeit mit den Kollegen in Minsk nicht weitergebracht«, zog Oliver von Bodenstein eine frustrierende Bilanz. »Es gibt auch dort keine Vermisstenmeldung, die auf unsere Tote zutrifft. Eine Plakataktion in der Region von Orscha blieb bisher ebenfalls ergebnislos.«

Weder die Bekleidung des Mädchens noch die Stoffreste aus dem Magen hatten einen konkreten Hinweis oder wenigstens einen hoffnungsvollen Ermittlungsansatz gebracht.

Bodenstein blickte in die schweigsame Runde. Die Wochen höchster Anspannung im Fokus der Öffentlichkeit, zwei Wochen Dauereinsatz ohne Wochenenden zollten ihren Tribut. Er las Erschöpfung und Resignation in den müden Gesichtern seiner Kollegen und hatte vollstes Verständnis für deren Gemütsverfassung, denn ihm ging es kaum anders. Selten hatte er einen Fall erlebt, in dem es so wenig Greifbares gegeben hatte wie in diesem.

»Ich schlage vor, ihr geht jetzt nach Hause und ruht euch etwas aus«, sagte er. »Bleibt aber erreichbar, falls sich etwas ergeben sollte.«

Es klopfte an der Tür, Dr. Nicola Engel trat ein. Im gleichen Moment gab der Laptop von Ostermann einen dezenten Triller von sich.

»Wir haben die Zusage bekommen«, verkündete die Kriminalrätin. »Bodenstein, Sie fahren nächste Woche nach München. Unsere Nixe wird ein Beitrag bei *Aktenzeichen XY*. Es ist auf jeden Fall einen Versuch wert.«

Bodenstein nickte. Er hatte mit Pia darüber diskutiert. Dummerweise begannen ausgerechnet in Hessen morgen schon die Sommerferien und viele Leute würden verreisen, aber die Fernsehsendung war eine letzte Chance, vielleicht doch noch irgendwelche hilfreichen Informationen zu bekommen.

»Hey, Leute«, sagte Kai Ostermann. »Ich habe gerade eine Mail vom Labor aus Wiesbaden bekommen. Sie haben endlich das Wasser aus der Lunge des Mädchens analysiert.«

Die Tatsache, dass das Mädchen in Chlorwasser ertrunken war, war eines der größten Rätsel dieses Falles. Bodenstein gehörte nicht zu den Menschen, die sich auf Laborergebnisse verließen, aber er hatte auf einer Analyse des Wassers bestanden. Er hegte die beinahe verzweifelte Hoffnung auf irgendeinen hilfreichen Hinweis.

»Und?«, fragte er ungeduldig. »Was ist dabei herausgekommen?«

Ostermann überflog mit konzentrierter Miene den Bericht.

»Natriumhypochlorit, Natriumhydroxid«, las er vor. »Das sind die chemischen Bestandteile von Chlortabletten für Schwimmbäder und Whirlpools. Dazu wurden noch geringe Spuren von Aluminiumsulfat festgestellt. Leider nichts, was uns einen echten Hinweis geben könnte. Ich fürchte also, wir suchen weiterhin die Nadel im Heuhaufen.«

»In einem öffentlichen Schwimmbad wird sie nicht ertrunken sein. Dann hätte sie ja irgendwann mal ans Tageslicht gemusst«, sagte Kathrin Fachinger.

»Wie wäre es, wenn wir einen Aufruf in der Presse starten und darum bitten, dass sich jeder meldet, der einen Pool im Haus hat?«

»Das ist doch Wahnsinn«, widersprach Pia. »Es gibt hier in der Gegend Tausende von Häusern mit einem Schwimmbad und noch mehr Whirlpools.«

»Und der, in dessen Pool das Mädchen ertrunken ist, meldet sich sowieso nicht«, ergänzte Kai.

»Wenn wir alle privaten Swimmingpools überprüfen wollen, haben wir in den nächsten Jahren Arbeit bis zum Abwinken«, ergänzte Cem Altunay, der seinen Heimaturlaub in der Türkei verschoben und Frau und Kinder alleine vorgeschickt hatte. »Willst du jeden Poolbesitzer auffordern, eine Wasseranalyse einzureichen?«

»Sehr witzig«, fauchte Kathrin beleidigt. »Ich wollte doch nur damit sagen, dass …«

»Schon gut«, unterbrach Bodenstein seine junge Kollegin. »Wir sind durch dieses Ergebnis zwar nicht direkt auf eine heiße Spur gestoßen, aber es ist vielleicht ein wertvolles Mosaiksteinchen, wenn wir erst einmal einen konkreten Verdacht haben.«

»Sind wir dann so weit durch?« Pia warf einen Blick auf ihre Uhr. »Ich hab heute einen halben Tag Urlaub.«

»Ja, das war es für heute.« Bodenstein nickte. »Aber seid bitte erreichbar, für den unwahrscheinlichen Fall des Falles.«

Alle nickten, die Besprechungsrunde löste sich auf. Kai schnappte sich die Ermittlungsakte, klemmte den Laptop unter den Arm und folgte Cem und Kathrin über den Flur.

»Wir müssen dann auch los«, sagte Dr. Engel.

Bodenstein wandte sich um.

»Wohin?«, fragte er erstaunt.

»In meinem Kalender steht, dass du heute um vierzehn Uhr die Befragung im LKA hast«, erwiderte sie und musterte ihn. »Hast du das vergessen?«

»Verdammt, ja.« Bodenstein schüttelte den Kopf. Um achtzehn Uhr hatten Cosima und er den Notartermin mit den Käufern des Hauses, den man bereits aus Rücksicht auf die Ermittlungen auf den frühen Abend gelegt hatte. Länger als eine Stunde würde die alberne Befragung wohl hoffentlich nicht dauern.

Frank Behnke hatte nach dem Zusammenstoß mit Bodenstein vor zwei Wochen sein provisorisches Inquisitionsgericht in einem der Nachbarbüros aufgelöst und sich unverrichteter Dinge ins LKA zurückgezogen. Allerdings war bereits zwei Tage später eine offizielle Vorladung auf Bodensteins Schreibtisch geflattert. *Anhörung mit Stellungnahme zur Einstellung der polizeilichen Ermitt-*

lung im Fall einer gefährlichen Körperverletzung zum Nachteil des Herrn Friedhelm Döring am 7. September 2005 wegen des Verdachts der Nichtverfolgung von Straftaten bzw. der Strafvereitelung im Amt. »Warum willst du mitfahren?«, erkundigte Bodenstein sich bei seiner Chefin, als sie den Flur entlanggingen. »Das ist doch sowieso die reinste Zeitvergeudung.«

»Ich lasse nicht zu, dass gegen einen meiner Kommissariatsleiter ein solcher Verdacht ausgesprochen wird«, entgegnete sie. »Behnke führt einen persönlichen Rachefeldzug, und ich habe vor, ihn bei Bedarf an etwas zu erinnern.«

»Grüß dich, Hanna.« Wolfgang erhob sich von seinem Schreibtisch und kam ihr mit einem Lächeln entgegen. »Wie schön, dich zu sehen.«

»Hallo, Wolfgang.« Sie ließ sich von ihm auf die Wangen küssen. »Danke, dass du so kurzfristig Zeit für mich hast.«

»Na, du hast mich ja auch richtig neugierig gemacht«, entgegnete er und bot ihr einen Platz am Besprechungstisch an. »Möchtest du etwas trinken?«

»Nein, danke.« Hanna hängte ihre Tasche über die Stuhllehne und rieb sich mit den Handflächen über ihre nackten Oberarme. »Höchstens einen Glühwein.«

In dem großen Büro herrschte dämmeriges Zwielicht, und die Klimaanlage produzierte eine Kälte, die sie frösteln ließ.

»Dich muss doch der Schlag treffen, wenn du hier rauskommst! Draußen sind es fünfunddreißig Grad.«

»Bis ich aus dem Büro komme, ist es elf Uhr. Dann ist es nicht mehr so heiß.« Wolfgang lächelte und nahm ihr gegenüber Platz. »Du hast dich lange nicht mehr gemeldet.«

Ein leiser Vorwurf schwang in seiner Stimme mit, und Hanna bekam prompt ein schlechtes Gewissen.

»Ich weiß, ich habe mich wie eine treulose Tomate benommen. Aber dafür gibt es einen Grund.« Sie senkte ihre Stimme. »Ich bin per Zufall auf diese Wahnsinnsstory gestoßen. Ein echter Hammer. Aber sie ist so unglaublich, dass ich zuerst mit ein paar Leuten sprechen musste, bevor ich das alles glauben konnte. Ich schwöre dir, das wird richtig groß! Und am liebsten möchte ich mit dem Thema in die erste Sendung nach der Sommerpause gehen, dann können wir es Wochen vorher groß ankündigen, bis halb Deutschland um Punkt 21:30 vor der Glotze hockt.«

»Du glühst ja richtig vor Begeisterung«, stellte Wolfgang fest. Er legte den Kopf schief und lächelte. »Steckt da mehr hinter, als du mir erzählst?«

»Unsinn!« Hanna stieß ein kurzes Lachen aus, das selbst in ihren Ohren etwas zu gekünstelt klang. Wolfgang kannte sie wirklich verdammt gut, das vergaß sie immer wieder. »Aber so eine Riesenstory hatte ich noch nie an der Angel. Und das absolut exklusiv.«

Die Krise, die Norman mit seinem unbedachten Geschwätz heraufbeschworen hatte, hatte sie souverän gemeistert und mit ihrer öffentlichen Reue aus dem drohenden Imageverlust einen Sieg nach Punkten eingefahren. Der Sender und die Aktionäre waren zufrieden gewesen, sie hatte einen tüchtigen neuen Producer gefunden und das Geschehene abgehakt und verdrängt. Ihr Auto war nach drei Tagen wie neu aus der Lackiererei gekommen, und es hatte sie nicht einmal erschüttert, als Meike ihr vor ein paar Tagen verkündet hatte, sie werde für den Rest der Ferien in die Wohnung einer Freundin, die den Sommer in Chile oder China verbrachte, nach Sachsenhausen ziehen. Alles, was ihr früher so unglaublich wichtig erschienen war, war nebensächlich geworden. Seit jenem Abend in der Küche ihrer Therapeutin war etwas mit ihr geschehen, etwas, das sie selbst kaum fassen konnte.

»Das Thema ist hochbrisant. Die Person, um die es geht, will zwar anonym bleiben, aber das wäre kein Problem.« Sie zog ein paar Blätter aus ihrer Tasche und hielt sie Wolfgang hin. Als er danach greifen wollte, zog sie die Hand zurück. »Es ist top secret, Wolfgang. Ich vertraue dir, dass du mit keiner Menschenseele darüber sprichst.«

»Natürlich nicht«, versicherte er und tat ein bisschen beleidigt. »Ich habe noch nie mit jemanden über das gesprochen, was du mir anvertraut hast.«

Sie gab ihm die vier engbedruckten Blätter, und er begann zu lesen.

Es fiel ihr schwer, ihre Ungeduld zu zügeln.

Lies doch schneller, dachte sie. Sag endlich was!

Aber er blieb stumm, seine Miene ausdruckslos. Das einzige äußerliche Zeichen seiner Emotionen war eine scharfe Falte an seiner Nasenwurzel, die sich vertiefte, je länger er las.

Hanna musste sich beherrschen, um nicht mit der Handfläche auf den Tisch zu klopfen.

Endlich hob er den Blick.

»Und?«, fragte sie erwartungsvoll. »Habe ich dir zu viel versprochen? Die Story ist purer Sprengstoff! Dahinter steht eine menschliche Tragödie von geradezu apokalyptischen Ausmaßen! Und das alles sind keine vagen Verdachtsmomente, ich habe mit den meisten Betroffenen persönlich gesprochen! Sie haben mir konkrete Namen genannt, Orte, Daten, Fakten! Du kannst dir vorstellen, dass ich das zuerst alles gar nicht glauben konnte! Kombiniert mit einer großen Pressekampagne gibt das Einschaltquoten, wie wir sie seit Jahren nicht mehr hatten!«

Wolfgang schwieg noch immer. Eloquenz war nicht seine Stärke. Manchmal brauchte er Minuten, um sein Anliegen umständlich in Worte zu fassen, so dass sie sich oft dämlich vorkam, weil sie so schnell und so viel redete, ihn zu früh unterbrach und dann schon zehn Gedanken weiter war, bis er auf die ursprüngliche Frage antwortete.

»Hanna, ich will dir nicht zu nahe treten, aber wenn du mich fragst, dann ist das Thema als solches ... abgedroschen. Das gab und gibt es doch dauernd in der Presse«, sagte er nach einer enervierend langen Pause. »Glaubst du wirklich, dass das noch jemanden interessiert?«

Ihre erwartungsvolle Anspannung fiel in sich zusammen wie ein Kartenhaus, als sie die Skepsis in seinen Augen erkannte. Sie war maßlos enttäuscht, gleichzeitig ärgerte sie sich. Über ihn, aber vor allen Dingen über sich selbst. Wieder einmal war sie zu voreilig gewesen, zu euphorisch.

»Ja, das glaube ich. Außerdem bin ich der Meinung, dass dieses Thema gar nicht oft genug ins Bewusstsein der Öffentlichkeit geholt werden kann.« Sie streckte die Hand aus und bemühte sich, ihre Stimme gleichmütig klingen zu lassen. »Es tut mir leid, dass ich dir wertvolle Zeit gestohlen habe.«

Er zögerte, machte keine Anstalten, ihr die Blätter zu reichen, stattdessen legte er sie auf die Tischplatte und ordnete sie, bis sie einen akkuraten Stapel bildeten.

»Letztlich ist es deine Entscheidung, welche Themen du in deiner Sendung behandelst.« Wolfgang lächelte. »Aber du wolltest ja meinen Rat, also gebe ich ihn dir.« Er wurde ernst. »Mach es nicht.«

»Wie bitte?« Sie glaubte, sich verhört zu haben. Was fiel ihm ein?

Er senkte rasch den Blick, doch sie hatte den seltsamen Ausdruck bemerkt. Zwischen seinen Augenbrauen standen Furchen der Anspannung. Was war es, was ihn so aufwühlte?

»Als dein Freund rate ich dir, diese Story nicht zu bringen«, sagte er mit gesenkter Stimme. »Das ist eine brisante Sache. Du hast keine Ahnung, worauf du dich da einlässt. Ich habe ein ungutes Gefühl. Wenn das stimmt, was da steht, dann sind Leute in die Angelegenheit involviert, die es sich nicht einfach gefallen lassen werden, mit so etwas in Verbindung gebracht zu werden.«

»Fürchtest du um die Reputation des Senders?«, wollte Hanna wissen. »Hast du Angst vor Unterlassungsklagen? Oder was ist es?«

»Nein«, erwiderte er. »Ich mache mir Sorgen um dich. Du schätzt das nicht richtig ein.«

»Wir fassen seit Jahren heiße Eisen an«, widersprach Hanna. »Das zeichnet meine Sendung aus.«

Sie sahen sich so lange stumm an, bis er aufgab und seufzte.

»Du tust ja sowieso, was du willst.« Er streckte seine Hand aus und legte sie kurz auf ihre. »Ich bitte dich nur, dir das noch einmal gründlich zu überlegen.«

Sie mochte Wolfgang wirklich. Er war ihr ältester und bester Freund. Sie kannte seine guten Seiten, aber auch seine Schwächen. Wolfgang war ein Zahlenmensch, er war vernünftig, zuverlässig und vorsichtig. Aber es waren genau diese guten Eigenschaften, die ihm immer wieder im Weg standen, denn auf der anderen Seite war er eben auch ein unentschlossener Zauderer, ein feiger Erbsenzähler, dem einfach der Mut fehlte, ein Risiko einzugehen.

»Okay.« Hanna nickte und lächelte gezwungen. »Das werde ich tun. Danke für deinen Rat.«

Im Main-Taunus-Zentrum war an einem Freitagnachmittag die Hölle los. Pia fand erst nach längerer Suche einen Parkplatz im Parkhaus.

»Was kaufen wir denn?«, fragte Lilly neugierig und hüpfte aufgeregt neben ihr her.

»Ich muss Schuhe beim Schuster abholen«, erwiderte Pia. »Aber erst brauchen du und ich etwas zum Anziehen für heute Abend.«

»Was ist denn heute Abend?«

»Hab ich dir doch erzählt.« Pia fasste Lillys Hand, um sie nicht im Gedränge zu verlieren. »Die Oma von Miriam veranstaltet ein Fest, und wir gehen da hin.«

»Kommt der Opa auch mit?«

»Nein, der ist doch heute in Düsseldorf.«

»Och, schade!«

»Reiche ich dir als Gesellschaft nicht aus?« Pia grinste.

»Doch, natürlich!«, beteuerte Lilly. »Aber am allerliebsten bin ich mit euch beiden zusammen!«

Pia strich der Kleinen über den Kopf. Manchmal konnte Lilly sie echt zur Weißglut treiben mit ihrem dauernden Geplapper, aber ihre entwaffnende Ehrlichkeit rührte sie immer wieder. Ein bisschen würde sie die Kleine wohl vermissen, wenn sie in zwei Wochen zurück nach Australien flog.

»Können wir nicht auch noch eine DVD kaufen?«, bettelte Lilly, als sie am

Media Markt vorbeigingen. Pia warf durch die Schaufenster einen raschen Blick auf das Getümmel und schüttelte den Kopf.

»Wir erledigen erst mal das, was wichtig ist.«

Die ganze Woche hatte sie sich vorgenommen, ins Einkaufszentrum zu fahren und nach einem Sommerkleid zu gucken, aber wenn sie spätabends nach Hause kam, hatte sie auch keine Lust mehr, sich in die Menge zu stürzen. Im Internet hatte sie ein schönes Kleid gefunden, aber das war natürlich ausgerechnet in ihrer Größe erst pünktlich zum Herbstanfang wieder lieferbar. Dann brauchte sie auch kein Sommerkleid mehr.

»Oh, schau mal, da gibt's Eis!« Lilly wies begeistert auf die Eisdiele und zog an Pias Hand. »Ich mag sooo gerne ein Eis haben. Es ist so heiß!«

»Mit einem Eis kommen wir nicht in die Kaufhäuser rein.« Pia zog sie weiter. »Später.«

Bis sie das Geschäft erreicht hatten, in dem Pia ein Kleid zu finden hoffte, hatte Lilly fünf Dinge erspäht, die sie unbedingt haben wollte.

Pia war genervt.

»Ich nehm dich nie mehr mit zum Einkaufen, wenn du mir weiter so auf den Wecker gehst«, sagte sie nachdrücklich. »Wir kaufen jetzt erst die Klamotten und dann schauen wir weiter.«

»Du bist doof«, antwortete Lilly und zog beleidigt eine Flunsch.

»Du auch«, erwiderte Pia ungerührt.

Ob das nun pädagogisch richtig oder falsch war, wusste sie nicht, aber es wirkte. Die Kleine hielt den Mund.

Im ersten Laden fand Pia nichts, was ihr gefiel. Im zweiten kamen zwei Kleider in die engere Auswahl, aber beide passten nicht richtig und sahen an ihr wie Kittelschürzen aus. Davon wurde Pias Laune nicht besser. Sie hasste es ohnehin, sich bei der Hitze in den engen Umkleidekabinen umzuziehen, außerdem frustrierte sie ihr verschwitztes Spiegelbild im gnadenlos grellen Neonlicht. Vielleicht sollte mal jemand den Kaufhausbetreibern einen Tipp geben: schummerige Beleuchtung in den Umkleiden wäre sicherlich ausgesprochen verkaufsfördernd. In Geschäft Nummer drei wurde sie fündig. Sie schärfte dem Kind ein, draußen zu warten, aber gerade, als sie sich nur in BH und Slip in das Kleid zwängte, steckte Lilly den Kopf herein.

»Dauert das noch lange? Ich muss mal Pipi«, sagte sie.

»Ich bin gleich fertig. Einen Moment musst du noch aushalten.«

»Was ist ein Moment?«

»Fünf Minuten.«

»Aber so lange kann ich nicht mehr aushalten«, quengelte das Kind.

Pia antwortete nicht. Der Schweiß lief ihr über Gesicht und Rücken, sie kriegte den Reißverschluss nicht zu.

»Du bist zu dick«, stellte Lilly fest.

Da riss Pia der Geduldsfaden.

»Raus jetzt!«, fauchte sie. »Warte gefälligst draußen. Ich komme gleich!«

Die kleine Hexe streckte ihr die Zunge heraus und zog den Vorhang ganz zur Seite, um sie zu ärgern. Zwei schmalhüftige junge Gazellen in Size-Zero-Tops starrten Pia an und kicherten blöd.

Pia verfluchte in Gedanken Miriams Oma mit ihrem dämlichen Wohltätigkeitsfest und danach sich selbst, weil sie überhaupt zugesagt hatte, nach Frankfurt zu fahren. Der Anblick des Kleides besänftigte sie etwas. Es passte und sah gut aus, dazu war es nicht zu teuer.

Als sie aus der Umkleidekabine trat, war Lilly weit und breit nicht zu sehen. Wahrscheinlich versteckte sie sich irgendwo zwischen den Kleiderständern, um sie zu ärgern. Pia ging zur Kasse und stellte sich bei der Schlange an, die ihr kürzer erschien. Eine Fehlentscheidung, wie sich herausstellte, denn eine Kundin vor ihr hatte vierzehn Teile gekauft und ihre EC-Karte funktionierte nicht. Nervös hielt Pia Ausschau nach dem Mädchen. Endlich konnte sie zahlen. Sie klemmte die Tüte unter den Arm und machte sich auf die Suche nach Lilly.

Weder in der Abteilung für Damenbekleidung noch in der Herrenabteilung war das kleine Aas zu finden! Sie fragte eine Verkäuferin nach den Kundentoiletten, die sich im Untergeschoss befanden, und fuhr mit der Rolltreppe nach unten. Aber auch dort war Lilly nicht. Allmählich verwandelte sich Pias Verärgerung in Sorge. Sie war es nicht gewohnt, Verantwortung für ein Kind zu haben. Nachdem sie den ganzen Laden vergeblich abgesucht und jede Verkäuferin nach einem kleinen Mädchen mit blonden Zöpfen gefragt hatte, ging sie hinaus. Menschenmassen wälzten sich durch die Einkaufspassage. Wie sollte sie in diesem Gedränge bloß das Mädchen finden? Ihr wurde heiß. Sie dachte an Fälle, in denen Kinder in Einkaufszentren spurlos verschwanden, weil sie vertrauensselig mit irgendeinem Fremden mitgingen, der ihnen ein Eis oder ein Spielzeug versprach.

Hektisch hastete sie in das Geschäft für Billigschmuck, in dessen Schaufenster Lilly vorhin eine rosa Perlenkette gesehen hatte, die sie unbedingt haben wollte. Keine Spur von ihr. Niemand wollte sie gesehen haben. Auch nicht in der Eisdiele, nicht in der DVD-Abteilung vom Media Markt im ersten Stock. Voller Panik rannte Pia zurück zum Springbrunnen. Sie rempelte fremde Leute unhöflich an und musste sich Beschimpfungen gefallen lassen. Zuerst hatte sie sich noch ausgemalt, dass sie Lilly ausschimpfen würde, aber nach einer halben Stunde betete sie nur noch stumm, das Kind unversehrt wiederzufinden.

Vor dem Infohäuschen wartete eine Menschenschlange.

»Bitte, würden Sie mich vorlassen?«, keuchte sie. »Ich suche ein Kind, das mir hier im Gedränge abhandengekommen ist.«

Die meisten waren verständnisvoll und ließen sie vor, bis auf zwei Omas, die stur darauf beharrten, ihre Anliegen seien wichtiger als ein verschwundenes Kind. In aller Seelenruhe kaufte die eine drei Einkaufsgutscheine, die andere fragte nach irgendeinem Laden und verstand nicht, was die Tante an der Information ihr erklären wollte. Endlich war Pia an der Reihe.

»Könnten Sie bitte meine …« Sie hielt inne. Ja, was war Lilly? *Könnten Sie bitte die Enkeltochter meines Lebensgefährten ausrufen?* Wie blöd klang das denn.

»Ja, bitte?« Die pummelige Transuse am Infoschalter glotzte gelangweilt durch sie hindurch und kratzte sich mit ihren buntlackierten Krallen ungeniert im Dekolleté.

»Ich habe …«, begann Pia ein zweites Mal, entschied sich dann für die unkomplizierteste Variante.

»Meine Tochter ist verloren gegangen«, stieß sie hervor. »Könnten Sie sie bitte ausrufen?«

»Wie heißt sie?«, fragte die Dicke pomadig. »Wo soll sie hinkommen?«

»Sie heißt Lilly. Lilly Sander.«

»Wie?«

Mensch, war die blöd!

»L-I-L-L-Y«, buchstabierte Pia ungeduldig. »Sie soll zum Springbrunnen kommen. Oder nein, warten Sie – am besten zur Eisdiele. Sie kennt sich hier nicht aus.«

Endlich schaffte die Kuh es, eine halbwegs verständliche Durchsage zu machen, aber Pia bezweifelte, dass Lilly verstand, dass sie gemeint war.

»Danke«, sagte sie und ging hinüber zur Eisdiele, um Ausschau zu halten. Was konnte sie sonst noch tun? Ihre Knie zitterten, ihr Magen krampfte sich zusammen, und ihr wurde bewusst, dass dieses Gefühl Angst war. Pia zwang sich, nicht darüber nachzudenken, was einem hübschen, blonden, siebenjährigen Mädchen alles zustoßen konnte.

Zum ersten Mal in ihrem Leben begriff sie, was in den Eltern verschwundener Kinder wirklich vor sich gehen mochte. Hilflosigkeit und Ungewissheit waren die reinste Hölle. Wie entsetzlich musste es erst sein, diese Gefühle über Wochen, Monate oder gar Jahre ertragen zu müssen? Und sie verstand nun auch, wie wenig tröstlich es für Eltern war, wenn die Polizei ihnen versicherte, man werde alles Menschenmögliche tun, um ihr Kind zu finden.

In jedem blonden Kind meinte Pia Lilly zu erkennen. Ihr Herz machte jedes Mal einen Satz, dann folgte die Enttäuschung, die ihr die Tränen der Verzweiflung in die Augen trieb. Die Menschen schoben sich träge an ihr vorbei, und irgendwann konnte Pia das Warten und die Untätigkeit nicht mehr ertragen. Sie lief einfach los. Musste auf eigene Faust suchen, sonst wäre sie durchgedreht. All die hohlen Ratschläge zur Besonnenheit, die sie selbst Eltern verschwundener Kinder schon gegeben hatte, waren vergessen. Mit Tasche und Einkaufstüte bepackt lief sie in jeden Laden, in dem sie mit Lilly gewesen war. Sie ging noch einmal in die Eisdiele, in den Billigschmuckladen, in das Geschäft für Dekomaterialien, in dem Lilly irgendein Stofftier gesehen hatte. Zum Schluss war der Media Markt ein zweites Mal dran. Sie fragte zig Leute nach Lilly, aber wieder wollte niemand das Kind bemerkt haben.

Schließlich beschloss sie, die Einkaufstüte zum Auto zu bringen und dann ohne Gepäck ein weiteres Mal zu suchen. Auf dem Weg zum Parkhaus überlegte sie, die Kollegen von der Streife einzuschalten. Wenn Polizisten in Uniform Fragen stellten, nahmen die Leute sie meistens ernster, als wenn eine verschwitzte, panische Frau das tat.

Was sollte sie bloß Christoph sagen? Sie konnte unmöglich ohne das Mädchen nach Hause fahren! Pia kramte den Autoschlüssel aus ihrer Tasche. Sie blickte auf und traute ihren Augen nicht. Am Hinterreifen ihres Autos kauerte Lilly, die Arme um die angezogenen Knie geschlungen.

»Pia!«, rief sie und sprang auf. »Wo warst du denn so lange?«

Mit Donnergepolter stürzte Pia die komplette Eiger Nordwand vom Herzen. Ihre Knie waren plötzlich butterweich, und sie fing vor Erleichterung an zu heulen. Sie ließ Tasche, Einkaufstüte und Autoschlüssel fallen und schloss das Mädchen fest in die Arme.

»Großer Gott, Lilly! Hast du mir einen Schrecken eingejagt!«, flüsterte sie. »Ich hab dich im ganzen Einkaufszentrum gesucht!«

»Ich musste so dringend aufs Klo.« Lilly schlang ihre Ärmchen um Pias Hals und schmiegte ihre Wange an ihre. »Und dann hab ich dich nicht mehr gefunden. Ich … ich hab gedacht, du … du bist böse auf mich und ohne mich weggefahren …«

Die Kleine schluchzte auch.

»Ach, Lilly, Süße, das würde ich doch niemals tun.« Pia streichelte ihr Haar und wiegte sie in ihren Armen, am liebsten hätte sie das Mädchen gar nicht mehr losgelassen. »Was hältst du davon, wenn wir auf den Schreck jetzt zuerst ein Eis essen und dann noch ein Kleid für dich kaufen, hm?«

»Oh ja.« Unter den Tränen schimmerte ein Lächeln. »Eis finde ich gut.«

»Na, dann komm.« Pia stand auf. Lilly hielt ihre Hand ganz fest.

»Ich lass dich auch nie mehr los«, versprach sie.

Nach einer Viertelstunde war der Fall vom Tisch, Behnkes Versuch, seinen früheren Chef zu diskreditieren, kläglich gescheitert. Anhand der vorliegenden Protokolle und Berichte hatte Bodenstein einwandfrei nachweisen können, dass er den Verdachtsmomenten gegen drei Verdächtige im Fall der gefährlichen Körperverletzung an Friedhelm Döring im Jahr 2005 gründlich nachgegangen war, bevor er die Ermittlungen aus Mangel an Beweisen hatte einstellen müssen.

Die dreiköpfige Kommission des Dezernats für Interne Ermittlungen war zufrieden, Bodenstein und Dr. Nicola Engel waren entlassen. Behnke hatte stumm dagesessen, rot im Gesicht und kochend vor Zorn wie ein Dampfkochtopf; es hätte Bodenstein nicht gewundert, wäre plötzlich ein schrilles Pfeifen aus seinen Ohren gekommen.

Während Nicola Engel noch mit dem Koordinator des Präsidialbüros, dem die Abteilung Interne Revision unterstand, sprach, wartete Bodenstein draußen auf dem Flur und nutzte die Zeit, um sein iPhone zu checken. Keine wichtigen neuen Nachrichten. Er war froh, dass die ganze Sache so rasch über die Bühne gegangen war, denn er hätte sich nur ungern zu dem Notartermin verspätet. Mit dem pleitegegangenen Bauherrn der Doppelhaushälfte in Ruppertshain war er sich letzte Woche einig geworden, und tags zuvor hatte er von der Sparkasse grünes Licht für die Finanzierung bekommen. Inka hatte sich sofort mit den Handwerkerfirmen in Verbindung gesetzt, die Mitte Juli die Arbeit wieder aufnehmen würden. Die Aussicht darauf, dass er in spätestens einem halben Jahr wieder in eigenen vier Wänden leben und die Zeit als Untermieter seiner Eltern ein Ende haben würde, hatte Bodenstein einen wahren Motivationsschub versetzt. Nach zwei langen düsteren Jahren der Orientierungslosigkeit hatte er das Gefühl, endlich wieder am Ruder zu stehen und die Richtung, in die sein Leben gehen sollte, selbst bestimmen zu können. Manche Männer erwischte die Midlife-Crisis mit fünfzig plus, ihn hatte sie eben schon ein Jahr früher heimgesucht. Während er auf die Kriminalrätin wartete, dachte er über Möbel nach, die er anschaffen wollte, und über die Gestaltung des Gartens. Ob es schmerzlich sein würde, das Haus, das er und Cosima gebaut und fünfundzwanzig Jahre bewohnt hatten, auszuräumen?

»Bodenstein!«

Er wandte sich um. Frank Behnke kam auf ihn zu. Mühsam unterdrückte Wut flackerte in seinen Augen, und für einen Moment durchzuckte Bodenstein die verrückte Vorstellung, Behnke würde eine Waffe ziehen und ihn auf dem Flur im Landeskriminalamt niederstrecken, nur um seinen aufgestauten Frust loszuwerden.

»Ich weiß nicht, was Sie da wieder gedreht haben«, zischte er. »Aber ich krieg's raus. Ihr steckt doch alle unter einer Decke.«

Bodenstein musterte seinen ehemals engsten Mitarbeiter. Er empfand weder Schadenfreude über das Scheitern seiner Bemühungen, ihm eine Verfehlung nachzuweisen, noch Abneigung. Behnke tat ihm leid. In seinem Leben war etwas gründlich schiefgelaufen. Die Verbitterung darüber hatte ihn zerfressen und nun bestimmten Minderwertigkeitsgefühle und Rachegelüste sein ganzes Denken. Sehr lange hatte Bodenstein den jüngeren Kollegen geschützt und mehr Nachsicht gezeigt, als es dem Rest seines Teams gegenüber fair gewesen war. Zu lange. Behnke hatte auf keine Ermahnung gehört und es schließlich so weit getrieben, dass Bodenstein sich von ihm hatte distanzieren müssen, um nicht selbst in den Strudel der Ereignisse hineingezogen zu werden.

»Frank, jetzt lassen Sie es doch gut sein«, sagte Bodenstein in versöhnlichem Tonfall. »Ich für meinen Teil vergesse das Ganze hier und trage es Ihnen nicht nach.«

»Ach, wie gnädig!« Behnke lachte bösartig. »Zufällig scheiß ich drauf, ob Sie mir etwas nachtragen oder nicht. Sie haben mich wie eine heiße Kartoffel fallen lassen, als die Kirchhoff ins Team gekommen ist. Das vergesse ich nicht. Niemals. Ab dem Tag war ich nur noch zweite Wahl. Und ich weiß genau, dass die Kirchhoff und die Fachinger immer über mich gelästert haben. Lächerlich gemacht haben mich die beiden Dreckweiber! Und Sie haben das zugelassen.«

Bodenstein furchte ungläubig die Stirn.

»Also jetzt mal langsam«, entgegnete er. »Ich lasse es nicht zu, dass Sie in diesem Ton von Kolleginnen sprechen. Das ist alles ganz und gar nicht wahr …«

»Natürlich ist es das!«, fiel Behnke ihm ins Wort, und Bodenstein begriff, welch kolossale und krankhafte Ausmaße Behnkes Eifersucht angenommen hatte. »Sie haben doch schon immer unter dem Pantoffel der Weiber gestanden. Ihre Frau hat Ihnen Hörner aufgesetzt. Und …«

Er machte eine Kunstpause, verschränkte die Arme vor der Brust und grinste gehässig. »Und zufällig weiß ich genau, dass Sie die Engel gevögelt haben!«

»Stimmt«, sagte eine Stimme hinter ihm. Nicola Engel lächelte sehr kühl und sehr beherrscht. »Und nicht nur einmal, Herr Kollege. Wir waren nämlich mal verlobt. Vor ungefähr dreißig Jahren.«

Bodenstein beobachtete, wie Behnke verzweifelt um seine Fassung rang, als sich auch dieser vermeintliche Trumpf vor seinen Augen in Rauch auflöste.

Nicola Engel trat dichter an ihn heran, und er wich vor ihr zurück. Eine reflexartige Unterlegenheitsgeste, die ihn noch zusätzlich erboste.

»Ich hoffe, Sie sind sich dessen bewusst, dass Sie mit dem Job hier nur dank meiner Intervention Ihre allerletzte Chance im Polizeidienst bekommen haben«, sagte sie mit leiser Stimme, die dennoch rasiermesserscharf war. »Sie sollten sich in Zukunft bei Ihrer Arbeit nicht von persönlichen Motiven leiten lassen, sonst dürfen Sie demnächst in der Polizeischule die Tafeln abwischen. Ich hatte gerade ein Gespräch mit Ihrem Vorgesetzten, in dem ich ihm versichert habe, dass Kollege Bodenstein und auch ich über diese ganze unerfreuliche Sache kein Wort mehr verlieren. Ich habe Ihnen zum dritten oder vierten Mal den Arsch gerettet, Behnke. Und damit sind wir endgültig quitt. Ich hoffe, wir haben uns verstanden.«

Frank Behnke schluckte mit zusammengebissenen Zähnen und nickte widerstrebend. Die Feindseligkeit in seinen hellen Augen war mörderisch. Ohne noch ein Wort zu sagen, drehte er sich um und ging.

»Mit dem gibt es noch ein Unglück«, prophezeite Nicola Engel düster. »Eine tickende Zeitbombe.«

»Ich hätte ihn nicht so lange schützen dürfen«, entgegnete Bodenstein. »Das war ein Fehler. Eigentlich hätte er eine Therapie machen müssen.«

Nicola Engel zog die Augenbrauen hoch und schüttelte den Kopf.

»Nein. Ein Fehler war, dass er den Suizidversuch damals überlebt hat.«

Die Kälte, mit der sie das sagte, schockierte Bodenstein. Und gleichzeitig wurde ihm wieder klar, weshalb sie eine so steile Karriere gemacht hatte und er nicht: Sie kannte keine Skrupel. Zweifellos hatte Dr. Nicola Engel das Zeug, ganz nach oben zu kommen.

Seitdem Florian ausgezogen war, fühlte Emma sich verletzlich und verunsichert. Der Beweis seiner Untreue und sein beharrliches Schweigen auf ihre Vorwürfe und Fragen hatten ihr deutlich bewusst gemacht, dass sie sich im tiefsten Innern seiner nie wirklich sicher gewesen war. Sie konnte sich nicht auf ihn verlassen, das deprimierte sie am meisten, mehr noch als die Tatsache, dass er sie betrogen hatte.

Die Königsteiner Innenstadt war überfüllt; Emma hatte bis zum Luxemburgischen Schloss hochfahren müssen, um einen Parkplatz zu finden. Vielleicht hätte sie das alles nicht so mitgenommen, wenn sie nicht ausgerechnet hochschwanger gewesen wäre. Aber vielleicht wäre es auch gar nicht so weit gekommen, sähe sie nicht aus wie ein Walross. Sie kämpfte gegen die Tränen, als sie den Spielplatz überquerte und durch den Kurpark Richtung Fußgängerzone ging. Hoffentlich traf sie niemanden, den sie kannte! Ihr war nicht nach reden zumute, nach oberflächlichem Small Talk. Die Leute erwarteten von Schwangeren selige Vorfreude auf das Baby und keine Tränen.

Emma holte in der Buchhandlung drei Bücher ab, die sie bestellt hatte, dann setzte sie sich im benachbarten Café Kreiner an den letzten freien Tisch unter der Markise. Sie war schweißgebadet, und ihre Beine fühlten sich an, als würden sie jeden Moment platzen. Trotzdem bestellte sie eine Eisschokolade mit extra Sahne. Darauf kam es nun auch nicht mehr an.

Wie sollte es bloß weitergehen? In etwas mehr als zwei Wochen war das Baby da, und dann saß sie mit zwei kleinen Kindern bei ihren Schwiegereltern, ohne echtes Zuhause, ohne Mann, ohne Geld. Diese Ungewissheit raubte ihr in letzter Zeit nachts den Schlaf und hing wie ein bedrohlicher Schatten über ihr. Aber schlimmer noch war, dass Florian Louisa gleich für das Wochenende abholen würde. Sie hatte geglaubt, er sei froh, seine Familie los zu sein, doch zu ihrer Überraschung hatte er auf seinem Recht beharrt, seine Tochter jedes zweite Wochenende zu sich zu holen. Emma war ganz und gar nicht wohl bei dem Gedanken, sie hatte nur widerstrebend zugestimmt, als er es vorgeschlagen hatte. Ob sie ihr Einverständnis lieber wieder zurückziehen sollte? Sie wusste ja nicht einmal, wo er mit ihrer Tochter hingehen würde. Angeblich wohnte er in einer Pension! Das war wohl kaum die richtige Umgebung für ein fünfjähriges Kind, das zudem in einer schwierigen Phase war.

Emma schlürfte die Eisschokolade. Die Menschen um sie herum schwatzten und lachten, waren unbeschwert und fröhlich. War sie die Einzige, die Sorgen hatte?

Niemand wusste, was zwischen ihr und Florian vorgefallen war. Für die anderen war es kaum anders als sonst, wenn Florian für Wochen oder Monate in irgendeinem fremden Land war. Emma hatte ihren Schwiegereltern etwas von einer Vortragsreise erzählt, und sie hatten die Lüge akzeptiert ohne nachzufragen. Doch spätestens heute, wenn Florian Louisa abholte, musste sie die Wahrheit sagen.

»Hallo, Emma.«

Sie zuckte erschrocken zusammen und blickte auf. Vor ihr stand Sarah, beladen mit Einkaufstüten.

»Ich wollte dich nicht erschrecken.« Die Freundin stellte ihre Tasche und die Einkaufstüten neben den Tisch. »Darf ich mich einen Moment zu dir setzen?«

»Hallo, Sarah. Ja, natürlich.«

»Ganz schön heiß heute. Puh.«

Sarah machte die Hitze nichts aus, selbst bei vierzig Grad im Schatten schwitzte sie nie. Die Adoptivschwester von Florian war ein zierliches Püppchen mit großen schwarzen Kulleraugen und feinen Gesichtszügen. Ihr lackschwarzes Haar war wie üblich zu einem dicken Zopf geflochten, sie trug ein lindgrünes ärmelloses Sommerkleid und dazu farblich abgestimmte Peeptoes aus Wildleder, ein perfekter Kontrast zu ihrer samtigen goldbraunen Haut, dem Erbe ihrer indischen Vorfahren. Emma beneidete sie glühend um ihre Figur, für die sie weder hungern noch Sport treiben musste.

»Du siehst unglücklich aus.« Sarah legte ihre Hand auf Emmas Arm. »Ist etwas passiert?«

Emma stieß einen Seufzer aus und zuckte die Schultern.

»Was bedrückt dich?«, wollte Sarah wissen.

Emma öffnete den Mund zu einer spontanen Antwort. Nichts, hatte sie sagen wollen. Mir geht es gut.

»Ist etwas mit Florian?«

Sarah hatte manchmal geradezu unheimliche hellseherische Fähigkeiten. Emma biss sich auf die Lippen. Sie war ein disziplinierter, pragmatischer Mensch, gehörte nicht zu den Frauen, die sich bei ihren Freundinnen ausheulten und jammerten. Von klein auf war sie daran gewöhnt, Probleme mit sich selbst auszumachen, es fiel ihr schwer, darüber zu sprechen. Lieber verdrängte sie Sorgen mit rastloser Aktivität, und damit hatte sie eigentlich recht gut gelebt.

Plötzlich dachte sie viel zu viel nach. Das war nicht gut.

»Du kannst mit mir darüber reden.« Sarahs Stimme klang sanft. »Das weißt du. Und manchmal hilft es, wenn man einfach ausspricht, was einen bedrückt.«

Reden, reden, reden! Genau das wollte Emma nicht.

»Florian betrügt mich«, flüsterte sie schließlich.

Plötzlich kamen ihr die Tränen.

»Er hat seit letztes Jahr November nicht mehr mit mir geschlafen!«, brach es aus ihr heraus. »Wir hatten früher mindestens dreimal pro Woche Sex und jetzt … wenn ich versuche ihn anzufassen, dann erstarrt er regelrecht. Das ist so furchtbar demütigend!«

Sie wischte sich die Tränen ab, aber ständig strömten neue über ihr Gesicht, als sei ein Damm in ihrem Innern gebrochen.

»Ich meine, er hat schließlich auch dazu beigetragen, dass ich so aussehe! Es kommt mir vor, als ... als wollte er mich bestrafen! Verdammt, ich *hasse* es, schwanger zu sein! Und ich freue mich kein bisschen auf das Baby!«

»Emma!« Sarah beugte sich nach vorne und ergriff ihre Hände. »Das darfst du nicht sagen! Ein Baby, ein neuer Mensch, das ist das Wunderbarste auf der Welt! Es ist das größte Privileg, das wir Frauen haben. Natürlich ist es mühsam und schmerzhaft, und wir müssen große Opfer bringen, aber das alles ist doch vergessen, wenn das Baby dann da ist. Viele Männer sind unbewusst eifersüchtig, ja, manche haben sogar plötzlich Angst vor ihrer Partnerin und dem Kind, das in ihrem Bauch wächst. Ihr Verhalten ist dann häufig irrational, aber das vergeht auch wieder. Glaub mir. Du musst ein wenig Nachsicht mit deinem Mann haben. Er verletzt dich nicht mit Absicht.«

Emma starrte ihre Freundin ungläubig an.

»Du ... du heißt es gut, wie Florian sich verhält?«, flüsterte sie. »Ich habe vor zwei Wochen eine leere Kondompackung in seiner Jeans gefunden, und er ist mir eine Erklärung dafür schuldig geblieben! Hat nichts gesagt, als ich ihn gefragt habe, ob er eine andere hat! Stattdessen hat er seine Klamotten gepackt und ist ausgezogen, in irgendeine ... irgendeine Pension in Frankfurt! Ich hatte den Eindruck, er war richtig froh, dass er hier wegkonnte. Weg von mir und seinen Eltern! Dabei hat er damals doch vorgeschlagen, dass ich hier leben soll, bis das Baby da ist!«

Sarah hörte stumm zu.

»Wer weiß, was er getan hat und wie oft er mich belogen hat, wenn er wochenlang alleine irgendwo in einem Camp war!«, stieß Emma hervor. »Ach, verdammt, ich kann das alles nicht mehr ertragen!«

Sie schüttelte Sarahs Hände ab. Vor ihren Augen tanzten schwarze Punkte, ihr war schwindelig. Bei der Hitze spielte ihr Kreislauf verrückt. Das Baby war aufgewacht, sie spürte, wie es sie trat. Auf einmal kam es ihr so vor, als trüge sie einen unerwünschten Fremdkörper in ihrem Bauch.

»Ich bin völlig allein!«, schluchzte sie verzweifelt. »Was soll ich mit Louisa machen, wenn ich ins Krankenhaus muss? Wie soll das alles weitergehen? Wo soll ich bloß hin mit zwei Kindern, ohne Geld?«

Sarah streichelte Emmas Arm.

»Du bist doch bei uns gut aufgehoben«, sagte sie mitfühlend. »Du bekommst dein Baby bei uns im Geburtshaus. Louisa bleibt bei Renate, Corinna oder mir und kann dich jederzeit besuchen. Und wenn alles gut läuft, bist du ja am nächsten Tag auch schon wieder zu Hause.«

Daran hatte Emma gar nicht gedacht. Ihre Lage war ja weiß Gott keine Ausnahme, die *Sonnenkinder* waren spezialisiert auf unglückliche Frauen, wie sie nun eine war, auf Frauen, die von ihren Männern im Stich gelassen wurden! Das tröstete sie allerdings nicht sonderlich, im Gegenteil. Dadurch wurde ihr die Notlage, in der sie steckte, erst in ihrem ganzen Ausmaß bewusst. Gleichzeitig schlich sich ein ungeheuerlicher Verdacht in ihren Kopf. Hatte Florian, der kein zweites Kind gewollt hatte, sie womöglich mit voller Berechnung bei seinen Eltern abgeladen, damit er keine Verantwortung übernehmen und kein schlechtes Gewissen haben musste, wenn er mit einer anderen Frau auf und davon ging? War das etwa alles ein abgekartetes Spiel, eine elegante Lösung, sie loszuwerden?

Sie musterte die Frau, die sie leichtherzig als Freundin angenommen hatte, misstrauisch. Vielleicht wusste Sarah darüber Bescheid! Und auch Corinna und ihre Schwiegereltern!

»Was hast du denn?« Sarah klang aufrichtig besorgt, aber das konnte auch gespielt sein. Plötzlich merkte Emma, dass sie niemandem mehr vertraute. Sie öffnete ihr Portemonnaie, legte fünf Euro auf den Tisch und stand auf.

»Ich ... ich muss Louisa abholen«, stammelte sie und ergriff die Flucht.

Statt des angekündigten ICE rollte ein gewöhnlicher IC mit einer Viertelstunde Verspätung auf Gleis 13 im Hamburger Hauptbahnhof ein. Damit war seine Sitzplatzreservierung, über die er sich beim Anblick der wartenden Menschenmassen auf dem Bahnsteig gefreut hatte, obsolet. Der Zug war so voll, dass er keinen Platz bekam und im Gang stehen musste, den Rucksack zwischen die Füße geklemmt.

Das Zuverlässigste an der Deutschen Bahn war ihre Unzuverlässigkeit. Man konnte sich zwar mittlerweile die Tickets auf Smartphones laden und per Internet Reservierungen durchführen, aber in der Realität sah es im Zugalltag nicht viel besser aus als noch vor dreißig Jahren.

Er hatte es noch nie gemocht, wenn ihm fremde Menschen so dicht auf die Pelle rückten, deshalb war er in seinem früheren Leben am liebsten geflogen oder mit dem Auto gefahren. Die Frau neben ihm roch so penetrant nach einem billigen Parfüm, als habe sie darin gebadet und überdies ihre Kleider noch damit gewaschen. Von links drang ein scharfer Schweißgeruch in seine Nase, und irgendeiner seiner Mitreisenden hatte Knoblauch gegessen.

Sein übersensibler Geruchssinn, auf den er früher einmal stolz gewesen war, entpuppte sich in Situationen wie dieser als Qual.

Wenigstens hatte sich der Kurztrip in den Norden gelohnt. Er hatte bekommen, was er wollte. Zwar hatte er nur ein paar oberflächliche Blicke auf die Fotos werfen können, die auf dem unauffälligen USB-Stick gespeichert waren, aber sie zeigten genau das, was er sich insgeheim erhofft hatte. Tausende von Fotos und einige Videodateien in allerbester Qualität, auf dem Schwarzmarkt ein kleines Vermögen wert. Sollte die Polizei das Ding bei ihm finden, war es mit seiner Bewährung aus und vorbei, aber das Risiko musste er eingehen.

Er kontrollierte sein Handy. Kein Anruf, keine SMS. Dabei hatte er so gehofft, dass sie sich melden würde.

Sein Blick schweifte durch den Großraumwagen. In dem grauen Brioni-Anzug, einem Relikt aus seinem alten Leben, mit Hemd und Krawatte fiel er zwischen den vielen anderen Businesstypen nicht auf, niemand nahm Notiz von ihm, bis auf eine hübsche dunkelhaarige Frau, die schräg vor ihm auf einem Fensterplatz saß und ihn schon die ganze Zeit anstarrte, wenn sie glaubte, er bemerke es nicht. Sie lächelte, kokett und ein wenig herausfordernd, aber er lächelte nicht zurück. Das Letzte, worauf er jetzt Lust hatte, war ein gezwungenes Gespräch. Eigentlich hatte er auf der Rückfahrt lesen oder schlafen wollen, beides ging im Stehen eher schlecht. Stattdessen gab er sich Tagträumen hin, schwelgte in angenehmen Erinnerungen, die allerdings von zunehmenden Zweifeln getrübt wurden.

Warum meldete sie sich nicht bei ihm? Er hatte ihr heute Morgen geschrieben, dass er tagsüber nur per Telefon oder SMS erreichbar sein würde. Seitdem hatte er unter innerer Anspannung gestanden und auf eine Antwort gewartet. Vergeblich. Je länger sein Handy schwieg, desto größer wurden die Zweifel. In Gedanken ging er jedes Gespräch und jede Formulierung durch, versuchte, sich in Erinnerung zu rufen, ob er sie irgendwie beleidigt, gekränkt oder verärgert haben könnte. Die Euphorie, mit der er sich am Morgen auf die Reise nach Hamburg gemacht hatte, war verflogen.

Erst eine halbe Stunde bevor der Zug Frankfurt erreichte, regte sich sein Handy mit einem Summen in seiner Hosentasche. Endlich! Zwar nur eine SMS, aber immerhin. Beim Lesen der Nachricht musste er unwillkürlich lächeln und als er aufblickte, begegnete ihm der Blick der Dunkelhaarigen. Sie hob kurz die Augenbrauen, wandte den Kopf ab und schaute demonstrativ aus dem Fenster. Die war er los.

Die Scheinwerfer erloschen, die Kameraleute fuhren ihre Kameras zurück, setzten die Kopfhörer ab. Das Studiopublikum applaudierte.

»Das war's, Leute!«, rief der Regisseur. »Danke.«

Hanna atmete innerlich auf und versuchte, ihre verkrampfte Gesichtsmuskulatur nach zwei Stunden Dauerlächeln zu lockern. Das neunzigminütige Sommer-Special mit dem Thema »Schicksal oder Zufall«, die letzte Sendung vor der Sommerpause, hatte ihr alle Konzentration abverlangt. Die Gäste hatten sich kaum bändigen lassen. Es war Knochenarbeit gewesen, ihnen allen genügend Redezeit zu verschaffen, und der Regisseur hatte Hanna ständig über den Knopf im Ohr dazwischengequakt, bis sie ihn während eines Einspielers angeherrscht hatte, er solle bitte schön endlich die Klappe halten, sie wisse schon, was sie tue.

Wenigstens hatte das Team funktioniert. Meike und Sven, der neue Producer, hatten bereits im Vorfeld einen perfekten Job gemacht. Hanna entkam in ihre Garderobe, bevor das Publikum sie mit Autogrammwünschen bestürmen konnte. Sie hatte keine große Lust auf die After-Show-Party oben auf der Dachterrasse, aber ihrem Team und den Gästen war sie es schuldig, wenigstens eine halbe Stunde dabei zu sein. Das Make-up juckte, sie war dank der Hitze der Scheinwerfer komplett durchgeschwitzt. In der vergangenen Nacht hatte sie so gut wie keinen Schlaf bekommen, doch obwohl sie schlagkaputt war, vibrierte ihr Körper vor Lebenslust und Energie. Seit Tagen fühlte sie sich, als stünde sie unter Starkstrom, der Ärger, den sie Norman verdankte, war längst vergessen.

Hanna griff nach ihrem Handy, ließ sich in einen der Sessel fallen und trank ein paar Schlucke lauwarmes Mineralwasser. Mist, schon wieder kein Empfang in diesem Atombunker! Die Studios von Antenne Pro und den anderen Sendern, die zu der Holding gehörten, lagen in einem hässlichen Gewerbegebiet in Oberursel. Im ersten Stock hatten die Redakteure, die Controller und die anderen Mitarbeiter ihre Büros, die Geschäftsleitung hingegen hatte sich irgendwann in eine repräsentativere Immobilie outgesourct – die hohen Herren residierten seit zwei Jahren in einer Jugendstilvilla am Palmengarten im Frankfurter Westend.

»Hanna?« Meike kam herein, wie üblich ohne vorher anzuklopfen. »Kommst du hoch? Die Gäste fragen schon nach dir.«

»Zehn Minuten«, erwiderte Hanna.

»Fünf Minuten wären besser«, sagte Meike und knallte die Tür hinter sich zu.

Es hatte keinen Sinn, sich jetzt umzuziehen. Oben auf der Dachterrasse herrschten sicherlich auch noch immer dreißig Grad. Und wenn sie bald nach Hause wollte, dann war es besser, jetzt gleich hochzugehen, bevor alle einen im

Tee hatten und sie nicht mehr wegließen. Hanna tauschte die Pumps gegen flache Ballerinas, schnappte ihre Tasche und verließ ihre Garderobe.

Auf dem Dach wurde gefeiert. Heute etwas ausgiebiger als sonst. Die Sommer- und Weihnachts-Specials waren für alle Mitarbeiter immer eine große Herausforderung, die Gäste im Gegensatz zu den normalen Sendungen prominent und sehr viel anstrengender als die No-Names, die vom Fernsehbetrieb ohnehin eingeschüchtert waren und nichts verlangten.

Schon auf der Treppe war der Empfang wieder da und Hannas Smartphone erwachte. Sie blieb auf dem Treppenabsatz unterhalb der Dachterrasse stehen und überflog die eingegangenen Nachrichten. Glückwünsche von Wolfgang für die gelungene Sendung, eine Rückrufbitte von Vinzenz, verschiedene andere SMS und E-Mails, aber nicht die, auf die sie wartete. Hanna verspürte einen Stich der Enttäuschung. Geduld war nicht ihre hervorstechendste Charaktereigenschaft.

»Hanna! Warte mal kurz!« Jan Niemöller nahm immer zwei Stufen auf einmal. »Das war echt eine super Sendung! Glückwunsch!«

»Danke.«

Er blieb atemlos neben ihr stehen und machte den Versuch, sie zu umarmen, aber Hanna wich zurück.

»Bitte nicht«, sagte sie. »Ich bin total durchgeschwitzt.«

Das Lächeln erlosch auf Niemöllers Gesicht. Sie ging die restlichen Stufen der Treppe hoch, er folgte ihr.

»Hast du heute schon mit Matern gesprochen?«, wollte er wissen.

»Nein. Wieso?«

»Er hat mich heute Nachmittag angerufen und war irgendwie komisch. Hattet ihr Streit?«

»Wie kommst du darauf?«

»Na ja, er hat irgendwie herumgedruckst. Wegen der ersten Sendung nach der Sommerpause.«

»Ach?« Hanna blieb stehen und drehte sich um. Hatte sie Wolfgang nicht ausdrücklich gesagt, er solle kein Wort über die Angelegenheit verlieren?

»Was ist da los? Worum geht es?« Niemöller betrachtete sie mit einer Mischung aus Neugier und Misstrauen. »Seit Tagen bist du kaum noch erreichbar.«

»Ich bin an einer großen Sache dran«, erwiderte Hanna, erleichtert, dass Wolfgang offenbar den Mund gehalten hatte. Sie musste ihn wohl noch mal gründlich ins Gebet nehmen. »Könnte ein echter Kracher werden.«

»Noch mal, worum geht es?«

»Das erfährst du, wenn ich selbst mehr weiß.«

»Was soll diese Geheimniskrämerei?«, beschwerte sich ihr Mitgeschäftsführer argwöhnisch. »Wir entscheiden doch normalerweise zusammen, was wir machen. Oder läuft da was hinter meinem Rücken?«

»Da läuft gar nichts«, erwiderte Hanna scharf. »Und es ist noch lange nicht so weit, um das Thema in der großen Runde zu besprechen.«

»Aber Matern hast du schon davon erzählt …«, begann Niemöller, gekränkt wie eine Primaballerina, der eine andere den Schwarzen Schwan weggeschnappt hatte.

»Jan, jetzt sei nicht kindisch. Du erfährst das alles noch früh genug«, fiel Hanna ihm ins Wort. »Und Wolfgang ist zufällig nicht nur der Programmdirektor, sondern auch ein guter Freund.«

»Wenn du dich da nur nicht irrst«, knurrte Niemöller eifersüchtig.

Hanna warf noch einen letzten Blick auf ihr Smartphone, bevor sie es in die Tasche steckte, dann knipste sie ihr professionelles Lächeln an.

»Komm«, sagte sie versöhnlich und hakte sich bei ihm unter. »Lass uns noch etwas feiern. Wir haben allen Grund dazu.«

»Mir ist die Lust aufs Feiern vergangen«, antwortete Niemöller und machte sich unsanft los. »Ich fahre nach Hause.«

»Auch gut.« Hanna zuckte die Schultern. »Dann gute Nacht.«

Wenn er geglaubt hatte, sie würde ihn anbetteln mitzukommen, dann hatte er sich getäuscht. Er ging ihr von Tag zu Tag mehr auf den Geist mit seiner besitzergreifenden Art. Vielleicht sollte sie sich nach einem Nachfolger für ihn umsehen, oder besser noch nach einer Nachfolgerin.

Die Gästeliste derer, die sich im Park des herrlichen Stadtpalais von Miriams Großmutter im noblen Holzhausenviertel tummelten, las sich wie das Who's who der feinen Frankfurter und Vordertaunusgesellschaft. Alte Namen, neue Namen, altes Geld und neues Geld amüsierte sich Seite an Seite, man war in Geberlaune. Wenn Charlotte Horowitz einlud, um junge begabte Musiker vorzustellen, kamen alle. Heute stand ein siebzehnjähriger Pianist im Mittelpunkt des allgemeinen Interesses. Durch das Abenteuer im Main-Taunus-Zentrum war Pia zu spät gekommen und hatte nur noch die letzten paar Takte einer wahrhaft virtuosen Vorstellung mitbekommen.

Ihr Bedauern darüber hielt sich in Grenzen, denn sie hatte es in erster Linie auf das vorzügliche Essen abgesehen, auf dessen Qualität bei Großmama Horowitz Verlass war.

Am Buffet traf sie Henning.

»Na, wieder mal pünktlich verspätet?«, bemerkte er spitz. »Das fällt allmählich auf.«

»Nur dir«, erwiderte Pia. »Sonst beachtet mich hier niemand. Außerdem mache ich mir nicht besonders viel aus dem Klaviergeklimper.«

»Pia ist eine Banausin«, stellte Lilly altklug fest. »Das hat Opa gestern gesagt.«

»Wie recht dein Opa hat«, entgegnete Henning und grinste.

»Ich geb's ja zu.« Pias Blick glitt über die verlockenden Köstlichkeiten, und sie überlegte, womit sie anfangen sollte. Sie war völlig ausgehungert.

Miriam kam mit ausgebreiteten Armen auf sie zu und küsste sie links und rechts auf die Wangen.

»Schickes Kleid«, bemerkte sie. »Neu?«

»Ja, heute bei Chanel erstanden«, scherzte Pia. »Ein Schnäppchen für zweitausend Euro.«

»Das stimmt doch gar nicht«, mischte sich Lilly empört ein.

»Das war ein Witz«, sagte Pia. »Erzähl Miriam lieber von unserem Abenteuer, weswegen wir zu spät gekommen sind und diesen *wundervollen* Pianisten verpasst haben.«

Sie zwinkerte der Freundin zu. Miriam wusste, wie schnuppe ihr die Musikerzöglinge ihrer Oma waren. Lilly erzählte die abenteuerliche Einkaufszentrumsgeschichte en détail, wobei sie auch Kleinigkeiten wie den Preis von Pias Kleid – neunundfünfzigneunzig – nicht vergaß. Das kosteten schätzungsweise zehn Quadratzentimeter von Miriams Kleid.

»Dieses Kind bringt mich vorzeitig ins Grab.« Pia rollte die Augen.

»Du, Pia, guck mal, den einen Jungen da, den kenn ich vom Opelzoo!« Das Mädchen deutete auf ein Paar, das mit einem etwa achtjährigen Jungen bei einer Gruppe von Leuten stand.

»Man zeigt nicht mit dem Finger auf andere Leute«, tadelte Pia.

»Mit was denn sonst?«, fragte Lilly.

Pia holte tief Luft, dann zuckte sie die Schultern.

»Vergiss es. Geh spielen. Aber bleib bitte in der Nähe und melde dich jede Viertelstunde bei mir.«

Gehorsam zog das Mädchen ab und steuerte direkt auf den Jungen zu. Scheu kannte sie keine.

»Sag mal, Henning, der Mann neben dem Jungen, ist das nicht Staatsanwalt Frey?«, fragte Pia und kniff die Augen zusammen. »Was macht der denn hier?«

»Markus Frey ist im Kuratorium der Finkbeiner-Stiftung«, erklärte Miriam an Hennings Stelle und löffelte ein geeistes Gurkensüppchen mit karamellisierter Schalentierkruste aus einem Schnapsgläschen. »Kennst du ihn?«

»Wie ich halt die Frankfurter Staatsanwälte kenne«, erwiderte Pia. »Er war neulich an einem Leichenfundort und am Tag darauf sogar bei der Obduktion.«

»Seid ihr in der Angelegenheit eigentlich schon weitergekommen?«, erkundigte sich Henning, dann senkte er die Stimme. »Da kommt übrigens Charlotte. Greif schnell zu. Ich erkenne deutlich die nur mühsam beherrschte Gier in deinen Augen.«

Pia warf ihm einen vernichtenden Blick zu. Zum Zugreifen war es zu spät, Miriams Großmutter hatte sie erspäht. Aus unerfindlichen Gründen hatte die alte Dame Pia vor vielen Jahren in ihr Herz geschlossen, und seitdem sie vor ein paar Jahren den Mord an einem engen Bekannten aufgeklärt hatte, lud sie sie zu jedem erdenklichen Anlass ein. Es dauerte eine geschlagene halbe Stunde, bis Pia endlich wieder in die Nähe des Buffets kam.

Die Luft war drückend geworden, die Mücken aufdringlich. Für die Nacht hatte der Wetterdienst ein heftiges Gewitter angekündigt. Bevor es losging, wollte Pia zu Hause sein. Rasch lud sie einen Teller voll mit Köstlichkeiten und machte sich auf die Suche nach Miriam, die sie schließlich mit Henning und ein paar anderen Bekannten in einem der Pavillons unter den herrlichen alten Kastanien im Garten fand. Die Stimmung war fröhlich, man kannte sich untereinander gut, Neckereien flogen hin und her. Wieder einmal war Pias Kleid bevorzugtes Ziel von Hennings stichelnden Bemerkungen, schließlich reichte es ihr.

»Jemand, der mit einer solchen Brille durch die Gegend läuft, sollte mal besser den Mund halten, wenn es um das Thema Mode geht«, sagte sie, und die Umstehenden lachten.

»Da sieht man wieder, dass du keine Ahnung hast.« Henning verzog das Gesicht. »Allein das Gestell hat achthundert Euro gekostet, von den Gläsern ganz zu schweigen.«

»Wo hast du sie her?« Pia grinste. »Etwa Nana Mouskouri abgekauft?«

Die Runde brüllte los vor Lachen, und Henning, der Späße auf seine Kosten nicht sonderlich schätzte, war beleidigt.

Plötzlich fiel Pia Lilly ein, die sie schon seit einer geraumen Weile nicht mehr gesehen hatte.

Viele Gäste hatten sich ins Haus begeben oder waren bereits gegangen, denn morgen war ein Arbeitstag, außerdem blieb man unter der Woche nicht bis Mitternacht. Das war unhöflich. Im Park war keine Spur von Lilly, und Pia wurde sofort wieder nervös. Eine Aufregung dieser Art pro Tag reichte ihr voll und ganz.

»Vielleicht sollte ich diesem Kind einen Peilsender unter die Haut implantierten lassen«, sagte sie zu Miriam und Henning, die ihr bei der Suche halfen. »Der Tag heute hat mich um zehn Jahre altern lassen.«

Schließlich fanden sie Lilly im Gartensalon. Sie und ihr Spielkamerad aus dem Opelzoo lagen schlafend auf einem der Sofas, und Lilly hatte sich ausgerechnet den Oberschenkel von Oberstaatsanwalt Frey als Kopfkissen ausgesucht. Seine Hand ruhte leicht auf ihrem Kopf, während er sich mit zwei anderen Herren unterhielt, die in den Sesseln gegenüber saßen.

»Die Schöne und das Biest«, murmelte Henning spöttisch. »Welch Idyll.«

»Ah, Frau Kirchhoff, Dr. Kirchhoff.« Der Oberstaatsanwalt lächelte entspannt. »Die Kleine gehört zu Ihnen. Ich hätte sie nur ungern geweckt, aber ich muss jetzt auch langsam aufbrechen.«

»Ich befreie Sie sofort.« Pia war es ein bisschen peinlich, quasi als Rabenmutter ertappt worden zu sein. »Es tut mir leid. Ich hoffe, Lilly war nicht zu aufdringlich.«

»Nein, nein, keine Sorge, wir haben uns sehr nett unterhalten.« Don Maria Frey rückte ein Stück zur Seite und stand auf, dann hob er das schlafende Kind vorsichtig hoch und überreichte es Pia. »Ein reizendes Mädchen, so selbstbewusst und fröhlich.«

Lilly hing wie ein Sack in Pias Armen, den Kopf an ihrer Schulter.

»Geht das so, oder soll ich die Kleine zu Ihrem Auto tragen?«, fragte Frey besorgt.

»Nein, vielen Dank. Das schaffe ich schon.« Pia lächelte.

»Ich habe selbst drei Kinder«, erklärte der Oberstaatsanwalt. »Der junge Mann hier, Maxi, ist mein Jüngster, er und Lilly kennen sich wohl von der Zooschule.«

»Ah ja«, machte Pia.

Noch immer vermochten Menschen sie zu überraschen. Der knallharte Staatsanwalt hatte eine butterweiche, menschliche Seite.

Sie verabschiedete sich höflich. Auf dem Weg zum Auto wachte Lilly auf.

»Gehen wir schon nach Hause?«, murmelte sie undeutlich.

»Schon ist gut«, erwiderte Pia. »Es ist gleich elf. Der Opa macht sich sicherlich schon Sorgen, wo wir bleiben.«

»Es war so schön heute mit dir.« Lilly gähnte und schlang ihre Arme um Pias Hals. »Ich hab dich sooo lieb, Pia. Du bist meine deutsche Mama.«

Sie sagte das so einfach, so ehrlich in ihrer kindlichen Offenheit, dass Pia schlucken musste. Vergessen waren ihre anfängliche Ablehnung und jeder Ärger.

»Ich hab dich auch lieb«, flüsterte sie.

Am Krifteler Dreieck verließ Hanna die Autobahn und nahm die L3011 Richtung Hofheim. Verschwitzt und erschöpft sehnte sie sich nach einer Dusche oder, noch besser, nach einer Runde im Pool. Vor allen Dingen musste sie ein paar Stunden Schlaf bekommen, denn am morgigen Abend hatte man sie für die Moderation einer Gala im Wiesbadener Kurhaus engagiert, und da musste sie fit sein.

Natürlich hatte sie es nicht geschafft, sich nach einer halben Stunde von der After-Show-Party abzusetzen. Jan war einfach abgehauen, wütend und gekränkt wie ein kleiner Junge, und hatte sie mit den Gästen alleingelassen. Bis kurz nach Mitternacht hatte sie gute Miene zum bösen Spiel gemacht, dann hatte sie das aufziehende Gewitter zum Anlass genommen, die Party zu verlassen. Es war ihr schwergefallen, sich auf die Gespräche zu konzentrieren, so viele Dinge gingen ihr im Kopf herum. Meike. Die Kratzer an ihrem Auto. Diese seltsame Geschichte, in die ihre Therapeutin verwickelt war. Norman, der ihr am Telefon gedroht, sich aber nie mehr gemeldet hatte. Doch vor allen Dingen beschäftigte sie Mr. Blue Eyes. Sogar während der Sendung hatte sie sich ein paar Mal dabei erwischt, wie sie an ihn gedacht hatte.

Sie waren sich sehr nahe gekommen, nicht nur in körperlicher Hinsicht, aber noch immer wusste Hanna nur wenig über ihn, konnte ihn nicht wirklich einschätzen. Noch vor ein paar Jahren hätte sie sich vielleicht blind in eine Affäre gestürzt, aber die Fehlentscheidungen, die sie in Bezug auf Männer hinter sich hatte, hatten sie vorsichtig werden lassen. Im Radio begann ein Lied, das ihr gefiel. Sie betätigte den Schalter am Lenkrad, die Musik dröhnte aus den Boxen und sie sang laut mit. Es war windig geworden, Blitze zuckten über den Himmel. In Oberursel hatte das Gewitter schon getobt und die Straßen in reißende Flüsse verwandelt. In ein paar Minuten würde es auch hier losgehen. Im Licht der Scheinwerfer huschte vor ihr etwas über die Straße und sie riss instinktiv das Lenkrad nach links. Ein Adrenalinstoß jagte durch ihren Körper, sie ging vom Gas. Glücklicherweise war ihr kein Auto entgegengekommen, sonst wäre es eng geworden. Ein paar hundert Meter hinter der Abfahrt zum Kreishaus setzte sie den Blinker und bog Richtung Langenhain ab. Kurz vor dem Waldfriedhof überholte sie ein dunkles Auto.

»Idiot!«, murmelte Hanna und trat erschrocken auf die Bremse. Welcher Lebensmüde überholte denn an einer so unübersichtlichen Stelle? Dann sah sie es. Im Heckfenster des Autos leuchtete ein rotes Signal auf. POLIZEI – BITTE FOLGEN!

Auch das noch! Wahrscheinlich waren sie hinter ihr hergefahren, hatten ihr Ausweichmanöver beobachtet und nahmen nun an, sie sei betrunken. Dabei hatte sie sich auf der After-Show-Party nur zwei Radler genehmigt. Das reichte wohl kaum für mehr als 0,5 Promille.

Der dunkle Wagen bog nach rechts auf den großen Waldparkplatz ab. Mit einem Seufzer setzte Hanna den Blinker, stellte die Musik leiser und hielt hinter dem Polizeiauto. Sie ließ das Fenster herunter.

Zwei Männer stiegen aus, ein Beamter in Zivil leuchtete mit einer Taschenlampe in ihr Auto.

»Guten Abend«, sagte er. »Fahrzeugkontrolle. Führerschein, Personalausweis, Fahrzeugpapiere bitte.«

Hanna griff nach ihrer Tasche, die auf dem Beifahrersitz stand, und holte ihr Portemonnaie heraus. Sie war froh, dass sie alle Papiere dabeihatte. Umso schneller konnte sie weiterfahren. Ihre Finger trommelten ungeduldig auf das Lenkrad, während der Zivilbulle zu seinem Auto ging. Der Zweite blieb schräg vor ihrem Auto stehen.

Sollte sie Mr. Blue Eyes eine SMS schreiben? Oder war es besser darauf zu warten, dass er sich als Nächstes bei ihr meldete? Sie wollte auf keinen Fall den Eindruck erwecken, sie liefe hinter ihm her.

Erste schwere Regentropfen klatschten auf die Windschutzscheibe, der Wind rauschte in den großen Bäumen ringsum. Wie lange das dauerte! Es war schon kurz vor eins.

Endlich kam der Polizeibeamte zurück.

»Steigen Sie bitte aus, und öffnen Sie den Kofferraum.«

Widersetzte sie sich, würden sie vielleicht noch eine Alkoholkontrolle machen, also war es besser, gleich zu tun, was sie verlangten. Wahrscheinlich langweilten sie sich auf ihrer Nachtschicht, und ein Auto wie ihres weckte immer Aufmerksamkeit und Neid. Seitdem sie den Panamera fuhr, war sie so oft von der Polizei angehalten worden wie nie zuvor. Hanna drückte den Knopf, und der Kofferraum öffnete sich, dann stieg sie aus.

Kühle Regentropfen trafen ihre klebrige Haut. Es duftete nach Wald, Bärlauch, feuchtem Asphalt und jenem metallischen Geruch, den die Erde im Sommer ausströmte, wenn sie nach längeren Trockenphasen nass wurde.

»Wo sind das Warndreieck, die Warnweste und der Erste-Hilfe-Kasten?«

Gott, die nahmen es aber auch genau! Der Regen wurde stärker, Hanna fröstelte.

»Da sind Warndreieck und Weste.« Sie wies auf die Unterseite des Kofferraumdeckels. »Und hier der Erste-Hilfe-Kasten. Genügt Ihnen das?«

Ein Blitz zuckte.

Aus dem Augenwinkel nahm Hanna eine Bewegung wahr. Der zweite Beamte stand plötzlich hinter ihr, sie spürte seinen Atem im Genick und ihr Gehirn registrierte instinktiv Gefahr.

Das sind keine Polizisten!, schoss es ihr durch den Kopf, als kräftige Hände ihre Oberarme ergriffen. Blitzschnell duckte sie sich nach vorne, machte gleichzeitig einen Schritt nach hinten. Der Angreifer lockerte seinen Griff, so dass sie sich umdrehen und ihm ihr Knie in die Genitalien rammen konnte. Hannas Reaktion war reiner Reflex. In dem Selbstverteidigungskurs, den sie absolviert hatte, nachdem dieser Verrückte sie beinahe zwei Jahre gestalkt hatte, war ihr im Basiskurs ›Befreiung aus Festhaltegriffen‹ beigebracht worden, wie sie sich wehren konnte, wenn sie angegriffen wurde. Der Mann taumelte, krümmte sich zusammen und stieß einen Fluch aus. Hanna nutzte den Moment, um zu flüchten, aber sie hatte nicht mit dem zweiten Kerl gerechnet. Ein Schlag traf ihren Hinterkopf. Grelle Punkte explodierten vor ihren Augen wie ein Feuerwerk, ihre Knie gaben nach, sie sackte in sich zusammen. Schemenhaft nahm sie die Beine und Schuhe der Männer wahr, die Perspektive hatte sich verändert. Sie sah den lehmigen Boden, auf dem sich im stärker werdenden Regen Pfützen bildeten, aber sie begriff nicht, was passierte. Für einen Moment fühlte sie sich schwerelos, verlor die Orientierung. Dann war es mit einem Mal trocken, dunkel und warm. Alles ging so schnell, dass sie nicht einmal Zeit hatte, Angst zu verspüren.

Sie liebte es, im Pferdestall zu sein. Für sie war es der schönste Ort auf der ganzen Welt. Keines ihrer Geschwister mochte Pferde so wie sie, und oft hielten sie sich die Nase zu, wenn sie aus dem Stall kam und nach Pferden roch. Das Voltigieren machte Spaß, sie war gut darin, und weil sie so zierlich und leicht war, durfte sie nicht nur bei der Pflicht mitmachen, sondern auch bei den Küraufgaben. Sie genoss das Gefühl der Sicherheit und Leichtigkeit, das sie jedes Mal durchströmte, wenn sie auf dem Pferderücken turnte, so wie andere es kaum auf dem Boden konnten.

Nach dem Unterricht hatte sie Gaby, der Voltigierlehrerin, geholfen, Asterix zu versorgen. Sie hatte die Hufe auskratzen und das Pferd in seine Box führen dürfen. Asterix war das liebste Pferd der Welt, ein Schimmel mit warmen braunen Augen und einer Mähne wie Silber. Die anderen Mädchen aus der Voltigiergruppe waren schon weg, aber sie hatte keine Lust, nach Hause zu gehen. Sie setzte sich in Asterix' Box unter die Futterkrippe und schaute dem Schimmel zu, wie er genüsslich sein Heu kaute.

»Hey«, ertönte plötzlich Gabys Stimme direkt über ihrem Kopf. »Du bist ja noch da! Jetzt aber flott, sonst musst du heute Nacht im Stall bleiben.«

Sie hätte nichts dagegen gehabt. Hier fühlte sie sich sicher. Hier waren die Alpträume ganz weit weg. Gaby öffnete die Box und kam herein.

»Was ist denn mit dir, hm? Soll ich dich schnell heimfahren?« Die Voltigierlehrerin ging vor ihr in die Hocke und sah sie an. »Draußen ist es schon fast dunkel. Deine Eltern machen sich doch sicher Sorgen.«

Sie schüttelte den Kopf. Bei dem Gedanken daran, nach Hause zu gehen, wurde ihr übel vor Angst, aber sie durfte nichts sagen, es war ein Geheimnis, von dem sie niemandem etwas erzählen durfte, das hatte sie Papa fest versprochen. Aber letzte Nacht hatte sie wieder so schlimm geträumt und solche Angst vor den Wölfen gehabt. Denn die würden kommen und sie fressen, wenn sie mit jemandem über das Geheimnis redete, das hatte Onkel Richard erst neulich zu ihr gesagt. Vor lauter Angst hatte sie sich nicht getraut, aufs Klo zu gehen, und hatte ins Bett gemacht. Deshalb war Mama heute Morgen richtig böse geworden, und ihre Geschwister hatten über sie gelacht.

»Ich will nicht heimgehen«, sagte sie leise.

»Warum denn nicht?« Gaby sah sie forschend an.

»Weil … weil … mein Papa tut mir immer so weh.«

Sie traute sich nicht, die junge Frau anzuschauen, wartete voller Anspannung darauf, dass jetzt, wo sie ihr Versprechen gebrochen hatte, etwas Schreckliches geschehen würde. Aber nichts passierte, und sie wagte, den Kopf zu heben. Gaby war so ernst, wie sie sie noch nie gesehen hatte.

»Wie meinst du das?«, fragte sie. »Was macht er denn?«

Der Mut löste sich in Nichts auf, sie traute sich nicht, noch mehr zu sagen, aber plötzlich hatte sie eine Idee.

»Kann ich nicht vielleicht mit zu dir nach Hause gehen?«, fragte sie. Gaby mochte sie, sie war stolz auf ihre beste Schülerin, wie sie immer sagte. Zusammen mit ein paar anderen Mädchen war sie schon mal bei der Voltigierlehrerin zu Hause gewesen; sie hatten Fotos von Pferden angeschaut und Kakao getrunken. Gaby war erwachsen und hatte nie vor irgendetwas Angst. Sie würde sie vor den Wölfen beschützen.

»Das geht leider nicht«, erwiderte Gaby zu ihrer Enttäuschung. »Aber ich kann dich nach Hause bringen und mal mit deiner Mama sprechen.«

Sie blickte Gaby an und kämpfte gegen die aufsteigenden Tränen.

»Aber der böse Wolf«, flüsterte sie.

»Welcher böse Wolf?« Gaby richtete sich auf. »Hast du vielleicht schlecht geträumt?«

Enttäuscht senkte sie den Kopf und stand auf. Gaby wollte sie in den Arm nehmen, aber sie machte sich los.

»Tschüs, Asterix«, sagte sie zu dem Pferd, dann trat sie aus der Box und verließ den Stall, ohne noch etwas zu sagen. Erst jetzt kam die Angst, die Tränen brannten hinter ihren Augenlidern wie Feuer. Was, wenn die Wölfe jetzt Gaby etwas antun würden, nur weil sie nicht den Mund gehalten und ihr von dem Geheimnis erzählt hatte?

Freitag, 25. Juni 2010

»Ihr Handy ist immer noch aus. Und ans Festnetz geht sie auch nicht.«

Meike blickte in die Runde und sah ratlose und besorgte Gesichter. Seit einer halben Stunde saßen die neun Mitarbeiter der *Herzmann production* GmbH um den ovalen Tisch im Konferenzraum herum, schütteten literweise Kaffee in sich hinein und wurden immer wuschiger. Wie eine Schafherde ohne Oberschaf, dachte sie spöttisch.

»Hast du ihr mal eine SMS geschrieben?«, fragte Irina Zydek, die seit Ewigkeiten Hannas Assistentin war und quasi zum Inventar des Ladens gehörte. Aus unerfindlichen Gründen hatte sie einen Narren an Hanna gefressen, obwohl die sie nicht besonders nett behandelte. Im Laufe der Jahre hatte sie mit stoischer Gelassenheit eine nicht abreißende Kette von Ehemännern, Verehrern, Liebhabern, Geschäftsführern, Producern, Produktionsassistenten, Redakteuren, Volontärinnen und Controllern kommen und gehen sehen. Wer sich mit ihr nicht gutstellte, hatte nicht den Hauch einer Chance, an die große Hanna Herzmann heranzukommen. Irina war loyal bis zur Selbstaufgabe, und auch wenn sie äußerlich wie eine graue Maus aussehen mochte, so war sie innerlich ein Cerberus, eisenhart und unbestechlich.

»Wie soll sie die wohl lesen, wenn ihr Handy aus ist?«, entgegnete Meike. »Sie hat einfach verschlafen. Oder der Akku ist leer.«

Irina stand auf, ging zum Fenster und spähte hinunter in den Hof.

»Hanna hat sich noch nie verspätet, ohne Bescheid zu geben, seitdem ich sie kenne«, sagte sie. »Ich mach mir allmählich echt Sorgen.«

»Ach Quatsch.« Meike zuckte die Schultern. »Sie wird schon auftauchen. War eben spät gestern Abend.«

Höchstwahrscheinlich war sie bei einem Kerl versackt. Irgendwas lief da mit einem Mann, das wusste sie genau. Meike kannte die typischen Symptome einer Verliebtheit bei ihrer Mutter nur zu gut. Hatten die Hormone bei ihr erst die Oberhand gewonnen, dann blendete sie alles andere aus. In den letzten Wochen war sie wie verwandelt gewesen, schaltete ihr Handy ab und war manchmal stundenlang nicht zu erreichen. Außerdem hatte sie keinen Ton dazu gesagt, als Meike ihr verkündet hatte, sie werde den Sommer über in der Stadt, mitten in Sachsenhausen, wohnen, statt in ihrem Haus hinter den sieben Bergen, wo sich Fuchs und Hase gute Nacht sagten. Eigentlich hatte Meike Bitten und Tränen und Flehen erwartet, ja, sich insgeheim sogar darauf gefreut, aber Hanna hatte auf ihre Mitteilung kaum reagiert. »Wenn du das besser findest«, hatte sie gesagt – sonst nichts. Wieder mal war ein Kerl wichtiger als sie, hatte Meike gedacht, und nun schien sich ihre Vermutung zu bestätigen. Natürlich hatte Hanna ihr nichts erzählt und Meike hätte sich lieber die Zunge abgebissen, als zu fragen. Das Leben ihrer Mutter interessierte sie einen Dreck, und wenn sie das Geld nicht so dringend gebraucht hätte, hätte sie sich nie und nimmer darauf eingelassen, diesen Job hier anzunehmen.

»Jemand von uns sollte zu ihr hinfahren und nachsehen.« Jan Niemöller sah übernächtigt aus. Seine Augen waren gerötet, er war unrasiert und nervös. »Hanna war gestern so komisch.«

Klar, die wollte zu ihrem Stecher, dachte Meike verächtlich, verkniff sich aber eine bissige Bemerkung. Negative Äußerungen über ihre Mutter kamen hier nicht gut an. Irina und Jan berieten über die beste Vorgehensweise, und Meike fragte sich, was diese beiden Menschen antrieb.

Es war einfach absurd, wie Jan sich zum Affen machte. Zwischen ihm und Irina schwelte ein permanenter Konkurrenzkampf, der so weit ging, dass sie nicht mal mit vierzig Fieber zu Hause blieben, aus purer Angst, der andere könne in seiner Abwesenheit im Wettstreit um Hannas Gunst Punkte sammeln. Sie lieferten sich regelrechte Eifersuchtsschlachten, wenn es darum ging, wer, wann was mit oder für Hanna tun durfte, und die nutzte diesen albernen Kindergartenkrieg schnöde zu ihrem Vorteil aus.

Irina und Jan diskutierten noch immer. Meike schob den Stuhl zurück, warf sich ihre Tasche über die Schulter und stand auf.

»Ich hab zwar keinen Bock, jetzt bis nach Langenhain zu gurken, aber ich tu's. Damit ihr endlich eure Ruhe habt.«

»Oh ja, das ist lieb von dir«, sprachen die beiden in einem raren Moment der Einigkeit wie aus einem Mund.

»Falls sie sich zwischenzeitlich meldet, rufe ich dich an.« Irina strahlte erleichtert.

Meike war froh, dem Laden zu entkommen. Heute würde sie ganz sicher nicht mehr zurück ins Büro gehen. Nicht bei dem geilen Wetter.

Im K11 war man nach zwei hektischen Wochen vorerst wieder zur Tagesordnung übergegangen. Es gab keine neuen Spuren und Hinweise, das Telefon der Hotline klingelte nur noch selten. In den Zeitungen hatten aktuelle Katastrophen und Ereignisse längst das tote Mädchen aus dem Main aus den Schlagzeilen verdrängt.

Bodenstein allerdings beschäftigte sich intensiv mit dem jüngsten Fall. Er hatte am späten Vormittag ausführlich mit einem Redakteur von *Aktenzeichen XY* telefoniert und setzte große Hoffnungen in die Sendung. Der einzige Wermutstropfen war der Sendetermin, er fiel ausgerechnet in die erste Woche der hessischen Sommerferien. Auf dem Besuchertisch in seinem Büro hatte er die Fallakte »Nixe« ausgebreitet und stellte die Unterlagen zusammen, die er nächste Woche mit nach München nehmen wollte. Es war nicht das erste Mal, dass Bodenstein in einem Fernsehstudio an die Öffentlichkeit gehen würde. Zweimal hatte die Sendung schon die hilfreichen Hinweise gebracht, die letztlich zur Verhaftung des Täters geführt hatten, ein drittes Mal war sein Auftritt vergeblich gewesen. Er notierte gerade die Fakten, die der Redakteur zusammen mit Fotos und Asservaten vorab brauchte, als es an der Tür klopfte.

»Wir haben einen Notruf, Chef«, sagte Kai Ostermann. »Pia habe ich schon erreicht, sie ist in zehn Minuten hier.«

Sein Blick fiel auf die fein säuberlich sortierten Unterlagen.

»Aber ich kann auch versuchen, Cem und Kathrin hinzuschicken. Die sind noch bei dem Suizid in Eppstein.«

»Nein, nein, schon gut. Ich fahre hin.« Bodenstein blickte auf. Ein bisschen frische Luft konnte ihm nicht schaden. »Vielleicht können Sie veranlassen, dass die Fotos und die Kleidungsstücke heute noch in die Post gehen. Die Adresse habe ich hier aufgeschrieben.«

»Geht klar.« Ostermann nickte. »Ihr müsst übrigens nach Weilbach. Eine Frau in einem Kofferraum. Mehr weiß ich leider auch nicht.«

»Wo genau?« Bodenstein stand auf. Er überlegte, ob er sein Jackett mitnehmen sollte. Das Gewitter der vergangenen Nacht hatte nur kurz für trügerische Abkühlung gesorgt; heute war es unerträglicher als in den Tagen zuvor, denn zu der Hitze hatte sich eine tropisch anmutende Luftfeuchtigkeit von fast siebzig Prozent gesellt.

»Irgendwo im Feld hinter der Autobahnraststätte Weilbach Richtung Frankfurt. Kröger hab ich auch schon hingeschickt.«

»Gut.« Bodenstein nahm das Jackett von der Stuhllehne und verließ sein Büro.

Der Fall des toten Mädchens aus dem Fluss beschäftigte ihn sehr. In seiner Laufbahn bei der Kriminalpolizei hatte er zwei Fälle miterlebt, die trotz intensiver Bemühungen bis heute nicht aufgeklärt worden waren. Er war damals noch in Frankfurt beim K11 gewesen, als ein dreizehnjähriger Junge tot in einem Fußgängertunnel im Frankfurter Stadtteil Höchst aufgefunden worden war und

2001 die Leiche eines jungen Mädchens an der Wörthspitze im Main bei Nied. Beide Male waren Jugendliche, fast noch Kinder, Opfer grausamer Verbrechen geworden, ihr Tod war ungesühnt geblieben, und die Täter liefen bis heute frei herum. Sollte das nun etwa ein drittes Mal geschehen? Die Aufklärungsquote von Verbrechen gegen das Leben war in Deutschland relativ hoch, aber wenn es nach beinahe drei Wochen noch immer keine einzige heiße Spur gab, dann war das ein schlechtes Zeichen.

»Hanna?«

Meike blieb in der Diele stehen und lauschte. Obwohl sie einen Haustürschlüssel besaß, hatte sie vorher zweimal geklingelt, denn sie hatte keine Lust, ihre Mutter womöglich noch in flagranti mit einem Mann im Bett zu überraschen.

»Hanna!«

Nichts. Der Vogel war ausgeflogen. Meike ging in die Küche, dann durch Ess- und Wohnzimmer hinüber zum Arbeitszimmer. Sie warf einen kurzen Blick in den Raum, in dem es so chaotisch aussah wie immer. Oben im Schlafzimmer war das Bett unbenutzt, die Schranktüren standen offen, ein paar Kleidungsstücke hingen auf Kleiderbügeln am Schrank, mehrere Paar Schuhe lagen herum.

Wahrscheinlich hatte ihre Mutter sich mal wieder nicht entscheiden können, welche Klamotten sie abends in der Sendung anziehen wollte. Die, die ihr die Stylistin aussuchte, fanden nur selten Gnade vor ihren Augen, ihr waren eigene Kleider lieber. Das Schlafzimmer machte nicht den Eindruck, als habe hier eine leidenschaftliche Liebesnacht stattgefunden, es sah eher so aus, als sei Hanna gar nicht mehr zu Hause gewesen.

Meike ging wieder nach unten.

Sie mochte das Haus nicht, es verursachte ihr eine Gänsehaut. Als sie ein Kind gewesen war, war es ganz nett, in einer Straße zu wohnen, in der nie Autos fuhren. Sie war mit den Nachbarskindern Rollschuh gelaufen und Kettcar gefahren, sie hatten Gummitwist und Himmel und Hölle gespielt und waren im Wald herumgestreift. Aber dann hatte sich das Haus in einen Feind verwandelt. Die Eltern hatten sich nach Monaten des Streitens getrennt, ihr Papa war plötzlich verschwunden, und ihre Mutter hatte sie nur noch mit ständig wechselnden Au-Pair-Mädchen alleingelassen. Und als sie dann älter wurde, war es die reinste Hölle gewesen, in Langenhain am Wald zu versauern, während woanders das Leben tobte.

Meike öffnete den Briefkasten, holte einen Stapel Briefe heraus und sah sie rasch durch. Hin und wieder kam noch an sie adressierte Post an. Ein Zettel, der zwischen den Briefen gesteckt hatte, fiel zu Boden. Meike bückte sich und hob ihn auf. Es war eine Seite, die aus einem Kalender herausgerissen worden war.

Habe bis 1:30 gewartet, las sie. *Hätte dich gerne noch gesehen. Akku vom Handy leer! Hier die Adresse, BP weiß Bescheid. Ruf mich an. K.*

Was hat das denn zu bedeuten? Und was war das für eine Adresse in Langenselbold, die dieser K aufgeschrieben hatte?

Meikes Neugier war geweckt. Sie würde es sich nicht einmal selbst eingestehen, aber die Veränderung, die seit ein paar Wochen mit ihrer Mutter vorgegangen war, ärgerte Meike. Hanna tat geheimnisvoll, sagte niemandem, wohin sie ging oder wo sie gewesen war, nicht einmal Irina wusste etwas. War »K«, der die Mutter gerne gesehen hätte, ihr Neuer? Und wer war BP, der Bescheid wusste?

Meike warf einen Blick auf ihr Handy. Es war erst kurz nach elf. Mehr als genug Zeit, um mal schnell nach Langenselbold zu fahren und nachzuschauen, was sich hinter dieser Adresse verbarg.

Bodenstein drückte auf den Türöffner und trat in die Schleuse. Er nickte dem wachhabenden Beamten zu, der im Wachraum hinter einer Panzerglasscheibe saß und ihn hinausließ. Pia wartete bereits im Auto mit laufendem Motor. Er stieg ein und atmete auf. Sie hatte einen Dienstwagen mit Klimaanlage ergattert, und es war angenehm kühl im Innern des Autos.

»Weißt du schon mehr?«, erkundigte Bodenstein sich und angelte nach dem Gurt.

»Weibliche Leiche im Kofferraum hat es geheißen«, antwortete Pia. Sie bog nach links ab Richtung Autobahn. »Hat es gestern bei dir noch mit dem Notartermin geklappt?«

»Ja. Das Haus ist verkauft.«

»War es schlimm?«

»Erstaunlicherweise nicht. Vielleicht wird es das noch, wenn wir ausräumen. Aber da es mit dem Haus in Ruppertshain klappt, fällt der Abschied leichter.« Bodenstein dachte an sein Zusammentreffen mit Cosima gestern Abend in der Kanzlei des Notars in Kelkheim. Zum ersten Mal seit ihrer unschönen Trennung vor knapp zwei Jahren hatte er sie ansehen und mit ihr ganz sachlich reden können, ohne dass das irgendetwas in ihm berührt hätte. Da waren keine Gefühle mehr, weder gute noch böse, die er für die Mutter seiner drei Kinder, mit der er über die Hälfte seines Lebens verbracht hatte, empfand. Erschreckend und erleichternd zugleich. Doch vielleicht war das die Basis, auf der sie sich in Zukunft begegnen konnten.

Auf der Fahrt nach Weilbach berichtete er Pia von der Anhörung im LKA und Behnkes Niederlage. Das schrille Klingeln von Pias Handy unterbrach ihn und nahm ihm damit die Entscheidung ab, ob er seiner Kollegin vom Showdown auf dem Flur im LKA zwischen Behnke und Nicola Engel erzählen sollte oder besser nicht.

»Kannst du bitte mal drangehen?«, bat Pia. »Es ist Christoph.«

Bodenstein nahm das Gespräch entgegen und hielt Pia das Telefon ans Ohr.

»Ich weiß leider nicht, wie spät es heute wird. Wir haben gerade etwas Neues reinbekommen und sind eben auf dem Weg«, sagte sie. »Hm ... ja ... Grillen ist doch prima. Es ist noch Nudelsalat im Kühlschrank, aber wenn du sowieso einkaufen gehst, dann denk doch bitte an Waschpulver, das hab ich vergessen aufzuschreiben.«

Ein typisches Beziehungsalltagsgespräch, wie Bodenstein es früher so oft mit Cosima geführt hatte. In den vergangenen zwei Jahren seines privaten Ausnahmezustandes hatte er diese Vertrautheit oft vermisst. Sosehr er sich auch einzureden versuchte, die Freiheit, die er nun hatte, sei eine aufregende neue Chance, so sehr sehnte er sich in seinem tiefsten Innern nach einem echten Zuhause und einem anderen Menschen, mit dem er sein Leben teilen konnte. Er war nicht für ein dauerndes Alleinsein geschaffen.

Pia hörte eine Weile zu, brummte hier und da zustimmend, doch auf einmal lächelte sie auf eine Weise, wie Bodenstein sie nur selten hatte lächeln sehen.

»Alles klar«, beendete sie das Gespräch. »Ich melde mich später.«

Bodenstein schaltete das Telefon aus und legte es auf die Mittelkonsole.

»Was strahlst du denn so?«, erkundigte er sich neugierig.

»Ach, die Kleine«, erwiderte Pia leichthin, ohne ihn anzusehen. »Die ist schon goldig. Was die manchmal so von sich gibt.«

Sie wurde wieder ernst. »Beinahe schade, dass sie bald schon wieder wegmuss.«

»Das hat sich vor ein paar Tagen noch ganz anders angehört«, sagte Bodenstein belustigt. »Du warst total genervt und hast die Tage bis zu ihrer Abreise im Kalender abgestrichen.«

»Stimmt. Aber wir haben uns mittlerweile zusammengerauft, Lilly und ich«, gab Pia zu. »So ein Kind im Haus verändert wirklich alles. Vor allen Dingen habe ich unterschätzt, welche Verantwortung man plötzlich hat. Manchmal ist sie so selbständig, dass ich vergesse, wie schutzbedürftig sie eigentlich noch ist.«

»Da hast du recht.« Bodenstein nickte. Seine jüngste Tochter wurde im Dezember vier, und wenn sie jedes zweite Wochenende oder auch mal unter der Woche bei ihm war, merkte er immer wieder aufs Neue, wie viel Aufmerksamkeit ein so kleines Kind beanspruchte, aber wie viel Freude es auch machte.

Bei der Autobahnabfahrt Hattersheim verließen sie die A66 und bogen auf die L3265 Richtung Kiesgrube ab. Schon von ferne sahen sie den Ort des Geschehens, denn auf einer Wiese stand ein Rettungshubschrauber, dessen Rotorblätter sich träge im Leerlauf drehten.

Am Rand eines benachbarten Weizenfeldes standen Einsatzfahrzeuge von der Polizei, ein Notarzt- und ein Rettungswagen. Sie bremste ab und blinkte, doch bevor sie in den Feldweg einbiegen konnte, bedeutete ihnen ein uniformierter Kollege, am Straßenrand anzuhalten. Sie stiegen aus, um die letzten fünfzig Meter zu Fuß zu gehen. Eine Wand aus feuchter Hitze schlug Bodenstein entgegen. Er folgte Pia auf dem schmalen Grasstreifen, denn der vom Gewitterregen aufgeweichte Weg war der Länge nach abgesperrt. Der Weizen hatte die Nacht nicht unbeschadet überstanden, die heftigen Regengüsse hatten viele Halme abgeknickt oder zu Boden gedrückt.

»Geht bitte da außen rum!«, rief Christian Kröger und zeigte mit dem Arm in Richtung Feld, in dem ein schmaler Pfad mit Flatterband gekennzeichnet war. Der Chef der Spurensicherung und seine drei Mitarbeiter trugen schon ihre weißen Overalls mit Kapuze, kein beneidenswerter Job bei dieser sengenden Hitze. Weit und breit war kein schattenspendender Baum in Sicht.

»Was haben wir hier?«, erkundigte sich Bodenstein, als sie neben Kröger standen.

»Eine Frau im Kofferraum eines Autos, nackt und bewusstlos«, erwiderte Kröger. »Kein schöner Anblick.«

»Sie ist nicht tot?«, fragte Bodenstein.

»Meinst du, sie bringen die Leichen jetzt schon mit dem Hubschrauber in die Rechtsmedizin?«, entgegnete Kröger sarkastisch. »Nein, sie lebt noch. Zwei Leute von der Autobahnmeisterei haben von der Raststätte aus das Auto gesehen und fanden das seltsam. Sie sind hingefahren – leider ohne Rücksicht auf irgendwelche Spuren zu nehmen.«

Eine absolute Todsünde in Krögers Augen. Aber wer außer einem Polizisten dachte schon sofort an ein Verbrechen, wenn ein herrenloses Auto irgendwo im Feld herumstand?

»Das Auto war nicht abgeschlossen, und der Zündschlüssel steckte. Und dann haben sie sie gefunden.«

Im Vorbeigehen schaute Bodenstein in den geöffneten Kofferraum des schwarzen Porsche Panamera und sah große dunkle Flecken, wahrscheinlich Blut. Gleich zwei Notärzte waren im Rettungswagen beschäftigt.

»Die Frau ist sehr schwer verletzt«, antwortete einer der beiden auf Bodensteins Frage. »Dazu völlig dehydriert. Ein, zwei Stunden länger in dem geschlossenen Kofferraum bei dieser Hitze, das hätte sie nicht überlebt. Wir versuchen gerade, sie transportfähig zu kriegen. Ihr Kreislauf ist total im Arsch.«

Bodenstein störte sich nicht an diesem wenig qualifizierten Ausdruck. Notärzte waren Frontkämpfer, und gerade die Besatzung eines Rettungshubschraubers musste mehr Grauen sehen, als ein normaler Mensch eigentlich verkraftete. Er erhaschte einen kurzen Blick auf das von Blutergüssen und Platzwunden entstellte Gesicht der Frau.

»Sie ist zusammengeschlagen und vergewaltigt worden«, stellte der Notarzt nüchtern fest. »Und das ausgesprochen brutal.«

»Mein Kollege sagte, sie sei nackt gewesen«, sagte Bodenstein.

»Nackt, mit Kabelbindern an Händen und Füßen gefesselt und mit Gewebeband geknebelt«, bestätigte der Notarzt. »Was es für Dreckschweine gibt.«

»Chef?«

Bodenstein wandte sich um.

»Ich habe mit den beiden Jungs gesprochen, die die Frau gefunden haben«, sagte Pia mit gesenkter Stimme und trat in den Schatten des Rettungswagens. »Sie haben mir erzählt, dass der Parkplatz hinter der Raststätte in gewissen Kreisen bekannt ist als Treffpunkt für Leute, die anonymen Sex haben wollen.«

»Du meinst, sie könnte sich hier mit irgendjemandem getroffen haben und dabei an den Falschen geraten sein?« Bodensteins Blick schweifte über die Felder bis hinüber zu der Raststätte. Es liefen so viele kranke und perverse Menschen auf dieser Erde herum, manchmal wurde der bloße Gedanke daran schier unerträglich.

»Wäre möglich.« Pia nickte. »Außerdem haben die Kollegen das Kennzeichen überprüft. Das Fahrzeug ist auf eine Firma in Frankfurt zugelassen. *Herzmann production* in der Hedderichstraße. Im Auto waren weder eine Tasche noch irgendwelche Papiere. Aber der Name Herzmann sagt mir etwas.«

Sie legte nachdenklich die Stirn in Falten.

Der Name war plötzlich in Bodensteins Kopf. Er war kein großer Fernsehgucker, aber vielleicht hatte er ihn erst neulich irgendwo gelesen oder einfach deshalb, weil es eine Alliteration war, die man sich leicht merken konnte.

»Hanna Herzmann«, sagte er. »Die Fernsehmoderatorin.«

Ein Bett, ein Tisch, ein Stuhl, ein Schrank aus hellem Furnierholz. Ein kleines Fenster, vergittert natürlich. In einer Ecke ein Klo ohne Deckel, ein Waschbecken, darüber ein Spiegel aus Metall. Der Geruch nach Desinfektionsmittel. Acht Quadratmeter, die nun für die nächsten dreieinhalb Jahre seine ganze Welt sein würden.

Die schwere Tür schloss sich mit einem dumpfen Knall hinter ihm, er war allein. Es war so still, dass er seinen Puls in den Ohren pochen hörte, und ihn überkam das verzweifelte Verlangen, zu seinem Handy zu greifen und jemanden anzurufen, irgendjemanden, nur, um eine menschliche Stimme zu hören. Aber er hatte kein Handy mehr. Keinen Computer. Keine eigene Kleidung. Seit heute war er Befehlsempfänger, Gefangener, auf Gedeih und Verderb den Launen und Reglementierungen gleichgültiger Gefängniswärter ausgeliefert. Er konnte nicht mehr tun, was er wollte, der Rechtsstaat hatte ihm das Privileg, frei über sein Leben zu verfügen, entzogen.

»Das halte ich nicht aus«, dachte er.

Seit jenem Tag, an dem die Kriminalpolizei mit einem Hausdurchsuchungsbeschluss aufgetaucht, sein Haus und sein Büro auf den Kopf gestellt und seine Computer beschlagnahmt hatte, befand er sich in einem Schockzustand. Er erinnerte sich an Brittas Fassungslosigkeit, die Abscheu in ihren Augen, als sie ihm die Koffer vor die Tür gestellt und geschrien hatte, sie wolle ihn nie wiedersehen. Am nächsten Tag war ihm die einstweilige Verfügung zugestellt worden, die ihm verbot, seine Kinder zu sehen. Freunde hatten sich von ihm abgewandt, seine Mitarbeiter, seine Partner. Und schließlich hatte man ihn festgenommen. Flucht- und Verdunklungsgefahr. Keine Kaution.

Die hinter ihm liegenden Wochen, die U-Haft, der Prozess – das alles war ihm vollkommen unwirklich erschienen, ein wirrer Traum, aus dem er irgendwann aufwachen würde. Als die Richterin gestern das Urteil verlesen und er begriffen hatte, dass man ihn tatsächlich für sechsunddreißig Monate ins Gefängnis schicken und seine Kinder, das Liebste, das er auf der Welt hatte, zwölf und zehn Jahre alt sein würden, wenn er sie das nächste Mal sehen durfte, da hatte er noch geglaubt, er sei stark genug, um das alles zu ertragen und damit fertig zu werden. Er hatte die Fassung bewahrt, als man ihn in Handschellen durch das Blitzlichtgewitter der sensationsgierigen Pressemeute aus dem Schwurgerichtssaal geführt hatte, in dem er Jahre seines Lebens auf der anderen, der richtigen Seite verbracht hatte.

Selbst das demütigende Procedere der völligen Entrechtung, das einen Neuzugang im Knast erwartete, hatte er ohne äußere Gefühlsregung hinter sich gebracht, ebenso die ärztliche Untersuchung. Noch als er die abgetragene, raue Anstaltskleidung, die vor ihm schon viele andere Männer getragen hatten, angezogen, der Beamte mit gleichgültiger Miene seine eigene Kleidung in einen Kleidersack gestopft und ihm Armbanduhr und Brieftasche abgenommen hatte, hatte sich sein Verstand geweigert, die Unabänderlichkeit seiner Situation zu akzeptieren.

Er wandte sich um und starrte die zerkratzte Zellentür an. Eine Tür ohne Klinke und Schloss, die er niemals selbst öffnen würde. In dieser Sekunde überfiel ihn die Erkenntnis, dass dies nun die Realität war und er nicht aus einem Alptraum aufwachen würde, mit gallebitterer Klarheit. Seine Knie wurden weich, sein Magen rebellierte. Plötzlich verspürte er nackte, panische Angst. Vor dem Alleinsein und der Hilflosigkeit. Vor den anderen Gefangenen. Als verurteilter Kinderschänder rangierte er in der Knasthierarchie ganz weit unten, deshalb hatte man ihn zu seiner eigenen Sicherheit in eine Einzelzelle gesteckt.

Er hatte die Kontrolle über sein Leben verloren und konnte nichts dagegen tun. Sein selbstbestimmtes Leben gehörte der Vergangenheit an, seine Ehe lag in Trümmern, sein Ruf war unwiederbringlich zerstört. Alles, was ihn, seine Persönlichkeit und sein Leben ausgemacht hatte, seine ganze Identität, war mit Hemd, Anzug und Schuhen in einem grünen Kleidersack verschwunden.

Ab heute war er nur noch eine Nummer. Für eintausendundachtzig endlos lange Tage.

Das Schrillen der Glocke riss ihn aus dem Tiefschlaf. Sein Herz klopfte heftig, er war nassgeschwitzt und brauchte ein paar Sekunden, um zu begreifen, dass er geträumt hatte. Dieser Traum, der ihn lange nicht mehr heimgesucht hatte, war so bedrückend realistisch, dass er das Quietschen der Gummisohlen auf dem grauen Linoleum hören und den unverwechselbaren Knastgeruch nach Pisse, Männerschweiß, Essen und Desinfektionsmittel riechen konnte.

Mit einem Stöhnen richtete er sich auf und ging zum Tisch, um das Handy zu suchen, dessen Klingeln ihn geweckt hatte. Es war heiß und stickig im Wohnwagen, die verbrauchte Luft zum Schneiden dick. Eigentlich hatte er nur eine kurze Pause machen wollen, aber dann war er wohl tief und fest eingeschlafen. Seine Augen brannten und sein Rücken schmerzte. Bis zum Morgengrauen hatte er sich durch Unmengen von Aufzeichnungen, Zeitungsartikeln, Tonbändern, Gesprächsnotizen, Sitzungsprotokollen und Tagebucheinträgen gelesen und Notizen gemacht. Es war alles andere als einfach, die wichtigsten Fakten herauszufiltern und in einen sinnvollen Kontext zu bringen.

Er fand das Handy unter einem Berg von Papier. Nur ein paar Anrufe, aber zu seiner Enttäuschung nicht der, auf den er so sehr wartete. Mit einem Mausklick weckte er den Laptop aus seinem Stand-by-Schlaf, gab das Passwort ein und schaute in sein E-Mail-Postfach. Auch hier nichts. Die Enttäuschung strömte durch seinen Körper wie schleichendes Gift. Was war bloß los? Hatte er irgendetwas falsch gemacht?

Er stand auf und ging zum Schrank. Zögerte einen Augenblick, bevor er die Schublade aufzog. Zwischen den T-Shirts ertastete er das Foto und zog es hervor. Die dunklen Augen. Das blonde Haar. Das süße Lächeln. Eigentlich hätte er das Foto entsorgen müssen, aber er brachte es einfach nicht übers Herz. Die Sehnsucht nach ihr schmerzte wie ein Messerstich. Und es gab absolut nichts, was diesen Schmerz lindern konnte.

»Sie haben das Ziel erreicht«, verkündete die Stimme des Navigationsgeräts. »Das Ziel befindet sich auf der linken Seite.«

Meike bremste ab und blickte sich ratlos um.

»Wo denn?«, murmelte sie und nahm ihre Sonnenbrille ab. Sie befand sich inmitten eines Waldes. Nach der gleißenden Helle erkannte sie zunächst nichts anderes als Bäume und Unterholz, dichtes, dunkles Grün, hier und da gesprenkelt von goldenen Sonnenflecken. Doch auf einmal nahm sie einen geschotterten Waldweg wahr und einen Briefkasten aus Blech, wie sie ihn aus amerikanischen Filmen kannte. Entschlossen setzte Meike den Blinker, bog in den Weg ein und holperte einen gewundenen Waldweg entlang. Ihre Spannung wuchs. Wer war BP? Und wer K? Was erwartete sie wohl am Ende des Waldweges? Sie passierte die letzten Baumreihen. Das grelle Licht knallte ihr entgegen und blendete sie. Hinter einer Kurve tauchte zu ihrer Verblüffung unversehens eine wahre Festung auf. Ein Metalltor mit Überwachungskameras, ein blickdichter Zaun gekrönt von einem Stacheldrahtverhau. Warnschilder verhießen dem ungebetenen Besucher drohende Verstümmelung durch bissige Hunde, Starkstrom und Minen.

Was zum Teufel war das denn? Paramilitärisches Sperrgebiet mitten im Main-Kinzig-Kreis? Welcher Art Story war ihre Mutter da auf der Spur? Meike legte den Rückwärtsgang ein und fuhr die Schotterpiste, die sie gekommen war, zurück, bis sie eine Abzweigung erreichte. Der Weg schien nur selten benutzt zu werden, aber er führte in die Richtung, in die sie wollte. Als sie weit genug vom Hauptweg entfernt war, damit niemand das auffällige rote Auto sah, kramte sie das Fernglas aus dem Handschuhfach, schloss das Dach und ging zu Fuß weiter. Nach ungefähr fünfzig Metern endete der Weg. Meike hielt sich rechts und erreichte wenig später den Waldrand. Das Metalltor befand sich ein ganzes

Stück entfernt, hier war sie außer Reichweite der Kameras, die sich nur oberhalb des Tors befanden. Ein Stück weiter erblickte Meike einen Hochsitz am Rande einer Tannenschonung. Zum Glück trug sie Jeans und Turnschuhe, denn die Brennnesseln und Disteln wucherten meterhoch. Der Hochsitz schien längere Zeit nicht benutzt worden zu sein, die Holzsprossen der Leiter waren bemoost und sahen morsch aus. Meike tastete sich vorsichtig nach oben und prüfte die Stabilität des Holzsitzes, bevor sie sich darauf niederließ. Tatsächlich hatte sie von hier oben aus eine perfekte Aussicht.

Sie stellte das Fernglas scharf und sah eine Halle, vor deren weit geöffneten Toren mindestens zwanzig Motorräder standen, lauter schwere chromblitzende Maschinen, vorzugsweise Harley Davidsons, aber auch zwei oder drei Royal Enfields. Daneben befand sich, abgetrennt durch einen Maschendrahtzaun, ein Schrottplatz, auf dem Unmengen von Motorrad- und Autoteilen, Reifen und Ölfässern lagerten. Im Schatten einer großen Kastanie neben der Halle standen Tische und Bänke, ein Schwenkgrill qualmte vor sich hin, doch weit und breit war keine Menschenseele zu sehen. Auf der anderen Seite des großen Hofes dösten in vergitterten Hundezwingern die auf den Warnschildern angekündigten Kampfhunde friedlich in der Sonne.

Bis auf das ferne Brummen eines Motorflugzeugs war es vollkommen still. In den Büschen ringsum summten Hummeln und Bienen, tief im Wald rief ein Kuckuck.

Meike inspizierte von ihrem erhöhten Platz den Rest des riesigen umzäunten Areals. Zwischen hohen Bäumen stand ein Wohnhaus, umgeben von einem gepflegten Garten mit sorgfältig beschnittenen Büschen, blühenden Blumenbeeten und smaragdgrünen Rasenflächen. Unweit der Terrasse leuchtete blau ein Swimmingpool, und etwas weiter hinten im Garten befand sich ein Kinderspielplatz mit Schaukeln, Sandkasten, Klettergerüsten und einer Rutsche. Ein friedliches Idyll zwischen Stacheldrahtzäunen, schweren Motorrädern und aggressiven Kampfhunden hinter dicken Gittern. Sehr seltsam. Was war das hier?

Meike machte mit ihrem iPhone ein paar Fotos, dann aktivierte sie die Standortbestimmung bei Google Maps. Sie zoomte das Satellitenbild größer, doch zu ihrer Enttäuschung schien es ein paar Jahre alt zu sein, denn man erkannte weder den Zaun noch den Schrottplatz. Früher musste das Anwesen ein simpler Bauernhof gewesen sein, bevor sich hier irgendeine obskure Organisation verschanzt hatte. Die ganze Sache roch geradezu nach krimineller Energie. Drogen? Geklaute Autos und Motorräder? Menschenhandel? Vielleicht etwas Politisches?

Meike griff wieder nach dem Fernglas und richtete es auf das Haus.

Plötzlich zuckte sie erschrocken zusammen. Hinter einem der Fenster im Erdgeschoss stand jemand, mit einer Hand hielt er ein Fernglas vor die Augen, mit der anderen ein Handy am Ohr. Und dieser Jemand schaute genau in ihre Richtung! Verdammt, man hatte sie entdeckt!

Sie kletterte hastig die Holzleiter hinunter, eine Sprosse knackte und brach, Meike verlor das Gleichgewicht und stürzte rückwärts in die Brennnesseln. Fluchend kam sie wieder auf die Beine, keine Sekunde zu früh, denn vom Wald her näherte sich ein großes schwarzes Auto mit verspiegelten Scheiben, gefolgt von vier Motorrädern. Die Kolonne fuhr aber nicht etwa in den Hof, sondern röhrte geradeaus weiter auf den grasbewachsenen Feldweg, direkt Richtung Hochsitz. Meike zögerte nicht lange und kämpfte sich durch Brennnesseln, dorniges Gestrüpp und Unterholz in den Wald. Angst war eigentlich immer ein Fremdwort für sie gewesen, in ihrer Berliner Zeit hatte sie in einem der übelsten Viertel der Hauptstadt gewohnt, sie wusste sich ihrer Haut zu wehren, wenn sie angegriffen wurde. Aber das hier war etwas anderes. Sie war mitten im Nirgendwo, hatte niemandem erzählt, wohin sie fuhr.

Das Auto und die Motorräder stoppten, Türen öffneten sich. Stimmen. Meike wagte einen Blick zurück, sah Kopftücher, Goldketten, schwarzes Leder, Bärte, Tätowierungen. War die Festung das Hauptquartier einer Rockerbande? Ein Hund bellte, verstummte aber sofort wieder. Es knackte im Unterholz. Die hetzten doch wirklich so eine Kampfbestie hinter ihr her! Meike rannte so schnell sie konnte, und hoffte, sie würde ihr Auto erreichen, bevor das Vieh sie eingeholt und angefallen hatte. Sie zweifelte keine Sekunde daran, dass es auf dem riesigen Grundstück tausend Möglichkeiten gab, ungebetene Gäste spurlos verschwinden zu lassen. Bilder von Jauchegruben, Fässern mit Säure und Betonkübeln zuckten ihr durch den Kopf. Ihren Mini würden die Rocker wahrscheinlich in Windeseile in seine Einzelteile zerlegen und auf dem Schrottplatz verstecken oder gleich mit ihrer Leiche im Kofferraum durch die Schrottpresse jagen. Da sah sie etwas Rotes zwischen den Baumstämmen aufleuchten! Meike hatte das Gefühl, ihr Herz würde jeden Moment aus ihrer Brust springen, sie hatte Seitenstechen und kriegte keine Luft mehr, dennoch gelang es ihr, den Autoschlüssel zu ziehen und auf die Fernbedienung zu drücken. Gleichzeitig schnitt ihr der Hund den Weg ab. Das schwarzgestromte Muskelpaket stürzte mit gefletschten Zähnen auf sie zu, sie sah schneeweiße Zähne, einen weit aufgerissenen dunkelroten Rachen, hörte heiseres Japsen.

»Runter!«, brüllte eine Männerstimme, und Meike gehorchte ohne nachzudenken. In der nächsten Sekunde donnerte ein Schuss ohrenbetäubend laut. Der Hund, der schon zum Sprung angesetzt hatte, schien in der Luft stehen zu bleiben, sein Körper prallte mit einem dumpfen Geräusch gegen den Kotflügel des roten Minis.

»Ich habe Hanna gestern Abend bei der After-Show-Party nach der Sendung zuletzt gesehen.« Der Geschäftsführer der *Herzmann production* GmbH, ein hoch aufgeschossener dünner Mann Ende vierzig mit rasierter Glatze und einem Ziegenbärtchen, für das er eigentlich ein paar Jahre zu alt war, blickte Pia durch die dicken Gläser einer schwarzen Hornbrille aus rotgeränderten Kaninchenaugen an. Kein Zweifel, er hatte eine sehr kurze Nacht hinter sich.

»Wann war das?«

»Gegen elf.« Jan Niemöller, von Kopf bis Fuß in Schwarz gekleidet, zuckte die Achseln. »Vielleicht zehn nach. Ich selbst war nicht mehr auf der Party. Ich kann nicht sagen, wie lang sie geblieben ist.«

»Bis kurz vor Mitternacht«, sagte Irina Zydek, die Assistentin von Hanna Herzmann. »Bevor das Gewitter losging.«

»Hat sie Ihnen gesagt, ob sie noch irgendwohin wollte?«, fragte Pia.

»Nein.« Niemöller schüttelte den Kopf. »Das tat sie nie. Sie machte sowieso immer ein Geheimnis um ihr Privatleben.«

»Du sprichst von ihr, als wäre sie tot«, entrüstete sich Irina Zydek und schnäuzte sich lautstark. »Hanna macht überhaupt kein Geheimnis darum, nur weil sie dir nicht alles auf die Nase bindet.«

Niemöller schwieg gekränkt. Offenbar herrschte zwischen den beiden keine sonderlich große Sympathie.

»Frau Herzmann hatte keine Papiere bei sich, kein Handy und auch keine Handtasche, als man sie gefunden hat«, sagte Pia. »Wir sind über das Autokennzeichen auf die Firma gekommen. Wo wohnt sie?«

»In Langenhain, einem Ortsteil von Hofheim«, erwiderte die Assistentin. »Rotkehlchenweg 14.«

»Was können Sie uns über ihre private Situation sagen?«

»Hanna hat sich vor ein paar Monaten … Ich meine, sie und ihr Mann haben sich getrennt«, antwortete Jan Niemöller.

Pia bemerkte sein kurzes Zögern sofort.

»*Sie* hat sich getrennt – oder *sie* haben sich getrennt?«, hakte sie nach.

»Hanna hat sich von Vinzenz getrennt«, übernahm Irina bestimmt.

»Sie sind ziemlich vertraut mit Ihrer Chefin«, stellte Pia fest.

»Ja, das bin ich. Ich bin seit über fünfzehn Jahren Hannas Assistentin, und Hanna hat nur wenige Geheimnisse vor mir.« Irina Zydek lächelte tapfer, aber ihre Augen glänzten. Sie kämpfte mit den Tränen.

»Haben Sie eine Adresse und Telefonnummer von Herrn Herzmann?«

»Kornbichler«, verbesserte Irina. »Vinzenz Kornbichler. Hanna hat seinen Namen bei der Hochzeit nicht angenommen, sondern ihren behalten. Ich habe leider nur eine Handynummer. Warten Sie, ich suche sie raus.«

Während sie in ihrem Tablet nach der Nummer suchte, ließ Pia ihren Blick durch den großen Konferenzraum schweifen. Hanna Herzmann war omnipräsent. Strahlend schön und selbstbewusst lächelte sie gleich dutzendfach von den schneeweißen Wänden. Was musste es für ein Gefühl sein, das eigene Gesicht permanent vor Augen zu haben? Viele bekannte und erfolgreiche Menschen hatten irgendeine Charakterschwäche. War die von Hanna Herzmann Eitelkeit?

Pia betrachtete die zahlreichen gerahmten Plakate und Fotos und dachte an das grausam misshandelte Gesicht der Frau, die sie schon so häufig im Fernsehen gesehen hatte. Wer mochte ihr das angetan haben?

Vor einer halben Stunde war die Information aus dem Krankenhaus gekommen, dass Hanna Herzmann schwerste innere Verletzungen erlitten hatte, die eine sofortige Notoperation erforderlich gemacht hatten. Details sollten später nach einer ausführlichen rechtsmedizinischen Untersuchung folgen.

Die hemmungslose Brutalität, mit der der Täter vorgegangen war, ließ den Verdacht aufkommen, dass Emotionen im Spiel gewesen sein mussten: Hass, Zorn, Enttäuschung. Und zu solchen Gefühlen war wiederum nur jemand in der Lage, der das Opfer persönlich kannte, vielleicht sogar eine wie auch immer geartete Beziehung zu ihm gehabt haben mochte.

»Gab es sonst irgendwelche Probleme oder Veränderungen in letzter Zeit? Ärger mit jemandem? Drohungen?«, forschte Bodenstein, der sich bis dahin aus dem Gespräch herausgehalten hatte.

Die Assistentin und der Geschäftsführer der Firma hatten den ersten heftigen Schock und das Entsetzen über die schlimme Nachricht überwunden und mauerten. Eine Weile war es ganz still in dem großen Raum. Durch die halbgeöffneten Fenster drang gedämpfter Straßenlärm, eine S-Bahn rauschte vorbei.

»Jeder Mensch, der so erfolgreich ist wie Hanna, hat Neider«, sagte Niemöller ausweichend. »Das ist doch ganz normal.«

»Es ist aber nicht normal, jemanden zusammenzuschlagen, zu vergewaltigen und nackt im Kofferraum seines Autos einzusperren«, erwiderte Bodenstein schonungslos.

Jan Niemöller und Irina Zydek wechselten einen raschen Blick.

»Vor etwa drei Wochen hat Hanna unseren langjährigen Producer entlassen«, räumte Irina schließlich ein. »Aber Norman würde ihr niemals so etwas Furchtbares antun. Er kann ja keiner Fliege etwas zuleide tun. Außerdem … steht er nicht auf Frauen.«

Es erstaunte Pia immer wieder, zu welch unglaublichen Fehleinschätzungen Leute in Bezug auf ihre Mitmenschen fähig waren. Selbst der friedfertigste Mensch konnte zu einem Totschläger oder Mörder werden, wenn er in eine scheinbar ausweglose Situation geriet, in einen emotionalen Ausnahmezustand, den er nicht mehr kontrollieren konnte. Oft spielte dann auch noch der Alkohol eine Rolle, und aus einem Mann, der keiner Fliege etwas zuleide tun konnte, wurde ein brutaler Affekttäter, der in einem Gewaltexzess alle Hemmungen verlor.

»Laut Statistik werden die wenigsten Gewaltverbrechen von eiskalten Profis begangen«, gab Pia zu bedenken. »In den meisten Fällen kommen die Täter aus dem direkten Umfeld des Opfers. Wie heißt der Mann, den Frau Herzmann entlassen hat, und wo können wir ihn finden?«

Irina Zydek diktierte ihr widerstrebend einen Namen und eine Adresse in Bockenheim.

»Ich erinnere mich, Frau Herzmanns Namen erst kürzlich in den Schlagzeilen gelesen zu haben«, sagte Bodenstein. »Ging es da nicht um Gäste ihrer Sendung, die sich schlecht behandelt fühlten?«

»So etwas kommt gelegentlich vor«, wiegelte der Geschäftsführer ab. »Die Leute reden sich vor der Kamera um Kopf und Kragen und merken erst später, was sie da ausgeplaudert haben. Dann beschweren sie sich und das war's.«

Es schien ihn erheblich zu irritieren, dass Bodenstein nicht auch am Tisch saß, sondern im Raum umherschlenderte.

»In dem Fall war es aber doch wohl etwas mehr als nur eine bloße Beschwerde«, insistierte Bodenstein vom Fenster aus. »Frau Herzmann hat die ganze Sache dann in einer Sendung richtiggestellt.«

»Ja, das stimmt.« Jan Niemöller rutschte unbehaglich auf seinem Stuhl hin und her, sein hervorstehender Adamsapfel zuckte auf und ab.

»Wir hätten gerne die Namen und Adressen aller Personen, die sich jemals beschwert haben.« Bodenstein zog eine Visitenkarte hervor und legte sie Niemöller hin. »Es wäre gut, wenn das zeitnah geschehen könnte.«

»Das ist leider eine ziemlich lange Liste«, gab der Geschäftsführer zu. »Wir haben …«

»Ach Gott!«, unterbrach Irina Zydek ihn. »Ich muss Meike anrufen! Sie hat ja keine Ahnung, was passiert ist!«

»Wer ist Meike?«, erkundigte Bodenstein sich.

»Hannas Tochter.« Die Assistentin ergriff ihr Handy und drückte auf eine Taste. »Sie jobbt in den Sommerferien als Produktionsassistentin bei uns. Nachdem Hanna heute Morgen nicht zur Redaktionskonferenz erschienen ist und auch nicht auf dem Handy erreichbar war, ist Meike zu ihr gefahren. Eigentlich hätte sie sich längst melden müssen.«

»Wann kommt der Papa denn endlich?«, fragte Louisa wohl zum zehnten Mal, und jede dieser Fragen traf Emma mitten ins Herz.

»Um zwei Uhr. In fünf Minuten.«

Die Kleine kniete auf der breiten Fensterbank des Küchenfensters, seitdem Emma sie eine Stunde früher als üblich aus der Kita abgeholt hatte, im Arm ihr Lieblingsstofftier, und schaute unablässig hinunter auf die Straße. Sie zappelte vor Ungeduld und schien es gar nicht erwarten zu können, endlich von ihr wegzukommen. Das verletzte Emma beinahe mehr als das Wissen um Florians Untreue.

Louisa war schon immer ein Papa-Kind gewesen, obwohl Florian so wenig da war und sich nur selten um seine Tochter gekümmert hatte. Wenn er jedoch zu Hause war, waren die beiden unzertrennlich, und Emma fühlte sich ausgeschlossen. Hin und wieder war sie fast eifersüchtig gewesen auf diese geradezu symbiotische Verbindung von Vater und Tochter, in der sie sich überflüssig fühlte.

»Da! Ich seh Papas Auto!«, rief Louisa plötzlich und kletterte wieselflink von der Fensterbank herunter. Sie schnappte ihr Täschchen, rannte zur Wohnungstür und hüpfte aufgeregt von einem Bein aufs andere. Ihre Wangen glühten, und als Florian ein paar Minuten später die Treppe hinaufkam, riss sie die Wohnungstür auf und flog ihm in die Arme, jauchzend vor Freude.

»Papi! Papi! Fahren wir in den Zoo, jetzt gleich?«

»Wenn du das möchtest, meine Süße.« Er rieb lächelnd seine Wange an ihrer, und sie schlang ihre Ärmchen um seinen Hals.

»Hallo«, sagte Emma zu ihrem Mann.

»Hallo«, erwiderte der und mied ihren Blick.

»Hier ist Louisas Tasche«, sagte sie. »Ich habe ein paar Kleider eingepackt, einen Schlafanzug und ein zweites Paar Schuhe. Und zwei Windeln. Manchmal braucht sie die nachts noch …«

Der Knoten in ihrem Hals drohte ihre Stimme zu ersticken. Was für eine schreckliche Situation! Würde sich das jetzt alle vierzehn Tage wiederholen – diese kühle, geschäftsmäßige Übergabe? Sollte sie Florian bitten, wieder einzuziehen, und seine Untreue einfach ignorieren? Aber was, wenn er sich nicht darauf einließe? Vielleicht war er ja froh, ihr entronnen zu sein.

»Ist es dir ernst mit der Trennung?«, fragte sie mit belegter Stimme.

»Du hast mich rausgeworfen«, erinnerte er sie, noch immer ohne sie anzusehen. Ein Fremder, dem sie nicht mehr vertraute. Umso schlimmer, ihm nun ihr Kind mitgeben zu müssen.

»Du schuldest mir bis jetzt ja auch noch eine Erklärung.«

Kein Wort von Florian, keine Rechtfertigung, keine Entschuldigung.

»Lass uns nächste Woche reden«, wich er aus, wie üblich.

Louisa zappelte ungeduldig auf Florians Arm.

»Komm, Papa«, drängte sie, ohne zu ahnen, wie grausam die unreflektierten und daher umso ehrlicheren Worte für ihre Mutter waren. »Ich will endlich gehen.«

Emma verschränkte die Arme vor der Brust, kämpfte so hart gegen die aufsteigenden Tränen, dass sie beinahe das Atmen vergaß.

»Pass bitte gut auf sie auf.« Mehr als ein Flüstern kam nicht aus ihrem Mund.

»Ich habe immer gut auf sie aufgepasst.«

»Wenn du mal da warst.« Sie konnte nichts gegen den bitteren Tonfall in ihrer Stimme tun. Zu lange schwelte dieser Vorwurf in ihrem Innern.

Florian und auch seine Eltern verwöhnten Louisa nach Strich und Faden, so dass sie die Einzige war, die dem Kind Regeln aufzeigte und Grenzen setzte. Damit machte sie sich bei Louisa natürlich nicht unbedingt beliebt. »Du warst ja schon immer nur ein Wochenendvater. Den Alltagsstress überlässt du mir und überschüttest sie am Wochenende mit allem, was sie von mir aus pädagogischen Gründen nicht bekommt. Das ist wirklich unfair.«

Endlich sah er sie an. Sagte jedoch nichts.

»Wo fährst du mit ihr hin?«

Sie hatte ein Recht, das zu erfahren, das wusste sie von der Frau vom Jugendamt und einer Anwältin für Familienrecht, mit denen sie letzte Woche lange telefoniert hatte. Um einem Elternteil das Umgangsrecht zu verweigern, mussten schwerwiegende Gründe vorliegen, so etwas wie Alkohol- oder Drogenmissbrauch. Die Jugendamtsmitarbeiterin hatte ihr erklärt, dass bei kleineren Kindern die Übernachtung außer Haus oft nicht gestattet würde, aber das läge in ihrem Ermessen.

Eine ganze Weile hatte sie überlegt, ob sie darauf bestehen sollte, dass Florian Louisa am Abend zurückbringen musste, aber dann hatte sie es gelassen. Louisa freute sich seit Tagen auf das Wochenende mit ihrem Papi, und das Letzte, was Emma wollte, war, ihre Tochter zum Opfer der egoistischen Machtspiele ihrer Eltern zu machen.

»Ich habe eine Wohnung in Sossenheim«, sagte Florian kühl. »Eine Einliegerwohnung im Souterrain. Zwar nur zwei Zimmer, Küche und Bad, aber das reicht wohl aus.«

»Und wo wird Louisa schlafen? Willst du ihr Reisebett mitnehmen?«

»Sie schläft bei mir.« Er setzte das Kind ab und ergriff die Tasche, die Emma gepackt hatte. »Das hat sie doch bis jetzt auch jede Nacht getan, wenn ich da war.«

Das stimmte. Nacht für Nacht war Louisa in ihrem Schlafzimmer aufgetaucht, und Florian hatte sie immer bei sich schlafen lassen, obwohl Emma dagegen protestiert und gesagt hatte, das Kind müsse sich an sein Bett gewöhnen. Morgens, wenn sie aufstand, schmusten die beiden noch, kicherten und tobten miteinander. Genauso würden sie also heute Nacht und morgen Nacht schlafen. Mit einem Unterschied: Sie selbst würde nicht dabei sein. Und ganz plötzlich zuckte ein Wort durch ihren Kopf, ein hässliches, ein ekelhaftes Wort, das die Mitarbeiterin des Jugendamtes erwähnt hatte, als sie die Gründe aufgezählt hatte, aus denen einem Elternteil das Umgangs- und Besuchsrecht entzogen werden konnte.

»Hast du dir mal überlegt, welchen Eindruck das machen kann?«, hörte Emma sich sagen. »Ein erwachsener Mann und ein kleines Mädchen allein in einer Wohnung? In *einem* Bett?«

Sie bemerkte, wie Florians Kiefermuskulatur vibrierte, sein Blick flackerte. Einen Moment starrten sie sich stumm an.

»Du bist ja krank«, sagte er voller Verachtung.

Unten ging eine Tür.

»Florian?« Die Stimme der Schwiegermutter hallte im Hausflur.

Louisa griff nach der Hand ihres Vaters.

»Ich muss noch Oma und Opa tschüs sagen!« Sie zog Florian zur Tür.

Emma ging in die Hocke und strich ihrer Tochter über die Wange, aber die hatte keine Augen mehr für sie.

»Viel Spaß«, wünschte Emma.

Keine Sekunde länger würde sie die Tränen zurückhalten können. Sie ließ Mann und Tochter stehen und flüchtete in die Küche. Aber sie konnte dem Drang, ihnen nachzusehen, nicht widerstehen. Durchs Küchenfenster beobachtete sie, wie Florian Louisa im Kindersitz auf dem Rücksitz seines Autos festschnallte. Sein Vater stand auf den Stufen vor der Haustür, seine Mutter war bis zum Auto mitgegangen und reichte ihm lächelnd die Tasche mit Louisas Sachen. Was hatte er ihnen wohl erzählt? Ganz sicher nicht die Wahrheit.

Dann stieg Florian ein, setzte zurück und fuhr davon. Durch einen Tränenschleier sah Emma ihre Schwiegereltern dem verschwindenden Auto nachwinken. Sie presste die Faust gegen den Mund und begann zu schluchzen.

Ich habe meinen Mann verloren, dachte sie. Und jetzt verliere ich auch noch mein Kind.

Christian Kröger und sein Team warteten schon vor dem Haus, als Pia und Bodenstein im Rotkehlchenweg eintrafen.

»Was macht ihr denn hier?«, fragte Kröger überrascht. »Ist sie tot?«

»Wen hast du denn erwartet?«, fragte Bodenstein zurück.

»Na ja. Irgendjemand von den 13ern«, erwiderte er.

Die Kollegen vom K13 waren für Sexualdelikte zuständig, aber zwei von ihnen waren im Urlaub und der dritte nicht besonders traurig, dass die 11er den Fall übernommen hatten.

»Du musst leider mit uns vorliebnehmen«, sagte Bodenstein.

Irina Zydek hatte ihnen einen Haustürschlüssel ausgehändigt, nachdem sie vergeblich versucht hatte, Meike Herzmann zu erreichen. Das Haus, das ein Immobilienmakler wohl als ›Unternehmervilla‹ angepriesen hätte, stand am Ende einer Stichstraße, direkt am Wald, und hatte schon bessere Zeiten gesehen. Das Dach war von moosigen Flechten überzogen, der weiße Verputz hatte grünliche Flecken, die Wegplatten bis zum Haus und die Treppenstufen aus Travertin schrien geradezu nach einer gründlichen Dampfstrahlerreinigung.

»Als Erstes würd ich mal hier die Tannen fällen«, sagte Pia. »Die nehmen ja alles Licht weg.«

»Ich konnte noch nie verstehen, weshalb sich Leute Tannen in die Vorgärten pflanzen«, fand auch Bodenstein. »Schon gar nicht dann, wenn man ohnehin so nah am Wald wohnt.«

Er steckte den Schlüssel ins Schloss der Haustür.

»Stopp! Weg von der Tür!«, brüllte Kröger hinter ihnen mit einem geradezu panischen Unterton in der Stimme. Bodenstein ließ den Schlüssel los, als habe er sich verbrannt, Pia fuhr erschrocken herum und griff instinktiv nach ihrer Waffe. Hatte Kröger irgendwelche Drähte gesehen, die zum Zündmechanismus einer Bombe gehörten, oder lauerte ein Scharfschütze im Gebüsch?

»Was ist denn los?« Pia war der Schreck in alle Glieder gefahren.

»Ihr zieht Overalls und Überzieher für die Schuhe an.« Kröger kam mit zwei in Plastik verschweißten Tatortgarnituren auf sie zu. »Muss ja nicht sein, dass ihr da überall eure Haare und Hautschuppen verteilt.«

»Sag mal, drehst du langsam durch?«, fuhr Bodenstein seinen Kollegen vom Ermittlungsdienst verärgert an. »Ich hab mich beinahe zu Tode erschreckt, so wie du hier rumschreist!«

»Entschuldigung.« Christian Kröger zuckte die Achseln. »Hab ein bisschen wenig Schlaf gekriegt in den letzten Tagen.«

Pia steckte ihre Waffe weg, nahm ihm kopfschüttelnd ein Päckchen aus der Hand und riss es auf. Vor der Eingangstür zogen sie und Bodenstein die Overalls über und schlüpften in Plastikschuhüberzieher.

»Dürfen wir jetzt eintreten?«, fragte Bodenstein übertrieben höflich.

»Macht euch nur lustig«, knurrte Kröger. »Ihr müsst euch ja auch nicht mit den Erbsenzählern aus der Controlling-Abteilung rumschlagen, wenn wir zum zwanzigsten Mal eine DNS-Analyse von euch im Labor haben, nur weil ihr eure genetischen Mikrospuren an irgendwelchen Tatorten verstreut.«

»Schon gut«, besänftigte Pia den Kollegen.

Das Haus war von innen sehr viel größer, als es von außen den Anschein machte. Travertin, Schmiedeeisen und dunkles Holz dominierten eine große, düstere Eingangshalle mit einer Treppe in den oberen Stock. Pia blickte sich um, dann ging sie zu der Anrichte, die links neben der Eingangstür stand.

»Heute hat schon jemand die Post aufgehoben und hierhergelegt«, stellte sie fest. »Die wird wohl durch den Briefschlitz an der Haustür geworfen.«

»Wahrscheinlich war das die Tochter.« Bodenstein betrat die Küche. Auf dem Küchentisch erblickte er benutzte Gläser und vier leere Bierflaschen, in der Spüle Teller und Besteck mit Essensresten. Im Wohnzimmer lag auf der schwarzen Ledercouch eine zerknüllte Webpelzdecke, als habe dort jemand ein Schläfchen gehalten. Auf dem Wohnzimmertisch weitere Gläser und ein Aschenbecher mit ein paar Kippen. Ein wahres DNS-Paradies für Krögers Leute.

Von den bodentiefen Fenstern blickte man über eine Terrasse in einen weitläufigen Garten. Das Arbeitszimmer, das sich auf der anderen Seite der Eingangshalle befand, wirkte im Vergleich zum Rest des Hauses unaufgeräumt. Papierstöße, Aktenordner, die Schubladen eines Rollcontainers standen offen, der Inhalt eines Papierkorbs lag verstreut auf dem Fußboden. Pia ließ ihren Blick durch den Raum wandern. Es war nur ein Instinkt, undefinierbar und beunruhigend, aber sie hatte schon so viele Tatorte gesehen, dass sie auch ohne offensichtliche Kampf- oder Blutspuren ein Ungleichgewicht, eine Störung bemerkte, fast sogar körperlich spürte.

»Hier war jemand«, sagte sie zu Bodenstein. »Jemand Fremdes. Er hat den Schreibtisch und die Papiere durchsucht.«

Ihr Chef fragte nicht, weshalb sie das glaube. Sie arbeiteten schon lange zusammen, und häufig genug hatte Pia mit ihren intuitiven Vermutungen recht behalten.

Sie betraten den Raum. Auch hier waren die Wände mit gerahmten Fotografien der Hausherrin gepflastert, dazwischen gab es aber auch Familienfotos. Verschiedene Männer, aber immer dasselbe Mädchen, vom Kindes- bis zum jungen Erwachsenenalter.

»Das dürfte Meike sein.« Pia betrachtete die Fotos. Ein fröhliches, lachendes Kind, das sich in einen dicken, pickligen Teenager mit mürrischem Gesichtsausdruck verwandelt hatte und sich im Schatten der strahlend schönen Mutter nicht wohl zu fühlen schien. »Und Männer scheint es ja einige in ihrem Leben gegeben zu haben.«

»Herrn Herzmann und Herrn Kornbichler auf jeden Fall«, sagte Bodenstein und bückte sich, um einen Blick unter den Schreibtisch zu werfen. »Ich sehe keinen Laptop oder PC.«

»Vielleicht hat sie den in ihrem Schlafzimmer. Oder er wurde geklaut.«

Pia trat neben ihren Chef und betrachtete die verstreuten Papiere. Notizen, Recherchematerialien, Verträge, Entwürfe für einen Vortrag oder eine Moderation – alles handschriftlich.

»Ob jemand wie Hanna Herzmann es nötig hat, sich mit irgendwelchen Männern zu anonymen Sex an einer Autobahnraststätte zu treffen?«, überlegte Pia laut. »Die hat doch kein Problem, einen Mann zu finden.«

»Darum geht es dabei doch auch gar nicht«, entgegnete Bodenstein. »Leuten, die das tun, geht's nicht um einen Partner, sondern um den Kick. Den Reiz. Die Gefahr. Wer weiß, vielleicht suchte sie genau das.«

Pias Handy klingelte. Es war die Rechtsmedizinerin, die Hanna Herzmann vor der OP untersucht hatte. Pia stellte das Handy laut, sie und Bodenstein lauschten mit wachsender Abscheu dem Bericht. Hanna war nicht einfach vergewaltigt worden, was ja an und für sich schon schlimm genug war. Nein, der Täter hatte sie vaginal und rektal mit einem Gegenstand missbraucht und ihr dabei die schweren inneren Verletzungen zugefügt. Außerdem war sie aufs Brutalste geschlagen und getreten worden, davon zeugten Frakturen des Gesichtsknochens, der Rippen, des Brustbeins und des rechten Oberarms. Die Frau war durch eine wahre Hölle gegangen und hatte sie nur mit sehr viel Glück überlebt.

»Das war der pure Hass«, sagte Pia, als sie das Gespräch beendet hatte. »Ich bin todsicher, dass da Persönliches im Spiel war.«

»Ich weiß nicht.« Bodenstein wollte die Hände in die Hosentaschen stecken, musste aber feststellen, dass der Overall keine dafür vorgesehenen Schlitze hatte. »Der Missbrauch mit einem Gegenstand ist nicht persönlich.«

»Vielleicht war der Täter physisch nicht in der Lage, sie zu vergewaltigen«, mutmaßte Pia. »Oder er war schwul.«

»Wie Norman, der ehemalige Mitarbeiter.«

»Genau.«

»Mit dem müssen wir jetzt sofort reden.«

Sie setzten den Rundgang durch das Haus fort, fanden im Obergeschoss aber nichts, was darauf hindeutete, dass auch hier ein Fremder gewesen war. Im Schlafzimmer war das Bett unbenutzt, Kleider hingen herum und im Bad war auch nichts Ungewöhnliches festzustellen. Die anderen Zimmer schienen unberührt. Im Keller gab es eine Sauna, einen Heizungskeller, einen Hauswirtschaftsraum, ein Hallenschwimmbad und einen Raum, in dem neben einer Kühltruhe Regale voller Kartons standen. Bodenstein und Pia machten sich wieder auf den Weg nach oben.

»Was ist denn hier los?« In der geöffneten Haustür stand eine junge, dunkelhaarige Frau und blickte sich konsterniert um. »Was soll das? Was tun Sie hier?«

Bodenstein und Pia nahmen die Kapuzen ab.

»Wer sind Sie?«, fragte Pia, obwohl sie das Gesicht sofort erkannt hatte. Hanna Herzmanns Tochter hatte sich vom pubertären Trotzkopf auf den Fotos im Arbeitszimmer ihrer Mutter zu einer jungen Erwachsenen entwickelt. Sie sah so aus, als habe sie geweint. Der verwischte Eyeliner hatte schwarze Flecken auf ihren Wangen hinterlassen. Wusste sie etwa schon Bescheid?

»Wer sind denn *Sie*?«, entgegnete Meike Herzmann in einem herrischen Tonfall, der diese Annahme Lügen strafte. »Können Sie mir das hier mal erklären?«

Ihrer Mutter sah sie nicht ähnlich. Mit den grauen Augen und dem aschblonden Haar wirkte sie farblos, in ihrem Gesicht passte nichts richtig zusammen: Das Kinn war zu spitz, die Nase zu lang, die Augenbrauen zu kräftig. Bemerkenswert war einzig ihr Mund mit sehr vollen Lippen und perfekten schneeweißen Zähnen, unzweifelhaft das Ergebnis eines jahrelangen Zahnspangenmartyriums.

»Ich bin Pia Kirchhoff von der Kriminalpolizei Hofheim. Das ist mein Chef, Kriminalhauptkommissar Bodenstein. Und Sie sind Meike Herzmann?«

Die junge Frau nickte, verzog das Gesicht und kratzte sich am Oberarm. Ihre Arme, kaum dicker als die eines zwölfjährigen Kindes, waren stark gerötet und voller Pusteln, womöglich litt sie unter Neurodermitis.

»Wohnen Sie hier?«

»Nein. Bin nur den Sommer über hier.« Während sie sprach, folgten ihre Augen den Beamten der Spurensicherung, die im Haus herumliefen. »Also, was ist hier los?«

»Ihrer Mutter ist etwas zugestoßen …«, begann Pia.

»Ach?« Meike Herzmann blickte sie an. »Ist sie tot?«

Für einen Moment war Pia geschockt über die mitleidslose gleichgültige Kälte, mit der sie diese knappe Frage so spontan hervorgebracht hatte.

»Nein, sie ist nicht tot«, übernahm Bodenstein. »Sie wurde überfallen und vergewaltigt.«

»Das musste ja mal kommen.« Der Blick der jungen Frau war hart wie Granit, sie schnaubte geringschätzig. »So, wie meine Mutter ihr Leben lang mit den Männern umgesprungen ist, wundert mich das gar nicht.«

Leonie Verges schaute verärgert auf die Uhr. Seit einer halben Stunde warteten sie nun auf Hanna Herzmann. Hätte sie nicht wenigstens kurz per SMS Bescheid geben können, dass sie sich verspäten würde? Auf den heutigen Tag hatten sie seit Wochen hingearbeitet, sie selbst seit Monaten, wenn nicht gar Jahren.

Als Leonie ihre Patientin Michaela damals, vor elf Jahren, in der Psychiatrischen Klinik in Eltville kennengelernt hatte, hatte sie nicht geahnt, welch große Aufgabe diese Frau werden sollte. Sie hatte schon früh nach ihrem Studium damit begonnen, mit traumatisierten Menschen zu arbeiten, aber ihr war bis dahin noch niemand mit einem so ungewöhnlichen Krankheitsbild begegnet. Michaela hatte einen großen Teil ihres Lebens in psychiatrischen Kliniken verbracht, doch die schwammigen Diagnosen reichten von Schizophrenie über paranoide Persönlichkeitsstörung, autoaggressive Charakterneurose, schizoaffektive Störungen bis hin zu Autismus. Jahrzehntelang war die Frau mit stärksten Psychopharmaka behandelt worden, ohne dass tatsächlich festgestellt worden war, woher ihr krankhaftes Verhalten wirklich kam und was die Schübe jeweils auszulösen vermochte.

In zahllosen Gesprächen hatte Leonie schließlich in Bruchstücken erfahren, was Michaela widerfahren war. Es hatte sie auf eine harte Geduldsprobe gestellt, dass die Frau keine durchgängige Erinnerung zu haben schien; an manchen Tagen schien ein völlig anderer Mensch vor ihr zu sitzen, der sich anders benahm und anders sprach, nicht mehr wusste, worüber sie in der letzten Therapiestunde gesprochen hatten. Mehr als einmal war Leonie kurz davor gewesen, die Therapie abzubrechen und aufzugeben, doch dann hatte sie begriffen, was mit ihrer komplizierten Patientin wirklich los war: Michaelas Ich bestand aus vielen verschiedenen Persönlichkeitsanteilen, die unabhängig voneinander existierten. Hatte ein Persönlichkeitsanteil die Kontrolle über ihr Bewusstsein übernommen, waren andere vollständig in den Hintergrund gedrängt, ja, sie wussten nicht einmal voneinander.

Michaela selbst war von Leonies Diagnose völlig schockiert gewesen, hatte voller Abwehr reagiert, aber es gab keinen Zweifel. Nach dem Klassifikationssystem der *American Psychiatric Association*, der DSM-IV, gehörte ihr Krankheitsbild zur schwersten Form der Dissoziation; Michaela litt unter einer multiplen Persönlichkeitsstörung, die auch als dissoziative Identitätsstörung bezeichnet wurde.

Zwei Jahre hatte es gedauert, bis Leonie endlich herausgefunden hatte, was mit Michaela los war, doch dann wurde es erst richtig schwierig, denn ihre Patientin wollte zuerst nicht akzeptieren, dass die großen Zeiträume, die ihr in ihrer Erinnerung fehlten, von anderen Teilen ihres Ichs erlebt worden waren. Sehr früh war Leonie klar gewesen, dass die Frau Entsetzliches erlebt haben musste, das zu dieser extremen Aufspaltung ihrer Persönlichkeit geführt hatte, und tatsächlich war das Bild, das sich schließlich aus Dutzenden von Erinnerungsbruchstücken ergab, so grausam und schrecklich, dass Leonie oft versucht gewesen war, am Wahrheitsgehalt dieser Geschichte zu zweifeln. Unmöglich, dass ein Mensch so etwas er- und überleben konnte! Michaela hatte es überlebt, indem ihre Seele schon in frühester Kindheit diese Erlebnisse abgespalten, also dissoziiert hatte. Auf diese Weise konnten besonders Kinder traumatische Ereignisse wie Krieg, Mord, schwere Unfälle und Katastrophen ertragen.

Nach über zehn Jahren war Michaela nicht geheilt, aber sie wusste, was mit ihr los war, was einen »Switch«, wie man das Umschalten von einer Identität zur anderen bezeichnete, auslöste, und kam damit zurecht. Sie hatte gelernt, die anderen Persönlichkeitsanteile zu akzeptieren. Jahrelang hatte sie völlig normal gelebt. Bis zu dem Tag, an dem das tote Mädchen im Main gefunden worden war.

Leonie ergriff ihr Telefon. Sie musste Hanna Herzmann erreichen, denn Michaela konnte hier nicht ewig im Hof sitzen und auf sie warten. Der Entschluss, den sie vor drei Wochen gefasst hatte, war mutig – und gefährlich zugleich. Die Entscheidung, die ganze Geschichte in die Öffentlichkeit zu bringen, konnte für alle Beteiligten schwerwiegende Folgen haben, aber Michaela und alle anderen waren sich dieser Gefahr bewusst.

Das Handy von Hanna war noch immer ausgeschaltet, Leonie versuchte es wieder unter ihrer Festnetznummer. Fünf Mal tutete es, dann wurde abgenommen.

»Herzmann.«

Eine Frauenstimme, aber nicht die von Hanna.

»Äh … ist … äh … könnte ich Hanna Herzmann sprechen?«, stammelte Leonie überrascht.

»Mit wem spreche ich?«

»Verges. Ich … äh … Frau Herzmann ist bei mir in Behandlung. Sie hätte um sechzehn Uhr einen Termin gehabt.«

»Meine Mutter ist nicht da. Tut mir leid.«

Bevor Leonie noch etwas sagen konnte, hörte sie nur noch das Besetztzeichen. Die Frau, offenbar Hannas Tochter, hatte einfach aufgelegt. Seltsam. Besorgniserregend. Leonie konnte Hanna Herzmann zwar nicht besonders gut leiden, aber nun machte sie sich ernsthafte Sorgen. Irgendetwas musste passiert sein. Etwas, das so gravierend war, dass es Hanna davon abhielt, zu diesem wichtigen Termin zu kommen. Denn heute hätte sie Michaela das erste Mal persönlich treffen sollen.

»Frau Herzmann?« Die Bullentante klopfte an die Tür des Gäste-WC. »Ist alles in Ordnung?«

»Ja«, erwiderte Meike und drückte auf die Klospülung.

»Wir gehen jetzt«, sagte die Polizistin. »Kommen Sie bitte heute noch nach Hofheim aufs Kommissariat, damit wir Ihre Aussage zu Protokoll nehmen können.«

»Ja. Mach ich.«

Meike betrachtete ihr Gesicht im Spiegel über dem Waschbecken und verzog den Mund. Fleckige Haut, geschwollene Lider, verschmierte Mascara – sie sah zum Kotzen aus. Ihre Hände zitterten, und noch immer hatte sie ein Pfeifen im Ohr, vielleicht hatte der Schuss, der keine fünfzehn Meter von ihr entfernt abgefeuert worden war, ihre Trommelfelle zerfetzt. Der Förster hatte ihr das Leben gerettet, dabei hatte er ihr eigentlich den Marsch blasen wollen, weil sie mit ihrem Auto mitten in den Wald gefahren war. Noch weniger als Leute, die mit Autos im Wald herumfuhren, mochte er jedoch freilaufende Hunde während der Schonzeit. Da kannte er kein Pardon.

Auf der Suche nach dem Eyeliner kramte Meike in ihrer Tasche und stieß dabei auf den unseligen Zettel, der heute bei der Post gelegen hatte. Sollte sie ihn der Polizei geben? Nein, besser nicht. Hanna verstand absolut keinen Spaß, wenn es um irgendwelche Recherchen für ihre Sendung ging, und sie würde ihr den Kopf abreißen, wenn sie ausgerechnet den Bullen etwas über ein noch geheimes Projekt verriet. Und falls dies tatsächlich mit der Rockerbande zu tun haben sollte, dann war die Polizei sicherlich die schlechtmöglichste Adresse.

Meike gab den Versuch auf, sich neu zu schminken. Das Zittern wurde stärker. Sie ließ kaltes Wasser über ihre Handgelenke laufen.

Den Rockern war sie um Haaresbreite entkommen, weil sie einfach davongefahren war. Vielleicht hatte der Förster sich das Kennzeichen ihres Autos gemerkt, aber er würde es wohl kaum diesen Rockertypen verraten. Auf der Rückfahrt hatte sie vor Wut geheult und war direkt nach Langenhain gefahren, um ihre Mutter zur Rede zu stellen. Aber statt ihr waren die Bullen im Haus, behaupteten, dass Hanna überfallen und vergewaltigt worden sei, und stellten blöde Fragen.

Meike war klar, wie ihre gleichgültige Reaktion auf die beiden Polizisten gewirkt haben musste, sie kannte den Ausdruck, den sie in ihren Augen gesehen hatte, nur zu gut: Es war Abscheu. Oft sahen Menschen sie auf diese Weise an, und sie war selbst schuld daran, weil sie es mit ihrem ruppigen Verhalten provozierte.

Früher hatte sie versucht, zu jedem höflich und nett zu sein. Auch wenn es in ihrem Innern ganz anders ausgesehen hatte, hatte sie gelächelt und gelogen. In ihrer fetten Phase hatten die Seelenklempner ihr erklärt, sie sei nur deshalb so dick, weil sie alles in sich hineinfraß. Damals hatte sie damit begonnen, genau das zu sagen, was sie dachte. Zuerst hatte sie es aus der festen Überzeugung heraus getan, es würde ihr helfen, ehrlich und aufrichtig zu sein, aber mit der Zeit hatte sie eine geradezu boshafte Freude dabei empfunden, andere Menschen vor den Kopf zu stoßen, obwohl sie sich damit selbst hochgradig unbeliebt machte. Und jetzt war sie eben nicht schockiert über das, was die Bullen ihr gerade erzählt hatten. Im Gegenteil. Es vervielfachte ihren Zorn auf Hanna. Warum musste sie sich auch mit solchen Leuten – mit diesen Asozialen, mit gestörten Psychos und Kriminellen – einlassen, wie sie es immer wieder tat? Wer sich in Gefahr begibt, kommt darin um, das war eines von diesen dämlichen Sprichwörtern, mit denen ihr Vater ständig um sich warf, aber es hatte leider einen wahren Kern.

Auf die Frage der Polizisten, ob Hanna Feinde oder in der letzten Zeit Streit mit jemandem gehabt hatte, hatte Meike Norman genannt und Jan Niemöller, der gestern Abend im Auto auf dem Parkplatz gewartet und Hanna abgepasst hatte, als sie aus dem Funkhaus gekommen war. Sie hatte auch den Namen ihres aktuellen Stiefvaters erwähnt und erzählt, dass neulich jemand Hannas Auto zerkratzt hatte.

Sie dachte wieder an den Zettel. Hatte Hanna irgendetwas über diese Rocker herausgefunden oder etwas getan, was den Zorn dieser Bande provoziert hatte? War sie von denen überfallen worden? Hätte sie der Polizei doch etwas darüber sagen sollen?

Meikes Knie zitterten so stark, dass sie sich auf den geschlossenen Klodeckel setzen musste. Die Angst, die sie einigermaßen verdrängt hatte, kehrte zurück und flutete in einer schwarzen Welle über sie hinweg. Ihr wurde übel. Sie schlang die Arme um ihren Oberkörper und beugte sich nach vorne.

Hanna war zusammengeschlagen und vergewaltigt worden, man hatte sie bewusstlos, nackt und gefesselt im Kofferraum ihres Autos gefunden. Oh Gott! Das konnte nicht wahr sein! Das *durfte* einfach nicht wahr sein! Sie würde nicht ins Krankenhaus gehen, niemals! Sie wollte ihre Mutter nicht so sehen, so schwach und krank.

Aber – was sollte sie bloß tun? Sie *musste* mit jemandem über all das sprechen – nur mit wem? Plötzlich flossen die Tränen, sie strömten über ihre Wangen und ließen sich nicht mehr stoppen.

»Mama«, schluchzte Meike. »Ach, Mama, was soll ich nur machen?«

Ihr Handy summte ununterbrochen in ihrer Tasche. Sie zog es hervor. Irina! Dreizehn Anrufe, vier Nachrichten. Nein, mit der wollte sie sicherlich nicht reden. Ihr Vater fiel auch aus, und Freundinnen, mit denen sie über so was sprechen konnte, hatte sie keine. Mit einem Stück Klopapier wischte sie sich die Tränen ab, dann rief sie das Telefonbuch auf, scrollte von A abwärts. Bei einem Namen blieb sie hängen. Natürlich! Einen Menschen gab es, den sie anrufen konnte! Warum hatte sie nicht eher daran gedacht?

Der soziale Abstieg des Vinzenz Kornbichler war immens. Von der großzügigen Villa am Waldrand hatte ihn das Schicksal auf die Schlafcouch einer Zwei-Zimmer-Wohnung im dreizehnten Stock eines Wohnsilos im Schwalbacher Limesviertel katapultiert. Als er die Tür öffnete und vor ihnen stand, konnte Pia nachvollziehen, was Hanna Herzmann an dem Mann gefallen haben mochte, zumindest rein optisch. Vinzenz Kornbichler war etwa Anfang vierzig und zweifellos attraktiv, auf eine kernige, jungenhafte Art: braune Hundeaugen, dichtes dunkelblondes Haar, ein sympathisches, ja hübsches Gesicht.

»Kommen Sie rein.« Sein Händedruck war fest, der Blick direkt. »Ich kann Sie leider nicht ins Wohnzimmer bitten, ich hab hier nur vorübergehendes Asyl.«

Bodenstein und Pia folgten ihm in ein kleines, spärlich möbliertes Zimmerchen. Schlafcouch, Schrank und ein kleiner Schreibtisch, an der Wand ein schmaler Spiegel, hinter der Tür ein zusammengeklapptes Bügelbrett und ein Wäscheständer.

»Seit wann wohnen Sie hier?«, erkundigte sich Pia.

»Seit ein paar Wochen«, antwortete Vinzenz Kornbichler.

»Und warum? Sie und Ihre Frau haben doch ein schönes Haus.«

Kornbichler verzog das Gesicht. Die muskulösen Oberarme verrieten zahllose Stunden im Fitnessstudio, seine gepflegte Kleidung und die sorgfältig manikürten Hände zeigten, dass er großen Wert auf sein Äußeres legte.

»Meine Frau ist meiner überdrüssig geworden«, sagte er leichthin, doch in seiner Stimme schwang ein bitterer Unterton mit. »Sie neigt dazu, alle paar Jahre ihre Männer auszutauschen. Wegen einer Lappalie hat sie mich vor die Tür gesetzt und alle Konten gesperrt. Nach sechs Jahren, in denen ich *alles* für sie getan habe.«

»Was war das für eine Lappalie?«, wollte Pia wissen.

»Hach, völlig unwichtig, so 'n kleiner Seitensprung, hat sie ein Riesendrama draus gemacht«, erwiderte er ausweichend und sah an ihr vorbei in den Spiegel. Ihm schien zu gefallen, was er da sah, denn er lächelte zufrieden.

Auf den Grund seines Rauswurfs aus dem Paradies ging er nicht weiter ein, dafür beklagte er sich über die ungerechte Behandlung, die ihm widerfahren war, und schien überhaupt nicht zu merken, wie verdächtig er sich mit jedem Wort machte.

»Das klingt so, als seien Sie ziemlich wütend«, stellte Pia fest.

»Natürlich bin ich sauer«, gab Vinzenz Kornbichler zu. »Meiner Frau zuliebe habe ich meine Firma aufgegeben, und jetzt stehe ich da, ohne Wohnung, ohne Geld, ohne alles! Und sie geht nicht mal mehr ans Telefon, wenn ich sie anrufe.«

»Wo waren Sie gestern Nacht?«, wollte Bodenstein wissen.

»Gestern Nacht?« Kornbichler sah ihn überrascht an. »Wann?«

»Zwischen dreiundzwanzig Uhr und drei Uhr morgens.«

Der Mann von Hanna Herzmann furchte nachdenklich die Stirn.

»Ich war in einem Bistro in Bad Soden«, sagte er nach kurzem Nachdenken. »Ab halb elf ungefähr.«

»Bis wann?«

»Ich weiß nicht genau. Halb eins, eins vielleicht. Wieso wollen Sie das wissen?«

»Gibt es Zeugen dafür, dass Sie dort gewesen sind?«

»Ja, natürlich. Ich war mit ein paar Kumpels dort. Und die Bedienung kann sich ganz sicher auch an mich erinnern. Ist etwas passiert?«

Pia warf ihm einen scharfen Blick zu. Seine Arglosigkeit schien echt, aber vielleicht war er auch einfach nur ein guter Schauspieler. Konnte es sein, dass er überhaupt nicht wusste, was geschehen war, und weshalb sie mit ihm hatten sprechen wollen?

»Was für ein Auto fahren Sie?«, fragte Pia.

»Einen Porsche. Einen 911er, S 4, Cabrio.« Vinzenz Kornbichler grinste unfroh. »Bis sie mir auch den abnimmt.«

»Und wo waren Sie, bevor Sie nach Bad Soden gefahren sind?« Bodenstein stellte genau die Frage, die Pia als Nächstes hatte stellen wollen. Manchmal, dachte Pia mit einem Anflug von Belustigung, waren Bodenstein und sie wie ein altes Ehepaar. Eigentlich kein Wunder, nach Hunderten von gemeinsamen Vernehmungen und Befragungen.

Die Frage war Kornbichler sichtlich unangenehm.

»Ich bin ein bisschen durch die Gegend gefahren«, wich er aus. »Warum ist das wichtig?«

»Ihre Frau ist gestern überfallen und vergewaltigt worden«, sagte Pia nun. »Man hat sie heute Morgen schwer verletzt und bewusstlos im Kofferraum ihres Autos gefunden. Und der Nachbar Ihrer Frau hat uns eben erzählt, dass Sie gestern am Haus gewesen sind.«

Markus Maria Frey hatte den schicken Zwirn gegen Jeans und ein Schul-T-Shirt getauscht und stand mit zwei anderen Vätern am Gasgrill. Er hatte sich die ganze Woche schon auf das Schulfest gefreut. Trotz seines straffen Terminkalenders nahm er sich immer Zeit für seine Kinder, er war der Vorsitzende des Schulelternbeirats und hatte das Fest maßgeblich mit organisiert. Alle Erlöse aus dem Verkauf von Essen und Getränken und sämtliche Spenden sollten dem Neubau der Schulbibliothek zugutekommen. Die Schlange vor dem Grill wollte nicht abreißen. So schnell konnten sie kaum Grillgut nachlegen, wie es ihnen aus den Händen gerissen wurde. Die Königsteiner waren großzügig und spendierfreudig, wenn es um einen wohltätigen Zweck ging, und in der Schulelternschaft hatte man beschlossen, die eingenommene Summe aufzurunden.

Das Wetter spielte mit, die Stimmung war ausgelassen und fröhlich.

Frey blieb am Grill, bis seine Ablösung kam, danach war er als Schiedsrichter und Helfer bei den Wettbewerben am Sportplatz eingeteilt. Sackhüpfen, Schubkarrenrennen, Apfeltauchen, Tauziehen. Die Kinder und ihre Eltern hatten einen Heidenspaß, und Markus Maria Frey machte es mindestens genauso viel Spaß, dabei zuzusehen. Wie eifrig und konzentriert die Kleinen waren! Rote Backen, leuchtende Augen, fröhliches Kinderlachen – was gab es Schöneres? Sie drängten sich um ihn, wenn die Siegerehrung stattfand, aber er hatte auch für die Kinder, die verloren hatten, Trostpreise und aufmunternde Worte. Kinder gaben dem Leben erst einen Sinn.

Der Nachmittag verflog im Nu. Hier galt es Tränen der Enttäuschung zu trocknen, dort ein Pflaster auf ein aufgeschlagenes Knie zu kleben oder einen Streit zu schlichten.

»Also, wenn es Ihnen mal in der Staatsanwaltschaft langweilig wird, dann sind Sie bei uns in der Kita jederzeit herzlich willkommen«, sagte jemand hinter ihm. Frey wandte sich um und blickte in das lächelnde Gesicht von Frau Schirrmacher, der Leiterin des städtischen Kinderhorts.

»Hallo, Frau Schirrmacher.« Er lächelte auch.

»Danke!«, zwitscherte die Kleine, der er gerade einen Zopf neu geflochten hatte und hüpfte davon.

»Die Kinder hängen ja an Ihnen wie die Kletten.«

»Ja, das stimmt.« Er blickte dem Mädchen nach, das sich wieder mit Begeisterung in das Getümmel auf der Hüpfburg stürzte. »Es macht mir einfach Freude und ist eine echte Entspannung für mich.«

»Ich wollte Sie noch einmal wegen der Schirmherrschaft für unser Theaterprojekt ansprechen«, sagte Frau Schirrmacher. »Ich hatte Ihnen deshalb schon eine E-Mail geschrieben, vielleicht erinnern Sie sich.«

Frey schätzte die engagierte Erzieherin sehr. Sie setzte sich mit Phantasie und viel Elan für die ihr anvertrauten Kinder ein, die zum Teil aus Problemfamilien kamen, und musste ständig gegen das schrumpfende Budget der knappen Gemeindekasse kämpfen.

»Selbstverständlich erinnere ich mich. Ich habe schon mit Herrn Wiesner von der Finkbeiner-Stiftung darüber gesprochen.«

Sie schlenderten über die Wiese hinüber zu den Zelten, wo noch immer eine Schlange am Getränke- und Grillstand wartete.

»Normalerweise unterstützen wir keine externen Projekte, aber in diesem Fall haben wir beschlossen, eine Ausnahme zu machen«, fuhr Frey fort. »Es ist ein sehr ambitioniertes Projekt, von dem auch Kinder aus sozial schwächeren Familien profitieren. Sie können mich also einplanen. Und dazu eine Spende in Höhe von fünftausend Euro.«

»Ach, das ist ja großartig! Vielen, vielen Dank!« Frau Schirrmacher bekam feuchte Augen und drückte ihm in ihrer Begeisterung einen Kuss auf die Wange. »Wir haben schon befürchtet, wir müssten die ganze Sache sein lassen, weil uns die Mittel fehlen.«

Markus Maria Frey lächelte ein wenig verlegen. Es war ihm immer peinlich, wegen einer solchen Kleinigkeit so gefeiert zu werden.

»Papa?« Jerome, sein ältester Sohn, kam atemlos angerannt, in der Hand ein Handy. »Das hat schon ein paar Mal geklingelt. Du hattest es vorne am Grillstand liegenlassen.«

»Danke, mein Großer.« Er nahm sein Handy entgegen und fuhr seinem Sohn über das zerzauste Haar. Prompt klingelte das Telefon wieder.

»Bitte entschuldigen Sie mich einen Moment«, sagte Frey, als er den Namen im Display las. »Da muss ich leider drangehen.«

»Ja, natürlich.« Frau Schirrmacher nickte, und Frey ging ein paar Schritte zur Seite.

»Es ist gerade ungünstig«, meldete er sich ungehalten. »Kann ich dich gleich …«

Er verstummte, als er die Anspannung in der Stimme des Anrufers wahrnahm. Schweigend hörte er zu, und seine Verärgerung verwandelte sich innerhalb von Sekunden in Fassungslosigkeit. Trotz der Hitze überlief ihn eine Gänsehaut.

»Bist du dir hundertprozentig sicher?«, fragte er mit gesenkter Stimme und warf einen Blick auf seine Uhr. Im Schatten eines mächtigen Kirschlorbeers blieb er stehen. Der schöne, sonnige Tag war plötzlich von einem Grauschleier überzogen. »Wir treffen uns in einer Stunde. Mach einen Treffpunkt aus und gib mir Bescheid, okay?«

Seine Gedanken überschlugen sich. Konnte ein Mensch in Deutschland einfach so von der Bildfläche verschwinden – vierzehn Jahre lang, ohne dass er irgendwo gesehen wurde? Gab es das – eine Beerdigung ohne Leiche? Einen Grabstein, Blumen und Kerzen auf einem Grab, in dem niemand lag? Nach allem, was geschehen war, hatte die Todesnachricht damals für Trauer gesorgt, aber vor allen Dingen für Erleichterung. Die Gefahr, in der alle geschwebt hatten, schien ein für alle Mal gebannt.

Frey beendete das Telefonat und starrte einen Moment ins Leere.

Ihm war klar, was es bedeutete, wenn das, was er gerade gehört hatte, tatsächlich stimmte. Es war zweifellos das Schlimmste, was passieren konnte. Der Alptraum würde von vorne beginnen.

»Großer Gott!« Kornbichler richtete sich auf und riss die Augen auf. »Das … das habe ich nicht gewusst! Wie geht es … ich meine … oh Scheiße. Das tut mir echt leid.«

»Warum waren Sie in Langenhain? Was wollten Sie dort?«

»Ich … ich …« Er fuhr sich mit der Hand durchs Haar, rutschte nervös auf der Schlafcouch hin und her. Sein Spiegelbild interessierte ihn nicht mehr. »Sie … Sie glauben doch nicht etwa, dass ich meine Frau vergewaltigt und verletzt hätte?«

Das klang nicht empört, sondern erschrocken.

»Wir glauben gar nichts«, erwiderte Bodenstein. »Es reicht uns, wenn Sie unsere Fragen beantworten.«

»Warum hat mich keiner angerufen, um mir das zu sagen?« Kornbichler schüttelte den Kopf und blickte auf sein Smartphone. »Irina oder Jan hätten mir das doch mal mitteilen können!«

»Was hatten Sie am Haus Ihrer Frau in Langenhain zu suchen?«, wiederholte Bodenstein Pias Frage. »Und warum haben Sie uns nicht gleich gesagt, dass Sie dort waren?«

»Sie hatten nach dem Zeitraum von elf bis drei Uhr morgens gefragt«, entgegnete Kornbichler schlagfertig. »Ich wusste ja nicht genau, worum es geht.«

»Was dachten Sie denn, weshalb die Kripo mit Ihnen sprechen will?«, fragte Pia.

»Ehrlich gesagt, keine Ahnung.« Er zuckte die Achseln.

Pia betrachtete aufmerksam sein Mienenspiel. Vinzenz Kornbichler mochte gekränkt und wütend sein, aber war er zu einer solchen Brutalität fähig, wie sie Hanna Herzmann widerfahren war?

»Hat Ihre Frau Feinde?«, wollte Bodenstein wissen. »Wurde sie in der Vergangenheit mal bedroht?«

»Ja, da gab es einen Typ, der sie mal ziemlich massiv gestalkt hat«, sagte Kornbichler. »Das war kurz bevor Hanna und ich uns kennengelernt hatten. Der saß deswegen im Knast.«

Das hörte sich interessant an. Kornbichler kannte keinen Namen, versprach aber, bei Irina Zydek nachzufragen.

»Und es gibt einen früheren Mitarbeiter, Norman Seiler. Der hat einen Riesenzorn auf Hanna«, fuhr der Mann fort. »Sie hat ihm vor zwei Wochen gekündigt, fristlos. Na ja, und dieser Niemöller war mir auch immer suspekt. Der ist schwer verknallt in Hanna, aber sie macht sich nichts aus ihm. Außerdem gibt es eine ganze Reihe von Leuten, die als Talkshowgäste bloßgestellt wurden und deswegen ziemlich sauer auf Hanna sind.«

Pia hatte sich Notizen gemacht. Norman Seiler hatte zwar ein so starkes Motiv, wie man es sich als Polizistin nur erträumen konnte, aber leider ein hieb- und stichfestes Alibi. Er war vorgestern nach Berlin geflogen und erst heute Vormittag um halb zwölf zurückgekommen. Alle Termine, die er genannt hatte, waren überprüft und bestätigt worden. Das Alibi von Jan Niemöller hingegen war schwach. Er wollte vor der After-Show-Party direkt nach Hause gefahren und gleich ins Bett gegangen sein, doch Meike Herzmann hatte beobachtet, dass er in seinem Auto gesessen und auf Hanna gewartet hatte. Gegen seine Behauptung, er habe ausgiebig geschlafen, sprach sein übernächtigtes Aussehen.

»Neulich abends bin ich zufällig durch Langenhain gefahren«, sagte Vinzenz Kornbichler nun. Er zögerte kurz, bevor er weitersprach. »Es war schon spät, kurz vor Mitternacht, und vor dem Haus stand ein Auto, das ich nicht kannte. Ein schwarzer Hummer. Ich dachte, na super, da ist ja schon mein Nachfolger im Haus. Eigentlich wollte ich gleich wieder fahren, aber ich … ich konnte nicht widerstehen, bin ausgestiegen und in den Garten gegangen. Da war nicht nur ein Kerl, sondern gleich zwei.«

Pia warf Bodenstein einen kurzen Blick zu.

»Wann war das?«, erkundigte sie sich.

»Hm … vorgestern. Mittwochabend«, antwortete Kornbichler. »Ich hatte ein komisches Gefühl. Auch wenn Hanna mich rausgeschmissen hat, ich mag sie noch immer.«

»Warum hatten Sie ein komisches Gefühl?«, hakte Pia nach.

»Dieser eine Typ, ein Riesenvieh mit Bart und Kopftuch … also, so einem will man nicht mal am helllichten Tag begegnen. Der war so was von tätowiert, dass er wie ein Schlumpf aussah. Komplett blau, bis aufs Gesicht.«

»Und was haben Sie beobachtet?«, fragte Bodenstein. »Haben die Männer Ihre Frau bedroht?«

»Nein. Die saßen da nur, haben was getrunken und geredet. Gegen halb eins ist der Riesenschlumpf weggefahren, Hanna ist ein paar Minuten später mit dem anderen in ihr Auto gestiegen. Ich bin ihnen nachgefahren.« Vinzenz Kornbichler lächelte verlegen. »Sie dürfen mich nicht für einen Stalker halten, aber ich hab mir schon irgendwie Sorgen um Hanna gemacht. Sie hat mir nie viel über ihre Recherchen erzählt, aber in ihrer Sendung sind oft ganz schöne Psychopathen.«

»Wo ist sie hingefahren?«

»In Diedenbergen hab ich festgestellt, dass mein Tank total leer war. Ich musste auf der Autobahn tanken, und damit hab ich sie aus den Augen verloren.«

»Wo haben Sie getankt? An der Raststätte Weilbach?« Pia hatte die Geographie des Main-Taunus-Kreises ziemlich gut im Kopf.

»Ja, genau. Um die Uhrzeit hat ja sonst nirgendwo mehr eine Tankstelle geöffnet.«

Sie musterte ihr Gegenüber argwöhnisch. Hanna Herzmann war sechsunddreißig Stunden später im Kofferraum ihres Wagens gefunden worden, keine fünfhundert Meter von genau der Autobahnraststätte entfernt, an der ihr geschasster Ehemann getankt hatte. Ein bloßer Zufall?

»Haben Sie sich das Kennzeichen des schwarzen Hummer gemerkt?«, fragte Bodenstein.

»Leider nicht. Das war so ein kleines Schild, wie bei einem Moped, und es war dunkel.«

Es konnte durchaus stimmen, was Vinzenz Kornbichler da erzählte. Die benutzten Gläser auf dem Couchtisch im Wohnzimmer von Hanna Herzmanns Haus waren ein möglicher Hinweis auf Besucher.

Doch die Tatsache, dass Kornbichler immer wieder zum Haus seiner Nochehefrau fuhr, war ein Indiz dafür, dass er nach wie vor starke Gefühle für sie hegte. Der Mann war gekränkt, verletzt, pleite und eifersüchtig, alles zusammen ein hochexplosives Gemisch, bei dem ein Funke ausreichte, um es zu entzünden. War der Anblick von Hanna, die mit einem fremden Mann nachts ins Auto stieg, dieser Funke gewesen?

»Das war am Mittwoch«, sagte sie. »Und was war am Donnerstag?«

»Das hatte ich doch schon gesagt.« Kornbichler legte die Stirn in Falten.

»Nein, hatten Sie nicht.« Pia lächelte liebenswürdig. »Also? Was haben Sie am Donnerstag am Haus gemacht?«

»Nichts. Nichts Bestimmtes. Ich hab einfach eine Weile im Auto gesessen.« Seine Körpersprache verriet seine Nervosität. Die Hände, die mit dem Smartphone spielten, der unstete Blick, das Wippen des Fußes. Hatte er zu Beginn des Gesprächs noch einen souveränen, gelassenen Eindruck gemacht, so verließ ihn seine aufgesetzte Selbstsicherheit mit jeder Sekunde, die verstrich.

Pia nahm die Klarsichthülle mit den Fotos von Hanna Herzmanns bis zur

Unkenntlichkeit entstelltem Gesicht aus ihrer Tasche und hielt sie Kornbichler kommentarlos vor die Nase. Er warf einen Blick darauf und zuckte zurück.

»Was soll das?« Die Empörung war gespielt, und das nicht mal gut.

»Ich schlage vor, Sie begleiten uns, Herr Kornbichler.« Bodenstein erhob sich.

»Aber wieso? Ich habe Ihnen doch gesagt, dass ich …«, regte sich der Mann auf.

»Sie sind vorläufig festgenommen«, unterbrach Pia ihn und betete die offizielle Belehrung nach den Paragraphen 127 und 127b der Strafprozessordnung über seine Rechte und Pflichten als Beschuldigter herunter. »Da Sie keinen festen Wohnsitz haben, dürfen Sie auf Staatskosten übernachten, bis wir Ihr Alibi für Donnerstagnacht überprüft haben.«

Es war kalt. Sie fror entsetzlich, und ihr Körper fühlte sich an, als sei er bleischwer. Irgendwo in ihrem Gehirn pochte eine ferne Ahnung von Schmerz und Qual. Ihr Mund war staubtrocken, die Zunge so dick angeschwollen, dass sie nicht schlucken konnte. Wie durch Watte hörte sie ein leises, regelmäßiges Piepsen und Summen.

Wo war sie? Was war passiert?

Sie versuchte, die Augen zu öffnen, aber es wollte ihr trotz aller Anstrengung nicht gelingen.

Komm schon, dachte sie. Mach die Augen auf, Hanna!

Es erforderte all ihre Willenskraft, das linke Auge wenigstens einen kleinen Spaltbreit zu öffnen, doch was sie sah, war verschwommen und unscharf. Dämmeriges Zwielicht, heruntergelassene Jalousien vor den Fenstern, kahle weiße Wände.

Was war das für ein Raum?

Schritte näherten sich. Gummisohlen quietschten.

»Frau Herzmann?« Eine Frauenstimme. »Können Sie mich hören?«

Hanna vernahm ein unartikuliertes Geräusch, das in ein dumpfes Stöhnen überging, und brauchte ein paar Sekunden, um zu begreifen, dass sie dieses Geräusch von sich gegeben hatte.

Wo bin ich?, hatte sie fragen wollen, aber ihre Lippen und ihre Zunge waren taub und gefühllos und gehorchten ihr nicht.

Ein Anflug von Besorgnis kroch durch den dichten Nebel, der sie umgab. Etwas stimmte nicht mit ihr! Das hier war kein Traum, das war Realität!

»Ich bin Frau Dr. Fuhrmann«, sagte die Frauenstimme. »Sie sind auf der Intensivstation im Höchster Krankenhaus.«

Intensivstation. Krankenhaus. Das erklärte zumindest dieses nervenzermürbende Gepiepse und Gesumme. Aber *warum* war sie im Krankenhaus?

Sosehr Hanna sich ihren Kopf zermarterte, da war keine Erinnerung, die Erklärung für ihre Lage sein könnte, nur Leere. Ein schwarzes Loch. Filmriss. Das Letzte, woran sie sich erinnern konnte, war der Streit mit Jan nach der Party gewesen. Wie aus dem Boden gewachsen hatte er auf dem Parkplatz plötzlich vor ihr gestanden, und sie hatte bei seinem Anblick einen echten Schreck gekriegt. Richtig böse war er gewesen, hatte sie grob am Arm gepackt und ihr weh getan. Wahrscheinlich hatte sie heute einen blauen Fleck am Oberarm. Worum war es überhaupt gegangen?

Erinnerungsfetzen flatterten durch ihren Kopf wie Fledermäuse, verbanden sich zu flüchtigen, bruchstückhaften Bildern und rissen wieder auseinander. Meike. Vinzenz. Blaue Augen. Hitze. Donner und Blitz. Schweiß. Warum war Jan so wütend gewesen? Und wieder diese hellblauen Augen umkränzt von Lachfältchen. Doch kein Gesicht dazu, kein Name, keine Erinnerung. Regen. Pfützen. Schwärze. Nichts. Verdammt.

»Haben Sie Schmerzen?«

Schmerzen? Nein. Ein dumpfes Ziehen und Pochen, das sich nicht lokalisieren ließ, unangenehm zwar, aber nicht unerträglich. Und ihr Kopf brummte. Vielleicht hatte sie ja einen Unfall gehabt, einen Verkehrsunfall. Was für ein Auto fuhr sie eigentlich? Seltsamerweise erschreckte sie die Tatsache, dass sie sich nicht an ihr Auto erinnern konnte, mehr als der Zustand, in dem sie sich befand.

»Sie bekommen sehr starke Schmerzmittel, die Sie müde machen …«

Die Stimme der Ärztin klang wie ein fernes Echo, wurde undeutlicher und zerfloss in einer sinnlosen Aneinanderreihung von Silben.

Müde. Schlafen. Hanna schloss das linke Auge und dämmerte weg.

Als sie das nächste Mal aufwachte, war es fast dunkel vor den Fenstern. Es war beschwerlich, das eine Auge offen zu halten. Irgendwo brannte eine Lampe, die den leeren Raum nur spärlich erhellte. Hanna nahm eine Bewegung neben dem Bett wahr. Auf einem Stuhl saß ein Mann in einem grünen Kittel und mit einer grünen Kopfbedeckung, er hatte den Kopf gesenkt und seine Hand lag auf ihrem Arm, von dem aus Schläuche irgendwohin führten. Ihr Herz machte einen Satz, als sie ihn erkannte. Hanna schloss das Auge wieder. Hoffentlich hatte er nicht bemerkt, dass sie wach war! Es war ihr unangenehm, dass er sie so sah.

»Es tut mir leid«, hörte sie seine Stimme, die ganz fremd klang. Hatte er geweint? Ihretwegen? Ihr musste es wohl wirklich schlecht gehen!

»Es tut mir so leid«, wiederholte er im Flüsterton. »Das habe ich nicht gewollt.«

Bodenstein saß am Schreibtisch in seinem Büro und dachte über Meike Herzmann nach. Selten hatte er eine solche Bitterkeit in einem so jungen Gesicht gesehen, so viel Angst und mühsam unterdrückten Zorn. Sie hatte unübersehbar unter einer starken Anspannung gestanden, umso eigenartiger war die emotionslose Gleichgültigkeit, mit der sie auf die Nachricht vom Überfall auf ihre Mutter reagiert hatte. Das war nicht normal. Ähnlich karg war die Reaktion von Vinzenz Kornbichler ausgefallen. Anfänglich hatte der Mann einen offenen und aufrichtigen Eindruck gemacht, der sich allerdings im Laufe des Gesprächs ins Gegenteil verkehrt hatte. Er hätte nicht erzählen müssen, dass er am Mittwoch bereits schon einmal am Haus seiner Frau gewesen war. Damit hatte er sich verdächtig gemacht. Unabsichtlich? Oder hatte ihn der Offenbarungsdrang getrieben, den viele Täter verspüren, wenn das schlechte Gewissen erdrückend wird?

Wohin war Hanna Herzmann mit dem Unbekannten gefahren, nachdem ihr Mann die Verfolgung hatte aufgeben müssen?

Die Geschichte von Vinzenz Kornbichler stimmte insofern, als dass er tatsächlich in der Nacht von Mittwoch auf Donnerstag um 1:13 Uhr an der Autobahnraststätte Weilbach getankt hatte, das bewies die Videoaufzeichnung der Tankstelle, sein Alibi für Donnerstagnacht – das Bistro in Bad Soden – sollte heute von Kollegen überprüft werden. Der Rest konnte wahr sein oder auch nicht.

Bodenstein las zum wiederholten Mal das vorläufige Protokoll der rechtsmedizinischen Untersuchung von Hanna Herzmann. Wie mochte es ihr jetzt gehen? Ob sie schon aus der Narkose erwacht war und begriffen hatte, was ihr zugestoßen war? Physisch würde sie sich vielleicht wieder erholen, aber Bodenstein bezweifelte, dass sie diese Misshandlung jemals seelisch verarbeiten konnte.

Ihre Verletzungen ähnelten denen, die das tote Mädchen aus dem Main davongetragen hatte. Was mussten das für Monster sein, die zu einer solch bestialischen Brutalität fähig waren? Seit über zwanzig Jahren beschäftigte Bodenstein sich mit Mördern und Totschlägern, und er hatte nie nachvollziehen können, was einen Menschen dazu brachte, einen anderen Menschen zu töten. Erst als er selbst in eine Situation geraten war, in der er aus Verzweiflung, Demütigung und Hilflosigkeit die Beherrschung verloren und seine eigene Frau angegriffen hatte, hatte er begriffen, wie schnell man zum Mörder werden konnte. Er hatte sich entsetzlich geschämt und seinen Übergriff bitter bereut, doch seitdem verstand er, was in einem Affekttäter vor sich gehen mochte. Nicht, dass er ein solches

Verhalten jemals entschuldigen oder Frust und Zorn als Rechtfertigung für die Auslöschung eines Menschenlebens gelten lassen würde, aber es war noch eher nachzuvollziehen als ein solcher Gewaltexzess, wie ihn Hanna Herzmann oder dieses junge Mädchen, das sie die »Nixe« nannten, erlebt hatten.

Bodenstein stieß einen Seufzer aus. Er setzte seine Lesebrille ab, gähnte und rieb sich seinen schmerzenden Nacken. Draußen war es dunkel geworden, es war spät, schon nach elf. Der Tag war lang gewesen, Zeit, nach Hause zu fahren.

Gerade als er die Schreibtischlampe ausgeknipst hatte und sein Jackett überzog, klingelte das Telefon auf seinem Schreibtisch. Eine Nummer mit Hofheimer Vorwahl. Bevor die Rufumschaltung den Anruf auf sein Handy umleiten konnte, nahm Bodenstein den Hörer ab und meldete sich.

»Guten Abend, hier spricht Katharina Maisel«, sagte eine Frau. »Sie haben heute mit meinem Mann gesprochen, wir sind die Nachbarn von Frau Herzmann. Bitte entschuldigen Sie die späte Störung.«

»Kein Problem«, erwiderte Bodenstein und unterdrückte mit Mühe ein Gähnen. »Was kann ich für Sie tun?«

»Ich bin eben nach Hause gekommen, und mein Mann hat mir erzählt, was Schreckliches geschehen ist.« Aus der Stimme von Katharina Maisel klang die Nervosität, die die meisten Menschen erfasst, wenn sie mit der Kriminalpolizei telefonieren. »Ich habe etwas beobachtet. Das habe ich zuerst nicht für ungewöhnlich gehalten, aber jetzt … vor dem Hintergrund …«

»Aha.« Bodenstein ging um seinen Schreibtisch herum, schaltete die Lampe wieder ein und setzte sich. »Erzählen Sie. Was haben Sie gesehen?«

Frau Maisel war gegen zweiundzwanzig Uhr im Garten gewesen und hatte die Blumenbeete gewässert. Dabei hatte sie am Haus von Hanna Herzmann einen Mann beobachtet, den sie vorher noch nie gesehen hatte. Er war mit einem Motorroller gekommen, hatte eine Weile am Waldrand gewartet. Nach etwa zehn Minuten hatte er bemerkt, dass sie misstrauisch zu ihm hinübergeschaut hatte. Daraufhin hatte er etwas in den Briefkastenschlitz in der Haustür von Hanna Herzmanns Haus geworfen und war wieder davongefahren.

»Das ist ja interessant.« Bodenstein hatte sich ein paar Notizen gemacht. »Können Sie den Mann beschreiben? Oder seinen Roller?«

»Ja, das kann ich. Er ist ja keine zehn Meter an mir vorbeigegangen und hat mir noch ganz höflich zugenickt. Hm, er war so um die Mitte vierzig, schätze ich. Gepflegt, sehr schlank, etwa eins achtzig groß. Kurzes Haar, dunkelblond, schon etwas grau. Am auffälligsten waren seine Augen. Ich habe noch nie so unglaublich blaue Augen gesehen.«

»Sie sind eine gute Beobachterin«, sagte Bodenstein. »Würden Sie den Mann wiedererkennen?«

»Ganz sicher«, bestätigte Frau Maisel. »Aber das war noch nicht alles. Ich konnte an dem Abend nicht schlafen. Es war so heiß und unser Sohn das erste Mal allein mit seinem Auto unterwegs. Ich war unruhig wegen des Gewitters und habe mir Sorgen gemacht. Deshalb habe ich immer mal wieder aus dem Fenster geschaut. Von unserem Schlafzimmerfenster kann man direkt auf die Garageneinfahrt von Frau Herzmann schauen. Sie kam um zehn nach eins nach Hause, fuhr wie üblich in ihre Garage.«

Schlagartig war Bodensteins Müdigkeit verflogen. Er richtete sich auf.

»Sind Sie da ganz sicher?«

»Ja. Ich kenne doch das Auto von Frau Herzmann. Sie öffnet ihre Garage immer per Fernbedienung und schließt das Tor auch gleich hinter sich. Sie muss ja nicht mehr raus. Von der Garage aus kann man direkt das Haus betreten.«

»Haben Sie Frau Herzmann erkannt?«, fragte Bodenstein.

»Hm … ich habe ihr Auto erkannt. Es ist ja nun nichts Ungewöhnliches, da schaue ich nicht so genau hin. Eine Viertelstunde später kam unser Sohn, und dann bin ich auch ins Bett gegangen.«

Bodenstein bedankte sich bei der Nachbarin und beendete das Gespräch. Er zweifelte nicht an dem, was sie gesehen hatte, aber ihre Beobachtung war für Bodenstein ein Rätsel. Bisher waren Pia und er davon ausgegangen, dass Hannah etwas auf dem Nachhauseweg zugestoßen war, doch nun hatte es den Anschein, als sei sie erst in ihrem Haus überfallen und vergewaltigt worden. Vinzenz Kornbichler wusste um die Angewohnheiten seiner Frau und auch, dass es einen direkten Zugang vom Haus zur Garage gab. Später musste der Täter Hanna Herzmann in den Kofferraum ihres Autos gelegt und sie nach Weilbach gefahren haben. Aber wie war er anschließend von dort wieder weggekommen? Handelte es sich vielleicht um zwei Täter? Hatte Kornbichler einen Komplizen? Oder waren sie auf der falschen Spur? Vielleicht hatte der tätowierte Hüne, den Kornbichler gesehen haben wollte, etwas damit zu tun?

Bodenstein griff nach dem Telefon und wählte die Handynummer von Christian Kröger. Der meldete sich sofort.

»Habt ihr euch die Garage vom Herzmann-Haus angesehen?«, wollte Bodenstein wissen, nachdem er seinem Kollegen rasch von der Aussage der Nachbarin berichtet hatte.

»Nein«, erwiderte Kröger nach kurzem Zögern. »Verdammt, wieso habe ich nicht an die Garage gedacht?«

»Weil wir nicht geahnt haben, dass das Haus ein Tatort ist.« Bodenstein kannte den Perfektionismus seines Kollegen und wusste, wie sehr es ihn wurmte, etwas Wichtiges übersehen haben zu können.

»Ich fahre jetzt gleich hin«, sagte Kröger entschlossen. »Bevor diese Irre irgendwelche Spuren beseitigt.«

»Wen meinst du?«, fragte Bodenstein leicht irritiert.

»Na, die Tochter. Die hat doch einen Sprung in der Schüssel. Aber wenigstens hat sie mir einen Haustürschlüssel überlassen.«

Bodenstein warf einen Blick auf die Uhr. Gleich Mitternacht, aber er war wieder hellwach und würde ohnehin nicht schlafen können.

»Weißt du was, ich komme auch hin«, sagte er. »Schaffst du es in einer halben Stunde?«

»Wenn du den Bus mitbringst. Sonst muss ich vorher noch mal nach Hofheim.«

Seine Finger flogen über die Tastatur des Laptops. Das Gewitter letzte Nacht hatte nur eine kurzfristige Abkühlung gebracht, heute war es schwüler und heißer als vorher. Den ganzen Tag hatte die Sonne unbarmherzig auf den Wohnwagen gebrannt und die Blechbüchse aufgeheizt. Computer, Fernseher und Kühlschrank strahlten noch zusätzlich Wärme aus, aber es machte keinen Unterschied mehr, ob es nun vierzig oder einundvierzig Grad waren. Obwohl er sich kaum bewegte, lief ihm der Schweiß über das Gesicht, tropfte an seinem Kinn herunter auf die Tischplatte.

Ursprünglich hatte er sich mit der Absicht, nur die wichtigsten Fakten aus dem unübersichtlichen Wust an Notizen, Tagebuchaufzeichnungen und Protokollen herauszufiltern, an die Arbeit gemacht, doch dann hatte ihn ihr Vorschlag, ein ganzes Buch daraus zu machen, nicht mehr losgelassen. Die konzentrierte Arbeit lenkte ihn von der Frage ab, ob er irgendetwas gesagt oder getan hatte, was sie verärgert haben könnte. Bisher war sie die Zuverlässigkeit in Person gewesen, es war absolut untypisch, dass sie Termine verpasste, ohne vorher Bescheid zu geben. Es war ihm ein Rätsel, weshalb nun seit mehr als vierundzwanzig Stunden komplette Funkstille herrschte. Zuerst war ihr Handy noch eingeschaltet gewesen, aber jetzt war es aus, und sie antwortete auch auf keine seiner SMS und E-Mails. Dabei war doch alles in Ordnung gewesen, als sie sich am frühen Donnerstagmorgen voneinander verabschiedet hatten. Oder nicht? Was war geschehen?

Er hielt inne und griff nach der Wasserflasche, die ihm fast aus der Hand rutschte. Das Kondenswasser hatte das Etikett gelöst, der Inhalt beinahe Raumtemperatur angenommen.

Er stand auf und streckte sich. Sein T-Shirt und die Shorts waren durchgeschwitzt, er sehnte sich nach Abkühlung. Für eine Weile gab er sich der wehmütigen Erinnerung an sein klimatisiertes Büro vergangener Tage hin. Damals hatte er diesen Luxus als selbstverständlich hingenommen, genau wie die Kühle eines gut isolierten Hauses mit dreifach verglasten Fenstern. Früher hätte er sich bei einer solchen Affenhitze nie richtig konzentrieren können. Der Mensch gewöhnte sich an alles, wenn er musste. Auch an Extreme. Zum Überleben brauchte man weder zwanzig Maßanzüge noch fünfzehn Paar handgefertigte Schuhe oder siebenunddreißig Ralph-Lauren-Hemden. Kochen konnte man auch auf einer einzigen Herdplatte mit zwei Töpfen und einer Pfanne, dazu brauchte es keine Küche für fünfzigtausend Euro mit Granitarbeitsplatte und Kochinsel. Alles überflüssig. Das Glück lag in der materiellen Beschränkung, denn wenn man nichts mehr hatte, musste man auch nicht mehr befürchten, etwas zu verlieren.

Er klappte den Laptop zu und löschte das Licht, um nicht noch mehr Mücken und Motten anzulocken, nahm eine eisgekühlte Flasche Bier aus dem Kühlschrank und setzte sich draußen vor das Vorzelt auf die leere Bierkiste. Auf dem Campingplatz herrschte ungewöhnlich früh Ruhe, die Mischung aus Hitze und Alkohol schien selbst die feierwütigsten Nachbarn zu paralysieren. Er nahm einen Schluck und blickte in den dunstigen Nachthimmel, an dem Sterne und Mondsichel nur verschwommen zu erkennen waren. Das Feierabendbier war eines der wenigen Rituale, an dem er festhielt. Früher hatte er es allabendlich mit Kollegen oder Mandanten in einer Bar irgendwo in der City genossen, ein Absacker, bevor er nach Hause gefahren war. Das war lange her.

In den letzten Jahren hatte es kaum noch etwas gegeben, an dem sein Herz gehangen hatte, und damit hatte er recht gut überlebt. Doch nun war es anders. Wieso war es ihm bloß nicht gelungen, professionelle Distanz zu wahren? Ihr Schweigen verunsicherte ihn mehr, als er sich eingestehen mochte. Zu viel Nähe war genauso schädlich und gefährlich wie falsche Hoffnung. Erst recht für einen Geächteten wie ihn.

Motorengeräusch näherte sich. Ein sattes, dunkles Blubbern, der typische Harley-Sound in niedrigem Drehzahlbereich. Er wusste sofort, dass der Besuch ihm galt, und hob alarmiert den Kopf. Noch nie war einer von den Jungs hier auf dem Campingplatz aufgetaucht. Scheinwerferlicht streifte sein Gesicht. Die Maschine stoppte vor dem Gartenzaun, der Motor brummte im Leerlauf, er erhob sich von der Getränkekiste und ging zögernd näher heran.

»Hey, *avvoccato*«, grüßte der Fahrer ohne abzusteigen. »Ich hab 'ne Nachricht von Bernd. Wollte er nich per Telefon machen.«

Er erkannte ihn im schwachen Lichtschein der Laterne, die fünfzig Meter entfernt stand, und erwiderte seinen Gruß mit einem Nicken.

Der Mann reichte ihm einen zusammengefalteten Umschlag.

»Is dringend«, sagte er noch mit halblauter Stimme und verschwand wieder in der Nacht.

Er blickte ihm nach, bis das Motorengeräusch in der Ferne verklungen war, dann ging er in seinen Wohnwagen und riss den Umschlag auf.

»Montag, 19:00«, stand auf dem Zettel. »Prinsengracht 85. Binnenstad. Amsterdam.«

»Endlich«, dachte er und holte tief Luft. Auf diesen Kontakt hatte er lange warten müssen.

Früher war Freitag ihr Lieblingswochentag gewesen. Immer hatte Michaela sich auf den Freitagnachmittag gefreut, wenn sie in den Reitstall zum Voltigieren gehen konnte. Aber seit zwei Wochen war sie nicht mehr da gewesen. Letzte Woche hatte sie erzählt, sie habe Bauchweh, und das war nicht mal gelogen. Heute hatte sie Mama gesagt, ihr sei schlecht. Und das war auch nicht gelogen. Schon in der Schule war ihr übel gewesen, beim Mittagessen hatte sie kaum einen Bissen herunterbekommen und danach sofort erbrochen. Die Geschwister waren sofort nach dem Mittagessen verschwunden. Heute begannen die Herbstferien und damit das Indianerzeltlager, auf das sie sich alle seit langem gefreut hatten. Auf einer Lichtung im Wald würden sie die Indianerzelte aufbauen, abends um das große Feuer herumsitzen, Würstchen grillen und Lieder singen.

Michaela legte sich ins Bett, ließ die Tür angelehnt und horchte auf die Geräusche im Haus.

Das Telefon klingelte, sie sprang wie elektrisiert auf und rannte aus dem Zimmer, aber – zu spät. Mama war schon unten drangegangen.

»... liegt im Bett ... hat erbrochen ... weiß auch nicht, was mit ihr los ist ... Aha ... hm ... aha. Danke, dass Sie mir das sagen. Ja, natürlich. Das ist Unsinn. Sie hat eine Phantasie, dass mein Mann und ich manchmal ratlos sind ... Ja. Ja, danke. Nächste Woche kommt sie sicher gerne wieder. Der Reitstall ist doch ihr Ein und Alles.«

Sie stand oben an der Treppe, ihr Herz pochte wie verrückt, und ihr war schwindelig vor Angst. Das am Telefon musste Gaby gewesen sein, die sich nach ihr erkundigt hatte! Was hatte sie der Mutter gesagt? Rasch verschwand sie wieder in ihrem Zimmer, zog die Decke über den Kopf. Nichts geschah. Die Minuten verrannen, wurden zu Stunden. Es dämmerte vor den Fenstern.

Jetzt voltigierten die anderen auf Asterix! Wie gerne wäre sie dabei gewesen! Michaela presste ihr Gesicht ins Kopfkissen und schluchzte. Papa kam nach Hause. Sie konnte ihn und Mama unten sprechen hören. Plötzlich ging die Tür auf. Das Licht flammte auf, und ihre Bettdecke wurde weggerissen.

»Was hast du dieser Gaby für einen Unsinn erzählt?« Papas Stimme klang zornig. Ihr Mund war ganz trocken, das Herz klopfte ihr vor Angst bis zum Hals. »Sag schon! Was hast du wieder für Lügenmärchen erzählt?«

Sie schluckte. Warum hatte sie bloß nicht den Mund gehalten? Gaby hatte sie verraten. Vielleicht hatte sie auch Angst vor den Wölfen.

»Komm mit«, sagte Papa. Sie wusste, was nun geschehen würde, hatte es oft genug erlebt. Trotzdem stand sie auf und folgte ihm. Die Treppe hinauf. Auf den Speicher. Er schloss die Tür hinter sich ab, nahm die Reitgerte von einem der Dachbalken. Sie fröstelte, als sie ihre Kleider auszog. Papa packte sie an den Haaren, schleuderte sie auf das alte Sofa, das unter der Dachschräge stand, und begann sie zu schlagen.

»Du verlogenes Miststück!«, zischte er wütend. »Los, dreh dich auf den Rücken! Dir zeig ich's! So etwas über mich zu erzählen!«

Er prügelte wie von Sinnen auf sie ein, die Gerte pfiff durch die Luft, traf sie zwischen die Beine. Die Tränen strömten ihr über das Gesicht, aber nur ein leises Wimmern kam ihr über die Lippen.

»Ich schlag dich tot, wenn du noch einmal jemandem so was erzählst!« Papas Gesicht war vor Wut verzerrt.

Michaela, die ihren Papa nur fröhlich und liebevoll kannte, war längst nicht mehr da. Schon unten, im Kinderzimmer, war Sandra aus den Tiefen ihres Unterbewusstseins aufgetaucht. Sandra kam immer, wenn Papa so wütend wurde und sie verprügelte. Sandra konnte das aushalten, die Schläge, die Schmerzen und den Hass. Michaela würde sich morgen nicht daran erinnern, sich nur über die blauen Flecken und die Striemen wundern. Aber sie würde sich niemals mehr jemandem anvertrauen. Michaela war acht Jahre alt.

Samstag, 26. Juni 2010

DIE SCHRECKEN des vergangenen Tages hatten sich zu einem furchterregenden Alptraum zusammengebraut: die finsteren Rockertypen, der geifernde Köter, der schießwütige Förster, die Bullen. Vinzenz und Jan hatten irgendeine Rolle gespielt, Meike konnte sich nicht mehr daran erinnern, vor wem oder was sie davongelaufen war, aber sie hatte wie ein Rennpferd nach dem Großen Preis von Baden-Baden geschnauft, als sie morgens um zwei schweißgebadet aufgewacht war. Sie stellte sich unter die Dusche, wickelte sich in ein Badehandtuch und setzte sich auf den kleinen Balkon. Die Nacht war tropisch, an Schlaf nicht mehr zu denken.

Seit gestern grübelte Meike beinahe unablässig darüber nach, woran ihre Mutter wohl gerade gearbeitet haben mochte und ob das mit dem Überfall auf sie zu tun gehabt haben könnte. Auch Wolfgang hatte keinen blassen Schimmer. Er war total geschockt gewesen, als sie ihm gesagt hatte, was Hanna zugestoßen war, und nachdem sie ihm noch von ihrer Begegnung mit den Rockern und dem Kampfhund erzählt hatte, hatte er ihr angeboten, vorübergehend bei ihm zu wohnen. Meike hatte sich gefreut, jedoch höflich abgelehnt. Sie war zu alt, um sich irgendwo zu verkriechen.

Sie stemmte die Füße gegen die Balkonbrüstung. Nachdem die Bullen gestern abgezogen waren, hatte sie das Arbeitszimmer ihrer Mutter durchsucht. Vergeblich. Der Laptop war spurlos verschwunden, ebenso das Smartphone. Ihr Blick wanderte über die Fassade des gegenüberliegenden Hauses. Die meisten Fenster waren weit geöffnet, um bei der Hitze wenigstens etwas frische Nachtluft in die Wohnungen zu lassen. Alles war dunkel, bis auf ein Fenster im dritten Stock, hinter dem es bläulich schimmerte. Ein Mann saß am Schreibtisch an seinem PC, nur mit einer Unterhose bekleidet.

»Natürlich!« Meike sprang auf. Der PC in Hannas Büro! Warum hatte sie nicht eher daran gedacht? Sie zog sich in Windeseile an, schnappte ihren Rucksack und den Schlüsselbund und verließ die Wohnung. Der Mini stand ein paar Straßen weiter, weil sie am Abend mal wieder keinen Parkplatz gefunden hatte. Sie war zu Fuß schneller in der Hedderichstraße, als wenn sie erst das Auto holte.

Die Zeit zwischen zwei und drei Uhr morgens war die stillste Stunde der ganzen Nacht. Nur hin und wieder begegnete ihr ein Auto, an der Straßenbahnhaltestelle Brückenstraße Ecke Textorstraße hockten zwei Penner, die ihr weinselig hinterher grölten. Meike beachtete sie nicht und ging mit schnellen Schritten weiter. Eine Stadt bei Nacht war immer unheimlich, auch wenn die Straßen hell erleuchtet waren und potentielle Vergewaltiger um diese Uhrzeit wohl auch tief und fest schliefen. Außerdem hatte sie in ihrer Umhängetasche griffbereit Pfefferspray und den Elektroschocker mit 500 000 Volt, den sie gestern aus dem Langenhainer Haus mitgenommen und mit einer neuen Batterie versehen hatte. Vinzenz' Vorgänger Marius, Hannas Ehemann Nummer drei, hatte ihn damals in der für ihn typischen überbordenden Fürsorglichkeit für Hanna gekauft, als ihr dieser irre Stalker überall aufgelauert hatte, aber sie hatte das Gerät nie bei sich getragen. Ob sie der Elektroschocker Donnerstagnacht vor dem Überfall bewahrt hätte, hätte sie ihn dabeigehabt? Meikes Finger schlossen sich fester um den Griff des Gerätes, als ihr ein Mann entgegenkam. Sie würde keine Sekunde zögern, es zu benutzen.

Eine Viertelstunde später schloss sie die Tür des Bürogebäudes mit dem Zentralschlüssel auf. Der Aufzug war nachts abgestellt, deshalb musste sie die Treppe in den fünften Stock nehmen.

Das Passwort von Hannas PC kannte sie, ihre Mutter änderte es nie und benutzte seit Jahren immer dieselbe Buchstaben-Zahlen-Kombination für alle Logins, leichtsinnigerweise sogar beim Onlinebanking. Meike setzte sich hinter den Schreibtisch, schaltete die Lampe ein und ließ den Computer hochfahren. Es bedurfte ihrer ganzen Konzentration, nicht an die Mutter zu denken. Auf diese Weise, so besänftigte sie ihr schlechtes Gewissen, konnte sie ihr mehr helfen, als wenn sie im Krankenhaus an ihrem Bett saß.

Vor den Fenstern graute der Morgen herauf. Hanna bekam Unmengen von Mails, Meike überflog die Absender und scrollte weiter. Das letzte Mal hatte die Mutter am Donnerstag um 16:52 Uhr Mails abgerufen, seitdem waren 132 neue Nachrichten eingegangen. Herrje, sie konnte unmöglich alle lesen! Meike verlegte sich darauf, die Betreffzeilen zu lesen, aus den Namen der Absender wurde sie nicht schlau.

Es war eine Nachricht vom 16. Juni, die ihre Aufmerksamkeit erregte. *Re: Unser Gespräch*, stand im Betreff. Der Absender war eine Leonie Verges. Dieser Name löste in Meikes Kopf irgendeine vage Erinnerung aus. Es war noch nicht lange her, dass sie ihn gehört hatte – aber in welchem Zusammenhang?

Hallo, Frau Herzmann, las sie. *Meine Patientin ist unter gewissen Umständen dazu bereit, mit Ihnen persönlich zu sprechen, allerdings wird sie nicht öffentlich in Erscheinung treten. Die Gründe hierfür sind Ihnen ja bekannt. Ihre Bedingung ist, dass ihr Mann und Dr. Kilian Rothemund bei dem Gespräch, das bei mir stattfinden soll, anwesend sind. Ich lasse Herrn Rothemund wie besprochen die Unterlagen zukommen, bitte setzen Sie sich mit ihm in Verbindung, um sie bei ihm einzusehen. MfG Leonie Verges.*

Meike runzelte die Stirn. Patientin? War ihre Mutter etwa einem Medizinskandal auf der Spur? Doktor Kilian Rothemund … Kilian. K!

Stammte von ihm diese handschriftliche Notiz, auf der die Adresse der Rockerbande gestanden hatte?

Kurz entschlossen wechselte Meike vom E-Mail-Account ins Internet und gab bei Google den Namen »Leonie Verges« ein. Bei Pointoo, Yasni, 123people und jameda erhielt sie sofort eine Erklärung: Leonie Verges war Psychotherapeutin und hatte ihre Praxis in Liederbach. Eine eigene Webseite besaß sie nicht, allerdings fand Meike auf der Webseite des Zentrums für Psychotraumatologie Foto, Adresse und eine Kurzvita der Therapeutin. Jetzt erinnerte sich Meike auch wieder, wo sie den Namen erst kürzlich gehört hatte: gestern, als die Bullen im Haus gewesen waren, hatte sie angerufen und nach der Mutter gefragt.

Dieses Rätsel war also gelöst. Meike gab den Namen »Dr. Kilian Rothemund« in die Suchleiste ein. Nach nur wenigen Sekunden zeigte die Suchmaschine 5812 Treffer an. Neugierig klickte sie den ersten Link an und begann zu lesen.

»Ach du Scheiße«, murmelte sie, als sie begriff, wer – oder besser gesagt, was – Dr. Kilian Rothemund war. »Das ist ja widerlich!«

»Die Vergewaltigung hat zweifelsfrei in der Garage des Hauses stattgefunden«, eröffnete Bodenstein die Morgenbesprechung des K11. »Bei dem Gegenstand, mit dem Hanna Herzmann missbraucht wurde, handelt es sich um ein Verlängerungsstück eines hölzernen Sonnenschirmständers, wir haben schon aus dem Labor Bescheid bekommen: Das Blut an dem Holz hat dieselbe Blutgruppe wie Hanna Herzmann. Außerdem ließen sich Spuren von Kot nachweisen, insofern stimmt das mit dem rechtsmedizinischen Befund überein.«

Er hatte in der Nacht kaum geschlafen. Kröger und er waren bis kurz nach drei im Haus gewesen und hatten in der Garage Blutspuren, Schuh- und Fingerabdrücke fotografiert und gesichert. Danach war er nach Hause gefahren und hatte versucht, wenigstens ein paar Stunden Schlaf zu finden, aber vergeblich. Die Chronologie der Abläufe war verwirrend und widersprach der ersten Theorie, die sie gestern aufgestellt hatten.

»Der Täter kann in der Garage auf Hanna gewartet haben«, sagte Pia. »Das spricht für Vinzenz Kornbichler. Der weiß sicher, wie man sich Zugang zum Haus verschafft, selbst wenn er keinen Schlüssel mehr haben sollte.«

»Denselben Gedanken hatte ich zuerst auch.« Bodenstein nickte. »Aber der war bis um 0:50 in einem Bistro namens S-Bar in Bad Soden, das haben die Kollegen gestern überprüft. Danach hat er noch eine halbe Stunde lang auf der Straße mit zwei Bekannten geredet. Nein, der fällt definitiv aus. Aber mir stellt sich die Frage, warum Hanna Herzmann so lange für den Heimweg gebraucht hat.«

Sie hatte gegen Mitternacht die Feier in Oberursel verlassen, ihr Auto war um zehn nach eins von ihrer Nachbarin gesehen worden, als es in die Garage gefahren war. Kai Ostermann hatte mit Hilfe von Google Maps die Route vom Gewerbegebiet An den Drei Hasen in Oberursel, wo sich die Aufnahmestudios befanden, bis in den Rotkehlchenweg in Hofheim-Langenhain berechnet: 31,4 Kilometer, sechsundzwanzig Minuten Fahrzeit. Selbst wenn sie wegen des Gewitters langsam gefahren war, eine ganze Stunde brauchte man für die Strecke nicht.

»Dafür kann es zig Gründe geben«, bemerkte Pia. »Sie kann noch an einer Tankstelle angehalten haben. Vielleicht ist sie auch einen ganz anderen Weg gefahren.«

»Ich habe Kollegen zu allen Tankstellen geschickt, die auf dem Weg liegen.« Kai blickte von seinem Laptop auf. »Wenn sie die A661, die A5 und die A66 bis zum Krifteler Dreieck gefahren ist, kommen nur zwei Autobahntankstellen in Frage, die Raststätte Taunusblick und die Aral-Tanke vor der Abfahrt Bad Soden. Ist sie durch den Taunus gefahren, gab es gar keine Tankstelle, die um die Uhrzeit geöffnet war.«

»Meike Herzmann hat gesagt, Jan Niemöller habe auf dem Parkplatz auf ihre Mutter gewartet und mit ihr gesprochen«, sagte nun wieder Bodenstein, der sich die halbe Nacht den Kopf über einen möglichen Tatverlauf zerbrochen hatte. »Uns gegenüber hat er behauptet, er habe sie gegen elf das letzte Mal gesehen. Damit hat er gelogen. Ich habe jemanden zu ihm hingeschickt, der ihn herbringt.«

»Der Täter kann Hanna also entweder in der Garage aufgelauert haben, oder er ist während der Fahrt irgendwo zu ihr ins Auto gestiegen«, dachte Pia laut nach. »Anschließend hat er sie in den Kofferraum gelegt und ist nach Weilbach gefahren. Warum ausgerechnet dorthin? Und wie ist er da weggekommen?«

»Vielleicht hatte er einen Komplizen«, vermutete Cem Altunay. »Oder er hat sich ein Taxi an die Raststätte bestellt.«

»Niemals«, widersprach Ostermann. »An der Raststätte gibt es Überwachungskameras.«

»Was ist eigentlich mit dem Stalker, den Kornbichler erwähnt hatte, gibt es dazu Näheres?«, fragte Pia.

»Ja, das haben die Kollegen gestern ebenfalls überprüft.« Bodenstein gestattete sich ein sarkastisches Lächeln. »Es wäre so schön einfach gewesen, aber der Mann ist voriges Jahr bei einem Unfall ums Leben gekommen, kann es also unmöglich gewesen sein.«

Die Tür des Besprechungsraumes flog auf, Christian Kröger stürmte herein und knallte ein Foto auf den Tisch.

»Wir haben einen Treffer in der AFIS-Datenbank«, verkündete er. »Fingerabdrücke, die wir außen und innen am Fahrzeug gefunden haben und auch in der Küche und an einem Glas im Haus, gehören einem Kilian Rothemund!«

»Weshalb haben wir den im System?«, erkundigte sich Dr. Nicola Engel, die bisher geschwiegen hatte. Sie beugte sich vor, zog das Foto zu sich heran und betrachtete es eingehend.

»Kindesmissbrauch und Besitz kinderpornographischer Bilder und Filme«, erwiderte Christian Kröger und ließ sich auf den leeren Stuhl zwischen Cem und Pia fallen. »Er hat drei Jahre gesessen.«

Bodenstein legte nachdenklich die Stirn in Falten. Kilian Rothemund, den Namen hatte er schon gehört.

»Er war bis zu seiner Verurteilung im Oktober 2001 Rechtsanwalt in Frankfurt«, wusste Kai Ostermann mit seinem Computergedächtnis. »Zuerst Wirtschaftsrecht, dann Strafrecht. Kanzlei Bergner Hessler Czerwenka, die hatten damals ein Abonnement für die Frankfurt Road Kings.«

»Ja, ich erinnere mich«, sagte Bodenstein. »Das war ein ziemlich schmuddeliger Prozess.«

»Und es würde erklären, weshalb er Hanna Herzmann mit einem Stück Holz missbraucht hat«, sagte Kathrin Fachinger. »Was soll ein Pädophiler mit einer erwachsenen Frau anfangen?«

Für einen Moment herrschte Schweigen in der Runde. Hatten sie mit einem Verdächtigen auch bereits den Täter?

»Darf ich mal bitte das Foto sehen?« Bodenstein streckte die Hand aus, und Nicola Engel schob es zu ihm herüber. Ein etwa Mitte vierzig Jahre alter, durchaus attraktiver Mann blickte ihn ernst aus blauen Augen an. Ein Mann, dem man auf den ersten Blick seine krankhaften sexuellen Neigungen nicht ansah. Eine Erinnerung regte sich in Bodensteins Unterbewusstsein und verlangte vehement nach Aufmerksamkeit. Was hatte sie ausgelöst?

Das Telefon auf dem Tisch klingelte, Ostermann ging dran.

Er reichte das Foto an seine Kollegen weiter und versuchte, seine Gedanken zu ordnen.

»Der hat ja Augen wie Paul Newman«, bemerkte Pia beiläufig und da passierte es. Wie von selbst fielen die Puzzleteile an die richtigen Stellen, und er erinnerte sich.

Am auffälligsten waren seine Augen. Ich habe noch nie so unglaublich blaue Augen gesehen, das hatte Nachbarin Katharina Maisel gestern am Telefon zu ihm gesagt. Ihn ergriff die Aufregung, die sich in jenen Momenten einstellte, in denen in einem Gewirr von Vermutungen und unzusammenhängenden Fakten urplötzlich ein roter Faden zu erkennen war, ein logisches Gefüge, eine Spur!

»Ich denke, wir sind auf der richtigen Fährte«, sagte er, ohne zu bemerken, dass er damit Ostermann mitten im Satz unterbrach. »Die Nachbarin von Hanna Herzmann hat am Donnerstagabend gegen zweiundzwanzig Uhr einen Mann beobachtet, der mit einem Motorroller kam und etwas in den Briefkasten von Frau Herzmann geworfen hat.«

Bodenstein schob den Stuhl zurück und blickte in die Runde.

»So, wie sie den Mann beschrieben hat, könnte es sich um Kilian Rothemund handeln.«

Die Nacht war die reinste Hölle gewesen. Zum ersten Mal seit Louisas Geburt war Emma länger als zwölf Stunden von ihrem Kind getrennt. Unruhig war sie durch die Wohnung getigert, hatte gebügelt und die Küchenschränke ausgewaschen, bis sie sich schließlich völlig erschöpft auf Louisas Bett gelegt hatte. Ihre Phantasie hatte immer wildere Kapriolen geschlagen. Florian mit einer anderen Frau, wie er sie küsste und mit ihr schlief. Das war schon schlimm, aber schlimmer noch war die Vorstellung, dass Louisa diese Frau mögen könnte. Vor ihrem inneren Auge sah Emma Florian, die Fremde und Louisa puzzeln und Memory spielen, sie schauten KiKa und *Ice Age*, veranstalteten eine ausgelassene Kissenschlacht, gingen spazieren und aßen Eis, sie lachten und hatten Spaß zu dritt, während sie einsam und verlassen im Haus ihrer Schwiegereltern herumhockte, zerrissen von Kummer und Eifersucht. Ein Dutzend Mal hatte Emma das Telefon in der Hand gehabt, um Florian anzurufen, aber sie hatte es nicht getan. Was hätte sie auch fragen sollen? Wie geht es Louisa? Schläft sie gut? Was hat sie gegessen? Ist eine andere Frau bei dir? Albern. Unmöglich.

Emma hatte begonnen, die Stunden bis zum Sonntagnachmittag zu zählen. Wie sollte sie nur diesen Schmerz, diese quälende Einsamkeit zukünftig an jedem zweiten Wochenende aushalten?

Schluchzend hatte sie ihr Gesicht in Louisas Kopfkissen gebohrt, in hilflosem Zorn auf die Stofftiere eingeschlagen. Florian konnte einfach ein neues Leben anfangen, sie hingegen würde in Kürze von einem Neugeborenen vollkommen in Anspruch genommen. Und wahrscheinlich würde er das ausnutzen, um Louisa noch enger an sich zu binden! Irgendwann war die Erschöpfung stärker als ihr Kummer gewesen, und sie war auf dem Kinderbett eingenickt.

Um sieben Uhr war sie aufgewacht, die Muskeln steif von der unbequemen Haltung auf dem viel zu kurzen Bett, und irgendetwas hatte sich in ihr Genick gebohrt. Emma hatte das Kopfkissen aufgeschüttelt und darunter die Küchenschere gefunden, die sie seit ein paar Tagen suchte. Wieso lag in Louisas Bett eine Schere?

Emma brachte die Schere in die Küche und nahm sich vor, Louisa gleich am Sonntag danach zu fragen. Die Dusche verschaffte ihr kaum Erleichterung, doch wenigstens fühlte sie sich nicht mehr so klebrig und verschwitzt.

Für neun Uhr hatte Corinna eine Besprechung wegen der Geburtstagsfestivitäten am 2. Juli in ihrem Büro anberaumt. Mittlerweile musste jeder wissen, dass Florian ausgezogen war. Emma fürchtete das Mitleid der anderen noch mehr als neugierige Fragen, dennoch beschloss sie hinzugehen. Vielleicht lenkte sie das eine Weile von ihrem Kummer ab. Sie tupfte etwas Puder auf ihr fettig glänzendes Gesicht und trug Wimperntusche auf, die aber sofort verwischte. Mit einem Wattestäbchen beseitigte sie die schwarzen Flecken über ihren Augen. Der Tretmülleimer im Badezimmer quoll über. Sie bückte sich mit einem Seufzer, zog ihn aus der Halterung und trug ihn hinüber in die Küche, um den Inhalt in den Küchenmülleimer zu leeren. Plötzlich stutzte sie. Was war das denn? Unter zerknüllten Kleenex und Wattestäbchen lag ein Klumpen aus hellbraunem Stoff, als sie ihn hervorzog, kullerte ein grünes Glasauge über den Boden.

Emma identifizierte die Stofffetzen sofort als die Handpuppe, die Louisa ganz besonders gern hatte: einen hellbraunen Wolf mit roter Stoffzunge und weißen Reißzähnen aus Filz. Sie breitete die einzelnen Fetzen auf dem Küchentisch aus und schauderte bei der Vorstellung, wie ihre fünfjährige Tochter mit der großen Küchenschere hantiert hatte. Wann hatte sie das getan? Und vor allen Dingen – warum? Louisa liebte Wolfi mehr als die anderen Stofftiere und Handpuppen, von denen sie eine unüberschaubare Menge besaß. Er hatte einen Ehrenplatz neben ihrem Kopfkissen, oft trug sie ihn auch tagsüber mit sich herum. Eine lange Zeit war sie abends nicht eingeschlafen, bevor man ihr nicht ein kurzes Theaterstück mit Wolfi vorgespielt hatte. Emma versuchte sich daran zu erinnern, wann sie das Stofftier zum letzten Mal gesehen hatte, aber es wollte ihr nicht einfallen. Sie setzte sich auf einen Küchenstuhl, legte das Kinn in die Hand und betrachtete die Überreste der Handpuppe. Irgendetwas stimmte mit Louisa nicht. War ihr verändertes Verhalten in den vergangenen Wochen wirklich nur eine schwierige Phase? Fühlte das Kind sich womöglich vernachlässigt, weil ihre Eltern zu sehr mit sich selbst beschäftigt waren? War dieser Zerstörungsakt ein kindlicher Versuch, Aufmerksamkeit zu erregen? Doch dann hätte sie ihr Werk einfach im Kinderzimmer auf dem Boden liegen lassen können, so aber hatte sie die Reste an einem Ort versteckt, wo sie niemand finden sollte. Das war seltsam. Und beängstigend. Verdrängen und beschönigen nutzte nichts mehr. Sie musste Louisas Veränderung auf den Grund gehen. So bald wie möglich.

Leonie Verges füllte eine Gießkanne nach der anderen mit frischem Leitungswasser. Normalerweise tat sie das abends, damit das Wasser am Morgen schon lauwarm und etwas abgestanden war, denn das mochten die Rosen und Hortensien am liebsten. Doch gestern hatte sie es vergessen. Als sie die Hofreite in der Niederhofheimer Straße vor zwölf Jahren gekauft hatte, war sie ziemlich heruntergekommen gewesen, der Hof und die Scheune vollgestellt mit altem Gerümpel und Schrott. Es hatte Monate gedauert, bis sie alles entsorgt, Rankgitter angebracht und Beete angelegt hatte, aber nun war aus dem Hof das Paradies geworden, das sie sich damals vorgestellt hatte. An der Hausmauer wuchsen Kletterrosen in üppiger Fülle, der Pavillon im hinteren Teil des Hofes verschwand beinahe unter den zartrosa Blüten ihrer Lieblingsrose, der New Dawn, die ganz leicht nach Apfel duftete.

Auf dem runden Gartentisch mit der Mosaikplatte, den sie im Sperrmüll gefunden und wieder aufgearbeitet hatte, dudelte ein Radio vor sich hin, und Leonie summte die Melodie mit, während sie die Hortensien goss, die in Kübeln und Weidenkörben im Halbschatten prächtig gediehen. Das menschliche Leid, mit dem sie Tag für Tag konfrontiert wurde, ließ sich trotz aller Professionalität häufig nicht einfach ausblenden, der Garten im Hof war der beste Ausgleich für ihre Arbeit. Beim Rosenschneiden, Düngen, Umtopfen und Wässern konnte sie ihre Gedanken schweifen lassen, entspannen und neue Kraft sammeln. Nachdem sie die Pflanzen gewässert hatte, machte sie sich daran, die abgeblühten Blüten der Geranien auszuzupfen.

»Frau Verges?«

Leonie fuhr erschrocken herum.

»Entschuldigung«, sagte der Mann, den sie noch nie gesehen hatte, »wir wollten Sie nicht erschrecken. Aber Sie waren so vertieft in Ihre Arbeit, dass Sie das Klingeln wohl nicht gehört haben.«

»Die Klingel hört man hier draußen nicht«, erwiderte Leonie und musterte ihre Besucher misstrauisch. Der Mann war schätzungsweise Mitte vierzig, er trug ein grünes Polohemd und Jeans und seine fehlende Körperspannung war ein Zeichen dafür, dass er die meiste Zeit sitzend an einem Schreibtisch verbrachte. Er war weder besonders attraktiv noch auffallend hässlich, ein freundliches Durchschnittsgesicht mit einem wachen Blick. Die Frau war bedeutend jünger als er. Sie war sehr mager, ihr spitzes Gesicht schien nur aus stark geschminkten Augen und knallroten Lippen zu bestehen. Wie Zeugen Jehovas, die meistens im gemischten Doppel auftraten, sahen sie nicht aus. Leonie war nicht nach Besuch zumute, sie ärgerte sich, dass sie das große Hoftor nicht geschlossen hatte.

»Was kann ich für Sie tun?«, fragte sie und warf die welken Geranienblätter und Blüten in einen Eimer. Oft verirrten sich Kunden der gegenüberliegenden Bäckerei zu ihr, weil sie glaubten, ihr Hof sei eine Gärtnerei.

»Ich bin Meike Herzmann«, antwortete die junge Frau, »die Tochter von Hanna Herzmann. Das ist Dr. Wolfgang Matern, der Programmdirektor des Senders, für den meine Mutter arbeitet und ein guter Freund.«

»Aha.« Leonies Misstrauen wuchs. Woher kannten die beiden ihren Namen und ihre Adresse? Hanna hatte ihr hoch und heilig versprochen, mit niemandem über die Sache zu sprechen!

»Meine Mutter ist Donnerstagnacht überfallen und vergewaltigt worden«, sagte Meike Herzmann. »Sie liegt im Krankenhaus.«

Sie schilderte in knappen Worten, was ihrer Mutter zugestoßen war, ließ kein widerwärtiges Detail aus, dabei blieb sie vollkommen sachlich, ohne jede Empathie. Leonie spürte, wie eine Gänsehaut über ihren Rücken lief. Ihre dunkle Vorahnung, dass etwas Schlimmes passiert sein musste, bewahrheitete sich. Sie hörte schweigend zu.

»Das ist ja schrecklich. Aber was wollen Sie jetzt von mir?«, fragte sie, als Meike verstummte.

»Wir dachten, Sie wissen vielleicht, woran meine Mutter gerade gearbeitet hat. Sie haben ihr vor anderthalb Wochen eine E-Mail geschrieben, dass eine Patientin von Ihnen bereit wäre, sich mit meiner Mutter zu treffen. Und Sie erwähnten jemanden namens Kilian Rothemund.«

Leonie wurde eiskalt, gleichzeitig begann es in ihrem Innern zu kochen. Hatten sie Hanna nicht eindringlich genug klargemacht, wie gefährlich diese ganze Sache war? Trotz aller Warnungen musste sie mit jemandem gesprochen und ihre E-Mails in einem frei zugänglichen Computer gespeichert haben! Verdammt, damit hatte sie alle in Gefahr gebracht und den sorgfältig ausgeklügelten Plan womöglich zerstört. Sie hatte von Anfang an kein gutes Gefühl dabei gehabt. Hanna Herzmann war eine geltungssüchtige Egoistin, in ihrer Überheblichkeit fest davon überzeugt, unantastbar zu sein. Leonie konnte kein Mitleid mit ihr empfinden.

»Ich habe durch Zufall eine Adresse in Langenselbold gefunden«, fuhr Meike fort. »Das ist ein Aussiedlerhof, wohl das Hauptquartier einer Rockerbande. Ich war da, aber sie haben einen Hund auf mich gehetzt.«

Die Angst kam wie ein schleichendes Gift, Leonie begann zu schwitzen. Sie musste sich bemühen, ihre Gesichtszüge unter Kontrolle zu behalten, und verschränkte ihre zitternden Arme vor der Brust.

»Waren Sie deshalb schon bei der Polizei?«, fragte sie.

Der Mann, der bisher noch nichts gesagt hatte, räusperte sich.

»Nein, noch nicht«, sagte er. »Ich kenne Hanna schon sehr lange, sie arbeitet seit vierzehn Jahren für unseren Sender. Und ich weiß, wie empfindlich sie ist, wenn es um ihre Recherche geht. Deshalb wollten wir zuerst einmal selbst herausfinden, ob der Überfall auf sie mit ihrer Arbeit zusammenhängen könnte.«

Ganz sicher gab es da einen Zusammenhang, aber es war eindeutig besser, sich unwissend zu stellen.

»Frau Herzmann ist seit ein paar Wochen bei mir in Therapie«, erwiderte Leonie mit einem bedauernden Unterton in der Stimme. »Sie hat mir nicht erzählt, was oder woran sie arbeitet. In der E-Mail ging es um eine ehemalige Patientin von mir, die Frau Herzmann zufällig kannte. Mehr darf ich Ihnen aber nicht sagen.«

Leonie spürte den prüfenden, beinahe feindseligen Blick von Meike Herzmann. *Du lügst*, sagte dieser Blick, *und ich weiß es*. Doch es blieb ihr nichts anderes übrig, sie musste Michaela um jeden Preis schützen.

Der Mann bedankte sich, reichte ihr eine Visitenkarte, die sie in die Tasche ihrer Gartenschürze steckte.

»Vielleicht fällt Ihnen ja doch noch etwas ein, was uns helfen könnte«, sagte er und legte kurz seinen Arm um die Schulter der jungen Frau. »Komm, Meike. Gehen wir.«

Sie verließen den Hof, und Leonie blickte ihnen nach, bis sie in ein Auto mit Frankfurter Kennzeichen gestiegen waren, das auf einem der fünf Parkplätze vor der Bäckerei stand. Dann schloss sie das Hoftor, legte die Riegel vor und ging ins Haus. Sie musste dringend telefonieren. Sehr dringend. Nein, besser nicht telefonieren. Einen Moment lang stand sie unentschlossen im Flur, dann ergriff sie den Autoschlüssel, der am Schlüsselbrett neben der Haustür hing. Sie würde hinfahren. Vielleicht war es noch nicht zu spät für eine Schadensbegrenzung.

Kai Ostermann hatte drei Stunden gebraucht, um herauszufinden, dass Kilian Rothemund nirgendwo polizeilich gemeldet war. Seitdem er aus dem Gefängnis entlassen worden war, existierte er offiziell nicht mehr. Weder bekam er Geld vom Staat noch der Staat Geld von ihm. Die Handynummer seines Bewährungshelfers stimmte nicht mehr, beim Festnetzanschluss meldete sich nur ein Anrufbeantworter, der gleich mitteilte, dass es keine Möglichkeit gebe, eine Nachricht zu hinterlassen.

»Hier ist es.« Pia stoppte das Auto vor einem Glaskasten mit Flachdach und einem gepflegten Vorgarten. »Oranienstraße 112.«

Sie stiegen aus und überquerten die Straße. Der Asphalt war schon am Vormittag glühend heiß, Pia konnte das selbst durch die Sohlen ihrer Turnschuhe spüren. Vor der Doppelgarage stand ein schneeweißer SUV, also war wohl jemand zu Hause. Kai war bei seiner Recherche auf Rothemunds frühere Adresse in Bad Soden gestoßen, und Bodenstein hoffte, dass die neuen Eigentümer wussten, was aus den Vorbesitzern des Hauses geworden war.

Pia drückte auf die Klingel neben dem Briefkasten. Die diskreten Initialen K. H. verrieten keinen Namen.

»Hallo?«, quakte es aus der Sprechanlage.

»Kriminalpolizei. Wir würden gerne mit Ihnen sprechen«, sagte Pia.

»Moment.«

Der Moment dauerte geschlagene drei Minuten.

»Warum brauchen die so lange?« Pia pustete sich eine Haarsträhne aus der Stirn. Manche Leute rissen vor Neugier sofort die Tür auf, wenn sie klingelten, bei anderen Menschen weckte ein Besuch der Kripo diffuse Schuldgefühle, und sie zögerten die Begegnung heraus.

»Vielleicht jagen sie noch schnell irgendwelche kompromittierenden Unterlagen durch den Reißwolf«, erwiderte Bodenstein und grinste. »Oder sie schaffen Omas Leiche in den Keller.«

Pia warf ihrem Chef einen kritischen Seitenblick zu. Diese lockere Art von Humor war ganz neu bei ihm, genauso neu wie seine Angewohnheit, sich nur noch unregelmäßig zu rasieren und keine Krawatten mehr zu tragen. Zweifelsohne hatte Bodenstein sich in den letzten Wochen verändert, durchaus zu seinem Vorteil, wie sie fand, denn es war ganz und gar nicht einfach gewesen, mit einem ewig deprimierten und geistesabwesenden Chef zusammenzuarbeiten.

»Sehr witzig.« Pia wollte gerade wieder klingeln, als die Tür geöffnet wurde. Eine Frau erschien im Türrahmen. Mitte vierzig, gertenschlank, sehr gepflegt. Sie war immer noch attraktiv, sah aber verbraucht aus. Ab vierzig rächte sich die Haut gnadenlos für zu viel Sonne und zu wenig Körperfett.

»Ich war gerade unter der Dusche«, sagte sie entschuldigend und fuhr sich mit der Hand durch das dunkle, von weißen Strähnen durchzogene Haar, das noch feucht war.

»Kein Problem. Es regnet ja glücklicherweise gerade nicht.« Bodenstein präsentierte ihr seinen Ausweis, stellte sich und Pia vor. Die Frau quittierte seine Bemerkung mit einem unsicheren Lächeln.

»Was kann ich für Sie tun?«

»Frau …?«, begann Bodenstein.

»Hackspiel. Britta Hackspiel«, entgegnete die Frau.

»Danke. Frau Hackspiel, wir sind auf der Suche nach jemandem, der hier mal gewohnt hat. Einem Kilian Rothemund.«

Das Lächeln auf dem Gesicht der Frau erstarb. Sie verschränkte die Arme und holte tief Luft. Ihre ganze Körperhaltung signalisierte Abwehr.

»Wieso wundert mich das jetzt nicht?«, sagte sie mit zusammengebissenen Zähnen. »Ich weiß nicht …«

Sie verstummte, wollte etwas sagen, besann sich anders.

»Kommen Sie rein. Es muss ja nicht die ganze Nachbarschaft mitkriegen, dass wieder mal die Polizei da ist.«

Bodenstein und Pia betraten einen verglasten Vorraum. Das ganze Haus schien vorwiegend aus Glaswänden zu bestehen.

»Kilian Rothemund ist mein Exmann. Ich habe mich scheiden lassen, als er ins Gefängnis musste. Das war 2001, und seitdem habe ich ihn nicht mehr gesehen.« Britta Hackspiel bemühte sich um äußerliche Gelassenheit, aber in ihrem Innern tobte ein wilder Aufruhr, das verrieten ihre Hände, die an ihren Oberarmen auf und ab glitten. »Es war für mich unerträglich, mit einem Pädophilen verheiratet zu sein. Meine Kinder waren damals noch klein, und ich habe mir im Nachhinein oft überlegt, ob dieses perverse Schwein sich wohl auch an ihnen vergriffen hat.«

Aus ihrer Stimme sprachen Abscheu und Hass, die auch mehr als neun Jahre nicht hatten mildern können.

»Was dieser Mann mir, den Kindern und meinen Eltern angetan hat, ist einfach unvorstellbar. Die widerwärtige Berichterstattung in den Medien war für uns alle ein Alptraum. Ich weiß nicht, ob Sie nachvollziehen können, wie demütigend und grausam es ist, wenn sich der Mann, den Sie zu kennen geglaubt haben, auf einmal als Kinderschänder entpuppt.« Sie blickte Pia an, und diese erkannte, wie tief die Frau verletzt war. »Unsere Freunde haben sich von mir abgewendet, ich fühlte mich wie eine unschuldig zum Tode Verurteilte. Sehr oft habe ich mich gefragt, ob es vielleicht an mir gelegen haben könnte. Drei Jahre lang war ich in Therapie, weil ich mich mitschuldig gefühlt habe.«

Häufig empfanden die Angehörigen von Tätern diese Schuldgefühle, machten sich selbst für das, was geschehen war, verantwortlich. Dies war umso schlimmer, wenn sich auch noch Freundeskreis und Nachbarschaft abwendeten. Pia konnte sich vorstellen, wie grausam es sein musste, plötzlich als Frau eines Kinderschänders gebrandmarkt und in Sippenhaft genommen zu werden.

»Warum sind Sie nicht hier weggezogen?«, erkundigte sie sich.

»Wohin denn?« Britta Hackspiel stieß ein unfrohes Lachen aus. »Das Haus war noch nicht abbezahlt, es war kein Geld mehr da. Bei der Scheidung bekam ich zwar alles zugesprochen, aber wenn meine Eltern mich nicht finanziell unterstützt hätten, wäre alles den Bach heruntergegangen.«

»Wissen Sie, wo Ihr Exmann jetzt lebt?«, wollte Bodenstein wissen.

»Nein. Und das will ich auch nicht wissen. Das Gericht hat ein striktes Besuchsverbot verhängt, außerdem darf er sich den Kindern nicht nähern. Verstößt er gegen diese Auflagen, wandert er sofort wieder dahin, wo er hingehört: nämlich ins Gefängnis.«

So viel Bitterkeit. Eine Verletzte, deren Wunden nicht heilen konnten.

Ein schwarzer BMW fuhr vor die Doppelgarage neben den weißen SUV, ein großer Mann mit einem grauen Haarkranz, ein Junge und ein blondes Mädchen stiegen aus.

»Mein Mann und meine Kinder«, erklärte Britta Hackspiel nervös. »Ich möchte nicht, dass sie den Grund Ihres Besuches erfahren.«

Der Junge war ungefähr zwölf, das Mädchen etwa vierzehn Jahre alt und eine kleine Schönheit mit großen dunklen Augen und einer Haut wie Milch und Honig. Das lange blonde Haar reichte bis in die Mitte ihres Rückens, und Pia konnte die Befürchtungen ihrer Mutter nachvollziehen. Sie dachte flüchtig an Lilly.

Das Mädchen musste etwa so alt gewesen sein wie Lilly heute, als Britta Hackspiel von den kranken Vorlieben ihres Mannes erfahren hatte. Neben dem furchtbaren Gefühl, den eigenen Mann nie richtig gekannt zu haben, kam die Sorge um die Kinder, dazu die gesellschaftliche Ächtung. Sexueller Missbrauch von Kindern durch ihre eigenen Väter war leider keine Seltenheit, im geschlossenen Mikrokosmos Familie wurde die meiste Gewalt ausgeübt, und trotz aller Kampagnen in der Öffentlichkeit wurde dieses Thema noch immer tabuisiert.

Pia reichte Britta Hackspiel eine Visitenkarte.

»Bitte rufen Sie mich an, wenn Sie doch noch etwas erfahren sollten«, sagte sie. »Es ist sehr wichtig.«

Das Mädchen kam die Treppe hoch, in einem Ohr steckte der weiße Ohrstöpsel eines iPods, über der Schulter trug sie eine Sporttasche, aus der ein Hockeyschläger ragte.

»Hallo, Mama.«

»Hallo, Chiara.« Frau Hackspiel lächelte ihre Tochter an. »Und, wie war das Training?«

»Toll«, erwiderte das Mädchen ohne Begeisterung. Ein fragender Blick streifte erst Bodenstein, dann Pia.

»Also«, sagte Bodenstein und wandte sich zum Gehen. »Vielen Dank für die Auskünfte. Und ein schönes Wochenende noch.«

»Ihnen auch. Auf Wiedersehen.« Frau Hackspiel faltete Pias Visitenkarte zu einem kleinen Viereck, erst quer, dann längs. Sie würde sich nicht melden. Wahrscheinlich wanderte die Karte sofort in den Mülleimer. Und Pia konnte es irgendwie verstehen.

Um sechzehn Uhr lief die bundesweite Fahndung nach Kilian Rothemund an.

Das Foto war zwar nicht mehr ganz aktuell, es stammte aus dem Polizeicomputer und war neun Jahre alt, aber besser ein altes als gar kein Foto. Aus dem kriminaltechnischen Labor in Wiesbaden waren weitere Ergebnisse eingetroffen, die dem Fall Hanna Herzmann eine ganz neue Perspektive gaben. Eines der Gläser, die auf dem Wohnzimmertisch in Hannas Haus gestanden hatten, war zwar oberflächlich abgewischt worden, aber im Labor hatte man trotzdem noch einen brauchbaren Fingerabdruck finden können.

»Bernhard Andreas Prinzler«, sagte Kai Ostermann bei der Nachmittagsbesprechung, zu der sich das gesamte K11 nebst Christian Kröger im Besprechungsraum eingefunden hatte. »Ein ganz schwerer Junge. Sein Vorstrafenregister ist so lang wie eine Klopapierrolle. Totschlag, gefährliche Körperverletzung, illegaler Waffenbesitz, Förderung der Prostitution, Nötigung, Erpressung. Der Mann hat fast das komplette Strafgesetzbuch abgearbeitet. Seine letzte Verurteilung liegt allerdings mittlerweile vierzehn Jahre zurück. Außerdem war er lange Jahre einer der führenden Köpfe der Frankfurter Road Kings.«

»Der tätowierte Riese, den Kornbichler im Wohnzimmer gesehen haben will«, sagte Pia. »Und wer war der andere Mann, mit dem Hanna Herzmann später weggefahren ist?«

»Das war Kilian Rothemund«, erwiderte Kai. »Seine Fingerabdrücke sind überall im Haus. Er hat sich auch nicht die Mühe gemacht, sein Glas abzuwischen.«

»Im Gegensatz zu Prinzler«, ergänzte Bodenstein. »Warum wischt man ein Glas ab, wenn man irgendwo zu Besuch ist?«

»Ist vielleicht reine Gewohnheit bei jemandem, der so oft mit dem Gesetz kollidiert ist«, vermutete Christian Kröger.

»Oder Prinzler hatte vor, wiederzukommen«, sagte Cem Altunay.

»Das ergibt irgendwie keinen Sinn.« Pia schüttelte den Kopf. »Prinzler und Rothemund besuchen Hanna Herzmann, sitzen mit ihr im Wohnzimmer und quatschen wie alte Freunde. Später fährt Frau Herzmann mit Rothemund auch noch weg. Der ist am Abend darauf wieder an ihrem Haus und wirft etwas in den Briefkasten …«

»Was hat er da eigentlich eingeworfen?«, fragte Kathrin Fachinger.

»Das wissen wir noch nicht. Meike Herzmann meldet sich nicht auf ihrem Handy«, antwortete Pia. »Zurückgerufen hat sie wohl auch nicht, oder, Kai?«

»Hier nicht, nein.«

Bodenstein stand auf, nahm den Filzschreiber und ergänzte die Namensliste auf dem Whiteboard um die Namen Kilian Rothemund und Bernd Prinzler, dafür strich er Norman Seiler und Vinzenz Kornbichler durch.

»Was ist mit Niemöller?« Er wandte sich um. »Wer hat mit ihm gesprochen?«

»Kathrin und ich«, sagte Cem Altunay. »Ein Alibi hat er nicht für Donnerstagnacht. Er behauptet, er habe mit Frau Herzmann wegen einer Recherchesache gestritten. Es hat ihn wohl gekränkt, dass sie ihm nicht verraten wollte, woran sie gerade arbeitet. Angeblich ist er direkt von Oberursel aus nach Hause gefahren und hat sich in seiner Wohnung vor lauter Frust betrunken. Leider gibt's dafür keine Zeugen.«

»Mir kam es aber nicht so vor, als ob er lügen würde«, ergänzte Kathrin Fachinger. »Und ganz ehrlich, das ist so ein dürrer Stubenhocker. Ich kann mir beim besten Willen nicht vorstellen, dass der so etwas tut.«

Bodenstein ließ diese Bemerkung unkommentiert. Selten sah man einem Menschen an, wozu er fähig war. Auch er hielt Jan Niemöller nicht für den

Täter, doch er hatte sich von ihm hilfreiche Informationen über das Umfeld von Hanna Herzmann erhofft, insbesondere über die Angelegenheit, mit der sie sich gerade beschäftigt hatte.

»Gibt es Neuigkeiten aus dem Krankenhaus?«

»Frau Herzmann ist noch immer nicht vernehmungsfähig«, meldete sich wieder Cem zu Wort. Kathrin und er waren im Höchster Krankenhaus gewesen, aber Hanna Herzmann war nach einer zweiten Operation noch nicht aus der Narkose aufgewacht, ihren Zustand beurteilten die Ärzte als weiterhin kritisch.

»Rothemund muss sich hier irgendwo in der Gegend aufhalten«, sagte Bodenstein nachdenklich. »Er ist mit einem Motorroller in Langenhain gewesen.«

»Ich hab die Wohnanschrift von Prinzler.« Kai blickte von seinem Laptop auf. »Er wohnt in Ginnheim, in der Peter-Böhler-Straße 143. Ich hab's irgendwie im Urin, dass Rothemund bei seinem früheren Mandanten untergekrochen ist. Der ist ihm nämlich was schuldig. Vielleicht interessiert es euch, dass Kilian Rothemund in mehreren Fällen Prinzlers Strafverteidiger war. Er hat in zwei Fällen von schwerer Körperverletzung Freispruch aus Mangel an Beweisen hinbekommen.«

Bodenstein nickte. Das hörte sich in der Tat sehr vielversprechend an. Allerdings war davon auszugehen, dass sich Prinzler nicht widerstandslos festnehmen lassen würde.

»Wir fahren sofort hin«, entschied er und warf einen Blick auf seine Uhr. »Kai, ruf bei den Kollegen in Frankfurt an. Ich will mindestens sechs Mann Verstärkung dabeihaben. Sie sollen um Punkt 17:30 Uhr da sein.«

Vielleicht hatten sie Glück, und der Fall Hanna Herzmann war in ein paar Stunden aufgeklärt, damit sie sich wieder mit aller Konzentration der Nixe widmen konnten, die noch immer namenlos in einem Kühlfach der Frankfurter Rechtsmedizin lag.

Hanna hatte jegliches Zeitgefühl verloren. Wie lange lag sie hier schon? Einen Tag? Eine Woche? Welches Datum war heute? Welcher Wochentag?

Es machte sie schier verrückt, dass sie sich an nichts erinnern konnte. Doch sosehr sie sich bemühte, in ihrem Kopf war nichts außer einem undurchdringlichen Nebel. Ein bestimmter Zeitraum war ihr abhandengekommen, denn sie wusste, wie sie hieß, wann sie Geburtstag hatte, sie konnte alles minutiös abrufen, bis zu dem Streit mit Jan nach der After-Show-Party.

Die Ärzte hatten ihr heute Morgen, bevor man sie ein zweites Mal in den OP geschoben hatte, gesagt, sie habe einen Schädelbruch und eine schwere Gehirnerschütterung erlitten und eine vorübergehende Amnesie sei in einem solchen Fall nicht ungewöhnlich. Sie solle sich nicht unter Druck setzen, hatten sie ihr geraten, irgendwann kehre die Erinnerung von selbst zurück. Schädelbruch. Gehirnerschütterung. Warum hatte man sie wieder operiert? Weshalb konnte sie sich kaum bewegen?

Die Tür ging auf, die dunkelhaarige Ärztin, die sie schon öfter gesehen hatte, trat an ihr Bett.

»Wie fühlen Sie sich?«, erkundigte sie sich freundlich.

Blöde Frage. Wie fühlte man sich, wenn man auf der Intensivstation lag, keine Erinnerung hatte und nicht mal von seiner eigenen Tochter besucht wurde?

»Ganz gut«, murmelte Hanna. »Was ist eigentlich passiert? Warum bin ich operiert worden?«

Wenigstens konnte sie sich mittlerweile wieder halbwegs verständlich artikulieren. Die Ärztin kontrollierte die Monitore, die sich hinter Hannas Bett befanden, dann zog sie einen Stuhl heran und setzte sich.

»Sie sind Opfer eines Verbrechens geworden. Man hat Sie überfallen und vergewaltigt«, sagte sie mit ernster Miene. »Dabei haben Sie sehr schwere innere und äußere Verletzungen erlitten. Wir mussten Ihnen die Gebärmutter und ein Stück des Darms entfernen und vorübergehend einen künstlichen Ausgang legen.«

Hanna starrte die Frau stumm an. Das Begreifen kam in Schockwellen. Sie hatte keinen Unfall gehabt, sondern war *vergewaltigt* worden! Das konnte nicht wahr sein! So etwas passierte anderen, aber doch nicht ihr. Sie war es, die über solche Dinge berichtete! Opfer eines Verbrechens. Nein, nein, nein! Sie wollte kein Opfer sein, das begafft und bemitleidet wurde.

»Weiß … weiß die Presse das schon?«, nuschelte Hanna. Sie konnte die Schlagzeile auf der Titelseite der Boulevardblätter direkt vor sich sehen: Hanna Herzmann brutal vergewaltigt. Vielleicht noch mit einem Foto, das sie hilflos und halbnackt zeigte! Diese Vorstellung war der blanke Horror.

Doch zu Hannas Erleichterung schüttelte die Ärztin den Kopf.

»Nein, das Krankenhaus hat eine Nachrichtensperre verhängt. Die Polizei möchte allerdings mit Ihnen sprechen.«

Na klar. Die Polizei. Sie war jetzt ein *Opfer*. Ein Vergewaltigungsopfer. Besudelt. Missbraucht. Geschändet. Immer wieder hatte sie Frauen in ihrer Sendung gehabt, die vergewaltigt worden waren, hatte mit ihnen über Traumata, Ängste und Täter gesprochen, über monate- oder jahrelange Psychotherapien und Selbsthilfegruppen. Sie hatte Mitgefühl und Verständnis geheuchelt, aber insgeheim hatte sie diese Frauen verachtet und gedacht: selbst schuld, wenn euch das passiert. Wer so aufreizend herumläuft wie eine Nutte auf dem Straßenstrich oder geduckt wie ein ängstlicher Hase, der muss damit rechnen, überfallen und vergewaltigt zu werden. Und nun sollte ihr dasselbe zugestoßen sein? Der Gedanke war schier unerträglich.

»Setzen Sie sich nicht unter Druck. Wenn Sie möchten, können Sie mit einer Psychologin sprechen.« Die Ärztin legte ihre Hand kurz auf Hannas Arm. In ihren Augen las Hanna Mitleid. Und das war das Allerletzte, was sie wollte.

Sie schloss die Augen. Nur nicht darüber nachdenken. Am besten versuchte sie gar nicht mehr, sich an irgendetwas zu erinnern. Wenn sie sich nicht erinnerte, dann konnte sie vielleicht verdrängen, dass es passiert war. So bald wie möglich musste sie ihren Agenten anrufen, damit er sich eine passende Story für Presse und Öffentlichkeit ausdachte, denn es würde sich nicht auf Dauer verheimlichen lassen, dass ihr irgendetwas zugestoßen war. Ein Unfall war gut. Ja, mit einem Autounfall konnte sie leben. *Im Licht der Scheinwerfer huschte vor ihr etwas über die Straße, und sie riss instinktiv das Lenkrad nach links.* Hanna zuckte erschrocken zusammen, so klar sah sie die Situation vor sich. Sie war auf dem Weg nach Hause gewesen, als ihr ein Tier vor das Auto gelaufen war. Sie hatte es geschafft, ihm auszuweichen und dann … Laute Musik. Das Tier im Kegel der Scheinwerfer. Ein Dachs oder ein Waschbär. POLIZEI – BITTE FOLGEN. Das Warndreieck. Erinnerungsbruchstücke blitzten durch den Nebel in ihrem Kopf, unsortiert und unwillkommen. Sie war vergewaltigt worden. Wer hatte sie gefunden? Irgendwelche Fremde, die sie schwach, hässlich und misshandelt gesehen hatten?

Hanna ballte die Hände zu Fäusten und kämpfte gegen die aufsteigenden Tränen. Großer Gott, welche Schande! Wie würde sie jemals damit weiterleben können?

Statt der zwei angeforderten Streifenwagen wartete eine komplette Einheit des Sondereinsatzkommandos, als Bodenstein, Kröger, Altunay und Pia in der Peter-Böhler-Straße eintrafen.

»Was soll das denn?«, fragte Bodenstein den Einsatzleiter irritiert, als er die Männer in den schwarzen Kampfuniformen erblickte. Wenig später begriff er, dass Ostermann bei der Benachrichtigung erwähnt hatte, dass die festzunehmende Zielperson ein Road King war, und damit war seine Anfrage von der Zentrale an die Abteilung Organisierte Kriminalität weitergeleitet und das SEK alarmiert worden.

»Wolltet ihr da etwa einfach klingeln und reinmarschieren?«, fragte der Einsatzleiter herablassend.

»Allerdings«, erwiderte Bodenstein kalt. »Und genau so werden wir das jetzt auch machen. Ich will hier kein Aufsehen erregen und den Mann womöglich noch mit einem Haufen testosterongeladener Kampfmaschinen unnötig provozieren.«

Der Einsatzleiter verzog verächtlich das Gesicht.

»Ich habe keine Lust, hinterher stundenlang Protokolle zu schreiben, weil ihr Provinzsheriffs die Situation falsch eingeschätzt habt«, sagte er. »Ich werde die Aktion koordinieren. Meine Jungs wissen, was sie zu tun haben.«

Immer mehr Passanten wurden auf sie aufmerksam, Anwohner steckten neugierig ihre Köpfe aus den Fenstern oder lehnten sich über die Balkonbrüstungen. Pia schüttelte ungeduldig den Kopf. Ihrem Chef stand mal wieder seine angeborene Höflichkeit im Wege.

»Wenn ihr hier noch ein bisschen länger rumdiskutiert, sind die Vögel gleich gewarnt und ausgeflogen«, mischte sie sich ein. »Ich wollte heute auch noch mal irgendwann nach Hause.«

»Was haben Sie denn überhaupt …?«, begann der Einsatzleiter, aber sein überheblicher Tonfall und sein Machogebaren brachten Bodenstein allmählich in Rage.

»Schluss jetzt«, unterbrach er ihn energisch. »Wir gehen jetzt da rein, bevor noch das Fernsehen auftaucht und unsere Zielperson sein Haus in der *Hessenschau* sieht. Ihr bleibt unten und sichert die Ausgänge.«

»Sie tragen keine schusssichere Weste«, maulte der Mann, der sich in seiner Ehre sichtlich gekränkt fühlte. »Ich und einer von meinen Jungs gehen mit.«

»Wenn Sie unbedingt wollen.« Bodenstein zuckte die Achseln und setzte sich in Bewegung. »Aber ihr haltet euch im Hintergrund.«

Das Haus Nummer 143 war einer von mehreren gesichtslosen, grauen Wohnblöcken aus den sechziger Jahren. An dem warmen Samstagnachmittag spielte sich das Leben der Bewohner zum größten Teil im Freien ab. Die Leute saßen auf ihren Balkonen, auf dem Rasen zwischen den Häusern spielten Kinder Fußball, ein paar junge Männer schraubten an einem Auto herum. Gerade, als sie sich der Haustür näherten, ging diese auf. Zwei junge Frauen mit Kinderwagen kamen heraus und musterten sie misstrauisch.

»Was ist denn hier los?«, fragte eine beim Anblick der SEK-Leute.

»Nichts. Gehen Sie weiter«, blaffte der Einsatzleiter unfreundlich.

Natürlich erreichte er damit das Gegenteil. Die beiden blieben stehen, eine zückte sogar ihr Handy. Pia drängte zur Eile. Die ganze Aktion erregte schon jetzt viel zu viel Aufsehen.

»Prinzler«, las Cem auf einem der Klingelschilder. »Dritter Stock.«

Im Hausflur roch es nach Essen.

»Pia und ich nehmen den Aufzug, ihr die Treppe«, sagte Bodenstein zu Altunay und Kröger und drückte den Knopf des Aufzugs.

»Willst du nicht lieber die Treppe nehmen?«, fragte Pia harmlos.

Sie kannte die Antwort ihres Chefs im Voraus, aber sie konnte es nicht lassen, ihn aufzuziehen. Im letzten Sommer hatte er vollmundig behauptet, er werde auch ohne alberne Fitness- und Ernährungspläne ein paar Kilos abnehmen, indem er zukünftig einfach Treppen statt Aufzüge benutzen würde. Seitdem hatte sie es allerdings erst zwei- oder dreimal erlebt, dass er tatsächlich eine Treppe nahm, wenn es einen funktionierenden Aufzug als Alternative gab.

Der Aufzug kam.

»Ich bereue es jeden Tag bitterlich, dich vertrauensvoll in meine geheimen Fitnesspläne eingeweiht zu haben«, entgegnete Bodenstein, nachdem sich die Türen hinter ihnen geschlossen hatten. »Du wirst mich bis ans Ende meiner Tage mit dieser leichtfertig geäußerten Bemerkung aufziehen. Ich schlage vor, wir nehmen die Treppe auf dem Rückweg.«

»Wie üblich also.« Pia grinste vielsagend.

Wenig später standen sie vor einer verkratzten Tür, an der ein staubiger Plastikblumenkranz hing. Die Fußmatte hieß Besucher herzlich willkommen. Bodenstein drückte auf die Klingel. Hinter der dünnen Sperrholztür lief überlaut ein Radio, aber nichts rührte sich. Nach einem zweiten Klingeln verstummte das Radio. Bodenstein klopfte.

Plötzlich ging alles ganz schnell. Die Tür öffnete sich einen Spaltbreit, die beiden SEK-Leute stürmten an Bodenstein vorbei, warfen sich gegen die Tür, die gegen die Wand knallte. Ein schriller Schrei ertönte aus der Wohnung, gefolgt von einem zweiten Schrei, einem dumpfen Schlag und ersticktem Husten. Wie ein Blitz huschte eine weiße Katze zwischen Pias Beinen hindurch ins Treppenhaus und miaute.

Pia und Bodenstein drängten sich in die Wohnung. Ihnen bot sich ein grotesker Anblick. Eine zierliche alte Dame mit sorgfältig ondulierten weißen Löckchen stand im Flur, in der Hand eine Sprühdose, zu ihren Füßen krümmte sich der Einsatzleiter auf dem hellgrauen Teppichboden, der andere Beamte lehnte an der Wand. Er hustete und seine Augen tränten. Eine schöne Bescherung!

»Hände hoch!« Die alte Dame richtete die Dose angriffslustig auf Bodenstein. Der war noch nie von einer Achtzigjährigen mit einer goldgerahmten Lesebrille auf der Nasenspitze bedroht worden, gehorchte aber angesichts ihrer grimmigen Entschlossenheit vorsichtshalber.

»Ganz ruhig!«, sagte er. »Mein Name ist Bodenstein, Kriminalpolizei Hofheim. Bitte entschuldigen Sie das rüde Verhalten meiner Kollegen.«

»Die Oma nehmen wir mit«, krächzte der Einsatzleiter und bemühte sich, auf die Beine zu kommen. »Das gibt eine Anzeige wegen Körperverletzung.«

»Dann zeige ich Sie an wegen Hausfriedensbruch«, erwiderte die alte Dame schlagfertig. »Raus aus meiner Wohnung, aber sofort!«

Im Treppenhaus versammelten sich immer mehr Hausbewohner, reckten die Hälse und tuschelten.

»Geht's dir gut, Elfriede?«, rief ein alter Mann.

»Ja, ja, alles in Ordnung«, erwiderte die furchtlose Seniorin und stellte die Tränengasdose auf die Ablage der Garderobe. »Aber auf den Schreck brauche ich erst mal einen Sherry.«

Sie warf Bodenstein einen prüfenden Blick zu.

»Kommen Sie mit, junger Mann«, sagte sie. »Sie haben wenigstens Benehmen. Nicht so wie diese zwei Rüpel, die mir fast die Tür eingeschlagen haben.«

Bodenstein und Pia folgten ihr ins Wohnzimmer. Eiche rustikal, geblümte Tapete, ein Servierwagen voller Nippes, Polstermöbel überladen mit bestickten Kissen, Zinnteller und -krüge in einer Vitrine. Der riesige Plasmafernseher mittendrin ein Anachronismus. Schwer vorstellbar, dass hier ein tätowierter Zweimetermann in Kutte und Motorradstiefeln ein und aus ging.

»Auch ein Gläschen?«, erkundigte sich die alte Dame.

»Nein, vielen Dank«, lehnte Bodenstein höflich ab.

»Setzen Sie sich doch.« Sie öffnete die Vitrine, die eine beachtliche Sammlung verschiedenster Alkoholika enthielt, nahm ein Glas und schenkte aus einer Flasche einen kräftigen Schluck ein. »Was sollte der Überfall hier eigentlich?«

»Wir suchen Bernd Prinzler«, erwiderte Bodenstein. »Ist das Ihr Sohn?«

»Der Bernd. Ja, das ist mein Sohn. Einer von vieren. Hat er etwa wieder was ausgefressen?« Elfriede Prinzler kippte wenig betroffen den Sherry herunter.

Christian Kröger erschien im Türrahmen.

»Die Wohnung ist leer«, sagte er. »Auch keinerlei Hinweise darauf, dass sich hier kürzlich jemand anderes aufgehalten hat.«

»Wen haben Sie denn erwartet? Etwa meinen Sohn? Den habe ich seit Jahren nicht gesehen.« Die alte Dame setzte sich in den Sessel, der in Richtung Fernseher ausgerichtet war. Sie kicherte.

»Sie müssen das Tränengas entschuldigen«, gluckste sie amüsiert, und Pia vermutete, dass sie eben nicht erst ihren ersten Sherry getrunken hatte. »Aber hier läuft so viel Gesindel herum, deshalb hab ich immer die Sprühdose dabei. Auch, wenn ich einkaufen oder auf den Friedhof gehe.«

»Das tut uns wirklich leid«, sagte Pia. »Unsere Kollegen waren etwas übereifrig. Wir wollten Sie nicht erschrecken.«

»Halb so wild.« Elfriede Prinzler winkte ab. »Wissen Sie, ich bin sechsundachtzig, da ist das Leben ziemlich langweilig. Jetzt ist wenigstens mal etwas passiert. Da können wir ein paar Wochen lang drüber reden.«

Gut, dass sie es mit Humor nahm. Andere Leute hätten in einer solchen Situation Anzeige erstattet. Zu Recht.

»Was wollen Sie denn eigentlich von Bernd?«, fragte Frau Prinzler neugierig.

»Wir haben ein paar Fragen an ihn«, antwortete Bodenstein. »Wissen Sie, wo wir ihn finden können? Haben Sie eine Telefonnummer von ihm?«

Pia blickte sich um und ging zu einem Sideboard, auf dem gerahmte Fotos jüngeren Datums standen. An der Wand hingen sepiafarbene Fotografien, die eine junge Elfriede Prinzler und ihren Mann zeigten.

»Nein, leider nicht.« Die alte Dame schüttelte bedauernd den Kopf. »Meine anderen Jungs kommen mich regelmäßig besuchen, aber der Bernd, der führt sein eigenes Leben. So war er schon immer. Hin und wieder kommt mal ein Brief für ihn, den schicke ich dann an ein Postfach in Hanau.«

Sie zuckte die Schultern.

»Solange ich nichts von ihm höre, bin ich zufrieden. Keine Nachrichten sind gute Nachrichten.«

»Ist das hier Bernd?«, erkundigte sich Pia und deutete auf einen der silbernen Rahmen. Hulk Hogan mit dunklen Haaren vor einem schwarzen Auto, daneben eine Frau, zwei Kinder und ein weißer Pitbull-Terrier.

»Ja«, bestätigte Elfriede Prinzler. »Schlimm, wie er tätowiert ist, nicht wahr? Wie ein Matrose, hat mein Mann – Gott hab ihn selig – immer gesagt.«

»Wie alt ist das Bild?«

»Das hat er mir letztes Jahr geschickt.«

»Könnte ich es mir ausleihen?«, bat Pia. »Ich schicke es Ihnen gleich nächste Woche zurück.«

»Ja, ja, nehmen Sie es nur mit.«

Die weiße Katze kehrte zurück und sprang schnurrend auf Elfriede Prinzlers Schoß.

»Danke.« Pia nahm das Foto aus dem Rahmen und drehte es um. Es handelte sich um eine Fotopostkarte, wie man sie in Internetshops herstellen lassen konnte.

»*Frohe Weihnachten 2009 wünschen Bernd, Ela, Niklas und Felix. Lass es dir gutgehen, Mum!*«, stand auf der Rückseite. Auch Rocker schickten ihren Müttern Weihnachtskarten.

Pia betrachtete den Poststempel genauer und frohlockte innerlich. Die Postkarte war in Langenselbold abgestempelt, außerdem war auf dem Foto ein Teil des Autokennzeichens zu sehen.

Eine Viertelstunde später verließen sie das Haus, vor dem sich mittlerweile ein Menschenauflauf gebildet hatte. Cem gab die Postfachadresse telefonisch an Kai Ostermann weiter, obwohl die Aussicht, am Wochenende etwas über die Post in Erfahrung zu bringen, eher gering war.

»Pure Zeitverschwendung, die ganze Aktion«, murrte Kröger auf dem Weg zum Auto. »Was für eine Katastrophe!«

»Nicht ganz«, Pia reichte ihm die Fotopostkarte, die sie in einen Asservatenbeutel gesteckt hatte. »Vielleicht kannst du ja was damit anfangen.«

»Bist echt ein cleveres Mädchen.« Christian Kröger betrachtete das Foto. »Wenn das nicht der schwarze Hummer ist, der vor Hanna Herzmanns Haus gestanden hat.«

Sonntag, 27. Juni 2010

DIE STRASSE LAG im schummerigen Licht von zwei Straßenlaternen wie ausgestorben da. Um zehn vor vier morgens war auch im Gasthaus Rudolph nichts mehr los, alle Fenster waren dunkel. Bernd hatte ihr eingeschärft, nach fremden Autos Ausschau zu halten, bevor sie ausstieg und das Tor öffnete. Er hatte ihr sogar angeboten, sie nach Hause zu fahren, aber sie hatte abgelehnt. Sie fuhr die Straße im Schritttempo entlang, bog links in den Haingraben ein und kam beim Rudolph wieder auf die Alt Niederhofheimer. Nichts Auffälliges. Die Autos der Nachbarn kannte sie; auch alle anderen, die sie gesehen hatte, hatten MTK-Kennzeichen. Wenn das so weiterging, würde sie irgendwann Verfolgungswahn kriegen. Leonie stoppte vor ihrem Hoftor, stieg aus und schloss das kleine Törchen auf. Der Bewegungsmelder reagierte, der Strahler über der Haustür flammte auf und tauchte den Hof in strahlend helles Licht. Sie schob die Riegel zur Seite und öffnete das große Tor. Eigentlich war sie nicht besonders ängstlich, sie lebte seit vielen Jahren alleine, trotzdem hatte sie seit ein paar Tagen ein seltsam flaues Gefühl, wenn es dunkel wurde. Ihre Gefühle trogen sie nur selten. Hätte sie doch bloß auf ihren Instinkt gehört und Hanna Herzmann aus der ganzen Sache herausgehalten, dann hätten sie jetzt nicht diese Probleme! Ihr Groll auf diese überhebliche, geltungssüchtige Person war ins Unermessliche gewachsen. Wegen ihr hatten sie eben richtig gestritten!

Leonie fuhr das Auto in den Hof, schloss das Tor und legte gewissenhaft die Riegel wieder vor. Im Haus ging sie in die Küche und holte eine Flasche Cola light aus dem Kühlschrank. Die Zunge klebte am Gaumen, sie war so durstig, dass sie die Halbliterflasche in einem Zug austrank. Mit einer Hand tippte sie wie verabredet eine SMS. *Alles gut – bin zu Hause angekommen.*

Sie streifte die Schuhe von den Füßen und ging zur Toilette, die eigentlich ihren Patientinnen vorbehalten war. Die elenden Blähungen quälten sie schon den ganzen Tag, aber woanders konnte sie einfach nicht. Nachdem sie sich erleichtert hatte, kippte sie das Fenster in der Toilette und ging hinaus. Im Vorbeigehen drückte sie auf den Lichtschalter und erschrak fast zu Tode. Direkt vor ihr standen zwei maskierte Gestalten, dunkle Baseballkappen tief ins Gesicht gezogen.

»W… was machen Sie hier?« Leonie versuchte, ihre Stimme fest klingen zu lassen, obwohl ihr das Herz vor Angst bis zum Hals schlug. »Wie sind Sie hier reingekommen?«

Verdammt! Das Handy lag auf dem Küchentisch. Sie ging langsam rückwärts. Vielleicht konnte sie die Treppe hochrennen, sich im Schlafzimmer einschließen und aus dem Fenster um Hilfe rufen. Steckte überhaupt ein Schlüssel in der Tür? Noch ein Schritt nach hinten. Anderthalb Meter bis zur Treppe. Nicht hinschauen, dachte sie, einfach losrennen und auf den Überraschungseffekt hoffen. Mit einem Spurt konnte sie es schaffen. Sie spannte die Muskeln und rannte los, aber der Größere der beiden Männer reagierte blitzschnell. Er packte ihren Arm, der heftige Ruck riss sie unsanft zurück. Eine Hand griff ihr ins Genick und stieß ihren Kopf so heftig gegen die Wand, dass sie benommen in die Knie ging. Zuerst sah sie Sternchen, dann alles doppelt. Eine warme Flüssigkeit rann über ihre Wange und tropfte von ihrem Kinn auf den Boden. Sie dachte an Hanna, an das, was ihr widerfahren war. Würden die sie jetzt auch zusammenschlagen und vergewaltigen? Leonie zitterte am ganzen Leib, die Angst verwandelte sich in nackte Panik, als sie ein reißendes Geräusch hörte. Im nächsten Moment wurde sie an den Füßen gepackt und über den Boden in den Therapieraum geschleift. Sie bekam den Türrahmen zu fassen, klammerte sich krampfhaft fest, zappelte mit den Beinen. Ein schmerzhafter Tritt in die Rippen raubte ihr den Atem, und sie ließ los.

»Bitte«, keuchte sie verzweifelt. »Bitte, tun Sie mir nichts.«

Meike schlug die Augen auf und brauchte ein paar Sekunden, um zu begreifen, wo sie war. Sie räkelte sich behaglich und streckte die Arme über den Kopf. Vor dem Fenster zwitscherten die Vögel und durch die Schlagläden fiel Sonnenlicht und zeichnete helle Streifen auf den glänzenden Parkettfußboden. Gestern Abend war es spät geworden, Wolfgang und sie waren noch in Frankfurt essen gewesen und sie hatte ziemlich viel getrunken. Er hatte ihr wieder angeboten, sie könne in seinem Haus übernachten, denn ihm behage der Gedanke, sie allein im Haus in Langenhain zu wissen, ganz und gar nicht. Diesmal hatte sie seine Einladung angenommen und ihm verschwiegen, dass sie seit ein paar Wochen die Wohnung ihrer Freundin in Sachsenhausen hütete und gar nicht bei Hanna wohnte, denn sie liebte die herrliche weiße Villa der Familie ihres Patenonkels, seitdem sie ein Kind war. Früher hatte sie öfter hier übernachtet, wenn ihre Mutter auf Reisen war. Wolfgangs Mutter war wie eine dritte Oma für sie gewesen. Meike hatte sie ehrlich gemocht, ihr Selbstmord vor neun Jahren hatte ihr einen tiefen Schock versetzt. Sie hatte nicht verstanden, weshalb sich jemand, der in einem so schönen Haus wohnte, Geld genug hatte und überall beliebt und gern gesehen war, einfach auf dem Speicher aufhängte.

Christine habe unter schweren Depressionen gelitten, hatte Hanna ihr damals erklärt. An die Beerdigung konnte Meike sich noch lebhaft erinnern. Es war an einem sonnigen, schönen Herbsttag im September gewesen, Hunderte von Menschen hatten am offenen Grab Abschied genommen. Sie war damals zwölf Jahre alt gewesen, und am meisten hatte sie beeindruckt, dass Wolfgang geweint hatte wie ein kleines Kind. Sein Vater war zwar auch immer freundlich zu ihr, aber seitdem sie einmal miterlebt hatte, wie er Wolfgang angebrüllt und beschimpft hatte, fürchtete sie sich vor ihm. Kurz nach der Beerdigung von Christine Matern hatte Hanna zum zweiten Mal geheiratet, und Georg, ihr neuer Mann, war schrecklich eifersüchtig auf die Freundschaft zwischen Hanna und Wolfgang gewesen, deshalb waren sie nur noch selten in die Oberurseler Villa gekommen.

Gestern war Meike den ganzen Tag mit Wolfgang unterwegs gewesen und sie hatte es genossen. Er hatte sie nie wie ein kleines Kind behandelt, selbst damals nicht, als sie eigentlich noch eines gewesen war. All die Jahre war er ihr Freund und Vertrauter gewesen, der einzige Mensch, mit dem sie hatte Dinge besprechen können, über die sie nicht mit ihrem Vater und schon gar nicht mit ihrer Mutter reden wollte. Wolfgang hatte sie in den verschiedenen Psychokliniken besucht, er hatte keinen ihrer Geburtstage vergessen und immer versucht, zwischen ihr und Hanna zu vermitteln. Hin und wieder fragte Meike sich, weshalb er keine Frau hatte. Seitdem sie wusste, was das war, überlegte sie, ob er schwul war, aber auch dafür gab es keine Anzeichen. Irgendwann hatte sie ihre Mutter danach gefragt, aber Hanna hatte nur die Schultern gezuckt. Wolfgang ist ein Einzelgänger, hatte sie geantwortet, das war schon immer so.

Hanna! Beim Gedanken an ihre Mutter meldete sich ihr schlechtes Gewissen. Noch immer war sie nicht bei ihr im Krankenhaus gewesen. Gestern hatte sie mit Irina telefoniert, die natürlich schon da gewesen war. Aber das, was Irina erzählt hatte, hatte Meike erst recht darin bestärkt, den Besuch aufzuschieben. Sie schauderte und zog die Bettdecke bis ans Kinn. Irina hatte ihr Vorwürfe gemacht, die sie nicht hören wollte. Irgendwann würde sie schon hingehen, aber nicht heute. Heute wollte Wolfgang mit ihr in den Rheingau zum Essen fahren, in seinem coolen Aston Martin Cabrio. Damit du auf andere Gedanken kommst, hatte er gestern Abend gesagt.

Das Smartphone auf dem Nachttisch summte einmal. Meike streckte die Hand aus, zog das Ladekabel heraus und entsperrte das Telefon. In den letzten vierundzwanzig Stunden hatte sie zweiundzwanzig anonyme Anrufe erhalten. Sie ging aus Prinzip nicht dran, wenn jemand mit unterdrückter Nummer anrief, und schon gar nicht, wenn es die Bullen sein konnten. Diesmal hatte sie eine SMS bekommen.

Hallo, Frau Herzmann. Bitte melden Sie sich bei mir. Es ist sehr wichtig! MfG P. Kirchhoff.

Wichtig? Für wen? Für sie nicht.

Meike drückte die SMS weg und zog die Knie bis an die Brust. Die sollten sie einfach in Ruhe lassen.

Der Anruf ging um zehn nach neun morgens bei der Telefonzentrale der Regionalen Polizeiinspektion ein. Der KvD informierte Bodenstein fünfzig Sekunden später, und der rief wiederum Pia an, die aber schon auf dem Weg ins Höchster Krankenhaus zu Hanna Herzmann war.

Während Bodenstein nach Hofheim fuhr, bestellte er Kai, Cem und Kröger ins Kommissariat und rief noch aus dem Auto den diensthabenden Staatsanwalt an, um umgehend einen Durchsuchungsbeschluss für die Bleibe von Kilian Rothemund zu beantragen. Eine Dreiviertelstunde nachdem der Anruf eingegangen war, hatte sich das gesamte Team bis auf Pia in der Wache versammelt, doch selbst nach dem dritten Anhören der Aufnahme konnte niemand sagen, ob es eine weibliche oder männliche Stimme war, die in zwei knappen Sätzen verriet, was bis dahin niemand gewusst hatte.

Der Mann, den ihr sucht, wohnt auf dem Campingplatz am Höchster Weg in Schwanheim. Und er ist grad da.

Es war der erste konkrete Hinweis, nachdem sämtliche regionalen Tageszeitungen in ganz Südhessen das Foto von Kilian Rothemund abgedruckt hatten.

»Schicken Sie zwei Streifenwagen zu dem Campingplatz«, sagte Bodenstein zum KvD. »Wir fahren sofort los. Ostermann, wenn der Durchsuchungsbeschluss kommt, dann …«

Er brach ab. Ja, was dann?

»… schicke ich ihn vorab schon mal als E-Mail-Anhang auf Ihr iPhone, Chef«, ergänzte Kai Ostermann und nickte.

»Geht das denn?«, erkundigte sich Bodenstein erstaunt.

»Klar. Ich scanne ihn ein.« Ostermann grinste. Zwar konnte Bodenstein mittlerweile recht gut mit seinem Smartphone umgehen, aber die moderne Kommunikationstechnik überforderte ihn bisweilen noch immer.

»Und wie …?«

»Ich weiß schon, wie das geht«, unterbrach Kröger Bodenstein ungeduldig. »Komm, lass uns fahren, bevor uns der Kerl wieder durch die Lappen geht.«

Eine halbe Stunde später hatten sie den Campingplatz am Mainufer erreicht. Zwei Streifenwagen standen auf dem Parkplatz vor einem gelb gestrichenen Flachbau, in dem sich eine Gaststätte mit dem hochtrabenden Namen »Main-Riviera« und die Sanitärräume für die Campingplatzbewohner befanden. Bodenstein ließ sein Jackett im Auto und krempelte die Ärmel seines Hemdes, das ihm trotz der frühen Stunde schon am Rücken klebte, hoch. Neben den überquellenden Müllcontainern, die einen unangenehmen Geruch ausströmten, stapelten sich leere Getränkekisten bis zur Regenrinne. Ein geöffnetes Fenster mit kaputtem Fliegendraht davor erlaubte einen Blick in eine schmutzige, enge Küche. Gebrauchtes Geschirr und Gläser standen auf jeder freien Fläche, und Bodenstein schauderte bei der Vorstellung, etwas essen zu müssen, das hier zubereitet worden war.

Einer der uniformierten Kollegen hatte den Pächter der »Main-Riviera« ausfindig gemacht. Bodenstein und Kröger betraten die mit Waschbetonplatten ausgelegte Terrasse, die auf einem großen Schild euphemistisch als ›Gartenlokal‹ bezeichnet wurde. Abends mochten Lichterketten und Plastikpalmen mit steigendem Alkoholpegel eine Art von Urlaubsambiente suggerieren, im grellen Sonnenschein offenbarte sich jedoch die heruntergekommene Hässlichkeit in voller Schonungslosigkeit. Orte wie dieser deprimierten Bodenstein zutiefst.

An einem Tisch mit einer Plastiktischdecke saß das Pächterehepaar unter einem verblichenen Sonnenschirm einträchtig beim Frühstück, das hauptsächlich aus Kaffee und Zigaretten zu bestehen schien. Der ausgemergelte Glatzkopf blätterte mit nikotingelben Fingern in der *Bild am Sonntag* und war nicht besonders erbaut über Polizeibesuch am frühen Sonntagmorgen. Er trug eine karierte Kochhose und ein T-Shirt, deren Gelbstich vermuten ließ, dass beide Kleidungsstücke schon sehr lange keine Waschmaschine mehr von innen gesehen hatten, davon zeugte auch der durchdringende Geruch nach altem Schweiß, der von dem Mann ausging.

»Kenn ich nich«, murmelte er, nachdem er einen uninteressierten Blick auf das Foto geworfen hatte, das Kröger ihm unter die Nase hielt. Seine Frau hustete und drückte ihre Zigarette in einem überquellenden Aschenbecher aus.

»Zeich ma.« Sie streckte die Hand aus. Goldberingte Wurstfinger mit rotlackierten Krallen, schwarzgeschminkte Augen und auftoupierte Haare mit Pony, wie es in ihrer Jugend in den Sechzigern mal modern gewesen war. Irma la douce in der Schwanheimer Version. Sie war groß, füllig und energisch und hatte mit Sicherheit keine Probleme mit betrunkenen Gästen. Ein süßlich-fauliger Mülltonnengeruch wehte über die Terrasse. Bodenstein verzog das Gesicht und hielt die Luft an.

»Kennen Sie den Mann?«, fragte er mit erstickter Stimme.

»Ja. Das ist der Doc«, sagte sie, nachdem sie das Foto kritisch betrachtet hatte. »Der wohnt in Nummer neunundvierzig. Den Weg da runter. Grünes Vorzelt vor dem Wagen.«

Der Dürre warf seiner Frau einen wütenden Blick zu, den diese ignorierte.

»Ich will hier keinen Ärger.« Sie gab Kröger das Foto zurück. »Wenn unsere Mieter Zoff mit den Bullen haben, ist das nicht mein Problem.«

Sehr gesunde Einstellung, fand Bodenstein. Er bedankte sich und verließ eilig die »Main-Riviera« und ihre Pächter, die sich lautstark zu streiten begannen. Bevor der Glatzkopf Kilian Rothemund via Handy warnen konnte, mussten sie den Wohnwagen finden. Er schickte die Kollegen in alle Himmelsrichtungen auf die Suche, denn eine Hausnummernfolge, die sich irgendwie logisch erschließen ließ, gab es auf dem großen Areal nicht. Cem Altunay fand schließlich den Wohnwagen mit der Nummer neunundvierzig, fast am entgegengesetzten Ende des Platzes. Das Vorzelt mochte irgendwann vor vierzig Jahren einmal grün gewesen sein, aber die Nummer stimmte. Ein paar junge Leute hockten auf Gartenstühlen vor dem Wohnwagen auf der Nachbarparzelle und blickten neugierig herüber.

»Da ist keiner«, rief ein junger Mann in einem Deutschlandtrikot.

Na, großartig.

Die jungen Leute waren nur im Sommer immer mal übers Wochenende hier, um Party zu machen, wie sie sagten. Ihr Wohnwagen gehörte dem Onkel des patriotischen Fußballfans. Sie kannten ihren Nachbarn nicht besonders gut, identifizierten ihn aber ohne zu zögern auf dem Foto. Am Vorabend hatte Kilian Rothemund Besuch von einem Typen mit einer Harley gehabt, heute Morgen war er dann mit seinem Motorroller weggefahren. Geredet hatten sie nie viel mit ihm, ihre Unterhaltungen hatten sich hauptsächlich aufs Grüßen beschränkt.

»Der hatte hier mit keinem was zu tun«, sagte der junge Mann. »Hat meistens in seinem Wohnwagen am Laptop gehockt. Hin und wieder hat er Besuch gekriegt von irgendwelchen komischen Leuten. Vorne in der Kneipe haben sie erzählt, er wär mal Anwalt gewesen, aber jetzt würd er in einer Pommesbude arbeiten. Tja, so geht's im Leben.«

Bodenstein überhörte die letzte altkluge Bemerkung.

»Seine Besucher«, erkundigte er sich, »was sind das für Leute? Männer, Frauen?«

»Alles Mögliche. Ich hab gehört, er würd helfen, wenn jemand Probleme mit Ämtern oder so hat. Ihr Anwalt auf dem Campingplatz, sozusagen.«

Die anderen jungen Leute lachten.

Der Wohnwagenbesitzerneffe erklärte sich bereit, als Zeuge bei der Durchsuchung des Wohnwagens, den Kröger bereits ohne Probleme geöffnet hatte, anwesend zu sein.

»Was muss ich machen?«, fragte er neugierig und quetschte sich durch die dürre Hecke.

»Nichts. Nur an der Tür stehen bleiben und zuschauen«, erwiderte Bodenstein, als sie das Vorzelt durchquerten. »Kann ich reinkommen?«

»Aber fass nichts an«, warnte Kröger, der sich einen Overall, Gummihandschuhe und Überschuhe angezogen hatte. Im Innern des Wohnwagens roch es muffig, aber es war alles sauber und aufgeräumt. Kröger öffnete die Schränke.

»Kleider, Kochtöpfe, Bücher – alles da«, kommentierte er. »Das Bett ist gemacht. Einen Laptop sehe ich allerdings nirgendwo.«

Er durchwühlte die wenigen Schubladen und förderte unter einem Stapel Unterhosen ein zerknittertes Foto zutage.

»Einmal Kinderschänder, immer Kinderschänder.« Er reichte Bodenstein mit angewiderter Miene das Foto, das ein hübsches blondes Mädchen von ungefähr fünf oder sechs Jahren zeigte.

»Das ist seine Tochter«, sagte Bodenstein. »Sie ist heute etwa vierzehn. Er darf sie und seinen Sohn allerdings nicht sehen.«

»Verständlich.« Kröger setzte die Durchsuchung fort, fand aber auf den ersten Blick nichts Verdächtiges oder Kompromittierendes.

»Ich rufe meine Jungs«, sagte er. »Wir stellen das Ding hier gründlich auf den Kopf. Hat Kai dir den Durchsuchungsbeschluss geschickt?«

»Äh, weiß nicht.« Bodenstein zog sein Smartphone aus der Hosentasche. »Wie sehe ich das?«

Kröger nahm ihm das Gerät ab und drückte auf den Home-Knopf.

»Du hast ja nicht mal eine Code-Sperre eingegeben«, stellte er missbilligend fest. »Wenn du das Ding verlierst, kann jeder damit telefonieren.«

»Ich vergesse den Code immer«, gab Bodenstein zu. »Das wird jedes Mal so kompliziert, wenn ich drei Mal falsche Zahlen eingebe.«

»Tze!« Kröger schüttelte den Kopf und grinste. Er tippte auf das Briefsymbol, neben dem eine »1« stand, die eine neue Nachricht ankündigte. »Hier ist die Mail von Kai. Schau mal, du musst im Text nach unten scrollen, und da findest du den Link zur PDF.«

»Mach du das mal«, sagte Bodenstein zu seinem Kollegen und streckte die Hand nach seinem Telefon aus. »Ich rufe Pia an.«

Christian Kröger seufzte.

»Warte, ich schicke mir die Mail weiter, dann kannst du gleich telefonieren. Echt, Oliver, ich glaube, du brauchst dringend einen Grundkurs für den Umgang mit modernen Kommunikationsmitteln.«

Bodenstein gab ihm insgeheim recht. Irgendwie hatte er den Anschluss verpasst, seitdem Lorenz aus dem Haus war. Aber vielleicht konnte er Nachhilfe von seinem achtjährigen Neffen bekommen, ohne dass es jemand mitbekam.

Kröger reichte ihm das Telefon, und er tippte Pias Nummer ein, aber im gleichen Augenblick kam ein Anruf. Inka! Was konnte sie wohl an einem Sonntagmorgen von ihm wollen?

»Hallo, Oliver«, sagte sie. »Sag mal, denkst du noch an Rosalie?«

»An Rosalie?« Bodenstein runzelte die Stirn. Hatte er etwas verpasst oder vergessen? »Was ist mit ihr?«

»Sie hat heute um zwölf den Kochwettbewerb im Radisson Blu«, erinnerte Inka ihn. »Cosima ist doch nicht da, und wir hatten ihr fest versprochen, hinzukommen.«

Mist! Dieser Kochwettbewerb war ihm wirklich völlig entfallen! Er hatte seiner Tochter tatsächlich hoch und heilig versprochen, dabei zu sein, schließlich war allein schon die Teilnahme eine hohe Auszeichnung. Ihr Verständnis für sein Fernbleiben aus beruflichen Gründen würde gegen null tendieren, und seine Schwägerin Marie-Louise würde ihm das auf immer und ewig nachtragen.

»Wie spät haben wir es jetzt?«, erkundigte er sich.

»Zwanzig vor elf.«

»Ich hab's tatsächlich vergessen«, gab Bodenstein zu. »Aber ich komme natürlich. Danke, dass du mich daran erinnert hast.«

»Keine Ursache. Dann treffen wir uns am besten um Viertel vor zwölf direkt vor dem Hotel, okay?«

»So machen wir das. Bis gleich dann.« Er beendete das Gespräch und stieß einen ziemlich vulgären Fluch aus, was er sonst nie tat. Dafür erntete er einen entgeisterten Blick von Christian Kröger.

»Ich muss weg. Familienangelegenheit. Pia soll mich anrufen, wenn irgendetwas ist.«

Sie war vor lauter Erschöpfung tatsächlich eingeschlafen, und das in dieser unbequemen Position. Im Raum war es völlig dunkel, bis auf ein paar schmale

Lichtstreifen, die durch die heruntergelassenen Rollläden drangen und ihr sagten, dass draußen helllichter Tag herrschte. Wie lange hatte sie wohl geschlafen? Die Hoffnung, dass sie die nächtlichen Ereignisse nur geträumt hatte, verflüchtigte sich, als sie die Kabelbinder spürte, die schmerzhaft in ihre Handgelenke schnitten. Das Gewebeklebeband, das sie über ihren Mund geklebt und mehrfach um ihren Kopf gewickelt hatten, saß fest und ziepte bei jeder Kopfbewegung unangenehm an ihren Haaren. Aber das war das geringste Übel. Man hatte sie auf einen Stuhl gefesselt, der mitten im Therapieraum stand, die Knöchel an die Stuhlbeine, die Hände hinter dem Rücken an die Lehne. Um ihre Mitte spannte sich straff ein Kunststoffriemen, der sie an den verdammten Stuhl fixierte. Das Einzige, was sie bewegen konnte, war der Kopf. Obwohl ihre Situation mehr als beschissen war, so war sie wenigstens noch am Leben, war weder zusammengeschlagen noch vergewaltigt worden. Wenn nur dieser Durst nicht gewesen wäre, und der Druck auf ihre Blase!

Auf ihrem Schreibtisch klingelte das Telefon. Nach dem dritten Klingeln brach es ab, und sie hörte ihre eigene Stimme. *»Guten Tag, Sie sind mit dem Anschluss der psychotherapeutischen Praxis Leonie Verges verbunden. Ich bin bis einschließlich 11. Juli nicht erreichbar. Bitte hinterlassen Sie mir eine Nachricht, ich rufe gerne zurück.«*

Der Anrufbeantworter piepte, aber niemand sprach etwas aufs Band. Das Einzige, das sie hörte, war ein raues Atemgeräusch, eher ein Keuchen.

»Leonie …«

Sie zuckte beim Klang der Stimme erschrocken zusammen, bevor sie begriff, dass der Anrufer gesprochen hatte.

»Hast du Durst, Leonie?« Die Stimme war eindeutig verstellt. *»Du wirst noch viel mehr Durst kriegen. Wusstest du, dass Verdursten so ziemlich der schmerzhafteste Tod ist, den es gibt? Nein? Hm … Die Faustregel ist: Drei bis vier Tage ohne Wasser, und du bist tot. Aber wenn es so warm ist wie jetzt, dann geht das viel schneller. Die ersten Symptome treten ungefähr nach ein bis anderthalb Tagen auf. Der Urin wird durch den Wassermangel ganz dunkel, fast orange, dann hörst du auf zu schwitzen. Der Körper saugt alles Wasser aus den Organen, die er nicht so dringend braucht. Magen, Darm, Leber und Nieren schrumpfen. Ist zwar ungesund, aber noch nicht direkt tödlich. Gut ist, dass du spätestens dann nicht mehr Pipi machen musst.«*

Der Anrufer lachte hämisch, und Leonie schloss die Augen.

»Das Wasser wird für die überlebenswichtigen Organe gebraucht, fürs Herz und das Gehirn. Aber irgendwann schrumpfen die auch. Das Gehirn funktioniert nicht mehr richtig. Du kriegst Wahnvorstellungen, Panikanfälle, kannst nicht mehr klar denken.

Tja, und dann fällst du ins Koma. Danach ist es nur noch eine Sache von Stunden, bis du stirbst … Keine schöne Vorstellung, nicht wahr?«

Wieder dieses ekelhafte Lachen.

»Weißt du, Leonie, man sollte sich die Menschen, mit denen man umgeht, einfach besser aussuchen. Du hast dir wirklich den totalen Abschaum ausgesucht. Und deshalb musst du jetzt leider verdursten. Nett von dir, dass du ein Schild an die Tür gehängt hast. Dann stört dich wenigstens keiner, bis du ins Koma fällst. Und wenn dich in ein paar Tagen jemand findet, dann bist du mit etwas Glück eine recht appetitliche Leiche. Es sei denn, es verirrt sich eine Fliege in dein Haus und legt ihre Eier in deine Nasenlöcher oder in die Augen … Aber das muss dich dann ja nicht mehr interessieren. Also, mach's gut. Und nimm's nicht so schwer. Wir müssen alle mal sterben.«

Das höhnische Lachen dröhnte in Leonies Ohren, dann klickte es und es war still. Bisher hatte Leonie sich damit getröstet, dass sie so gut wie unverletzt war und sie bald jemand finden würde, aber nun dämmerte ihr allmählich die Aussichtslosigkeit ihrer Lage, und die Angst traf sie wie ein Dampfhammer. Ihr Herz begann zu rasen, der Schweiß brach ihr aus allen Poren. Verzweifelt zerrte sie an ihren Fesseln, aber die saßen unerbittlich fest und gaben keinen Millimeter nach. Mit aller Gewalt zwang sie die aufsteigenden Tränen nieder. Nicht nur, dass jede geweinte Träne eine gefährliche Verschwendung der Flüssigkeitsressourcen ihres Körpers bedeutete, sie hatte Angst, dass ihre Nase verstopfen und sie ersticken würde, weil sie nicht durch den Mund atmen konnte.

Bleib ruhig!, beschwor sie sich in Gedanken, aber das war leichter gedacht als getan. Sie saß in ihrem Haus, und an der Tür hing tatsächlich das Schild, das sie blöderweise gestern aufgehängt hatte: *Urlaub bis 11. Juli*. Das Schild und die heruntergelassenen Rollläden waren ein eindeutiges Zeichen. Das Handy lag auf dem Küchentisch, das Festnetztelefon stand auf dem Schreibtisch, fünf Meter von ihrem Stuhl entfernt und damit unerreichbar. Wie lange saß sie überhaupt schon hier? Leonie ballte die Hände zu Fäusten und öffnete sie wieder, das tat höllisch weh, so als ob die Blutzirkulation unterbrochen wäre. Sie versuchte, über ihre Schulter hinter sich zu schielen, denn dort hing eine Uhr an der Wand, aber es war zu dunkel, als dass sie etwas erkennen konnte. Hilfe von außen war nicht zu erwarten. Also musste sie sich selbst helfen. Oder sterben.

Emma war so außer sich, dass sie die rote Ampel an der Kreuzung nach Kronberg übersah und um ein Haar dem vor ihr bremsenden Auto in den Kofferraum gedonnert wäre. Sie stemmte sich mit beiden Händen am Lenkrad ab und stieß einen wütenden Fluch aus.

Vor zehn Minuten hatte Florian sie aus der Notaufnahme des Bad Homburger Krankenhauses angerufen, in das er Louisa gebracht hatte. Er war mit ihr in Wehrheim auf dem Ponyhof Lochmühle gewesen, und sie war von einem Pony gefallen! Sie hatten zigmal darüber gesprochen, dass Louisa noch zu klein für so etwas war und sie mit solchen Dingen wie Ponyreiten noch ein, zwei Jahre warten wollten. Aber Louisa hatte ihren Vater sicherlich angebettelt, und da er unbedingt bei ihr Punkte sammeln wollte, hatte er sich wohl erweichen lassen. Die Ampel sprang auf Grün, Emma bog nach links ab Richtung Oberursel. Sie fuhr viel schneller als erlaubt, aber das war ihr egal. Florian hatte nicht gesagt, was Louisa zugestoßen war, aber wenn er sie ins Krankenhaus gebracht hatte, würde es nicht ganz harmlos sein. Vor ihrem inneren Auge sah Emma ihre kleine Tochter mit zerschmetterten Knochen und klaffenden Wunden vor sich. Das einzig Gute an dieser Katastrophe war, dass sie nun sofort das Jugendamt verständigen und darauf bestehen würde, dass das Kind abends zu ihr nach Hause kommen musste. Mit der Übernachterei in irgendwelchen fremden Pensionen oder Wohnungen war Schluss.

Zwanzig Minuten später stürmte sie ins Foyer des Krankenhauses. Im Wartezimmer der Notaufnahme saß kein Mensch, sie klingelte an der verschlossenen Milchglastür. Es dauerte ein paar Minuten, bis sich endlich jemand dazu bequemte, die Tür zu öffnen.

»Meine Tochter ist bei Ihnen«, stieß sie hervor. »Ich will zu ihr. Sofort. Sie ist von einem Pony gefallen und …«

»Wie ist Ihr Name?« Der picklige Jungspund in blauer Krankenhausärztetracht war an aufgeregte Angehörige gewöhnt und ließ sich weder beeindrucken noch aus der Ruhe bringen.

»Finkbeiner. Wo ist meine Tochter?« Emma versuchte über seine Schulter zu schauen, aber sie sah nur einen leeren Flur.

»Kommen Sie mit«, sagte er, und sie folgte ihm mit klopfendem Herzen in eines der Untersuchungszimmer.

Louisa lag auf der Untersuchungsliege, klein und blass, mit einem großen weißen Pflaster an der Stirn, das linke Ärmchen in einer Schiene. Beinahe wäre Emma vor Erleichterung in Tränen ausgebrochen, als sie ihr Kind lebendig vor sich sah.

»Mama!«, flüsterte das Mädchen und hob kraftlos eine Hand. Emma blutete das Herz bei diesem Anblick.

»Ach, mein Liebling!« Sie hatte weder Augen für Florian, der wie ein begossener Pudel dastand, noch für die Ärztin. Emma umarmte Louisa und streichelte ihre Wange. Sie war so zart, ihre Haut so durchscheinend, dass die Adern zu sehen waren. Wie konnte Florian dieses zerbrechliche Geschöpf nur einer solchen Gefahr aussetzen?

»Du darfst nicht böse auf den Papa sein«, sagte Louisa leise. »Ich wollte unbedingt reiten.«

In einer Ecke ihres Herzens flammte eifersüchtiger Zorn auf. Unglaublich, wie Florian das Mädchen manipuliert hatte!

»Frau Finkbeiner?«

»Was hat meine Tochter?« Emma blickte in das Gesicht der Ärztin. »Hat sie sich etwas gebrochen?«

»Ja, den linken Arm. Leider ist der Bruch etwas verschoben, deswegen müssen wir operieren. Die Gehirnerschütterung ist in ein paar Tagen ausgeheilt«, entgegnete die Ärztin, eine sehnige Person mit einem rotblonden Pagenschnitt und hellen, wachsamen Augen. »Außerdem …«

Sie machte eine Pause

»Ja, was?«, fragte Emma nervös. War das nicht schon schlimm genug?

»Ich möchte mit Ihnen beiden sprechen. Schwester Jasmina wird solange bei Louisa bleiben. Kommen Sie bitte mit.«

Emma brachte es kaum übers Herz, ihre Tochter allein in dem großen, sterilen Untersuchungsraum zurückzulassen, aber sie folgte der Ärztin und Florian in das benachbarte Arztzimmer. Die Ärztin nahm hinter dem Schreibtisch Platz und wies auf die beiden Stühle. Unbehaglich setzte sich Emma neben ihren Mann, sorgfältig darauf bedacht, ihn nicht zu berühren.

»Es ist mir ein bisschen unangenehm, das jetzt zu sagen, aber …« Die Ärztin blickte von Florian zu Emma. »Ihre Tochter hat Verletzungen, die den Verdacht zulassen, sie könnte … missbraucht worden sein.«

»Wie bitte?«, sagten Emma und Florian wie aus einem Munde.

»Sie hat Quetschungen und Blutergüsse an der Innenseite eines Oberschenkels und Verletzungen an der Vagina.«

Für einen Augenblick herrschte Totenstille. Emma war wie gelähmt vor Entsetzen. Louisa missbraucht?

»Ich glaube, Sie haben den Verstand verloren!« Florian sprang auf. Er wurde abwechselnd rot und blass im Gesicht. »Meine Tochter ist von einem Pony gestürzt und dabei vielleicht etwas unglücklich gefallen! Ich bin selbst Arzt und weiß, dass solche Verletzungen durch einen Sturz entstehen können.«

»Beruhigen Sie sich bitte«, sagte die Ärztin.

»Ich denke nicht daran, mich zu beruhigen!«, schrie Florian zornig. »Das sind unglaubliche Vorwürfe, die Sie da äußern! Das muss ich mir nicht gefallen lassen!«

Die Ärztin hob die Augenbrauen und lehnte sich zurück.

»Es ist nur ein Verdacht«, antwortete sie ruhig. »Man ist eben sehr sensibel geworden. Natürlich können diese Verletzungen auch eine ganz andere Ursache haben, aber sie sind schon ziemlich typisch für sexuellen Missbrauch, und sie sind nicht frisch. Vielleicht sollten Sie sich mal in Ruhe Gedanken machen und überlegen, ob Ihre Tochter sich in letzter Zeit verändert hat, ob sie Verhaltensauffälligkeiten zeigt, die Sie früher nicht an ihr bemerkt haben. Ist sie stiller geworden, oder aggressiver?«

Emma musste unwillkürlich an den zerschnittenen Plüschwolf denken und an Louisas heftigen Ausbruch neulich im Garten der Schwiegereltern. Ihr wurde ganz kalt, und in ihrem Innern begann es zu vibrieren. Als sie Florian von Louisas eigenartigem Verhalten erzählt hatte, hatte der ihre Besorgnis mit der Erklärung, das sei eine normale Entwicklungsphase, abgetan. War es das? Ihr Instinkt hatte ihr damals gesagt, dass etwas mit dem Kind nicht stimmte. Großer Gott! Ihre Hände umklammerten die Armlehnen des Stuhles. Sie wagte nicht, den ungeheuerlichen Gedanken, der ihr durch den Kopf schoss, zu Ende zu denken, aber er ließ sich nicht mehr vertreiben. Was, wenn Florian seine eigene Tochter, die ihn abgöttisch liebte und ihm vertraute, missbraucht hatte? Und wenn sie selbst ihrem Mann, dadurch, dass sie ihn aus dem Haus geworfen hatte, für diesen Missbrauch auch noch Tür und Tor geöffnet hatte! Immer wieder hörte und las man von solchen Gräueltaten, die hinter verschlossenen Wohnungstüren stattfanden, von Vätern, die ihre Töchter vergewaltigten und schwängerten und ihnen einschärften, bloß niemandem etwas davon zu erzählen. Emma hatte nie glauben können, dass Ehefrauen und Mütter nichts davon mitbekommen haben wollten, aber vielleicht war das doch möglich!

Sie brachte es nicht fertig, den Mann anzuschauen, dessen Kind sie unter dem Herzen trug. Louisas Vater. Ihren Ehemann. Er war ihr plötzlich so fremd, als hätte sie ihn nie zuvor gesehen.

Pia klappte den Deckel der Toilette herunter und setzte sich hin. Mit einem Stück Klopapier wischte sie sich den kalten Schweiß von der Stirn und zwang sich, ruhig und gleichmäßig zu atmen. Mit Mühe und Not hatte sie es von Hanna Herzmanns Zimmer auf der Intensivstation auf die Damentoilette geschafft und sich die Seele aus dem Leib gekotzt. Im vergangenen Jahr war es ihr während der Obduktion eines Mordopfers zum ersten Mal passiert, nur Henning hatte es mitbekommen und nichts weiter darüber gesagt. Seitdem geschah es immer wieder, dass ihr Kreislauf beim Anblick eines Gewaltopfers absackte und ihr derart übel wurde, dass sie sich übergeben musste.

Pia zog sich am Waschbecken hoch und blickte in den Spiegel, aus dem ihr ein bleiches Gespenst mit dunklen Rändern unter den Augen entgegensah. Sie wusste selbst nicht, wieso ihr das nach zwanzig Jahren bei der Polizei plötzlich so an die Nieren ging. Bisher hatte sie mit niemandem darüber gesprochen, nicht mit Christoph und erst recht mit keinem Kollegen, denn sie hatte überhaupt keine Lust, von ihrer Chefin zum psychologischen Dienst geschickt und womöglich zur Schreibtischarbeit verdonnert zu werden. Natürlich hätte sie Situationen wie diese vermeiden, Ausreden erfinden und Kollegen vorschicken können, aber das tat sie ganz bewusst nicht. Wenn sie dieser Schwäche nachgab, konnte sie ihren Job bald an den Nagel hängen.

Nach einer Viertelstunde verließ sie die Toilette, fuhr mit dem Aufzug ins Erdgeschoss und ging zu ihrem Auto. Bodenstein hatte ein paar Mal auf ihrem Handy angerufen, sie rief zurück, aber er ging nicht dran.

Als sie auf dem Kommissariat eintraf, stand sie noch immer völlig unter dem Eindruck ihres Besuches bei Hanna Herzmann. Es war etwas völlig anderes, die Ergebnisse brutalster Gewalt in einem nüchternen rechtsmedizinischen Protokoll zu lesen, als sie mit eigenen Augen zu sehen. Die Frau sah sich selbst nicht mehr ähnlich, ihr Gesicht war von Blutergüssen furchtbar entstellt, ihr Körper übersät mit Quetschungen, Prellungen und Striemen. Pia schauderte, als sie an Hanna Herzmanns stumpfen, erloschenen Blick dachte, der für ein paar Sekunden den ihren gekreuzt hatte, bevor die Frau wieder die Augen geschlossen hatte.

Aus eigener Erfahrung kannte Pia das Gefühl, besudelt und geschändet zu sein. Im Sommer nach dem Abitur hatte sie im Urlaub einen Mann kennengelernt, der nicht akzeptieren wollte, dass es für sie nur ein Urlaubsflirt gewesen war. Er war ihr nach Frankfurt gefolgt, hatte ihr aufgelauert und sie schließlich in ihrer Wohnung überfallen und vergewaltigt. Pia hatte dieses Ereignis selbst ihrem geschiedenen Mann verschwiegen und versucht, es zu verdrängen und zu vergessen, doch das war ihr nicht gelungen. Keine Frau, die einmal erleben musste, dass sie der wütenden Entschlossenheit eines Mannes körperlich nichts entgegenzusetzen hatte, würde je dieses demütigende Gefühl der Hilflosigkeit vergessen, die endlosen Minuten der Todesangst und den Verlust physischer Integrität und Selbstbestimmtheit. Pia hatte ihre Wohnung, in der es geschehen war, nicht mehr ertragen können, sie hatte das Jurastudium nach zwei Semestern aufgegeben und war Polizistin geworden. Schon oft hatte sie darüber nachgedacht, weshalb sie damals diese Entscheidung getroffen hatte, und auch, wenn es eher unbewusst geschehen war, so war sie sicher, dass die Vergewaltigung eine wichtige Rolle gespielt hatte. Als Polizistin fühlte sie sich in der Lage, sich zur Wehr zu setzen. Nicht wegen der Pistole, die sie tragen durfte. Ihr Selbstbewusstsein war ein anderes geworden, außerdem hatte sie in der Ausbildung gelernt, wie man trotz körperlicher Unterlegenheit Zweikämpfe gewann.

Sie betrat ihr Büro und wunderte sich nicht, Kai trotz Wochenende an seinem Schreibtisch sitzen zu sehen.

»Die anderen sind noch in Schwanheim«, teilte er ihr mit. »Rothemund war nicht mehr da, als sie an dem Wohnwagen waren, in dem er haust.«

»Na super.« Pia warf ihren Rucksack auf einen der Besucherstühle und setzte sich hinter ihren Schreibtisch. Ihr war noch immer flau im Magen. »Wo ist der Chef?«

»In irgendeiner geheimen Familienmission unterwegs. Du bist jetzt der Boss.«

Auch das noch.

»Es gibt übrigens neue Ergebnisse aus dem Labor«, verkündete Kai. »Das Sperma, das in Hanna Herzmanns Vagina festgestellt wurde, stammt laut DNS-Analyse zweifelsfrei von Kilian Rothemund. Ich habe eine Streife zu Vinzenz Kornbichler geschickt, und er hat zielsicher das Foto von Rothemund aus dem Verbrecherquartett gezogen. Er ist der Mann, mit dem die Herzmann in der Nacht weggefahren ist.«

Pia nickte langsam. Damit hatte sich der Tatverdacht gegen Rothemund erhärtet. Auch wenn sie das nicht überraschte, so ergab es für sie nach wie vor keinen Sinn. Sie rief das Foto Rothemunds bei POLAS auf und betrachtete es nachdenklich.

Was hatte Hanna Herzmann getan, um einen solchen Hass auf sich zu ziehen? Rothemund sah auf den ersten Blick kultiviert und eigentlich nicht unsympathisch aus. Welche Abgründe lauerten hinter seinem gut geschnittenen Gesicht und diesen blauen Augen?

»Weißt du, was ich mir noch überlegt habe?«, riss Kai sie aus ihren Gedanken.

»Nein.«

»Laut der Fließwasserberechnung soll unsere Nixe irgendwo an der Stelle, an der die Nidda in den Main mündet, in den Fluss gelangt sein. Der Campingplatz, auf dem Rothemund lebt, liegt nur ein paar Kilometer flussaufwärts.«

»Du meinst, er könnte etwas mit der Nixe zu tun haben?«, fragte Pia.

»Das mag etwas weit hergeholt sein«, räumte Kai ein, »aber die Verletzungen von der Nixe und Frau Herzmann ähneln sich. Beide wurden vaginal und anal penetriert, beide weisen Verletzungen auf, die von stumpfer Gewalteinwirkung stammen.«

Pias Blick wanderte wieder zu Rothemunds Foto auf dem Monitor.

»Dabei sieht er so normal aus. Fast sympathisch«, sagte sie.

»Tja. Man kann einem Menschen nur bis vor die Stirn gucken.«

»Was ist eigentlich mit der DNS, die bei der Nixe festgestellt wurde?«, fragte Pia. »Gibt es da irgendetwas Neues?«

»Nein.« Kai schüttelte den Kopf und zog eine Grimasse. »Und das bringt meine Theorie von Rothemund als Nixenmörder leider ins Wanken. Die DNS ist nicht registriert, auch nicht bei Interpol.«

Pias Handy klingelte. Es war Christian Kröger. Er und sein Team waren mit dem Wohnwagen von Rothemund fertig.

»Habt ihr irgendetwas Interessantes gefunden?«, wollte Pia wissen. Ihr Magen hatte sich zwischenzeitlich erholt und knurrte vernehmlich.

»Der Wohnwagen war klinisch sauber. Das Bett frisch bezogen, alles sorgfältig mit einem Chlorreiniger geputzt. Er hat das Zeug sogar in alle Abflüsse geschüttet. An der Tür des Wohnwagens haben wir nur ein paar verwischte Fingerabdrücke gefunden. Das Einzige, was vielleicht interessant sein könnte, ist ein Haar.«

»Ein Haar?«

»Ein langes dunkelbraunes Haar. Es klemmte zwischen den Polstern der Eckbank. Moment mal, bleib dran, Pia …«

Pia hörte Kröger mit irgendjemandem sprechen.

Hanna Herzmann hatte langes, dunkles Haar. Hatte sie Kilian Rothemund Mittwochnacht nach Hause gefahren? War sie in seinem Wohnwagen gewesen? Aber was verband die beiden? Ging es bei Hannas Recherchen vielleicht tatsächlich um die Road Kings?

»Was hat eigentlich die Halteranfrage wegen Bernd Prinzlers Auto ergeben?«, fragte Pia Kai, während Krögers Gespräch zu einer längeren Diskussion auszuarten schien.

»Leider auch eine Sackgasse.« Kai nahm einen Schluck Kaffee. Er war ein Koffeinjunkie, trank von morgens bis abends rabenschwarzen Kaffee, es störte ihn nicht einmal, wenn er kalt war. »Das Auto ist zwar auf Prinzler zugelassen, aber unter Muttis Adresse. Wir können ihm höchstens Ärger machen, weil er sich nicht fristgerecht umgemeldet hat.«

Pia stieß einen Seufzer aus. Dieser Fall war wirklich vertrackt. Meike Herzmann meldete sich nicht. Der Haupttatverdächtige war flüchtig, der zweite Verdächtige lieferte ein Paradebeispiel dafür, wie leicht es in Deutschland doch war, sich hinter Postfächern und falschen Adressen zu verstecken. Niemand schien zu wissen, woran Hanna Herzmann gearbeitet hatte, und die Telekom ließ sich Zeit mit den Einzelverbindungsnachweisen für Hannas Handy.

»Da bin ich wieder.« Kröger klang genervt. »Ich kann es so was von *hassen*, wenn sich Staatsanwälte in meine Arbeit einmischen.«

»Ein Staatsanwalt kommt zur Durchsuchung eines Wohnwagens?«

»Oberstaatsanwalt Frey höchstpersönlich.« Kröger schnaubte.

Sie sprachen noch kurz, dann bekam Pia ein weiteres Gespräch. In der Hoffnung, dass es Meike Herzmann sein könnte, nahm sie es an, obwohl ihr die Nummer nichts sagte.

»Pia? Ich bin's, Emma. Stör ich dich gerade?«

Pia brauchte ein paar Sekunden, um zu begreifen, wer dran war. Die Stimme der alten Schulfreundin klang zittrig, beinahe so, als ob sie weinen würde.

»Hallo, Emma«, sagte Pia. »Nein, du störst nicht. Was gibt's?«

»Ich … ich … muss mit jemandem reden«, antwortete Emma. »Ich dachte mir, du weißt vielleicht Rat oder kennst jemanden. Louisa, meine Tochter, musste ins Krankenhaus. Und da … die Ärztin … ach, ich weiß gar nicht, wie ich das sagen soll.«

Sie schluchzte auf.

»Louisa … sie … sie hat Verletzungen, die darauf hinweisen könnten, dass sie … sexuell missbraucht wurde.«

»Oh Gott.«

»Pia, meinst du, wir könnten uns ganz bald mal treffen?«

»Ja, natürlich. Wie sieht es bei dir jetzt gleich aus?« Pia schaute auf ihre Uhr. Kurz vor eins. »Kennst du den Gimbacher Hof zwischen Kelkheim und Fischbach?«

»Ja, klar. Den kenne ich.«

»Ich könnte in zwanzig Minuten dort sein. Da trinken wir einen Kaffee, und du erzählst mir alles. Okay?«

»Ja, okay. Danke. Bis gleich.«

»Bis gleich.« Pia steckte das Telefon ein, stand auf und warf sich den Rucksack über die Schulter. »Stell dir vor, Kai, Oberstaatsanwalt Frey war eben bei der Durchsuchung von Rothemunds Wohnwagen.«

»Wundert mich nicht«, entgegnete Kai, ohne von seinem Bildschirm aufzublicken. »Frey hat Rothemund seinerzeit in den Knast gebracht.«

»Ach? Woher weißt du denn das schon wieder?«

»Ich lese Akten.« Kai hob den Kopf und grinste. »Außerdem war ich damals noch in Frankfurt. Das war kurz nachdem ich mit meinem Holzbein wieder arbeiten konnte. Es war eine spektakuläre Sache. Der tiefe Fall des schönen Doktor Rothemund. Die Presse hat das Ding damals richtig aufgeblasen: Frey und Rothemund waren Kommilitonen und Freunde, sie fingen beide nach dem zweiten Staatsexamen bei der Staatsanwaltschaft an, bevor Rothemund die Seiten wechselte und Anwalt wurde. Frey hätte die ganze Sache diskreter handhaben können, aber er hat seinen alten Kumpel auf einer Pressekonferenz so richtig hingehängt. Ich wundere mich, dass du nichts davon mitbekommen hast.«

»Ich war zu der Zeit auf dem Hausfrauengleis abgestellt und hab meine Freizeit vorwiegend im Keller der Rechtsmedizin verbracht«, erinnerte Pia ihn. »Na ja. Ich fahr schnell was essen. Ruf mich an, wenn was sein sollte.«

Hitze und Durst waren unerträglich. War das schon eine Halluzination, ein Streich, den ihr austrocknendes Gehirn ihr spielte? Leonie wohnte seit Jahren in dem Haus, das fast zweihundert Jahre alt war und dicke Wände hatte, die besser isolierten als jede moderne Styroporplatte, die die Leute heutzutage auf ihre Hauswände klebten. Sie schätzte es gerade deshalb, weil es im Winter warm blieb und im Sommer kühl. Wieso war es jetzt so heiß hier drin? Der Schweiß rann ihr in die Augen und brannte wie Feuer. Sie hatte zweimal bis dreitausendsechshundert gezählt, damit sie das Gefühl für die Zeit in der Dunkelheit nicht verlor und nicht verrückt wurde. Um Viertel vor vier in der Nacht war sie nach Hause gekommen, zwischendurch hatte sie eine Weile geschlafen, aber da sie sich nicht vollgepinkelt hatte, konnten nicht mehr als höchstens ein paar Stunden vergangen sein. Obwohl die Rollläden heruntergelassen waren, konnte sie erkennen, dass die Sonne auf das rechte Fenster des Therapieraumes schien, das in Richtung Westen zeigte. Also war es jetzt Nachmittag. Vier oder fünf Uhr. Genau würde sie es wissen, wenn die Sonne unterging.

Ihre Zunge fühlte sich pelzig und geschwollen in ihrem Mund an. Sie konnte sich nicht erinnern, jemals so wahnsinnigen Durst verspürt zu haben. Doch mehr noch als die Frage, wer ihr das angetan hatte, quälte sie das Warum. Was hatte sie getan, um eine solche Strafe zu verdienen? Der Anrufer hatte gesagt, sie habe sich die falschen Freunde ausgesucht. Wen meinte er? Hatte es tatsächlich etwas mit Hanna Herzmann zu tun oder mit der Sache, in die sie selbst Hanna hineingezogen hatte? Aber das waren keine *Freunde*, das waren *Patienten*. Ein gewaltiger Unterschied.

Das Telefon auf ihrem Schreibtisch klingelte, und Leonie fuhr zusammen.

»Leoniiiiie … Ach, du sitzt noch brav auf deinem Stühlchen.«

Der Klang dieser gemeinen, höhnischen Stimme vertrieb für einen Moment Leonies Angst und verwandelte sich in Zorn. Wenn sie gekonnt hätte, dann hätte sie ihn angeschrien, ihm gesagt, was er für ein sadistisches, krankes Mistschwein sei. Auch wenn es ihr nichts genutzt hätte, so hätte sie es ihm zu gerne gesagt.

»Ist schön leckerwarm bei dir, hm? Du sollst es schön warm haben, wenn du stirbst, deshalb hab ich dir auch die Heizung angestellt.«

Das war also die Erklärung für diese Bullenhitze.

»Kannst du dich erinnern, was ich dir über die Stadien des Verdurstens erzählt habe? Ich muss mich korrigieren. Je größer die Hitze, desto schneller geht es. Ich kann dich beruhigen. Du musst dich keine drei oder vier Tage quälen.«

Ein leises dreckiges Lachen.

»Und du hast nicht mal geweint. Du bist wirklich tapfer. Hast noch Hoffnung, dass dich jemand findet, was?«

Wie konnte er wissen, dass sie nicht geheult hatte? Konnte der Kerl sie etwa sehen? In dieser Dunkelheit? Leonie wandte den Kopf hin und her und versuchte, irgendetwas zu erkennen, aber das Licht reichte nicht aus, um etwas anderes als Konturen zu sehen.

»Jetzt schaust du nach der Kamera, stimmt's? Ich hab mich verraten. Weißt du, Leonie, eigentlich solltest du schnell sterben. Aber es gibt verdammt viele Menschen auf der Welt, die verdammt viel Geld dafür bezahlen, einen echten Todeskampf auf DVD zu sehen. Deinen müssen wir zwar etwas zusammenschneiden – wer will schon vierundzwanzig Stunden eine hässliche Kuh wie dich auf deinem Stuhl angucken?« Die Stimme war dunkel, samtweich. Keinerlei dialektische Färbung. Eigentlich sogar freundlich. *»Aber der Schluss wird sicher grandios. Die Krämpfe, das Zucken … hach, das hab ich auch noch nie gesehen. Ich freu mich richtig drauf. Richtig spannend wird's erst, wenn dich keiner findet. Wahrscheinlich wirst du gar nicht verwesen, sondern austrocknen und mumifizieren.«*

Spätestens in diesem Moment wurde Leonie klar, dass der Mann am Telefon ein kranker Psychopath war, einer, den es anmachte, anderen Schmerzen zuzufügen. Sie hatte ein paar Mal mit solchen Menschen zu tun gehabt, damals, als sie noch in der geschlossenen Psychiatrie in Kiedrich gearbeitet hatte. Diese Erfahrungen hatten sie dazu bewogen, sich auf die Arbeit mit traumatisierten Frauen zu spezialisieren, die Opfer solch perverser Bestien geworden waren.

Plötzlich piepste es, und die Stimme verstummte. Das Band ihres altmodischen Anrufbeantworters war voll.

Es war ganz still, bis auf das Geräusch ihres eigenen Atems. Ihre Nase war ausgetrocknet, jeder Atemzug wurde mühsam und fühlte sich so an wie in der Sauna, wenn die Nasenhärchen in der heißen Luft brannten. Aber sie schwitzte nicht mehr. Die Erkenntnis, dass sie keine Chance mehr hatte, lebend aus diesem Zimmer zu entkommen, dass sie sterben würde, hier, in ihrem eigenen Haus, in dem sie sich immer wohl und sicher gefühlt hatte, traf sie mit Urgewalt. Es war ihr egal, dass dieses abartige Schwein sie beobachten konnte. Mit aller Kraft rüttelte Leonie an ihren Fesseln, sie schrie mit geschlossenem Mund gegen das Klebeband an, bis ihre Stimmbänder schmerzten und sie das Gefühl hatte, ihr Kopf müsse platzen. Sie wollte der Todesangst nicht gestatten, Gewalt über sie zu erlangen, nein, sie wollte nicht sterben!

Im weitläufigen Gartenlokal des Gimbacher Hofs war viel los. An den Tischen und Bänken, die im Schatten mächtiger alter Bäume standen, war kaum noch ein freies Plätzchen zu finden. Die historische Landgaststätte im Tal zwischen Kelkheim und Fischbach gelegen war bei diesem herrlichen Sommerwetter ein beliebtes Ausflugsziel, tagsüber besonders bei Familien und Spaziergängern. Das war Pia erst eingefallen, als sie die vielen Kinder bemerkte, die ausgelassen und unbeschwert auf dem Spielplatz herumtollten, aber sie war zu sehr mit Staatsanwalt Frey und Kilian Rothemund beschäftigt gewesen, so dass sie nicht daran gedacht hatte. Emma schien das Treiben um sie herum indes gar nicht zu bemerken. Sie stand regelrecht unter Schock. Kein Wunder, für sie war die Situation in mehrfacher Hinsicht katastrophal: Neben der Angst um Louisa kam die Sorge um das ungeborene Kind, dazu der schreckliche Verdacht, ihr Mann könne pädophil sein.

Pia hatte Emma die Telefonnummer einer erfahrenen Therapeutin vom Frankfurter Mädchenhaus gegeben, an die sie sich mit ihrem Verdacht wenden konnte. Missbrauch von Kindern war ein Thema, mit dem Pia sich nie beruflich hatte beschäftigen müssen. Zwar hatte sie die spektakulären Fälle, die immer wieder durch die Medien gingen, verfolgt, aber sie hatte kaum mehr empfunden als eine oberflächliche Betroffenheit. Emma nun so vor sich zu sehen, so verzweifelt, hilflos und voller Sorge um das körperliche und seelische Wohl ihrer kleinen Tochter, hatte sie tief berührt. Vielleicht war sie auch Lillys wegen sensibler geworden. Die Verantwortung, die man als Eltern für so ein kleines Wesen hatte, war enorm. Gegen Gefahren von außen konnte man sein Kind einigermaßen schützen, was aber, wenn der eigene Partner, der Mensch, dem man am meisten vertraute, solch finstere Abgründe offenbarte?

Nach einer Stunde musste Emma aufbrechen, sie wollte ins Krankenhaus zu

Louisa. Pia blickte nachdenklich dem Auto ihrer alten Schulfreundin nach und ging zu ihrem eigenen Wagen, den sie weiter unten geparkt hatte. Es war der Ausdruck in Emmas Augen, diese Mischung aus Angst, Zorn und tiefer Verletzung, der sie an Britta Hackspiel denken ließ. Kilian Rothemund war ein verurteilter Kinderschänder, er hatte es bei der Gerichtsverhandlung gegen ihn zwar vehement bestritten, aber die Beweise für seine Schuld waren erdrückend und absolut eindeutig gewesen. Die Staatsanwaltschaft hatte Fotos vorgelegt, die Rothemund in unmissverständlicher Pose nackt im Bett mit kleinen Kindern zeigten, dazu Tausende von Fotos und Dutzende Videofilme der allerschlimmsten Sorte auf seinem Laptop.

Spätestens seitdem man im Labor das Sperma in Hanna Herzmanns Vagina als das Rothemunds identifiziert hatte, war Bodenstein fest davon überzeugt, dass er derjenige war, der Hanna zusammengeschlagen, vergewaltigt und in den Kofferraum ihres Autos gesperrt hatte, vielleicht gemeinsam mit Bernd Prinzler. Noch konnte man über das Tatmotiv der beiden Männer nur spekulieren, doch obwohl die Indizien zumindest eindeutig für die Täterschaft Rothemunds sprachen, hegte Pia einen leisen Zweifel. Hanna Herzmann war eine erwachsene Frau: sechsundvierzig Jahre alt, selbstbewusst, erfolgreich, schön, mit einer sehr weiblichen Figur. Sie verkörperte all das, was einen pädophil veranlagten Mann abturnte. Zorn und Hass mochten eine Erklärung für die unfassbare Brutalität sein, und eine Vergewaltigung hatte nichts mit Lust, sondern mit Gewalt und Dominanz zu tun. Trotzdem störte Pia irgendetwas an der Sache, es erschien ihr als Lösung zu einfach und offensichtlich.

Sie fuhr quer durch Kelkheim, bog hinter den Bahngleisen in der Stadtmitte links ab und folgte dem Gagernring bis zur Bundesstraße. Dort setzte sie den Blinker rechts, entschied sich dann aber anders und bog nach links ab, um durch Altenhain nach Bad Soden zu fahren. Ein paar Minuten später stand sie vor dem Haus, in dem einmal Kilian Rothemund gewohnt hatte. Die Straße war ziemlich zugeparkt, Pia hatte den Dienstwagen oben am Feldrand abstellen und ein Stück laufen müssen. Auf ihr Klingeln öffnete der neue Ehemann von Britta Hackspiel, den Pia gestern nur flüchtig gesehen hatte. Das freundliche Willkommenslächeln auf seinem Gesicht erlosch bei ihrem Anblick.

»Es ist Sonntagnachmittag«, erinnerte er Pia unnötigerweise, als sie nach seiner Frau fragte. »Muss das unbedingt jetzt sein? Wir haben Gäste.«

Unzählige Male hatte man versucht, Pia mit irgendwelchen Ausreden an Haustüren abzuwimmeln, es gehörte zum Job als Kripobeamtin, unwillkommen zu sein, und es störte sie schon längst nicht mehr.

»Ich habe nur ein paar Fragen an Ihre Frau«, entgegnete Pia unbeeindruckt. »Ich bin gleich wieder weg.«

»Warum können Sie meine Frau nicht damit in Ruhe lassen?«, zischte er. »Sie hat weiß Gott genug durchgemacht wegen diesem Schwein und muss nicht dauernd an ihn erinnert werden. Gehen Sie. Kommen Sie morgen wieder.«

Pia musterte den Mann, und er erwiderte ihren Blick mit unverhohlener Abneigung. Richard Hackspiel war rein äußerlich das komplette Gegenteil von Kilian Rothemund: groß, schwammig, knollennasig, mit dem roten Gesicht und den wässrigen Augen eines Trinkers. Er hatte etwas Überhebliches an sich, und zu gerne hätte sie ihn gefragt, ob es ihn nicht störte, in dem Haus zu wohnen, in dem vorher *dieses Schwein* gewohnt hatte.

»Ich bin keine Staubsaugervertreterin«, sagte Pia liebenswürdig und lächelte, weil sie wusste, dass sie den Mann damit zur Weißglut brachte. »Entweder, Sie holen jetzt Ihre Frau, oder ich lasse sie von einer Streife zu einem Gespräch auf dem Kommissariat abholen. Wie es Ihnen lieber ist.«

Es war eigentlich nicht ihre Art, so den Bullen herauszukehren, aber manche Leute verstanden keine andere Sprache. Hackspiel verschwand mit zusammengepressten Lippen und kehrte tatsächlich wenig später mit seiner Frau zurück.

»Um was geht es noch?«, fragte sie kühl, die Arme vor der Brust verschränkt. Sie machte keine Anstalten, Pia ins Haus zu bitten.

»Um Ihren geschiedenen Mann.« Pia hatte keine Lust, um den heißen Brei herumzureden. »Trauen Sie ihm zu, eine Frau bis zur Unkenntlichkeit zusammenzuschlagen, zu foltern und nackt in den Kofferraum eines Autos zu sperren?«

Britta Hackspiel schluckte, ihre Augen weiteten sich. Pia konnte ihr den Kampf, den sie in ihrem Innersten mit sich ausfocht, ansehen.

»Nein. So etwas traue ich ihm nicht zu. Kilian hat, seitdem ich ihn kenne, niemals jemanden geschlagen. Allerdings …« Ihr Gesicht wurde hart. »Allerdings hätte ich ihm auch niemals zugetraut, dass er auf kleine Kinder steht. Ich kenne ihn seit zwanzig Jahren. Auch wenn er viel gearbeitet hat, so war er doch ein Familienmensch, hat sich immer gewissenhaft um alles gekümmert, mich und die Kinder nie vernachlässigt.«

Ihre Schultern sackten nach vorne. Die kühle Distanziertheit, mit der sie sich selbst schützte, löste sich auf. Pia wartete darauf, dass sie weitersprach. In solchen Augenblicken war es besser, jemanden einfach reden zu lassen, als mit Zwischenfragen zu stören, ganz besonders dann, wenn so viel Emotionalität im Spiel war wie bei Britta Hackspiel.

»Er war ein liebevoller Vater und Ehemann. Wir haben immer alles miteinander besprochen und geplant, hatten keine Geheimnisse voreinander. Vielleicht … vielleicht war ich deshalb so … fassungslos, als das alles rauskam«, schloss die Exfrau von Kilian Rothemund. Sie hatte Tränen in den Augen. »Ich hätte das niemals von ihm gedacht. Aber plötzlich war alles nur noch eine einzige Lüge.«

»Die Presse schrieb damals, Ihr Exmann sei früher einmal mit dem Staatsanwalt, der gegen ihn Klage erhoben hat, befreundet gewesen«, sagte Pia. »Stimmt das?«

»Ja, das stimmt. Markus und Kilian haben zusammen studiert und waren sehr gute Freunde. In dem Sommer, in dem Kilian und ich uns kennengelernt haben, waren er und Markus mit den Mopeds unterwegs. Irgendwann ist die Freundschaft dann zerbrochen.« Sie stieß einen resignierten Seufzer aus. »Kilian wurde Anwalt und verdiente viel Geld. Ich weiß nicht genau, was zwischen den beiden vorgefallen ist, aber diese vernichtende Pressekampagne hat Markus angezettelt.«

»Haben Sie je an den Vorwürfen gezweifelt, die man ihm gemacht hat?«, wollte Pia wissen.

Britta Hackspiel holte zitternd Luft, kämpfte um Beherrschung.

»Ja, zuerst habe ich das getan. Ich habe seinen Unschuldsbeteuerungen geglaubt, weil ich ihn zu kennen glaubte. Bis ich diese … diese widerlichen Filme gesehen habe.« Ihre Stimme war nur noch ein Flüstern. »Da gab es keine Zweifel mehr. Er hat mich belogen, mein Vertrauen missbraucht. Das werde ich ihm nie verzeihen können. Zwar werden wir durch die Kinder immer irgendwie verbunden sein, aber als Mensch ist er für mich gestorben.«

Ein Knacken an ihrem linken Knöchel ließ sie erstarren. Ihr Herz machte einen Satz. Einer der Kabelbinder, mit denen dieses Schwein ihren Fuß an das Stuhlbein gefesselt hatte, schien aufgeplatzt zu sein, denn sie konnte auf einmal den Fuß bewegen, mit der Zehenspitze sogar den Boden berühren! Neue Hoffnung flutete durch jede Ader ihres Körpers, sie mobilisierte alle Kräfte, stemmte die Zehen gegen den Boden. Es gelang tatsächlich, den Stuhl ein Stückchen nach hinten zu schieben. Zwei Zentimeter, dann noch ein paar Zentimeter. Leonie bekam kaum noch Luft, so sehr strengte es ihren geschwächten Körper an. Vor ihren Augen tanzten grelle Punkte, aber draußen war es mittlerweile stockdunkel. Kein Licht fiel durch die Ritzen des Rollladens, es musste also Nacht sein. Es war mehr als vierundzwanzig Stunden her, seitdem sie in der Küche die Cola light getrunken hatte. Ihre Hände krampften sich um die hölzernen Armlehnen, sie stemmte die Zehen gegen den Boden, doch sosehr sie sich auch anstrengte, der Stuhl bewegte sich nicht mehr. Der Dielenboden im Therapieraum war ausgetreten und uneben, und die Stuhlbeine hingen an einem Widerstand fest. Voller Verzweiflung spannte Leonie jeden Muskel ihres Körpers. Plötzlich spürte sie, dass sich der Stuhl nach hinten neigte. Sie konnte sich nicht nach vorne beugen, weil ihr Oberkörper fest an die Stuhllehne geschnürt war. Der Stuhl kippte um, ihr Kopf krachte auf den Holzfußboden. Ein paar Sekunden lang verharrte Leonie reglos und benommen. Hatte sich ihre Lage nun verbessert oder verschlechtert? Sie lag hilflos auf dem Rücken wie ein Käfer, ihr Fuß, der einzige einigermaßen bewegliche Körperteil, ragte in die Luft. Ihre Brust hob und senkte sich heftig, aber sie bemerkte, dass es nicht mehr so heiß war. Warme Luft stieg nach oben, auf dem Boden war es daher ein wenig kühler. Leonie versuchte, sich die Einrichtung des Raumes vorzustellen. Wie weit war sie vom Schreibtisch entfernt? Obwohl, was nutzte ihr das schon? Sie konnte sich sowieso nicht rühren! Voller Zorn rüttelte sie an ihren Fesseln, begehrte gegen die hoffnungslose Situation auf. Das Telefon auf dem Schreibtisch klingelte. Der Anrufbeantworter sprang an, die automatische Stimme verkündete jedoch nur, dass das Band voll sei. Das Schwein hatte sicherlich gesehen, was passiert war. Das Herz klopfte ihr bis in den Hals. Ob er herkommen und sie töten würde? Wo war er wohl? Wie lange würde er brauchen? Wie viel Zeit blieb ihr noch?

Montag, 28. Juni 2010

Es war schon kurz vor neun, und Corinna hatte für neun Uhr eine Besprechung im Verwaltungsgebäude angesetzt. Emma graute vor der Feier am kommenden Freitag, denn spätestens da würde sie Florian wiedersehen und gute Miene zum bösen Spiel machen müssen, wollte sie ihrem Schwiegervater nicht die Geburtstagsfeier ruinieren.

Sie nahm die Abkürzung quer über den Rasen, der noch feucht war von der nächtlichen Beregnung. Die Ärztin im Krankenhaus hatte ihr versichert, dass es Louisa gutgehe, der Sachbearbeiterin beim Jugendamt hatte Emma eine Rückrufbitte auf dem Anrufbeantworter hinterlassen, fest entschlossen, Florian den Umgang mit Louisa auf offiziellem Wege verbieten zu lassen.

Das Gespräch mit der Therapeutin hatte Emmas Besorgnis nicht etwa zerstreut, sondern erheblich verstärkt. Sie hatte der Frau vom Verdacht der Krankenhausärztin erzählt und von Louisas verändertem Verhalten in den letzten Wochen, das Florian als normale Entwicklungsphase einer Fünfjährigen bezeichnet hatte. Die Therapeutin war vorsichtig gewesen mit ihrer Beurteilung. Es könne tatsächlich eine ganz andere Erklärung für das zerschnittene Lieblingsplüschtier, die abrupten Wechsel zwischen Wutanfällen und erschöpfter Lethargie und die Aggressivität Emma gegenüber geben, aber auf jeden Fall sei es sehr wichtig, dieses Verhalten mit erhöhter Aufmerksamkeit zu beobachten. Sexueller Missbrauch durch Väter, Onkel, Großväter oder enge Freunde der Familie sei leider sehr viel weiter verbreitet, als man gemeinhin annehme.

»Kleine Kinder verstehen instinktiv, dass das, was mit ihnen getan wird, nicht richtig ist. Aber wenn der Missbrauch durch eine vertraute Person geschieht, wehren sie sich nicht dagegen«, hatte die Therapeutin gesagt. »Im Gegenteil: Meist gelingt es dem Täter, das Kind zu einer Komplizenschaft zu bringen. ›Das ist unser Geheimnis, die Mama oder die Geschwister dürfen nicht wissen, dass ich dich so lieb habe, sonst sind sie traurig oder neidisch.‹ So etwas in der Art.«

Auf Emmas Frage, wie sie sich zukünftig verhalten sollte, was sie tun konnte, gerade in den nächsten Wochen, wenn das Baby zur Welt gekommen war, hatte sie keine besonders konstruktive Antwort gehabt. Sie solle Louisa bei einer Person ihres Vertrauens unterbringen.

Klasse. Emma vertraute Corinna und auch ihren Schwiegereltern, aber wie konnte sie verhindern, dass diese Florian den Umgang mit dem Kind gestatteten? Als Erklärung würde sie ihren Verdacht äußern müssen. Emma mochte sich nicht ausmalen, welche Reaktion ein Missbrauchsvorwurf gegen Florian innerhalb seiner Familie hervorrufen würde. Wahrscheinlich hielte man sie für hysterisch oder gar für rachsüchtig.

Tief in Gedanken versunken ging sie an den Rhododendronbüschen vorbei, die im Laufe von Jahrzehnten zu einem wahren Dschungel geworden waren.

»Hallo«, sagte jemand, und Emma fuhr erschrocken zusammen. Auf einer schmiedeeisernen Bank saß eine ältere Frau in einem weißen Kittel und rauchte eine Zigarette. Über dem weißen Haar trug sie ein Haarnetz, ihre nackten Füße steckten in Plastiksandalen.

»Hallo«, erwiderte Emma höflich. Erst jetzt erkannte sie Helga Grasser, die Mutter des Finkbeiner'schen Faktotums Helmut Grasser, die sie nur flüchtig vom Sehen kannte.

»Na«, sagte die Alte und trat die Zigarettenkippe aus. »Ist es so weit?«

»Zwei Wochen dauert es noch«, erwiderte Emma, die annahm, die Frage beziehe sich auf ihre Schwangerschaft.

»Das mein ich nicht.« Helga Grasser erhob sich mit einem Ächzen und kam näher. Sie war groß und kräftig, ihr gerötetes Gesicht überzogen von Falten und geplatzten Äderchen. Ein durchdringender Schweißgeruch entströmte ihrem Kittel, der eine Nummer zu klein schien und an Bauch und Brust auseinanderklaffte. Emma konnte rosaweiße Haut sehen und schauderte. Die alte Frau trug nichts darunter.

»Ich muss zu einer Besprechung.« Emma wollte rasch weitergehen, aber Frau Grasser ergriff mit einer plötzlichen Bewegung ihr Handgelenk.

»Wo Licht ist, ist auch Schatten«, flüsterte sie bedeutsam. »Kennst du das Märchen vom Wolf und den Geißlein? Nicht? Soll ich es dir erzählen?«

Emma versuchte, sich loszumachen, aber die Alte umklammerte ihren Arm wie ein Schraubstock.

»Es war einmal eine Geiß, die hatte sechs junge Geißlein und hatte sie lieb, wie eine Mutter ihre Kinder liebhat«, begann Helga Grasser.

»Soweit ich mich erinnere, waren es sieben Geißlein«, wandte Emma ein.

»In meiner Geschichte sind es sechs. Hör zu …« Die dunklen Augen der alten Frau glitzerten, als ob sie einen guten Witz zum Besten geben würde. Emmas Unbehagen wuchs. Corinna hatte ihr irgendwann einmal erzählt, Helga Grasser sei geistig etwas zurückgeblieben, in der Küche aber als Spülhilfe unentbehrlich. Florian hatte sich weitaus unverblümter über den Geisteszustand von Helmut Grassers Mutter ausgelassen. Seit einer Hirnhautentzündung vor vierzig Jahren sei Helga Grasser total gaga. Alle Kinder hatten sich früher schrecklich vor ihr gefürchtet, weil sie ihnen mit Vorliebe blutrünstige Schauermärchen erzählte. Sie hatte viele Jahre in der geschlossenen Psychiatrie zugebracht, weshalb, das hatte Florian angeblich nicht gewusst.

»Eines Tages«, flüsterte die Alte heiser und schob ihr Gesicht dicht an Emmas heran, »musste die Geiß verreisen, da rief sie alle sechs herbei und sprach: ›Liebe Kinder, ich muss für ein paar Tage weg, seid auf der Hut vor dem Wolf und geht nicht hoch auf den Speicher! Wenn er euch dort findet, frisst er euch alle mit Haut und Haar. Der Bösewicht verstellt sich, aber an der rauen Stimme und an seinem schwarzen Fell werdet ihr ihn schon erkennen.‹ Die Geißlein sagten: ›Liebe Mutter, wir werden uns in Acht nehmen, du kannst ohne Sorge fortgehen.‹ Da meckerte die Alte und machte sich getrost auf den Weg.«

»Ich muss jetzt wirklich weiter«, unterbrach Emma die Frau und wischte sich mit der freien Hand Speicheltröpfchen von der Wange.

»Du denkst auch, ich bin bekloppt, nicht wahr?« Sie ließ Emmas Arm los. »Aber das bin ich nicht. Vor Jahren sind hier schlimme Dinge geschehen. Das glaubst du mir nicht?«

Sie kicherte, als sie Emmas verblüffte Miene sah, dabei entblößte sie einen bis auf die beiden Eckzähne zahnlosen Unterkiefer, oben ragten nur noch zwei Goldzähne aus dem Zahnfleisch.

»Dann frag deinen Mann doch mal nach seiner Zwillingsschwester.«

Corinna bog um die Ecke. Ihr Blick fiel auf Emmas blasses Gesicht.

»Helga! Erzählst du etwa schon wieder Gruselgeschichten?«, fragte sie streng und stemmte die Arme in die Seiten.

»Pah!«, machte die alte Frau nur und trollte sich in Richtung Küche.

Corinna wartete, bis sie hinter den Rhododendren verschwunden war, dann legte sie einen Arm um Emmas Schulter.

»Du siehst ja richtig erschrocken aus«, stellte sie besorgt fest. »Was hat sie zu dir gesagt?«

»Sie wollte mir das Märchen vom Wolf und den sieben Geißlein erzählen.« Emma zwang sich zu einem Lachen und hoffte, dass es amüsiert klang. »Sie ist wirklich etwas seltsam.«

»Du darfst Helga nicht ernst nehmen. Manchmal spinnt sie ein bisschen, aber sie ist harmlos.« Corinna lächelte. »Komm, lass uns gehen. Wir sind eh schon zu spät.«

Der Empfangsschreibtisch der *Herzmann production* war verwaist, genauso wie sämtliche Büros. Auf der Suche nach irgendeinem lebenden Wesen öffneten

Pia und Bodenstein alle Türen und platzten deshalb in eine Art Mitarbeiterversammlung, die im Konferenzraum stattfand. Die neun Leute, die um den runden Tisch herumsaßen, lauschten einem Mann, der beim Anblick der Kriminalpolizei verstummte. Geschäftsführer Niemöller sprang auf und komplimentierte seine Kollegen hinaus, dann stellte er Pia und ihrem Chef den Redner als Dr. Wolfgang Matern, Programmdirektor von Antenne Pro, vor. Den bedröppelten Mienen der Anwesenden nach zu urteilen, hatte er keine guten Nachrichten verkündet.

»Mit Ihnen hätten wir auch gerne gesprochen.« Pia trat Meike Herzmann in den Weg, als diese sich ebenfalls unauffällig verdrücken wollte. »Wieso haben Sie mich nicht zurückgerufen?«

»Weil ich keine Lust hatte.« Die junge Frau fuhr sofort die Krallen aus.

»Dann hatten Sie sicherlich auch keine Lust, Ihre Mutter zu besuchen«, vermutete Pia.

»Das geht Sie überhaupt nichts an«, fauchte Meike Herzmann.

»Stimmt.« Pia zuckte die Achseln. »Ich war im Krankenhaus. Ihrer Mutter geht es sehr schlecht. Und ich möchte denjenigen finden, der ihr das angetan hat.«

»Dafür bezahlen wir Steuerzahler Sie ja wohl auch«, entgegnete Meike Herzmann schnippisch. Pia hätte dieser unsympathischen Zicke nur zu gerne gesagt, was sie von ihr hielt, aber sie beherrschte sich.

»Sie waren am Donnerstagmorgen im Haus Ihrer Mutter, haben die Post aufgehoben und auf das Sideboard gelegt«, sagte sie nur. »Ist Ihnen dabei ein Brief oder ein Zettel aufgefallen?«

»Nein«, sagte Meike Herzmann. Pia entging nicht der rasche Blick, den sie dem Programmdirektor von Antenne Pro, der mit Bodenstein sprach, zuwarf.

»Sie lügen«, stellte sie fest und beschloss, ihr den Schneid abzukaufen. »Warum? Stecken Sie mit denen, die Ihre Mutter überfallen haben, unter einer Decke? Haben Sie etwas damit zu tun? Vielleicht hofften Sie ja, dass Ihre Mutter stirbt, damit Sie ihr Geld erben.«

Meike Herzmann wurde erst rot, dann blass und schnappte empört nach Luft.

»Es ist strafbar, Beweismaterial zurückzuhalten und damit Ermittlungen zu behindern. Wenn sich herausstellt, dass Sie das tun, dann haben Sie ein gewaltiges Problem.« Pia sah die Verunsicherung in den Augen der jungen Frau. »Schreiben Sie mir bitte die Adresse auf, unter der wir Sie erreichen können. Und gehen Sie in Zukunft an Ihr Handy, wenn wir Sie anrufen, sonst werde ich Sie wegen Verdunklungsgefahr festnehmen lassen.«

Das war natürlich Schwachsinn, aber Meike Herzmann schien keine juristische Vorbildung zu haben und wirkte eingeschüchtert. Pia ließ sie stehen und ging zu Bodenstein und Dr. Matern, der laut eigenem Bekunden auch nicht wusste, womit Hanna Herzmann sich zuletzt beschäftigt hatte.

»Ich bin Geschäftsführer und Programmdirektor«, sagte er gerade. »Wir arbeiten mit sehr vielen Produktionsfirmen zusammen. Ich kann unmöglich wissen, wer was für welche Sendung macht, schon gar nicht bei wöchentlichen Formaten. Mich interessieren unter dem Strich nur die Einschaltquoten, mit Inhalten habe ich nichts zu tun.«

Er gab an, Hanna seit vielen Jahren zu kennen, ihr Verhältnis sei durchaus freundschaftlich, aber professionell. Pia hörte schweigend zu. Matern war Geschäftsmann durch und durch, höflich, geschäftsmäßig, aalglatt. Außer der Tatsache, dass Hanna Herzmann die Quotenqueen des Senders war, gehörten seinem Sender dreißig Prozent der *Herzmann production*, an einem längerfristigen Ausfall seiner Cashcow konnte Matern kein Interesse haben. In dem Augenblick, in dem sie ihn nach Kilian Rothemund und Bernd Prinzler fragen wollte, klingelte Pias Telefon. Christoph! Sofort dachte sie an Lilly. Hoffentlich war nichts passiert! Wenn Christoph wusste, dass sie in wichtigen Ermittlungen steckte, rief er so gut wie nie an, schickte höchstens eine SMS.

»Hallo, Pia!«, hörte sie Lillys Stimme an ihrem Ohr und war erleichtert. »Ich hab dich so lange nicht gesehen.«

»Hallo, Lilly.« Pia senkte die Stimme und wanderte um den Besprechungstisch herum. »Wir haben uns doch erst gestern Abend gesehen. Wo bist du gerade?«

»In Opas Büro. Weißt du, Pia, ich hatte eine Zecke! In den Haaren! Aber der Opa hat sie mir rausoperiert.«

»Oje. Hat es weh getan?« Pia musste lächeln und drehte sich zur Wand um. Sie hörte Lilly eine Weile zu, dann versprach sie ihr, heute Abend früher zu Hause zu sein als sonst.

»Ich soll dir vom Opa ausrichten, dass wir einen gaaaanz leckeren Kartoffelsalat machen.«

»Na, ein Grund mehr, früh nach Hause zu kommen.«

Pia sah, dass Bodenstein ihr ein Zeichen machte, dass er gehen wollte. Sie verabschiedete sich von Lilly und steckte das Handy in die hintere Hosentasche ihrer Jeans. Es tat ihr ehrlich leid, dass die Kleine bald wieder abreisen würde.

»Ich finde es irgendwie eigenartig, dass niemand aus dem engsten Mitarbeiter- und Kollegenkreis etwas über Hannas Recherchen weiß«, sagte sie zu ihrem Chef, als sie das Bürogebäude verließen und zu ihrem Auto gingen. »Und diese

Tochter ist mir total suspekt. So wenig Mitgefühl kann man mit seiner Mutter doch gar nicht haben.«

Sie war höchst unzufrieden mit dem Ergebnis ihrer Gespräche. Selten zuvor hatten sich Ermittlungsarbeiten so zäh gestaltet wie bei den beiden aktuellen Fällen. Bei der morgendlichen Besprechung hatte Kriminalrätin Engel heute zum ersten Mal Druck gemacht und das zu Recht, denn weder im Fall ›Nixe‹ noch in der Sache Hanna Herzmann gab es Fortschritte. Bodenstein hatte die Hanauer Kollegen um Amtshilfe gebeten. Eine Rund-um-die-Uhr-Überwachung des Postfaches auf dem Hanauer Postamt erschien ihm als letzte Möglichkeit, den Aufenthaltsort von Bernd Prinzler in Erfahrung zu bringen, nachdem die Überprüfung der Register sämtlicher Einwohnermeldeämter in ganz Deutschland kein zufriedenstellendes Ergebnis geliefert hatte.

»Nach *Aktenzeichen XY* am Mittwoch wird sich etwas tun«, prophezeite Bodenstein. »Ich weiß es.«

»Na, dein Wort in Gottes Ohr«, entgegnete Pia trocken und schloss das Auto auf. Sie blickte hoch, weil sie sich beobachtet fühlte. Meike Herzmann stand an einem der Fenster im fünften Stock und starrte auf sie herunter.

»Dich krieg ich auch noch«, murmelte Pia. »Von dir lass ich mich nicht verarschen.«

Ihre Schwiegereltern waren schon zum Flughafen gefahren, als Emma nach der Besprechung nach Hause kam. Den ganzen Vormittag war ihr die seltsame Begegnung mit Helga Grasser durch den Kopf gegangen. Natürlich hätte sie Florian anrufen und ihn ganz direkt danach fragen können, weshalb er ihr nie von seiner Zwillingsschwester erzählt hatte, aber nach allem, was vorgefallen war, brachte sie das einfach nicht über sich.

Emma zögerte, als sie vor der Wohnungstür ihrer Schwiegereltern stand. Die Tür war nie abgeschlossen, sie durfte kommen und gehen, wie es ihr beliebte, dennoch fühlte sie sich wie eine Einbrecherin, als sie nun die Wohnung betrat und sich umblickte. Renate bewahrte ihre Fotoalben im Wohnzimmerschrank auf, sie waren nach Jahren geordnet, und Emma begann mit dem Album von 1964, dem Jahr von Florians Geburt. Eine Stunde später hatte sie Dutzende Fotoalben durchgeblättert, sie hatte Florian, seine Zieh- und Adoptivgeschwister und zig andere Kinder in allen Altersstufen gesehen, aber kein Mädchen, das wie eine Zwillingsschwester aussah. Mit einer Mischung aus Enttäuschung und Erleichterung brach Emma ihre Suche ab und verließ die Wohnung ihrer Schwiegereltern. Hatte Corinna recht? War Helga Grasser wirklich nur eine alte

Spinnerin, die gerne Märchen erzählte? Aber wieso hatte sie das Märchen vom Wolf und den sieben Geißlein so verändert? Emma steckte nachdenklich den Schlüssel ins Schloss der Wohnungstür. Warum hatte sie von *sechs* Geißlein gesprochen? Hatte sie Florian und seine Ziehgeschwister gemeint? Florian, Corinna, Sarah, Nicky, Ralf – einer fehlte dann. Aber wer? Emmas Blick wanderte die Holztreppe hoch, die hinauf zum Speicher führte. Sie war nur ein einziges Mal dort oben gewesen, zusammen mit Renate, als diese ihr das Haus gezeigt hatte. Hatte Helga Grasser in ihrer Märchen-Version nicht einen Speicher erwähnt? Emma zog den Schlüssel wieder aus dem Schloss und stieg kurz entschlossen die schmale Treppe hoch. Die Sperrholztür klemmte, sie musste sich mit der Schulter dagegenstemmen, bis sie mit einem jämmerlichen Knarren aufschwang. Stickige warme Luft schlug ihr entgegen. Unter dem kaum isolierten Dach staute sich die Hitze der vergangenen Tage. Durch die winzigen Dachfensterchen fiel nur wenig Licht, aber es war hell genug, um sorgfältig aufgestapelte Umzugskisten, ausrangierte Möbel und allerhand anderen Kram, der sich in vierzig Jahren angesammelt hatte, zu erkennen. Eine dicke Staubschicht bedeckte den knarrenden Dielenboden, Spinnweben hingen von den Deckenbalken herab. Es roch nach Holz, Staub und Mottenpulver.

Emma blickte sich ratlos um, dann schob sie einen mottenzerfressenen Samtvorhang zur Seite, der an einem der Querbalken befestigt war. Sie zuckte zusammen, als sie sich einer Frau im dämmerigen Halbdunkel gegenüberstehen sah, und es dauerte ein paar Sekunden, bis sie begriff, dass sie ihrem Spiegelbild gegenüberstand. An der Wand lehnte ein großer Spiegel, dessen Glas im Laufe der Zeit wolkig und fast blind geworden war. Auch hinter dem Vorhang standen Kisten und Kartons, alle sorgfältig beschriftet. Winterjacken, Carrera-Rennbahn, Playmobil, Holzspielzeug, Belege, Bücher Florian, Schule Corinna, Babykleidung, Faschingskostüme, Christbaumschmuck, Weihnachtspost 1973 bis 1983.

Josef und Renate würden erst morgen aus Berlin zurückkehren; sie hatte also Zeit genug, um die zahllosen Kisten und Schränke zu untersuchen. Aber wo sollte sie beginnen?

Schließlich zog Emma eine Kiste hervor, auf der *»Florian Kindergarten, Grundschule, Gymnasium«* stand. Sie musste niesen, als sie den Deckel aufklappte. Ihre Schwiegermutter hatte wirklich alles aufgehoben: Schulhefte, Schulbücher, selbstgemalte Bilder, Quittungen für die Schulmilch, Schwimmabzeichen, Urkunden von Bundesjugendspielen, sogar einen Turnbeutel, auf den die Initialen FF im Kreuzstich gestickt waren. Emma blätterte ein Schulheft nach dem anderen durch, betrachtete die ungelenke Schrift, die fast verblichene Tinte. Ob Florian wohl wusste, dass diese Relikte seiner Kindheit noch existierten?

Sie schloss die Kiste wieder und stellte sie an ihren Platz zurück, schlenderte weiter, betrachtete zerschrammte Möbelstücke, verkratzte Kinderstühlchen, eine altmodische Babywaage, eine herrliche antike Schreibmaschine, die bei eBay sicherlich eine schöne Summe einbringen würde. Immer wieder musste sie niesen, das T-Shirt klebte an ihrem Rücken, und ihre Augen juckten. Emma wollte gerade aufgeben, als ihr Blick eine Kiste streifte, die versteckt unter der Dachschräge hinter dem gemauerten Kamin stand. Den Namen, der in ordentlichen Großbuchstaben auf der Seite stand, hatte sie noch nie gehört, und das weckte ihre Neugier. Sie ging in die Hocke, was in ihrem Zustand nicht ganz einfach war, zerrte den Karton hervor und öffnete ihn. Im Gegensatz zu Florians sorgfältig gepackten Kindheitserinnerungen sah diese Kiste so aus, als habe jemand den Inhalt achtlos hineingestopft. Bücher, Hefte, Bilder, eine Puppe, Stofftiere, Fotos, Dokumente, Kleidungsstücke, ein geblümtes Poesiealbum mit Schloss, ein rotes Käppchen. Emma hob einen Schuhkarton heraus, öffnete ihn und zog ein Schwarzweißfoto mit einem weißen Rand, wie es sie in den Sechzigerjahren gegeben hatte, heraus. Ihr Herz setzte kurz aus und raste dann in einem wilden Stakkato weiter. Das Foto zeigte eine lächelnde Renate mit zwei blonden Kleinkindern auf dem Schoß, im Vordergrund zwei Kuchen mit jeweils zwei Kerzen. Emma drehte das Foto um, ihre Finger zitterten. *»Florian und Michaela, 2. Geburtstag. 16. Dezember 1966.«*

Zurück an ihrem Schreibtisch rief Pia in ihrem Computer Google auf und tippte die Begriffe *›Wolfgang Matern + Antenne Pro‹* in die Suchleiste. Sofort bekam sie Hunderte von Treffern. Wolfgang Matern, Jahrgang 1965, war der Sohn von Dr. Hartmut Matern, dem bekannten Medienmogul, der als einer der ersten die Chancen und lukrativen Möglichkeiten des Privatfernsehens in Deutschland erkannt und genutzt hatte, um damit ein Vermögen zu verdienen. Noch heute bekleidete Matern senior trotz seiner achtundsiebzig Lenze das Amt des Vorstandsvorsitzenden einer verschachtelten Holding, zu der verschiedene private Fernseh- und Bezahlsender sowie zahlreiche andere Firmen und Firmenanteile gehörten. Wolfgang hatte BWL und Politikwissenschaften studiert und in Letzterer promoviert. Auf der Webseite der Matern-Gruppe, die ihren Sitz in Frankfurt am Main hatte, wurde er als Mitglied des Vorstandes geführt, war in Personalunion Programmdirektor und Geschäftsführer mehrerer Privatsender, die zum Firmenkonglomerat gehörten. Pia fand unzählige Fotos von ihm, die ihn meist mit seinem Vater bei öffentlichen Veranstaltungen, Vorträgen, Preisverleihungen oder Fernsehgalas zeigten. Über das private Leben der Materns gab das Internet überhaupt nichts her. Als echte Medienprofis wussten sie wohl gut, wie man seine Privatsphäre schützte. Das änderte sich auch nicht großartig, als Pia nur Wolfgang Materns Namen eingab. Reine Zeitverschwendung. Aus dem Krankenhaus gab es keine Neuigkeiten, Hanna Herzmann war noch immer nicht vernehmungsfähig, Kilian Rothemund blieb verschwunden und auf dem Hanauer Postamt hatte noch niemand die Post aus Prinzlers Schließfach abgeholt.

Da sie nichts Besseres zu tun hatte, durchstöberte Pia alle verfügbaren sozialen Netzwerke, aber Wolfgang Matern war weder bei XING, noch bei Facebook oder Wer kennt wen.

»Fällt dir noch irgendetwas ein, wo ich Informationen über diesen Mann finden könnte?«, fragte Pia ihren Kollegen.

»LinkedIn, 123people, yasni, cylex, firma24.de«, ratterte Kai herunter, ohne von seinem Monitor aufzublicken.

»Alles schon probiert.« Pia lehnte sich zurück und verschränkte resigniert die Arme hinter dem Kopf. »Verdammt, der Kerl war meine letzte Hoffnung. Es ist aber auch zu vertrackt. Irgendjemand muss doch wissen, woran Hanna Herzmann gearbeitet hat! Das gibt's doch einfach nicht.«

»Hast du die Tochter schon gecheckt?«

»Ja, klar. Aber die ist auch quasi nicht existent im Internet.«

»Stayfriends«, schlug Kai vor und blickte auf. »Oh Mann, ich hab Hunger wie ein Bär. Hast du noch irgendwelche Vorräte?«

»Nee. Meine letzte Tüte Chips hast du weggefuttert. Geh dir was holen, bevor du schlechte Laune kriegst.« Pia legte ihre Finger wieder auf die Tastatur und gab die Webadresse von Stayfriends ein, die sich selbst als »Freunde-Suchmaschine« bezeichnete.

»Döner oder Burger?« Kai erhob sich von seinem Stuhl.

»Döner. Extra scharf mit doppelt Fleisch und Schafskäse«, erwiderte Pia. »Ich hab's doch gewusst!«

»Wie bitte?«

»Ich hab gewusst, dass mit diesem Wolfgang Matern etwas faul ist!« Pia grinste triumphierend und wies auf ihren Bildschirm. »Er ist tatsächlich bei Stayfriends registriert, genau wie Hanna Herzmann. Stell dir vor, die beiden waren sogar auf derselben Schule, und der behauptet doch glatt, er würde Hanna nur beruflich kennen! Warum tut er das?«

»Vielleicht hat er Angst, in irgendetwas reingezogen zu werden«, vermutete Kai. »Bin gleich zurück.«

Pia vertiefte sich in die Seite, klickte die Profile von Hanna Herzmann und Wolfgang Matern sowie das Klassenfoto der elften Jahrgangsstufe 1982 des Privatgymnasiums Königshofen in Niedernhausen an. Da sie kein »Goldmitglied« war, konnte sie nichts darauf erkennen, aber das spielte keine Rolle, die Verbindung war da, und Wolfgang Matern hatte Bodenstein belogen. Er kannte Hanna Herzmann länger und besser, als er behauptet hatte. Doch es kam noch besser: Hanna und er hatten an der Ludwig-Maximilians-Universität in München studiert und waren beide Mitglieder des gleichen Ehemaligenvereins. Die nächsten anderthalb Stunden verbrachte Pia damit, Fotos von Hanna Herzmann im Internet zu durchforsten, von denen es unglücklicherweise Tausende gab. Sie aß gerade den Rest ihres mittlerweile erkalteten Döners, als sie fand, wonach sie gesucht hatte. Es war ein Foto von 1998, das in einer Illustrierten erschienen war, und es zeigte eine strahlende Hanna im Hochzeitskleid mit ihrem zweiten oder dritten Ehemann. Auf ihrer anderen Seite stand Wolfgang Matern, vor ihm Meike als mürrischer, dicklicher Teenager. *Wolfgang Matern (34), Sohn von Medienmogul Hartmut Matern, enger Freund der Braut und Patenonkel ihrer Tochter Meike (11), fungierte als Trauzeuge*, lautete die Bildunterschrift.

»Ha!«, machte sie, klickte das Foto an und gab einen Druckbefehl. Sie war schon jetzt äußerst gespannt auf die Erklärung des Programmdirektors von Antenne Pro. Mit dem noch warmen Ausdruck ging sie zum Büro von Bodenstein und stieß im Türrahmen beinahe mit ihm zusammen.

»Guck mal, was ich …«, begann sie, aber Bodenstein ließ sie nicht zu Wort kommen.

»Der Roller von Kilian Rothemund ist am Hauptbahnhof gefunden und sichergestellt worden«, unterbrach er sie wenig höflich. »Und ein Zeuge hat Rothemund erkannt: Er ist heute Morgen um 10:44 in den ICE nach Amsterdam gestiegen! Ich habe mit den holländischen Kollegen gesprochen, sie erwarten ihn schon, wenn der Zug um 17:22 einfährt. Mit etwas Glück haben wir ihn in ein paar Stunden.«

Meike hatte alle Fenster der Wohnung geöffnet, um wenigstens etwas Durchzug zu machen, dennoch schwitzte sie, obwohl sie nur einen Slip und einen BH trug. Im Büro war niemandem aufgefallen, dass sie Hannas Rechner mitgenommen hatte, nicht mal die superschlaue blonde Bullentussi hatte daran gedacht! Seit heute Morgen hatte sie jede Menge Zeit, denn sie hatte keinen Job mehr. Irina und Jan würden in der Firma die Stellung halten, alle anderen mussten ihren Jahresurlaub nehmen, bis klar war, ob Hanna jemals wieder in der Lage sein würde, vor eine Fernsehkamera zu treten. Antenne Pro war fair – immerhin besetzten sie ihren Sendeplatz nicht sofort neu, sondern würden Wiederholungen von *Auf Herz und Nieren* ausstrahlen.

Der Tag gestern war einer der schönsten in Meikes Lebens gewesen: Frühstück in der herrlichen Villa in Oberursel, Mittagessen auf Burg Schwarzenstein im Rheingau, die Fahrt im offenen Aston Martin, abends Champagner auf der Terrasse des Frankfurter Hofs mit Blick auf die beleuchteten Bankentürme – so etwas hatte Meike noch nie erlebt. Sie hatte die neugierigen Blicke der Leute bemerkt und sich überlegt, ob man sie und Wolfgang vielleicht für ein Paar hielt. Ein Altersunterschied von mehr als zwanzig Jahren war nichts Ungewöhnliches, viele Frauen waren mit sehr viel älteren Männern zusammen. Wolfgang war ihr Patenonkel, sie kannte ihn, seitdem sie denken konnte, und hatte ihn nie als Mann wahrgenommen. Bis heute. Plötzlich hatte sie festgestellt, was für schöne Hände er hatte und wie gut er roch. Sie hatte sich zwingen müssen, nicht dauernd auf seinen Mund und seine Hände zu starren, aber der Gedanke, wie es wohl sein mochte, ihn zu küssen und mit ihm zu schlafen, hatte sich – einmal gedacht – nicht mehr vertreiben lassen. Sie war noch nie richtig verliebt gewesen, einen festen Freund hatte sie schon gar nicht gehabt und auf ihre wenigen Erlebnisse mit dem anderen Geschlecht konnte sie nicht gerade stolz sein. Gestern hatte sie eine Ahnung davon bekommen, wie schön es war, zu jemandem zu gehören. Wolfgang war so aufmerksam und charmant: Er hatte ihr die Autotür aufgehalten, den Stuhl zurechtgerückt, ihr zugehört, seinen Arm um ihre Schulter gelegt.

Die halbe Nacht hatte sie wachgelegen und jedes Wort analysiert, das Wolfgang zu ihr gesagt hatte. Er hatte ihr ein Volontariat bei Antenne Pro in Aussicht gestellt, obwohl sie ihr Studium noch gar nicht abgeschlossen hatte, aber er war der Meinung, sie sei die ideale Besetzung, denn sie habe ja bereits jede Menge Erfahrung mit der Arbeit bei einem Fernsehsender. Warum hatte er das gemacht? Weil sie Hannas Tochter war? Wenn sie es genau bedachte, so hatte er nichts gesagt oder getan, was sie als Verliebtheit hätte deuten können. Er war einfach nur nett zu ihr gewesen. Das euphorische Glücksgefühl, in dem sie den ganzen Tag geschwelgt hatte, hatte sich in Enttäuschung verwandelt. Kaum war mal ein Mann nett zu ihr, begannen ihre Hormone verrückt zu spielen. Was für ein Armutszeugnis!

»Autsch!« Meike knallte mit dem Kopf unsanft gegen die Tischplatte, unter der sie den Kabelsalat entwirrt und die richtigen Stecker in die richtigen Buchsen an der Rückseite von Hannas Rechner gefummelt hatte. Glücklicherweise hatte die Freundin, deren Wohnung sie hütete, ihren Computer samt Monitor, Maus und Tastatur auf ihrem Schreibtisch stehen lassen. Meike rieb sich die schmerzende Stelle am Kopf und ließ Hannas Computer hochfahren. Er funktionierte. Sie klickte ins Menü und konfigurierte das WLan in der Systemeinstellung. Wenig später war sie online. Zuerst checkte sie die Facebook-Fanseite ihrer Mutter, die von Irina gepflegt und mit Inhalten versorgt wurde. Kein Wort von Überfall und Krankenhaus. Ganz sicher würde Irina jedes Posting löschen, was darauf hinweisen könnte. Auch bei Google fand sich kein Eintrag, die letzten Neuigkeiten bezogen sich auf die Sendung mit den verarschten Kandidaten und das Sommer-Special. Als Nächstes waren die E-Mails an der Reihe. Über hundert neue Mails warteten im Posteingang des Geschäftsaccounts, an die Privatadresse waren vierzehn gegangen. Ein Name sprang Meike sofort ins Auge, sie stutzte. Kilian Rothemund! Was hatte ihre Mutter mit diesem Kinderschänder zu tun?

Sie klickte die Mail an und las den kurzen Text, der am Samstag um 11:43 eingegangen war.

Hanna, warum meldest du dich nicht?!? Ist etwas passiert? Habe ich etwas gesagt oder getan, was dich verärgert hat? Bitte ruf mich an. Leider konnte ich mit Leonie nicht mehr reden, sie meldet sich auch nicht, aber ich fahre am Montag trotzdem nach A und treffe mich mit den Leuten, zu denen B den Kontakt gemacht hat. Sie sind jetzt endlich bereit, mit mir zu sprechen. Ich denke an dich! Vergiss mich nicht. K.

Was zum Teufel hatte das denn zu bedeuten? Meike starrte ratlos auf den Bildschirm, las die Mail wieder und wieder. *Ich denke an dich. Vergiss mich nicht.* Was lief da zwischen Rothemund und ihrer Mutter? Zweifellos handelte es sich bei Kilian Rothemund um »K«, der den Zettel mit der Adresse dieses rabiaten Rockervereins in Langenselbold in den Briefkasten geworfen hatte, aber das ergab alles keinen Sinn. Was hatte Leonie Verges mit Kilian Rothemund und Hanna zu tun? War Hanna an einer Story über die Frankfurt Road Kings dran gewesen? Rothemund war früher Anwalt gewesen und kannte die Rocker, weil er für sie gearbeitet hatte, nur diese verlogene Therapeutin passte nicht ins Bild.

Nachdenklich stützte Meike das Kinn in die Hand. Sollte sie Wolfgang anrufen und ihm von dieser Nachricht erzählen? Nein. *Er* hatte heute Morgen versprochen, *sie* anzurufen. Sie würde sich nicht lächerlich machen und wie ein verliebter Teenie hinter ihm her telefonieren.

Vielleicht gab es noch mehr Mails. Normalerweise lud Hanna ihre Mails auf ihren Laptop, aber mit etwas Glück war das seit Donnerstag nicht geschehen.

Meike durchforstete konzentriert alle Verzeichnisse des Computers. Ihre Mutter gehörte zu der Sorte User, die ein Horror für jeden Computerspezialisten war: Sie löschte so gut wie nie etwas und speicherte Daten nach einem System, das rein intuitiv und ohne jede Logik war. Nach einer Stunde gab Meike enttäuscht auf. Ein paar Minuten saß sie da und dachte nach. Wenn sie irgendetwas erfahren wollte, dann musste sie noch einmal mit dieser Therapeutin sprechen.

Die Digitalanzeige am unteren Rand des Monitors zeigte 20:23 an. Noch nicht zu spät, um nach Liederbach zu fahren.

Mit fortschreitender Dämmerung verwandelte sich die hässliche Terrasse der »Main-Riviera« im Licht Hunderter bunter Lämpchen in eine groteske Illusion. Schnulzige Italo-Schlager drangen aus den Lautsprechern und gaukelten den wenigen Gästen, die sich hierher verirrt hatten, italienisches Urlaubsambiente vor. Im Gastraum an der Bar hockten die Stammgäste vom Campingplatz in Badeschlappen und Ballonseide und starrten auf einen überdimensionalen Fernseher, auf dem ein Fußballspiel übertragen wurde. Bodenstein verspürte Lust auf ein kühles Bier, außerdem knurrte sein Magen vernehmlich. Ein warmer Wind war aufgekommen, der nach Regen roch. In der Ferne zuckten Blitze, ein Donner grollte, dennoch entschied er sich für die Terrasse, setzte sich an einen der freien Tische und bestellte ein Weizenbier. Der Kellner brachte wenig später das Bier, machte einen Strich auf den Bierdeckel und hielt Bodenstein wortlos die in klebriges braunes Plastik eingeschlagene Speisekarte hin.

»Danke, nein. Essen möchte ich nichts.« Obwohl Bodensteins Magen jämmerlich knurrte, konnte er sich nicht überwinden, etwas zu essen zu bestellen. Ein Blick auf die Teller am Nachbartisch hatte ihm den Appetit verschlagen: Riesige Schnitzel, die bis über die Tellerränder hingen, übergossen mit Sauce Hollandaise, lieblos darüber gehäuft fetttriefende Pommes und ein Salat, der den Eindruck erweckte, man habe die Randstreifen der Autobahn abgemäht und mit fertigem Dressing übergossen. Welch ein himmelweiter Unterschied zu den kunstvollen Köstlichkeiten, die Rosalie gestern gezaubert und die ihr einen hervorragenden dritten Platz beim Kochwettbewerb der Chaîne des Rôtisseurs eingebracht hatten!

»Dann halt net.« Der Kellner zuckte die Schultern und verschwand.

Bodenstein nahm einen Schluck von seinem Weizenbier.

Die holländischen Kollegen hatten Kilian Rothemund in Amsterdam verpasst, falls er überhaupt im Zug gesessen hatte. Der Einzelverbindungsnachweis von Hanna Herzmanns Telefon hatte nur wenig hilfreiche Erkenntnisse gebracht, denn bei den Telefonnummern, die am häufigsten auf der Rechnung auftauchten, handelte es sich um anonyme Prepaidverträge, die sich nicht zurückverfolgen ließen. Bernd Prinzler blieb verschwunden; weder hatte jemand das Postfach geleert, noch hatte einer der Kontakte zum Frankfurter Milieu irgendwelche konkreten Informationen, aber das wunderte Bodenstein nicht. Alles, was er erfahren hatte, war, dass Prinzler mit dem Frankfurter Charter der Road Kings angeblich seit Jahren nichts mehr zu tun hatte.

Erste schwere Regentropfen klatschten auf den Sonnenschirm.

Die Tischnachbarn flüchteten in den Gastraum, auch Bodenstein ergriff sein Glas und den Bierdeckel und folgte ihnen. Er blieb an der geöffneten Tür stehen und blickte hinaus in den Regen, der wie eine graue Wand über den Main heranrauschte und einen Schwall feuchtkühler Luft vor sich hertrieb.

»Ey, es zieht! Mach doch ma die Tür zu!«, rief einer der Stammgäste. Keiner der Kellner fühlte sich angesprochen, deshalb zog Bodenstein die Fenstertür zu. Er war sich der misstrauisch-neugierigen Blicke der Stammgäste durchaus bewusst, tat aber so, als bemerke er sie nicht. Beim Fußballspiel fiel ein Tor, die Männer am Tresen grölten lautstark und überschrien sich gegenseitig mit ihren Kommentaren. Der lauteste Schreihals, ein rotgesichtiger Dickwanst in einem schwarzen Unterhemd, bezahlte sein wichtigtuerisches Gebrüll mit einem heftigen Hustenanfall. Er rutschte von seinem Barhocker, stolperte durch den Gastraum und riss die Tür, die Bodenstein gerade geschlossen hatte, wieder auf. Hustend taumelte er hinaus ins Freie und lehnte sich schwer atmend gegen die Hausmauer unter den Dachvorsprung.

»Soll ich einen Krankenwagen rufen?« Bodenstein war ihm gefolgt, sonst niemand. Die Besorgnis der Thekenbrüder schien sich in Grenzen zu halten.

»Naa ... des geht gleisch wiedä«, schnaufte der Dicke und winkte ab. »Is des Scheißasthma. Isch derf misch net uffreesche, Fußball is eischentlisch Gift für misch ...«

Er schnaubte und hustete und spie einen ekelhaften gelben Brocken in den überquellenden Aschenbecher, der neben der Tür stand.

»'schuldigung«, sagte er. So viel Anstand besaß er wenigstens.

»Wenn's guttut«, erwiderte Bodenstein lakonisch.

»Isch hab verzisch Jahr bei der Ticona Schicht geschafft. Des habbisch nu davon. Gesundheit ruiniert. Die Lung.«

»Aha.« Bodenstein vermutete, dass hunderttausend gerauchte Zigaretten für den Zustand seiner Lunge verantwortlich waren, weniger die Schichtarbeit. Aber Menschen neigten dazu, die Schuld woanders als bei sich selbst zu suchen.

»Saache Se mal …« Der Dicke hatte sich erholt und bekam wieder Luft. Er musterte Bodenstein. »Sin Se net von der Polizei?«

»Ja. Das bin ich. Wieso?«

»Isch hab geheert, dass Se den Doc suche. Gibt's da was, wenn isch Ihne was übber den saach?« Er rieb Daumen und Zeigefinger aneinander, in seinen Augen funkelte bauernschlaue Gier.

»Für sachdienliche Hinweise ist eine Belohnung ausgesetzt worden«, bestätigte Bodenstein. Einer der Kellner steckte seinen Kopf durch die geöffnete Schiebetür.

»Alles klar bei dir, Kalleinz?«, fragte er. »Der Chef sacht, du sollst net abkratze, bevor de net dein Deckel bezahlt hast.«

»Der kann sisch sein Deckel sonstwohie schiebe. Bring mir lieber noch 'n Pils raus.« Karl-Heinz stieß sich mit einem Ächzen von der Hausmauer ab und senkte die Stimme zu einem konspirativen Flüstern. »Isch waaß net, ob's sachdienlisch is. Mer wohne direkt geeschenübber vom Doc. Un mer sin ja mehr oder weenischer de ganze Taach dahaam, mei Fraa un isch.«

Er machte eine Pause, um seine Ankündigung wirken zu lassen und die Spannung zu erhöhen. Bodenstein wartete geduldig. Aus langer Erfahrung wusste er, dass das unbezähmbare Mitteilungsbedürfnis von Leuten wie dem dicken Karl-Heinz kein langes Schweigen vertrug. Und so war es auch.

»Neulisch, so vor drei, vier Woche«, fuhr er fort, »da hadde der Doc mal wieder Besuch. Un damit maan isch net die, die weesche 'ner Beratung komme. Nee, des war so 'n ganz jung Ding. Blond. Hübsch. Halb nackisch. Mei Fraa maant, die wär höchstens ma fuffzeh Jahr alt gewese. Un wisse Se was …?«

Kurze Pause.

»Die is middem in de Waache gestieje. Mer habbe se net mer nauskomme sehe. Und 'n paar Taache später habbe se doch des Mädsche aus'm Maa gefischt. Isch schwör Ihne, des war die Klaa. Hunnertprozentisch …«

Die Scheibenwischer jagten hektisch über die Windschutzscheibe, um der Sintflut, die vom Himmel rauschte, Herr zu werden. Meike fuhr auf der Suche nach einer Parkmöglichkeit im Schritttempo die Straße entlang, in der sich die Hofreite von Leonie Verges befand. Nachdem sie einem ersten Impuls folgend ins Auto gesprungen und losgefahren war, hatte sie sich erst auf der Fahrt von Frankfurt nach Liederbach überlegt, was sie die Therapeutin überhaupt fragen wollte. Ihr Zorn auf die Frau wuchs mit jeder Minute. Wieso hatte die Verges Wolfgang und sie angelogen und behauptet, sie wisse nichts? Sie steckte doch eindeutig mit diesem Kinderschänder unter einer Decke und hatte Hanna in irgendetwas hineingezogen.

Die Parkplätze vor der Bäckerei waren besetzt. Meike fluchte und bog am Ende der Straße nach links ab, um einmal um den Block zu fahren. Sie hatte keine Lust, durch den Regen zu laufen, um dann wie eine nasse Katze auszusehen! Ihr Blick streifte ein großes schwarzes Auto, das vor der Mauer der Scheune parkte, die noch zu Leonie Verges' Hof gehörte. Ein Frankfurter Kennzeichen! Das war doch die Monsterkutsche von dem tätowierten Rocker aus Langenselbold! Was tat der denn hier? Ein paar Meter weiter fand Meike eine Parklücke, in die ihr Mini gerade so reinpasste. Der Regen hatte etwas nachgelassen. Sie ging die Straße entlang, blieb zwischen zwei geparkten Autos stehen und sondierte aus sicherer Entfernung die Lage. Das Grundstück von Leonie Verges erstreckte sich von einer Straße zur anderen, und in der Scheunenwand gab es eine Tür, durch die man sicherlich auch in den Hof gelangen konnte. Meike fröstelte und zog die Kapuze ihres Sweaters über den Kopf. Nach der Hitze des Tages fühlte sich der Regen kalt an. Was sollte sie jetzt tun? Nachschauen, ob die Tür offen war? Nein, sie war ja nicht lebensmüde! Vielleicht war es das Beste, wenn sie mit ihrem iPhone ein paar Beweisfotos von dem schwarzen Hummer machte, denn sie war mittlerweile sicher, dass diese Rockerbande etwas mit dem Überfall auf Hanna zu tun hatte. Während sie noch überlegte, wurde die grüne Holztür aufgestoßen, zwei Männer kamen heraus und liefen mit eingezogenen Köpfen zu dem Auto, als ob der Teufel hinter ihnen her wäre. Meike duckte sich. Ein Motor röhrte, Scheinwerfer flammten auf und das schwarze Riesenauto rollte an ihr vorbei. Sie wartete einen Moment, dann huschte sie zu der Tür, die noch halb offenstand. Es mochte unhöflich sein, so spät abends durch den Hintereingang zu kommen, aber die Verges würde ihr sicherlich nicht die Haustür aufmachen, wenn sie ihren Namen nannte. Meike ging durch die Scheune, die wohl als Lager für Blumenerde und Gefäße aller Art diente. Die Haustür stand sperrangelweit offen, der Strahler an der Hauswand brannte und erhellte den Hof, der mit Pflanzen und Blumen vollgestellt war.

»Hallo?«, rief Meike. Sie blieb an der offenen Tür stehen. »Hallo!«

Vorsichtig machte sie einen Schritt ins Hausinnere. Puh, war das warm hier drin! In einem Raum am Ende des schmalen Flurs brannte Licht, der Lichtschein fiel durch einen schmalen Spalt und zeichnete eine helle Linie auf die rötlichen Fliesen.

»Hallo? Frau Verges?«

Meike brach der Schweiß aus, sie streifte die Kapuze vom Kopf. Wo war die blöde Kuh nur? Vielleicht hockte sie auf dem Klo. Sie ging den Flur entlang, klopfte an die Tür des Raumes, an der ein Schild mit der Aufschrift GESPRÄCHSTHERAPIE hing. Hier war ihre Mutter also gewesen. Natürlich hatte sie ihr nie erzählt, dass sie eine Therapie machte. Typisch! Hanna versuchte immer, mit aller Kraft die schöne Fassade zu wahren, das war schon zwanghaft.

Neugierig drückte Meike die Tür auf. Ein Schwall trockener heißer Luft drang ihr entgegen, es roch scharf nach Urin. Ihr Gehirn brauchte ein paar Sekunden, bis es registrierte, was ihre Augen sahen. Auf dem Boden in der Mitte des Raumes lag Leonie Verges. Jemand hatte sie an einen Stuhl gefesselt, der umgekippt war.

»Oh Scheiße«, murmelte Meike und ging näher. Die Frau war mit Klebeband geknebelt, ihre Augen waren weit aufgerissen, aber sie blinzelte nicht ein einziges Mal. Eine dicke schwarze Schmeißfliege krabbelte über ihr Gesicht und verschwand in einem Nasenloch. Meike kämpfte gegen einen Brechreiz an und schlug die Hand vor den Mund. Erst jetzt begriff sie, dass Leonie Verges nicht mehr lebte.

Die Ehefrau von Karl-Heinz Rösner bestätigte, was ihr Mann erzählt hatte. Es war nicht das erste Mal gewesen, dass Kilian Rothemund Besuch von jungen Mädchen gehabt hatte. Damit hatte er klar gegen seine Bewährungsauflagen verstoßen, denn ihm war vom Gericht verboten, sich minderjährigen Mädchen zu nähern. Warum die Rösners der Polizei zunächst nichts davon gesagt hatten, lag auf der Hand, und Bodenstein hatte sich den Vorwurf gespart. Hier scherte sich niemand um den anderen, denn jeder war viel zu sehr mit seinem eigenen Elend beschäftigt. Die Menschen auf dem Campingplatz waren gescheiterte Existenzen, keiner von ihnen interessierte sich einen Deut für das, was in der Welt oder der direkten Nachbarschaft vor sich ging. Nachdem Bodenstein noch einmal einen Blick in das Innere von Rothemunds Wohnwagen geworfen hatte, bezahlte er vorne in der Gaststätte sein Bier und ging langsam zurück zu seinem Auto. Der bloße Gedanke an das, was Kilian Rothemund in seinem Wohnwagen mit den Mädchen getan haben mochte, war für Bodenstein kaum zu ertragen. Quasi vor den Augen der Öffentlichkeit hatte er dreist seinen widerlichen Gelüsten gefrönt, im Schutze vollkommen gleichgültiger Nachbarn. Mit welchen Versprechungen hatte er die Mädchen angelockt? Unwillkürlich musste Bodenstein an Sophia denken und daran, wie vertrauensselig sie war. Man konnte einem Kind tausend Mal einschärfen, nichts von Fremden zu nehmen – wenn es gar kein Fremder, sondern ein Verwandter oder ein guter Freund der Familie war, der sich mit perversen Absichten näherte, dann gab es keine Möglichkeit, das Kind zu schützen. Es war auch keine Alternative, ein Kind zu sehr vor den Realitäten des Lebens zu behüten, denn der Tag, an dem es alleine zurechtkommen musste, kam unweigerlich. Je länger Bodenstein darüber nachdachte, desto weniger abwegig erschien ihm der Gedanke, dass es sich bei dem blonden Mädchen tatsächlich um die tote Nixe aus dem Main handeln konnte. Auf dem Gelände des Campingplatzes gab es einen Swimmingpool, ein blau gestrichenes Betonloch, das aber eine funktionierende Chlorozon-Anlage besaß.

Das Gewitter war vorüber, der Asphalt dampfte, es duftete nach feuchter Erde. Bodenstein hatte gerade sein Auto erreicht, als sein Handy klingelte. Ihm schwante Übles, als er Pias Namen um diese Uhrzeit auf dem Display las.

»Wir haben eine Leiche in Liederbach«, verkündete sie ihm. »Ich bin schon auf dem Weg dorthin und versuche, Henning zu erreichen.«

Sie nannte ihm die Adresse, und er versprach, auf direktem Weg hinzukommen. Mit einem Seufzer setzte er sich hinters Steuer. Gleich morgen früh würde er Kröger auf den Campingplatz schicken, damit er eine Probe des Wassers aus dem Swimmingpool nahm, um dieses mit der chemischen Analyse der Wasserprobe aus der Nixenlunge zu vergleichen.

Zwanzig Minuten später bog er in die Straße ein und sah schon von weitem zuckendes Blaulicht. Direkt vor ihm fuhr der silberne Mercedes Kombi von Dr. Henning Kirchhoff, der blaue VW-Bus der Spurensicherung stand neben einem Streifenwagen vor einem weit geöffneten Hoftor. Pia hatte bereits das komplette Team mobilisiert, das bei einem Leichenfund gebraucht wurde. Bodenstein stieg aus und duckte sich unter dem Absperrband durch. Auf den Bürgersteigen standen ein paar Neugierige, Pia unterhielt sich mit einem Mann und einer Frau und notierte sich etwas. Als sie ihn erblickte, beendete sie das Gespräch und wandte sich Bodenstein zu.

»Bei der Toten handelt es sich um Leonie Verges, eine Psychotherapeutin«, berichtete sie. »Sie lebte hier schon seit mehr als zehn Jahren, hatte aber nur wenig Kontakt zu den Nachbarn. Das eben war der Inhaber der Bäckerei gegenüber. Er hat in den letzten Tagen ein paar interessante Beobachtungen gemacht.«

Henning Kirchhoff kam mit einem Overall über dem Arm und einem Metallkoffer in der linken Hand quer über die Straße.

»Nanu«, begrüßte Pia ihren Exmann. »Du hast ja schon wieder eine neue Brille.«

Henning Kirchhoff lächelte säuerlich.

»Nana Mouskouri wollte ihre Brille zurückhaben«, entgegnete er spitz. »Wo muss ich hin?«

»Da drüben in den Hof.«

»Ist diese geistige Amöbe von eurer Pfadfinderabteilung auch da?«

»Falls du Christian meinst, ja. Der ist schon im Haus.«

»Wieso macht dieser Mensch eigentlich nie Urlaub«, murmelte Henning im Weggehen. »Mir bleibt heute auch nichts erspart.«

»Der Bäcker hat sich die Kennzeichen von zwei Autos aufgeschrieben, weil die ihm mehrfach aufgefallen sind.« Pia konsultierte ihren Notizblock. Sie sprach noch schneller als sonst, ein Zeichen dafür, dass sie auf etwas gestoßen war. »F-X 562. Ein schwarzer Hummer. Das ist das Auto von – Bernd Prinzler! Das andere Auto war ein dunkler Kombi mit HG-Kennzeichen. Ich werde da gleich eine Halteranfrage starten.«

Wie so oft war Pia ihm geistig schon ein paar Schritte voraus, und Bodenstein, dessen Gedanken noch um Kilian Rothemunds minderjährigen Besuch kreisten, bemühte sich, die Zusammenhänge zu verstehen.

»Was ist hier überhaupt passiert?«, unterbrach er auf dem Weg zur Haustür Pias Redefluss.

»Die Frau wurde auf einen Stuhl gefesselt und geknebelt«, erwiderte Pia. »Die Nachbarn glaubten, sie sei verreist, weil ein Schild an ihrer Tür hing. Deshalb hat sie auch niemand vermisst.«

Das kleine Haus war voller Menschen in weißen Overalls, es war unerträglich heiß.

»Die Heizung war voll aufgedreht«, sagte jemand. »Sie muss schon länger dagelegen haben.«

Bodenstein und Pia betraten das Zimmer. Ein Blitzlicht flammte auf, Kröger fotografierte die Leiche und ihre Umgebung.

»Großer Gott, was ist das für eine Hitze!«, stöhnte Pia.

»Exakt 37,8 Grad«, sagte Kröger. »Es dürfte noch etwas wärmer gewesen sein, aber die Tür stand offen, als wir kamen. Ihr könnt jetzt übrigens die Fenster aufmachen.«

»Nein, könnt ihr nicht«, meldete sich Henning Kirchhoff, der neben der Leiche kniete. »Erst, wenn ich die Körpertemperatur gemessen habe. Aber das begreift Hauptkommissar Kröger in diesem Leben wohl nicht mehr.«

Christian Kröger ignorierte Hennings Sticheleien völlig und fotografierte stoisch weiter.

»Wie ist sie gestorben?«, fragte Bodenstein.

»Auf jeden Fall ziemlich qualvoll«, antwortete Henning ohne aufzublicken. »Ich vermute, sie ist ausgetrocknet. Dafür sprechen die trockene schuppige Haut und die eingesunkenen Schläfen. Hm. Ihre Augäpfel sind gelb verfärbt. Das könnte auf Nierenversagen hindeuten. Bei Menschen, die verdursten, oder, besser gesagt, austrocknen, verdickt sich durch den Flüssigkeitsmangel das Blut, es findet eine Unterversorgung der Vitalorgane statt. Letztlich tritt der Tod durch multiples Organversagen ein. Meistens geben zuerst die Nieren auf.«

Pia und Bodenstein sahen zu, wie Henning zuerst die Kabelbinder an Handgelenken und Knöcheln der Leiche und anschließend die Kunststoffwäscheleine, mit der sie an den Stuhl fixiert worden war, mit einer Zange durchzwickte.

»Sie muss lange gekämpft haben.« Er wies auf die Hautabschürfungen und Unterblutungen an Hand- und Fußgelenken. Vorsichtig entfernte er das Klebeband, das man der Toten um den Kopf gewickelt hatte. Büschelweise hingen die Haare an dem Klebstreifen.

»Auch ein Indiz für das Vertrocknen, wenn die Haare so leicht ausgehen«, bemerkte Kröger.

»Klugscheißer«, knurrte Henning.

»Arroganter Besserwisser«, konterte Kröger.

»Ich weiß, wer sie umgebracht hat«, sagte plötzlich eine dünne Stimme von der Tür aus. Bodenstein und Pia drehten sich um. Vor ihnen stand ein blasses Gespenst in einer völlig durchnässten schwarzen Kapuzenjacke

»Was haben Sie denn hier zu suchen?«, entfuhr es Pia.

»Ich wollte mit Frau Verges reden.« Meike Herzmann sah aus wie eine dieser Manga-Comicfiguren mit ihrem spitzen Gesicht und den übergroßen, stark geschminkten Augen. »Ich … ich war neulich schon mal hier, aber da … da hat sie behauptet, sie wüsste nicht, woran meine Mutter arbeitet. Das war gelogen. Ich habe nämlich rausgefunden, dass sie auch Kilian Rothemund kennt.«

»Ach ja? Und wann hatten Sie vor, uns das mitzuteilen?« Pia hätte ihr am liebsten eine gescheuert.

»Wer hat Frau Verges denn umgebracht?«, mischte sich Bodenstein ein, bevor Pia loslegen konnte.

»Dieser tätowierte Rocker«, flüsterte Meike und starrte wie hypnotisiert auf die Leiche von Leonie Verges. »Er und ein anderer Mann kamen aus dem Hof gerannt und sprangen in ihr Auto, gerade als ich ankam.«

»Bernd Prinzler?« Bodenstein verstellte ihr die Sicht.

Meike Herzmann nickte stumm. Von ihrer kratzbürstigen Art war nichts mehr übrig. Sie war nur noch ein schuldbewusstes kleines Häufchen Elend.

»Habt ihr übrigens die Minikamera auf der Heizung neben der Tür bemerkt?«, sagte Kröger plötzlich. Bodenstein und Pia wandten die Köpfe. Tatsächlich! Auf dem Heizkörper, der an der Wand neben der Tür hing, stand eine winzige Kamera, kaum so groß wie eine Kinderfaust.

»Was hat das denn zu bedeuten?«

»Jemand hat sie beim Sterben gefilmt«, vermutete Kröger. »Wie absolut perfide!«

Bodenstein ging mit Meike Herzmann in die Küche, Pia trat an den Schreibtisch und drückte auf die PLAY-Taste des Anrufbeantworters. Sieben neue Nachrichten. Dreimal war direkt nach der Ansage aufgelegt worden, aber dann ertönte eine Stimme vom Band.

»Hast du Durst, Leonie?«, sagte der Anrufer. *»Du wirst noch viel mehr Durst kriegen. Wusstest du, dass Verdursten so ziemlich der schmerzhafteste Tod ist, den es gibt? Nein? Hm … Die Faustregel ist: Drei bis vier Tage ohne Wasser, und du bist tot. Aber wenn es so warm ist wie jetzt, dann geht das viel schneller.«*

Pia und Christian Kröger wechselten einen Blick.

»Das ist ja widerlich«, sagte Pia. »Immer, wenn ich denke, ich habe schon alles gesehen, dann kommt etwas, was alles bisher Dagewesene toppt. Die Frau wurde wirklich beim Sterben beobachtet.«

»Oder sogar gefilmt«, ergänzte Kröger. »Nennt sich Snuff-Movie, wenn in einem Film wirklich jemand umgebracht wird. Es gibt sicher genug kranke Idioten, die dafür viel Geld lockermachen.«

Dienstag, 29. Juni 2010

EMMA FAND keine Ruhe mehr. Sie vermisste ihre kleine Tochter und fürchtete sich gleichzeitig vor dem Moment, wenn Louisa wieder zu Hause sein würde. Bisher hatte sie die Verantwortung für ihr Kind nie als Bürde empfunden, aber jetzt war sie zu einer geworden. Zu einer Bürde, die sie ganz allein tragen musste. Es war ihre Aufgabe, Louisa und das noch ungeborene Baby zu beschützen.

Emma konnte nicht begreifen, weshalb Florian ihr nie von seiner Zwillingsschwester erzählt hatte. Was hatte er ihr noch verschwiegen? Wie konnte ihr Leben in Zukunft weitergehen? Sie hatte Geld gespart, und ihr Vater hatte ihr nach seinem Tod eine Eigentumswohnung in Frankfurt vermacht, von den Mieteinkünften würde sie sich eine Weile über Wasser halten können. Mitten in der Nacht hatte Emma sogar eine E-Mail an ihre frühere Chefin geschrieben und vorsichtig angefragt, ob sie nicht einen Job für sie im Innendienst hätte. Bis zum Morgengrauen surfte sie im Internet, besuchte Foren, in denen sich Frauen austauschten, deren Kinder missbraucht worden waren, las Horrorgeschichten von liebevollen Ehemännern und Vätern, die sich als Kinderschänder entpuppt hatten. In all diesen Berichten versuchte sie, Parallelen zu ihrem Leben und zu Florian zu finden. Männer, die Kinder missbrauchten, hätten oft eine traumatische Kindheit gehabt oder seien selbst Missbrauchsopfer gewesen, die Veranlagung zu Pädophilie sei auch häufig genetisch bedingt, hieß es irgendwo.

Um halb sieben klappte Emma den Laptop zu. Erst in den letzten Stunden war ihr die ganze Tragweite des Verdachts, Florian könne Louisa missbraucht haben, wirklich bewusst geworden, und die Tatsache, dass sie dies überhaupt für möglich hielt, war die Bankrotterklärung für ihre Ehe. Nie mehr würde sie ihm vertrauen, nie mehr ein ruhiges Gefühl dabei haben, wenn er mit dem Kind allein war. Das war alles so widerlich, so krank! Und es gab niemanden, mit dem sie darüber sprechen konnte. Richtig sprechen. Die Therapeutin und auch die Frau vom Jugendamt hatten ihr zwar zugehört und Ratschläge gegeben, wie sie sich verhalten sollte, aber eigentlich wollte Emma mit jemandem reden, der Florian kannte, der sie beruhigen und ihr sagen würde, dass das alles totaler Unsinn war. Ihre Schwiegereltern fielen aus. Unmöglich, die alten Herrschaften mit einem solchen Thema zu konfrontieren, und das ein paar Tage vor Josefs großer Geburtstagsfeier!

Da fiel ihr Corinna ein. Florians Adoptivschwester war immer ehrlich zu ihr, sie war eine Freundin geworden, und Emma schätzte ihren Rat und ihre

Meinung. Vielleicht würde sie ihr etwas über die mysteriöse Zwillingsschwester erzählen können! Kurz entschlossen tippte Emma eine SMS und bat Corinna um eine Viertelstunde Zeit.

Keine Minute später kam schon die Antwort.

Bist ja früh auf den Beinen! Komm doch heute Mittag um eins zu uns nach Hause. Mittagessen und Gespräch. Okay? LG C., hatte sie geschrieben.

Okay. Danke, simste Emma zurück. Sie stieß einen tiefen Seufzer aus. Es widerstrebte ihr zutiefst, andere Menschen über ihren eigenen Mann auszuhorchen, aber er selbst hatte ihr mit seiner Unehrlichkeit keine andere Wahl gelassen.

»Mach bitte wieder zu. Mir ist kalt«, sagte Kathrin Fachinger gereizt, als Christian Kröger das Fenster im Besprechungsraum weit öffnete. Das Gewitter der letzten Nacht hatte ein wenig Abkühlung gebracht, angenehm kühle Luft strömte herein und vertrieb die stickige Wärme.

»Es sind einundzwanzig Grad«, erwiderte Kröger. »Und hier drin steht die Luft.«

»Trotzdem. Ich sitze direkt im Zug. Heute Abend hab ich ein steifes Genick.«

»Dann setz dich halt woanders hin.«

»Ich sitze immer hier!«

»Zehn Minuten Frischluft werden dich schon nicht gleich umbringen. Ich war die ganze Nacht auf den Beinen und brauche etwas Sauerstoff«, sagte Kröger.

»Tu nicht so, als wärst du der Einzige, der hier arbeitet«, fauchte Kathrin, sprang auf und wollte das Fenster schließen, aber Christian hielt es am Griff fest.

»Schluss jetzt! Das Fenster bleibt auf. Jetzt reißt euch mal zusammen«, mahnte Bodenstein. »Setzen Sie sich halt für zehn Minuten woanders hin, Kathrin.«

Kathrin schnaubte verärgert, packte ihre Tasche und wechselte den Platz. Pia trank bereits den dritten Kaffee an diesem Morgen und kämpfte trotzdem gegen einen Gähnanfall nach dem nächsten. Sie blickte in die Runde und sah in lauter müde Gesichter und rotgeränderte Augen. Der neue Fall brachte einen ganzen Haufen neue Arbeit mit sich. Ohnehin arbeiteten sie alle seit fast drei Wochen ohne Wochenende und Feierabend, allmählich ging es jedem von ihnen an die Substanz. Vor allen Dingen deshalb, weil es keine greifbaren Ergebnisse gab, die sie irgendwie weiterbrachten. Es war ein einziges Herumgestochere im Nebel, und langsam, aber sicher verlor nicht nur Pia die Geduld. Die Nacht war wieder sehr kurz gewesen, um zehn vor drei war sie nach Hause gekommen und hatte dann noch eine Stunde gebraucht, um runterzukommen und einzuschlafen.

Nachdem Kai die Eckdaten der Toten aufgezählt hatte, war Kröger an der Reihe. Die Fingerabdrücke, die man am Türrahmen und an dem Stuhl festgestellt hatte, gehörten Bernd Prinzler, und die Spezialisten vom Landeskriminalamt hatten leider vergeblich versucht herauszufinden, wohin und seit wann die Kamera im Therapieraum übertragen hatte. Außerdem war es ihnen bisher nicht gelungen, den Laptop von Leonie Verges zu knacken, ohne Passwort war das sowieso so gut wie aussichtslos. Die grausigen Ansagen auf dem Band des Anrufbeantworters waren von einem Anschluss mit unterdrückter Anrufkennung gekommen, also war auch das eine Sackgasse.

Kröger und seine Leute waren im Haus auf Schränke voller Patientenakten gestoßen, ein Ding der Unmöglichkeit, sie alle zu überprüfen. Ohnehin war es fraglich, ob der Täter tatsächlich in der Patientenkartei der Psychotherapeutin zu suchen war. Laut der Webseite des Zentrums für Psychotraumatologie hatte Leonie Verges keine Männer, sondern ausschließlich traumatisierte Frauen behandelt.

»Es kann doch sein, dass ein Ehemann oder Expartner einen solchen Hass auf sie hatte, dass er sie umbringen wollte«, vermutete Kathrin.

»Wir haben Fingerabdrücke von Prinzler an Türrahmen und Stuhl gefunden«, sagte Pia. »Aber wie ist er ins Haus gekommen?«

»Er hatte einen Schlüssel mitgenommen, als er sie auf den Stuhl gefesselt und die Kamera installiert hat«, schlug Cem vor.

»Warum ist er denn überhaupt noch mal hingegangen?«, dachte Pia laut und blickte auf die Tafel, auf die sie den Namen »Leonie Verges« geschrieben hatte. Pfeile führten zu Hanna und Meike Herzmann, zu Prinzler und Rothemund. Sie hatte das sichere Gefühl, dass die Attacke auf Hanna Herzmann und der Mord an Leonie Verges zusammenhingen, eventuell sogar vom gleichen Täter begangen worden waren. Gestern Abend hatte sie nicht darüber nachgedacht, aber heute Morgen, beim Aufwachen, hatte sie sich gefragt, wer eigentlich gestern Polizei und Notarzt alarmiert hatte. Meike Herzmann war es nicht gewesen. Sie hatte sich vorhin die Aufzeichnung des Anrufs von der Notrufzentrale geben lassen. Ein Mann hatte um 22:12 angerufen, ohne seinen Namen zu nennen. *»In Liederbach, Alt Niederhofheim 22, liegt eine Tote im Haus. Das Hoftor und die Haustür sind auf.«*

»Das Auto von Prinzler wurde mehrfach von den Nachbarn gesehen«, sagte Pia nachdenklich. »Hat er die Lage ausspioniert oder kannte er Leonie Verges?«

»Wenn ich etwas ausspionieren wollte, dann würde ich nicht mit so einer auffälligen Kutsche herumfahren«, erwiderte Kai. »Übrigens ist die Infrarot-Funk-Kamera ein Massenprodukt. Da gibt's nur wenig Hoffnung herauszufinden, wo die gekauft wurde.«

Bodenstein, der bisher schweigend dagesessen und zugehört hatte, räusperte sich.

»Mich würde vor allen Dingen interessieren, was Kilian Rothemund mit Leonie Verges zu tun hatte«, sagte er. »Er war zusammen mit Prinzler bei Hanna Herzmann. Ich denke, wir müssen uns in erster Linie auf ihn konzentrieren. Er hat Hanna Herzmann vergewaltigt, er ist vorbestraft wegen Kindesmissbrauch, er lebt in einem Wohnwagen auf einem heruntergekommenen Campingplatz ohne soziale Bindungen und bekam mehrfach Besuch von minderjährigen Mädchen. Es würde mich nicht wundern, wenn er nicht auch etwas mit unserer Nixe zu tun hätte.«

»Was ist sein Motiv?«, fragte Pia. »Er steht auf kleine Kinder, vergewaltigt aber eine erwachsene Frau. Und dann lässt er deren Therapeutin qualvoll sterben. Wieso?«

»Weil er krank ist«, behauptete Kathrin. »Vielleicht haben Hanna oder Leonie herausgefunden, dass er wieder rückfällig geworden ist und gegen seine Bewährungsauflagen verstoßen hat. Oder sie haben erfahren, dass er ein Mädchen umgebracht hat, und er wollte verhindern, dass sie zur Polizei gehen.«

Einen Moment lang sagte niemand etwas, jeder dachte über diese Vermutung nach.

»Und Prinzler deckt ihn oder hilft ihm sogar«, ergänzte Kai. »Er ist Rothemund aus alten Zeiten verpflichtet.«

»Aber woher kannten die beiden Leonie?«, rätselte Bodenstein.

Gute Frage. Keine Antwort.

»Wenn das so ist, wie Kathrin vermutet«, gab Pia zu bedenken, »dann schwebt Hanna Herzmann in großer Gefahr. Sie ist schließlich nicht tot und kann sich erinnern.«

»Du hast recht.« Bodenstein nickte. »Sie muss ab sofort geschützt werden.«

Das Telefon auf dem Tisch klingelte. Meike Herzmann wartete unten. Gestern Abend hatte sie unter Schock gestanden und kaum ein paar zusammenhängende Sätze herausgebracht, aber sie hatte versprochen, heute aufs Kommissariat zu kommen. Kathrin ging los, um sie an der Wache abzuholen.

»Wir machen später weiter«, entschied Bodenstein. »Pia und ich reden mit der jungen Dame. Kai, Sie kümmern sich um Schutz für Hanna Herzmann, Cem, Sie und Kathrin gehen um elf zur Obduktion von Leonie Verges.«

Alle nickten, Cem und Kai standen auf und verließen den Besprechungsraum.

»Jetzt bin ich ja mal gespannt, ob sie endlich mit dem herausrückt, was sie weiß.« Pia erhob sich, schloss das Fenster und ließ die Jalousien herunter, damit der Raum sich nicht sofort wieder aufheizte.

Wenig später saß Meike Herzmann am Besprechungstisch, blass und sichtlich mitgenommen.

»Ich war letzte Nacht bei meiner Mutter«, begann sie mit leiser Stimme. »Ihr geht es immer noch ziemlich schlecht und sie kann sich an nichts erinnern. Aber … ich … ich weiß, dass es dumm von mir war, nicht eher zu Ihnen zu kommen. Mir … mir war nicht klar, wie schlimm das alles …«

Ihre Stimme zitterte, sie verstummte. Sie öffnete ihren Rucksack und holte zwei Zettel heraus.

»Das ist der Ausdruck einer E-Mail von Kilian Rothemund, die ich im Computer meiner Mutter gefunden habe«, sagte sie und schob das erste Blatt über den Tisch. »Und das hier … das ist der Zettel, den er bei meiner Mutter in den Briefkasten geworfen hat.«

Pia betrachtete das Blatt, das offenbar aus einem Notizbuch herausgerissen worden war, und las die paar Sätze.

Habe bis 1:30 gewartet, las sie. *Hätte dich gerne noch gesehen. Akku vom Handy leer! Hier die Adresse, BP weiß Bescheid. Ruf mich an. K.*

Sie drehte den Zettel um und las die Adresse. Dann überflog sie den Ausdruck der E-Mail.

Hanna, warum meldest du dich nicht?!? Ist etwas passiert? Habe ich etwas gesagt oder getan, was dich verärgert hat? Bitte ruf mich an. Leider konnte ich mit Leonie nicht mehr reden, sie meldet sich auch nicht, aber ich fahre am Montag trotzdem nach A und treffe mich mit den Leuten, zu denen B den Kontakt gemacht hat. Sie sind jetzt endlich bereit, mit mir zu sprechen. Ich denke an dich! Vergiss mich nicht. K.

Ihre Verärgerung über die junge Frau, die nun kleinlaut und eingeschüchtert dasaß, als habe man sie bei einer Klassenarbeit mit einem Spicker erwischt, verwandelte sich in heißen Zorn. Dieses dumme kleine Weibsstück!

»Wissen Sie, was Sie angerichtet haben, weil Sie uns diese Informationen vorenthalten haben?«, sagte sie mit mühsamer Beherrschung und schob ihrem Chef den Zettel hin. »Wir suchen seit Tagen nach Prinzler und Rothemund. Leonie Verges könnte vielleicht noch leben, wenn Sie nicht so unkooperativ gewesen wären.«

Meike Herzmann biss sich auf die Unterlippe und senkte schuldbewusst den Kopf.

»Gibt es sonst noch etwas, was Sie uns bisher verschwiegen haben?«, fragte Bodenstein. Pia hörte an dem scharfen Unterton in seiner Stimme, wie wütend auch er war. Im Gegensatz zu ihr besaß er jedoch die Fähigkeit zu eiserner Beherrschung, mit der er seine Emotionen unter Kontrolle hielt.

»Nein«, flüsterte Meike. Ihr Blick war leer, ihre Miene verzweifelt. »Ich … ich … Sie verstehen das nicht …«

»Nein, das tue ich tatsächlich nicht«, erwiderte Bodenstein frostig.

»Sie kennen meine Mutter nicht!« Plötzlich liefen Tränen. »Sie wird fuchsteufelswild, wenn man ihr in ihre Recherchen reinpfuscht. Deshalb bin ich ja auch zu dieser Adresse gefahren. Ich … ich dachte, ich finde etwas raus und kann Ihnen das dann sagen …«

»Sie haben *was* getan?« Pia glaubte, sich verhört zu haben.

»Das ist so ein alter Bauernhof mit einem Schrottplatz und einem hohen Zaun drumrum.« Meike Herzmann schluchzte. »Ich bin auf einen Hochsitz geklettert und wollte nur mal schauen, was das ist. Aber diese Rocker haben mich gesehen und mir einen Kampfhund auf den Hals gehetzt. Ich … ich hatte Glück, dass da so ein Förster oder so war, der hat ihn … erschossen, und ich konnte verschwinden.«

Es geschah selten, dass Pia sprachlos war, aber jetzt war sie's.

»Sie haben wichtige Informationen zurückgehalten«, sagte Bodenstein. »Wahrscheinlich musste deswegen ein Mensch sterben. Was ist mit dem Computer Ihrer Mutter, aus dem Sie die E-Mail haben? Wo ist der?«

»Bei mir zu Hause«, sagte Meike Herzmann nach kurzem Zögern.

»Gut. Dann fahren wir jetzt zu Ihnen und holen ihn.« Bodenstein schlug leicht mit den Handflächen auf die Tischplatte und stand auf. »Ihr Verhalten wird Konsequenzen für Sie haben, Frau Herzmann, das kann ich Ihnen versprechen.«

Gegenüber Corinna fühlte Emma sich immer unzulänglich und irgendwie mickrig. Sie saß an dem großen Tisch im Esszimmer, nassgeschwitzt und unförmig, wie ein Wal auf dem Trockenen, während Corinna in der offenen Hightech-Edelstahlküche für ihre vier Söhne kochte, die zu den verschiedensten Uhrzeiten aus der Schule kamen. Corinna war seit sechs Uhr auf den Beinen, hatte einen Vormittag im Büro hinter sich, nebenbei kümmerte sie sich um ihre Familie und ihren Haushalt, und Emma fühlte sich schon mit einem Kind überfordert. Dabei hatte sie früher in ihrem Job die unmöglichsten Dinge möglich gemacht, geplant, organisiert, improvisiert, und das oftmals unter schwierigsten und primitivsten Bedingungen. Sie war mit neunzehn zu Hause ausgezogen und hatte ihr Leben immer ohne Probleme allein auf die Reihe bekommen.

Was hatte sich verändert? Wann hatte sie begonnen, sich nichts mehr zuzutrauen? Früher hatte sie dafür gesorgt, dass tonnenweise Lebensmittel und medizinisches Equipment in die entlegensten Winkel der Welt gelangten, und heute bedeutete bereits ein Einkauf im Supermarkt eine Herausforderung.

Es duftete nach Tomaten und Basilikum, nach Knoblauch und angebratenem Fleisch, und Emmas Magen zog sich vor Hunger schmerzhaft zusammen. Nebenbei räumte Corinna die Spülmaschine aus und erzählte dabei von den letzten Vorbereitungen für das große Fest am Freitag.

»Ich bin gleich fertig«, sagte Corinna und lächelte. »Du hast doch sicher ein paar Minuten, oder?«

Ich hab den ganzen Tag, dachte Emma, sagte es aber nicht laut, sondern begnügte sich mit einem Nicken. Stumm lauschte sie den Alltagsanekdötchen, die Corinna von ihrem Mann und ihren Söhnen erzählte, und verspürte plötzlich Neid. Wie gerne hätte auch sie ein Haus gehabt, einen Mann, der abends spontan Sushi mitbrachte, den Garten wässerte, mit seinen Söhnen alle möglichen Unternehmungen machte und jeden Abend bei einem Gläschen Wein mit seiner Frau den Tag Revue passieren ließ! Wie sah ihr Leben dagegen aus? Sie hatte als einziges Zuhause eine Wohnung mit fremden Möbeln im Haus ihrer Schwiegereltern und dazu einen Mann, der ihr kaum etwas von sich erzählte und sie kurz vor der Geburt ihres zweiten Kindes sitzengelassen hatte. Und an ihren fürchterlichen Verdacht, was er wohl mit Louisa getan hatte, wollte sie gar nicht erst denken. Nach und nach hatte sich bei ihr das Gefühl eingestellt, Florian für immer verloren zu haben, und es hatte sich in den letzten Tagen in Gewissheit verwandelt. Das, was geschehen war, konnte man nicht mehr rückgängig machen.

»So.« Corinna setzte sich zu Emma an den Tisch. »Worüber wolltest du mit mir reden?«

Emma nahm allen Mut zusammen.

»Florian hat mir nie erzählt, dass er eine Zwillingsschwester hat. Niemand spricht über sie.«

Das Lächeln erlosch in Corinnas Gesicht. Sie stützte die Ellbogen auf die Tischplatte, faltete die Hände und legte sie gegen Mund und Nase. Emma befürchtete schon, keine Antwort zu bekommen, so lange schwieg Corinna, doch schließlich nahm sie die Hände herunter und stieß einen Seufzer aus.

»Die Geschichte von Michaela ist sehr traurig und schmerzlich für die ganze

Familie Finkbeiner«, sagte sie leise. »Sie war schon als kleines Mädchen psychisch krank. Heute könnte man ihr vielleicht helfen, aber damals, in den siebziger Jahren, war man noch nicht so weit in der Kinderpsychologie und wusste nicht, was eine multiple Persönlichkeitsstörung ist. Man hielt sie wohl einfach für ein bockiges, verlogenes Kind. Damit hat man ihr großes Unrecht getan, aber es wusste eben niemand besser.«

»Das ist ja schrecklich«, flüsterte Emma betroffen.

»Josef und Renate haben sich mehr um Michaela gekümmert als um uns andere Kinder«, fuhr Corinna fort. »Aber alle Liebe und Fürsorge hat letztlich nichts genützt. Mit zwölf ist sie das erste Mal von zu Hause abgehauen, wurde beim Ladendiebstahl erwischt. Danach bekam sie immer wieder Ärger mit der Polizei. Josef konnte viel durch seine Beziehungen richten, aber Michaela hat das nicht begriffen. Sie fing früh an, Alkohol zu trinken und Drogen zu nehmen, niemand von uns kam mehr an sie heran. Für Florian war es besonders schlimm.«

Alle Fröhlichkeit war aus ihren Augen gewichen, und Emma bedauerte, an ein Thema gerührt zu haben, das in Corinna so schmerzliche Erinnerungen wachrief.

»Warum hat Florian mir nie von ihr erzählt?«, fragte Emma. »Ich hätte das doch verstanden. In jeder Familie gibt es ein schwarzes Schaf.«

»Du musst verstehen, wie furchtbar es für ihn war und wie sehr er darunter gelitten hat. Letztlich war es wohl auch der Grund, weshalb er von hier wegging, sobald er konnte«, erwiderte Corinna. »Immer stand er im Schatten seiner Schwester, die viel mehr Aufmerksamkeit bekam als er. Er konnte noch so lieb, fleißig und tüchtig sein, immer ging es nur um Michaela.«

»Was ist aus ihr geworden?«

»Sie hat die Schule abgebrochen, als sie fünfzehn war, und ging auf den Strich, um sich ihre Drogensucht zu finanzieren. Irgendwann landete sie im Milieu. Josef hat alles versucht, um sie da rauszuholen, aber sie wollte sich nicht helfen lassen. Nach einem Selbstmordversuch saß sie ein paar Jahre in der geschlossenen Psychiatrie. Mit ihren Eltern oder einem von uns Geschwistern hat sie nie mehr sprechen wollen.«

Emma fiel auf, dass Corinna nur in der Vergangenheit von ihrer Stiefschwester sprach.

»Wo ist sie jetzt? Weiß das jemand?«

Auf dem Herd kochte das Nudelwasser über und verdampfte zischend, gleichzeitig fuhr vor dem Küchenfenster ein Auto vor. Das Motorengeräusch erstarb, zwei Autotüren knallten, eine helle Kinderstimme rief: »Mama, ich hab Hunger!«

Corinna schien nichts davon wahrzunehmen. Alle Energie schien mit einem Mal aus ihrem Körper gewichen, sie presste die Lippen zusammen und sah unendlich traurig aus.

»Michaela ist vor ein paar Jahren gestorben«, sagte sie. »Nur Ralf, Nicky, Sarah und ich waren auf ihrer Beerdigung. Seitdem hat niemand mehr ihren Namen erwähnt.«

Emma starrte die Freundin schockiert an.

»Glaub mir, Emma, das ist besser so.« Corinna legte kurz ihre Hand auf Emmas, dann stand sie auf und ging hinüber zum Herd, um die Pasta in das kochende Wasser zu tun. »Reiß keine alten Wunden auf. Michaela hat wirklich sehr viel Kummer über Josef und Renate gebracht.«

Torben, Corinnas Jüngster, stürmte durch die offen stehende Fenstertür ins Esszimmer, feuerte seinen Ranzen in eine Ecke und lief in die Küche, ohne Emma zu beachten.

»Ich hab einen Riiiiiesenhunger!«, verkündete er.

»Wasch dir die Hände und bring deinen Ranzen hoch. In zehn Minuten gibt's Essen.« Corinna strich ihm geistesabwesend über den Kopf, dann blickte sie Richtung Terrasse. »Danke, dass du ihn abgeholt hast, Helmut. Willst du einen Teller Pasta mitessen?«

Erst jetzt bemerkte Emma den Hausmeister Helmut Grasser, der in der Terrassentür stehen geblieben war. Sie stand auf.

»Hallo, Herr Grasser«, sagte sie.

»Hallo, Frau Finkbeiner.« Er lächelte. »Wie geht's Ihnen bei der Hitze?«

»Danke, so weit gut.« Emma rang sich ebenfalls ein Lächeln ab. Sie hatte gehofft, mit Corinna noch über ihren Verdacht wegen Florian und Louisa sprechen zu können, aber das war kaum möglich, wenn Torben und der Hausmeister mit am Tisch saßen.

»Ich gehe mal wieder«, sagte sie, und Corinna machte keinen Versuch, sie aufzuhalten. Ihre Miene war umwölkt, ihr übliches Strahlen erloschen. Sie nahm den Deckel von der Pfanne, in der die Hackfleischsauce vor sich hin köchelte und rührte um. Nahm sie es ihr übel, dass sie nach Florians Zwillingsschwester gefragt hatte?

»Danke für deine Offenheit.« Emma traute sich nicht, die Freundin wie sonst zu umarmen. »Bis morgen.«

»Ja, bis morgen, Emma.« Ihr Lächeln wirkte gezwungen. »Nimm es Florian nicht übel.«

Bodenstein hatte sich auf den Beifahrersitz von Meike Herzmanns Mini gezwängt, denn er traute ihr ohne weiteres zu, dass sie versuchen würde, sie abzuhängen. Pia nahm den Dienstwagen und folgte ihnen in die Stadt. Kai hatte unterdessen einen Haftbefehl für Bernd Prinzler und einen Durchsuchungsbeschluss für sein Anwesen beantragt. Noch immer konnte sie kaum fassen, was Meike Herzmann getan hatte. Ihr Handy klingelte, gerade als sie am Messeturm vorbeifuhr, und sie ging dran.

»Frey. Hallo, Frau Kirchhoff. Ich wurde gerade darüber informiert, dass es Fortschritte in Ihren Ermittlungen gibt«, sagte der Oberstaatsanwalt, und Pia war erstaunt, wie gut die Kommunikation in der Frankfurter Staatsanwaltschaft zu sein schien.

»Ja, wir haben jetzt die Adresse eines Tatverdächtigen im Fall Hanna Herzmann und einem neuen Mordfall herausbekommen«, erwiderte sie.

»Ein neuer Mordfall?«

Aha. So gut schien der Informationsaustausch doch nicht zu sein.

Pia klärte ihn mit knappen Worten über den qualvollen Tod von Leonie Verges auf und berichtete, dass Prinzler in der Nähe ihres Hauses gesehen worden war.

»Bernd Prinzler ist Mitglied der Frankfurt Road Kings«, sagte sie. »Wir wissen, dass er Kontakt zu Frau Herzmann hatte und haben Fingerabdrücke im Haus der toten Frau Verges gefunden. Außerdem wurde sein Auto mehrfach von Nachbarn in Liederbach gesehen. Wir wissen auch, dass Prinzler Kilian Rothemund kennt, den wir wegen Vergewaltigung und Körperverletzung im Fall Herzmann suchen.«

»Die beiden kennen sich auf jeden Fall«, bestätigte der Staatsanwalt. »Immerhin hat die Kanzlei, in der Rothemund Sozius war, Prinzler und Konsorten jahrelang vertreten.«

»Wir haben die Information erhalten, dass Rothemund nach Amsterdam gereist ist. Er wurde im Zug erkannt, aber leider haben die holländischen Kollegen ihn am Bahnhof verpasst. Außerdem haben wir erfahren, dass er gegen seine Bewährungsauflagen verstoßen hat.«

»Inwiefern?«

»Nachbarn auf dem Campingplatz haben des Öfteren minderjährige Mädchen zu ihm in den Wohnwagen steigen sehen. Dafür geht er wieder ins Gefängnis.«

»Das ist ja unglaublich.«

»Allerdings. Mittlerweile halten wir es sogar für denkbar, dass Rothemund mit dem Fall des toten Mädchens aus dem Main zu tun haben könnte. Einen Zusammenhang zwischen dem Überfall auf Frau Herzmann und dem Mord an Leonie Verges gibt es auf jeden Fall. Na ja. Mein Chef ist morgen Abend bei *Aktenzeichen XY* und wir hoffen, dass sich danach irgendjemand meldet, der etwas beobachtet hat oder sogar weiß, wo sich Rothemund aufhält.«

»Das ist eine echte Chance«, pflichtete der Oberstaatsanwalt ihr bei.

Pia musste Gas geben, denn Meike Herzmann fuhr vor ihr über eine dunkelgelbe Ampel an der Kreuzung Friedrich-Ebert-Anlage/Mainzer Landstraße. Ein rotes Blitzlicht flammte auf.

»Scheiße!«, entfuhr es Pia.

»Wie bitte?«, fragte Oberstaatsanwalt Frey.

»Entschuldigung. Aber ich bin gerade geblitzt worden. Rote Ampel und Handy am Ohr.«

»Das kann teuer werden.« Der Staatsanwalt klang belustigt. »Danke für die Informationen, Frau Kirchhoff. Wie geht es übrigens Lilly?«

»Danke, ihr geht's gut.« Pia lächelte. »Abgesehen davon, dass sie eine Zecke hatte, die in einer dramatischen Operation entfernt werden musste.«

Oberstaatsanwalt Frey lachte.

»Ich bedaure, dass ich so wenig Zeit für sie habe«, sagte Pia. »Aber mit etwas Glück haben wir unsere Fälle bald aufgeklärt.«

»Das hoffe ich auch. Wenn ich irgendetwas für Sie tun kann, zögern Sie nicht, mich anzurufen.«

Pia versicherte ihm, das zu tun, und beendete das Gespräch. Erst da fiel ihr wieder ein, was Rothemunds Exfrau und Kai Ostermann ihr erzählt hatten. Oberstaatsanwalt Frey und Rothemund waren einmal dicke Freunde gewesen, dennoch hatte Frey seinen alten Kumpel nicht nur angeklagt, sondern schonungslos den Pressewölfen zum Fraß vorgeworfen. Sie überlegte, ob sie ihn noch einmal anrufen und ihn danach fragen sollte, verwarf den Gedanken aber sofort wieder. Es spielte für sie keine Rolle, was damals zwischen den alten Freunden vorgefallen war. Ein paar Minuten später hielt sie vor dem Haus in der Schulstraße in Sachsenhausen und wartete auf Bodenstein, der den Computer von Hanna aus der Wohnung ihrer Tochter holte. Pia ärgerte sich über Meike Herzmann, aber mehr noch über sich selbst. Vorgestern Morgen, als Bodenstein und sie bei *Herzmann production* gewesen waren, hatte sie noch an den Rechner gedacht, aber dann hatte sie sich von Lillys Anruf wegen der Zecke ablenken lassen und ihn vergessen. Das war kein Versehen, sondern ein grober Fehler, der ihr nicht hätte unterlaufen dürfen.

Eigentlich hatte Pia mit Cem und Kathrin von der Rechtsmedizin aus direkt nach Langenselbold fahren und Bernd Prinzler festnehmen sollen, aber Dr. Nicola Engel hatte sie zurückgepfiffen. Auch wenn Prinzler seit mehr als vierzehn Jahren nicht mehr aktenkundig geworden war, so wurde er dennoch dem inneren Kreis der Frankfurt Road Kings zugeordnet, galt als gewaltbereit und gefährlich. Die Kriminalrätin hatte eine »konzertierte Aktion« angeordnet, in Kooperation mit einer Einheit des SEK. Bodenstein hielt das für völlig überzogen, aber die Engel war unnachgiebig geblieben. Sie befürchtete, dass Prinzler auf ein höfliches Klingeln am Tor nicht reagieren würde und dann gewarnt sei, deshalb müsse der Zugriff entschlossen und überraschend erfolgen. Die Organisation des Einsatzes hatte sie selbst in die Hand genommen, und so war Pia in den Genuss eines ungewöhnlich frühen Feierabends gekommen. Sie war auf dem Heimweg im Supermarkt in Liederbach vorbeigefahren und hatte für das Abendessen eingekauft. Für das Kochen war im Laufe der vergangenen Monate mehr und mehr Christoph zuständig. Er kochte leidenschaftlich gern und sehr viel besser als Pia, die nach der Arbeit meistens keine Lust mehr hatte, sich an den Herd zu stellen. Doch heute hatte sie Lust. Sie warf den Elektrogrill an, der auf der Terrasse vor der Küche stand, schnitt Zucchini und Auberginen in dünne Scheiben und legte sie auf den Grill. Während das Gemüse vor sich hin brutzelte, mischte Pia in einer Tupperdose eine Marinade aus Olivenöl, Salz, Pfeffer und gepresstem Knoblauch.

Das Ergebnis der Obduktion von Leonie Verges hatte Hennings erste Vermutung bestätigt: Die Frau war an multiplem Organversagen aufgrund völliger Austrocknung gestorben. Ein qualvoller Tod. Hätte man sie zwei Stunden früher gefunden, wäre sie möglicherweise noch zu retten gewesen. Es war eine grausame Todesart, und Pia mochte sich nicht vorstellen, was die Frau in den letzten Stunden ihres Lebens durchgemacht hatte. Hatte sie noch auf Hilfe gehofft oder war ihr bewusst gewesen, dass sie sterben musste? Aber wieso hatte sie sterben müssen? Und warum auf diese Art? Die Kamera, die genau auf den Stuhl gerichtet war, und die schrecklichen Ansagen auf dem Anrufbeantworter, die Leonie gehört haben musste, verrieten außerordentlichen Sadismus. Untypisch für jemanden wie Bernd Prinzler, der früher durch Körperverletzung und Schusswaffengebrauch aufgefallen war. Allerdings war Pia schon zu lange bei der Kriminalpolizei, um zu glauben, dass sich Kriminelle an irgendwelche logischen Verhaltensmuster hielten.

Hanna Herzmann war Patientin von Leonie Verges gewesen, diese Verbindung war klar. Hatte Leonie Hanna mit Kilian Rothemund bekannt gemacht oder umgekehrt? Rothemund und Prinzler kannten sich von früher, auch das war klar. Hoffentlich würde sich Hanna bald an irgendetwas erinnern können! Sie war die Einzige, die Licht ins Dunkel dieser verworrenen Geschichte bringen konnte.

In Gedanken versunken legte Pia die angebratenen Zucchinistreifen in die Marinade und tat eine Lage Auberginenscheiben auf den Grill. Zwischendurch zupfte sie eine Handvoll Salbeiblätter von dem Busch, der auf der Küchenfensterbank zwischen frischem Basilikum, Zitronenmelisse und Rosmarin stand. Lilly liebte Pias Spezialrezept – Spaghetti mit Salbei, Parmaschinken, Kapern und Knoblauch –, und Christoph aß es auch immer wieder tapfer mit.

Vor dem Haus begannen die Hunde in einer Tonlage zu bellen, die pure Freude signalisierte – Christoph und Lilly kamen nach Hause. Nur Sekunden später stürzte das Mädchen in die Küche, mit wehenden Zöpfen und leuchtenden Augen. Sie umarmte Pia, die Worte sprudelten wie ein Wasserfall aus ihrem Mund. Trampolin, Opa, Pony, Geparden, Giraffenbaby … Pia musste lachen.

»Langsam, langsam!«, bremste sie das Mädchen. »Ich verstehe bei dem Tempo kein Wort.«

»Aber ich *muss* mich doch beeilen«, erwiderte Lilly atemlos und so ehrlich und ernsthaft, wie es nur ein siebenjähriges Kind sein konnte. »Wenn du schon mal da bist, will ich dir auch alles, alles, alles erzählen!«

»Wir haben doch den ganzen Abend Zeit.«

»Das sagst du immer«, behauptete Lilly. »Und dann klingelt dein Telefon, und du lässt Opa und mich alleine.«

Christoph betrat die Küche, gefolgt von den Hunden. In der Hand hielt er eine Tüte, die er auf die Arbeitsplatte stellte, bevor er Pia einen Kuss gab.

»Wo sie recht hat, hat sie recht.« Er grinste, inspizierte mit einem Blick die Zutaten, die Pia zurechtgelegt hatte und hob die Augenbrauen. »Salbeinudeln?«

»Die hab ich mir gewünscht!«, rief Lilly. »Ich könnte für Salbeinudeln sterben! Opa hat nämlich Lammkotelett gekauft. Bäh!«

»Wir werden schon einen Kompromiss finden«, lächelte Pia. »Nudeln und Lammkotelett passen auch ganz gut. Und vorher gibt's eingelegte Zucchini und Auberginen.«

»Und ganz vorher gibt's Badewanne«, ergänzte Christoph.

Lilly legte kritisch den Kopf schief.

»Okay«, sagte sie nach kurzem Überlegen. »Aber nur, wenn Pia mitkommt.«

»Abgemacht.« Pia verscheuchte alle Gedanken an die Arbeit. Die würde sie schon wieder früh genug einholen.

»Hallo, Mama.«

Meike blieb am Fußende des Bettes stehen und zwang sich, in dem schwachen Lichtschein, den die Leselampe in der Beleuchtungsleiste über dem Bett spendete, das entstellte Gesicht ihrer Mutter zu betrachten. Die Schwellungen waren etwas zurückgegangen, aber die Blutergüsse sahen noch schlimmer aus als am Morgen.

Wenigstens hatte man Hanna heute von der Intensiv auf eine normale Station verlegt, und vor der Tür saß der uniformierte Bulle, so, wie Kommissar Bodenstein es angekündigt hatte.

»Hallo, Meike«, murmelte Hanna. »Nimm dir doch einen Stuhl und setz dich her.«

Meike tat, wie ihr geheißen. Sie fühlte sich elend. Den ganzen Tag verfolgte sie der Vorwurf der Polizistin, sie sei schuld am Tod von Leonie Verges, weil sie diesen blöden Zettel zurückgehalten habe.

Es gab dafür keine Entschuldigung oder Rechtfertigung, auch wenn sie sich eingeredet hatte, sie tue dies, um Hannas Recherche nicht zu gefährden. In Wirklichkeit war es ihr einfach egal gewesen.

Hanna streckte die Hand aus und stieß einen Seufzer aus, als Meike sie zögernd ergriff.

»Was ist passiert?«, fragte Hanna leise.

Meike kämpfte mit sich. Heute Morgen hatte sie nichts von Leonie Verges' Tod gesagt und jetzt wollte ihr das auch nicht über die Lippen kommen. Alles um sie herum schien zu zerbrechen, sich aufzulösen. Ein Mensch, den sie gekannt, mit dem sie gesprochen hatte, war tot. Qualvoll gestorben, während sie nur an sich und nicht an mögliche Konsequenzen für andere gedacht hatte. Ihr Leben lang hatte sie sich als Opfer gefühlt, ungerecht behandelt, ungeliebt. Sie hatte sich die Zuneigung anderer ertrotzen wollen, hatte sich aus Protest fett gefressen und mager gehungert, war boshaft, ungerecht und verletzend gewesen, alles in der verzweifelten Sucht nach Liebe und Aufmerksamkeit. Oft hatte sie ihrer Mutter Egoismus vorgeworfen, aber die eigentliche Egoistin war sie selbst, weil sie nur gefordert und verlangt hatte, statt zu geben. Nein, sie war kein liebenswertes Mädchen gewesen, nicht ohne Grund hatte sie nie eine beste Freundin oder gar einen Freund gehabt. Jemand, der sich selbst nicht mochte, konnte auch nicht erwarten, von anderen gemocht zu werden. Der einzige Mensch auf der Welt, der sie immer so akzeptiert hatte, wie sie war, war ausgerechnet ihre Mutter, die sie zu einem Feindbild hochstilisiert hatte, weil sie insgeheim neidisch auf sie war. Hanna war all das, was sie selbst so gern sein wollte, aber nie sein würde: selbstbewusst, schön, umschwärmt von Männern.

»Es ist auch für dich nicht leicht, ich weiß«, murmelte Hanna undeutlich und drückte leicht Meikes Hand. »Schön, dass du da bist.«

Die Tränen stiegen Meike in die Augen. Am liebsten hätte sie ihren Kopf in Hannas Schoß gelegt und geweint, weil sie sich so sehr für ihre Niedertracht und Gemeinheit schämte. Sie rief sich die Abscheulichkeiten, die sie ihrer Mutter gesagt und angetan hatte, ins Bewusstsein und wünschte, sie besäße wenigstens den Mumm für Reue und Aufrichtigkeit.

Ich habe dein Auto zerkratzt und die Reifen plattgestochen, Mama, dachte sie. Ich habe in deinem Computer herumgeschnüffelt und den Zettel, den Kilian Rothemund für dich geschrieben hat, nicht der Polizei gegeben, nur weil ich mich bei Wolfgang interessant machen wollte. Vielleicht musste deshalb Leonie Verges sterben. Ich bin neidisch und böse und ekelhaft, und ich hab deine Geduld und Nachsicht nicht verdient.

Das alles dachte sie, sprach es aber nicht aus.

»Kannst du mir ein neues iPhone besorgen? Ich habe noch eine Twinkarte in meinem Schreibtisch im Büro«, flüsterte Hanna. »Vielleicht kannst du es synchronisieren, meine Zugangsdaten für MobileMe stehen auf einem Zettel unter meiner Schreibtischunterlage.«

»Ja, klar. Das mache ich gleich morgen früh«, würgte Meike hervor.

»Danke.« Hanna schloss die Augen.

Meike saß noch eine ganze Weile an ihrem Bett und betrachtete ihre schlafende Mutter. Doch erst als sie das Krankenhaus verlassen hatte und in ihrem Auto saß, fiel ihr ein, dass sie nicht einmal gefragt hatte, wie es ihr ging.

Mittwoch, 30. Juni 2010

ES WAR PUNKT fünf Uhr morgens, als ein Hubschrauber über den Baumwipfeln auftauchte. Gleichzeitig wurde es am Waldrand rings um das Anwesen von Bernd Prinzler lebendig. Schwarzgekleidete vermummte Gestalten brachen durch das Unterholz und umstellten das eingezäunte Areal. Die aufgehende Sonne verbarg sich noch hinter dunstigen Schwaden regenfeuchter Luft. Bodenstein, Pia, Cem Altunay und Kathrin Fachinger verfolgten die Aktion vom Wald aus und beobachteten, wie sich zehn bewaffnete Beamte des Sondereinsatzkommandos aus dem Hubschrauber abseilten, der ein paar Meter über der Wiese in der Nähe des Wohnhauses schwebte. Bolzenschneider zerschnitten die Metallstreben des großen Tores wie Butter. Fünf der hochmotorisierten schwarzen Fahrzeuge mit verspiegelten Scheiben, wie das SEK sie benutzte, rauschten über den geschotterten Waldweg und bogen mit hoher Geschwindigkeit in den Hof ein. Kaum drei Minuten nachdem der Helikopter aufgetaucht war, war die Festung gestürmt.

»Nicht schlecht«, bemerkte Cem nach einem Blick auf seine Uhr.

»Das nenne ich mit Kanonen auf Spatzen schießen«, brummte Bodenstein. Seine unbewegte Miene verriet nicht, was in ihm vorging, aber Pia wusste, dass er sich über Nicola Engels Kritik ärgerte. Auf der Fahrt von Hofheim hierher hatte niemand mehr etwas gesagt, nachdem es zwischen Bodenstein und Kriminalrätin Engel in Höhe des Offenbacher Kreuzes zu einem kurzen, aber heftigen Wortwechsel gekommen war. Gestern Abend hatte man mit Hilfe von Satellitenfotos die Lage des Anwesens hinter dem Waldstück zwischen Langenselbold und Hüttengesäß analysiert und den Einsatz mit einer SEK-Einheit und einer Hundertschaft der Bereitschaftspolizei koordiniert, und Bodenstein hatte die geplante Aktion als völlig überzogen und pure Verschwendung von Steuergeldern bezeichnet. Daraufhin war ihm Nicola Engel scharf über den Mund gefahren und hatte ihm vorgeworfen, seit drei Wochen überhaupt nichts hinzukriegen, weswegen sie sich beim Innenministerium rechtfertigen müsse.

Pia und Cem hatten nur einen Blick gewechselt und wohlweislich geschwiegen, denn ein einziges falsches Wort konnte in diesem Zustand hochexplosiver Anspannung die Wirkung eines Brandbeschleunigers haben.

Aufgescheucht von der plötzlichen Unruhe und dem Lärm stob ein Rudel Rehe mit grazilen Sprüngen durch das Gehölz. In den Bäumen ringsum stimmten die ersten Vögel ihr Frühkonzert an, gänzlich unbeeindruckt von dem, was sich unter ihnen abspielte.

»Warum ärgerst du dich so über das, was die Engel gesagt hat?«, fragte Pia ihren Chef. »Wenn sie die Sache hier versieben, ist es nicht unser Problem.«

»Darüber ärgere ich mich gar nicht«, erwiderte Bodenstein. »Aber in Frankfurt und beim LKA war bekannt, wo Prinzler wohnt. Sie haben ihn seit langem auf dem Kieker, hatten aber bis gestern keinen Grund für eine Hausdurchsuchung.«

»Wie bitte? Die kannten den Hof hier?«, fragte Pia ungläubig nach. »Warum haben wir keine Informationen bekommen? Spätestens seitdem wir bei Prinzlers Mutter waren, wussten die in Frankfurt doch, dass wir nach ihm suchen!«

»Weil wir in deren Augen nur ein paar bescheuerte Provinzbullen sind«, entgegnete Bodenstein und rieb sich sein unrasiertes Kinn. »Aber das lasse ich diesmal nicht auf sich beruhen. Wenn herauskommt, dass Prinzler Leonie Verges umgebracht hat und wir das hätten verhindern können, wenn die Kommunikation mit den Frankfurtern nicht so schlecht gewesen wäre, dann rollen Köpfe.«

Das Funkgerät, das Pia in der Hand hielt, rauschte und knackte.

»Wir sind drin«, hörten sie eine verzerrte Stimme. »Ein Mann, eine Frau, zwei Kinder. Keine Gegenwehr.«

»Gehen wir«, sagte Bodenstein.

Sie gingen ein Stück bergab durch trockenes Laub, kletterten über einen Graben und betraten das Grundstück. Auf der linken Seite befand sich eine große Scheune, davor ein Grillplatz. Hinter einem Stahlgitterzaun lagerten Unmengen von Auto- und Motorradteilen, ordentlich sortiert und aufgeschichtet. Das Haus lag weiter hinten und war umgeben von einem idyllischen weitläufigen Garten mit uralten Bäumen und blühenden Büschen. Es gab einen Pool und einen Kinderspielplatz. Ein wahres Paradies.

Auf dem feuchten Rasen unweit des Hauses lag ein Mann auf dem Bauch. Er war barfuß, trug nur ein T-Shirt und Shorts, seine Hände waren mit Kabelbindern auf den Rücken gefesselt. Zwei Beamte halfen ihm gerade auf die Beine. In der gewaltsam geöffneten Haustür stand eine dunkelhaarige Frau, die ihre Arme um einen hysterisch schluchzenden Jungen von ungefähr zwölf Jahren gelegt hatte. Ein zweiter Junge, etwas älter und fast schon so groß wie seine Mutter, gestattete sich keine Tränen mehr, aber auch ihm stand der Schrecken über den Überfall im Morgengrauen ins Gesicht geschrieben.

Dr. Nicola Engel, in einem grauen Hosenanzug, über den sie eine schusssichere Weste gezogen hatte, stand vor dem bärtigen Hünen wie David vor Goliath – unerschrocken und selbstbewusst, wie es ihre Art war.

»Sie sind vorläufig festgenommen, Herr Prinzler«, sagte sie. »Ich gehe davon aus, dass Sie Ihre Rechte zur Genüge kennen.«

»Ihr seid echt so ein paar Vollidioten«, erwiderte Bernd Prinzler aufgebracht. Seine Stimme war tief und heiser, definitiv nicht die vom Band auf Leonie Verges' Anrufbeantworter. »Wieso müsst ihr meine Familie in Angst und Schrecken versetzen? Es gibt 'ne Klingel vorne am Tor.«

»Genau«, murmelte Bodenstein.

»Bringt ihn weg«, sagte Kriminalrätin Engel.

»Darf ich mir vorher noch was anziehen?«, fragte Prinzler.

»Nein«, erwiderte Nicola Engel kühl.

Pia sah dem Mann an, dass er am liebsten etwas sehr Unhöfliches gesagt hätte. Aber er kannte sich mit Verhaftungen aus und wusste, dass er mit einer Beleidigung seine Situation nicht gerade verbessern würde. Deshalb begnügte er sich damit, haarscharf neben Nicola Engels Louboutins ins Gras zu spucken, und ging hocherhobenen Hauptes zwischen den beiden SEK-Männern, die neben ihm wie Zwerge wirkten, zu einem der schwarzen Busse.

»Herr Bodenstein, Frau Kirchhoff, Sie können jetzt mit der Ehefrau sprechen«, sagte Nicola Engel.

»Ich will mit Herrn Prinzler sprechen, nicht mit seiner Frau«, entgegnete Bodenstein und erntete dafür einen bösen Blick, der an ihm jedoch einfach abprallte. Unruhe und Stimmengewirr im Haus enthoben sie einer Antwort. Man hatte in einem Zimmer im Souterrain des Hauses zwei junge Frauen gefunden.

»Na also«, sagte Dr. Nicola Engel mit einem geradezu triumphierenden Unterton in der Stimme. »Wusste ich's doch.«

Gestern Abend, nachdem sie das Krankenhaus verlassen hatte, hatte sie ihm eine SMS geschrieben, und seitdem wartete Meike auf eine Antwort, jedoch vergeblich. Seit Sonntag hatte sie nichts mehr von Wolfgang gehört, mal abgesehen von der Besprechung am Montagmorgen im Büro, bei dem sie aber kein persönliches Wort mit ihm hatte wechseln können. Sie fühlte sich im Stich gelassen. Hatte er ihr nicht fest versprochen, sich um sie zu kümmern und ihr beizustehen? Warum meldete er sich nicht bei ihr? Hatte sie etwas falsch gemacht, ihn gekränkt? Mehrmals in der Nacht war Meike aufgewacht und hatte ihr Smartphone kontrolliert, aber er hatte weder eine SMS noch eine E-Mail geschrieben. Von Minute zu Minute wuchs ihre Enttäuschung. Wenn es einen

Menschen in ihrem Leben gab, auf den sie sich immer hatte verlassen können, dann war es Wolfgang gewesen. Ihre Enttäuschung verwandelte sich in Zorn, dann in Sorge. Was, wenn auch ihm etwas zugestoßen war?

Um neun Uhr hielt sie es nicht länger aus und rief auf seinem Handy an. Er ging schon nach dem zweiten Klingeln dran. Meike, die gar nicht damit gerechnet hatte, wusste nicht, was sie sagen sollte.

»Hi, Wolfgang«, sagte sie deshalb.

»Hallo, Meike. Ich hab deine SMS erst heute Morgen gelesen, ich hatte das Telefon leise gestellt«, erwiderte er, und sie hatte das Gefühl, dass er nicht die Wahrheit sagte.

»Ist nicht schlimm«, log sie. »Ich hatte dir auch nur sagen wollen, dass es Mama etwas besser geht. Ich war gestern zwei Mal bei ihr.«

»Das ist schön. Sie braucht dich jetzt.«

»Leider kann sie sich noch immer an nichts erinnern. Die Ärzte sagen, es kann dauern, bis die Erinnerung an den Überfall zurückkommt. Manchmal kommt sie auch gar nicht wieder.«

»Vielleicht ist das sogar besser.« Wolfgang räusperte sich. »Meike, ich muss jetzt leider in eine wichtige Besprechung. Ich rufe dich …«

»Leonie Verges ist tot«, unterbrach Meike ihn.

»Wer ist tot?«

»Mamas Psychotante in Liederbach, bei der wir am Samstag waren.«

»Großer Gott, das ist ja furchtbar«, sagte Wolfgang betroffen. »Woher weißt du das?«

»Weil ich zufällig da war. Ich wollte sie etwas fragen, wegen Mama. Die Haustür stand auf und … und ich hab sie gesehen. Es war … entsetzlich. Ich kann diesen Anblick einfach nicht vergessen.« Meike ließ ihre Stimme zittrig klingen, ganz das erschrockene kleine Mädchen. Diese Masche hatte bei Wolfgang immer gezogen. Vielleicht bekam er jetzt Mitleid mit ihr und würde sie einladen, wieder in seinem Haus zu übernachten. »Jemand hatte sie auf einen Stuhl gefesselt und ihren Mund zugeklebt. Sie ist wohl verdurstet. Die Polizei ist dann gekommen, ich habe ihnen Mamas Computer aus dem Büro gegeben. Meinst du, das war richtig?«

Er brauchte einen Moment, um zu antworten. Wolfgang war ein besonnener Mensch, einer, der gründlich überlegte, bevor er etwas sagte. Wahrscheinlich musste er diese Informationen erst einmal verarbeiten. Meike hörte Stimmengewirr im Hintergrund, Schritte, dann klappte eine Tür und es war still.

»Natürlich war das richtig«, sagte Wolfgang schließlich. »Meike, du solltest dich aus allem heraushalten und die Polizei ihre Arbeit machen lassen. Es ist gefährlich, was du da tust. Kannst du nicht für ein paar Tage zu deinem Vater fahren?«

Meike glaubte, sich verhört zu haben. Was war das denn für ein beschissener Vorschlag?

Sie nahm allen Mut zusammen.

»Ich … ich dachte, ich könnte vielleicht ein paar Tage bei dir wohnen. Du hattest mir das doch angeboten«, erwiderte sie mit Kleinmädchenstimme. »Ich kann jetzt nicht nach Stuttgart fahren und Mama im Stich lassen.«

Wieder dauerte es endlose Sekunden, bis Wolfgang antwortete. Mit ihrem Ansinnen, bei ihm zu wohnen, hatte sie ihn überrumpelt, und so wirklich hatte er es ihr gar nicht angeboten. Insgeheim hoffte sie auf tröstliche Worte und ein spontanes »Na klar«, doch je länger er sie auf eine Antwort warten ließ, desto sicherer wusste sie, dass er nach einer Ausrede suchte, die sie nicht verletzte.

»Das geht leider nicht«, sagte er.

Sie hörte seiner Stimme das Unbehagen an, wusste, in welchen Gewissenskonflikt sie ihn gebracht hatte und verspürte boshafte Genugtuung darüber.

»Wir haben das Haus bis zum Wochenende voller Gäste.«

»Na ja, dann nicht«, erwiderte sie leichthin, obwohl sie vor Zorn über seine Zurückweisung am liebsten geheult hätte. »Hast du eigentlich noch einmal wegen des Volontariats nachgedacht? Ich hab jetzt ja keinen Job mehr.«

Ein anderer Mann hätte jetzt vielleicht gesagt, sie solle ihn nicht nerven, aber Wolfgang war dafür natürlich viel zu höflich.

»Lass uns deswegen später noch mal telefonieren«, redete er sich heraus. »Ich muss jetzt wirklich in die Besprechung, sie warten alle auf mich. Halt die Ohren steif. Und pass auf dich auf!«

Meike feuerte ihr Handy auf das Sofa und brach in Tränen der Enttäuschung aus. Nichts lief so, wie sie es sich erhoffte! Verdammt! Niemand interessierte sich für sie! Früher wäre sie tatsächlich zu ihrem Vater gefahren und hätte sein Mitleid eingefordert, aber seitdem er eine neue Lebensgefährtin hatte, war sein Interesse an ihr abgeflaut. Diese blöde Kuh hatte sich bei ihrem letzten Besuch in Stuttgart sogar erdreistet, ihr zu sagen, sie solle sich endlich mal wie eine Erwachsene benehmen und nicht wie eine pubertierende Fünfzehnjährige. Seitdem hatte Meike sich dort nicht mehr blicken lassen.

Sie ließ sich auf das Sofa fallen und überlegte, was sie tun, wen sie anrufen konnte. Aber es fiel ihr niemand ein.

Die beiden verschreckten jungen Frauen, die man im Keller in Bernd Prinzlers Haus gefunden hatte, waren von ihrer »Befreiung« alles andere als begeistert gewesen. Die Tatsache, dass sie Russinnen waren und in einem wenig luxuriösen Zimmer hausten, war für die Einsatzleitung Beweis genug gewesen, sie für illegale Prostituierte zu halten, die gegen ihren Willen festgehalten wurden. Im Taumel der Euphorie über diesen vermeintlichen Erfolg hatte man ihnen nicht gestattet, persönliche Sachen mitzunehmen, deshalb hatte es sich erst später auf dem Frankfurter Polizeipräsidium herausgestellt, dass Natascha und Ludmilla Walenkowa mitnichten auf den Strich gingen. Natascha war das Au-pair-Mädchen der Prinzlers, ausgestattet mit einem Pass und einer gültigen Aufenthaltsbescheinigung, und Ludmilla, ihre ältere Schwester, die vor ihr als Au-pair auf dem Anwesen gelebt hatte, studierte in Frankfurt Wirtschaftsinformatik und lebte mit einem Studentenvisum auch völlig legal in Deutschland.

Alles in allem war die morgendliche Aktion an Sinnlosigkeit nicht zu überbieten und hatte nur eine Menge Geld gekostet. Prinzlers Anwältin, eine toughe Mittdreißigerin, hatte klargemacht, dass sie Schadensersatz für den angerichteten Sachschaden und Schmerzensgeld in erheblicher Höhe für die erlittenen Ängste einklagen würde.

Pia wusste, dass Bodenstein keine Genugtuung empfand, weil er recht behalten hatte, es ärgerte ihn nur maßlos, dass die Kollegen in Frankfurt ihnen bisher nicht die Gelegenheit gegeben hatten, mit Prinzler zu sprechen. Ein Gutes hatte der morgendliche Zirkus jedoch gehabt, denn Bodenstein hatte auf dem Polizeipräsidium an der Adickesallee zufällig einen früheren Kollegen getroffen, der damals die Verhaftung von Kilian Rothemund geleitet hatte. Unter anderem war Lutz Altmüller bei der Soko »Leopard« gewesen, die den bis heute unaufgeklärten Fall des toten Mädchens bearbeitet hatte, das am 31. Juli 2001 ebenfalls im Main gefunden worden war. Altmüller war bereit, sich mit Pia, Christian Kröger und Cem Altunay zu treffen, und hatte als Treffpunkt das Restaurant Unterschweinstiege unweit des Frankfurter Flughafens vorgeschlagen. Das passte Pia gut, denn sie hatte Bodenstein versprochen, ihn zum Flughafen zu fahren. Sein Flug nach München ging um halb drei, und da er nur Handgepäck dabei-, Kai ihn bereits online eingecheckt und den Bordpass auf sein iPhone geladen hatte, war er gut in der Zeit, als sie ihn um halb zwei vor der Abflughalle A am Flughafen absetzte.

Sie fuhr zur Unterschweinstiege, stellte ihr Auto im Parkhaus ab und überquerte zu Fuß die Straße. Cem und Christian warteten vor dem alten Forsthaus und winkten ihr, als sie etwas orientierungslos auf der Suche nach dem Restaurant zwischen den Bürogebäuden und dem Airport Hotel herumirrte.

Hauptkommissar Lutz Altmüller saß gleich am ersten Tisch neben der Eingangstür und ließ sich eine ansehnliche Portion Ochsenbrust mit Grüner Soße und Salzkartoffeln schmecken. Pia, die den ganzen Tag noch nicht zum Essen gekommen war, lief bei diesem Anblick das Wasser im Mund zusammen.

»Ich dachte mir, wenn wir uns schon zur Mittagszeit treffen, dann kann man das auch gleich mit einem Mittagessen verbinden«, gab Altmüller freimütig zu, nachdem man sich begrüßt und vorgestellt hatte. »Setzt euch doch! Habt ihr schon gegessen? Die Grüne Soße kann ich nur empfehlen.«

Er fuchtelte mit Messer und Gabel und sprach mit vollem Mund.

»Wo habt ihr Bodenstein gelassen?«

»Der fliegt nach München«, sagte Pia. »Er ist heute Abend bei *Aktenzeichen XY*.«

»Ach, stimmt ja, das sagte er.«

Es war schwer sich vorzustellen, dass Lutz Altmüller einmal ein erfolgreicher Leichtathlet gewesen war. 1996 hatte er sogar an den Olympischen Spielen in Atlanta teilgenommen und dadurch bei der Frankfurter Polizei stets einen Sonderstatus innegehabt. Doch mittlerweile hatten sich die Muskeln in schwabbeliges Fett verwandelt, das traurige Resultat von übermäßig viel fettem Essen in Kombination mit Bewegungsmangel.

»So, Kinder, was wollt ihr denn wissen?« Er tupfte sich mit der Stoffserviette Mund und Gesicht ab, nahm einen Schluck sauergespritzten Apfelwein und lehnte sich zurück. Der Stuhl ächzte unter dem Gewicht seines gemästeten Körpers.

»Wir ermitteln derzeit in drei Fällen«, begann Pia. »Und dabei sind wir immer wieder auf die Namen Kilian Rothemund und Bernd Prinzler gestoßen. Prinzler wurde heute Morgen festgenommen, aber Rothemund ist noch immer flüchtig. Wir würden gern mehr über den Mann wissen.«

Lutz Altmüller hörte aufmerksam zu. Sein Körper mochte im Laufe der Jahre schwerfällig geworden sein, sein Erinnerungsvermögen war es nicht. Er war damals, im Juli 2001, einer der Kripobeamten gewesen, die zum Fundort der Mädchenleiche gefahren waren, und er war maßgeblich für die Einrichtung der Sonderkommission verantwortlich gewesen. Drei Tage nachdem man das tote Mädchen gefunden hatte, hatte es eine große Aufregung bei der Soko gegeben. Ein anonymer Anrufer hatte sich gemeldet und behauptet, er wisse, woher das Mädchen stamme. Es war eine erste heiße Spur – und leider auch die Letzte.

Der Anrufer hatte sich nicht persönlich äußern wollen und schickte deshalb seinen Anwalt.

»Kilian Rothemund«, vermutete Pia.

»Genau«, bestätigte Lutz Altmüller. »Wir trafen uns in einer Kneipe in Sachsenhausen mit Rothemund, der die Identität seines Mandanten zu dem Zeitpunkt nicht preisgeben wollte. Er behauptete, dass das Mädchen Opfer eines Kinderpornorings geworden sein könnte, sein Mandant, selbst ein Betroffener, sei fest davon überzeugt und könne Namen von Hintermännern und Drahtziehern nennen. Das war natürlich alles sehr vage, aber es war eine erste vielversprechende Spur. Allerdings ermittelte nur wenige Tage später die Staatsanwaltschaft gegen Rothemund selbst, bei Razzien in seinem Büro und seinem Privathaus fand man jede Menge belastende Fotos, Filme und schließlich sogar einen kompromittierenden Film, der Rothemund beim Geschlechtsverkehr mit minderjährigen Kindern zeigte.«

»Aber das ist doch völlig irrational«, bemerkte Christian Kröger. »Wieso sollte Rothemund auf diese Weise auf sich selbst aufmerksam machen?«

»Sie sagen es, Kollege.« Altmüller nickte und runzelte die Stirn. »Es war ausgesprochen eigenartig. Rothemund wurde der Prozess gemacht, er verschwand hinter schwedischen Gardinen, sein Mandant blieb anonym und meldete sich nie wieder. Und so ist der Fall bis heute unaufgeklärt.«

»Neun Jahre später fischen wir wieder ein totes Mädchen mit Spuren von Misshandlungen am Körper aus dem Main«, sagte Christian. »Und gleichzeitig rückt wieder dieser Rothemund in den Fokus unserer Ermittlungen.«

»Bisher wissen wir noch nicht, ob er tatsächlich etwas mit unserer Nixe zu tun hat«, mischte sich Cem ein. »Das ist nur eine Vermutung.«

Der Kellner erschien am Tisch und räumte Altmüllers Teller ab. Pia überhörte ihren knurrenden Magen und bestellte nur eine Cola light; auch Cem und Christian verzichteten aufs Essen.

Altmüller wartete, bis der Kellner die Getränke gebracht hatte, dann lehnte er sich vor.

»Meine Kollegen und ich haben damals vermutet, dass Rothemund hereingelegt worden ist«, sagte er mit gesenkter Stimme. »Die Kinderporno-Mafia arbeitet mit allen Mitteln der Einschüchterung. Die sind nicht zimperlich, wenn die Gefahr der Aufdeckung droht, und sie sind allerbestens vernetzt. Die Beziehungen gehen in Ämter, Behörden, in die höchsten Ebenen von Wirtschaft und Politik. Und verständlicherweise hat niemand Interesse daran, dass jemand davon erfährt. Oft dauert es Jahre, bis man mal jemanden überführen oder gar einen ganzen Ring ausheben kann, aber meistens haben wir das Nachsehen. Die sind besser ausgerüstet, haben viel Geld, Connections und technische Möglichkeiten, gegen die wir mit unseren Mitteln nicht ankommen. Wir hinken diesen Kriminellen immer ein paar Schritte hinterher.«

»Warum hat Rothemund sich nicht gewehrt, wenn er unschuldig gewesen sein sollte?«, fragte Pia.

»Hat er ja. Er hat bis zuletzt bestritten, etwas mit dem Beweismaterial gegen ihn zu tun zu haben«, erwiderte Altmüller. »Aber das war so eindeutig, dass das Gericht seinen Einwänden keine Beachtung geschenkt hat. Dazu kam die öffentliche Vorverurteilung durch die Presse. Auch das war mysteriös. Trotz Nachrichtensperre sickerte alles durch. Und dann gab es noch diese denkwürdige Pressekonferenz mit Staatsanwalt Markus Maria Frey …«

»… mit dem Rothemund mal richtig gut befreundet gewesen ist«, ergänzte Pia.

»Ja, das war allgemein bekannt.« Lutz Altmüller nickte. »Aber diese Freundschaft zerbrach, als Rothemund anfing, Schwerkriminelle zu verteidigen, und einige spektakuläre Fälle gewann, weil er den Ermittlungsbehörden und der Staatsanwaltschaft Verfahrensfehler und Versagen nachweisen konnte. Er war auf dem besten Weg, in die oberste Liga der deutschen Strafverteidiger aufzusteigen, konnte sich ein großes Haus, Maßanzüge und teure Autos leisten. Ich bin mir sicher, sein alter Kumpel Frey war einfach neidisch und suchte nach einer Möglichkeit, Rothemund von seinem hohen Ross zu holen.«

»Auf eine solche Weise?« Christian Kröger schüttelte den Kopf. »Das ist doch widerlich.«

»Na ja …« Altmüller verzog nachdenklich das Gesicht. »Stellen Sie sich vor, Sie werden ein paar Mal von Ihrem ehemals besten Freund in aller Öffentlichkeit gedemütigt. Dann leistet dieser sich einen wirklich katastrophalen Fehltritt. Was soll ein Staatsanwalt machen? Er muss ja von Amts wegen die Sache verfolgen.«

»Ja, ganz sicher. Gerade wenn es um Kindesmissbrauch geht«, stimmte Cem Altunay zu. »Aber Frey hätte den Fall wegen persönlicher Befangenheit ablehnen müssen.«

»Hätte er, vielleicht. Aber er sah womöglich eine Chance, sich für Fehler seiner Abteilung zu rehabilitieren und zu profilieren. Der Mann ist nicht ohne Grund mit Mitte dreißig Oberstaatsanwalt geworden. Er ist ehrgeizig, knallhart und unbestechlich.«

»Was wissen Sie über Bernd Prinzler?«, erkundigte sich Pia.

»Prinzler war mal eine ganz große Nummer bei den Road Kings«, erwiderte Altmüller. »Die Öffentlichkeit verklärt die Kings zu einer Motorradgang, die ein bisschen schmutzige Geschäfte macht. In Wirklichkeit sind sie aber eine straff durchorganisierte Truppe mit einer strengen, fast schon militärischen Hierarchie. Beim Kampf um die Vorherrschaft im Milieu mit Kosovo-Albanern und Russen kam es immer wieder zu Kollateralschäden, die den einen oder anderen von ihnen vor Gericht und ins Gefängnis brachten, aber im Großen und Ganzen ließ man sie gewähren, denn sie schafften mit harter Hand Ordnung und nahmen uns damit Arbeit ab. Prinzler war in den Neunzigern Vizepräsident des Frankfurter Charters, man fürchtete und respektierte ihn. Rothemund hat ihn ein paarmal erfolgreich vor dem Knast bewahrt. Ganz plötzlich verschwand Prinzler dann von der Bildfläche. Man vermutete zuerst, er sei bei seinen Kollegen in Ungnade gefallen, und eine Zeitlang rechnete man damit, irgendwo seine Leiche zu finden, aber er war einfach aus dem Tagesgeschäft ausgestiegen und hatte innerhalb der Organisation andere Aufgaben übernommen.«

»Welche? Und warum?«, wollte Christian Kröger wissen.

»Da kann ich nur spekulieren. Wir haben zwar damals einen V-Mann bei den Kings einschleusen können, aber der wurde bei einer Razzia erschossen.« Altmüller zuckte die Achseln. »Es hieß, Prinzler habe geheiratet und wolle nicht mehr an vorderster Front stehen.«

»Wir haben seine Frau und seine Kinder heute Morgen gesehen«, bestätigte Cem. »Zwei Söhne im Alter zwischen zwölf und sechzehn Jahren.«

»Das würde ja passen«, sagte Altmüller.

Pia hatte schweigend zugehört. Die vielen Informationen, die sie von Altmüller bekommen hatten, flatterten wie Puzzlestücke in ihrem Kopf herum und versuchten, sich an die passenden Stellen in das noch ziemlich unvollständige Bild einzufügen. Statt hilfreiche Antworten auf ihre Fragen zu bekommen, hatten sich Dutzende neuer Fragen ergeben. Hatte Hanna Herzmann wirklich über die Road Kings recherchiert, wie sie bisher angenommen hatten? Wie war der Kontakt zu Rothemund und Prinzler zustande gekommen? Und wie passte Leonie Verges in die ganze Geschichte?

»Wann war die Sache mit dem erschossenen V-Mann?«, fragte Pia.

Ihr Unterbewusstsein sendete ihr Signale, die sie nicht deuten, nicht greifen konnte, das machte sie schier verrückt.

»Das liegt schon ein paar schöne Jahre zurück«, erwiderte Altmüller. »Ich glaube, das war 1998. Oder 1997? Prinzler war aber noch aktiv, das weiß ich genau, denn Rothemund hat ihn damals erfolgreich aus der ganzen Sache rausgehauen. Und tatsächlich kam heraus, dass kein Road King den V-Mann und zwei von den Kings erschossen hatte, sondern einer von unseren Jungs.«

»Erik Lessing«, sagte Pia.

Lutz Altmüller, der gerade die Hand gehoben hatte, um dem Kellner zu winken, erstarrte und wurde unter seiner Bluthochdruckröte blass.

»Woher kennen Sie den Namen?« Seine Antwort war mehr als aufschlussreich. Pias Gehirn arbeitete auf Hochtouren. Erik Lessing. Kathrin. Behnke. Dr. Nicola Engel. Kilian Rothemund. Die alte Sache in Frankfurt, weswegen die Engel und Behnke sich nicht hatten leiden können. Wieso hatte Behnke sich immer so viel erlauben dürfen? Warum hatte man ihn trotz schlimmster Verfehlungen nie aus dem Polizeidienst entfernt, ihn sogar noch in die interne Revision im LKA gesetzt? Hielt jemand an höherer Stelle seine schützende Hand über ihn? Und wenn ja, warum?

»War das auch eine Panne der Staatsanwaltschaft?«, fragte sie, statt Altmüller zu antworten. »Kann es sein, dass es da einen Zusammenhang mit unseren aktuellen Fällen gibt?«

»Mädchen, jetzt geht aber die Phantasie mit dir durch«, sagte der alte Hauptkommissar kopfschüttelnd. Mit seiner Mitteilungsbereitschaft war es allerdings vorbei. Er winkte dem Kellner, um zu zahlen, denn er hatte einen Arzttermin, Cem und Christian bedankten sich für seine Hilfe. In dem Augenblick, als sie aufstanden und das Forsthaus verließen, schoss Pia ein weiterer Gedanke durch den Kopf, und sie bekam eine Gänsehaut vor Aufregung. Natürlich, so konnte es sein!

»Herr Altmüller«, wandte sie sich noch einmal an den Frankfurter Kollegen, »hat Rothemund damals *irgendetwas* über seinen Mandanten gesagt? Sprach er von einem Mandanten oder einer Mandantin?«

Der Dicke lehnte sich an einen der Stehtische, die im Gartenlokal vor dem Eingang des Restaurants standen, und furchte nachdenklich die Stirn.

»Dazu müsste ich mir die alten Akten kommen lassen«, sagte er nach einer Weile. »Wir hatten das Gespräch mit ihm damals auf Band aufgezeichnet und eine Abschrift davon für die Akten gemacht. Ich werde schauen, ob ich dieses Protokoll bekommen kann.«

»Danke.« Pia nickte. »Inwiefern war dieser Mandant selbst ›Betroffener‹ gewesen? Von was?«

»Hm.« Lutz Altmüller fuhr sich mit der Hand über seinen kahlen Schädel. »Ich denke, er meinte, dass sein Mandant auch Opfer der Kinderporno-Mafia gewesen ist. Es gab ja leider nur das eine einzige Gespräch mit ihm, deshalb konnten wir nicht nachfragen.«

Die Puzzlestücke fielen wie von selbst an die richtigen Stellen, und Pia begriff, was sie – abgelenkt durch Bernd Prinzler – nicht hatten sehen wollen. Sie hatte es plötzlich eilig.

»Wer ist Erik Lessing?«, fragte Christian, nachdem Altmüller davongewatschelt war. »Warum hat es den Alten so schockiert, als du den Namen erwähnt hast?«

»Das war nur ein Schuss ins Blaue«, erwiderte Pia. »Ich verstehe das alles selbst nicht so richtig. Aber wir müssen unbedingt noch mal ins Haus von Leonie Verges. Irgendwie bin ich mir sicher, dass wir in ihrer Patientenkartei den Schlüssel zu allem finden werden.«

Louisa hatte während der Fahrt vom Krankenhaus in Bad Homburg bis nach Hause nur am Daumen gelutscht und kein Wort gesagt. Zu Hause hatte sie sich geweigert, vom Auto bis hoch in die Wohnung zu laufen. Weder die Aussicht auf einen Schokoladenpudding noch ein Appell an ihre Vernunft oder Strenge hatten etwas genutzt. Emma war den Tränen nahe gewesen und gerade, als sie versucht hatte, das Kind trotz ihres Zustandes die Treppe hochzuschleppen, war Helmut Grasser wie ein rettender Engel aus der Wohnung ihrer Schwiegereltern gekommen. Bevor Louisa dagegen protestieren konnte, hatte er sie auf den Arm genommen, nach oben getragen und vor der Wohnungstür abgesetzt. Corinna und Sarah waren später vorbeigekommen und hatten kleine Geschenke für Louisa dabei, aber sie entlockten dem Kind nicht mal ein Lächeln. Irgendwann war sie in ihr Zimmer gegangen und hatte die Tür hinter sich zugeknallt.

Da war Emma in Tränen ausgebrochen. Es war doch nicht ihre Schuld, dass sich ihre Tochter den Arm gebrochen hatte! Dennoch fühlte sie sich verantwortlich. Wie sollte das nur weitergehen? Auf der einen Seite wünschte sie, Florian sei da und würde sie unterstützen, auf der anderen Seite fürchtete sie, seine Anwesenheit könne genau das Falsche sein. Die Freundinnen hatten versucht, sie zu trösten, und versichert, dass sie sich um Louisa kümmern würden, außerdem sei Emma ja selbst in der Nähe, wenn sie ihr Baby im hauseigenen Kreißsaal bekam.

»Vielleicht ist Florian ja auch bis dahin zurück«, sagte Corinna.

»Das wird er nicht sein«, schluchzte Emma. Und dann platzte die Geschichte aus ihr heraus. Wie sie die leere Kondompackung in seiner Hose gefunden und ihn zur Rede gestellt, er aber nichts gesagt hatte. Weder hatte er zugegeben noch abgestritten, dass er sie betrogen hatte, und daraufhin hatte sie ihn gebeten auszuziehen.

Corinna war für einen Moment sprachlos.

»Aber das Schlimmste ist, dass … dass … die Ärztin im Krankenhaus vermutet, Louisa könnte … missbraucht worden sein.« Die Tränen der Verzweiflung strömten über Emmas Gesicht und ließen sich nicht mehr aufhalten, als sei ein Damm in ihrem Innern gebrochen. »Sie hatte Blutergüsse an den Innenseiten der Oberschenkel und an … an der Scheide. Und das ist nicht von dem Sturz vom Pony gekommen. Florian ist ausgerastet, als die Ärztin das gesagt hat, und seitdem hat er sich nicht mehr gemeldet. Ich kann ihm doch Louisa nicht jedes zweite Wochenende überlassen, wenn ich befürchten muss, dass er ihr so etwas antut!«

Sie erzählte Corinna und Sarah von Louisas verändertem Verhalten, von den unbeherrschten Wutausbrüchen, von aggressivem Verhalten im Kindergarten, von Phasen erschreckender Lethargie und von dem zerschnittenen Plüschwolf.

»Ich habe mit einer Therapeutin vom Frankfurter Mädchenhaus gesprochen und im Internet recherchiert«, sagte sie mit zitternder Stimme. »Diese Verhaltensauffälligkeiten sind typische Anzeichen, die ein so kleines Kind wie Louisa bei sexuellem Missbrauch zeigt. Es ist eine Persönlichkeitsveränderung, eine Art seelische Schutzreaktion, weil sich das Kind in seiner eigenen Familie nicht mehr sicher fühlt.«

Sie putzte sich die Nase und blickte in die schockierten Gesichter ihrer Freundinnen. »Versteht ihr, warum ich so eine Angst davor habe, Louisa jetzt allein zu lassen? Und ich weiß gar nicht, wie es weitergehen soll, wenn erst das Baby da ist und ich Louisa nicht mehr meine ungeteilte Aufmerksamkeit schenken kann.«

»Was sagt Florian denn dazu?«, wollte Corinna wissen. »Hast du ihm auf den Kopf zugesagt, dass du ihn des Missbrauchs verdächtigst?«

»Nein! Wann hätte ich das tun sollen? Ich habe ihn das letzte Mal gesehen, als er Louisa ins Krankenhaus gebracht hat.«

»Soll ich mal mit ihm sprechen?«, fragte Corinna. »Immerhin ist er mein Bruder.«

»Ja, vielleicht.« Emma zuckte die Schultern. »Ich weiß auch nicht, was man machen kann. Ich weiß gar nichts mehr.«

»Jetzt versuche erst mal, dich zu beruhigen«, riet Sarah und streichelte mitfühlend Emmas Arm. »Kümmere dich um Louisa, ohne dich aufzudrängen. Ein Krankenhausaufenthalt ist eine sehr traumatische Erfahrung für Kinder in ihrem Alter, und auch, wenn du viel bei ihr warst, so war sie plötzlich von lauter Fremden umgeben. Sie wird ein paar Tage brauchen, bis sie sich hier wieder eingelebt hat. Alles wird wieder gut.«

»Ich gehe jetzt mal zu ihr.« Emma seufzte und erhob sich. »Danke für eure Geschenke. Und danke fürs Zuhören.« Sie umarmte erst Sarah, dann Corinna und begleitete sie zur Wohnungstür. Als die beiden gegangen waren, atmete Emma tief durch, bevor sie ins Kinderzimmer ging.

Louisa saß auf dem Boden in einer Ecke und blickte nicht auf, als Emma hereinkam. Sie hatte eine Märchen-CD in ihren CD-Player gelegt, und hörte ihr Lieblingsmärchen vom Aschenputtel. Still, fast apathisch, saß das Mädchen da, den Daumen im Mund.

»Magst du einen Keks essen? Oder einen Apfel?«, fragte Emma sanft und setzte sich ihr gegenüber auf den Teppich.

Louisa schüttelte stumm den Kopf, ohne sie anzusehen.

»Sollen wir mal Oma und Opa anrufen, damit sie dir hallo sagen?«

Kopfschütteln.

»Wollen wir ein bisschen schmusen?«

Erneutes Kopfschütteln.

Emma blickte ihre kleine Tochter ratlos und bekümmert an. Sie hätte ihr so gerne geholfen, ihr versichert, dass sie bei ihr in Sicherheit war und nichts zu befürchten hatte, aber Sarah hatte vielleicht recht damit, dass sie sie nicht bedrängen sollte.

»Darf ich hierbleiben und mit dir Aschenputtel hören?«

Schulterzucken. Louisas Blick irrte durch das Zimmer.

Eine Weile saßen sie schweigend da und hörten der Erzählstimme zu.

Plötzlich nahm Louisa den Daumen aus dem Mund.

»Ich will, dass mein Papa kommt und mich abholt«, sagte sie.

Das ganze Team des K11 saß gespannt vor dem Fernseher im Büro von Dr. Nicola Engel. Obwohl es für jeden von ihnen ein langer Tag gewesen war, waren alle hellwach und gespannt auf Bodensteins Auftritt bei *Aktenzeichen XY*. Im Schnitt verfolgten sieben Millionen Zuschauer die Sendung, in der Ferienzeit mochten es zwar ein paar weniger sein, aber es war die Gelegenheit, eine breite Öffentlichkeit zu erreichen.

Da es zu wenige Informationen über das Mädchen aus dem Fluss gab, hätte es keinen Sinn gehabt, einen Einspieler zu drehen, doch dafür war der Fall Hanna Herzmann filmisch aufbereitet worden. Bodenstein war gleich als Erster an der Reihe, und man hätte im Büro der Kriminalrätin eine Stecknadel fallen hören können, als er ins Bild kam. Pia konnte sich nicht richtig auf den Auftritt ihres Chefs konzentrieren, der mit seiner eloquenten Sachlichkeit dem Moderator in nichts nachstand, ganz im Gegensatz zu den meisten anderen Kollegen, die vor Nervosität oft hölzern und unbeholfen wirkten. Seit dem Gespräch mit Lutz Altmüller herrschte in Pias Kopf ein wildes Durcheinander. Manchmal glaubte sie, ganz klar einen roten Faden, einen Zusammenhang erkennen zu können, dann wiederum vermischten sich die Bruchstücke der Informationen zu einem heillosen Wirrwarr. Mindestens zwei Menschen, die mit ihr im Raum saßen, hätten Klarheit in ihre Gedanken bringen können: Nicola Engel war zu der Zeit, als der V-Mann und zwei Road Kings bei einer Razzia im Rotlichtviertel erschossen wurden, Leiterin einer Abteilung des K11 in Frankfurt gewesen. Und Kathrin kannte zumindest den Namen Erik Lessing.

Den ganzen Nachmittag hatten Christian, Cem und sie damit verbracht, die Patientenakten von Leonie Verges nach irgendwelchen Hinweisen durchzugehen – aber vergeblich. Sie waren auf tragische und deprimierende Schicksale von misshandelten, traumatisierten und psychisch kranken Frauen gestoßen, doch auf nichts, was einen Zusammenhang zu Rothemund, Prinzler oder Hanna Herzmann hergestellt hätte.

Das Foto von Kilian Rothemund wurde eingeblendet. Er war wirklich ein gutaussehender Mann, und seine hellblauen Augen waren ein sehr auffälliges Identifikationsmerkmal. Es müsste schon mit dem Teufel zugehen, wenn ihn niemand irgendwo gesehen hätte. Was, wenn er tatsächlich unschuldig das Opfer einer perfiden Verschwörung geworden wäre? Pia versuchte sich vorzustellen, wie sie sich verhalten würde, wenn sie erführe, dass ein enger Freund, über den sie sich geärgert hatte, ein Pädophiler wäre. Wie würde sie reagieren, wenn er ihr versicherte, er sei unschuldig? Würde sie ihm glauben, trotz der Differenzen, die es gegeben hatte? Sie starrte nachdenklich auf den Bildschirm, auf dem gerade die Telefonnummer für sachdienliche Hinweise eingeblendet wurde.

»Ich gehe mal schnell runter eine rauchen«, sagte Kathrin neben ihr und stand auf.

»Warte, ich komme mit.« Pia griff nach ihrem Rucksack und erhob sich ebenfalls. Kai hatte das Telefon in Reichweite, falls tatsächlich Anrufe zu einem ihrer Fälle, die Bodenstein vorgetragen hatte, weitergeleitet würden. Sie folgte Kathrin die Treppen hinunter bis in den Keller und vor dem selten genutzten Aufenthaltsraum ins Freie.

»Der Chef hätte auch Schauspieler werden können«, bemerkte Kathrin und zündete sich eine Zigarette an. »Ich glaube, ich hätte kein gescheites Wort rausbekommen, wenn ich vor der Kamera stehen müsste.«

»Hoffentlich bringt es was.« Pia steckte sich auch eine Zigarette an und lehnte sich gegen die Wand. Obwohl sie heute Morgen um kurz nach drei aufgestanden war, war sie kein bisschen müde. Die Ahnung, dass sie möglicherweise nur Millimeter von dem Durchbruch entfernt war, auf den sie alle warteten und der ihren Ermittlungen die entscheidende Wende geben konnte, elektrisierte sie.

Einen Augenblick rauchten sie schweigend. Aus einem der benachbarten Gärten hinter dem hohen Maschendrahtzaun drangen Gelächter und Stimmengewirr und der verführerische Duft von gebratenem Fleisch zu ihnen herüber.

»Kathrin«, sagte Pia. »Ich muss dich was fragen.«

»Nur zu.« Die jüngere Kollegin blickte Pia neugierig an.

»Du hast neulich, als Frank hier war, dem Chef gegenüber einen Namen fallenlassen. Erik Lessing. Woher kennst du ihn?«

»Wieso willst du das wissen?« Die Neugier verwandelte sich in Misstrauen.

»Weil es vielleicht einen Zusammenhang zu unseren jetzigen Fällen gibt.«

Kathrin nahm einen tiefen Zug und blinzelte, als ihr Qualm ins Auge kam. Dann atmete sie wieder aus.

»Als Frank damals anfing mich zu schikanieren, hatte ich gerade jemanden kennengelernt«, sagte sie. »Ich war auf einem Seminar in Wiesbaden und der Seminarleiter und ich ... nun ja ... wir sind uns nähergekommen.«

Pia nickte. Sie erinnerte sich noch gut an die Verwandlung, die seinerzeit mit Kathrin vorgegangen war. Von einem Tag auf den anderen hatte sie eine neue, schicke Brille gehabt, einen modernen Haarschnitt und ihren Kleidungsstil radikal verändert.

»Es lief eine ganze Zeit was mit ihm, aber nicht offiziell, denn er war verheiratet. Er wollte sich scheiden lassen, aber irgendwie passierte nichts. Es dauerte eine Weile, bis ich kapiert hab, dass er nur eine Geliebte für sein angekratztes Ego brauchte.« Kathrin stieß einen Seufzer aus. »Wie auch immer. Es stellte sich zufällig heraus, dass er Frank kannte. Sie waren zusammen bei irgendeiner Sondereinheit gewesen. Der Typ hatte einen gewaltigen Minderwertigkeitskomplex, hat mir dauernd von seinen früheren Heldentaten erzählt. Und eines Tages erzählte er mir von diesem Einsatz, bei dem ein V-Mann erschossen wurde.«

Pia traute ihren Ohren kaum.

»Von dieser Razzia in einem Bordell in der Elbestraße wusste niemand, auch das SEK war nicht beteiligt. Ein paar Uniformierte stürmten das Ding, es sah aus wie ein Zufall, dass Erik und zwei von den Rockern genau in dem Moment zum Kassieren da drin waren. Es kam zu einer Schießerei im Hinterhof des Bordells. Und jetzt halt dich fest ...«

Sie machte eine Pause, aber Pia ahnte, was nun kommen würde.

»Es war Frank, der die drei erschossen hat. Mit einer Waffe, die nicht aus Polizeibeständen stammte und später im Auto eines der Rocker gefunden wurde, aber der hatte ein hieb- und stichfestes Alibi für die Tatzeit. Sein Anwalt hatte ihn aus der Sache rausgehauen, bevor überhaupt Anklage erhoben werden konnte. Der ganze Fall wurde unter den Teppich gekehrt, Frank wurde erst in die Klapse, dann nach Hofheim abgeschoben. Das ganze Ding ist bis heute Top-Verschlusssache.«

Pia trat ihre Zigarette aus.

»Woher wusste dein Freund davon?«

»Frank hat es ihm mal im Vertrauen erzählt, als er besoffen war.«

»Wann war das genau?«

»1996. Irgendwann im März, wenn ich mich richtig erinnere.«

»Wissen der Chef und die Engel, dass du die Geschichte kennst?«

»Der Chef wollte mit mir drüber sprechen, an dem Tag, als ich den Namen Erik Lessing erwähnt habe, aber bis heute hat er's nicht getan.« Kathrin zuckte die Schultern. »Es ist auch egal. Für mich ist das nur ein perfektes Faustpfand gegen Frank, falls der versuchen sollte, mir ans Bein zu pinkeln.«

Hanna wachte auf, als die Nachtschwester das Zimmer betrat. Die Schwestern und Pfleger, die tagsüber auf der Station Dienst taten, respektierten ihren Wunsch, in Ruhe gelassen zu werden, und sprachen nur das Nötigste mit ihr. Die Nachtschwester Lena jedoch, eine energiegeladene lebhafte Blondine, ignorierte ihr Schweigen und quasselte ungeniert drauflos wie eine Club-Méd-Animateurin. Es fehlte nur noch, dass sie ihr die Decke wegriss, in die Hände klatschte und sie zwang, mit allen Drainage- und Infusionsschläuchen Sit-ups zu machen.

»Ach, da ist ja das neue iPhone«, sagte sie fröhlich, nachdem sie Fieber und Blutdruck gemessen hatte. »Na, das ist ja schick – weiß! Echt cool, würde mir auch gefallen. Ganz schön teuer, was? Mein Freund hat auch so eins, und jetzt ist er dauernd am Apps runterladen und so.«

Hanna schloss die Augen und ließ sie plappern. Meike hatte ihr tatsächlich ein neues Smartphone besorgt und alle Daten draufgeladen, so dass Hanna wieder ihre E-Mails lesen konnte. Vor allen Dingen wusste sie endlich, welcher Tag war. Das Zeitgefühl war ihr völlig abhandengekommen.

»Sie waren ja eben sogar Thema bei *Aktenzeichen XY*«, quatschte Schwester Lena weiter. »Wir haben im Schwesternzimmer geguckt – echt grausig, wie die das immer nachspielen.«

Hanna erstarrte innerlich und schlug die Augen wieder auf.

»Was haben die nachgespielt?«, krächzte sie argwöhnisch.

Wieso hatte ihr niemand davon erzählt? Irina, Jan, Meike oder zumindest ihre Agentur mussten doch etwas darüber gewusst haben!

»Na ja, wie Sie im Kofferraum von Ihrem Auto gefunden wurden.« Lena stemmte den linken Arm in die Taille. »Und dann vorher noch 'ne Szene in Ihrer Garage. Ach ja, angefangen hat's, als Sie im Fernsehstudio weg sind und zu Ihrem Auto gegangen sind.«

Großer Gott!

»Haben sie meinen Namen genannt?«, fragte Hanna.

»Nee, nicht richtig. ›Die Fernsehmoderatorin Johanna H.‹ haben sie immer gesagt.«

Das war nicht gerade tröstlich. Was nützten Nachrichtensperren, wenn ihr Name über eine der meistgesehenen Sendungen des deutschen Fernsehens verbreitet wurde? Ab morgen würde sich die Presse auf sie stürzen.

»Die vermuten ja, dass der Überfall auf Sie was mit der Ermordung von dieser Psychotherapeutin zu tun hatte«, redete Schwester Lena mit der Sensibilität eines Schützenpanzers weiter und ging ins Bad.

»Wovon reden Sie? Wer wurde ermordet?«, flüsterte Hanna heiser.

Die Nachtschwester kehrte zurück, hatte Hannas Frage gar nicht gehört.

»Ist das nicht schrecklich?«, plapperte sie. »Allein die Vorstellung, gefesselt und geknebelt zu werden und dann langsam zu verdursten … Nee, echt! Was es für grausame Menschen gibt! Ich meine, ich seh hier ja einiges, aber …«

Ihre Worte fielen in Hannas Bewusstsein wie Steine ins Wasser, die Schockwellen des Begreifens vertrieben den tröstlichen Nebel in ihrem Kopf. Ganz plötzlich, als sei ein Vorhang zur Seite gezogen worden, traf sie die Erinnerung ohne jede Vorwarnung. Sie keuchte auf vor Entsetzen und spürte, wie sich ihr Körper verkrampfte.

Die Polizisten, die keine waren. Das Gewitter. Sie lag eingesperrt im Kofferraum. Sie erinnerte sich an ihre Angst, ihre panischen Versuche, sich zu befreien. Die Garage ihres Hauses, in der sie sich immer sicher gefühlt hatte. Sie hörte das Knacken, als ihre Knochen brachen, schmeckte den kupfrigen Geschmack von Blut in ihrem Mund. Diese bestialischen Schmerzen, die Todesangst, die plötzliche Gewissheit, sterben zu müssen. Sie hörte angestrengtes Keuchen und Lachen, sah das blinkende rote Licht einer Kamera durch einen Tränenschleier, roch scharfen Männerschweiß. *Steck deine Nase nicht in Dinge, die dich nichts angehen, du Schlampe! Wenn du das tust, bist du tot. Wir finden dich überall, dich und deine Tochter auch. Deine Fans werden sich freuen, wenn sie im Internet das Filmchen von heute sehen können.*

Das Grauen jener Nacht kehrte mit einer Wucht zurück, die ihr den Atem raubte. Sie versuchte, ruhig zu bleiben, aber die Erinnerungen, die irgendwo in den Tiefen ihres Gedächtnisses geschlummert hatten, brachen mit der Gewalt eines Vulkanausbruchs hervor und rissen sie in einen rabenschwarzen Abgrund des Entsetzens.

»Was haben Sie denn? Ist Ihnen nicht gut?« Erst jetzt merkte Nachtschwester Lena, dass irgendetwas nicht in Ordnung war.

»Ruhig, ganz ruhig!« Sie beugte sich über Hanna, legte die Hände auf ihre Schultern und drückte sie zurück aufs Bett. »Einatmen und das Ausatmen nicht vergessen.«

Hanna drehte den Kopf weg, wollte sich wehren, aber sie war zu kraftlos. Sie hörte ein schrilles, angsterfülltes Heulen und brauchte ein paar Sekunden, um zu begreifen, dass dieser entsetzliche Ton aus ihrem Mund drang.

Louisa war um halb neun eingeschlafen. Sie hatte nicht mehr nach Florian gefragt, und Emma bemühte sich, ihrer Tochter nicht übelzunehmen, was sie gesagt hatte. Ihr Verstand sagte ihr, dass es für ein fünfjähriges Kind normal war, nach seinem Papa zu verlangen. Wahrscheinlich hätte Louisa zu ihr gewollt, wäre sie bei Florian gewesen. Tief in ihrem Herzen jedoch war sie gekränkt und verletzt über diese deutliche Zurückweisung. Sie ist ein kleines Kind, redete Emma sich ein, sie ist verwirrt und verängstigt durch den Aufenthalt im Krankenhaus. Sie assoziiert ihren Vater mit Lachen, Eisessen, Spielen, Schmusen, dich hingegen mit Strenge, Pflichten und Alltag.

Doch egal, wie vernünftig sich Louisas Verhalten auch erklären ließ, es war einfach unfair, wie Florian sich bei seinen sporadischen Besuchen die Liebe seiner Tochter erkauft und erspielt hatte! Sie war es doch, die immer für das Kind da war, seit seiner Geburt! Sie hatte Louisa das Bäuchlein massiert, als sie ihre ersten drei Lebensmonate fast ununterbrochen geschrien hatte, sie hatte ihr Salbe aufs Zahnfleisch gerieben, als die ersten Zähnchen gekommen waren. Sie hatte sie getröstet und gepflegt, gewickelt und mit sich herumgetragen. Abend für Abend hatte sie ihre Tochter in den Schlaf gewiegt oder gesungen, sie hatte ihr Geschichten vorgelesen, ihr das Fläschchen gegeben und stundenlang mit ihr gespielt. Und das war nun der Dank!

Emma legte ihre Hände um die Tasse mit fadem Jasmintee. Der Tee kam ihr allmählich aus den Ohren heraus. Das Verlangen nach einem starken rabenschwarzen Kaffee, einem herrlich bittersüßen Espresso oder einem Glas Wein suchte sie mittlerweile schon in ihren Träumen heim, wenn sie denn mal schlafen konnte. Sie war so erschöpft, so unglaublich müde. Wie gerne hätte sie einfach wieder einmal zehn Stunden am Stück geschlafen, ohne die beständige Sorge um das Wohlergehen ihres Kindes! Aber in spätestens zwei Wochen würde ein zweites Kind ihre volle Aufmerksamkeit fordern, dabei war sie am Ende ihrer physischen und seelischen Kraft. Die Natur hatte es nicht umsonst so eingerichtet, dass der Körper einer Frau Anfang zwanzig am empfänglichsten war. Je älter man wurde, desto dünner wurden die Nerven. Sie war einfach zu alt für zwei kleine Kinder, die sie auch noch ohne Unterstützung eines Mannes großziehen sollte.

Übermorgen würde sie ihm gegenüberstehen. Florian würde ganz sicher auf dem Geburtstagsempfang für seinen Vater erscheinen. Emma verdrängte den Gedanken an diese Konfrontation. Sie hatte den ganzen Tag im Haus gesessen, weil Louisa ihr Zimmer nicht verlassen wollte. Jetzt, da das Mädchen tief und fest schlief, würde sie sich einen kurzen Spaziergang an der frischen Luft erlauben können, um sich ein wenig die Füße zu vertreten. Emma steckte das Babyphon ein und ging nach unten. Vor der Haustür atmete sie tief durch. Es war schon fast dunkel. Die milde Luft war erfüllt vom betäubend süßen Duft des Flieders. Sie streifte die Crocs von den Füßen, nahm sie in die Hand und ging barfuß weiter. Der feuchte Rasen fühlte sich wie ein Teppich an. Ihre Nerven beruhigten sich mit jedem Schritt, sie straffte die Schultern, atmete gleichmäßig ein und aus. Weit wollte sie nicht gehen, nur bis zum Springbrunnen, der in der Mitte des Parks stand, auch wenn Louisa sicher nicht vor morgen früh um sieben Uhr aufwachen würde. Emma erreichte den Brunnen, setzte sich auf den Rand und tauchte die Hand in das Wasser, das noch von der Sonne aufgeheizt war. Im Biotop oben am Waldrand quakten Frösche, Grillen zirpten.

Emma kontrollierte aus Gewohnheit das Babyphon, aber sie war natürlich längst außer Reichweite der Funkverbindung. Ihr fiel ein, wie vehement Florian gegen dieses Gerät gewesen war. Die Strahlung, der das Baby ausgesetzt sei, sei schädlich, hatte er behauptet. Genauso, wie er der Meinung war, dass moderne Windeln Hautausschläge und Ekzeme förderten, weil sie keine Luft durchließen.

Komisch. Wieso fielen ihr nur negative Dinge ein, wenn sie an ihren Mann dachte? Plötzlich zerriss ein lautes Scheppern, gefolgt von schrillem Geschrei die idyllische Stille. Emma sprang besorgt auf und beeilte sich, zum Haus zurückzukommen. Aber die ärgerlich klingende Stimme kam aus der Richtung der drei

Bungalows, und sie gehörte Corinna! Emma blieb hinter einer Buchsbaumhecke stehen und blickte zu den Häusern hinüber. Der Bungalow der Wiesners war hell erleuchtet, und Emma sah zu ihrem Erstaunen ihre Schwiegereltern im Wohnzimmer auf der Couch sitzen. Außer Josef und Renate waren auch Sarah, Nicky und Ralf da. Nie zuvor hatte Emma ihre Freundin so wütend erlebt. Zwar konnte sie nicht verstehen, was sie sagte, denn die Terrassentür war geschlossen, aber sie sah, dass Corinna Josef anschrie. Ralf legte seine Hand in einer begütigenden Geste auf Corinnas Schulter. Sie schüttelte ihn unwillig ab, senkte aber ihre Stimme. Emma betrachtete die Szenerie, die einem Theaterstück ähnelte und die sie nicht deuten konnte. Corinna, Josef und Renate waren normalerweise ein Herz und eine Seele. Welchen Grund mochte diese heftige Verstimmung haben? War etwas passiert? Renate stand auf und verließ das Wohnzimmer. Plötzlich mischte sich Nicky ein. Er sagte irgendetwas, dann holte er aus und versetzte Corinna eine Ohrfeige, die sie taumeln ließ. Emma schnappte erschrocken nach Luft. In dem Moment tauchte Renate auf der Terrasse auf und marschierte direkt auf sie zu. Gerade noch rechtzeitig duckte Emma sich hinter die Buchsbaumhecke. Als sie wieder zum Haus der Wiesners hinüberblickte, war das Wohnzimmer leer bis auf Josef, der nach vorne gebeugt auf dem Sofa saß, das Gesicht in den Händen vergraben. Genauso hatte er neulich an seinem Schreibtisch gesessen, nachdem Emma ähnlich zufällig wie heute mitbekommen hatte, wie Corinna sich mit ihm gestritten hatte. Wie konnte sie ihrem Vater so etwas antun? Und weshalb sah Ralf tatenlos zu, wie Nicky seine Frau ohrfeigte? Emma konnte sich keinen Reim auf das seltsame Verhalten machen. Vielleicht lagen einfach die Nerven blank vor dem großen Fest übermorgen. Schließlich war auch Corinna nur ein Mensch.

Kilian Rothemund hatte während seines Aufenthaltes in Holland sein Handy die meiste Zeit über ausgeschaltet. Obwohl er im Gefängnis den Anschluss an die Fortschritte der modernen Telekommunikation verpasst hatte, so war ihm doch klar, dass man sein internetfähiges Handy orten konnte, selbst wenn die Roamingfunktion ausgeschaltet war. Mit Internetcafés, WiFi in Hotels und ähnlichen Dingen kannte er sich nicht aus, aber er durfte unter gar keinen Umständen eine Spur zu den beiden Männern legen, die sich nur unter hochkomplizierten Sicherheitsvorkehrungen mit ihm getroffen hatten. Die Brisanz dessen, was sie ihm erzählt und ausgehändigt hatten, war enorm. Seitdem Kilian sein Foto in der auflagenstärksten niederländischen Tageszeitung *De Telegraaf* gesehen hatte, wusste er, dass man ihn mittlerweile mit internationalem Haftbefehl suchte. Er sprach zwar kein Holländisch, konnte die Sprache jedoch leidlich lesen. Man suchte den vorbestraften Sexualstraftäter Kilian Rothemund, erwähnte aber aus ermittlungstaktischen Gründen nicht, weshalb. Einer seiner Campingplatz-Mandanten hatte ihm eine SMS geschickt und ihm darin mitgeteilt, dass die Polizei am Sonntag seinen Wohnwagen durchsucht hatte und nach ihm fahndete, von Bernd hatte er erfahren, dass Leonie Verges tot war. Jemand hatte sie in ihrem Haus auf grausame Weise zu Tode gequält. Eigentlich hätte er schockiert sein müssen, aber er war es nicht. Noch am Samstag hatte er Leonie bei Bernd gesehen. Sie hatte behauptet, Hanna habe trotz aller Warnungen den Ernst der Lage nicht begriffen und irgendetwas ausgeplaudert. Kilian hatte Hanna zwar verteidigt, aber insgeheim hatte auch er leise Zweifel an ihrer Loyalität bekommen, denn sie hatte sich seit Donnerstag nicht mehr bei ihm gemeldet, weder per SMS noch per E-Mail oder Telefon. Sie hatten schon über eine Stunde diskutiert, als Leonie mit einem gehässigen Unterton gesagt hatte, es geschähe Hanna nur recht, was ihr passiert sei. Kilian war aus allen Wolken gefallen, als sie berichtet hatte, Hanna sei in der Nacht von Donnerstag auf Freitag überfallen und misshandelt worden und läge seither im Krankenhaus. Die gleichgültige Beiläufigkeit, mit der sie das gesagt hatte, hatte für Kilian das Fass zum Überlaufen gebracht. Es war zu einem heftigen Streit gekommen, er hatte sich auf seinen Motorroller gesetzt und war noch in der Nacht nach Langenhain gefahren, in der Hoffnung, dort vielleicht Hannas Tochter anzutreffen und von ihr mehr zu erfahren, aber das Haus hatte still und dunkel dagelegen.

Kilian wusste nicht mehr, ob das, was er in Holland erfahren hatte, überhaupt noch eine Rolle spielte. Sie hatten in ein Hornissennest gestochen, und die Hornissen hatten brutal angegriffen: Leonie war tot, Hanna lag schwer verletzt im Krankenhaus und er wurde von der Polizei gesucht. Bernd hatte entschieden, Michaela vorerst nichts von alldem zu sagen, denn niemand konnte beurteilen, wie sie auf diese schlimmen Nachrichten reagieren würde.

Seit Stunden dachte Kilian nun darüber nach, wieso ausgerechnet in einer holländischen Zeitung sein Bild mit Fahndungsaufruf abgedruckt war. Wusste jemand, dass er nach Amsterdam gereist war oder war es nach einer Pressemeldung in allen großen europäischen Zeitungen erschienen?

Gegen Mittag hatte er den Entschluss gefasst, das hochbrisante Material aus seinen Gesprächen per Post nach Deutschland vorauszuschicken, für den Fall, dass man ihn auf der Heimfahrt festnahm. Er hatte einen wattierten Umschlag gekauft und lange darüber nachgedacht, an wen er die Sendung schicken sollte, bevor er das Päckchen mit einer Adresse versehen und zur Post gebracht hatte.

Danach hatte er in einem Café in der Nähe des Amsterdamer Hauptbahnhofs auf seinen Zug gewartet, der um 19:15 abfahren sollte. Fünf Minuten vorher zahlte er die beiden Kaffee und das Stück Kuchen, das er verzehrt hatte, nahm seine Tasche und ging Richtung Gleis.

Er hatte damit gerechnet, dass man ihn bei seiner Ankunft in Frankfurt erwarten würde, nicht aber in Amsterdam. Wie aus dem Nichts standen plötzlich in schwarze Kampfanzüge gekleidete Männer vor ihm, einer von ihnen hielt ihm einen Ausweis vor die Nase und verkündete ihm in bestem Rudi-Carrell-Deutsch, dass er verhaftet sei. Kilian leistete keinen Widerstand. Früher oder später würde man ihn nach Deutschland ausliefern, und dann hatte er endlich die Beweise in der Hand, die ihm bis dahin immer gefehlt hatten, schlagkräftige, eindeutige Beweise und jede Menge Namen. Die Organisation hatte so viele Köpfe wie eine Hydra, die nachwuchsen, sobald man sie abschlug. Aber mit den Informationen, die er jetzt besaß, würde er diese perversen, gewissenlosen Schweine empfindlich schwächen und gleichzeitig seinen Namen reinwaschen und sich damit rehabilitieren. Ein paar Tage in einer holländischen Arrestzelle konnten ihn nicht mehr erschrecken.

Noch während der Sendung waren erste Anrufe mit Hinweisen eingegangen, der wohl wichtigste Anruf landete allerdings nicht im *XY*-Studio, sondern bei Kai Ostermann und hatte das gesamte Team in helle Aufregung versetzt. Es war zehn nach elf, als Pia Bodensteins Nummer wählte und ihn sofort am Ohr hatte.

Sie setzte sich auf die Treppe vor der Wache, zündete sich eine Zigarette an und berichtete ihm kurz und knapp die Details. Eine Frau hatte sich gemeldet, die das tote Mädchen in Höchst gesehen haben wollte, Anfang Mai, in der Emmerich-Josef-Straße. Sie war gerade mit Einkäufen bepackt nach Hause gekommen und hatte vor ihrer Haustür nach dem Schlüssel gesucht, als ein junges blondes Mädchen mit panisch aufgerissenen Augen auf sie zugelaufen kam und sie in gebrochenem Deutsch um Hilfe anflehte. Nur Sekunden später hatte ein silbernes Auto am Bordstein neben ihnen gestoppt, ein Mann und eine Frau waren ausgestiegen. Das Mädchen hatte sich im Hauseingang zusammengekauert und die Arme schützend über den Kopf gelegt – ein Bild des Jammers. Das Pärchen hatte der Zeugin erklärt, ihre Tochter sei psychisch krank und leide unter Wahnvorstellungen. Die beiden hatten sich höflich entschuldigt, dann hatten sie das Mädchen, das ihnen widerstandslos gefolgt und ins Auto eingestiegen war, mitgenommen. Auf die Frage, weshalb sie sich nicht früher bei der Polizei gemeldet hatte, hatte die Frau erwidert, sie sei Anfang Juni für drei Wochen auf einer Kreuzfahrt gewesen und habe den Vorfall beinahe schon vergessen, bis sie zufällig heute Abend das Foto des toten Mädchens aus dem Main gesehen habe. Sie war hundertprozentig sicher, dass es sich um dasselbe Mädchen handelte, das sie um Hilfe angebettelt hatte, und versprach, am nächsten Morgen für eine Aussage aufs Kommissariat zu kommen.

»Na, das klingt doch wirklich vielversprechend«, sagte Bodenstein. »Jetzt sieh aber zu, dass du nach Hause kommst. Ich nehme morgen das Flugzeug um sieben und bin spätestens um halb neun im Büro.«

Sie verabschiedeten sich, und Pia steckte ihr Handy ein. Es bedurfte einer ungeheuren Willensanstrengung, sich von der Treppenstufe zu erheben und zum Auto zu schleppen, das ausgerechnet auf dem allerletzten Parkplatz stand.

»Pia! Warte mal!«, rief Christian Kröger hinter ihr. Sie blieb stehen und wandte sich um. Ihr Kollege kam mit schnellen Schritten auf sie zu, und sie fragte sich nicht zum ersten Mal, ob er ein Mensch war oder so etwas wie ein Vampir, der keinen Schlaf brauchte. Genau wie sie selbst war er seit dem Morgengrauen auf den Beinen, auch in den letzten Nächten hatte er so gut wie gar nicht geschlafen, dennoch wirkte er hellwach.

»Hör mal, Pia, mir ist den ganzen Tag schon etwas im Kopf herumgegangen«, sagte er und ging neben ihr her über den nur spärlich beleuchteten Parkplatz zwischen den Gebäuden der Regionalen Kriminalinspektion und der Straße. »Vielleicht ist es nur ein unbedeutender Zufall, vielleicht aber auch nicht. Du erinnerst dich an das Auto, das die Nachbarn von Leonie Verges mehrfach in der Nähe ihres Hauses beobachtet haben.«

»Der Hummer von Prinzler?«, vermutete Pia.

»Nein, das andere Auto. Dieser silberne Kombi. Du hast dir doch das Kennzeichen notiert«, erwiderte Christian ungeduldig. »Laut Halteranfrage ist das Auto auf den Verein *Sonnenkinder e. V.* in Falkenstein zugelassen.«

»Ja. Und?«

»Staatsanwalt Markus Maria Frey sitzt im Kuratorium der Finkbeiner-Stiftung, die diesen Verein betreibt.«

»Ich weiß.« Pia nickte und blieb an ihrem Auto stehen.

»Wusstest du auch, dass er ein Pflegekind von Dr. Josef Finkbeiner war?« Christian blickte sie erwartungsvoll an, aber die Grenzen von Pias geistiger Aufnahmekapazität waren für den heutigen Tag mehr als erreicht. »Er hat mit einem Stipendium der Finkbeiner-Stiftung Jura studiert.«

»Ja, und? Worauf willst du hinaus?«

Christian Kröger gehörte zu jener Sorte Mensch, die Unmengen von unglaublichen und abstrusen Dingen wussten und diese jederzeit abrufbereit in ihrem Gehirn abgespeichert hatten. Etwas, das er einmal gehört hatte, vergaß er nie mehr. Diese Begabung war eine Bürde, unter der er bisweilen litt, denn nicht selten konnten die Menschen in seiner Umgebung seinen Gedankengängen nur schwer folgen.

»Leute wie Frey engagieren sich doch häufig sozial.« Pia renkte sich beim Gähnen beinahe den Kiefer aus, ihre Augen tränten vor Müdigkeit. »Und dass er das bei der Stiftung seines eigenen Pflegevaters tut, der er aus mehreren Gründen eng verbunden ist, ist doch naheliegend, oder?«

»Ja, du hast recht.« Christian runzelte die Stirn. »Es war auch nur so ein Gedanke.«

»Ich bin todmüde«, sagte Pia. »Lass uns morgen noch mal darüber sprechen, okay?«

»Okay.« Er nickte. »Dann gute Nacht.«

»Ja, gute Nacht.« Pia schloss das Auto auf und setzte sich hinters Lenkrad. »Du solltest übrigens auch mal ein bisschen schlafen.«

»Machst du dir etwa Sorgen um mich?« Christian legte den Kopf schief und grinste.

»Natürlich.« Pia ging auf seinen leicht flirtenden Unterton ein. »Du bist immerhin mein Lieblingskollege.«

»Ich dachte immer, das sei Bodenstein.«

»Der ist mein Lieblingschef.« Sie ließ den Motor an, legte den Rückwärtsgang ein und zwinkerte ihm zu. »Wir sehen uns morgen!«

Donnerstag, 1. Juli 2010

Im K11 herrschte hoffnungsvoller Optimismus. Bodensteins Auftritt bei *Aktenzeichen XY* hatte eine neue Welle von Hinweisen eingebracht, denen nun nachgegangen werden musste. Die Zeugin Karen Wenning war pünktlich um neun Uhr auf dem Kommissariat erschienen und hatte den Vorfall vom 7. Mai mit minutiösem Erinnerungsvermögen geschildert. Sie war absolut sicher, dass es sich bei dem Mädchen, das sie so verzweifelt um Hilfe gebeten hatte, um die Nixe handelte, und erklärte sich bereit, gemeinsam mit einem Spezialisten vom LKA Phantombilder der angeblichen Eltern anzufertigen.

»Sie ist Maskenbildnerin am Frankfurter Schauspielhaus, hat einen Blick für Gesichter«, erklärte Pia ihrem Chef, der eintraf, als sie und Cem mit der Befragung der Zeugin fertig waren. »Sie hat schon für Film, Fernsehen und Theater gearbeitet.«

»Ist sie glaubwürdig?« Bodenstein zog sein Jackett aus und hängte es über die Lehne seines Schreibtischstuhls.

»Ja, auf jeden Fall.« Pia nahm vor seinem Schreibtisch Platz und gab ihm eine Zusammenfassung der Erkenntnisse, die sie aus dem Gespräch mit Lutz Altmüller gewonnen hatte. Bodenstein hörte aufmerksam zu.

»Du zweifelst an Rothemund als Täter?« Er runzelte die Stirn.

»Ja. Zwischen ihm und Hanna Herzmann ist etwas, das über rein berufliches Interesse hinausgeht«, erwiderte Pia. »Sie hat ihn an dem Mittwochabend zum Campingplatz gefahren, war bei ihm im Wohnwagen. Das Haar, das dort gefunden wurde, stammt von ihr. Was, wenn die beiden in dieser Nacht einfach nur einvernehmlichen Geschlechtsverkehr hatten?«

»Möglich«, räumte Bodenstein ein. »Was ist mit Prinzler?«

»Die Kollegen aus Frankfurt haben mir die Gnade eines Termins in Preungesheim für heute Nachmittag gewährt«, sagte Pia sarkastisch. »Ich habe übrigens erfahren, dass die Durchsuchung des Anwesens ein Griff ins Klo war, genau wie du vermutet hast. Keine Waffen, keine Drogen, keine gestohlenen Autos, keine illegalen Mädchen.«

Bodenstein nippte an seinem Kaffee und enthielt sich eines Kommentars. Pia fuhr fort, berichtete ihm davon, dass sie Leonie Verges' Patientenkartei durchgegangen waren, aber ohne Ergebnis.

»Aus welchem Grund habt ihr das gemacht?«, wollte Bodenstein wissen.

»Mein Gefühl sagt mir, dass Hanna Herzmann nicht über die Road Kings recherchiert hat«, antwortete Pia und verschränkte die Arme vor der Brust. »Und ich glaube, dass die Fälle Hanna Herzmann und Leonie Verges zusammenhängen. Vielleicht war es sogar derselbe Täter.«

»Aha. Wie kommst du darauf?«

»Kai, Christian und ich haben über ein mögliches psychologisches Profil des Täters gesprochen. Wir denken, dass er zwischen vierzig und fünfzig ist, Bindungsprobleme oder Probleme mit Frauen im Allgemeinen und ein niedriges Selbstwertgefühl hat. Er hat eine sadistisch-voyeuristische Ader, empfindet Freude am Leid anderer, am Flehen und am Todeskampf seiner Opfer. Ihm gefällt es, Macht über Menschen auszuüben, die ihm eigentlich überlegen sind, die er aber durch Fesseln und Knebeln erniedrigen und demütigen kann. Er hat kein moralisches Werteempfinden, ist cholerisch veranlagt, aber trotzdem sehr intelligent und wahrscheinlich auch gebildet.«

Sie lächelte, als sie Bodensteins erstauntes Gesicht sah.

»Kais Fortbildung hat sich ausgezahlt, oder?«

»Es hört sich auf jeden Fall beeindruckend an«, antwortete Bodenstein. »Auf wen von unseren Verdächtigen passt dieses Profil?«

»Leider kennen wir weder Rothemund noch Prinzler bisher gut genug, um das beurteilen zu können«, gab Pia zu. »Deshalb möchte ich Kai oder Christian heute Nachmittag mit nach Preungesheim nehmen.«

»Von mir aus, gerne.« Bodenstein trank den Kaffee aus. »War's das?«

»Nein.« Pia hatte sich das sensibelste Thema bis zum Schluss aufgehoben. »Ich möchte von dir gerne etwas über den Tod von Erik Lessing erfahren.«

Bodenstein, der gerade seine Tasse abstellen wollte, hielt mitten in der Bewegung inne. Seine Miene verschloss sich, als ob in seinem Innern ein Rollladen heruntergerasselt wäre. Die Tasse schwebte ein paar Zentimeter über der Untertasse.

»Darüber weiß ich nichts«, sagte er, stellte die Tasse ab und stand auf. »Lass uns rüber in den Besprechungsraum gehen.«

Pia war enttäuscht, obwohl sie mit dieser Reaktion fast gerechnet hatte.

»Hat Frank ihn und die beiden Road Kings erschossen?«

Bodenstein blieb stehen, ohne sich zu ihr umzuwenden.

»Was soll das?«, fragte er. »Was hat das mit unseren Fällen zu tun?«

Pia sprang auf und ging zu ihm hin.

»Ich glaube, dass man Frank benutzt hat, um einen gefährlichen Zeugen, nämlich den V-Mann Erik Lessing, zu beseitigen. Lessing muss bei den Road Kings irgendetwas mitbekommen haben, was niemand erfahren durfte. Das war weder eine Panne noch Notwehr. Es war dreifacher Mord und irgendwer hat den in Auftrag gegeben. Frank hat diesen Auftrag ausgeführt, wer weiß, was man ihm erzählt hat. Er hat einen Kollegen erschossen.«

Bodenstein stieß einen tiefen Seufzer aus und drehte sich um.

»Damit weißt du ja alles«, sagte er.

Einen Moment war es ganz still, nur das Klingeln eines Telefons drang gedämpft durch die geschlossene Tür.

»Warum hast du mir das nie erzählt?«, wollte Pia wissen. »Ich habe nie verstanden, warum Frank diese Sonderposition hatte, warum du ihn immer geschützt hast. Dein mangelndes Vertrauen kränkt mich.«

»Das hat nichts mit mangelndem Vertrauen zu tun«, antwortete Bodenstein. »Ich selbst hatte damals nichts damit zu tun, ich war in einer ganz anderen Abteilung. Der Grund, weshalb ich überhaupt ein paar Details erfahren habe, war …«

Er brach ab, zögerte.

»Dr. Nicola Engel«, vervollständigte Pia den Satz. »Sie war die Leiterin der zuständigen Abteilung. Habe ich recht?«

Bodenstein nickte. Sie blickten sich an.

»Pia«, sagte er schließlich leise. »Diese Sache ist sehr gefährlich. Bis heute. Ich selbst kenne keine Namen, aber einige der Verantwortlichen von damals dürften heute noch immer in Amt und Würden sein. Sie sind seinerzeit über Leichen gegangen, sie werden es auch heute noch tun.«

»Wer?«

»Das weiß ich nicht. Nicola hat mir die Einzelheiten verschwiegen. Angeblich, um mich zu schützen. Ich wollte auch nicht mehr wissen.«

Pia musterte ihren Chef. Sie fragte sich, ob er ihr die Wahrheit sagte. Was wusste er wirklich? Und ganz plötzlich wurde ihr bewusst, dass sie ihm nicht mehr vertraute. Was würde er tun, wie weit würde er gehen, um sich und andere zu schützen?

»Was hast du jetzt vor?«, fragte er.

»Gar nichts«, log sie und hob die Schultern. »Es ist ein alter Fall. Wir haben weiß Gott anderes zu tun.«

Ihr Blick begegnete seinem. War das so etwas wie Erleichterung, die für einen winzigen Moment in seinen Augen aufblitzte?

Es klopfte an der Tür, Kai steckte den Kopf herein.

»Ich hatte gerade jemanden am Telefon, der in der Nacht, als Hanna Herzmann vergewaltigt wurde, eine interessante Beobachtung hinter der Weilbacher

Raststätte gemacht hat.« Die Tatsache, dass selbst Kai, der sonst jeden mit seiner unerschütterlichen Gelassenheit nervte, regelrecht außer sich war, zeigte, wie sehr die Anspannung der letzten Wochen auch an ihm nagte. »Er war gegen zwei Uhr morgens auf der Landstraße zwischen Hattersheim und Weilbach unterwegs, als plötzlich von links ein Auto ohne Licht aus einem Feldweg geschossen kam. Vor Schreck wäre er beinahe in den Graben gefahren, aber er konnte einen kurzen Blick auf das Gesicht des Fahrers werfen.«

»Und?«, fragte Bodenstein.

»Ein Mann mit Bart und nach hinten frisierten Haaren.«

»Bernd Prinzler?«

»Von der Beschreibung her könnte es passen. Leider kann er sich weder an Autotyp noch Kennzeichen erinnern. Groß und dunkel, sagte er. Könnte also durchaus der Hummer sein.«

»Okay.« Bodenstein dachte angestrengt nach. »Prinzler soll hierhergebracht werden. Ich will eine Gegenüberstellung mit dem Zeugen, gleich morgen früh.«

Pia setzte sich in ihr Auto und stieß einen Fluch aus, als sie sich am Lenkrad fast die Hände verbrannte. Es hatte in der Sonne gestanden und war so heiß wie das Innere eines Backofens. Sie brauchte Ruhe, um über das, was sie eben erfahren hatte, nachdenken zu können. Ein paar hundert Meter von der Regionalen Kriminalinspektion entfernt begannen die Krifteler Felder, die Obstplantagen und Erdbeerfelder, die sich bis zur A66 erstreckten. Pia bog nach links auf die L3016, im Volksmund als »Erdbeermeile« bekannt, ab und fuhr bis zum ersten Feldweg. Dort ließ sie ihr Auto stehen und lief zu Fuß weiter.

Die Sonne hatte heute wieder die wettertechnische Oberhoheit, doch wie meistens ging das mit schwüler Luft einher. Spätestens am Abend würde es wieder gewittern. Die grasbewachsenen Feldwege waren von lehmigen Pfützen durchsetzt, die der letzte Regen zurückgelassen hatte. Die Frankfurter Skyline wirkte weiter entfernt als an klaren Tagen, genauso wie die Bergrücken des Taunus im Westen.

Pia steckte die Hände in die Hosentaschen ihrer Jeans und stapfte mit gesenktem Kopf an Zwetschgen- und Apfelbaumspalieren vorbei. Es erschütterte sie zutiefst, dass Bodenstein solche Geheimnisse hatte. Pia kannte und respektierte ihn als einen Mann, der für seine Überzeugungen eintrat, auch wenn sie unpopulär waren, jemanden mit einem ausgeprägten Gerechtigkeitssinn und hohen moralischen Werten, unbestechlich, diszipliniert, fair und gradlinig. Sie hatte seine Nachsicht Behnkes Verfehlungen gegenüber für eine verzeihliche

Schwäche gehalten, für Loyalität zu einem langjährigen Mitarbeiter, der in privaten und finanziellen Schwierigkeiten steckte, denn so hatte es Bodenstein vor ihr einmal gerechtfertigt. Nun begriff sie, dass es eine Lüge gewesen war. Von Anfang an hatten sie sich gut verstanden und ergänzt, aber es hatte immer eine gewisse Distanz zwischen ihnen geherrscht. Das hatte sich verändert, als Bodensteins Ehe in die Brüche gegangen war. Seitdem hatte sich ein echtes Vertrauensverhältnis, fast eine Freundschaft zwischen ihnen entwickelt. Zumindest hatte Pia sich das eingebildet, denn offenbar war es mit dem Vertrauen nicht besonders weit her. Sie schrak vor dem Gedanken zurück, ihr Chef könne doch mehr mit der Erik-Lessing-Sache zu tun gehabt haben, als er zugegeben hatte. Sie hatte nicht vor, nichts zu unternehmen, ganz im Gegenteil. Sobald Kathrin ihr den Namen ihres Ex-Lovers genannt hatte, würde sie mit ihm sprechen, ja, sie spielte sogar mit dem Gedanken, Behnke zur Rede zu stellen. Das hatte nichts mit dem alten Fall an sich zu tun, aber ihr Instinkt sagte ihr, dass es einen Zusammenhang zwischen dem dreifachen Auftragsmord, dem Überfall auf Hanna Herzmann und dem Mord an Leonie Verges gab. Es konnte kein Zufall sein, dass Rothemund und Prinzler damals wie heute eine Rolle spielten.

Ihr Handy klingelte. Sie beachtete es erst nicht, aber dann siegte ihr Pflichtbewusstsein. Es war Christian Kröger.

»Wo bist du?«, fragte er.

»Mittagspause«, erwiderte sie knapp. »Wieso?«

»Ich hab dein Auto am Straßenrand stehen sehen. Gestern bin ich nicht mehr dazu gekommen, dir noch etwas zu erzählen. Wann bist du zurück?«

»Um 14 Uhr, 11 Minuten und 43 Sekunden«, erwiderte sie bissig, wie es sonst nicht ihre Art war, und es tat ihr auch sofort leid, denn ausgerechnet Christian hatte es nicht verdient, Blitzableiter für ihre Launen zu sein.

»Entschuldige«, sagte sie deshalb. »Hast du Lust auf einen Spaziergang zwischen malerischen Erdbeerfeldern? Ich brauche etwas Bewegung und frische Luft.«

»Ja, klar. Gerne.«

Pia erklärte ihm, welchen Weg sie gegangen war und setzte sich auf einen Findling, der als Begrenzungsstein dienen mochte. Sie wandte ihr Gesicht der Sonne zu, schloss die Augen und genoss die Wärme auf der Haut. Trillernd schraubte sich eine Lerche in den blauen Himmel. Das konstante Rauschen der Autobahn in der Ferne war ein vertrautes Geräusch, der Birkenhof war höchstens drei Kilometer Luftlinie entfernt und lag direkt an der A66. Christian hatte offenbar nicht dasselbe Bedürfnis nach Bewegung und frischer Luft wie sie;

der blaue VW-Bus der Spurensicherung rumpelte über den Feldweg heran. Pia stand auf und ging ihrem Kollegen entgegen.

»Hey«, sagte er und musterte sie prüfend. »Ist irgendwas passiert?«

Seine Feinfühligkeit überraschte sie immer wieder aufs Neue. Er war der Einzige von allen männlichen Kollegen, der sich eine solche Frage gestattete; alle anderen behandelten sie, wie sie sich auch untereinander behandelten. Bevor sich ein Kollege nach Gefühlen oder emotionalen Zuständen erkundigte, hätte er sich wahrscheinlich eher die Zunge abgebissen.

»Komm, lass uns ein Stück gehen«, sagte Pia statt einer Antwort. Eine Weile gingen sie schweigend, Christian pflückte im Vorbeigehen ein paar Zwetschgen und bot ihr welche an.

»Pflaumendieb.« Pia grinste, rieb die Pflaume an ihrer Jeans blank und steckte sie in den Mund. Sie schmeckte köstlich, sonnenwarm und süß und weckte unwillkürlich Kindheitserinnerungen.

»Mundraub ist nicht strafbar.« Christian grinste auch, wurde aber schnell wieder ernst. »Ich glaube, in der Biographie von Staatsanwalt Frey gibt es irgendwelche dunklen Flecken.«

Pia blieb stehen.

»Wie kommst du denn darauf?«, fragte sie erstaunt.

»Ich kann mich an einen Zeitungsartikel erinnern«, erwiderte er. »Das war kurz nachdem Rothemund festgenommen worden war. Man hatte seine Frau interviewt, und sie behauptete, die Festnahme sei eine persönliche Rache von Frey an ihrem Mann, weil der – also Rothemund – herausgefunden hätte, dass Frey sich seinen Doktortitel erkauft hätte.«

Er spuckte den Stein der Pflaume aus.

»Daraufhin habe ich letzte Nacht etwas recherchiert und bin darauf gestoßen, wer Freys Doktorvater war. Zufällig sitzt der auch im Kuratorium der Finkbeiner-Stiftung. Professor Ernst Haslinger. Er war Dekan der juristischen Fakultät und Präsident der Goethe-Universität, wurde danach nach Karlsruhe an den Bundesgerichtshof berufen.«

»Das muss nichts heißen«, sagte Pia. »Warum interessiert Staatsanwalt Frey dich überhaupt?«

»Weil ich sein Interesse an dem Fall seltsam finde.« Christian blieb stehen. »Ich mache seit über zehn Jahren Tatortarbeit, aber ich habe es noch nie erlebt, dass ein Oberstaatsanwalt höchstpersönlich bei der Durchsuchung einer Wohnung aufgetaucht ist. Die schicken – wenn überhaupt – irgendeinen Untergebenen.«

»Es interessiert ihn eben über das Berufliche hinaus«, erwiderte Pia. »Er und Rothemund waren mal die besten Freunde.«

»Und warum war er an dem Abend in Eddersheim, als wir das tote Mädchen im Fluss gefunden haben?«

»Er war gerade bei Freunden in der Nähe zum Grillen.« Pia versuchte sich daran zu erinnern, wie Frey sein Erscheinen an jenem Abend gerechtfertigt hatte. Sie selbst hatte sich nämlich auch gewundert.

»Das mit dem Grillen glaube ich«, sagte Christian. »Aber dass er in der Nähe war, das glaube ich nicht.«

»Worauf willst du hinaus?«, fragte Pia.

»Das weiß ich selbst nicht so genau«, gab Christian zu. Er zupfte einen Grashalm ab und wickelte ihn geistesabwesend um seinen Finger. »Aber mir sind das alles irgendwie zu viele Zufälle.«

Sie gingen weiter.

»Und was beschäftigt dich?«, fragte er nach einer Weile.

Pia überlegte, ob sie ihm von der Erik-Lessing-Sache und Frank Behnkes Beteiligung daran erzählen sollte. Mit irgendjemandem musste sie darüber sprechen. Kai fiel aus, denn er war zu stark in die aktuellen Ereignisse eingebunden. Cem kannte sie nicht gut genug, Bodenstein und Kathrin waren befangen und nicht neutral. Eigentlich hatte sich Christian Kröger mehr und mehr zu der einzigen Person in ihrem beruflichen Umfeld entwickelt, der sie wirklich vertraute. Schließlich fasste sie sich ein Herz und schilderte ihm ihren Verdacht.

»Du meine Güte«, sagte er betroffen, als sie geendet hatte. »Das erklärt vieles. Vor allen Dingen Franks Verhalten.«

»Wer kann damals den Auftrag gegeben haben, Lessing zu eliminieren?«, fragte Pia. »Das kann nicht die Engel als Dezernatsleiterin gewesen sein, das muss von viel weiter oben gekommen sein. Polizeipräsident? Innenministerium? BKA? Bis heute steht Behnke unter dem Schutz von irgendwem. Normalerweise hätte er für all das, was er sich so geleistet hat, nicht nur suspendiert, sondern aus dem Beamtendienst entfernt werden müssen.«

»Man muss danach fragen, wer ein Interesse daran hatte, Lessing aus dem Weg zu schaffen«, überlegte Christian. »Was hatte er herausgefunden? Es muss etwas wirklich Brisantes gewesen sein, etwas, das zu einer ernsthaften Bedrohung für einen der hohen Herren hätte werden können.«

»Bestechung«, vermutete Pia. »Drogenhandel. Mädchenhandel.«

»Das war ja sicherlich sowieso seine offizielle V-Mann-Mission«, entgegnete

Christian. »Nein, es muss etwas Persönliches gewesen sein. Etwas, das einen Menschen ruinieren kann.«

»Wir sollten Prinzler danach fragen«, sagte Pia und warf einen Blick auf ihre Uhr. »Und zwar in einer Stunde. Kommst du mit nach Preungesheim?«

»Ich weiß, du wolltest nicht, dass ich herkomme, aber ich musste dich unbedingt sehen.« Wolfgang blickte sich um, drehte den Blumenstrauß verlegen in den Händen.

»Leg ihn einfach auf den Tisch. Die Schwestern tun ihn später in eine Vase.« Hanna hätte ihn am liebsten gebeten, die Blumen gleich wieder mitzunehmen. Auch noch weiße Lilien! Sie hasste den intensiven Duft, der sie an Trauerhallen und Friedhöfe erinnerte. Blumen gehörten in den Garten, nicht in ein kleines Zimmer, das schlecht gelüftet wurde.

Gestern Abend hatte sie ihm noch eine SMS geschrieben, ihn gebeten, nicht ins Krankenhaus zu kommen. Es war ihr unangenehm, in diesem Zustand von einem Mann gesehen zu werden, der kein Arzt war. Sie konnte sich vorstellen, wie sie aussah, sie hatte mit den Händen ihr Gesicht abgetastet, die Schwellungen gefühlt und die Fäden an der Stirn, der linken Augenbraue und am Kinn. Ob die Maskenbildnerinnen kunstfertig genug waren, aus diesem desaströsen Schlachtfeld wieder ein fernsehtaugliches Gesicht zu zaubern?

Das letzte Mal hatte sie an jenem Abend in den Spiegel ihrer Garderobe im Sender geschaut. Da war ihr Gesicht noch makellos und schön gewesen, abgesehen von ein paar Fältchen. Jetzt wollte sie sich nicht sehen, sie wusste, dass sie den Anblick nicht ertragen könnte. Das Entsetzen in den Augen ihrer Besucher reichte ihr.

»Setz dich doch einen Moment«, forderte sie Wolfgang auf.

Er schob den Stuhl neben ihr Bett, nahm unbeholfen ihre Hand. Die vielen Schläuche, die in ihren Körper hinein- und wieder hinausführten, irritierten ihn, Hanna sah ihm an, wie er versuchte, den direkten Blick darauf zu vermeiden.

»Wie geht es dir?«

»Gut wäre gelogen«, krächzte sie.

Ihr Gespräch geriet gezwungen, stockte immer wieder. Wolfgang sah blass und übernächtigt aus, wirkte nervös. Unter seinen Augen lagen violette Schatten, die sie noch nie an ihm gesehen hatte. Irgendwann gingen ihm die Themen aus, er verstummte. Hanna sagte auch nichts. Was hätte sie ihm auch erzählen können? Wie beschissen es war, einen künstlichen Ausgang zu haben? Wie groß ihre Angst war, für den Rest ihres Lebens entstellt und traumatisiert zu sein?

Früher hätte sie ihm das anvertraut, aber jetzt war irgendetwas anders. Jetzt gab es jemand anderen, von dem sie sich wünschte, dass er bei ihr säße und ihre Hand hielte.

»Ach, Hanna«, sagte Wolfgang und seufzte. »Es tut mir so leid, dass du so etwas erleben musstest. Ich wünschte, ich könnte irgendetwas für dich tun. Hast du eine Ahnung, wer dir das angetan hat?«

Hanna schluckte. Kämpfte das aufsteigende Grauen nieder. Die Erinnerung an Todesangst und Schmerzen und Entsetzen.

»Nein«, flüsterte sie. »Wusstest du, dass Leonie Verges, meine Therapeutin, umgebracht worden ist?«

»Meike hat es mir gesagt.« Er nickte. »Es ist alles so schrecklich.«

»Ich verstehe das nicht. Die Polizei hat, was mich betrifft, zwei Männer im Verdacht.« Das Reden strengte Hanna sehr an. »Aber die beiden waren es ganz sicher nicht. Warum hätten sie das tun sollen? Ich habe mit ihnen zusammengearbeitet. Ich glaube eher, es ist wegen der Sache, an der ich dran war …«

Plötzlich kam ihr ein Verdacht. Ein ungeheuerlicher Verdacht.

»Du hast doch mit niemandem darüber gesprochen, oder, Wolfgang?«

Sie versuchte, sich aufzurichten, aber es ging nicht. Kraftlos sank sie zurück.

Wolfgang zögerte. Für einen winzigen Moment glitt sein Blick zur Seite.

»Nein. Das heißt, nur mit meinem Vater«, gab er verlegen zu. »Er war alles andere als begeistert, wir hatten einen Riesenkrach deswegen. Manchmal gehe es um mehr als nur um Einschaltquoten, hat er gesagt. Ausgerechnet er!«

Er lachte auf, es war ein gequältes Lachen.

»Er wollte nicht, dass sich seine Sender mit solch unbewiesenen Verleumdungen beschäftigen. Diese Namen – die haben ihn am meisten gestört. Er hat wahnsinnige Angst vor einer Klage oder schlechter PR. Es … es tut mir wirklich leid, Hanna. Wirklich sehr.«

»Schon gut.« Hanna nickte matt.

Sie kannte Wolfgangs Vater seit dreißig Jahren und konnte sich seine Reaktion lebhaft vorstellen. Genauso gut kannte sie Wolfgang. Sie hätte sich denken können, dass er seinem autoritären Vater von ihrem Vorhaben berichten würde, er hatte einen Höllenrespekt vor ihm und war ihm auf Gedeih und Verderb ausgeliefert. Noch immer wohnte er in der Villa seiner Eltern, und seinen Posten als Programmdirektor hatte er nur von Papas Gnaden. Auch wenn Wolfgang diesen Job gut und gewissenhaft machte, so mangelte es ihm an Mut und Durchsetzungsvermögen. Sein Leben lang war er nur der Sohn des großen Medienmoguls Hartmut Matern und sie in ihrer Freundschaft immer die Erfolgreichere gewesen, die Clevere, die Starke. Hanna wusste, dass ihm das nichts ausmachte, aber sie war sich nicht sicher, wie es ihm dabei ging, noch heute, mit Mitte vierzig, von seinem Vater vor versammelter Mannschaft heruntergeputzt zu werden, wenn ihm ein Fehler unterlaufen war oder er sich erlaubt hatte, eine eigenmächtige Entscheidung zu treffen. Wolfgang redete nie darüber. Überhaupt sprach er nur sehr ungern über sich selbst. Wenn Hanna es richtig bedachte, dann wusste sie kaum etwas über ihn, weil sich immer alles um sie drehte: um ihre Sendung, ihren Erfolg, ihre Männer. In ihrem grenzenlosen Egoismus war ihr das nie aufgefallen, aber jetzt tat es ihr leid. Wie so vieles, was sie in ihrem Leben getan oder nicht getan hatte.

Ihr Hals schmerzte vom Sprechen, ihre Lider wurden schwer.

»Es ist besser, wenn du jetzt gehst«, murmelte sie und wandte den Kopf ab. »Das Reden strengt mich sehr an.«

»Ja, natürlich.« Wolfgang ließ ihre Hand los und erhob sich.

Hannas Augen fielen zu, ihr Geist zog sich von der unerträglich grellen Realität zurück in die dämmerigen Gefilde einer Zwischenwelt, in der sie gesund war und glücklich und … verliebt.

»Leb wohl, Hanna«, hörte sie Wolfgangs Stimme wie aus weiter Ferne. »Vielleicht kannst du mir irgendwann verzeihen.«

»Louisa? Louisa!«

Emma hatte die ganze Wohnung abgesucht. Sie war nur kurz auf dem Klo gewesen, und jetzt war die Kleine verschwunden.

»Louisa! Opa und Oma warten auf uns. Oma hat extra für dich eine Rüblitorte gebacken.«

Keine Reaktion. War sie etwa weggelaufen?

Emma ging zur Haustür. Nein, der Schlüssel steckte von innen, die Tür war abgeschlossen. Das machte sie immer so, seitdem sie sich einmal versehentlich ausgesperrt hatte. Louisa war panisch schreiend in der Wohnung herumgelaufen, bis der eilig herbeigerufene Herr Grasser die altmodische Tür mit einem Dietrich geöffnet hatte.

Das konnte doch nicht wahr sein! Emma musste sich zusammenreißen, um nicht die Geduld zu verlieren. Am liebsten hätte sie jetzt geschrien. Immer musste sie Rücksicht nehmen, aber wer nahm überhaupt auf sie Rücksicht?

»Louisa?«

Sie betrat das Kinderzimmer. Der Kleiderschrank war nicht richtig geschlossen. Emma öffnete die Schranktür und zuckte vor Schreck zusammen, als sie ihre Tochter unter aufgehängten Kleidchen und Jacken kauern sah. Sie hatte den Daumen im Mund und starrte blicklos vor sich hin.

»Ach, mein Schatz!« Emma ging in die Hocke. »Was tust du denn hier?«

Keine Antwort. Das Mädchen nuckelte heftiger am Daumen und rieb sich dabei mit dem Zeigefinger ihr Näschen, das schon ganz rot war.

»Möchtest du nicht mit mir runter zu Oma und Opa gehen, Rüblitorte mit Sahne essen?«

Heftiges Kopfschütteln.

»Magst du denn wenigstens aus dem Schrank rauskommen?«

Wieder Kopfschütteln.

Emma fühlte sich hilflos. Ratlos. Was war nur mit dem Kind passiert? War Louisa ein Fall für den Kinderpsychologen geworden? Welche Ängste quälten sie?

»Weißt du was? Ich rufe die Oma an, dass wir nicht kommen. Und dann setze ich mich zu dir und lese dir etwas vor. Okay?«

Louisa nickte zaghaft, ohne sie anzusehen.

Emma erhob sich mühsam und ging zum Telefon. In ihren Kummer mischte sich Zorn. Sollte sie herausfinden, dass Florian ihrem Kind tatsächlich etwas angetan hatte, dann gnade ihm Gott!

Sie rief ihre Schwiegermutter an und entschuldigte ihre Absage für den Tee damit, dass es Louisa nicht gut ginge. Renates enttäuschtes Lamento erstickte sie im Keim, sie hatte keine Lust, sich zu rechtfertigen.

Louisa saß noch immer im Kleiderschrank, als sie zurückkehrte.

»Welches Buch soll ich dir vorlesen?«, fragte Emma.

»Franz Hahn und Johnny Mauser«, nuschelte Louisa, ohne den Daumen aus dem Mund zu nehmen. Emma suchte das Buch aus dem Regal, zog den Sitzsack neben den geöffneten Kleiderschrank und setzte sich hin.

Es war äußerst unbequem, in ihrem Zustand auf dem Boden zu sitzen. Erst schlief ihr das linke, dann das rechte Bein ein. Aber sie las tapfer vor, denn es tat Louisa gut. Sie hörte auf zu nuckeln, und dann kroch sie aus dem Schrank und schmiegte sich in Emmas Arm, um auch ins Buch gucken zu können. Sie lachte und amüsierte sich über die Bilder, die sie auswendig kannte. Als Emma das Buch zuklappte, seufzte Louisa und schloss die Augen.

»Mama?«

»Ja, meine Süße?« Emma streichelte zärtlich die Wange ihrer Tochter. Sie war so klein und arglos, ihre zarte Haut so durchscheinend, dass die Adern an den Schläfen zu sehen waren.

»Ich will nie mehr von dir weggehen, Mama. Ich hab so eine Angst vor dem bösen Wolf.«

Emma stockte der Atem.

»Du musst keine Angst haben.« Sie musste sich bemühen, ihre Stimme ruhig und fest klingen zu lassen. »Hier kommt doch kein Wolf her.«

»Doch«, flüsterte Louisa schläfrig. »Immer, wenn du weg bist. Aber das ist geheim. Ich darf dir nichts sagen, weil sonst frisst er mich auf.«

Man hatte Bernd Prinzler am Morgen dem Haftrichter vorgeführt und von der Arrestzelle im Polizeipräsidium, wo er die Nacht verbracht hatte, ins Untersuchungsgefängnis nach Preungesheim überstellt. Es dauerte fast eine halbe Stunde, bis man ihn in das Besucherzimmer brachte, in dem Pia und Christian warteten. Die beiden Justizbeamten, die ihn begleiteten, waren größer als Pia, aber Prinzler überragte sie um Haupteslänge. Pia war darauf vorbereitet, dass es nicht einfach sein würde, mit ihm zu reden. Der Mann hatte jahrelange Knasterfahrung, die Atmosphäre des Untersuchungsgefängnisses beeindruckte ihn nicht im Geringsten, so wie es bei Menschen der Fall war, die zum ersten Mal in ihrem Leben eine Nacht in einer Zelle verbracht und die beängstigende Erfahrung des Eingesperrtseins gemacht hatten. Männer wie Prinzler sagten meistens kein Wort, beriefen sich höchstens auf ihren Anwalt.

»Guten Tag, Herr Prinzler«, sagte Pia. »Mein Name ist Pia Kirchhoff, das ist mein Kollege Hauptkommissar Kröger. K11 Hofheim.«

Prinzlers finsterer Miene war keine Gefühlsregung anzusehen, aber in seinen dunklen Augen lag ein Ausdruck von Besorgnis und Anspannung, der Pia überraschte.

»Nehmen Sie doch bitte Platz.« Sie wandte sich an die beiden Vollzugsbeamten. »Danke. Sie können dann bitte draußen warten.«

Prinzler setzte sich breitbeinig auf den Stuhl, verschränkte die tätowierten Arme vor der Brust und blickte Pia unverwandt an.

»Was hab ich jetzt mit euch zu tun?«, fragte er, als sich der Schlüssel von außen im Schloss drehte. »Um was geht's überhaupt?«

Seine Stimme war tief und heiser.

»Wir ermitteln im Mordfall Leonie Verges«, sagte Pia. »Eine Zeugin hat Sie und einen zweiten Mann an dem Abend, an dem ihre Leiche gefunden wurde, aus dem Haus von Frau Verges kommen sehen. Was haben Sie da gemacht?«

»Als wir ins Haus kamen, war sie schon tot«, erwiderte er. »Ich hab von meinem Handy aus die 110 angerufen und die Leiche gemeldet.«

Nach diesem vielversprechenden Anfang antwortete er auf keine der Fragen mehr, die Pia und Christian abwechselnd stellten.

»Warum waren Sie bei Frau Verges?«

»Woher kannten Sie sie?«

»Ihr Auto wurde von Nachbarn häufiger am Haus von Frau Verges beobachtet. Was hatten Sie dort zu tun?«

»Wer war der Mann, der Sie begleitet hat?«

»Wann haben Sie das letzte Mal mit Kilian Rothemund gesprochen?«

»Was haben Sie in der Nacht vom vierundzwanzigsten auf den fünfundzwanzigsten Juni gemacht?«

Endlich bequemte er sich dazu, den Mund aufzumachen.

»Warum wollt ihr das wissen?«

»In der Nacht wurde die Fernsehmoderatorin Hanna Herzmann überfallen, zusammengeschlagen und brutal vergewaltigt.«

Pia bemerkte ein Flackern in Prinzlers Augen. Seine Kiefermuskulatur mahlte, er spannte seine beachtlichen Halsmuskeln an.

»Ich hab's nicht nötig, Frauen zu vergewaltigen. Und geschlagen hab ich auch noch nie eine. Ich war am 24. in Mannheim auf 'nem Bikertreffen. Dafür gibt's ungefähr fünfhundert Zeugen.«

Immerhin stritt er nicht ab, Hanna Herzmann zu kennen.

»Warum waren Sie am Abend vorher in Begleitung von Kilian Rothemund bei Frau Herzmann zu Hause?«

Pia hatte nicht erwartet, in Bernd Prinzler eine Plaudertasche vorzufinden, aber ihre Geduld, die höchste Tugend eines Ermittlers, wurde auf eine harte Probe gestellt. Die Zeit lief ihnen davon.

»Hören Sie, Herr Prinzler«, schlug Pia einen unkonventionellen Weg ein. »Mein Kollege und ich halten Sie in beiden Fällen nicht für tatverdächtig. Ich denke, Sie wollen jemanden decken oder schützen. Das kann ich verstehen. Aber wir müssen einen gefährlichen Psychopathen finden, der ein junges Mädchen aufs Übelste misshandelt, geschändet und ertränkt hat, bevor er es im Main entsorgt hat wie ein Stück Müll. Sie haben doch selbst Kinder, denen so etwas zustoßen könnte.«

Aus Prinzlers Blick sprach Erstaunen. Und Respekt.

»Hanna Herzmann wurde mit dem Stiel eines Sonnenschirms bestialisch geschändet und so schwer verletzt, dass sie fast innerlich verblutet wäre«, fuhr Pia fort. »Man hat sie im Kofferraum ihres Autos liegen lassen, und sie hat nur mit viel Glück überlebt. Leonie Verges wurde auf einen Stuhl gefesselt. Jemand hat ihr beim Verdursten zugesehen, auf sie war eine Funkkamera gerichtet, die ihr qualvolles Sterben festgehalten hat. Wenn Sie uns irgendwie dabei helfen können, den oder die Täter festnehmen und für ihre Taten zur Rechenschaft ziehen zu können, dann wäre ich Ihnen wirklich dankbar.«

»Wenn ihr mir helft hier rauszukommen«, antwortete Prinzler, »dann kann ich euch auch helfen.«

»Ginge es nach uns, könnten Sie sofort gehen.« Pia hob bedauernd die Schultern. »Aber da sind höhere Mächte im Spiel.«

»Mich stört's nicht, hier ein paar Tage rumzuhängen«, sagte er. »Ihr habt nix gegen mich vorliegen. Meine Anwältin reicht 'ne Haftbeschwerde ein, und ich krieg sogar noch Kohle für die Tage, die ich hier war.«

Sein Gesicht mit dem scharf ausrasierten Bart war wie aus Stein gemeißelt, aber der Ausdruck seiner Augen strafte seine äußerliche Ungerührtheit Lügen. Der Mann, der schon zahllose Verhöre und Vernehmungen hinter sich hatte, der an einen rauen Umgangston gewöhnt und sicherlich nicht zimperlich war, machte sich Sorgen. Große Sorgen. Die Person, die er schützen wollte, musste ihm wirklich am Herzen liegen. Pia beschloss, einen Schuss ins Blaue zu wagen.

»Wenn Sie sich um Ihre Familie sorgen, kann ich veranlassen, dass sie Polizeischutz bekommt«, sagte sie.

Der Gedanke an Polizeischutz für seine Familie schien Prinzler zu amüsieren; ein winziges Lächeln zuckte um seinen Mund, erlosch aber sofort wieder.

»Sorgen Sie lieber dafür, dass die mich heute noch rauslassen.« Er betrachtete sie eindringlich und fordernd. »Ich hab einen festen Wohnsitz, ich hau euch nicht ab.«

»Dann beantworten Sie unsere Fragen«, mischte sich Christian ein.

Prinzler beachtete ihn nicht. Es sprach für ein ausgeprägtes Selbstbewusstsein, dass er sich diese Blöße gab und eine Bullenschlampe quasi darum bat, ihm zu helfen. Männer seines Kalibers hatten normalerweise nichts als Verachtung für Polizisten übrig.

»Man hat Sie an der Stelle, an der Frau Herzmann im Kofferraum ihres Autos gefunden wurde, gesehen. Morgen findet eine Gegenüberstellung mit dem Zeugen statt.«

»Ich hab doch schon gesagt, wo ich an dem Abend war.« Prinzler vermied Beleidigungen, Macho-Gehabe und den Milieu-Jargon, den er sonst zweifellos benutzte. Er war intelligent, hatte sich vor vierzehn Jahren aus den Tagesgeschäften der Road Kings zurückgezogen und lebte in einem Paradies, weitab von den Clubs und Etablissements des Rotlichtviertels, das einmal sein Zuhause gewesen war. Warum? Was hatte ihn dazu veranlasst? Pia schätzte ihn auf Mitte fünfzig, damals musste er also ungefähr Ende dreißig gewesen sein, kein Alter, in dem sich jemand wie Bernd Prinzler einfach so zur Ruhe setzte. Und obwohl er die kriminellen Zeiten hinter sich gelassen zu haben schien, tat er alles, um unsichtbar zu sein. Vor wem versteckte er sich? Und wieder einmal ein großes »Warum?«.

Die Zeit verstrich, niemand sagte etwas.

»Warum musste Erik Lessing sterben?«, fragte Pia in die Stille hinein. »Was wusste er?«

Prinzler hatte seine Mimik gut unter Kontrolle, aber er konnte nicht verhindern, dass seine Augenbrauen reflexartig nach oben zuckten.

»Genau darum geht es doch auch jetzt«, sagte er rau.

»Und um *was* geht es jetzt?«, fragte Pia.

Sie wich seinem Blick nicht aus.

»Denken Sie scharf nach«, erwiderte Prinzler. »Ich sag jetzt nichts mehr ohne meine Anwältin.«

Sie war sauer. Stinksauer. Und gekränkt.

Was fiel diesem Arschloch eigentlich ein, sie so abzuservieren? Meike brannten Tränen der Wut in den Augen, als sie mit durchgedrücktem Rücken und steifen Schritten die Treppe hinunterging.

Nach einem Besuch bei Hanna war sie nach Oberursel zu Wolfgang gefahren. Sie wusste selbst nicht, weshalb er ihr auf einmal so wichtig geworden war und warum sie das Gefühl hatte, er würde sie anlügen. Woher kam ihr Misstrauen? Als er ihr am Telefon gesagt hatte, sie könne nicht bei ihm übernachten, weil sein Vater Besuch habe, hatte sie ihm nicht geglaubt.

Doch tatsächlich waren die Auffahrt und der ordentlich geharkte Kiesvorplatz mit Autos vollgeparkt. Dicke Schlitten aus Karlsruhe, München, Stuttgart, Hamburg, Berlin, sogar aus dem Ausland. Okay, Wolfgang hatte also nicht gelogen. Eine Weile hatte sie dagestanden und überlegt, ob sie wieder fahren oder einfach mal klingeln sollte. Wolfgang wusste doch, dass sie allein herumsaß. Wenn es eine Party in seinem Haus gab, hätte er sie ja wohl einladen können! Hanna wurde immer und zu jeder Gelegenheit eingeladen. Meike betrachtete das große alte Haus, das sie so sehr liebte. Die hohen Sprossenfenster, die dunkelgrünen Schlagläden, das Krüppelwalmdach, gedeckt mit rötlichen Biberschwänzen, die Freitreppe, deren acht Stufen zu der dunkelgrünen doppelflügeligen Haustür führten, an der ein Löwenkopf aus Messing als Türklopfer angebracht war. Die Lavendelbüsche vor dem Haus strömten an diesem warmen Sommerabend einen intensiven Duft aus und erinnerten Meike an Urlaube in Südfrankreich. Hanna war es, die Wolfgangs Mutter vor vielen Jahren den Lavendel aus der Provence mitgebracht hatte.

Früher war sie oft mit Hanna hier gewesen, und in ihrer Erinnerung erschien ihr das Haus wie der Inbegriff von Geborgenheit und Sicherheit. Aber jetzt war Tante Christine tot und Hanna lag im Krankenhaus, auch mehr tot als lebendig. Und sie hatte niemanden, der auf sie wartete, zu dem sie hingehen und sich geborgen und beschützt fühlen konnte. Es war nicht zu bestreiten, dass sich Wolfgang im Laufe der Jahre zu ihrer wichtigsten Bezugsperson, einer Art Vaterersatz, entwickelt hatte, dem sie tiefes Vertrauen entgegenbrachte. Ihre Stiefväter waren gekommen und gegangen und hatten sie nur als lästiges, aber unvermeidbares Anhängsel von Hanna wahrgenommen, und ihr eigener Vater hatte eine eifersüchtige Megäre geheiratet.

Meike warf noch einen letzten Blick auf das Haus, dann wandte sie sich um und wollte gehen. In diesem Moment rauschte ein dunkler Maybach in den Hof. Er stoppte vor der Freitreppe. Ein schlanker weißhaariger Mann stieg aus, sein Blick begegnete ihrem. Sie lächelte und winkte und registrierte erstaunt den Ausdruck des Unbehagens, der bei ihrem Anblick über das sonnengebräunte Gesicht von Peter Weißbecker flog. Peter war ein alter Bekannter von Hanna, fast so etwas wie ein Freund, als Schauspieler und Showmaster war er eine Legende des deutschen Fernsehens. Meike kannte ihn, seitdem sie denken konnte. Sie fand es zwar etwas albern, ihn mit dreiundzwanzig Onkel Pitti zu nennen, aber so hatte sie ihn immer genannt.

»Die kleine Meike! Das ist aber schön, dich zu sehen«, sagte er mit aufgesetzter Begeisterung, »sag bloß, deine Mama ist auch da?«

Er umarmte sie hölzern.

»Nein, Mama ist im Krankenhaus«, erwiderte sie und hakte sich bei ihm unter.

»Ach je, das tut mir ja leid. Ist es etwas Ernstes?«

Sie ging mit ihm die Treppe hoch. Die Haustür schwang auf, Wolfgangs Vater erschien im Türrahmen. Auch ihm entgleisten bei ihrem Anblick die Gesichtszüge, er war nicht davon angetan, sie zu sehen. Allerdings konnte er sein Missvergnügen bei weitem nicht so gekonnt überspielen wie Onkel Pitti, der Bühnenprofi.

»Was machst du denn hier?«, raunzte Hartmut Matern Meike an.

Eine Ohrfeige hätte nicht mehr schmerzen können als diese unfreundliche Begrüßung.

»Hallo, Onkel Hartmut! Ich war gerade zufällig in der Gegend«, log Meike. »Ich wollte nur mal kurz hallo sagen.«

»Das passt heute Abend nicht«, erwiderte Hartmut Matern. »Ich habe Gäste, wie du siehst.«

Meike starrte ihn entgeistert an. So grob hatte er noch nie mit ihr gesprochen. Hinter ihm erschien Wolfgang. Er wirkte nervös und angespannt. Sein Vater und Onkel Pitti verschwanden im Haus, ließen sie einfach stehen wie eine Fremde, ohne sich von ihr zu verabschieden oder wenigstens der Höflichkeit halber einen Gruß an Hanna auszurichten. Meike war tief gekränkt.

»Was ist denn hier los?«, fragte sie. »Herrenabend, was? Oder war Mama auch eingeladen?«

Wolfgang ergriff sie am Arm und drängte sie nach draußen.

»Meike, bitte. Heute passt es wirklich schlecht.« Er sprach leise und schnell, so, als ob er wollte, dass ihn niemand hörte. »Das ist … eine Art … eine Art Aktionärsversammlung. Es geht ums Geschäft.«

Das war schlicht gelogen, und diese offensichtliche Lüge verletzte sie noch mehr als das demütigende Gefühl, mehr oder weniger rausgeschmissen worden zu sein.

»Wieso gehst du nicht ans Telefon, wenn ich anrufe?« Meike hasste den Tonfall ihrer Stimme. Sie wollte cool sein, aber sie klang wie eine hysterische, gekränkte Zicke.

»Ich hatte in der letzten Woche wahnsinnig viel zu tun. Bitte, Meike, jetzt mach hier keinen Aufstand«, beschwor er sie.

»Ich mache ganz sicher keinen *Aufstand*«, schnaubte sie wütend. »Ich habe nur gedacht, du meinst, was du sagst, und ich könnte jederzeit zu dir kommen.«

Wolfgang druckste verlegen herum, stammelte irgendetwas von Krisensitzung und Umstrukturierung. Was für ein wachsweicher Idiot!

Meike wischte seine Hand von ihrem Arm. Die Enttäuschung war kolossal.

»Ich hab schon verstanden. Das waren alles nur Sprüche, mit denen du dein schlechtes Gewissen beruhigt hast. In echt bin ich dir scheißegal. Viel Spaß heute Abend.«

»Meike, warte! Bitte! So ist das doch nicht!«

Sie ging weiter, in der Hoffnung, er würde ihr folgen und sie trösten, sich entschuldigen oder irgendetwas sagen, aber als sie sich umdrehte, um ihm melodramatisch zu verzeihen, war er im Haus verschwunden, die Haustür geschlossen. Nie zuvor hatte sie sich so einsam und ausgeschlossen gefühlt. Die

Erkenntnis, dass Zuneigung und Freundlichkeit dieser Leute nie ihr selbst als Mensch gegolten, sondern dass man sie nur als die hässliche, nervige Tochter der berühmten Hanna Herzmann akzeptiert hatte, war niederschmetternd.

Meike stapfte die Auffahrt entlang, kämpfte mit den Zornestränen. Bevor sie hinaus auf die Straße ging, schoss sie mit ihrem iPhone ein paar Fotos von den geparkten Autos. Wenn das hier eine Aktionärsversammlung war, dann war sie Lady Gaga. Irgendetwas lief hier, und sie würde herausfinden, was es war. Blöde Idioten!

»Großer Gott!« Pia legte den Kopf in den Nacken und blickte an der Fassade eines grauen Wohnblocks im Hattersheimer Schillerring hoch. »Ich hatte keine Ahnung, dass er jetzt hier wohnt!«

»Wieso? Wo hat er denn früher gewohnt?«, fragte Christian Kröger. Er stand an der Haustür und studierte mit zusammengekniffenen Augen die zahlreichen Klingelschildchen.

»In einem Altbau in Sachsenhausen«, erinnerte sich Pia. »Nicht weit von der Wohnung entfernt, in der Henning und ich gelebt haben.«

Sie hatte nicht schlecht gestaunt, als der Computer vorhin diese Adresse als aktuelle Wohnanschrift von Frank Behnke ausgespuckt hatte. Ihrem Chef hatte sie erzählt, sie würde Feierabend machen, aber Christian und sie hatten sich zwanzig Minuten später auf dem Parkplatz des real-Marktes in Hattersheim getroffen. Es bereitete ihr keine großen Gewissensbisse, Heimlichkeiten vor Bodenstein zu haben. Welche Rolle er auch immer bei dieser Geschichte damals gespielt haben mochte, sie war sich sicher, dass er direkt nichts damit zu tun gehabt hatte. Insofern ging es ihn nichts an, wenn sie jetzt hinter seinem Rücken ein paar Leuten Fragen stellte.

»Ah, ich hab ihn«, sagte Christian neben ihr. »Was soll ich sagen?«

»Deinen Namen«, schlug Pia vor. »Du hattest doch nie Stress mit ihm.«

Ihr Kollege drückte auf die Klingel, Sekunden später krächzte jemand »Hallo?« und Christian antwortete. Der Türöffner summte, sie betraten einen Eingangsbereich, der zwar in die Jahre gekommen, aber sehr viel gepflegter war, als es der hässliche Wohnblock von außen vermuten ließ. Der Aufzug stammte laut Herstellerschild aus dem Jahr 1976, und die Geräusche, die er auf der Fahrt in den sechzehnten Stock von sich gab, waren wenig Vertrauen erweckend. Auf dem Flur roch es nach Essen und Putzmitteln, die Wände waren mit Latexfarbe in einem hässlichen Ockerfarbton gestrichen, der den fensterlosen Gang noch trostloser wirken ließ, als er ohnehin war.

Pia, die sich nur zu gut an Behnkes abgrundtiefe Abscheu gegen solche Sozialbauten und deren Bewohner erinnerte, empfand einen Anflug von Mitleid bei dem Gedanken daran, dass er nun mitten unter ihnen hauste.

Eine Tür ging auf, Behnke erschien im Türrahmen. Er trug eine graue Jogginghose und ein fleckiges T-Shirt, war unrasiert und barfuß.

»Hättest du gesagt, dass *die* dabei ist, hätte ich dich nicht reingelassen«, sagte er zu Christian Kröger, und eine Schnapsfahne wehte in den Flur. »Was wollt ihr von mir?«

»Hallo, Frank.« Pia ignorierte die unfreundliche Begrüßung. »Lässt du uns rein?«

Er musterte sie mit unverhohlener Abneigung, dann trat er widerwillig zur Seite und deutete eine Verbeugung an.

»Bitte sehr. Es ist mir eine Ehre, dich in meinem Luxus-Penthouse zu empfangen«, sagte er sarkastisch. »Leider ist mir der Champagner ausgegangen, und mein Butler hat schon Feierabend.«

Pia betrat die Wohnung und war erschüttert. Sie bestand aus nur einem einzigen Raum von etwa fünfunddreißig Quadratmetern mit einer winzigen offenen Küche, die Schlafnische war durch einen Vorhang abgetrennt. Eine verschlissene Couch, ein Couchtisch, ein billiges Sideboard aus Kiefernholz, auf dem ein kleiner Fernseher ohne Ton lief. An einer Kleiderstange in der Ecke hingen Hemden, Krawatten und Anzüge, ein paar Schuhe standen darunter in Reih und Glied, ein Staubsauger. Jede freie Fläche war mit irgendetwas vollgestellt, und mit drei Erwachsenen war der Raum völlig überfüllt. Bei jedem Schritt stieß man gegen irgendein Möbelstück. Das Einzige, das wirklich schön war, war die Fernsicht auf den Taunus vom Balkon aus, aber das war kein Trost. Wie deprimierend, so wohnen zu müssen!

»Seid ihr zwei jetzt das neue Dreamteam?«, fragte Behnke gehässig. »Bernhard und Bianca aus Hofheim …«

Pia fing einen Blick aus wässrigen, geröteten Augen auf, in denen die pure Feindseligkeit glitzerte. Schon früher hatte Frank misanthropische Tendenzen an den Tag gelegt, aber mittlerweile verabscheute er die ganze Menschheit, ausnahmslos.

»Das ist doch kein Höflichkeitsbesuch. Also, sagt schon, was ihr von mir wollt, und lasst mich dann wieder in Ruhe.«

»Wir sind hier, weil wir von dir wissen wollen, was damals hinter der Sache mit Erik Lessing steckte.« Pia wusste, dass es keinen Sinn hatte, lange um den heißen Brei herumzureden, und kam deshalb gleich zur Sache.

»Erik – wer? Hab den Namen noch nie gehört«, behauptete Behnke, ohne mit der Wimper zu zucken. »War's das? Dann dürft ihr wieder verschwinden.«

»In unseren aktuellen Fällen sind zwei Namen aufgetaucht, die auch seinerzeit eine Rolle spielten«, fuhr Pia ungerührt fort. »Wir vermuten, dass es Zusammenhänge geben könnte.«

»Ich weiß nicht, wovon du redest.« Behnke verschränkte die Arme. »Und es interessiert mich einen Dreck.«

»Wir wissen, dass du in Frankfurt in einem Bordell drei Männer erschossen hast. Und zwar nicht aus Notwehr, sondern im Auftrag von irgendjemandem. Man hat dich benutzt und dir vorher nicht mal die Wahrheit gesagt. Du bist nie drüber hinweggekommen, dass du einen Kollegen erschossen hast.«

Behnke wurde erst rot, dann blass. Er ballte die Hände zu Fäusten.

»Die haben dein ganzes Leben zerstört, aber das war denen scheißegal«, sagte Pia. »Wenn wir herausfinden, wer dahintersteckt, können wir denjenigen zur Rechenschaft ziehen.«

»Verschwindet«, presste Frank zwischen zusammengebissenen Zähnen hervor. »Haut ab und lasst euch hier nie wieder blicken.«

»Du warst Zeitsoldat, bevor du zur Polizei gegangen bist«, übernahm Christian Kröger. »Du hattest eine Scharfschützenausbildung, warst bei einer Sondereinheit. Du warst richtig gut. Sie haben dich gezielt für diese Aktion ausgesucht, weil sie wussten, dass du gehorchen und keine Fragen stellen würdest. Wer hat dir den Auftrag gegeben? Und vor allen Dingen – warum?«

Frank Behnke blickte zwischen Pia und Kröger hin und her.

»Was zum Teufel soll das?«, knirschte er zornig. »Was wollt ihr von mir? Geht's mir nicht schon beschissen genug?«

»Frank! Wir wollen doch dir nichts«, beteuerte Kröger. »Aber es sterben Menschen! Ein Mädchen wurde brutal misshandelt und ermordet, man hat sie einfach im Main entsorgt! Vorhin haben wir mit dem Mann gesprochen, in dessen Auto damals die Tatwaffe sichergestellt wurde. Er und sein damaliger Anwalt hängen in mindestens zwei aktuellen Fällen drin.«

»Und ihr meint, ihr könnt hier einfach so auf ein Plauderstündchen vorbeikommen? Fragen wir doch einfach mal den Frank, der sagt uns das sicher alles.« Behnke lachte höhnisch auf. »Seid ihr total verblödet? Diese verdammte Scheiße hat mein ganzes Leben ruiniert! Guckt euch doch um, was aus mir geworden ist! Ihr glaubt doch wohl nicht etwa, dass ich mich wieder in irgendwas reinziehen lasse! Und schon gar nicht für den Alten und seine … seine Goldprinzessin!«

An seinem Hals hatten sich flammend rote Flecken gebildet, Schweiß perlte auf seiner Stirn. Er bebte am ganzen Körper. Pia kannte ihn gut genug, um zu wissen, dass es nur noch eines winzigen Funkens bedurfte, und er würde explodieren.

»Komm, Christian, lass uns gehen«, sagte sie leise. Es hatte keinen Sinn. Behnke war von Bitterkeit, Hass und Rachsucht zerfressen, er würde ihr nicht helfen, selbst wenn sie aus tiefen Wunden blutend vor ihm läge. Er gehörte zu der Sorte Mensch, die immer einen Schuldigen für ihre persönliche Misere suchten, und in seinen Augen war Pia daran schuld, dass Bodenstein ihm sein Wohlwollen entzogen hatte.

»Es geht nicht um Bodenstein, Pia oder mich.« Christian Kröger gab nicht so schnell auf. »Es geht darum, dass Leute Mordaufträge geben und ungestraft davonkommen.«

»Ihr habt ja keine Ahnung, wozu die fähig sind. Keine blasse Ahnung.« Frank drehte sich um und ging in die Miniküche. Er ergriff eine Flasche mit einer durchsichtigen Flüssigkeit und schenkte sich ein Wasserglas fast randvoll.

»Wer sind ›die‹?«, fragte Pia.

Frank starrte sie an, dann führte er das Glas zum Mund und trank es in einem Zug aus. Sein Blick irrte durch den kleinen Raum. Plötzlich, und mit einer Wut, die Pia erschreckte, schmetterte er das Glas gegen die Wand, doch es zerbrach nicht.

»Da! Schaut euch das an!« Frank lachte bitter. »Ich krieg nichts mehr hin! Nicht mal ein Glas krieg ich mehr kaputt, verdammte Scheiße!«

Er war weitaus betrunkener, als Pia angenommen hatte. Bei dem Versuch, das Glas aufzuheben, verlor er das Gleichgewicht und stürzte gegen ein Regal, das krachend zusammenbrach. Lachend wälzte er sich auf dem Boden, doch sein Lachen ging in ein verzweifeltes Schluchzen über. Aus dem durchtrainierten Sportfanatiker, der nur Bioprodukte aß und nie eine Zigarette angerührt hätte, war ein Säufer geworden. Das, was im März 1997 in Frankfurt passiert war, hatte ihn zerstört, weil er es nie verarbeitet hatte. Seine Ehe war zerbrochen, sein Leben ein einziger Trümmerhaufen.

»Nichts kann ich mehr!«, stieß er hervor und schlug mit der Faust auf den Boden. »Nichts! Ich bin am Ende, weil ich selbst ein beschissenes Nichts bin!«

Pia und Christian wechselten einen besorgten Blick.

»Frank, komm, steh auf!« Christian beugte sich über ihn und hielt ihm die Hand hin.

»Nicht mal 'ne Frau krieg ich mehr ab«, brabbelte Frank weiter. »Was will eine auch mit einem wie mir? Meine Kohle kassiert meine Ex-Alte, mir bleibt grad noch genug für dieses verkackte Loch hier!«

Die letzten Worte hatte er herausgeschrien. Er richtete sich auf, übersah Christians ausgestreckte Hand und kam ohne Hilfe auf die Beine.

»Ich sag dir was«, sagte er zu Pia und blies ihr seinen Schnapsatem ins Gesicht. »Ich konnte dich vom ersten Tag an nicht leiden. Die Frau vom reichen Doktor Kirchhoff, die mit ihren Aktienmillionen mal schnell einen Bauernhof gekauft hat und allen Kerlen mit ihren dicken Möpsen den Kopf verdreht hat! Pah! Du warst so beschissen … tüchtig und so … so gottverdammt schlau, konntest gar nicht genug kriegen von der Arbeit! Gegen dich ham wir alle wie faule Schweine ausgesehen! Hast dich beim Alten eingeschleimt, wo du konntest!«

Der Alkohol ließ seine Aussprache undeutlich werden. Lang aufgestauter Hass fand ein Ventil, und Pia ließ die Beleidigungen über sich ergehen, ohne etwas zu erwidern.

»Ja, ich hab drei Leute erschossen! Ich hab nicht gewusst, was da los war. Ich wusste auch nichts von einem V-Mann. Wir sind in den Laden rein, weil irgendein Informant denen gesteckt hat, dass da 'ne große Sache läuft. Vielleicht hätte ich was ahnen sollen, weil sie mir vorher 'ne andere Waffe untergejubelt hatten. Das war alles abgekartet. Als wir in den Hof kommen, hat einer von den Rockern sofort geschossen. Hätte ich mich abknallen lassen sollen? Ich hab auch geschossen, und ich hab besser getroffen als die Penner. Zweimal Kopfschuss, den dritten hab ich in den Hals getroffen. Das war 'ne Riesensauerei. Bevor ich überhaupt irgendwas kapiert habe, saß ich in 'nem Auto. Und das war's. Mehr weiß ich nicht.«

Pia glaubte ihm. Man hatte nicht nur dem V-Mann Erik Lessing eine Falle gestellt, sondern auch Behnke. Er war das Bauernopfer in einem schmutzigen Spiel mächtiger Männer, für die ein Menschenleben keinen Wert hatte.

»Wer war mit dir im Hof?«, fragte Christian.

Frank Behnke schnaubte. Er taumelte an Pia vorbei und ließ sich auf die Couch sacken. Sie blickte auf ihn hinunter. Trotz allem, was er zu ihr gesagt hatte, empfand sie keinen Zorn, sondern nur tiefes Mitleid.

»Ihr wollt wissen, wer mit mir im Hof war?«, lallte er mit halbgeschlossenen Augen. »Ja? Wollt ihr wissen, wer zu mir gesagt hat: ›Mist, meine Dienstwaffe ist im Auto‹? Ich sag's euch. Ja, ich sag's euch. Weil's mir scheißegal ist. Schön reingelegt hat sie mich, diese eiskalte Nutte! Und danach hat sie mir gedroht. Wenn ich jemals ein Wort darüber sage, dann würd ich meines Lebens nicht mehr froh werden!«

Er gab ein Geräusch von sich, eine Mischung zwischen Lachen und Schluchzen und schlug mit der flachen Hand auf die Lehne der Couch. »Ich bin eh nie mehr froh geworden, danach. In dreißig Sekunden war mein ganzes Leben im Arsch. Ich hab einen Kollegen erschossen! Und wisst ihr, warum? Weil's mir so ein verdammtes Weibsstück befohlen hat.«

»Wer, Frank?«, fragte Christian nach, obwohl er und Pia es bereits ahnten.

»Die Engel.« Frank Behnke richtete sich halb auf, sein Gesicht war verzerrt von Hass und Bitterkeit. »Kriminalrätin Dr. Nicola Engel.«

Es war 23:48. Seit mehr als vierundzwanzig Stunden hatte er keine Menschenseele gesehen, kein Geräusch gehört, außer einem nervtötenden Quietschen, das von dem Ventilator hinter einer vergitterten Klappe unter der Zellendecke stammte. Wahrscheinlich war das die einzige Frischluftzufuhr, denn es gab kein Fenster, nicht mal einen Lichtschacht. Die einzige Lichtquelle war eine verstaubte 25-Watt-Glühbirne an der Decke, für die es keinen Lichtschalter gab. Es roch unbenutzt, muffig und feucht, typischer Kellergeruch.

Kilian Rothemund lag auf der schmalen Pritsche, die Arme unter dem Kopf verschränkt und starrte gegen die rostige Metalltür, die stabiler war, als sie aussah. Bei seiner Festnahme hatte er sich nicht gefürchtet, doch allmählich kroch die Angst in ihm hoch. Er war nicht im Gewahrsam der holländischen Polizei, so viel stand fest. Aber wo war er? Wer waren die schwarzgekleideten Maskierten gewesen, die ihn auf dem Bahnsteig abgefangen hatten? Warum hielten sie ihn in diesem Loch fest? Woher wussten sie überhaupt, dass er in Amsterdam war? Hatte Leonie etwas verraten, bevor man sie gefesselt und ihr den Mund zugeklebt hatte?

Seine letzte Mahlzeit hatte aus zwei Stück Kuchen bestanden, mittlerweile knurrte sein Magen erbärmlich. Er trank das lauwarme Wasser nur schluckweise, weil er keine Ahnung hatte, wie lang es reichen musste. Man hatte ihm Gürtel und Schnürsenkel abgenommen, obwohl es in diesem Raum mit den glatten hohen Wänden nichts gab, woran er sich hätte erhängen können. Wenigstens die Uhr hatten sie ihm gelassen.

Kilian Rothemund schloss die Augen und gestattete seinen Gedanken, das modrig riechende Gefängnis zu verlassen und in angenehmere Gefilde zu fliegen. Hanna! In der Sekunde, in der sich ihre Blicke zum ersten Mal begegnet waren, war irgendetwas geschehen, etwas, das er noch nie zuvor erlebt hatte. Er hatte sie schon im Fernsehen gesehen, aber in Wirklichkeit war sie ganz anders. Sie war an jenem Abend ungeschminkt gewesen, das Haar hatte sie zu einem simplen Knoten geschlungen, dennoch besaß sie eine Ausstrahlung, die ihn fasziniert hatte.

Leonie hatte Hanna nicht leiden können. Bernds Vorschlag, Michaelas furchtbares Schicksal mit Hanna Herzmanns Hilfe an die Öffentlichkeit zu bringen, hatte ihr überhaupt nicht gefallen. Arrogant sei sie, überheblich, egoistisch, ohne einen Funken Empathie.

Nichts davon stimmte.

Kilian hatte Hanna nichts verschwiegen, er war offen und ehrlich zu ihr gewesen, selbst auf das Risiko hin, dass sie ihm nicht glaubte. Aber sie hatte ihm geglaubt. Rasch hatte sich tiefes Vertrauen zwischen ihnen entwickelt, der Tonfall und die Ausführlichkeit ihrer Mails veränderte sich, und aus anfänglicher Faszination wurde Zuneigung. Noch niemals hatte Kilian anderthalb Stunden mit jemandem telefoniert, mit Hanna jedoch war das keine Seltenheit. Für ihn, das wusste er nach zwei Wochen, war es mehr als nur eine Verliebtheit. Hanna gab ihm das Gefühl, wieder ein Mensch zu sein. Ihre feste Überzeugung, dass alles wieder gut werden, dass er sich mit ihrer Unterstützung rehabilitieren und in ein normales Leben zurückfinden würde, hatte ihm eine Kraft verliehen, die er für immer verloren geglaubt hatte. Chiara würde ihn nicht mehr länger heimlich auf dem Campingplatz besuchen müssen, vielleicht würde er seine Kinder bald ganz offiziell wieder sehen dürfen.

Er stieß einen tiefen Seufzer aus. Seine Sehnsucht nach Hannas Stimme, ihrem unbeschwerten Lachen, ihrem warmen, weichen Körper an seinem mischte sich mit tiefer Sorge. Wie gerne wäre er jetzt bei ihr gewesen, hätte ihr Trost gespendet! Gerade jetzt, wo sich durch sie alles zum Besseren zu wenden schien, schlug das Schicksal wieder gnadenlos zu. War er schuld daran, dass man sie überfallen hatte? Sorge, Angst und die Hilflosigkeit, zu der er verdammt war, verwandelten sich in Verzweiflung. Plötzlich hörte er ein Geräusch. Er richtete sich auf. Lauschte. Und tatsächlich: Schritte näherten sich. Ein Schlüssel drehte sich im Schloss. Er stand vom Bett auf, ballte die Hände zu Fäusten und wappnete sich innerlich gegen alles, was nun kommen mochte. Die Verzweiflung verschwand. Egal, was sie jetzt mit ihm machen würden, er würde es überleben, denn er wollte seine Kinder wiedersehen. Und Hanna.

»Schmeckt es dir nicht?«

Christoph saß ihr gegenüber am Küchentisch und sah zu, wie sie das Essen auf dem Teller hin und her schob. Die Ratatouille mit Reis war köstlich, aber Pias Magen war wie zugeschnürt.

»Doch, schon. Aber ich habe irgendwie keinen richtigen Appetit.« Pia legte das Besteck hin und stieß einen tiefen Seufzer aus.

Der Besuch bei Frank Behnke hatte ihr einen Schock versetzt, von dem sie sich noch nicht erholt hatte, und sie wusste, dass sie das, was sie eben erlebt hatte, nie mehr ganz loslassen würde. Frank und sie waren keine Freunde gewesen; er hatte sich während ihrer gemeinsamen Zeit beim K11 in Hofheim unkollegial und miesepetrig verhalten, hatte ihr und den Kollegen den Großteil der Arbeit überlassen und jeden beleidigt und vor den Kopf gestoßen, der versucht hatte, nett zu ihm zu sein. Wie jeder andere auch war sie nach einer Weile davon ausgegangen, dass er eben ein Arschloch war.

Umso schlimmer war nun die Erkenntnis, wie sehr sie ihm Unrecht getan hatte, denn im Grunde genommen war er ein Opfer. Man hatte ihn benutzt und fallengelassen, seine Psyche und sein Gewissen und damit sein ganzes Leben ruiniert. Obwohl Frank sie wie so oft beschimpft und beleidigt hatte, hatte das Wissen um diese menschliche Tragödie, die sich über Jahre hinweg quasi vor ihren Augen abgespielt hatte, ein sonderbares Gefühl der Trauer in ihr hinterlassen.

»Willst du darüber reden?«, fragte Christoph. In seinen dunklen Augen lag ein besorgter Ausdruck. Er kannte sie lange und gut genug, um einschätzen zu können, ob sie nur in Gedanken versunken war und nach einem anstrengenden Tag ein wenig Ruhe brauchte oder ob sie die Ereignisse seelisch wirklich mitnahmen. Mangelnder Appetit war Anlass zu ernster Sorge, denn Pia konnte in beinahe jeder Lebenslage essen.

»Im Augenblick nicht.« Sie stützte die Ellbogen auf den Tisch und massierte mit Daumen und Zeigefinger ihre Nasenwurzel. »Ich wüsste gar nicht, wo ich überhaupt anfangen soll. Herrgott, ist das alles ein Schlamassel.«

Die ganze Tragweite dessen, was sie vorhin in dieser deprimierenden Wohnung erfahren hatten, hatte sie indes noch längst nicht erfasst, dessen war sie sich bewusst. Christian und sie hatten vereinbart, vorerst mit niemandem über das, was Frank ihnen gesagt hatte, zu sprechen, aber ihnen war klar, dass sie irgendetwas unternehmen mussten, jetzt, wo sie wussten, was damals geschehen war.

Christoph sagte nichts, drängte nicht. Das tat er nie. Er stand auf, legte ihr kurz eine Hand auf die Schulter und begann dann, den Tisch abzuräumen.

»Lass nur, ich mach das schon«, gähnte Pia, aber er grinste nur.

»Weißt du was, Süße«, schlug er vor, »am besten, du gehst jetzt unter die Dusche und dann trinken wir noch zusammen ein Glas Wein.«

»Gute Idee.« Pia grinste schief. Sie erhob sich, ging zu ihm hin und schlang ihre Arme um seine Mitte.

»Womit habe ich dich bloß verdient?«, murmelte sie. »Es tut mir leid, dass ich mich in letzter Zeit gar nicht um dich und Lilly gekümmert habe. Ich hab dich echt im Stich gelassen.«

Er nahm ihr Gesicht in seine Hände, küsste sie sanft auf den Mund.

»Das stimmt allerdings. Ich fühle mich total vernachlässigt.«

»Kann ich etwas tun, um das wiedergutzumachen?« Pia erwiderte seinen Kuss und ließ ihre Hände über seinen Rücken gleiten. Seitdem Lilly da war, hatten sie nicht mehr miteinander geschlafen. Das lag weniger an dem Mädchen als daran, dass sie seit Tagen spät nach Hause kam und morgens in aller Frühe aus dem Bett springen und davonrasen musste.

»Da würde mir schon etwas einfallen«, flüsterte Christoph an ihrem Ohr und zog sie fester in seine Arme. Sie spürte sein Verlangen. Der Duft seiner Haut, die Berührung seiner Hände, sein warmer schlanker Körper so eng an ihrem entzündete einen Funken der Lust tief in ihrem Innern.

»Denkst du vielleicht an dasselbe wie ich?« Pia schmiegte ihre Wange an seine. Ihre heimliche Befürchtung, die Alltagsroutine könne dem physischen Teil ihrer Beziehung schaden, war auch nach dreieinhalb Jahren unbegründet. Eher das Gegenteil war eingetreten.

»Woran denkst du denn?«, fragte Christoph mit einem neckenden Unterton.

»An … Sex«, erwiderte Pia.

»Na so was.« Er küsste ihren Hals, dann ihren Mund. »Genau daran dachte ich auch.«

Sie lösten sich voneinander. Pia ging nach oben ins Badezimmer. Sie zog sich aus, ließ die verschwitzten Kleider einfach auf den Boden fallen und betrat die Dusche. Das heiße Wasser spülte den klebrigen Schweiß von ihrer Haut und vertrieb die Gedanken an Franks schäbige Wohnung, an dessen Verzweiflung und die beängstigende Vorstellung, dass Bodenstein düstere Geheimnisse vor ihr hatte, aus ihrem Kopf.

Christoph lag schon im Bett, als sie wenig später das Schlafzimmer betrat. Leise Musik drang aus den Lautsprechern, auf dem Nachttisch standen zwei Gläser und eine Flasche Weißwein. Pia schlüpfte zu ihm unter die Decke in seine Arme. Durch die weit geöffneten Fenstertüren des Balkons wirbelte eine feuchtkühle Brise mit dem Duft von frisch gemähtem Gras und Flieder. Die Lampe mit ihrem Papierschirm warf ein mattes, goldenes Licht auf ihre sich bewegenden Gliedmaßen und Pia genoss die Erregung und das wunderbare

Lustgefühl, das Christophs Liebkosungen in ihr auslösten. Plötzlich ging die Tür auf. Eine kleine Gestalt mit wirrem blondem Haar erschien im Türrahmen. Christoph und Pia fuhren erschrocken auseinander.

»Ich hab was Schlimmes geträumt, Opa«, sagte Lilly mit weinerlicher Stimme. »Kann ich bei euch schlafen?«

»Verdammt«, murmelte Christoph und zog rasch die Decke über sich und Pia.

»Opa«, kicherte Pia und lehnte ihre Stirn gegen seinen Rücken.

»Das geht jetzt nicht, Lilly«, sagte Christoph zu seiner Enkeltochter. »Geh zurück in dein Bett. Ich komme gleich noch mal zu dir.«

»Ihr habt ja gar nichts an«, stellte Lilly fest und kam neugierig näher. »Wollt ihr ein Baby machen?«

Das verschlug Christoph die Sprache.

»Mama und Daddy versuchen das auch fast jede Nacht und manchmal sogar tagsüber«, sagte Lilly altklug und setzte sich auf die Bettkante. »Aber bis jetzt hab ich noch keine Geschwister. Opa, wenn Pia ein Baby kriegt, ist das dann mein Enkel?«

Pia presste die Hand auf den Mund, kämpfte gegen einen Lachanfall.

»Nein«, seufzte Christoph. »Aber ehrlich gesagt kann ich mich gerade nicht auf mögliche Verwandtschaftsverhältnisse konzentrieren.«

»Nicht so schlimm, Opa. Du bist ja auch schon alt.« Lilly legte den Kopf schief. »Aber ich darf dann mit dem Baby spielen, oder?«

»Du darfst jetzt mal in dein Bett verschwinden«, entgegnete Christoph. Lilly gähnte und nickte, doch dann fiel ihr wieder der Alptraum ein.

»Ich hab aber Angst, alleine nach unten zu gehen«, behauptete sie. »Kannst du mitkommen? Bitte, Opa. Ich schlaf auch ganz schnell ein.«

»Du bist doch auch alleine hochgekommen«, sagte Christoph, aber er war schon geschlagen.

»Geh nur«, gluckste Pia. »Ich trink ein Glas Wein, bis du zurück bist.«

»Verräterin«, beschwerte Christoph sich. »Du torpedierst jeden Erziehungsversuch. Lilly, warte vor der Tür, ich komme sofort.«

»Okay.« Die Kleine rutschte von der Bettkante. »Gute Nacht, Pia.«

»Gute Nacht, Lilly«, erwiderte Pia. Als das Mädchen verschwunden war, prustete sie los. Sie lachte, bis ihr die Tränen über das Gesicht liefen.

Christoph stand auf, schlüpfte in Unterhose und T-Shirt.

»Dieses Kind!« Er schüttelte in gespielter Verzweiflung den Kopf. »Ich glaube, ich muss mal mit Anna über Kindererziehung sprechen.«

Pia wälzte sich auf den Rücken und grinste.

»Junge, komm bald wieder, bald wieder zurück«, sang sie und lachte.

»Glaub ja nicht, dass du mir so leicht davonkommst«, sagte Christoph und grinste. »Ich bin gleich zurück. Wag es bloß nicht einzuschlafen!«

Freitag, 2. Juli 2010

Sie hatten ihm die Augen verbunden, seine Hände waren mit Handschellen hinter dem Rücken gefesselt. Niemand sagte ein Wort während der Fahrt, die etwa eine halbe Stunde dauerte. Das Auto war kein Kleinbus wie der, mit dem man ihn vom Amsterdamer Hauptbahnhof zu dem Gebäude mit dem Kellerraum transportiert hatte. Dieses hier war ein Pkw, eine Limousine. Kein BMW oder Mercedes, dafür war die Federung zu weich. Eher etwas Britisches. Jaguar oder Bentley. Kilian Rothemund roch den leichten Duft nach Leder und Holz, er hörte das seidenweiche Schnurren eines 12-Zylinder-Motors und spürte die sanften Neigungen der Karosserie in jeder Kurve. Die Ausschaltung optischer Reize schärfte alle anderen Sinne, und Kilian konzentrierte sich auf das, was er hörte, roch und fühlte. Außer ihm waren mindestens drei andere Männer im Auto, vorne saßen zwei, ein anderer auf dem Rücksitz neben ihm. Er konnte ein teures Rasierwasser riechen, aber auch die Körperausdünstungen eines Mannes, der sich länger nicht gewaschen hatte. Das war der, der neben ihm saß. Er trug eine billige Kunstlederjacke und hatte kürzlich erst geraucht. Zwar half ihm das alles nicht bei der Frage danach, wohin man ihn brachte und was man von ihm wollte, aber die Konzentration auf die äußeren Umstände half ihm dabei, seine Angst zu unterdrücken. Nachdem sie eine Weile in hoher Geschwindigkeit auf einer Straße ohne nennenswerte Unebenheiten gefahren waren, drosselte der Fahrer nun das Tempo und bog in eine scharfe Rechtskurve ab. Autobahnabfahrt, vermutete Kilian. Der Blinker tickte. Der Mann auf dem Beifahrersitz hustete.

»Da vorne links«, sagte er mit gedämpfter Stimme. Deutsch ohne Akzent. Wenig später rollte das Auto über Kopfsteinpflaster und kam zum Halten. Die Türen gingen auf, Kilian fühlte sich unsanft am Arm ergriffen und aus dem Auto gezerrt. Kies knirschte in der Stille der Nacht überlaut unter seinen Schuhen, die Luft war lau. Der Duft feuchter Erde mischte sich mit ländlichen Gerüchen. Frösche quakten in der Ferne.

Es war ein seltsames Gefühl zu laufen, ohne etwas zu sehen.

»Vorsicht Stufe«, sagte jemand neben ihm, er stolperte trotzdem und knallte mit der Schulter gegen eine raue Backsteinmauer.

»Wo bringen Sie mich hin?«, fragte Kilian. Er erwartete keine Antwort und bekam auch keine. Wieder Stufen. Eine Treppe abwärts. Es roch süßlich, nach Äpfeln und Most. Ein Keller, der Intensität des Geruches nach zu urteilen, vielleicht sogar mit einer Kelter. Wieder eine Treppe, diesmal ging es hoch.

Eine Tür öffnete sich vor ihm, die Scharniere quietschten leise. Kein Kellergeruch mehr. Parkettfußboden, der unlängst geölt worden war. Und Bücher. Der Geruch von alten Büchern, nach Leder, Papier, Staub. Eine Bibliothek?

»Ah, da seid ihr ja«, sagte jemand leise. Stuhlbeine schrammten über den Boden.

»Hinsetzen!«

Dieser Befehl galt ihm. Er setzte sich auf einen Stuhl, seine Arme wurden unsanft nach hinten gebogen, seine Knöchel an die Stuhlbeine gefesselt. Mit einem Ruck zog jemand die Binde von seinen Augen. Grelles Licht bombardierte seine Netzhaut, seine Augen tränten, er blinzelte.

»Was haben Sie in Amsterdam gemacht?«, fragte ein Mann, dessen Stimme er nie zuvor gehört hatte. Diese Frage ließ alle Alarmglocken in Kilians Hirn schrillen, sie bestätigte seine schlimmsten Befürchtungen. Er war in der Gewalt jener, die sein Leben vor zehn Jahren zerstört hatten. Sie hatten damals keine Gnade gekannt, sie würden auch heute keine kennen. Es war müßig, sich danach zu fragen, woher sie Bescheid wussten, woher sie die Information erhalten hatten, dass er nach Holland gereist war. Im Ergebnis machte es keinen Unterschied.

»Freunde besucht«, erwiderte er.

»Wir kennen die ›Freunde‹, die Sie besucht haben«, entgegnete der Mann. »Schluss jetzt mit den Spielchen. Worüber haben Sie mit denen geredet?«

Kilian nahm die Männer hinter dem Licht nur als Schemen wahr; er konnte keine Gesichter erkennen, nicht einmal Umrisse.

»Übers Segeln«, sagte Kilian.

Der Schlag kam ohne Ankündigung und traf ihn mitten im Gesicht. Sein Nasenbein knackte, er schmeckte Blut.

»Ich stelle Fragen ungern zweimal«, sagte der Mann. »Also, worüber haben Sie gesprochen?«

Kilian schwieg. Wartete mit angespannten Muskeln auf den nächsten Schlag, den nächsten Schmerz. Stattdessen drehte jemand den Stuhl, auf dem er saß, nach links. An der Wand hing ein Fernseher.

Er fuhr zusammen, als er plötzlich Hannas Gesicht sah. Man hatte sie geknebelt, Blut lief über ihre Stirn und ihre Augen waren in panischem Entsetzen aufgerissen. Die Kamera ging ein Stück auf Abstand. Hanna war nackt und gefesselt, sie kniete auf blankem Beton. Diese Dreckschweine hatten gefilmt, wie man sie geschlagen und geschändet hatte. Es zerriss Kilian das Herz. Er wandte das Gesicht ab und schloss die Augen, konnte nicht mit ansehen, wie die Frau, die er liebte, Höllenqualen und Todesangst erleiden musste.

»Schau hin!« Jemand griff in sein Haar, zerrte seinen Kopf hoch, aber er kniff die Augen zusammen. Sie konnten ihn nicht zwingen hinzusehen, aber er musste die verzweifelten Laute, die Hanna von sich gab, hören, die höhnische Stimme des Folterknechts, der sein widerwärtiges Tun detailliert kommentierte. Sein Magen zog sich zusammen, er erbrach einen Schwall gallebitterer Flüssigkeit.

»Ihr Schweine!«, stieß er hervor. »Ihr dreckigen, miesen Schweine! Was habt ihr getan?«

Schläge prasselten auf ihn ein, er konnte sich nicht wehren. Es knallte wie ein Gewehrschuss in seinem Kopf, als sein Jochbein brach, seine Haut platzte auf, Blut rann über sein Kinn, vermischte sich mit den Tränen, die er nicht zurückhalten konnte.

»Willst du, dass dasselbe mit deiner Tochter passiert?«, zischte eine Stimme dicht an seinem Ohr. »Ja, willst du das? Hier, guck, das ist sie doch, deine unschuldige kleine Tochter, oder?«

Kilian öffnete die Augen. Der Film war von schlechter Qualität, wahrscheinlich mit einer versteckten Kamera gefilmt, aber es war eindeutig Chiara, die vor dem Tor des Hockeyclubs stand und sich mit einem jungen Mann unterhielt, der der Kamera den Rücken zugewandt hatte. Sie lachte kokett, ihr langes blondes Haar fiel über ihre nackten Schultern, als sie zu dem Mann aufblickte. Er rang nach Luft. Sein Hals war wie zugeschnürt, seine Nase verstopft von Blut und Tränen. Die Angst kroch eisig durch jede Ader seines Körpers.

»Eine wirklich süße Maus, die kleine Chiara. Hübsche kleine Titten und ein knackiger Po«, sagte die Stimme hinter ihm. »Ein Filmchen mit ihr in der Hauptrolle wird sicher ein Riesenerfolg.«

Gelächter.

»Wenn du nicht bald dein Maul aufmachst, wird die Kleine spätestens heute Mittag dasselbe erleben wie diese Fernsehtante.«

Kilian brach zusammen. Jeden Schmerz hätte er ausgehalten, jede Qual und jede Folter, aber die Vorstellung, dass diese Menschen mit seiner Tochter dasselbe tun könnten, was sie Hanna angetan hatten, war schier unerträglich. Er öffnete den Mund und begann zu reden.

»Komm, Lomax!«

Sie öffnete die Haustür. Der Hund sprang wie ein geölter Blitz aus seinem Korb und schoss an ihr vorbei ins Freie. Sie überquerte den Hof und schlug den Weg durch den Garten ein, wie jeden Morgen. In den Bäumen sangen die

Vögel, Tautröpfchen glitzerten im Schein der aufgehenden Sonne im Gras. Der gestromte Staffordshire-Rüde tobte über die Rasenflächen, pinkelte an jeden zweiten Rosenbusch und scharrte jedes Mal danach knurrend mit den Hinterbeinen. Er war der König auf dem Hof, der Chef. Die anderen Hunde respektierten ihn widerspruchslos. So, wie alle Männer Bernd respektieren, dachte Michaela. Seit vorgestern hatte sie nichts von ihrem Mann gehört. Früher war das öfter vorgekommen, aber seit vielen Jahren hatte er nichts mehr mit den Bullen zu tun. Auch wenn sie nicht alleine auf dem großen Anwesen war und keine Angst vor Einbrechern haben musste, so ängstigte sie seine Abwesenheit. Seit gestern waren auch die Kinder weg, zehn Tage Ferienfreizeit an der Ostsee mit dem Sportverein. Das war auch das Beste, nachdem die Bullen vor allen Dingen dem Jüngsten mit ihrer bescheuerten Aktion einen Riesenschrecken eingejagt hatten. Ihn nicht mit seinen Freunden und Teamkollegen fahren zu lassen wäre ein falsches Signal gewesen.

Trotzdem vermisste Michaela die beiden. Im Haus war es still ohne Bernd und die Kids. Natascha leistete ihr zwar gerne Gesellschaft, aber sie war längst nicht so redselig wie Ludmilla, die vorher ihr Au-pair-Mädchen gewesen war. Michaela beendete die große Runde vorne an der Werkstatt. Drei der Jungs waren schon da.

»Moin, Moin«, grüßte Freddy, der Werkstattmeister. »Willst 'n Kaffee, Chefin?«

»Morgen. Ja, gerne«, erwiderte Michaela. Sie setzte sich auf die Holzbank vor der Scheune und lehnte sich gegen das Holz, das schon warm von der Sonne war. Lomax ließ sich mit einem Seufzer neben ihren Füßen nieder und legte die Schnauze auf die Vorderpfoten. Freddy brachte nur Sekunden später einen Pott mit dampfendem Kaffee.

»Schuss Milch, zwei Stück Zucker«, sagte er und grinste. »Sonst alles o.k.? Was vom Chef gehört?«

»Nein, leider nicht.« Michaela nickte dankend und nippte an dem Kaffee. »Aber sonst ist alles gut.«

Die Jungs waren immer so fürsorglich. Manchmal wurde es ihr beinahe zu viel, weil sie ihr alles abnehmen wollten, sogar das Einkaufen. Sie angelte nach der *Bild*-Zeitung, die einer der Männer mitgebracht und auf dem Tisch liegengelassen hatte. Michaela las nur selten die Zeitung. Sie interessierte sich nicht sonderlich für das, was in der Welt vor sich ging, Katastrophen, Krieg und Krisen deprimierten sie. Bücher waren ihr lieber. Lomax ließ sich mit einem zufriedenen Knurren auf die Seite sinken und genoss die Wärme der Sonne.

Plötzlich zuckte Michaela zusammen. Das Foto eines Mannes sprang sie an, sie musste schlucken. Bevor sie es verhindern konnte, hatten ihre Augen bereits die ersten Zeilen gelesen, und sie las wie unter Zwang weiter.

Der ehemalige Unternehmer und Gründer des Mütter- und Kinderhilfswerks Sonnenkinder e. V., *Dr. Josef Finkbeiner, wird heute achtzig Jahre alt. In einer Feierstunde wird der Jubilar, der für sein großzügiges karitatives Engagement bereits u. a. mit dem Bundesverdienstkreuz 1. Klasse und dem Ehrenbrief des Landes Hessen ausgezeichnet wurde, von seiner Familie und zahlreichen Gästen im Garten seiner Villa geehrt. Ein weiterer Anlass zum Feiern ist das vierzigjährige Bestehen der* Sonnenkinder e. V. …

Die Schrift verschwamm vor ihren Augen, ihre Finger krampften sich um den Henkel der Kaffeetasse. Ihr wurde abwechselnd heiß und kalt. Josef Finkbeiner! Etwas in ihrem Kopf, etwas, das sie und Leonie mühsam zusammengefügt hatten, zerbarst in tausend Stücke. Auf einmal war sie wieder sechs Jahre alt. Sie saß an einem großen, ovalen Tisch, vor ihr lag ein aufgeschlagenes Buch und sie wünschte sich, sie könnte lesen, was darin stand. Die Bilder sah sie so genau vor sich, als habe sie das Buch erst gestern in Händen gehalten, dabei war es vierzig Jahre her. Michaela Prinzler starrte auf das Foto des weißhaarigen Mannes, der freundlich und gütig in die Kamera lächelte. Ach, wie sehr hatte sie ihn geliebt! Er war die strahlende Sonne ihres kindlichen Universums gewesen. Die glücklichsten Erinnerungen an ihre Kindheit, von denen es nicht allzu viele gab, waren untrennbar mit ihm verbunden. Viele Jahre lang hatte sie nicht begriffen, was mit ihr los war, wieso ihr in ihrem Leben häufig Stunden, ja, manchmal sogar ganze Tage und Wochen fehlten, in ihrer Erinnerung einfach nicht mehr da waren. Leonie hatte herausgefunden, dass sie nicht alleine in ihrem Körper war. Es gab nicht nur Michaela. Da gab es auch noch andere, die alle eigene Namen besaßen, eigene Erinnerungen, Gefühle, Vorlieben und Abneigungen. Michaela hatte das lange nicht akzeptieren wollen, es klang total irrsinnig, und doch war es die Erklärung für diese seltsamen und beängstigenden Blackouts. Seitdem sie ein kleines Mädchen war, hatte sie ihre Zeit mit Tanja, Sandra, Stella, Dorothee, Carina, Nina, Babsi und unendlich vielen anderen Identitäten teilen müssen.

»Hör auf damit, Michaela«, sagte sie laut zu sich selbst. Es war gefährlich, in Erinnerungen zu versinken, denn unversehens konnte ihr Geist in den einer anderen Identität schlüpfen, und dann verlor sie wieder Zeit. Energisch blätterte sie in der Zeitung weiter, und schon auf der nächsten Seite verfing sich ihr Blick in einem weiteren bekannten Gesicht.

»Kilian!«, murmelte sie erstaunt. Warum war der denn in der *Bild*-Zeitung abgebildet? Rasch überflog sie den kurzen Text unter dem Foto. Sie schauderte. Nein! Das stimmte nicht. Das durfte nicht wahr sein! Bernd hatte doch gesagt, Leonie sei im Urlaub. Darüber hatte sie sich zwar gewundert, denn gerade jetzt, in dieser Phase ihres Plans, war die Zeit zum Verreisen ungünstig, aber Leonie hatte so viel für sie getan, sie hatte ihr den Urlaub von Herzen gegönnt. In der Zeitung stand allerdings, sie sei tot. Und Kilian wurde im Zusammenhang mit ihrem Tod und dem Überfall auf die Fernsehmoderatorin Johanna H. gesucht.

Michaela war wie betäubt, ihre Hände zitterten so stark, dass sie die Kaffeetasse nicht halten konnte. Lomax spürte ihre Anspannung, er sprang auf und versuchte, ihre Hand zu lecken.

Was war Realität, was bildete sie sich ein? War wieder Zeit verschluckt worden, ohne dass sie es bemerkt hatte? Vielleicht waren die Kinder gar nicht auf Ferienfreizeit, sondern längst erwachsen, verheiratet und ausgezogen! Und Bernd? Wo war er? Was war für ein Tag? Wie alt war sie? Michaela faltete die Zeitung zusammen, steckte sie in die Tasche ihrer Weste und stand auf. Ihr war schwindelig. Wo war denn bloß das Märchenbuch, in dem sie gerade noch geblättert hatte? Die Mutter würde schimpfen, wenn sie es irgendwo liegenließ, denn sie hing an dem Buch, das sie schon selbst als Kind besessen hatte. Mist! Eben hatte es doch noch dagelegen! Oder doch nicht? Sie blickte sich um. Wo war sie hier überhaupt? Wer waren diese Männer?

Michaela griff sich an den Kopf. Nein, nein, nein, das durfte nicht wieder losgehen, sie musste es stoppen. Sie musste Leonie anrufen, sie durfte den Halt im Michaela-Leben nicht verlieren. Sonst würde es eine Katastrophe geben.

Pia hetzte die Treppe hoch, sie nahm immer zwei Stufen auf einmal. Die halbe Nacht hatte sie wach gelegen und darüber nachgedacht, was sie tun konnte, um das Vertrauen zu Bodenstein zurückzugewinnen. Auf keinen Fall durfte sie diese ganze Angelegenheit einfach auf sich beruhen lassen und so tun, als wisse sie nichts. Hin- und hergerissen zwischen Loyalität zu ihrem Chef und ihrem Pflichtbewusstsein, war sie erst im Morgengrauen in einen unruhigen Schlaf voller Alpträume gefallen und hatte prompt verpennt. Sie hatte heute ohnehin einen halben Tag Urlaub, weil sie um elf zu dem Empfang nach Falkenstein fahren wollte, zu dem Emma sie eingeladen hatte.

Es war zwanzig nach acht, als sie die Tür des Besprechungsraumes aufriss, guten Morgen und eine Entschuldigung murmelte. Sie ließ sich auf den freien

Stuhl zwischen Cem und Kathrin fallen und erntete einen missbilligenden Blick von Kriminalrätin Dr. Engel, die es sich zur Gewohnheit gemacht hatte, an den Morgenbesprechungen des K11 teilzunehmen.

»Die Abfrage der niedergelassenen Psychologen in Höchst und Unterliederbach und der Psychiatrie im Höchster Krankenhaus hat bis jetzt nichts ergeben«, sagte Kai Ostermann gerade. »Niemand will das Mädchen dort gesehen haben. Und die Phantombilder hat auch keiner erkannt.«

»Warum bist du heute so schick?«, flüsterte Kathrin.

»Weil ich gleich auf einen Geburtstagsempfang muss«, flüsterte Pia zurück. Sie fühlte sich wie verkleidet in dem recht tief ausgeschnittenen hellblauen Sommerkleid, der dünnen Strickjacke und den Slingpumps, die so neu waren, dass sie am Spann ihres rechten Fußes schmerzhaft drückten. Jeder Kollege, der ihr auf dem Weg nach oben begegnet war, hatte sie anerkennend gemustert, einer hatte ihr sogar spaßeshalber nachgepfiffen. Vielleicht hätte sie sich darüber freuen sollen, aber ihr ging Behnkes ätzende Bemerkung über ihre Brüste nicht aus dem Kopf. Sie hasste es, auf ihre Körpermaße reduziert zu werden.

»Sind die Phantombilder fertig?«, fragte sie ihre Kollegin. Kathrin nickte und schob ihr zwei Computerausdrucke hinüber. Der Mann trug einen Bart, aber es war eindeutig nicht Bernd Prinzler. Sein Gesicht war schmaler, der Bart voller, außerdem hatte er tiefer liegende Augen und eine breitere Nase. Die Frau hatte einen dunklen Pagenschnitt und ein hübsches, aber nichtssagendes Gesicht. Keine besonderen Merkmale, die ins Auge stachen. Pia war enttäuscht. Sie hatte mehr erwartet.

»Wir machen heute weiter mit den psychotherapeutischen Praxen, die schwerpunktmäßig Kinder und Jugendliche behandeln«, fuhr Kai fort. »Das Paar sprach laut unserer Zeugin einwandfreies Hochdeutsch, das Mädchen aber mit starkem Akzent. Sie nannten das Mädchen ›unsere Tochter‹, also handelte es sich möglicherweise um ein adoptiertes Kind. Deshalb checken wir alle Adoptionsstellen.«

Bernd Prinzler würde gegen neun Uhr aus Preungesheim hier eintreffen. Für Dr. Engel, Bodenstein und Cem war er neben Kilian Rothemund der bevorzugte Verdächtige im Fall Hanna Herzmann. Pia sagte dazu nichts, sie hörte nur mit einem Ohr zu, was gesprochen wurde. Es war ein ganz und gar elendes Gefühl, zwei Leuten aus dem Team nicht mehr vertrauen zu können, und insgeheim fragte sie sich, ob Nicola Engel aus reinem Interesse an ihren Besprechungen teilnahm, oder ob sie verhindern wollte, dass die Ermittlungen in eine Richtung liefen, die ihr persönlich gefährlich werden könnte.

»Okay, so machen wir weiter«, sagte Bodenstein. »Pia, ich möchte dich gleich bei der Gegenüberstellung mit dem Zeugen und bei der Vernehmung von Prinzler dabeihaben.«

»Ich muss aber spätestens um zwanzig vor elf weg«, erinnerte sie ihren Chef. »Ich habe heute einen halben Tag Urlaub.«

»Urlaub? Mitten in laufenden Ermittlungen?« Dr. Engel hob die Augenbrauen. »Wer hat den genehmigt?«

»Ich.« Bodenstein schob seinen Stuhl zurück und stand auf. »Bis dahin sind wir vielleicht schon durch. Also, in zehn Minuten unten.«

»Geht klar.« Pia ergriff die Tasche, die sie heute statt des üblichen Rucksacks mitgenommen hatte, und ging in ihr Büro. Kai folgte ihr.

»Warum ziehst du nicht öfter mal ein Kleid an?«, bemerkte er.

»Fängst du etwa auch noch damit an?«, knurrte Pia.

»Womit?«, fragte Kai arglos. »Ich finde, deine Beine sind eine Augenweide.«

»Klar, meine *Beine*!«

»Ja, deine Beine. Seitdem ich nur noch eins habe, bin ich Beinliebhaber geworden.« Er grinste und setzte sich hinter seinen Schreibtisch. »Was dachtest du denn?«

»Ich … ich dachte nichts«, beeilte Pia sich zu sagen und schaltete ihren Computer ein. Warum reagierte sie bloß so empfindlich?

Sie gab ihr Passwort ein und checkte ihre Mails. Nichts Besonderes. Der Polizeiserver hatte den Vorteil, dass lästige Spam- und Werbemails von vorneherein aussortiert wurden. Gerade als sie das Mailprogramm verlassen wollte, poppte eine neue Nachricht mit dem Betreff »Lilly« auf. Der Absender war ihr unbekannt. Sie klickte auf die Mail, die einen Anhang hatte.

Immer wieder verschwinden kleine Mädchen und werden nie wieder gefunden. Wäre doch schade um das süße kleine Ding, nur weil ihre Mama die Nase in Dinge steckt, die sie nichts angehen.

Angehängt war ein Foto, das Lilly und sie zusammen mit den Hunden an einer der Koppeln auf dem Birkenhof zeigte. Es war etwas unscharf, so, als sei es aus weiter Entfernung aufgenommen worden. Pia starrte ein paar Sekunden begriffsstutzig auf die Zeilen. Erst ganz allmählich dämmerte ihr, was diese E-Mail zu bedeuten hatte, und sie bekam eine Gänsehaut. Das war eine unmissverständliche Drohung! Man hielt Lilly für ihre Tochter und drohte damit, ihr etwas anzutun, falls Pia nicht damit aufhörte … Ja, womit sollte sie aufhören? In welche Dinge hatte sie ihre Nase gesteckt?

»Jetzt sei nicht eingeschnappt, nur weil ich dir ein Kompliment gemacht habe«, sagte Kai. »Du hast einfach wirklich eine tolle …«

»Komm doch mal bitte und schau dir das an«, unterbrach Pia ihren Kollegen.

»Was ist denn?« Er kam zu ihr hinüber. »Du bist ja ganz blass geworden.«

»Hier, schau!« Pia rollte ein Stück mit dem Stuhl zurück, griff nach ihrer Handtasche und wühlte das Handy hervor. Ihr war ganz flau im Magen, und ihre Hände zitterten wie verrückt. Sie musste auf der Stelle Christoph anrufen und ihn warnen! Er durfte Lilly keine Millisekunde aus den Augen lassen!

»Das ist eine ernstzunehmende Drohung«, befand auch Kai und runzelte besorgt die Stirn. »MaxMurks@hotmail.com – ganz klar eine Fake-Adresse. Das muss sich der Chef anschauen.«

Wenig später standen Bodenstein, Christian, Cem und Kathrin mit ernsten Mienen um Pias Schreibtisch herum. Pia hatte mit Christoph telefoniert, der den Ernst der Lage sofort begriffen und ihr versichert hatte, er werde auf Lilly aufpassen und ihr einschärfen, immer in seiner Nähe zu bleiben.

»Du musst irgendwem mächtig auf die Füße getreten sein«, sagte Cem gerade.

»Ja, aber wem denn?« Pia war noch immer fassungslos. Jemand wusste, wo sie wohnte, und hatte Lilly und sie fotografiert! Die Vorstellung, dass jemand um ihr Haus schlich, weckte längst vergessen geglaubte Ängste in ihrem tiefsten Innern. »Ich versteh das nicht! Wir wissen doch überhaupt nichts!«

»Offenbar schon«, meinte Bodenstein und musterte sie eindringlich. »Denk nach! Mit wem hast du worüber gesprochen?«

Pia schluckte. Sollte sie ihren Kollegen verraten, dass sie gestern mit Behnke über Erik Lessing gesprochen hatte? Kam die Drohung aus dieser Ecke? Steckte vielleicht Frank dahinter? Ihr Blick begegnete dem von Christian, der fast unmerklich den Kopf schüttelte.

Es klopfte an der Tür. Eine Beamtin von der Wache teilte ihnen mit, dass die Männer, die für die Gegenüberstellung ausgewählt waren, unten warteten.

»Wir kommen sofort«, sagte Bodenstein. »Du kannst nicht mehr tun, als du getan hast, Pia. Kai soll die Kollegen in Königstein informieren, dann muss Christoph sich dort nur melden, wenn er etwas Verdächtiges bemerkt.«

Pia nickte. Das beruhigte sie zwar nicht im Geringsten, aber ihr Chef hatte recht. Für den Moment konnte sie nicht mehr tun.

Der Wettergott zeigte sich gnädig und bescherte ihrem Schwiegervater zu seinem achtzigsten Geburtstag einen kobaltblauen Himmel, durchsetzt mit watteweißen Schäfchenwolken. Dem Empfang und der Party im Freien stand nichts im Wege. Emma blickte aus dem Badezimmerfenster hinunter in den Garten, während sie sich die Haare föhnte. Helmut Grasser und seine fleißigen Helfer hatten bereits gestern ein Rednerpult, Stühle, Stehtische und eine kleine Bühne für die verschiedenen Vorführungen aufgebaut, heute Morgen hatten sie die Beschallungsanlage installiert und den Soundcheck gemacht. Unten herrschte hektische Betriebsamkeit. Die Jazzband, die Josef von Nicky, Sarah, Ralf und Corinna als Geburtstagsgeschenk bekommen hatte, spielte sich bereits seit einer Stunde warm, der *Sonnenkinder*-Chor hatte auch zwischendurch geprobt und vor diesem musikalischen Hintergrund hatte Emma einen harten Kampf mit ihrer Tochter ausgetragen, die sich mit Händen und Füßen gegen das rosakarierte Kleidchen mit dem weißen Kragen gewehrt hatte, das sie eigentlich liebte. Geduld und Strenge hatten nicht gefruchtet, kein Argument hatte verfangen, Louisa hatte stur darauf bestanden, eine Jeans und ein langärmeliges weißes T-Shirt anzuziehen. Die Kleine war immer trotziger geworden, bis sie schließlich in hysterisches Gekreische ausgebrochen war, das selbst das Jazzgedudel übertönt hatte. Emma hatte jedoch nicht nachgegeben und dem heulenden Kind das Kleid angezogen. Jetzt saß Louisa in ihrem Zimmer und schmollte, und Emma hatte die Gelegenheit genutzt, rasch zu duschen und die Haare zu waschen.

Es war höchste Zeit, nach unten zu gehen. Der Partyservice lieferte Kanapees, Finger-Food, Gläser, Geschirr, Besteck und die Getränke für den Empfang, das Mittagessen für einen kleineren Kreis von geladenen Gästen würde von der hauseigenen Küche gekocht. Das Servicepersonal, das Corinna ebenfalls über den Partyservice gebucht hatte, stand bereits gelangweilt herum. Es würde zwar noch eine Dreiviertelstunde dauern, bis die ersten offiziellen Gäste eintrafen, aber Renate und Josef wollten vorher mit »ihren« Kindern auf den Geburtstag und das Wiedersehen anstoßen.

Emma stieß einen tiefen Seufzer aus und wünschte sich, sie könnte die Zeit vorspulen bis zum Abend. Früher hatte sie solche Feste geliebt, aber heute fürchtete sie sich vor der Begegnung mit Florian und war überhaupt nicht in Stimmung für Small-Talk mit den Gästen, die ihr alle herzlich gleichgültig waren. Sie ging ins Schlafzimmer hinüber, zwängte sich in das zitronengelbe Umstandskleid, das einzige Kleidungsstück aus ihrer Garderobe, das überhaupt noch passte, obwohl es mittlerweile auch schon zu eng war. Das Telefon klingelte. Renate!

»Emma, wo bleibt ihr denn? Die meisten sind schon da, aber ausgerechnet Florian, du und Louisa …«

»Wir kommen sofort«, unterbrach Emma ihre Schwiegermutter. »In fünf Minuten sind wir unten.«

Sie legte auf, warf sich einen nicht zu intensiven Blick im Spiegel zu und ging durch den Flur zum Kinderzimmer. Leer! Dieses verflixte Kind! Im Wohnzimmer war es auch nicht. Emma ging in die Küche.

»Louisa? Louisa! Komm, wir müssen runtergehen! Die Oma hat schon angerufen und …« Die Worte blieben ihr im Hals stecken. Sie schlug die Hände vor den Mund und starrte ihre kleine Tochter schockiert an. Louisa saß mitten in der Küche auf dem Boden, nur mit einem Unterhöschen bekleidet, in einer Hand eine Küchenschere. Die herrlichen blonden Haare, die sie gestern Abend noch gewaschen hatten, kringelten sich rings um sie herum auf dem Fußboden.

»Oh mein Gott, Louisa! Was hast du getan?«, flüsterte Emma fassungslos.

Louisa schluchzte auf, schleuderte die Schere von sich, die klirrend unter den Tisch rutschte. Das Schluchzen steigerte sich zu einem verzweifelten Heulen. Emma ging in die Hocke. Sie streckte die Hand aus und fuhr über die stoppeligen Borsten, die in alle Richtungen von Louisas Kopf abstanden. Das Mädchen zuckte vor ihrer Berührung zurück und wandte den Blick ab, aber dann kuschelte sie sich in Emmas Arme. Ihr Körper wurde von heftigen Schluchzern geschüttelt, die Tränen strömten wie Sturzbäche über ihr Gesichtchen.

»Warum hast du dir deine schönen Haare abgeschnitten?«, fragte Emma leise. Sie wiegte das Mädchen in ihren Armen und schmiegte ihre Wange an sein Köpfchen. Das war nicht aus einer Laune heraus geschehen, nicht aus Protest oder Zorn. Es brach ihr das Herz, ihr Kind so unglücklich und verängstigt zu sehen und ihm nicht helfen zu können. »Sag mir doch, wieso hast du das gemacht, meine Süße?«

»Weil ich ganz *hässlich* sein will«, murmelte Louisa und steckte den Daumen in den Mund.

Sie hatte den Wecker um acht Uhr ausgeschaltet und bis zehn weitergeschlafen. Es gab schließlich keinen Job mehr und auch sonst niemanden, der auf sie wartete. Meike hatte, nachdem sie in Oberursel gewesen war, beschlossen, nicht mehr nach Sachsenhausen, sondern nach Langenhain zu fahren. Nach dem Aufstehen hatte sie eine halbe Stunde im Whirlpool auf der Terrasse verbracht und danach ein paar Cremes und Peelings aus den zahllosen Tiegelchen und Töpfchen ausprobiert, die im Badezimmer ihrer Mutter in rauen Mengen herumstanden. Hanna gab ein Vermögen für den Kram aus, und bei ihr schien es zu wirken. Meike fand das Ergebnis bei sich selbst alles andere als zufriedenstellend. Sie sah einfach scheiße aus und hatte eine schlechte Haut. Ihre Laune sank gegen den Nullpunkt.

»Hässliche Kuh!«, sagte sie zu ihrem Spiegelbild und zog eine Grimasse.

Unten ging die Haustür auf. Sie hob alarmiert den Kopf und lauschte. Wer konnte das denn sein? Die Putzfrau kam immer dienstags, sie würde wohl kaum freiwillig Überstunden machen. Hatten irgendwelche Nachbarn einen Schlüssel? Meike pirschte in den Flur, presste sich mit klopfendem Herzen an die Wand und blickte hinunter in die Empfangshalle. Da waren zwei Männer im Haus! Einer wandte ihr den Rücken zu, der andere, ein schmaler Bärtiger mit Pferdeschwanz, schlenderte gerade so selbstverständlich in die Küche, als sei er hier zu Hause. Einbrecher am helllichten Tag!

Meike schlich zurück in Hannas Schlafzimmer, in dem sie geschlafen hatte, und blickte sich um. Shit! Wo war ihr Handy? Sie durchwühlte das Bett, doch dann fiel ihr ein, dass sie vorhin im Whirlpool mit Kopfhörern Musik gehört hatte. Wahrscheinlich lag es noch dort.

Statt des Handys schob sie den Elektroschocker, den sie seit dem Überfall auf Hanna immer mit sich herumtrug, in die hintere Hosentasche ihrer Jeans. Ihr blieb nichts anderes übrig, als hinunterzuschleichen und durch die Haustür abzuhauen, wenn sie den Typen hier oben nicht in die Falle gehen wollte. Die beiden unterhielten sich im Erdgeschoss ungeniert laut, sie standen in der Küche, und auf einmal brummte sogar das Mahlwerk der Espressomaschine. Wie dreist waren die denn?

Meike hockte oben an der Treppe und lauschte mit angehaltenem Atem nach unten. Für eine Flucht durch die Haustür musste sie den optimalen Moment abpassen. Da verließ einer der Männer mit einem Handy am Ohr die Küche. Meike traute ihren Augen nicht.

»Wolfgang?«, fragte sie ungläubig und richtete sich auf.

Der Mann fuhr zusammen, das Handy rutschte ihm vor Schreck aus der Hand und fiel auf den Boden. Er starrte sie an wie einen Geist.

»W… w… was machst du denn hier?«, stotterte er. »Warum bist du nicht in Frankfurt?«

Meike ging die Treppe hinunter.

»Ich hab hier übernachtet. Warum bist du hier?«, erwiderte sie kühl. Sie hatte nicht vergessen, wie er sie gestern abserviert hatte. »Und wer ist dein Kumpel? Wie kommt ihr dazu, einfach hier einzudringen und euch auch noch ein Käffchen zu kochen?«

Sie stemmte eine Hand in die Taille und betrachtete Wolfgang mit gut gespielter Empörung. »Weiß Mama das?«

Alle Farbe war aus Wolfgangs Gesicht gewichen, er war totenbleich.

»Bitte, Meike!« Er hob beschwörend die Hände, sein Adamsapfel hüpfte auf und ab. Schweiß glänzte auf seiner Stirn. »Verschwinde von hier und vergiss einfach, dass du uns hier …«

Er verstummte, als der bärtige Pferdeschwanz hinter ihm in der Küchentür auftauchte.

»Nanu«, sagte der Mann, »wen haben wir denn hier?«

»Schmeckt Ihnen unser Kaffee?«, fragte Meike spitz.

»Danke, es geht«, erwiderte der Bärtige, ein drahtiger, muskulöser Mann, dessen Sonnenbräune verriet, dass er sich oft im Freien aufhielt. Seine Augen funkelten spöttisch. »Die Saeco macht für meinen Geschmack einen besseren Kaffee, aber das hier ist durchaus akzeptabel.«

Meike starrte ihn böse an. Was erlaubte sich der Kerl? Wer war er überhaupt? Und was tat Wolfgang an einem Freitagvormittag im Haus ihrer Mutter? Sie ging die letzten beiden Stufen hinunter.

»Bitte, Meike!« Wolfgang trat zwischen sie und den Mann. »Geh einfach. Du hast uns hier nicht gesehen …«

»Dafür ist es jetzt zu spät«, sagte der Mann mit dem Pferdeschwanz bedauernd und schob ihn zur Seite. »Geh nach der Post gucken, Wolfi.«

Meike blickte misstrauisch zwischen ihm und Wolfgang hin und her, aber Wolfgang wich ihrem Blick aus und wandte sich ab. Nicht zu fassen! Er ließ sie einfach stehen!

»Wolfgang, warum hast …?«

Der Schlag kam aus dem Nichts und traf sie mitten im Gesicht, sie taumelte nach hinten, konnte sich gerade noch am Treppengeländer abfangen. Sie fasste sich ins Gesicht und betrachtete ungläubig das Blut an ihrer Hand. Eine Hitzewelle pulsierte durch ihren Körper.

»Hast du 'n Knall, du Arschloch?«, schrie sie wütend. Meike wusste nicht, worüber sie sich mehr ärgerte: über diesen unverschämten Kerl, der ihr wirklich weh getan hatte, oder über Wolfgang, der sich feige abwandte, sein Handy aufhob und sie ihrem Schicksal überließ! Hass, Enttäuschung und Adrenalin kochten über, und anstatt zur Haustür zu laufen und um Hilfe zu rufen, stürzte sie sich mit einem Wutschrei auf den bärtigen Mann.

»Oho! Deine Mama hat sich nicht so gewehrt. Die war richtig langweilig im Gegensatz zu dir.« Er hatte alle Hände voll zu tun, sich ihrer zu erwehren, aber sie hatte letztlich keine Chance, denn er war ein erwachsener Mann und sie nur eine halbe Portion. Dennoch schnaufte er angestrengt, als er ihr sein Knie in die Wirbelsäule stemmte und ihre Handgelenke hinter ihrem Rücken brutal zusammenschnürte.

»Du bist ja eine kleine Wildkatze«, zischte er.

»Und du bist ein beschissener Wichser!«, stieß Meike zwischen zusammengebissenen Zähnen hervor und versuchte, nach ihm zu treten.

»Los, steh auf!« Der Bärtige zog sie hoch und zerrte sie die Kellertreppe hinunter.

»Wolfgang!«, kreischte sie. »Scheiße, tu doch was! *Wolfgang!*«

»Halt dein Maul!«, keuchte der Mann und ohrfeigte sie ein paarmal. Meike spuckte ihn an, trat nach ihm und traf ihn an einer empfindlichen Stelle. Da rastete er aus. Er stieß sie in den Heizungskeller, dann schlug er zu, prügelte auf sie ein, bis sie zu Boden ging.

Endlich schien es ihm zu reichen. Er richtete sich schwer atmend auf, fuhr sich mit dem Unterarm über die Stirn. Sein Pferdeschwanz hatte sich gelöst, die Haare fielen ihm ins Gesicht. Meike krümmte sich hustend auf dem blanken Betonfußboden.

Oben klingelte es an der Haustür.

»Die Post ist da«, sagte der Mann. »Lauf nicht weg. Du hast nämlich noch ein Date.«

»Mit dir, oder was?«, krächzte Meike. Er beugte sich über sie, packte ihr Haar und zwang sie, ihn anzuschauen.

»Nein, Baby. Nicht mit mir.« Sein Grinsen war diabolisch. »Du hast ein Date mit dem Sensenmann.«

Der Mann schüttelte den Kopf.

»Nee«, sagte er mit Bestimmtheit. »Von denen isses keiner.«

»Wirklich nicht?«, vergewisserte sich Bodenstein. »Lassen Sie sich ruhig Zeit.«

»Nein.« Der Zeuge Andreas Hasselbach war ganz sicher. »Ich hab ihn zwar nur kurz gesehen, aber von denen war es keiner.«

Fünf Männer standen auf der anderen Seite der verspiegelten Glasscheibe, jeder von ihnen hielt ein Schild mit einer Nummer in der Hand. Prinzler hatte die Nummer drei, aber der Zeuge hatte ihn nicht länger oder intensiver angesehen als die anderen vier Männer. Pia sah die Enttäuschung in der Miene ihres Chefs, aber ihr war gleich klar gewesen, dass der Mann nicht dabei war, denn alle außer Bernd Prinzler waren Kollegen.

»Was ist mit dem hier?« Sie reichte Hasselbach den Ausdruck des Phantombildes, das mit Hilfe der Zeugin aus Höchst entstanden war. Ihm genügte ein einziger Blick.

»Der ist es!«, rief er aufgeregt und ohne Zögern.

»Danke.« Pia nickte. »Sie haben uns sehr geholfen.«

Jetzt mussten sie diesen Mann nur noch finden. Vielleicht half ein weiteres Mal die Öffentlichkeit. Die Kollegen kehrten an ihre Schreibtische zurück, der Zeuge wurde entlassen und Prinzler in den benachbarten Vernehmungsraum gebracht. Bodenstein und Pia nahmen ihm gegenüber Platz, Cem lehnte an der Wand.

»Warum haltet ihr mich hier fest?« Prinzler war sauer. »Es liegt nichts gegen mich vor! Das ist echter Bullenterror! Ich will meine Frau anrufen.«

»Reden Sie doch einfach mit uns«, schlug Bodenstein vor. »Sagen Sie uns, woher Sie Leonie Verges und Hanna Herzmann kannten und weshalb Sie bei ihnen gewesen sind. Dann dürfen Sie Ihre Frau anrufen oder gleich gehen.«

Prinzler musterte Bodenstein abschätzend.

»Ich sag gar nichts ohne meine Anwältin. Ihr dreht mir doch nur wieder einen Strick aus allem, was ich sage.«

Bodenstein bombardierte den Mann mit denselben Fragen, die Pia und Kröger ihm schon tags zuvor gestellt hatten, und bekam ebenso wenige Antworten.

»Ich will erst mit meiner Frau telefonieren«, antwortete Prinzler auf jede Frage stereotyp. Das schien ihm wirklich wichtig zu sein, auch wenn er versuchte, gelassen zu wirken. Er sorgte sich um seine Frau. Aber warum?

Pia warf einen Blick auf ihre Uhr. Sie musste in einer Stunde in Falkenstein sein. So kamen sie hier nicht weiter. Sie schob ihm das Phantombild hin.

»Wer ist dieser Mann?«

»Ist das der Kerl, den ihr sucht? Deshalb die Gegenüberstellung?«

»Richtig. Kennen Sie ihn?«

»Ja. Das ist Helmut Grasser«, erwiderte er schroff. »Hättet ihr mich gleich gefragt, hättet ihr euch die ganze Arie eben sparen können.«

Zorn stieg in Pias Innerem hoch, so wie Blut aus einem scharfen Schnitt in der Haut quillt. Die Zeit lief ihnen davon, und dieser Kerl, der vielleicht den Schlüssel für die Lösung ihrer Fälle kannte, hielt sie hin. Sie fand einfach keine Stelle, an der sie einen Hebel hätte ansetzen können. Bernd Prinzler war wie eine Betonmauer ohne Risse und Fugen, eine unüberwindliche Wand sturer Entschlossenheit.

»Woher kennen Sie ihn? Wo finden wir ihn?«

Schulterzucken.

Pia spürte, wie ihr Blut allmählich zu kochen begann. Mussten sie diesem Mann wirklich alles aus der Nase ziehen?

Cem verließ den Raum.

»Schauen Sie sich das hier an.« Pia legte Prinzler einen Ausdruck der E-Mail hin, die sie heute Morgen bekommen hatte. »Jemand hat mich und die Enkeltochter meines Lebensgefährten fotografiert, erst gestern.«

Er blickte nicht einmal hin.

»Ich hab meine Lesebrille nicht dabei«, behauptete er.

»Dann lese ich sie Ihnen vor.« Pia schnappte das Blatt. *»Immer wieder verschwinden kleine Mädchen und werden nie wieder gefunden. Wäre doch schade um das süße kleine Ding, nur weil ihre Mama die Nase in Dinge steckt, die sie nichts angehen.«*

»Damit hab ich nix zu tun.« Prinzler wandte seinen Blick nicht von Pias Gesicht ab. »Ich sitze seit Mittwoch im Knast. Schon vergessen?«

»Aber Sie wissen, worum es hier geht!« Sie musste sich beherrschen, um den Mann nicht anzuschreien. »Wer schreibt solche Mails? Wieso? Worüber hat Hanna Herzmann recherchiert? Weshalb musste Leonie Verges sterben? Wer muss denn noch sterben, bevor Sie endlich den Mund aufmachen? Ihre Frau? Sollen wir sie hierherholen? Vielleicht redet sie mit uns, wenn Sie es schon nicht tun.«

Prinzler fuhr mit der Hand über sein Kinn, dachte nach.

»Machen wir 'n Deal. Ihr lasst mich telefonieren«, entgegnete er schließlich. »Und wenn ich weiß, dass sie okay ist, dann sag ich euch alles, was ich weiß.«

Das war kein Deal, das war schlicht und einfach Erpressung. Aber es war eine winzige Unebenheit in der undurchdringlichen Schutzmauer, die Prinzler rings um sich aufgebaut hatte. Eine Chance. Pia wechselte einen Blick mit Bodenstein. Der nickte. Pia zog ihr Handy hervor und legte es vor Prinzler auf den Tisch.

»Na los«, forderte sie ihn auf. »Rufen Sie sie an.«

Das Auto verlangsamte die Geschwindigkeit und neigte sich in eine Linkskurve. Kilian merkte, dass sich jemand über ihn beugte, plötzlich ging die Tür auf, er spürte Fahrtwind und die Fliehkraft, die ihn zur Seite zog. Erschrocken stemmte er sich mit den Knien am Vordersitz ab, wollte sich im Reflex irgendwo festhalten, aber seine Hände waren gefesselt. Ein heftiger Stoß traf seine Seite, er kippte und fiel. Für ein paar Schrecksekunden fühlte er sich schwerelos, bevor sein Gehirn begriff, was geschehen war. Verdammt, die hatten ihn aus dem fahrenden Auto gestoßen! Er prallte mit voller Wucht auf die rechte Schulter, sein Schlüsselbein brach mit einem Knacken. Der Schmerz raubte ihm den Atem.

Reifen quietschten und radierten heulend über Asphalt, Bremsen kreischten, die Hupe eines Lkws dröhnte direkt neben ihm. Verzweifelt versuchte Kilian, sich von der Fahrbahn wegzurollen und knallte mit dem Kopf gegen den scharfen Rand einer Leitplanke. War er in Sicherheit? Wo war die Straße? Scharfkörniger Schotter zerkratzte seine Wange, es roch nach Gras.

Eine Autotür knallte zu, schnelle Schritte näherten sich. Kilian zog die Beine an und schob sich weiter Richtung Gras.

»He! Hallo!« Jemand berührte seinen Arm und der Schmerz explodierte weißglühend in seinem Gehirn.

Aufgeregte Stimmen redeten durcheinander.

»Ruf mal einen Krankenwagen!«

»… einfach aus dem Auto gefallen!«

»Lebt er noch?«

»Hätte ihn fast überfahren!«

Hände an seinem Kopf. Der Druck der Augenbinde löste sich. Kilian blinzelte in die Helligkeit, sah einen schnauzbärtigen Mann in einem karierten Hemd, dem der Schreck ins Gesicht geschrieben stand.

»Wie geht's dir, Mann? Kannst du dich bewegen? Tut dir was weh?«

Kilian starrte ihn an, nickte langsam.

»Nur meine Schulter«, flüsterte er mühsam. »Ich glaub, da ist was gebrochen.«

»De Krankenwagen kütt gleisch«, versicherte der Mann in feinstem Kölsch. »Oh, Mann, was is 'n da losjewesen?«

Kilians Blickfeld erweiterte sich. Er hob den Kopf und stellte fest, dass er unter einer Leitplanke am Rand einer zweispurigen Straße lag, einer Landstraße. Ein großer Lkw mit eingeschaltetem Warnblinker stand halb auf der Gegenfahrbahn, ein zweiter direkt dahinter.

»Die ham dich einfach aus'm Auto jeworfen!« Der Mann, wohl der Fahrer des Lkw, stand unter Schock. Er war schneeweiß im Gesicht. »Um ein Haar wär ich über dich drübber jefahren!«

»Wo bin ich?« Kilian fuhr sich mit der Zunge über die ausgetrockneten Lippen und versuchte, sich aufzurichten.

»Auf der L56, kurz vor Selfkant.«

»In Deutschland?«

»Ja. Wat ist denn passiert?«

Ein zweiter jüngerer Mann kam dazu, in der Hand ein Handy.

»Kein Empfang«, sagte er und beugte sich ebenfalls besorgt über Kilian. »Hey, Mann, was ist los? Was ist mit dir passiert?«

»Ich muss nach Frankfurt. Und ich muss telefonieren.« Kilian konnte sich vorstellen, wie er aussah. »Bitte kein Krankenwagen oder Polizei.«

»Ey, du bist halbtot«, sagte der jüngere der beiden Männer. Kilian konnte nur an Chiara denken. Er musste sie erreichen, bevor ihr etwas zustieß. Die beiden richteten ihn vorsichtig auf und lehnten ihn an die Leitplanke, dann befreiten sie ihn von seinen Fesseln. Mit ihrer Hilfe kam er auf die Beine.

»Könnt ihr mich ein Stück mitnehmen?«, fragte er. »Ich muss echt dringend nach Frankfurt.«

Die beiden Lkw-Fahrer waren nicht versessen darauf, mit ihren Spediteuren Zoff zu kriegen, weil sie der Polizei irgendwelche Beobachtungen zu Protokoll gegeben hatten. Sie stellten keine Fragen, gaben ihm eine Flasche Wasser und einen Lappen, um das getrocknete Blut aus dem Gesicht und von den Händen zu wischen.

»Ich muss nach Mönchengladbach«, sagte der mit dem Schnauzbart. »Vielleicht find ich über Funk einen Kollegen, der dich von da aus weiter mit nach Frankfurt nimmt.«

»Danke.« Kilian nickte. Er schaffte es kaum, in den Lkw zu klettern. Sein Körper bestand nur aus Schmerz. Die Haut in seinem Gesicht spannte. Aus dem Außenspiegel starrte ihm eine verschwollene Horrorfratze entgegen, die ihm nicht mehr im Geringsten ähnlich sah.

Der Schnauzbart startete den Motor des riesigen Gefährts und manövrierte es wieder auf die richtige Fahrbahnseite. Kilian schauderte. Die Reifen des Dreißigtonners hätten seine Knochen zermalmt wie eine Walnuss. Vermutlich hatten seine Entführer genau darauf gehofft.

Der Garten war von gutgelaunten, sommerlich gekleideten Gästen bevölkert, die Jazzband spielte und Kellner schoben sich mit Sektgläsern und Finger-Food auf Tabletts durch die Menge. Emma suchte mit den Augen nach ihren Schwiegereltern. Sie kannte zwar von den Einladungen und der Gästeliste jeden einzelnen Namen, aber persönlich war ihr kaum jemand bekannt. Louisa umklammerte ihre Hand und presste sich so scheu an sie, als sei sie fremd hier. Es hatte Emmas ganzer Kunstfertigkeit bedurft, um aus Louisas Zerstörungswerk einen annehmbaren Kurzhaarschnitt zu zaubern. In Jeans und einem weißen Longsleeve sah sie aus wie ein kleiner Junge.

»Ah, da sind ja Opa und Oma«, sagte Emma. Die Schwiegereltern standen auf der großen Terrasse, Josef in einem hellen Leinenanzug, Renate in einem apricotfarbenen Kleid, das wunderbar zu ihrer gebräunten Haut und dem weißen

Haar passte, und begrüßten die eintreffenden Gäste. Renate strahlte über das ganze Gesicht und wirkte glücklich und entspannt.

Emma gratulierte ihrem Schwiegervater zum Geburtstag.

»Na, wo ist denn meine kleine Prinzessin?« Josef beugte sich zu Louisa herunter, aber die versteckte sich hinter ihrer Mutter. »Willst du dem Opa nicht ein Küsschen zum Geburtstag geben?«

»Nein!« Louisa schüttelte heftig den Kopf. Die Umstehenden lachten amüsiert.

»Was ist denn mit Louisas schönen Haaren passiert?«, fragte Renate konsterniert. »Und wo ist denn das hübsche rosa Kleidchen?«

»Uns gefallen die kurzen Haare besser«, beeilte Emma sich zu sagen. »Nicht wahr, Louisa? Das geht viel schneller beim Haarewaschen.«

»Aber was …?«, begann Renate wieder, doch Emma brachte sie mit einem flehenden Blick zum Schweigen.

»Papa!«, rief Louisa in dem Augenblick, riss sich von Emmas Hand los und rannte auf Florian zu. Emmas Herz machte beim Anblick ihres Ehemannes einen Satz. Wie sein Vater trug auch Florian einen hellen Anzug und sah einfach umwerfend gut aus. Er fing Louisa auf und hob sie hoch. Sie schlang die Ärmchen um seinen Hals und presste ihre Wange an seine.

»Hallo«, sagte Florian zu Emma. Er verlor kein Wort über Louisas neue Frisur und die Jeans. »Wie geht es dir?«

»Hallo«, erwiderte Emma kühl. »Ganz gut. Und dir?«

Auch wenn ihr Zorn und das Gefühl der Demütigung, das ihr seine Untreue zugefügt hatte, momentan verflogen waren, blieb die Distanz zwischen ihnen bestehen. Er kam ihr vor wie ein Fremder.

Renate und Josef begrüßten ihren Sohn, er küsste seine Mutter pflichtschuldig auf die Wangen und reichte seinem Vater mit einem gezwungenen Lächeln die Hand. Bevor Emma noch ein paar Worte mit ihrem Mann wechseln konnte, ergriff Renate sie beim Arm und stellte ihr alle möglichen Leute vor. Emma lächelte höflich, schüttelte Hände, Namen bekamen Gesichter, die sie – kaum gehört – schon wieder vergessen hatte. Immer wieder sah sie sich nach Florian um. Er redete mit allen möglichen Menschen, aber sie konnte an seiner Körperhaltung erkennen, wie unwohl er sich fühlte.

Emma lehnte mit Hinweis auf ihren Zustand immer wieder ab, mit Sekt anzustoßen. Endlich gelang es ihr, ihre Schwiegermutter abzuschütteln und sie ging zu Florian hinüber, der sich an einen Stehtisch am Rande des Gartens geflüchtet hatte. Louisa spielte mit ein paar anderen Kindern Fangen.

»Tolle Party«, bemerkte er.

»Ja«, erwiderte sie. Sie spürte sein Unbehagen wie ein Echo ihrer eigenen Gefühle. »Ich wollte, sie wäre schon vorbei.«

»Geht mir auch so. Was ist mit der Kleinen passiert?«

Emma erzählte es ihm, erwähnte auch die zerschnittene Handpuppe und dass Louisa gesagt hatte, sie fürchte sich vor dem bösen Wolf.

»*Was* hat sie gesagt?« Seine Stimme klang plötzlich brüchig, zum ersten Mal trafen sich ihre Blicke. Emma erschrak, als sie die heftige Gemütsbewegung in seinen Augen bemerkte, die er hinter einer stoischen Miene zu verbergen suchte. Seine Hand umklammerte den Stiel des Sektglases so fest, dass seine Fingerknöchel weiß unter der Haut hervortraten.

»Florian, es … es tut mir leid, aber … aber ich …« Emma brach ab.

»Ich weiß«, sagte er gepresst. »Du hast gedacht, ich hätte Louisa etwas angetan. Ich hätte sie *missbraucht* …«

Er gab ein Geräusch von sich und schüttelte heftig den Kopf, als wolle er einen Gedanken, eine unwillkommene Erinnerung verscheuchen.

»Was hast du denn?«, fragte sie vorsichtig.

»Angst vor dem bösen Wolf«, murmelte er düster. »Das glaube ich einfach nicht.«

Emma konnte sich keinen Reim auf sein eigentümliches Verhalten machen. Ihr Blick schweifte auf der Suche nach Louisa über die lachende und fröhlich feiernde Menge. Sie sah Corinna, die weiter hinten, dort, wo der Garten in den Park überging, telefonierend hin und her ging. Ralf stand mit den Händen in den Hosentaschen in ihrer Nähe und wirkte ähnlich angespannt und verärgert wie seine Frau. Wie unhöflich von den beiden, ihr Desinteresse so offensichtlich während des Empfangs zu demonstrieren!

Bürgermeister und Landrat waren eingetroffen, schließlich erschien der Ministerpräsident, damit waren die Honoratioren komplett.

»Sämtliche alte Kumpels von meinem Vater sind aufmarschiert. Oder besser gesagt: angerollt gekommen«, stellte Florian mit kaum verhohlener Verachtung fest. »Meine Mutter hat sie dir sicher alle vorgestellt, oder?«

»Sie hat mir gefühlte fünftausend Leute vorgestellt«, erwiderte Emma. »Ich habe keinen einzigen Namen behalten.«

»Der Alte mit der Glatze, der neben meiner Mutter steht, ist mein Patenonkel«, erklärte Florian. »Hartmut Matern, der große Guru des deutschen Privatfernsehens. Der daneben ist Dr. Richard Mehring, früher oberster Richter am Bundesverfassungsgericht. Und der kleine Fette mit der Fliege war mal der

Präsident der Goethe-Universität in Frankfurt, Professor Ernst Haslinger. Ach, und den Großen mit der Silbermähne kennst du sicher aus dem Fernsehen: Peter Weißbecker. Offiziell ist er seit zwanzig Jahren vierundfünfzig.«

Emma wunderte sich über Florians Sarkasmus.

»Und da ist ja auch Nicky«, bemerkte er bitter. »Hätte meinem Vater glatt das Herz gebrochen, wenn ausgerechnet der nicht gekommen wäre.«

»Ich denke, Nicky ist dein Freund«, sagte Emma erstaunt.

»Klar, sie sind alle meine *besten* Freunde«, erwiderte Florian und lachte spöttisch auf. »Die ganzen Kinder aus verwahrlosten Asozialenfamilien, die Waisen, die Benachteiligten, die plötzlich meine Schwestern und Brüder waren und alle Aufmerksamkeit meiner Eltern brauchten.«

Emma beobachtete, wie Nicky sich suchend umblickte. Corinna hatte ihr Telefonat beendet und eilte auf ihn zu, Ralf folgte ihr. Sie schien es ihrem Bruder nicht nachzutragen, dass er sie geohrfeigt hatte. Die drei besprachen etwas, dann rückte Nicky seine Krawatte gerade, setzte ein Lächeln auf und ging zu Josef und Renate hinüber. Corinna und Ralf folgten ihm, auch lächelnd, so, als sei alles in bester Ordnung.

»Immer hieß es, ich solle Rücksicht nehmen, denn die armen Kinder bräuchten Liebe und Wärme und Geborgenheit, die ich ja schließlich hätte«, sprach Florian weiter. »Wie gerne wäre ich oft auch ein Waisenkind gewesen mit drogensüchtigen Alkoholikereltern. Wie gerne wäre ich auch mal faul, schwierig, frech oder schlecht in der Schule gewesen, aber ich durfte mir das nie erlauben.«

In dieser Sekunde begriff Emma das wahre Problem ihres Mannes. Er hatte seine ganze Kindheit und Jugend hindurch darunter gelitten, dass andere Kinder mehr Aufmerksamkeit von seinen Eltern bekamen als er selbst. Florian schnappte sich vom Tablett eines vorbeigehenden Kellners noch ein Glas Sekt und trank es in einem Zug aus, während sich alle Zieh- und Pflegekinder seiner Eltern in einem Halbkreis aufstellten und für Josef ein »Happy birthday to you« sangen. Josef strahlte, und Renate tupfte sich die Tränen der Rührung von den Wangen.

»Ach, Emmi«, sagte Florian und stieß einen abgrundtiefen Seufzer aus. »Es tut mir so leid, was in den letzten Wochen passiert ist. Lass uns nach einem Haus suchen und von hier weggehen.«

»Warum hast du nie mit mir über all das gesprochen?« Emma kämpfte gegen die Tränen. »Weshalb hast du es so weit kommen lassen?«

»Weil …« Er brach ab, blickte sie an, suchte nach den richtigen Worten. »Ich dachte, ich halte es aus, bis das Baby da ist. Aber plötzlich … ich weiß nicht … du warst hier auf einmal so glücklich. Und da dachte ich, du willst hierbleiben.«

»Aber … aber … warum hast du mich …?« Emma brachte es nicht fertig, das Wort ›betrogen‹ auszusprechen. Das, was er getan hatte, würde immer zwischen ihnen stehen, und sie war sich nicht sicher, ob sie Florian das jemals verzeihen konnte.

»Ich habe keine andere Frau und erst recht kein Verhältnis. Ich … ich war …« Er atmete tief durch und gab sich einen Ruck. »Ich war das erste und letzte Mal in meinem Leben in Frankfurt auf dem … Straßenstrich. Ich … ich wollte da gar nicht hin, das war … ich … die Ampel war rot, und da stand auf einmal diese Frau. Ich weiß, dass das unverzeihlich war, was ich getan habe. Ich bereue wirklich tief, dich so verletzt zu haben. Und es gibt auch keine Entschuldigung dafür. Ich kann nur hoffen, dass du mir eines Tages verzeihst.«

Emma sah Tränen in seinen Augen glänzen. Sie ergriff seine Hand und drückte sie stumm. Vielleicht würde doch wieder alles gut werden.

Dank Miriams Oma besaß Pia mittlerweile Erfahrung, was gesellschaftliche Anlässe wie diesen Geburtstagsempfang betraf, doch wohl fühlte sie sich nach wie vor nicht zwischen den aufgebrezelten Fremden, die sich alle untereinander zu kennen schienen. Damen gesetzteren Alters, in Parfüm mariniert und mit dunkler Krokodillederbräune, die gelangweilte Jahrzehnte auf Golfplätzen und Segelyachten verrieten, trugen vorzugsweise Hut und ihren aus den Banksafes befreiten teuren Schmuck zur Schau. Spitze Begrüßungsschreie mischten sich mit Gegacker wie in einem Hühnerstall. Pia schob sich auf der Suche nach Emma durch die Menge und fragte sich, was sie hier eigentlich zu suchen hatte. Sie steckte bis zum Hals in Arbeit, machte sich allergrößte Sorgen um Lilly und verschwendete hier ihre Zeit, weil sie einer alten Klassenkameradin, die sie fünfundzwanzig Jahre lang nicht gesehen hatte, in einem sentimentalen Moment ein unsinniges Versprechen gegeben hatte. Eigentlich hatte sie gehofft, dass sich eine Gelegenheit ergeben würde, mit Emma über den Termin bei der Therapeutin des Frankfurter Mädchenhauses zu sprechen, den sie ihr vermittelt hatte. Pia war nie ein mütterlicher Typ gewesen, doch durch Lilly hatte sich irgendetwas verändert, und seitdem Emma die Befürchtung geäußert hatte, ihre kleine Tochter könne missbraucht worden sein, wurde Pia den Gedanken nicht mehr los, dass ihrer Nixe aus dem Main tatsächlich genau so etwas zugestoßen sein konnte. War es wirklich nur ein Zufall, dass Kilian Rothemund, der vorbestrafte Kinderschänder, nur ein paar Kilometer vom Fundort der Mädchenleiche entfernt lebte? Deckte Prinzler möglicherweise seinen ehemaligen Anwalt aus falsch verstandener Solidarität? Oder steckte er letzten Endes mit Rothemund sogar unter einer Decke? Prinzler hatte vorhin weder seine Frau noch seine Anwältin erreicht und schwieg sich noch immer aus, obwohl sie ihn hatten telefonieren lassen.

Ein Kind rempelte sie unsanft an.

»'schuldigung!«, rief es atemlos und rannte weiter, gefolgt von drei anderen Kindern.

»Schon gut.« Es war Pia bereits aufgefallen, dass ungewöhnlich viele Kinder auf diesem Empfang waren, bis sie sich daran erinnerte, dass nicht nur der achtzigste Geburtstag von Emmas Schwiegervater Josef Finkbeiner, sondern auch der vierzigste Jahrestag der Gründung dieses Sonnenkinder-Vereins für ledige Mütter gefeiert wurde.

Pia blickte sich suchend um, hin und wieder kontrollierte sie ihr Handy, das sie lautlos gestellt hatte. Sie hatte ihrem Chef gesagt, sie wolle informiert werden und sei jederzeit erreichbar, falls Prinzler endlich den Mund aufmachte. Fast hoffte sie, dass das der Fall sein würde, um eine Entschuldigung zu haben, hier wieder verschwinden zu können.

An einem Stehtisch in der Nähe des Eingangs standen die Personenschützer des Ministerpräsidenten, vier Männer in schwarzen Anzügen, mit Sonnenbrillen und Knopf im Ohr, die gelangweilt Wasabi-Erdnüsse und Salzstangen kauten. Ihr Chef gratulierte gerade dem Jubilar, der mit seiner Frau auf der großen Terrasse Glückwünsche und Geschenke entgegennahm. Pia erkannte neben ihm Oberstaatsanwalt Markus Maria Frey und war kurz überrascht, bis ihr einfiel, was Christian Kröger ihr über ihn erzählt hatte: Frey war ein Zögling der Finkbeiners, der mit einem Stipendium der Stiftung seines Ziehvaters Jura studiert hatte.

Eine Frau trat an das Mikrophon des Rednerpults, das neben einer Bühne vor der herrlichen Kulisse fast verblühter Rhododendren aufgebaut worden war, und bat alle Anwesenden, Platz zu nehmen. Folgsam strebten alle Gäste auf die Stuhlreihen zu, und Pia erblickte Emma und einen dunkelhaarigen Mann mit einem Kind auf dem Arm, die gerade in der zweiten Sitzreihe Platz nahmen. Sollte sie nach vorne gehen und sie begrüßen? Nein, lieber nicht. Emma könnte auf die Idee kommen, ihr einen Platz neben sich anzubieten und dann konnte sie sich nicht einfach unauffällig absetzen.

Sie fand einen Platz in der letzten Reihe auf der linken Seite des Mittelganges und setzte sich, als der Kinderchor mit einem rührenden »Wie schön, dass du geboren bist« den offiziellen Teil der Feierstunde einleitete. Ungefähr fünfzig kleine Mädchen und Jungen in rosa und hellblauen T-Shirts krähten aus voller Brust und zauberten allen Gästen ein Lächeln auf die Gesichter. Pia erwischte sich auch bei einem gerührten Grinsen, doch dann dachte sie an Lilly und diese seltsame Drohung. Unruhig rutschte sie auf ihrem Stuhl hin und her. Ihr Unterbewusstsein gab sich schon seit einer ganzen Weile große Mühe, ihr etwas zu sagen, aber sie war so beschäftigt, dass es keine freie Synapse fand. Tosender Applaus belohnte die Kinder, die nun paarweise durch den Mittelgang davonmarschierten. Und in diesem Moment machte es bei Pia »Klick«! Wie Wasser, das nach einem heftigen Gewitter durch das verschlungene Gewirr ausgetrockneter Wadis schießt, fluteten die Informationen durch ihr Gehirn, fielen wie von selbst an ihren Platz und ergaben plötzlich einen Sinn. Ihr Herz schlug einen Salto. Der rosa Stofffetzen aus dem Magen der Nixe! Die Buchstaben, die sie anhand der Fotos entziffert hatten: S-O-N-I-D.

»Wartet doch mal bitte!«, bat sie zwei kleine Mädchen und nestelte ihr Handy aus der Tasche. »Darf ich ein Foto von euch machen?«

Die zwei strahlten und nickten. Pia knipste ein Foto der beiden von vorne, ein zweites von deren Rückansicht und leitete die Bilder direkt an Kai, Christian und Bodenstein weiter. SONnenkInDer e. V. Verdammt, das war's. Genau das war's!

Der Lkw stoppte an einer roten Ampel.

»Danke«, sagte Kilian zu dem Fahrer, der extra für ihn einen großen Umweg in Kauf genommen hatte. Statt direkt auf der A3 weiter zum Flughafen zu fahren, hatte er die Autobahn bei Niedernhausen verlassen und war durch Fischbach und Kelkheim nach Bad Soden gegurkt. Er sei gut in der Zeit und könne genauso gut über die A66 und das Frankfurter Kreuz fahren, hatte er behauptet. Kilian war tief berührt von dieser unerwarteten Hilfsbereitschaft. Menschen, die er zu kennen geglaubt hatte, hatten sich in den letzten Jahren von ihm abgewandt, ihn verraten und schmählich im Stich gelassen, aber dieser wildfremde Mann, der ihm auf Vermittlung seines Lebensretters eine Mitfahrgelegenheit Richtung Frankfurt gegeben hatte, half ihm, ohne Fragen zu stellen.

»Schon gut«, grinste der Fahrer, wurde dann aber ernst. »Aber geh zu 'nem Arzt, Kumpel. Siehst echt übel aus.«

»Das mach ich«, versicherte Kilian ihm. »Danke noch mal.«

Er kletterte die Treppe hinunter und schlug die Tür zu. Der Lkw rollte an, setzte den Blinker und reihte sich in den laufenden Verkehr ein. Kilian holte tief Luft und blickte sich um, bevor er die Straße überquerte. Sieben Jahre war es her, seit er zuletzt einen Fuß nach Bad Soden gesetzt hatte. Früher war er hier nie ohne Auto unterwegs gewesen, er hatte die stetig ansteigende Strecke von der Alleestraße bis hoch auf den Dachberg unterschätzt. Seine Kehle war wie ausgedörrt, jeder Schritt verursachte ihm Höllenqualen. Erst jetzt, da sein Adrenalinspiegel allmählich sank, spürte er die Folgen der Schläge, Tritte und des Sturzes aus dem Auto. Sie hatten wirklich die Scheiße aus ihm herausgeprügelt, und er hatte gesungen wie eine Nachtigall, aus Angst um seine Tochter. Doch trotz Todesangst und Schmerzen hatte er genügend Geistesgegenwart besessen, um ihnen nicht zu verraten, wohin er das Päckchen mit den Mitschnitten und Protokollen seiner Gespräche mit den beiden Männern aus Amsterdam wirklich geschickt hatte. Sollten sie ruhig vor Hannas Haus auf die Post warten, bis sie schwarz waren!

Eine Dreiviertelstunde brauchte er, bis er vor dem Haus in der Oranienstraße stand, das einmal seines gewesen war. Schweigend verharrte er auf der gegenüberliegenden Straßenseite. Wie hoch die Buchsbaumhecke geworden war! Auch der Kirschlorbeer und der Rhododendron neben der Haustür waren gewaltig gewachsen. Ein Gefühl der Wehmut zerrte an seinem Herzen, und er fragte sich, wie es ihm gelungen war, die vergangenen Jahre zu überleben. Schon immer war er ein Mensch gewesen, der Ordnung in seinem Leben brauchte, Rituale, feste Ankerpunkte. Alles hatten sie ihm geraubt, nichts war übrig geblieben außer dem Leben selbst, und das war nicht mehr viel wert gewesen. Entschlossen überquerte er die Straße, drückte das Tor auf und stieg die Stufen zur Haustür hoch. Er drückte auf die Klingel, neben der ein fremder Name stand. Britta hatte sich nach der Blitzscheidung sofort einen neuen Versorger gesucht, das wusste er von Chiara, die ihren Stiefvater von Herzen verabscheute. Was für ein Gefühl mochte es für einen Mann sein, sich einfach das Leben seines Vorgängers überzustülpen?

Schritte näherten sich auf der anderen Seite der Tür, Kilian wappnete sich innerlich. Und dann stand Britta vor ihm, zum ersten Mal seit jenem Tag, an dem er von der Polizei abgeholt worden war. Alt war sie geworden. Alt und bitter. Der neue Mann machte sie nicht glücklich.

Kilian erkannte Erschrecken und Entsetzen in ihren Augen und schob rasch den Fuß in den Türspalt, bevor sie ihm die Tür vor der Nase zuschlagen konnte.

»Wo ist Chiara?«, fragte er.

»Verschwinde!«, erwiderte sie. »Du weißt, dass du sie nicht sehen darfst!«

»Wo ist sie?«, wiederholte er.

»Warum willst du das wissen?«

»Ist sie zu Hause? Bitte, Britta, wenn nicht, dann ruf sie an und bitte sie, sofort nach Hause zu kommen!«

»Was soll das? Was geht es dich an, wo die Kinder sind? Wie siehst du überhaupt aus?«

Kilian sparte sich jede Erklärung. Seine Exfrau würde sowieso nichts verstehen, das hatte sie noch nie getan. Für sie war er der Feind, hoffnungslos, Verständnis zu erwarten.

»Willst du sie etwa in deine widerwärtige Schmuddelwelt hineinziehen?«, zischte Britta hasserfüllt. »Hast du nicht schon genug Unglück über uns alle gebracht? Hau ab! Und zwar auf der Stelle!«

»Ich will Chiara sehen«, beharrte er.

»Nein! Jetzt nimm den Fuß aus der Tür, sonst rufe ich die Polizei!« Ihre Stimme wurde schrill. Sie hatte Angst, allerdings nicht vor ihm, sondern eher vor dem Gerede der Nachbarn. Das war ihr auch damals wichtiger gewesen als jede Wahrheit.

»Ja, bitte, tu das.« Kilian zog den Fuß zurück. »Ich bleibe hier. Wenn's sein muss den ganzen Tag.«

Sie knallte die Tür zu, und er setzte sich auf die oberste Treppenstufe. Besser, die Polizei holte ihn direkt hier ab, als dass er wieder zu Fuß in den Ort hinunterlaufen musste. Die Polizei war seine einzige Chance, Chiara zu schützen.

Es hatte keine drei Minuten gedauert, die Hände aus der Fesselung zu befreien. Große Mühe hatte sich der Typ nicht gegeben. Meike rieb ihre schmerzenden Handgelenke. Die schwere Eisentür des Heizungskellers verschluckte jedes Geräusch, deshalb konnte sie nicht hören, was sich oben im Haus abspielte oder wann der Kerl zurückkam. Das winzige vergitterte Fensterchen hinter dem Brenner war mehr ein Belüftungsschacht als ein Fenster. Es war selbst für eine so dünne Person wie sie als Fluchtmöglichkeit ungeeignet.

Meike war noch immer fassungslos über Wolfgangs feiges Verhalten. Obwohl sie um Hilfe geschrien und gefleht hatte, hatte er sich einfach umgedreht und war weggegangen, als dieses Bartgesicht sie niedergeschlagen hatte! Die Erkenntnis, wie sehr sie sich all die Jahre in ihm getäuscht hatte, schmerzte weitaus mehr als alle Schläge, die der Kerl ihr zugefügt hatte. Zum ersten Mal, seitdem sie ihn kannte, sah Meike Wolfgang Matern, wie er wirklich war: nicht der verständnisvolle, beschützende väterliche Freund, zu dem sie ihn in ihrer Einsamkeit idealisiert hatte, sondern ein Weichei, ein rückgratloser Feigling, ein Angsthase, der mit Mitte vierzig noch immer bei seinem Papa wohnte und nicht den Mumm besaß, sich gegen ihn durchzusetzen. Welch eine bodenlose Enttäuschung!

Meike betastete ihr Gesicht. Das Nasenbluten hatte aufgehört. Sie blickte sich im Heizungskeller um auf der Suche nach einem Gegenstand, mit dem sie sich den Bärtigen vom Leib halten konnte. Aber dummerweise war der Raum akkurat aufgeräumt, ein Verdienst von Georg, Hannas zweitem Mann, der ein Ordnungsfanatiker sondergleichen gewesen war. Außer der Heizungsanlage befanden sich nur ein paar Regalbretter an der Wand. Eine aufgerollte Wäscheleine, ein Beutel mit Wäscheklammern, zwei verstaubte Rollen mit blauen Müllsäcken, ein Stapel alter T-Shirts und Unterhosen, die Georg zum Schuhe putzen und Autopolieren benutzt hatte. Nichts, was sich als Waffe eignen würde. Mist!

Der Gedanke an Stiefvater Nummer zwei erinnerte Meike jedoch an den Elektroschocker. Sie griff an ihr Hinterteil und jubilierte innerlich. Ja! Er steckte tatsächlich noch in der hinteren Tasche ihrer Jeans! Im Eifer des Gefechts hatte Wolfgangs Kumpel vergessen, sie nach möglichen Waffen zu durchsuchen; wahrscheinlich hatte er auch nicht damit gerechnet. Fest entschlossen, sich nicht kampflos in ihr Schicksal zu ergeben, bezog Meike Position neben der Tür. Er würde wiederkommen, um sie zu töten, diese Drohung war unmissverständlich gewesen.

Lange musste sie nicht warten. Nur Minuten später drehte sich der Schlüssel kratzend im Schloss, die Tür schwang mit einem Quietschen auf. Wie ein Raubtier sprang Meike den Mann an, nutzte den Überraschungseffekt und presste ihm den Elektroschocker auf die Brust. 500 000 Volt peitschten durch seinen Körper, rissen ihn von den Beinen und schleuderten ihn gegen die Wand. Er sackte in sich zusammen und glotzte Meike an wie ein verblüfftes Schaf. Sie hatte keine Ahnung, wie lang der Zustand der Lähmung anhalten würde, deshalb zögerte sie nicht lange. Ihn einfach nur hier liegen zu lassen war viel zu human; er sollte leiden, und zwar richtig. Meike steckte den Elektroschocker wieder ein, dann nahm sie die Wäscheleine aus dem Regal.

Es war nicht einfach, den schlaffen Körper mit der Nylonleine zu fesseln. Der Kerl wog fast eine Tonne, aber Meike war wütend und wild entschlossen, sich an ihm zu rächen, und sie mobilisierte Kräfte, von denen sie nicht geahnt hatte, dass sie sie überhaupt besaß. Keuchend rollte sie den bewegungsunfähigen Mann hin und her, bis sie ihn wie ein Paket verschnürt hatte.

»Da ist aus dem Sensenmann doch ganz schnell ein Sensenmännchen geworden.« Meike richtete sich auf und wischte sich das schweißnasse Haar aus dem Gesicht. Mit boshafter Befriedigung registrierte sie die Angst in seinen Augen. Hoffentlich verspürte dieses Schwein dieselbe Todesangst, wie ihre Mutter sie durchlitten haben musste, als er sie überfallen und so bestialisch zugerichtet hatte!

Er bewegte die Finger einer Hand und brabbelte unverständliches Zeug.

Meike konnte der Versuchung nicht widerstehen, ihm einen zweiten Elektroschock zu verpassen, und diesmal suchte sie sich eine Stelle aus, an der es ihm richtig weh tun würde. Mitleidslos beobachtete sie, wie er die Augen verdrehte, Speichel aus seinem Mundwinkel rann und ein konvulsivisches Zucken seinen Körper schüttelte. Auf der Vorderseite seiner hellen Jeans breitete sich ein dunkler Fleck aus.

Zufrieden betrachtete sie ihr Werk.

»So. Ich fahre jetzt nach München. Hier findet dich kein Mensch. Bis meine Mutter aus dem Krankenhaus kommt und mal zufällig hier runtergeht, bist du nur noch ein Skelett.«

Sie versetzte ihm zum Abschied noch einen Tritt in die Seite, verließ den Raum und schloss die Tür hinter sich ab. Vielleicht würde sie der Polizei verraten, was sich hier unten im Heizungskeller befand. Vielleicht aber auch nicht.

Bodenstein wartete geduldig. Er hatte die Hände vor sich auf dem Tisch gefaltet, betrachtete sein Gegenüber mit einer beinahe andächtigen Ruhe und sagte nichts. Bernd Prinzler gab sich große Mühe, gelassen zu wirken, aber Bodenstein bemerkte das nervöse Spiel der Kaumuskeln und die Schweißtropfen auf seiner Stirn.

Dieser beinharte Hüne, der nicht Tod und Teufel und schon gar nicht die Polizei fürchtete, machte sich große Sorgen. Er würde es nie zugeben, aber unter Muskelbergen und tätowierter Haut schlug ein weiches Herz.

»Ich hab sie damals von der Straße geholt«, sagte er unvermittelt. »Sie ging auf den Strich, für irgend so einen kleinen Luden. Ich hab zufällig mitgekriegt, wie er sie verprügelt hat, und bin dazwischengegangen. Das war vor siebzehn Jahren, sie war noch nicht mal dreißig und total am Ende.« Er räusperte sich, holte tief Luft, zuckte die Achseln. »Ich hatte ja keinen blassen Dunst, was mit ihr los war. Sie hat mir einfach gefallen.«

Bodenstein hütete sich, ihn mit einer Frage zu unterbrechen.

»Ich hab sie da rausgeholt, wir sind aufs Land gezogen, haben geheiratet. Unser Jüngster war grad ein Jahr alt, da hat sie versucht, sich umzubringen. Ist von 'ner Brücke gesprungen, hat sich beide Beine gebrochen. Sie kam in die Klapse, und da hat sie Leonie getroffen. Leonie Verges. Bis dahin hat meine Frau selber nicht gewusst, was wirklich los war mit ihr.«

Er verstummte, kämpfte einen Moment mit sich, bevor er weitersprach.

»Michaela ist schon als Baby von ihrem Alten und seinen perversen Kumpels missbraucht worden. Sie hat echt die totale Scheiße erlebt. Um das alles zu verkraften, hat sie sich innerlich aufgespalten. Also, da gab's nicht nur die Michaela, sondern zig andere mit eigenen Namen, aber das hat sie gar nicht gewusst. Ich kann's nicht so gut erklären wie 'ne Psychologin, aber Michaela war über Jahre hinweg 'ne andere Person, deshalb konnte sie sich an viele Sachen nicht erinnern.«

Prinzler rieb sich geistesabwesend den Bart.

»Michaela war jahrelang bei Leonie in der Therapie, und was da rauskam, war echt grausam. Darf man gar nicht drüber nachdenken, dass Leute so was 'nem Kind antun können. Ihr Alter war 'n wichtiger Mann, seine Kumpels auch. Echte Saubermänner, die Spitzen der Gesellschaft.« Er schnaubte verächtlich. »Aber in echt sind das alles miese, abartige Schweine, missbrauchen Kinder. Sogar ihre eigenen! Wenn die Kinder älter werden, müssen sie weg. Die meisten landen auf'm Strich, saufen oder fixen. Diese Dreckschweine machen das ganz geschickt, behalten sie immer im Auge. Und wenn sie Zicken machen, werden sie ins Ausland abgeschoben oder umgelegt. Die meisten von ihnen vermisst keiner. Michaela hat sie immer die ›unsichtbaren Kinder‹ genannt. Waisenkinder zum Beispiel. Nach denen kräht kein Hahn. Diese Kinderfickerorganisation ist schlimmer als die Mafia. Die schrecken vor nix zurück und aussteigen gibt's nicht. Michaelas Familie hat auch dauernd versucht, wieder an sie ranzukommen, aber da waren sie bei mir an der falschen Adresse. Irgendwann hatte ich die Idee, dass wir so tun, als wär sie gestorben. Mit Beerdigung und allem Pipapo. Danach war Ruhe.«

Bodenstein, der eine völlig andere Geschichte erwartet hatte, hörte schweigend und mit wachsender Fassungslosigkeit zu.

»Vor ein paar Jahren«, fuhr Prinzler fort, »is 'n totes Mädchen im Main gefunden worden. Ging ganz groß durch die Presse. Michaela hat das irgendwie erfahren, obwohl ich immer versucht hab, so Sachen von ihr fernzuhalten, weil ihr's nicht guttut. Sie hat's trotzdem mitgekriegt und ist total ausgeflippt. War todsicher, dass da dieselben Typen hinterstecken, die ihr das alles angetan haben. Wir haben überlegt, was wir tun können. Michaela wollte das unbedingt an die Öffentlichkeit bringen. Ich hab mir gedacht, dass das saugefährlich ist. Diese Kerle sitzen überall, haben einen Rieseneinfluss. Wenn, dann musste alles absolut wasserfest sein, mit Beweisen, Namen, Orten, Zeugen und so weiter. Ich hab mit meinem Anwalt drüber gesprochen, und er meinte, das würden wir hinkriegen.«

»Sie sprechen von Kilian Rothemund?«, fragte Bodenstein.

»Ja, genau.« Prinzler nickte. »Aber Kilian hat irgendeinen Fehler gemacht, und sie haben ihn echt plattgemacht. Diese ganzen Beweise, dass er 'n Kinderschänder ist, waren gefälscht. Er hatte null Chance, das Gegenteil zu beweisen. Die haben sein ganzes Leben ruiniert, weil er denen gefährlich wurde.«

»Warum haben Sie damals nichts weiter unternommen?«, erkundigte sich Bodenstein. »Was war mit den Beweisen, die Ihre Frau hatte?«

»Wem konnten wir denn noch trauen?«, antwortete Prinzler mit einer Gegenfrage. »Die saßen ja überall, auch bei den Bullen. Und wer glaubt schon 'nem Rocker und einer, die ihr halbes Leben in der Klapse gesessen hat? Wir haben gar nix mehr gemacht, sind in Deckung gegangen. Zu was Leute, die viel zu verlieren haben, in der Lage sind, weiß ich wohl am besten. Kurz bevor ich mich von allen Geschäften zurückgezogen hab, war da die Sache, wo ein V-Mann von euch und zwei von unsern Jungs in einem unserer Läden erschossen worden sind. Da ging's doch um dasselbe.«

»Worum ging es da?«, wollte Bodenstein wissen.

Prinzler musterte ihn aus schmalen Augen.

»Ihr wisst doch, wie das alles zusammenhängt. Ihre Kollegin hat mich gestern danach gefragt. Nach dem V-Mann und warum seine eigenen Leute ihn umgelegt haben.«

Bodenstein ging auf die Bemerkung nicht ein, denn dann hätte er vor Prinzler zugeben müssen, dass er keineswegs wusste, wovon er sprach und was seine Kollegin tat. Heftige Verärgerung stieg in ihm auf. Wie kam Pia dazu, ihm Ermittlungsergebnisse vorzuenthalten? Fieberhaft versuchte er, sich die Chronologie des gestrigen Tages in Erinnerung zu rufen. Wann hatte Pia mit Prinzler im Preungesheimer Knast gesprochen? Bevor oder nachdem sie in seinem Büro mit ihm geredet und ihn auf Erik Lessing angesprochen hatte? Was hatte sie herausgefunden? Und wie kam sie überhaupt darauf?

Um sich vor Prinzler keine Blöße zu geben, forderte er ihn auf, fortzufahren.

»Auf jeden Fall«, sagte Prinzler, »hat meine Frau zusammen mit Leonie angefangen, ihre Geschichte aufzuschreiben. Als Verarbeitung wär das gut, meinte Leonie. So war's gedacht. Aber dann gab's wieder ein totes Mädchen im Fluss. Ich hab immer Kontakt zu Kilian gehabt. Zusammen mit Leonie haben wir beschlossen, das Ding diesmal durchzuziehen. Aber nicht mehr mit den Bullen und der Staatsanwaltschaft. Wir wollten gleich an die Öffentlichkeit gehen. Beweise hatten wir ja genug, auch Aussagen von Insidern, die das, was meine Frau erlebt hat, bestätigt haben.«

Bodenstein konnte kaum glauben, was er da hörte. Pia hatte mit ihrem Verdacht recht behalten: Ihre drei Fälle hingen zusammen.

»Wir haben beraten, wie wir es am besten drehen konnten, damit uns keiner einen Strich durch die Rechnung macht. Leonie hatte uns irgendwann mal von Hanna Herzmann erzählt, und da hatte ich die Idee, sie mit ins Boot zu nehmen. Sie war auch gleich Feuer und Flamme, hat mit Kilian zusammen Michaelas Aufzeichnungen gecheckt. Aber dann …«

Es klopfte an der Tür des Vernehmungsraumes. Kai streckte den Kopf herein und signalisierte Bodenstein, dass er ihm etwas Wichtiges mitzuteilen hatte. Er entschuldigte sich, stand auf und ging hinaus auf den Flur.

»Chef, Kilian Rothemund hat sich gestellt«, verkündete Kai, kaum dass Bodenstein die Tür hinter sich geschlossen hatte. »Die Kollegen bringen ihn hierher.«

»Sehr gut.« Bodenstein ging zum Wasserspender und ließ einen Becher mit Wasser volllaufen. Kai folgte ihm.

»Außerdem habe ich Informationen über Helmut Grasser. Er wohnt in Falkenstein, im Reichenbachweg 132 b.«

»Dann schicken Sie jemanden hin, der ihn zum Verhör hierherbringt.«

»Moment.« Kai hielt ihm sein Telefon unter die Nase. »Haben Sie die Fotos gesehen, die Pia eben geschickt hat?«

»Nein. Was ist das?« Bodenstein kniff die Augen zusammen. Ohne Lesebrille erkannte er nur bunte Flecken auf dem Display.

»Zwei kleine Mädchen in rosa T-Shirts mit der Aufschrift *›Sonnenkinder e. V.‹*«, erwiderte Kai aufgeregt. »Sie erinnern sich an die Stoffreste im Magen unserer Nixe? Rosa Baumwolle mit aufgedruckten weißen Buchstaben drauf? Das könnte ein solches T-Shirt gewesen sein!«

»Und wie hilft uns das jetzt?« Bodenstein war in Gedanken ganz woanders. Waren ihm bei den Ermittlungen in den Fällen der Nixe und Hanna Herzmann Fehler unterlaufen? Hatte er irgendetwas Wichtiges übersehen? Hätten sie früher darauf kommen müssen, dass hinter dem brutalen Anschlag und dem Mord an der Therapeutin ein Kinderschänderring steckte? Stimmte das überhaupt?

»Pia ist doch gerade auf diesem Fest in Falkenstein. Achtzigster Geburtstag vom Gründer des Vereins *Sonnenkinder e. V.* Sie vermutet, dass diese Wohltätigkeitsorganisation etwas mit unserer Nixe zu tun haben könnte.«

»Aha.« Bodenstein trank den Becher leer und füllte ihn noch einmal nach. Was, wenn Prinzler log, nur um sich selbst und die kriminelle Vereinigung, der er angehörte, aus dem Schussfeld zu bringen? Das, was er erzählt hatte, klang zwar schlüssig, konnte aber genauso gut erstunken und erlogen sein.

»Die Adresse des Vereins *Sonnenkinder e. V.* ist Reichenbachweg 134.«

Ostermann blickte ihn erwartungsvoll an, aber Bodenstein begriff nicht sofort, auf was er hinauswollte.

»Helmut Grasser, den der Zeuge an dem Abend, als Hanna Herzmann vergewaltigt wurde, gesehen hat, hat etwas mit diesem Verein zu tun«, half Kai ihm auf die Sprünge.

Bevor Bodenstein etwas erwidern konnte, kam ein uniformierter Kollege aus dem Wachraum.

»Ach, da sind Sie ja«, sagte er. »Wir haben gerade einen Notruf reinbekommen. Rotkehlchenweg 8 in Langenhain. Die Adresse gehört doch zu eurem Fall, oder?«

Auch das noch!

»Was für einen Notruf?«, fragte Bodenstein leicht gereizt. Er bekam keine Chance, wenigstens kurz seine Gedanken zu sortieren.

»Einbruch, Überfall, Körperverletzung.« Der Beamte legte die Stirn in Falten. »Das klang alles etwas wirr, aber die Anruferin sagte, wir sollten uns beeilen, sie hätte den Einbrecher im Heizungskeller überwältigt und gefesselt.«

»Dann schicken Sie jemanden hin, der nachschaut.« Bodenstein schnippte den Becher in den Papierkorb neben dem Automaten. »Kai, kommen Sie mit in die Vernehmung. Ich glaube, ich begreife langsam die Zusammenhänge.«

Ostermann nickte und folgte ihm.

»Darf ich jetzt gehen?«, fragte Prinzler. »Ich hab euch alles gesagt.«

»Nein, noch nicht alles«, erwiderte Bodenstein. »Haben Sie schon einmal von dem Verein *Sonnenkinder e. V.* gehört?«

Prinzlers Miene verfinsterte sich.

»Ja. Natürlich. Der Alte von meiner Frau hat das Ding gegründet«, erwiderte er. Sein Tonfall wurde sarkastisch. »Schlaue Idee, nicht wahr? Unerschöpflicher Nachschub für perverse Kinderschänder.«

Pia spürte die Vibration ihres Handys und zog es aus der Tasche.

Sie las Bodensteins Namen im Display und ging dran.

»Wo bist du?«, fragte ihr Chef, und es klang nicht gerade freundlich. »Auf dem Geburtstagsempfang von Josef Finkbeiner«, erwiderte sie mit gedämpfter Stimme. »Ich hab dir doch gesagt, dass ich …«

»Rothemund hat sich gestellt und Prinzler hat geredet«, unterbrach Bodenstein sie. »Dieser Finkbeiner ist der Vater von Prinzlers Frau!«

Pia hielt sich das linke Ohr zu, damit sie ihn verstand, denn rings um sie herum erhob sich unvermittelt ein allgemeines Gemurmel.

»… und er ist … Kopf eines … schänderrings! … wollte Hanna Herzmann …, aber … irgendwie durchgesickert sein … bleib da … schicke … Kollegen … komme selbst … nichts …«

»Ich hab dich nicht verstanden«, sagte sie. »Oliver? Ich …«

»… hat eine Pistole! Vorsicht!«, kreischte eine Frau plötzlich.

Fast im gleichen Moment krachten zwei Schüsse, und Pia blickte irritiert auf.

»Was war das?«, rief Bodenstein in ihr Ohr, dann hörte sie nichts mehr, denn ein Tumult brach los. Zwei weitere Schüsse fielen. Leute sprangen hysterisch schreiend von ihren Stühlen auf oder warfen sich auf den Boden, die vier Personenschützer des Ministerpräsidenten erwachten aus ihrer Lethargie und drängten sich durch die panisch flüchtenden Menschen.

»Ach du Scheiße!« Für ein paar Schocksekunden war Pia wie gelähmt. Was war das? Ein Attentat auf den Ministerpräsidenten? Ein Amoklauf? Sie widerstand dem Reflex, sich in Sicherheit zu bringen, richtete sich auf und beobachtete fassungslos, wie die schlanke dunkelhaarige Frau in dem rosa Kleid, die die ganze Zeit mit einem Blumenstrauß in den Händen schräg hinter ihr gestanden hatte, hinterrücks von einem Mann überwältigt wurde.

Pia steckte das Handy in ihre Tasche und versuchte, nach vorne zu kommen. Unangenehme Erinnerungen an die Massenpanik in der Ehlhaltener Dattenbachhalle im vergangenen Jahr kamen in ihr hoch, sie wurde von schreienden Menschen unsanft mitgerissen, aber sie kämpfte sich über umgestürzte Stühle in Richtung Rednerpult.

»Ein Notarzt, ein Notarzt, schnell!«, schrien mehrere Stimmen durcheinander.

Am ganzen Körper zitternd, bemühte Pia sich, einen Überblick über das Chaos zu bekommen. Innerhalb von Sekunden hatte sich die friedliche Idylle des festlich geschmückten Gartens in ein Schlachtfeld verwandelt. Rings um sie herum umarmten sich schluchzende, schockierte Menschen, die Musiker der Jazzband standen wie eingefroren mit ihren Instrumenten in der Hand auf dem Podest, Männer, Frauen und Kinder riefen in Panik nacheinander. Einer der Toten hing auf seinem Stuhl, die Beine überkreuzt, die Arme verschränkt, als würde er noch immer einer Rede lauschen, doch die Hälfte seines Kopfes fehlte – ein grauenhafter Anblick! Der andere Mann war zur Seite gekippt, er musste seinem Sitznachbarn direkt in den Schoß gesackt sein. Was für ein Horror! Pia blickte sich hilflos um. Oberstaatsanwalt Markus Maria Frey stand mitten in dem Durcheinander, schockstarr und schneeweiß im Gesicht, in der Hand hielt er eine Pistole und zu seinen Füßen lag die Dunkelhaarige in dem rosa Kleid. Eine weißhaarige Frau hatte sich über einen am Boden liegenden Mann geworfen, ob er tot war oder verletzt, konnte Pia nicht erkennen. Die Weißhaarige schrie wie eine Wahnsinnige, eine jüngere, dunkelhaarige Frau versuchte weinend, sie von ihm wegzuziehen. Pia erblickte Emma in der zweiten Reihe. Die Freundin saß reglos da mit schreckgeweiteten Augen. Das sonnengelbe Kleid, ihr Gesicht, ihre Arme und Haare waren über und über mit Blut bespritzt, und für einen Augenblick fürchtete Pia, sie sei tot. Neben Emma stand ein Kind und starrte mit leerem Blick auf die Toten, die direkt vor ihr saßen. Es war der Anblick des kleinen Mädchens, der Pia unvermittelt in die Realität katapultierte. Entschlossen stieß sie einen Stuhl zur Seite, packte Emma am Arm und zerrte sie hoch, dann schnappte sie rasch das Kind und trug es weg. Emma stolperte benommen hinter ihr her.

»Was ist da passiert?«, fragte Pia, deren Knie vor Schreck noch immer ganz weich waren. Vorsichtig ließ sie das Kind herunter.

»Die Frau … die Frau …«, stammelte Emma. »Plötzlich … plötzlich stand sie da und … und hat geschossen … überall war … war Blut … Ich habe gesehen, wie der Kopf von dem Mann vor mir zerplatzt ist wie … wie eine … Wassermelone.« Erst jetzt erwachte sie aus ihrem Schock, blickte ihre Tochter an, deren Rücken ebenfalls voller Blut war. »Oh mein Gott, Louisa! Oh Gott!«

»Setz dich hin.« Pia war besorgt. Emma war hochschwanger! »Wo ist dein Mann?«

»Ich … ich weiß nicht …« Emma sackte auf einen Stuhl und zog ihr Kind in die Arme. »Er … er hat neben mir gesessen und hatte Louisa auf dem Schoß …«

Von ferne näherte sich Sirenengeheul, ein Hubschrauber kreiste über den Baumwipfeln. Wenig später rauschten zwei Streifenwagen durch den Park.

Es widerstrebte Pia jedes Mal, Angehörigen von Mordopfern Fragen zu stellen, wenn sie noch unter dem Eindruck der Ereignisse standen, aber erfahrungsgemäß war es der beste Zeitpunkt, denn die Erinnerungen waren noch frisch und unverfälscht.

»Kennst du die Frau?«, fragte sie deshalb.

»Nein.« Emma schüttelte den Kopf. »Ich habe sie noch nie gesehen.«

»Was genau hat sie getan?«

»Sie … sie stand plötzlich da, wie aus dem Boden gewachsen«, erwiderte Emma, ihre Stimme zitterte. »Sie blieb vor meinem Schwiegervater stehen und sagte irgendetwas.«

»Kannst du dich daran erinnern, was das war?« Pia zückte ihren Notizblock und kramte in ihrer Tasche nach einem Kugelschreiber. Das war für sie Routine, und es gab ihr ein wenig Sicherheit.

Emma dachte angestrengt nach und streichelte mit mechanischen Bewegungen den Rücken ihrer Tochter, die sich an sie geschmiegt hatte und am Daumen lutschte.

»Ja.« Sie hob den Kopf und blickte Pia an. »*Freust du dich nicht, deine kleine Prinzessin wiederzusehen*? Genau das hat sie gesagt und dann hat sie … geschossen. Erst auf meinen Schwiegervater und dann sofort auf die beiden Männer, die neben ihm saßen. Das waren alte Freunde von ihm.«

»Weißt du, wer die beiden waren? Kennst du ihre Namen?«

»Ja. Hartmut Matern war der Patenonkel meines Mannes, der andere Mann hieß Dr. Richard Mehring.«

Pia nickte und machte sich Notizen.

»Kann ich in unsere Wohnung hochgehen?«, bat Emma. »Ich muss mich und Louisa umziehen.«

»Ja, natürlich. Ich weiß ja, wo ich dich finde, wenn ich noch Fragen habe.«

Sanitäter schoben die Rolltrage mit Emmas Schwiegervater in einen Rettungswagen, der nur ein paar Meter entfernt geparkt war. Die weißhaarige Frau von vorhin, gestützt von zwei jüngeren Frauen, presste weinend eine Hand vor den Mund.

»Wer ist das?«, wollte Pia wissen.

»Renate, meine Schwiegermutter. Und meine Schwägerinnen. Sarah und Corinna. Corinna ist die Verwaltungschefin von *Sonnenkinder e. V.*« Emma traten die Tränen in die Augen. »Was für eine Katastrophe. Meine arme Schwiegermutter! Sie hatte sich so auf diesen Tag gefreut.«

Die Türen des Rettungswagens wurden zugeklappt, das Blaulicht auf dem Dach begann zu zucken. Louisa zog den Daumen aus dem Mund.

»Mama?«

»Ja, mein Schatz?«

»Ist der böse Wolf jetzt tot?«, fragte das Kind. »Kann er mir nie mehr was tun?«

Pia begegnete dem entgeisterten Blick ihrer Freundin, dann erkannte sie einen Ausdruck fassungslosen Begreifens in Emmas Augen.

»Nein«, flüsterte Emma unter Tränen und wiegte ihre Tochter in ihren Armen. »Der böse Wolf wird dir nie mehr etwas tun. Das verspreche ich dir.«

Sie nestelte ihren Polizeiausweis aus der Tasche und kehrte an den Ort des Schreckens zurück. Staatsanwalt Frey stand wie versteinert da, noch immer mit der Waffe in der Hand, sein Hemd und seine Hose waren voller Blut. Er starrte wie hypnotisiert auf die Frau, die direkt vor ihm lag. Pia berührte Freys Arm, und er erwachte aus seiner Betäubung.

»Frau Kirchhoff«, flüsterte er heiser. »Was … was machen Sie hier?«

»Kommen Sie«, sagte Pia energisch und hakte ihn unter. Uniformierte Beamte stürmten in den Garten. Pia zeigte ihnen ihren Ausweis und gab ihnen die Anweisung, Garten, Park und Straße weiträumig abzusperren und dafür zu sorgen, dass sich keine Neugierigen und erst recht keine Pressefritzen einschlichen. Außerdem ließ sie sich ein Paar Latexhandschuhe und einen Asservatenbeutel geben, nahm dem Staatsanwalt vorsichtig die Pistole aus der Hand, entfernte das Magazin und steckte beides in den Plastikbeutel.

»Wer ist die Frau?«, fragte Pia. »Kennen Sie sie?«

»Nein, ich hab sie noch nie gesehen.« Staatsanwalt Frey schüttelte den Kopf. »Ich stand gerade am Rednerpult und habe sie durch den Mittelgang kommen sehen mit einem Blumenstrauß. Und plötzlich … plötzlich hatte sie eine Pistole in der Hand und … und …«

Seine Stimme versagte, er fuhr sich mit allen zehn Fingern durchs Haar, verharrte einen Moment mit gesenktem Kopf, dann blickte er auf.

»Sie hat meinen Vater erschossen.« Das klang ungläubig, so, als hätte er noch nicht wirklich begriffen, was sich da eben abgespielt hatte. »Ich war für einen Moment wie gelähmt. Ich … ich konnte nicht verhindern, dass sie noch zwei Menschen erschossen hat!«

»Ihr Vater ist nicht tot«, erwiderte Pia. »Aber Sie haben sich selbst in Lebensgefahr begeben, als Sie die Frau entwaffnet haben.«

»Ich hab gar nicht nachgedacht«, murmelte Frey. »Plötzlich stand ich hinter ihr und habe ihren Arm mit der Pistole gepackt … irgendwie … muss sich ein Schuss gelöst haben. Ist sie … ist sie … tot?«

»Ich weiß es nicht«, sagte Pia.

Verstörte Kinder suchten weinend nach ihren Eltern. Rettungswagen und Notärzte trafen ein, noch mehr Polizisten kamen. Pias Handy brummte und vibrierte unablässig, aber sie beachtete es nicht.

»Ich muss zu meiner Familie.« Staatsanwalt Frey straffte entschlossen die Schultern. »Ich muss meine Frau suchen. Und meine Mutter braucht mich jetzt. Oh Gott, sie hat das alles mit angesehen.«

Er blickte Pia an.

»Danke, Frau Kirchhoff«, sagte er mit bebender Stimme. »Wenn Sie mich brauchen, ich stehe Ihnen jederzeit zur Verfügung.«

»In Ordnung. Aber jetzt kümmern Sie sich erst mal um Ihre Familie«, erwiderte Pia und drückte verständnisvoll seinen Arm. Sie blickte ihm nach und beneidete ihn nicht um das, was ihm nun bevorstand. Erst jetzt bemerkte sie ihr Handy und ging dran.

»Pia, verdammt, wo bist du?«, schrie Bodenstein ihr ins Ohr. »Warum gehst du nicht an dein Handy?«

»Hier hat es eine Schießerei gegeben«, erwiderte sie. »Mindestens zwei Tote und zwei Schwerverletzte.«

»Wir sind schon auf dem Weg.« Bodenstein klang nun etwas ruhiger. »Geht es dir gut?«

»Ja, ja, mir ist nichts passiert«, versicherte sie ihrem Chef. Sie wandte sich um und ging ein paar Schritte in den Park. Aus der Entfernung wirkte die ganze Szenerie so unwirklich wie ein Filmset. Sie setzte sich auf den Rand eines Springbrunnens, klemmte das Handy zwischen Ohr und Schulter und kramte in ihrer Tasche nach den Zigaretten.

»Hör zu«, sagte Bodenstein. »Prinzler hat ausgepackt. Hanna Herzmann hat über das Thema Kindesmissbrauch recherchiert. Prinzlers Frau wurde als Kind von ihrem eigenen Vater missbraucht und wollte mit der Wahrheit an die Öffentlichkeit, nachdem sie über das Fernsehen von unserer Nixe erfahren hat. Leonie Verges war ihre Therapeutin, über Jahre hinweg. Über sie entstand der Kontakt zwischen Hanna Herzmann, Rothemund und Prinzler. Das hängt tatsächlich wohl alles zusammen. Und die ganze Sache geht noch viel weiter zurück, als wir je gedacht hätten. Dahinter steckt ein Kinderschänderring, der international agiert, und Josef Finkbeiner spielt da wohl eine zentrale Rolle. Aber wenn das stimmt, was Prinzler gesagt hat, dann stecken da auch noch jede Menge anderer einflussreicher Leute mit drin, die über Leichen gehen, um eine Aufdeckung zu verhindern. Pia, wahrscheinlich hatte sogar die Ermordung dieses V-Manns vor Jahren in Frankfurt damit zu tun!«

Seine Worte hallten in ihren Ohren, als habe er geschrien. Pia steckte sich eine Zigarette zwischen die Lippen und ließ das Feuerzeug aufschnappen, aber ihre Finger zitterten so heftig, dass es ihr kaum gelingen wollte, die Zigarette anzuzünden.

»Pia? Pia! Bist du noch dran?«

»Ja, ich höre dich«, sagte sie leise. Sie streifte die Schuhe von den Füßen und wühlte ihre Zehen in den sonnenwarmen Kies. Das Wasser im Brunnen plätscherte, eine Amsel hüpfte vor ihr über den Rasen und flog dann zeternd auf. Stille. Friede. Dabei waren vor zwanzig Minuten keine hundert Meter entfernt zwei Menschen brutal exekutiert worden.

»Wir sind in zehn Minuten da«, hörte sie Bodenstein sagen, dann brach das Gespräch ab. Pia legte den Kopf in den Nacken und schaute in den tiefblauen Himmel, an dem kleine weiße Wölkchen dahinsegelten.

Die Erkenntnis, dass sie wieder einmal gegen jede Vernunft recht behalten hatte, überwältigte sie. Die Anspannung in ihrem Innern löste sich, und sie begann zu weinen.

Bodenstein hatte schon zahllose Schauplätze von Mord und Totschlag gesehen und klassifizierte sie insgeheim nach einem persönlichen System. Dieser hier gehörte zweifellos in die schlimmste, in die Fünf-Sterne-Kategorie. Eine Frau hatte vor den Augen von zweihundert Erwachsenen und Kindern zwei Männer hingerichtet und einen lebensgefährlich verletzt. Vielleicht wäre es noch schlimmer gekommen, hätte nicht jemand unter Einsatz seines Lebens die Attentäterin überwältigt und entwaffnet. Bodenstein kannte den Frankfurter Oberstaatsanwalt Markus Maria Frey seit vielen Jahren und hätte ihm ein solch todesmutiges Eingreifen nie zugetraut. Aber in Gefahrensituationen wuchsen manche Menschen über sich selbst hinaus, vor allen Dingen, wenn es um die eigene Familie ging. Von Kollege Kröger war er auf der Fahrt nach Falkenstein über die familiären Verhältnisse Freys informiert worden, und Pia hatte ihm in knappen Worten berichtet, was geschehen war. Sie hatte ihren ersten Schock überwunden. Das, was sie jetzt tun musste, war ihr Job, und sie war professionell genug, um ihn zu machen, obwohl es ihr kaum anders gehen mochte als den anderen Gästen.

»Wo war der Ministerpräsident, als die Schüsse fielen?«, wollte Bodenstein wissen.

»Soweit ich weiß, saßen er, der Landrat und der Bürgermeister auf der anderen Seite des Ganges. Rechts vorne saßen Josef Finkbeiner und seine Frau, daneben die beiden Toten.« Sie warf einen Blick auf ihren Notizblock. »Hartmut Matern und Richard Mehring, alte Freunde Finkbeiners. In der Reihe dahinter saß Finkbeiners Sohn Florian mit seiner Tochter auf dem Schoß, neben ihm seine Frau Emma, meine Klassenkameradin, die mich hierher eingeladen hat.«

»*Der* Hartmut Matern?« Bodenstein hob die Augenbrauen.

»Ja, genau der …« Pia blickte ihren Chef an. »Sein Sohn Wolfgang ist mit Hanna Herzmann befreundet. Ist das nicht ein komischer Zufall?«

»Nein, ich fürchte, das ist alles kein Zufall«, erwiderte Bodenstein. »Wie ich dir eben schon am Telefon sagte, hängt offenbar wirklich alles zusammen. Ich hoffe, dass Rothemund uns das später bestätigt.«

Dr. Josef Finkbeiner, von zwei Schüssen in Brust und Hals getroffen, war bereits mit dem Rettungswagen abtransportiert worden. Über die beiden Toten, die noch auf ihren Stühlen saßen, hatte man Decken gebreitet. Bodenstein hatte Cem Altunay die Einsatzleitung übertragen, denn ihm selbst erschien es dringlicher, mit Rothemund zu sprechen. Ein Rechtsmediziner kam, wenig später traf das Kriseninterventionsteam ein, das Altunay angefordert hatte. Zwei Psychologen kümmerten sich um Finkbeiners Angehörige, die direkt hinter den beiden Mordopfern gesessen hatten. Christian Kröger und sein Team hatten bereits mit der Spurensicherung begonnen, sie sicherten und fotografierten den Tatort und die beiden Leichen. Ein Stück entfernt behandelte ein Notarzt die bewusstlose Attentäterin, der Schuss hatte sie in den Bauch getroffen. Neben ihrem Kopf kniete ein dunkelhaariger Mann in einem hellen Anzug. Er weinte und streichelte das Gesicht der Frau.

»Bitte«, sagte der Notarzt ungehalten, »lassen Sie uns jetzt unsere Arbeit machen.«

»Ich bin auch Arzt«, beharrte der Mann. »Das ist meine Schwester.«

Bodenstein und Pia wechselten einen überraschten Blick.

»Kommen Sie.« Bodenstein beugte sich über den Mann und legte eine Hand auf seine Schulter. »Lassen Sie die Notärzte arbeiten.«

Der Mann erhob sich schwankend, folgte ihm und Pia aber nur widerstrebend zu einem der Stehtische. Er presste eine blutbeschmierte Damenhandtasche an seine Brust.

»Darf ich fragen, wer Sie sind?«, begann Bodenstein, nachdem er sich vorgestellt hatte.

»Florian Finkbeiner«, antwortete der Mann mit brüchiger Stimme.

»Sind Sie verwandt mit …?«, begann Bodenstein.

»Ja, Josef Finkbeiner ist mein Vater. *Unser* Vater.« Unvermittelt schossen dem Mann die Tränen in die Augen. »Die Frau … das ist meine Zwillingsschwester Michaela. Ich … ich habe sie seit mehr als dreißig Jahren nicht mehr gesehen, seitdem wir vierzehn waren! Ich dachte, sie sei tot, das … das haben meine Eltern immer erzählt. Ich … ich war lange im Ausland, aber letztes Jahr war ich an Michaelas Grab. Als sie heute plötzlich dastand, das war … ein Schock.«

Seine Stimme versagte, er schluchzte. Und Bodenstein begriff. Mit einem Mal ordneten sich seine Gedanken, bildeten die Bruchstücke ein großes Ganzes und ergaben einen Sinn.

Die Frau, die zwei Männer erschossen und Josef Finkbeiner lebensgefährlich verletzt hatte, war die Ehefrau von Bernd Prinzler, die von ihrem Vater schon als kleines Kind missbraucht, gequält und schließlich in die Prostitution getrieben worden war. Prinzler hatte die Wahrheit gesagt.

»Warum hat Ihre Schwester auf Ihren Vater geschossen? Und warum auf die beiden Männer?«, wollte Pia wissen.

Wie Bodenstein nicht anders erwartet hatte, hatte der Mann keinen blassen Schimmer davon, welches Martyrium seine Zwillingsschwester erlebt hatte.

»Das ist nicht wahr!«, flüsterte er entsetzt, als Bodenstein ihn mit seinem Wissen konfrontierte. »Meine Schwester war zwar immer problematisch, das stimmt. Sie ist oft von zu Hause weggelaufen, hat Alkohol getrunken und Drogen genommen. Meine Eltern haben mir auch erzählt, dass sie jahrelang in der Psychiatrie war. Aber ich war auch nie glücklich. Es ist für Kinder nicht einfach, wenn sich die eigenen Eltern mehr um fremde Kinder kümmern als um die eigenen. Aber mein Vater hätte niemals meine Schwester … angefasst! Er hat sie über alles geliebt!«

»Ich fürchte, Sie machen sich etwas vor«, sagte Pia. »Ihre kleine Tochter hat eben, als Ihr Vater in den Rettungswagen geladen wurde, Ihre Frau gefragt, ob der böse Wolf jetzt tot sei und ihr nie wieder etwas tun könnte.«

Falls das noch möglich war, wurde Florian Finkbeiner noch eine Nuance blasser. Er schüttelte ungläubig den Kopf.

»Erinnern Sie sich an den Verdacht der Krankenhausärztin, dass Ihre kleine Tochter missbraucht worden sein könnte?«, fragte Pia. »Emma hatte befürchtet, dass Sie dem Mädchen etwas angetan haben könnten. Sie waren es nicht. Das war Ihr Vater.«

Florian Finkbeiner starrte sie an, schluckte schwer. Noch immer umklammerten seine Finger die Handtasche seiner Schwester.

»Michaela hatte früher auch immer Angst vor dem bösen Wolf. Ich hab nicht kapiert, dass das Hilferufe waren. Ich dachte, sie spinnt halt ein bisschen«, flüsterte er heiser. »Es war auch noch meine Idee, dass meine Frau und Louisa hier wohnen sollten, so lange, bis das Baby da ist. Das werde ich mir mein Leben lang nicht verzeihen.«

»Bitte, würden Sie uns die Handtasche geben?«, bat Pia, und Finkbeiner reichte sie ihr.

Staatsanwalt Frey kam in Begleitung einer dunkelhaarigen Frau in ihre Richtung. Die Frau wurde von jemandem aufgehalten, aber Frey trat zu ihnen an den Tisch. Er wollte Finkbeiner den Arm um die Schulter legen, aber dieser wich vor ihm zurück.

»Ihr habt doch sicher gewusst, dass Michaela noch lebt«, warf er seinem Adoptivbruder vor. »Ihr wisst ja immer alles, du und Ralf und Corinna!«

»Nein! Das haben wir nicht gewusst«, beteuerte der Staatsanwalt. »Wir waren ja sogar auf ihrer Beerdigung. Ich bin auch völlig schockiert.«

»Ich glaube dir kein Wort«, schnaubte Finkbeiner hasserfüllt. »Immer habt ihr euch bei meinen Eltern lieb Kind gemacht, seid denen in den Arsch gekrochen, nur um Michaela und mich auszustechen! Wir hatten nie eine Chance gegen euch hergelaufenes Pack! Und jetzt hast du auch noch meine Schwester erschossen! Hoffentlich musst du dafür irgendwann in der Hölle schmoren!«

Er spuckte Frey vor die Füße und ging weg. Frey seufzte. In seinen Augen glänzten Tränen.

»Ich nehme es Florian nicht übel«, sagte er leise. »Es ist für uns alle ein Schock, aber für ihn muss es besonders schlimm sein. Es stimmt ja, dass er früher immer auf uns Rücksicht nehmen musste.«

Bodensteins Handy klingelte. Es war Kai Ostermann, der berichtete, dass man im Keller des Hauses von Hanna Herzmann tatsächlich einen Mann gefunden hatte.

»Sie werden's nicht glauben, Chef«, sagte Ostermann. »Der Mann heißt Helmut Grasser. Er ist jetzt hier. Ins Krankenhaus wollte er nicht.«

Bodenstein wandte sich ab und gab Ostermann noch ein paar Anweisungen.

»Pia, wir fahren«, sagte er dann. »Wir haben Grasser.«

»Wen?«, erkundigte sich Frey, und Bodenstein, der die Frage erst übergehen wollte, erinnerte sich daran, dass er in dreien ihrer Fälle der zuständige Staatsanwalt war.

»Der Mann heißt Helmut Grasser«, erwiderte er also. »Ein Zeuge hat ihn an dem Abend, an dem Hanna Herzmann überfallen wurde, unweit der Stelle gesehen, an der man sie am nächsten Tag gefunden hatte. Sie müssten ihn eigentlich kennen, er wohnt doch hier auf dem Grundstück, oder nicht?«

Er fing Pias Blick auf, der von Verblüffung zu Verärgerung wechselte. Gleich würde sie ihm Vorhaltungen machen, weil er sie nicht informiert hatte, aber abgesehen davon, dass keine Zeit gewesen war, hatte sie ja ebenfalls Geheimnisse vor ihm.

»Ich kenne Helmut seit Ewigkeiten«, bestätigte Frey. »Er ist hier Hausmeister und Mädchen für alles. Verdächtigen Sie ihn etwa?«

»Bis sich das Gegenteil nachweisen lässt, ja.« Bodenstein nickte. »Wir werden uns jetzt mit ihm unterhalten und dann sehen wir weiter.«

»Ich will bei der Vernehmung dabei sein«, sagte Frey.

»Wollen Sie sich das wirklich zumuten? Vielleicht sollten Sie heute ...«

»Nein, das ist kein Problem«, fiel ihm der Staatsanwalt ins Wort. »Ich kann hier sowieso nichts mehr tun. Wenn Sie gestatten, werde ich mich rasch umziehen und komme dann nach Hofheim.«

»Selbstverständlich.«

»Dann sehen wir uns gleich.«

Pia und Bodenstein sahen ihm nach, wie er durch den Park verschwand und dabei telefonierte.

»Eben stand er noch total unter Schock, und jetzt ist er kalt wie eine Hundeschnauze«, stellte Pia leicht befremdet fest.

»Vielleicht versucht er, sich in irgendeine Routine zu flüchten«, vermutete Bodenstein.

»Und die Prinzler hab ich auch nicht wiedererkannt. Die sah völlig verändert aus. Und dann ging alles so schnell …«

»Komm, wir fahren. Zuerst ist Rothemund dran. Ich bin wirklich gespannt, was der uns erzählt.«

Kai Ostermann hatte Helmut Grasser und Kilian Rothemund in die Vernehmungsräume 2 und 3 im Erdgeschoss des Gebäudes der Regionalen Kriminalinspektion bringen lassen, aber Bodensteins erster Weg führte zu Bernd Prinzler, der noch immer in Raum Nummer 1 wartete. Schweigend und mit versteinerter Miene lauschte er Bodensteins und Pias Bericht über die Vorfälle in Falkenstein. Was auch immer in ihm vorgehen mochte, er hatte seine Emotionen eisern im Griff, ließ sich weder Zorn noch Besorgnis anmerken.

»Das wäre nicht passiert, wenn ihr mich hier nicht festgehalten hättet«, warf er Bodenstein vor. »Verdammte Scheiße!«

»Falsch«, erwiderte Bodenstein. »Hätten Sie uns gleich gesagt, worum es hier geht, dann hätten wir Sie längst nach Hause gehen lassen. Warum hat Ihre Frau das getan? Woher hatte sie eine Waffe?«

»Ich hab keine Ahnung«, knurrte Prinzler grimmig und ballte seine Hände zu Fäusten. »Lasst ihr mich jetzt endlich gehen?«

»Ja, Sie können gehen.« Bodenstein nickte. »Ihre Frau wurde übrigens ins Krankenhaus nach Bad Soden gebracht. Wenn Sie wollen, lasse ich Sie hinfahren.«

»Danke, darauf verzichte ich.« Prinzler stand auf. »Bin in meinem Leben oft genug von den Bullen rumkutschiert worden.«

Er verließ den Raum und wurde von dem anwesenden Beamten in Uniform zum Ausgang des Gebäudes begleitet. Bodenstein und Pia folgten ihm. Vor der Tür des Vernehmungsraumes wartete Dr. Nicola Engel.

»Warum lassen Sie ihn gehen?«, erkundigte sie sich. »Was war da los in Falkenstein?«

»Er hat uns alles erzählt, und er hat einen festen Wohnsitz«, antwortete Bodenstein. Bevor er weitersprechen konnte, unterbrach Pia ihn. Ihr ging nicht aus dem Kopf, was Behnke über Nicola Engels Beteiligung an der Erik-Lessing-Sache gesagt hatte, und sie stellte fest, dass sie ihrer Chefin zutiefst misstraute. Wenn es tatsächlich einen Zusammenhang zwischen dieser Sache und den Fällen von heute gab, dann war es besser, sie vorerst nicht über jedes Detail zu informieren.

»Erst Rothemund, dann Grasser?«, fragte Pia deshalb ihren Chef.

»Ja, erst Rothemund«, stimmte Bodenstein zu.

Das Handy der Kriminalrätin klingelte, sie entfernte sich ein paar Meter, um das Gespräch entgegenzunehmen. Pia zermarterte sich das Gehirn, wie sie die Engel abschütteln konnte, damit sie das Gespräch mit Rothemund nicht via Lautsprecher hinter der verspiegelten Glasscheibe verfolgte. Für eine langatmige Erklärung war keine Zeit, sie musste darauf vertrauen, dass er nicht nachfragte.

»Ich möchte Rothemund am liebsten in deinem Büro befragen«, sagte sie deshalb.

»Gute Idee«, antwortete Bodenstein zu ihrer Erleichterung. »Von dem Neonlicht kriege ich nach einer halben Stunde Kopfschmerzen. Lass ihn hochbringen, ich muss noch mal kurz für kleine Jungs.«

»Ach, Oliver.« Pia sah, dass die Engel ihr Telefonat beendet hatte. »Ich würde gern mit Rothemund erst mal unter sechs Augen sprechen, ohne die Chefin. Kriegst du das hin?«

Sie sah das Fragezeichen in seinen Augen, aber er nickte.

»Oberstaatsanwalt Frey ist da«, verkündete Dr. Nicola Engel. »Wie verfahren wir jetzt?«

»Frau Kirchhoff und ich sprechen zuerst einmal allein mit Rothemund und Grasser«, erwiderte Bodenstein. »Später kann Frey dazukommen.«

Pia warf ihm einen scharfen Blick zu, dann ging sie zu Vernehmungsraum 3, um zu veranlassen, dass man Kilian Rothemund hoch in den ersten Stock brachte.

»Ich würde auch gerne dabei sein«, hörte Pia die Engel sagen. Bodensteins Antwort verstand sie nicht, hoffte aber, dass er sich durchgesetzt hatte. Als sie zurückkehrte, war die Kriminalrätin verschwunden, dafür kam Oberstaatsanwalt Frey den Flur entlang. Er trug einen hellgrauen Anzug, ein weißes Hemd und Krawatte, das Haar war noch feucht und straff nach hinten frisiert. Äußerlich wirkte er so beherrscht und gelassen wie immer, doch sein sonst so klarer Blick war verhangen und voller Trauer.

»Hallo, Herr Dr. Frey«, begrüßte sie ihn. »Wie geht es Ihnen?«

»Hallo, Frau Kirchhoff.« Er reichte ihr die Hand, die Andeutung eines Lächelns zuckte um seine Lippen. »Alles andere als gut. Ich glaube, ich habe noch gar nicht so wirklich begriffen, was da geschehen ist und wie das überhaupt passieren konnte.«

Hätte Pia nicht mit eigenen Augen gesehen, in welchem Zustand er noch vor knapp zwei Stunden gewesen war, dann hätte sie nicht für möglich gehalten, dass er etwas so Furchtbares erlebt hatte. Seine Professionalität nötigte ihr ehrlichen Respekt ab.

»Ich möchte mich noch einmal bei Ihnen bedanken«, sagte er. »Es war wirklich großartig, wie Sie sich verhalten haben.«

»Nicht der Rede wert.« Pia fragte sich, warum sie ihn früher für einen selbstgerechten Bürokraten gehalten und nicht gemocht hatte.

Bodenstein kam aus der Herrentoilette. Im gleichen Moment öffnete sich die Tür des Vernehmungsraumes weiter hinten auf dem Flur, und ein Beamter führte Kilian Rothemund, der Handschellen trug, zur hinteren Treppe, die in den ersten Stock führte. Frey blickte ihm nach. Pia bemerkte, wie sich seine Miene für den Bruchteil einer Sekunde veränderte. Sein Körper straffte sich, er hob das Kinn.

»Das war aber nicht Helmut Grasser«, stellte er fest.

»Nein«, antwortete Bodenstein. »Das ist Kilian Rothemund. Er hat sich heute gestellt. Meine Kollegin und ich werden jetzt zuerst mit ihm sprechen, danach mit Grasser.«

Markus Maria Frey blickte dem Mann, mit dem er einmal eng befreundet gewesen war und den er trotzdem für Jahre ins Gefängnis gebracht hatte, hinterher und nickte.

»Ich möchte bei der Befragung dabeisein«, sagte er.

»Nein, Frau Kirchhoff und ich sprechen erst einmal unter sechs Augen mit den Herren«, entgegnete Bodenstein bestimmt. »Sie können so lange im Aufenthaltsraum warten.«

Oberstaatsanwalt Frey war es nicht gewohnt, dass man ihm eine Bitte abschlug. Sein Unmut über Bodensteins Antwort war nicht zu übersehen. Er runzelte die Stirn und öffnete den Mund zu einer Erwiderung, besann sich dann aber anders und zuckte die Achseln.

»Auch gut«, sagte er. »Dann gehe ich erst mal einen Kaffee trinken. Wir sehen uns später.«

Emma und Florian saßen im leeren Wartebereich vor der Chirurgischen Ambulanz des Bad Sodener Krankenhauses, hielten sich an den Händen und warteten. Louisa war auf Florians Schoß eingeschlafen. Seit über einer Stunde war Michaela bereits im OP. Die Kugel war unter ihrer Brust schräg in ihren Körper eingedrungen, hatte Darm und Leber durchschlagen und war im Beckenknochen steckengeblieben. Josef war in die Uniklinik nach Frankfurt geflogen worden, und Emma war froh darüber, denn allein der Gedanke, mit diesem widerwärtigen Schwein, das ihre unschuldige kleine Tochter missbraucht hatte, unter ein und demselben Dach zu sein, wäre für sie unerträglich gewesen. Sie warf Florian einen Seitenblick zu. Wie viel schlimmer musste das hier alles erst für ihn sein?

Schon immer hatte er ein schwieriges Verhältnis zu seinem Vater gehabt, hatte sich zurückgesetzt und ungeliebt gefühlt. Nicht zuletzt deshalb hatte er einen Beruf ergriffen, der ihn weit von zu Hause wegführte. Nun begreifen zu müssen, dass der eigene Vater ein Kinderschänder, ein Pädophiler war, der sich an seiner Tochter vergriffen hatte, musste entsetzlich sein. Stockend hatte Florian ihr von Michaela erzählt, davon, wie sehr er ihr die Liebe des Vaters geneidet hatte und ihre enge Freundschaft mit Nicky, den er als Kind geliebt und gehasst hatte. Nicky war mit acht Jahren in die Familie Finkbeiner gekommen, nachdem mehrere Pflegefamilien kapituliert und ihn zurück ins Waisenhaus gebracht hatten. Er war schon als Kind ein begnadeter Manipulator gewesen, hochintelligent, ehrgeizig und narzisstisch veranlagt. Florian hatte sich gefreut, einen gleichaltrigen Spielkameraden zu bekommen, aber Nicky hatte Michaela vorgezogen und sie völlig mit Beschlag belegt.

Michaela war schon immer versponnen, verlogen und aggressiv gewesen, aber Florian hatte seine Zwillingsschwester, die nur zehn Minuten jünger war als er, abgöttisch geliebt. Umso schmerzlicher für ihn, dass er mit ihr seine einzige Verbündete innerhalb der Familie an Nicky verloren hatte. Die Eltern hatten Nicky und Michaela alles verziehen, wofür er getadelt und bestraft worden war, sie durften sich alles erlauben. Mit zehn hatten die beiden geraucht, mit elf war Michaela das erste Mal von zu Hause weggelaufen, mit dreizehn rauchte sie Joints, mit vierzehn spritzte sie Heroin. Und dann war sie verschwunden, erst im Jugendgefängnis, dann in der geschlossenen Psychiatrie. Nicky hingegen hatte die Kurve gekriegt, war ein glänzender Schüler geworden und hatte das beste Abitur der Schule gemacht. Über Michaela hatte er nie mehr gesprochen, stattdessen dicke Freundschaft mit Corinna geschlossen, die Florians Lieblingsschwester nach Michaela gewesen war.

Es waren alles andere als glückliche Erinnerungen, die er an seine Zwillingsschwester hatte, und jetzt, wo sie die Hintergründe kannte, konnte Emma nachvollziehen, weshalb er sie nie erwähnt hatte. Draußen auf dem Gang wurden Stimmen laut. Der Name ›Michaela Prinzler‹ fiel, Florian und Emma horchten auf. Ein Mann betrat das Wartezimmer. Er war so groß, dass er den Türrahmen fast vollständig ausfüllte, seine Arme waren komplett tätowiert, er sah furchterregend aus.

»Bist du Michaelas Bruder?«, fragte er Florian mit einer seltsam heiseren Stimme.

»Ja, der bin ich«, erwiderte Florian. »Und wer sind Sie?«

»Ich bin ihr Mann. Bernd Prinzler.«

Emma starrte den tätowierten Riesen sprachlos an.

Prinzler nahm auf einem der Plastikstühle gegenüber Platz und rieb sich mit beiden Händen das Gesicht. Dann stützte er die Ellbogen auf die Knie und musterte Florian eindringlich.

»Was ist passiert?«, wollte er wissen.

Florian räusperte sich und erzählte es dem Fremden.

»Ich dachte, meine Schwester ist seit vielen Jahren tot«, schloss er seinen Bericht. »Das haben mir meine Eltern erzählt.«

»Genau das sollten sie ja auch glauben«, erwiderte Prinzler. »Wir haben Michaelas Beerdigung damals inszeniert, damit sie nicht länger von diesen Monstern verfolgt wird.«

»Von wem?«, fragte Florian irritiert.

»Von deinem Alten und seinen Kinderschänderkumpels. Das ist 'ne Mafia. Wen die mal in ihren Fängen haben, lassen sie nie wieder aus den Augen. Die wissen über jeden Schritt, den eins von den Mädchen tut, Bescheid. Und die sind besser organisiert als jeder Geheimdienst.«

»Was … was bedeutet das?«, wollte Florian wissen.

Emma hätte es lieber gar nicht erfahren, aber Bernd Prinzler erzählte mit brutaler Offenheit über die Strukturen und die Mittel, mit denen der Kinderschänderring agierte. Die widerwärtigen Details waren unerträglich.

Emma schauderte. Ob dieser grauenhafte Alptraum sie jemals wieder loslassen und Louisa das, was ihr widerfahren war, eines Tages vergessen würde? Wieso hatte sie das alles nicht viel früher bemerkt? Hätte sie es bemerken können, bemerken müssen? Sie versuchte, sich daran zu erinnern, wie ihr Schwiegervater sich Louisa gegenüber verhalten hatte, versuchte eine Ausflucht zu finden, einen Beweis dafür, dass nicht er sich an ihrer Tochter vergriffen hatte. Er war doch nie anders als freundlich zu ihr gewesen.

Ein Arzt in blauer OP-Montur betrat das Wartezimmer. Prinzler und Florian sprangen auf.

»Was ist mit meiner Frau?«, wollte Prinzler wissen.

»Wie geht es meiner Schwester?«, fragte Florian gleichzeitig.

Der Arzt blickte zwischen den beiden Männern hin und her.

»Sie hat die OP gut überstanden, ihr Zustand ist stabil«, erwiderte er schließlich und verrenkte sich bei dem Versuch, Prinzler ins Gesicht zu sehen, beinahe den Hals. »Wir haben sie zur Beobachtung auf die Intensivstation gebracht, aber wir konnten die Kugel entfernen und den verletzten Darm flicken.«

Plötzlich zuckte ein reißender Schmerz durch Emmas Unterleib. Sie schnappte erschrocken nach Luft, im gleichen Moment platzte die Fruchtblase und das Fruchtwasser durchnässte ihren Slip.

»Florian«, sagte sie leise. »Ich glaube, das Baby kommt.«

»Was ist denn mit Ihnen passiert?«, fragte Pia entsetzt, als sich Kilian Rothemund zu ihr umwandte. Sein Gesicht, das sie von den Fahndungsfotos als markant und gut aussehend in Erinnerung hatte, war völlig verschwollen, die linke Gesichtshälfte ein einziger violett schillernder Bluterguss, der sich bis zum Auge zog. Seine Nase schien gebrochen zu sein, sein rechter Arm sah aus, als sei er in einen Hackfleischwolf geraten. Kilian Rothemund gehörte dringend ins Krankenhaus.

»Als ich vorgestern in Amsterdam in den Zug steigen wollte, wurde ich schon erwartet«, erwiderte er.

»Von wem?« Pia nahm ihm gegenüber am Besprechungstisch in Bodensteins Büro Platz. Bodenstein gab Rothemund ein Zeichen, mit seiner Antwort zu warten. Er schaltete das Aufnahmegerät ein, legte es auf den Tisch und machte ein paar Angaben zur Sache.

»Es war nicht die holländische Polizei, die mich festgenommen hat«, sagte Rothemund, als das Band lief, und verzog das Gesicht zu einer Grimasse. »Und es war auch nicht die Polizei, die mich letzte Nacht gefoltert und mich heute Morgen aus einem fahrenden Auto gestoßen hat. Das waren die Handlanger der Kinderschändermafia, denen ich gefährlich geworden bin. Sie haben mich gezwungen, mir einen Videofilm anzusehen, in dem Hanna Herzmann vergewaltigt wurde, und man drohte mir damit, dass dasselbe meiner Tochter zustoßen wird, wenn ich ihnen nicht verrate, wohin ich die Informationen geschickt habe, die ich von zwei Insidern bekommen habe.«

»Haben Sie es ihnen verraten?«, fragte Bodenstein.

»Nein.« Rothemund rieb sich vorsichtig sein unrasiertes Kinn. »Ich habe noch genug Geistesgegenwart besessen, um zu verhindern, dass sie das Material in die Finger bekommen. Weil ich wusste, dass Hanna im Krankenhaus liegt, habe ich behauptet, ich hätte das Päckchen mit den Tonbandaufzeichnungen an sie geschickt.«

»Das war clever von Ihnen«, sagte Pia. »Es hat tatsächlich jemand im Haus von Frau Herzmann auf die Post gewartet. Dummerweise war aber auch ihre Tochter Meike im Haus, als er kam.«

»Großer Gott!« Rothemund erschrak.

»Meike ist es gelungen, den Mann zu überwältigen und im Keller einzusperren. Er ist jetzt auch hier.«

Kilian Rothemund atmete erleichtert auf.

»Wer war es? Helmut Grasser?«, fragte er.

»Ja. Genau der. Woher kennen Sie ihn?«

»Er ist Finkbeiners Mann fürs Grobe. War selbst eins von den Sonnenkindern. Und er ist psychisch krank.«

»Wo ist Ihre Tochter jetzt? Ist sie in Sicherheit?«, erkundigte sich Pia.

»Ja. Meine Exfrau hat sie angerufen. Sie ist genau in dem Moment nach Hause gekommen, als die Polizei kam, um mich abzuholen.« Rothemund nickte. »Ich konnte kurz mit ihr sprechen, und sie hat mir versprochen, das Haus erst mal nicht zu verlassen.«

»Wir besorgen ihr Polizeischutz«, sagte Pia.

Bodenstein räusperte sich.

»Nun mal der Reihe nach«, sagte er. »Wir haben von Bernd Prinzler schon einiges erfahren, sind über die Lebensgeschichte seiner Frau im Bilde. Sie ist heute auf der Geburtstagsfeier von Josef Finkbeiner erschienen und hat dort zwei Männer erschossen und ihren Vater lebensgefährlich verletzt.«

»Du meine Güte!«, stieß Rothemund betroffen hervor. Diese Nachricht nahm ihn sichtlich mit, er rang um Fassung. »Wen hat sie erschossen?«

»Dr. Hartmut Matern und Dr. Richard Mehring, früher Präsident des Oberlandesgerichts.«

»Die beiden gehören zum inneren Kreis des Kindermissbrauchrings«, bestätigte Kilian Rothemund. »Sie sind die Drahtzieher, gemeinsam mit drei weiteren Männern, und das seit über vierzig Jahren. So lange treiben sie schon unbehelligt ihr Unwesen. Ich habe eine lange Liste von Namen und auch jede Menge Beweise dafür, dass diese Liste korrekt ist. Michaela Prinzler hat mir ihr jahrelanges Martyrium minutiös geschildert und aufgeschrieben. Frau Herzmann und ich konnten in den letzten Wochen sehr viele Beweise und Aussagen von ehemaligen Opfern und Tätern sammeln, die Michaelas Geschichte untermauern. Ich habe mich in den letzten Jahren sehr intensiv mit diesem Thema befasst, wie Sie sich denken können.«

Mochte sein Gesicht auch furchtbar entstellt sein, seine außergewöhnlich hellblauen Augen waren von einer wachsamen Intensität, die es Pia schwermachte, ihn anzusehen. Sie musste sich geradezu zwingen, ihren Blick nicht abzuwenden.

»Als sich Bernd Prinzler vor neun Jahren mit der Bitte, seiner Frau zu helfen, an mich wandte, war ich von dem Thema fasziniert«, sprach Rothemund nach einer kurzen Pause weiter. »Ich hatte die Entschlossenheit und Gefährlichkeit dieser Leute völlig unterschätzt. Sie haben mich fertiggemacht. Ich habe alles verloren: meine Familie, mein Ansehen, meinen Job. Ich war im Gefängnis und bin vorbestraft wegen Kindesmissbrauchs und des Besitzes kinderpornographischer Fotos und Filme, die sich auf allen meinen Computern befanden. Das alles war eine geschickt aufgestellte Falle, in die ich blind hineingetappt bin.«

»Wie konnte das passieren?«, fragte Pia.

»Ich war im wahrsten Sinne des Wortes blauäugig.« Er lächelte ein wenig, doch das Lächeln erlosch sofort wieder. »Ich habe den falschen Menschen vertraut, fühlte mich zu sicher. Man tat mir K.o.-Tropfen in einen Drink. Vierundzwanzig Stunden später wachte ich in meinem Auto auf, hatte einen Filmriss. Während ich bewusstlos war, hatten sie mich ausgezogen, mich mit nackten Kindern zusammen ins Bett gelegt und Fotos gemacht. So etwas ist ein übliches Mittel, um unbequeme Leute in Schach zu halten. Ich weiß von zwei Jugendamtsmitarbeitern, denen dasselbe passiert ist, von einem Lehrer, der seinen Verdacht auf Missbrauch eines Schülers anzeigen wollte, und von mindestens drei anderen Männern. Man hat einfach keine Chance, denn die Verbindungen dieser Leute gehen in Ministerien, in die Wirtschaft, die Politik und auch in die Polizei. Alle decken sich gegenseitig, nicht nur in Deutschland. Das ist eine internationale Angelegenheit, bei der sehr viel Geld im Spiel ist.«

Er betrachtete versonnen seine verletzte rechte Hand, drehte sie ein wenig hin und her.

»Als vor ein paar Wochen das tote Mädchen im Fluss gefunden wurde, wollte Michaela endgültig auspacken. Bernd rief mich an, ich sagte ihm sofort zu, dass ich mitmachen wollte. Ich hatte nichts mehr zu verlieren, aber vielleicht eine kleine Chance auf Rehabilitierung, sollten wir das alles in der Öffentlichkeit beweisen können. Über Michaelas Therapeutin Leonie kam der Kontakt zu Hanna

Herzmann zustande. Sie war begeistert von der Möglichkeit, ein solch brisantes Thema für ihre Sendung zu bekommen. Und obwohl wir sie gewarnt haben, hat auch sie offenbar die Gefährlichkeit dieser Leute unterschätzt. Genau wie ich. Sie hat ihrem alten Jugendfreund Wolfgang Matern davon erzählt, in seiner Eigenschaft als Programmdirektor des Senders, für den sie ihre Sendung produziert.« Rothemund seufzte. »Hanna hatte keinen blassen Dunst davon, dass Wolfgang Materns Vater Hartmut in den Fall verstrickt ist. Ich wusste natürlich, dass ihm der Sender gehört, und habe seinen Namen bewusst nicht auf die Liste gesetzt, um Hanna nicht in einen Loyalitätskonflikt zu stürzen. Außerdem war ich mir anfangs nicht sicher, ob ihr wirklich zu trauen ist. Dass sie mit Wolfgang Matern befreundet ist und ihn so detailliert informieren würde, habe ich damals leider nicht gewusst.«

»Sie meinen, Wolfgang Matern hat Hanna Herzmann überfallen?«, unterbrach Pia ihn.

»Nein, sicher nicht er selbst. Ich glaube, dass es Helmut Grasser war, der ihr das angetan hat. Und der Leonie getötet hat. Eine Frau kann man schließlich nicht mit kompromittierenden Fotos oder Filmen einschüchtern. Mit Frauen verfahren diese Verbrecher anders als mit Männern.«

Pia erinnerte sich an das Auto mit dem HG-Kennzeichen, das der Nachbar von Leonie Verges mehrfach in der Nähe ihres Hauses beobachtet hatte. Es war auf den *Sonnenkinder*-Verein zugelassen.

»Diese Sonnenkinder«, sagte Bodenstein gerade, »tun die denn wirklich etwas für Mütter und Kinder, oder ist das eine reine Tarnorganisation?«

»Oh nein, sie tun eine ganze Menge«, antwortete Kilian Rothemund. »Es ist tatsächlich eine großartige Sache. Sie fördern die Ausbildung junger Mütter, es gibt Stipendien für Kinder und Jugendliche. Aber es gibt eben auch Kinder, die es offiziell nicht gibt. Junge Mütter verschwinden sofort nach der Entbindung und lassen ihre Kinder zurück, weil sie denken, sie sind dort gut aufgehoben. Finkbeiner holt auch gerne Waisenkinder aus Fernost oder Osteuropa. Die werden hier nie gemeldet, sie existieren einfach gar nicht und niemand vermisst sie. Sie sind das Futter für die Kinderschänder. Michaela wusste das alles, sie nannte diese Kinder die ›unsichtbaren Kinder‹. Was ihnen angetan wird, ist einfach unfassbar. Werden sie zu alt und damit unattraktiv für die Pädophilen, dann werden sie an Zuhälter weitergegeben oder einfach entsorgt.«

Pia fielen die beiden Phantombilder ein, die mit Hilfe der Zeugin aus Höchst entstanden waren. Sie entschuldigte sich, ging in ihr Büro und kehrte kurz darauf mit den Ausdrucken zurück.

»Kennen Sie diese beiden Leute?«, fragte sie Kilian Rothemund.

Ein flüchtiger Blick reichte ihm.

»Der Mann ist Helmut Grasser«, sagte er. »Und die Frau ist Corinna Wiesner, auch ein Adoptivkind der Finkbeiners, genauso wie ihr Mann Ralf Wiesner, der Geschäftsführer der Finkbeiner Holding. Corinna und er sind die wohl hörigsten Soldaten in Finkbeiners schwarzer Armee. Offiziell ist sie Verwaltungschefin der *Sonnenkinder*, aber in Wirklichkeit ist sie die Leiterin der ›Geheimpolizei‹ des Rings. Sie weiß über alles Bescheid, ist eiskalt und absolut gnadenlos.«

Helmut Grasser redete eine Viertelstunde lang wie ein Wasserfall. Dankbar, endlich ein aufmerksames Publikum gefunden zu haben, erzählte er von einer traurigen lieblosen Kindheit in verschiedenen Pflegefamilien und Kinderheimen, einer psychisch kranken Mutter, die ihn, das unerwünschte Produkt einer Vergewaltigung, abgelehnt hatte und gerade mal sechzehn war, als er geboren wurde. Das Jugendamt hatte ihn schließlich zu den Finkbeiners vermittelt, und dort hatte er zum ersten Mal in seinem Leben so etwas wie Zuneigung und Fürsorge erfahren, dennoch war er immer ein Kind zweiter Klasse geblieben. Dadurch, dass er eine Mutter hatte, hatten die Finkbeiners ihn nicht adoptiert oder als Pflegekind aufgenommen; er war in der Heimeinrichtung des Vereins *Sonnenkinder e. V.* aufgewachsen und hatte alles getan, um Anerkennung von jenen zu bekommen, zu denen er so gerne gehören wollte. Aber die Finkbeiner-Kinder, die jünger waren als er, hatten auf ihn herabgesehen, seine Bemühungen um ihre Gunst schamlos ausgenutzt und ihn verspottet. Grasser war nicht verheiratet und lebte mit seiner Mutter in einem der Häuser auf dem Finkbeiner'schen Grundstück in Falkenstein, in direkter Nachbarschaft zu den Leuten, die er seit dreißig Jahren anbetete und die seine Ergebenheit genau wie früher für ihre eigenen Pläne instrumentalisierten.

»Okay«, unterbrach Bodenstein ihn schließlich. »Was war mit Hanna Herzmann und mit Leonie Verges?«

»Die Herzmann sollte ich ein bisschen einschüchtern, damit sie aufhört, herumzuschnüffeln«, gab Grasser zu. »Die Sache ist etwas aus dem Ruder gelaufen.«

»Etwas aus dem Ruder gelaufen?« Bodenstein hob die Stimme. »Sie haben die Frau bestialisch gefoltert und beinahe umgebracht! Und dann haben Sie sie im Kofferraum liegenlassen und damit ihren Tod billigend in Kauf genommen!«

»Ich hab nur getan, was man von mir verlangt hat«, verteidigte er sich, und in seinen tiefdunklen Augen lauerte ein Anflug von Selbstmitleid. In seiner Logik sah er sich nicht als Täter, sondern als Opfer. »Ich hatte keine andere Wahl!«

»Man hat immer eine andere Wahl«, entgegnete Bodenstein. »Wer verlangt so etwas von Ihnen?«

Grasser war intelligent genug, um seine Abhängigkeit und die ständigen Demütigungen zu hassen, aber zu willensschwach, um sich davon zu befreien. Sein Tun rechtfertigte er vor sich selbst damit, dass er ja nur Befehlen anderer gehorchte, und rächte seinen lebenslang verhöhnten Stolz erbarmungslos an Schwächeren.

»Wer verlangt so etwas von Ihnen?«, wiederholte Bodenstein.

Grasser erkannte, dass Lügen nichts nutzten, und ergriff die Gelegenheit, es seinen Unterdrückern endlich heimzuzahlen.

»Corinna Wiesner. Sie ist meine direkte Chefin. Ich tue, was sie mir sagt, und stelle keine Fragen.«

Pias Telefon begann zu summen. Sie warf einen raschen Blick auf das Display. Es war die Nummer von Hans Georg, dem Bauern aus Liederbach, der für sie immer das Heu presste. Wahrscheinlich wollte er ihr mitteilen, dass er gemäht hatte. Das konnte warten.

»Hat Corinna Ihnen auch befohlen, zu filmen, wie Sie Hanna Herzmann misshandelt haben? Und hat sie Ihnen den Auftrag gegeben, Leonie Verges verdursten zu lassen und das auch noch zu filmen?«, fragte Bodenstein scharf.

»Nicht direkt«, wich Grasser aus. »So genau sagt sie mir nicht, was ich tun soll.«

»Ja, was denn nun?« Bodenstein beugte sich nach vorne. »Eben sagten Sie, Sie würden nur tun, was man Ihnen sagt!«

»Na ja.« Grasser zuckte die Achseln. »Ich krieg halt gesagt, das und das muss gemacht werden. Aber wie ich das mach, das überlässt sie mir.«

»Was heißt das konkret?«

»Auf die Idee, 'ne Polizeikontrolle vorzutäuschen, bin ich gekommen.« Grasser wirkte beinahe stolz. »Ich hab mir im Internet den ganzen Kram dazu besorgt, ist kein großer Akt. Und es funktioniert immer. Manchmal machen wir das einfach so aus Spaß, kassieren ein paar Scheine und gut ist's.«

»Was ist mit den Filmen?«, fragte Pia.

»Es gibt halt 'ne Menge Leute, die auf so was stehen«, erwiderte er.

»Auf was?«

»Na ja, darauf, jemand sterben zu sehen. Also richtig, nicht nur gespielt.«

Grasser war völlig ungerührt. »Für so einen Film wie den mit der Fernsehtante gibt's locker zwei Mille.«

Kröger hatte schon von sogenannten Snuff-Movies erzählt. Pia selbst hatte nie einen solchen Film gesehen, aber sie wusste, dass im Internet, in IRC-Chats, in Usenet-Foren, in geschlossenen Benutzergruppen, Filme angeboten wurden, die angeblich echte Morde in voller Länge zeigten, häufig als perverse Höhepunkte härtester pornographischer Szenen, aber auch Exekutionen, Folterungen, Morde an Babys und Kindern im Kontext mit Kinderpornographie.

Grasser schilderte seine widerwärtigen Taten in einer so genussvollen Ausführlichkeit, dass Pia schlecht wurde. Er kam ihr vor wie ein brünstiges Gorillamännchen, das mit den Fäusten auf seinen Brustkasten trommelt.

»Uns reichen die Fakten«, unterbrach sie die Schilderung des Überfalls auf Hanna Herzmann. »Was war mit dem Mädchen? Wie ist es in den Fluss gelangt?«

»Immer langsam. Eins nach dem anderen«, erwiderte Grasser und genoss es, einmal im Mittelpunkt zu stehen, wo das Leben für ihn ansonsten nur eine Nebenrolle vorgesehen hatte.

Pia täuschte vor, einen Anruf zu bekommen, und verließ den Vernehmungsraum. Die Art, wie dieser Kerl sie anglotzte, sie ungeniert mit den Augen auszog, war nach alldem, was sie heute schon erlebt hatte, zu viel.

Sie lehnte sich draußen an die Wand, schloss die Augen und atmete tief ein und aus, um nicht zu hyperventilieren. Es gab so ekelhafte, kranke Menschen auf der Welt!

»Hey, alles in Ordnung?« Christian Kröger kam aus dem kleinen Zimmer, das sich zwischen den Vernehmungsräumen befand. Von dort aus konnte man durch die verspiegelten Scheiben die Vernehmungen verfolgen. Pia schlug die Augen auf und blickte in sein besorgtes Gesicht.

»Ich kann den Kerl keine Sekunde länger ertragen«, stieß sie hervor. »Mich kriegen da keine zehn Pferde mehr rein.«

»Lass mich das übernehmen.« Christian strich ihr mitfühlend über den Arm. »Die anderen sind im Lauschraum. Geh zu ihnen und hör einfach nur zu.«

Pia atmete tief aus.

»Danke«, sagte sie.

»Hast du heute schon irgendwas gegessen?«, erkundigte sich Christian.

»Nein. Mach ich später.« Pia rang sich ein Lächeln ab. »Das ist ja wohl hoffentlich bald vorbei.«

Sie ging zu Kai, Cem und Kathrin in den Zwischenraum und setzte sich auf einen Stuhl. Helmut Grasser ließ ein paar obszöne Bemerkungen vom Stapel, als Christian den Vernehmungsraum betrat und sich hinter Grassers Stuhl stellte.

»Komm zum Punkt, du kranker kleiner Wichser«, sagte er. »Sonst kriegst du noch mal eine Elektroschockbehandlung.«

Das süffisante Grinsen auf Grassers Gesicht erlosch.

»Haben Sie das gehört? Der droht mir mit Folter!«, empörte er sich.

»Ich habe nichts gehört.« Bodenstein zuckte nicht mit der Wimper. »Wir waren bei dem Mädchen stehengeblieben. Also. Bitte.«

Grasser warf Kröger einen finsteren Blick zu.

»Die Oksana, die blöde Schlampe«, sagte er dann, »die ist dauernd abgehauen. Ich bin immer für so 'ne Drecksarbeit zuständig und krieg eins auf den Deckel, wenn diese kleinen Zicken Ärger machen. Die ist irgendwie bis in die Innenstadt gelangt, da mussten wir uns als ihre Eltern ausgeben.«

»Wer ist ›wir‹?«, unterbrach Bodenstein ihn.

»Corinna und ich«, erwiderte Grasser.

»Von wo aus ist das Mädchen weggelaufen?«

»Vom Palais.«

»Geht es etwas konkreter?«

Helmut Grasser verzog mürrisch das Gesicht, aber dann begann er zu reden. In den Katakomben des Palais Ettringhausen in Höchst, das der Finkbeiner-Stiftung gehörte, befanden sich die Keller, in denen der Missbrauch stattfand und auch die Filme gedreht wurden, die weltweit reißenden Absatz fanden. Die Kinder wurden normalerweise in Falkenstein untergebracht, aber es waren immer einige von ihnen in Höchst, um ›zur Verfügung‹ zu stehen.

Allein dieser Ausdruck jagte Pia eine Gänsehaut über den Rücken.

Oksana, sagte Grasser, sei eigentlich schon zu alt für die Bedürfnisse der pädophilen Männer gewesen, aber der Boss habe aus unerfindlichen Gründen einen Narren an ihr gefressen. An einem Abend aber hatte Oksana seinen Zorn auf sich gezogen, weil sie sich geweigert hatte, etwas zu tun, was er verlangt hatte.

»Solange sie klein sind, sind sie leicht einzuschüchtern«, sagte Grasser so ungerührt, als spräche er über irgendwelche Tiere. »Wenn sie älter sind, werden sie hinterhältig und schlau, diese Biester. Da muss man manchmal etwas härter durchgreifen.«

Pia wandte sich ab und verbarg ihr Gesicht in den Händen.

»Ich kann das nicht mehr ertragen«, murmelte sie.

»Ich auch nicht«, antwortete Cem dumpf. »Ich habe zwei Töchter. Ich darf gar nicht an sie denken.«

»Oksana war ein zähes Ding, das sind diese Russenmädchen oft. Liegt irgendwie in den Genen«, klang Helmut Grassers Stimme aus den Lautsprechern. »Der Boss hat sie verprügelt, bis sie kaum noch japsen konnte, dann hat er sie im Whirlpool untergetaucht. Wahrscheinlich ein bisschen zu lange. War ein Unfall.«

Er zuckte die Schultern.

»Und was dann?« Bodenstein ließ sich keinerlei Gemütsbewegung anmerken.

»Kommt immer mal vor, dass eins nicht überlebt. Ich sollte sie am gleichen Abend noch wegschaffen«, antwortete Grasser. »Aber ich war ein bisschen knapp mit der Zeit, deshalb habe ich sie in den Fluss geworfen.«

»Unfassbar. Weil er knapp mit der Zeit war!«, murmelte Kathrin.

»*Glücklicherweise* war er das«, verbesserte Cem zynisch. »Sonst wäre nie einer darauf gekommen, was da passiert.«

»Puh«, machte Pia nur. Cem hatte recht. Der Fund des toten Mädchens war der Auslöser für eine ganze Reihe von Tragödien gewesen, die sie nicht hatten verhindern können. Hätte sich die Zeugin eher gemeldet, hätte sie das Foto von Oksana damals in der Zeitung gesehen und nicht erst bei *Aktenzeichen XY*, dann wäre Hanna Herzmann womöglich nichts zugestoßen, Leonie Verges könnte noch leben und Michaela Prinzler hätte nicht zwei Menschen erschossen.

Hätte, wäre, wenn.

»Geh doch endlich mal an dein Handy«, sagte Kathrin, weil Pias Telefon immer wieder summte und brummte.

»Später. Ist nicht so wichtig«, entgegnete Pia und beugte sich vor, denn Bodenstein hatte Grasser ein Foto hingeschoben.

»Was ist das hier?«, fragte er. »Das haben wir im Magen des Mädchens gefunden.«

»Hm. Sieht aus wie ein Stück von ’nem T-Shirt. Der Boss steht drauf, wenn die Mädchen diese rosa Dinger anhaben, vor allen Dingen, wenn sie schon ’n bisschen älter sind. Dann sehen sie jünger aus.«

»Wir haben den Stoff *im Magen* des Kindes gefunden«, wiederholte Bodenstein.

»Kann sein, dass sie’s gegessen hat. Die Oksana musste man immer etwas aushungern, sonst wurde sie zu frech.«

Cem schnappte nach Luft.

»Das kann doch alles nicht wahr sein, oder?« Pia war fassungslos. »So was kann doch kein Mensch tun.«

»Doch.« Kai nickte. »Leider können Menschen das. Denk nur an die KZ-

Aufseher. Die sind abends nach Hause gegangen und waren ganz normale Familienväter, nachdem sie den ganzen Tag Menschen in die Gaskammer getrieben haben.«

»Wie gerne würde ich dem dasselbe antun!«, knurrte Cem. »Aber so einer kommt wahrscheinlich nicht mal in den Knast, sondern nur in die Klapse, weil er eine schwere Kindheit hatte! Wenn ich das schon höre!«

Wieder klingelte Pias Handy. Sie stellte es leise.

»Haben Sie das alles alleine gemacht, oder hatten Sie einen Helfer?«, fragte Christian auf der anderen Seite der Glasscheibe.

»Hin und wieder nehm ich mal jemanden mit«, sagte Grasser. »Bei der Fernsehtante war sogar der Boss selbst dabei. Zu dieser Leonie habe ich den Andi mitgenommen, der darf sonst nur die Kinder rumfahren.«

»Der Boss war selbst dabei«, wiederholte Christian Kröger. »Ist er nicht schon ein bisschen alt für solche … Außeneinsätze?«

»Außeneinsätze«, Grasser gluckste amüsiert. »Das gefällt mir. Aber wieso alt? Der ist doch nicht viel älter als Sie.«

»Wir reden hier jetzt wohl nicht von Josef Finkbeiner, oder?«, vergewisserte sich Bodenstein.

»Ach was, der Josef doch nicht mehr.« Grasser winkte ab. »Der tatscht höchstens noch mal ein Kind an, was ihm zufällig in die Finger gerät. Nein, Nicky ist der Boss.«

»Nicky?«, fragten Bodenstein und Kröger gleichzeitig. »Wer ist das?«

Grasser blickte sie überrascht an, dann grinste er amüsiert und lehnte sich zurück.

»Ihr habt ihn doch verhaftet«, sagte er. »Ich hab ihn eben kurz auf dem Flur vorbeigehen sehen.«

»Wer ist Nicky?«, fragte Bodenstein, der allmählich die Geduld verlor, mit drohendem Unterton und schlug mit der flachen Hand auf die Tischplatte.

»Na, besonders clever seid ihr ja wirklich nicht.« Helmut Grasser schüttelte wenig eingeschüchtert den Kopf. »Nicky heißt in Wirklichkeit Markus Maria Frey.«

»Wir brauchen sofort einen Haftbefehl gegen Frey und Corinna Wiesner«, sagte Bodenstein. »Ich will eine Ringalarmfahndung, sofort. Sehr weit kann er ja noch nicht sein.«

»Ich kümmere mich drum.« Kai Ostermann nickte.

Als man festgestellt hatte, dass sich Oberstaatsanwalt Frey aus dem Staub gemacht hatte, hatte Bodenstein die Mitarbeiter des K11 im Aufenthaltsraum hinter der Wache versammelt, dazu waren die wenigen noch anwesenden Kollegen der anderen Kommissariate und der Schutzpolizei erschienen diejenigen, die sich schon im Feierabend befanden, wurden angerufen und aufgefordert, zurück in den Dienst zu kommen.

»Wer hat Frey zuletzt gesehen?«, wollte Bodenstein wissen.

»Er hat um 16:36 das Gebäude verlassen, angeblich, weil er sein Handy aus dem Auto holen wollte«, wusste die Kollegin, die zu dem Zeitpunkt an der Pforte gesessen hatte.

»Okay«, Bodenstein konsultierte seine Armbanduhr. »Jetzt haben wir 18:42. Das bedeutet, er hat gut zwei Stunden Vorsprung.«

Er klatschte in die Hände.

»Los, Leute, an die Arbeit!«, rief er. »Die Zeit drängt. Frey wird versuchen, wichtige Spuren zu verwischen. Ich will einen Durchsuchungsbeschluss für das Palais Ettringhausen und für sämtliche Räumlichkeiten dieses *Sonnenkinder*-Vereins sowie für die Privathäuser von Grasser, Wiesner und Frey. Für die Durchsuchung in Höchst brauchen wir das SEK, eine Hundertschaft und für den Fall, dass Frey flüchtet, einen Hubschrauber. Außerdem müssen die Kollegen von der Wasserschutzpolizei informiert werden.«

Pia saß wie betäubt auf einem Stuhl an der Wand, die Stimmen um sie herum waren nur ein fernes Rauschen in ihren Ohren.

Wieso hatte sie nicht bemerkt, wie geschickt Oberstaatsanwalt Frey sie manipuliert und eingewickelt hatte? Wie hatte sie nur auf ihn hereinfallen können? Ganz allmählich dämmerte ihr, was sie angerichtet hatte. Sie hatte ihm treudoof erzählt, dass Rothemund nach Amsterdam gefahren war, ihm von jedem Schritt ihrer Ermittlungsarbeit berichtet, nur weil er so freundlich zu Lilly gewesen war!

Lilly! Großer Gott! Pia zuckte zusammen, als habe man sie mit kochendem Wasser übergossen. Die Drohmail, die sie heute Morgen erhalten hatte, musste auch von Frey stammen! Er ging natürlich davon aus, dass Lilly ihre Tochter war, weil sie mit ihm nie über Christoph gesprochen hatte.

»Hundestaffel, Notärzte«, drang Bodensteins Stimme in ihr Bewusstsein. »In einer Stunde treffen wir uns in Höchst. Das Gebäude wird weiträumig umstellt und abgeriegelt. Kai, informieren Sie die Verkehrspolizei und die Kollegen in Frankfurt.«

»Pia?« Rüdiger Dreyer, der KvD der Spätschicht, steckte den Kopf zur Tür herein.

Pia blickte auf.

»Ja, was ist?«

»Wir haben gerade einen Notruf reinbekommen«, sagte der Kollege und kam näher. Sein besorgter Gesichtsausdruck ließ alle Alarmglocken in Pias Kopf schrillen. »Auf dem Birkenhof ist etwas passiert.«

»Oh Gott, nein!«, flüsterte Pia und legte die Hände vor den Mund. Nicht Lilly! Wenn dem Mädchen etwas zugestoßen war, war einzig und allein sie daran schuld. In dem großen Raum wurde es totenstill. Alle blickten Pia an. Sie zog ihr Handy hervor. Dreiundzwanzig Anrufe in Abwesenheit, fünf SMS, alle von Hans Georg! Und sie hatte geglaubt, er wolle ihr etwas wegen der Heuernte sagen!

»Komm«, sagte Christian Kröger entschlossen und klopfte ihr mit der Hand auf die Schulter. »Ich fahre dich hin.«

Ja, danke, wollte Pia erleichtert sagen, doch dann wurde sie sich der kritischen Blicke ihrer Kollegen bewusst. Sie durfte keine Schwäche zeigen, nicht in einer Situation wie dieser, in der jeder Mann gebraucht wurde. Sie war Kriminalhauptkommissarin und musste professionell handeln, durfte nicht einfach kopflos losrennen. Ihr Privatleben konnte unter keinen Umständen wichtiger sein als die Festnahme eines gefährlichen Kriminellen, den ausgerechnet sie selbst auch noch mit Informationen aus erster Hand versorgt hatte.

»Danke, ich schaff das schon alleine«, sagte sie deshalb mit fester Stimme und straffte die Schultern. »Wir sehen uns später in Höchst.«

»Du fährst jetzt ganz sicher nicht selbst.« Christian Kröger holte sie auf dem Parkplatz ein und nahm ihr den Autoschlüssel aus der Hand. »Keine Widerrede! Ich fahre dich hin.«

Pia nickte stumm. Sie zitterte vor Angst und Sorge am ganzen Körper. Wenn sie ein Disziplinarverfahren an den Hals bekam, weil sie dem Staatsanwalt zu viele Informationen gegeben hatte, dann war das eine gerechte Strafe für ihre Dummheit. Aber sie würde es sich in ihrem ganzen Leben nicht verzeihen, wenn Lilly etwas zugestoßen sein sollte und sie die Schuld daran trug.

Kröger schloss ihr Auto auf und öffnete die Beifahrertür, um sie einsteigen zu lassen. Pia wandte sich zu ihm um.

»Ich bin an allem schuld«, flüsterte sie.

»Woran bist du schuld?« Er drängte sie sanft ins Auto, griff an ihr vorbei, als sie saß, und schloss den Gurt, wie bei einem kleinen Kind.

»Ich habe Frey zu viele Informationen gegeben. Warum habe ich das bloß getan?«

»Weil er der ermittelnde Staatsanwalt war«, erwiderte Kröger. »Wenn du es ihm nicht gesagt hättest, hätte er es aus den Akten erfahren.«

»Nein, das stimmt nicht.« Pia schüttelte den Kopf. »Ich habe ihm erzählt, dass Kilian Rothemund nach Amsterdam fährt. Daraufhin muss Frey sofort seine Verbindungen nach Holland aktiviert haben.«

Kröger stieg ein, ließ den Motor an und setzte rückwärts aus der Parklücke.

»Pia«, sagte er. »Du hast keinen Fehler gemacht. Du konntest nicht ahnen, was Frey für ein Spiel spielt. Wenn mich ein Staatsanwalt um Informationen bittet, gebe ich sie ihm auch.«

»Das sagst du jetzt nur so«, seufzte Pia. »Als Frey bei der Durchsuchung von Rothemunds Wohnwagen auftauchte, hast du ihm nicht alles, was du wusstest, auf die Nase gebunden. Sein Interesse an dem Fall hätte mich damals schon warnen sollen.«

Sie verstummte. Kröger fuhr unter Missachtung der vorgeschriebenen Höchstgeschwindigkeit die Erdbeermeile Richtung Autobahn hinunter.

»Bieg links ab und nimm den Feldweg. Das ist schneller«, sagte Pia, bevor er auf die Brücke fahren konnte. Er bremste, setzte den Blinker und lenkte den Wagen scharf nach links über die Gegenfahrspur. Ein entgegenkommender Autofahrer blendete auf und hupte.

»Wenn Erik Lessing sterben musste, weil er über Bernd Prinzler von dieser Kinderschändersache erfahren hatte«, sagte Kröger nach einer Weile, »dann frage ich mich, was die Engel damals wusste. Und was sie heute weiß. Stell dir vor, sie hat irgendwie damit zu tun!«

»Darüber darf ich gar nicht nachdenken«, antwortete Pia düster. »Bodenstein hatte auf jeden Fall keine Ahnung, worum es damals wirklich ging. Und Frank wusste auch nichts. Wenn wir nicht alle Hintermänner erwischen, dann wird Kilian Rothemund für den Rest seines Lebens in Gefahr sein und mit ihm seine Kinder.«

Kröger drosselte das Tempo, weil er den Wirtschaftsweg, der von Zeilsheim zur B519 nach Kelkheim führte, überqueren musste. Auf der anderen Seite folgte er dem asphaltierten Weg, der parallel neben der A66 entlangführte. Es waren noch jede Menge Skater und Jogger unterwegs, die das Auto wegen des Lärms der Autobahn nicht kommen hörten und deshalb nicht auswichen. Ungeduldig trommelten Krögers Finger auf das Lenkrad, und Pia erkannte die Anspannung in seinem Gesicht. Er machte sich ebenso große Sorgen wie sie selbst. Ein paar Minuten später hatten sie den Birkenhof erreicht. Vor dem Tor stand der grüne Traktor von Hans Georg und zwei Streifenwagen mit eingeschaltetem Blaulicht, unter dem Walnussbaum im Hof parkten ein Notarzt- und ein Rettungswagen. Pia gefror bei diesem Anblick das Blut in den Adern. Bis jetzt hatte sie sich Lillys wegen gesorgt und überhaupt nicht darüber nachgedacht, dass auch Christoph etwas passiert sein könnte!

Im Gegenlicht der tief stehenden Sonne sah sie etwas Dunkles auf der geschotterten Auffahrt zwischen Koppeln und Reitplatz liegen, Kröger sah es auch und trat so heftig auf die Bremse, dass die Schottersteinchen spritzten. Pia sprang aus dem Auto, bevor es ganz zum Stillstand gekommen war.

»Oh mein Gott!«

Alle Kraft wich aus ihrem Körper, ihr wurde übel. Die Tränen schossen ihr in die Augen.

»Was ist das?«, fragte Kröger hinter ihr, dann erkannte er es selbst. Er legte seine Arme um sie und zog sie weg, hinderte sie daran, länger hinzuschauen. Der Hund lag in einer großen Blutlache und war tot, keine fünf Meter entfernt lag eine zweite Hundeleiche.

»Pia!«

Ein großer grauhaariger Mann in einer grünen Latzhose kam eilig auf sie zu, es war Hans Georg, sie erkannte ihn nur verschwommen. Der Anblick der beiden erschossenen Hunde ließ sie das Schlimmste befürchten, die Angst in ihrem Innern wurde zu Panik und überwältigte sie.

»Wo ist Christoph? Was ist hier passiert?«, rief sie schrill und wehrte sich gegen Krögers Hände, aber er hielt sie unerbittlich fest und zog sie auf den Rasenstreifen, damit sie nicht über die Hundekadaver steigen musste.

»Ich habe zigmal versucht, dich zu erreichen«, sagte der Bauer, aber Pia hörte ihm nicht zu.

»Wo sind Christoph und Lilly? Wo sind sie?«, schrie sie hysterisch und stemmte ihre Hände gegen Krögers Brust. Er ließ sie los.

»Im Haus«, sagte Hans Georg, sein Tonfall klang bittend. »Warte, Pia!«

Sie wich ihm aus, als er ihr in den Weg trat und nach ihr greifen wollte. Wie eine zum Tode Verurteilte auf dem Weg zum Schafott, voller Angst vor den kommenden Sekunden steuerte sie mit starrem Blick auf die Haustür zu. Längst verdrängt geglaubte Ängste sprudelten in ihr empor, und ihr Herz klopfte so heftig, dass es ihr weh tat, sie war nassgeschwitzt, und ihr war eiskalt zugleich.

»Frau Kirchhoff!« Ein uniformierter Beamter kam aus dem Haus. Sie reagierte nicht, starrte auf die Blutlache auf der Treppe, das Blut an der Wand und an der Tür. Musste sie jetzt den Alptraum aller Polizisten ertragen, die eigenen Angehörigen tot aufzufinden?

»Kommen Sie«, sagte der Kollege. Christian Kröger war dicht hinter ihr. Ihr Haus, ihre Küche, alles war voller fremder Menschen. Sie sah die rot-orangenen Westen des Notarztes und der Rettungsassistenten, aufgeklappte Koffer, sah Schläuche, Kabel, blutverschmierte Kleider und mittendrin auf dem Boden lag Christoph, nur noch mit einer Unterhose bekleidet, auf seiner nackten Brust klebten die Elektroden eines EKG.

»Ihre Frau ist jetzt da«, hörte sie jemanden sagen, man machte ihr Platz. Christoph lebte! Vor Erleichterung wurde Pia ganz flau. Sie drängte sich zu ihm durch, kniete neben ihm nieder und berührte vorsichtig seine Schulter. Er hatte eine Platzwunde am Kopf, die vom Notarzt gerade versorgt wurde.

»Was ist passiert?«, flüsterte sie. »Wo ist Lilly?«

Christoph öffnete die Augen, sein Blick war verschwommen.

»Pia«, murmelte er benommen. »Er hat sie mitgenommen. Er … er stand vor dem Tor und … und hat gewinkt. Lilly … sie sagte, sie würde ihn kennen … vom Zoo und … und von Miriams Oma. Ich … ich hab mir nichts dabei gedacht … und das Tor aufgemacht …«

Pias Herz setzte für ein paar Schläge aus. Natürlich kannte Lilly Oberstaatsanwalt Frey! Sie ergriff Christophs Hand.

»… Lilly ist auf ihn zugelaufen … plötzlich hatte er eine Pistole in der Hand. Er hat sie in sein Auto gestoßen, dann haben die Hunde ihn … er hat sie …« Er brach ab, schloss kurz die Augen. Seine Brust hob und senkte sich heftig.

»Ich hab's gesehen.« Pia kämpfte mit den Tränen. »Was ist mit dir?«

»Ich … ich bin auf ihn losgegangen. Er wollte auf mich schießen, aber … aber das Magazin war wohl leer. Und dann … dann war plötzlich Hans Georg da …«

»Schädelhirntrauma«, übernahm der Notarzt. »Er hat mindestens drei Schläge auf den Kopf gekriegt. Wir bringen ihn ins Krankenhaus.«

Pia hörte, dass Kröger telefonierte und mit gesenkter Stimme über Lilly und Frey sprach.

»Ich würde gerne mit dir ins Krankenhaus fahren«, sagte sie zu Christoph und strich über seine Wange. Er ergriff ihre Hand.

»Nein«, beschwor er sie verzweifelt. »Du musst Lilly finden! Bitte, Pia, versprich mir, dass du sie findest! Ihr darf nichts passieren.«

Er hatte genauso viel Angst wie sie um das Mädchen. Um Lilly zu beschützen, war er mit bloßen Händen auf einen bewaffneten Mann losgegangen, der die Hunde erschossen und damit demonstriert hatte, dass er ohne zu zögern schießen würde. Wäre das Magazin nicht leer gewesen, so hätte Frey womöglich auch Christoph erschossen.

Pia beugte sich über ihn und küsste seine Wange.

»Ich verspreche dir nicht nur, dass ich sie finde«, sagte sie rau. »Ich schwöre es dir.«

»Ich komme mit nach Höchst«, verkündete sie entschlossen, als der Rettungswagen vom Hof gefahren war. »Ich ziehe mich schnell um.«

Noch immer trug sie das Sommerkleidchen und die Slingpumps, die sie heute Morgen angezogen hatte, um auf den Geburtstagsempfang zu gehen. Es kam ihr so vor, als sei das Tage her.

»Ich nehm die anderen zwei Hunde mit, sie sitzen schon bei mir im Traktor«, sagte Hans Georg. »Und ich kümmere mich um die Pferde.«

»Danke.« Pia nickte ihm zu, dann lief sie die Treppe hoch. Im Schlafzimmer riss sie sich das Kleid vom Leib, schlüpfte in T-Shirt und Jeans und nahm ihre Dienstwaffe aus dem Tresor im Kleiderschrank. Mit zittrigen Fingern schnallte sie sich das Schulterholster um und steckte die P30 hinein. Socken, Turnschuhe, ein grauer Kapuzensweater – schon fühlte sie sich wieder wie sie selbst.

Fünf Minuten später stieg sie zu Kröger ins Auto.

»Bist du okay?«, fragte er, als sie durch Unterliederbach fuhren.

»Ja«, antwortete Pia knapp. Ihre Angst hatte sich in kalten Zorn verwandelt. Gerade als sie in der Kasinostraße an einer Absperrung halten mussten, klingelte ihr Handy. Zahlreiche Schaulustige hatten sich eingefunden und freuten sich über eine willkommene Unterbrechung ihres eintönigen Lebens. Es war den Leuten nie klarzumachen, wie gefährlich so etwas sein konnte, deshalb mussten die Polizeiabsperrungen so weiträumig gezogen werden wie nur möglich.

»Wir sind da«, sagte Pia zu Bodenstein. »Wo bist du?«

Sie zeigte dem Beamten an der Absperrung ihren Ausweis, er rückte die Barrikade ein Stück zur Seite und ließ sie und Kröger passieren.

»Auf der Straße direkt vor dem Palais«, erwiderte ihr Chef. »Das SEK hat das Gebäude gestürmt und wir haben ein paar von den Sonnenkinder-Leuten festnehmen können, als sie gerade einige Kinder abtransportieren wollten.«

»Was ist mit Lilly?«, wollte Pia wissen. Kröger hatte Bodenstein bereits informiert, dass sich Lilly in der Gewalt Freys befand.

»Wir suchen noch nach dem Zugang für die Katakomben. Frey ist auf jeden Fall hier. Sein Auto parkt im Hof.«

Pia und Kröger überquerten im Laufschritt die Bolongarostraße, die wie ausgestorben im Schein der Straßenlaternen dalag. Keine Autos, kein Fahrradfahrer und keine Fußgänger durften sich in der abgesperrten Zone bewegen. In einiger

Entfernung ratterte eine Straßenbahn, sonst war es ganz still. Bodenstein, Kathrin und Cem warteten im Hof des Palais Ettringhausen, das gleich neben dem Bolongaropalast lag. Bei ihnen waren die Einsatzleiter des SEK und der Bereitschaftspolizei, der Hof wimmelte von Polizisten. Überall ernste, erschütterte Mienen. Niemand riss Witze. Im hellen Licht eines Scheinwerfers stand ein dunkelblauer VW-Bus mit der Aufschrift *Sonnenkinder e. V.*

»Ist Corinna Wiesner dabei?«, erkundigte sich Pia.

»Nein.« Bodenstein schüttelte den Kopf. Auch ihm sah man mittlerweile die Anspannung der letzten Stunden an. Unter seinen Augen lagen dunkle Ringe, ein bläulicher Bartschatten bedeckte Kinn und Wangen. »Die muss noch unten im Keller sein. Wir konnten zwei Frauen festnehmen, die gerade mit sechs Kindern in dem Bus wegfahren wollten.«

»Wie viele Leute sind noch da unten?«, wollte Pia wissen.

»Laut Aussage der beiden Frauen nur die Wiesners und Frey«, antwortete Bodenstein. »Und noch vier weitere Kinder.«

»Und Lilly«, ergänzte Pia düster. »Dieses Dreckschwein hat Christoph niedergeschlagen und meine Hunde erschossen. Wenn ich ihn erwische, dann ...«

»Du bleibst hier oben, Pia«, unterbrach Bodenstein sie. »Das SEK hat die Sache in die Hand genommen.«

»Nein«, widersprach Pia heftig. »Ich gehe jetzt da runter und hole Lilly raus. Und ich schwöre dir, ich mache keine Gefangenen.«

Bodenstein verzog das Gesicht.

»Du wirst gar nichts tun«, sagte er. »Nicht in einer solchen Gemütsverfassung.«

Pia schwieg. Es hatte keinen Sinn, mit Bodenstein zu diskutieren. Sie musste einen geeigneten Moment abpassen.

»Ist das der Plan des Kellers?« Sie nickte mit dem Kopf in Richtung eines Autos, auf dessen Kühlerhaube ein Gebäudeplan ausgebreitet war, der die weitverzweigten Kellerräume darstellte.

»Ja. Aber du wirst nicht da hinuntergehen«, wiederholte Bodenstein.

»Ich hab's kapiert.« Pia betrachtete den Plan, den ein Kollege mit seiner Taschenlampe anleuchtete. Sie vibrierte vor Ungeduld. Irgendwo da unten befand sich Lilly in der Gewalt eines Irren, und die quatschten hier oben nur.

»Alle Ausgänge sind unter Kontrolle, da kommt keine Maus ungesehen raus«, erklärte der Einsatzleiter des SEK.

»Das ganze Ding gehört der Finkbeiner Holding«, erklärte Bodenstein gerade. »Sie haben hier ihren Hauptsitz. Außerdem gibt's da drin noch eine Steuerberatungssozietät, eine Anwaltskanzlei und im Erdgeschoss zwei Arztpraxen und eine Beratungsstelle der Stadt für Jugendliche. Die perfekte Tarnung!«

Zwei Rettungswagen rollten ohne Blaulicht und Sirene in den Hof, um die Kinder, die noch in dem blauen Bus saßen, in ein Krankenhaus zu bringen.

»So können die Herren Kinderschänder selbst am helllichten Tag kommen und gehen, ohne dass es irgendjemandem auffallen würde«, sagte Cem. Das Funkgerät, das Bodenstein in der Hand hielt, knackte und rauschte. Die Hundertschaft der Bereitschaftspolizei hatte das gesamte Grundstück bis hinunter an die Nidda umstellt.

Pia nutzte den Augenblick von Bodensteins Unaufmerksamkeit, huschte über den Hof und betrat das Palais durch den Haupteingang. Zwei Kollegen vom SEK wollten sie daran hindern weiterzugehen, aber nachdem sie ihnen geraten hatte, zur Hölle zu fahren, zeigten sie ihr widerstrebend den Weg zu einer unauffälligen Holztür unter der geschwungenen Freitreppe. Von dem Raum, in dem Putzmittel, Toilettenpapier und Reinigungsgerät gelagert wurden, führte eine weitere Tür hinab in die Katakomben.

»Ich hab gewusst, dass du nicht auf mich hörst«, sagte Bodenstein hinter ihr. Seine Stimme klang atemlos. »Das war ein Befehl, keine Bitte!«

»Dann häng mir ein Disziplinarverfahren an. Ist mir egal.« Pia zog ihre Waffe. Neben ihrem Chef waren Christian und Cem mitgekommen und folgten ihr nun die ausgetretene Treppe hinunter. Der Gang, der sich anschloss, war so schmal, dass ihre Schultern fast die Betonwände berührten. Alle paar Meter sorgte eine Neonröhre für schummerige Beleuchtung. Pia schauderte. Was mussten die Kinder empfunden haben, wenn sie hierhergebracht und diesen Gang entlang geführt wurden? Hatten sie geschrien, sich gewehrt, oder hatten sie sich fatalistisch in ihr grausames Schicksal ergeben? Wie konnte eine kindliche Seele so etwas jemals verkraften?

Der Gang machte einen scharfen Knick, dann ging es ein paar Treppenstufen abwärts, und der Gang wurde breiter und höher. Es roch modrig und feucht. Pia verdrängte jeden Gedanken daran, dass sich über ihr tonnenweise Erde befand.

»Lass mich vorgehen!«, wisperte Christian hinter ihr.

»Nein.« Pia marschierte entschlossen weiter. Jede Zelle ihres Körpers war so randvoll mit Adrenalin, dass sie nichts mehr spürte, weder Angst noch Zorn. Wie oft waren hier irgendwelche Männer entlanggeschlichen, getrieben von ihrer widerwärtigen Obsession? Wie pervers, wie krank musste ein erwachsener Mann sein, der womöglich selbst Kinder hatte, um einem Kleinkind Gewalt anzutun und dabei auch noch Lust zu empfinden?

Plötzlich hörte sie Stimmen und blieb so abrupt stehen, dass Bodenstein gegen sie prallte.

»Da vorne sind sie«, flüsterte Pia.

»Du bleibst jetzt hier stehen und lässt uns das machen!«, befahl Bodenstein mit gesenkter Stimme. »Wenn du uns folgst, hat das ernsthafte Konsequenzen.«

Laber, laber, dachte Pia und nickte. Sie ließ ihren Chef, Cem und Christian vorbeigehen, wartete dreißig Sekunden und folgte ihnen dann in einen langgestreckten, niedrigen Raum, und was sie dort sah, ließ ihr den Atem stocken. Vor vielen Jahren hatte sie in Frankfurt einen Einsatz in einem Sado-Maso-Club gehabt, da hatte es ähnlich ausgesehen, allerdings mit dem Unterschied, dass die Besucher dieses Clubs erwachsen waren und sich aus freiem Willen ihren seltsamen Gelüsten hingaben. Dies hier allerdings war für den Missbrauch von Kindern eingerichtet worden. Hier war Oksana, die Nixe, gequält und gefoltert worden. Pia spürte beim Anblick der Streckbänke, der Ketten, Handschellen, Käfige und des anderen entsetzlichen Zubehörs das Grauen und die Angst, die sich wie Säure in die Betonmauern gefressen hatten.

»Hände hoch!«, hörte sie Bodenstein rufen und fuhr erschrocken zusammen. »Gehen Sie da rüber an die Wand! Los, los!«

Unter anderen Umständen hätte Pia dem Befehl ihres Chefs gehorcht, aber jetzt konnte sie nicht anders. Ihre Sorge um Lilly war größer als jede Vernunft. Sie trat durch die Tür und stand in einem weiteren großen Raum, in dem sich links und rechts vergitterte Zellen befanden. Ihr Blick streifte eine Gruppe von vier Kindern, nicht viel älter als acht oder neun, die lethargisch vor einer der Zellen standen, ohne sich zu rühren. Christian und Cem hatten ihre Waffen auf einen Mann und eine Frau gerichtet, und Pia erkannte die dunkelhaarige Frau, die heute Morgen versucht hatte, Renate Finkbeiner von ihrem verletzten Mann wegzuziehen. Das also war Corinna Wiesner, die Frau, die sich als Oksanas Mutter ausgegeben hatte! Aber wo war Frey?

»Lilly!«, schrie Pia, so laut sie konnte. »Wo bist du?«

Sie hatte sich vor einem Wiedersehen mit ihm gefürchtet. Alles in ihrem Innern hatte sich dagegen gesträubt, so hilflos und hässlich vor ihm in einem Krankenbett zu liegen. Aber als er vorhin gänzlich unverhofft in ihr Zimmer gekommen und sie ohne zu zögern in den Arm genommen und vorsichtig geküsst hatte, da hatten sich alle eitlen Befürchtungen in Luft aufgelöst. Eine ganze Weile hatten sie einfach dagesessen und sich angesehen. Wie bei ihrer allerersten Begegnung in Leonies Küche hatte Hanna zuerst nur seine Augen wahrgenommen, diese außergewöhnlich hellblauen Augen, die eine geradezu magnetische Anziehungskraft auf sie ausübten. Damals waren sie voller Bitterkeit und Verzweiflung gewesen, heute leuchteten sie warm und zuversichtlich. Erst jetzt fiel ihr auf, wie sein Gesicht aussah und dass sein rechter Arm verbunden war.

»Was ist passiert?«, fragte sie leise. Das Sprechen fiel ihr noch immer schwer.

»Das ist eine lange Geschichte«, erwiderte Kilian und drückte mit seiner linken Hand zärtlich ihre Rechte. »Vielleicht findet sie gerade im Moment ihr Ende.«

»Erzählst du sie mir?«, bat Hanna. »Ich kann mich an so vieles nicht erinnern.«

»Dafür ist später noch Zeit.« Seine Finger schlangen sich in ihre. »Du musst jetzt erst mal gesund werden.«

Sie stieß einen tiefen Seufzer aus. Bis zu diesem Moment hatte ihr vor dem Tag gegraut, an dem sie die schützenden Mauern des Krankenhauses verlassen und dem Leben wieder ins Gesicht sehen musste. Nun verschwand auch diese Angst. Kilian war da. Ihm war es egal, wie sie aussah. Selbst wenn sie ihre makellose Schönheit nie mehr hundertprozentig zurückerlangte, so würde er zu ihr stehen.

»Hast du unsere E-Mails noch?«, fragte Hanna.

»Ja. Jede einzelne.« Er lächelte, auch wenn es ihm durch die Blutergüsse nicht ganz leicht fiel. »Ich lese sie immer und immer wieder.«

Hanna erwiderte sein Lächeln.

Auch sie hatte in den letzten Tagen jede seiner Mails auf ihrem neuen iPhone gelesen, sie kannte sie mittlerweile beinahe auswendig. Kilian hatte das Schlimmste erlebt, was einem Menschen widerfahren konnte. Er hatte alles, was sein früheres Leben ausgemacht hatte, verloren und unschuldig im Gefängnis gesessen. Weder die demütigende gesellschaftliche Ächtung noch der Verlust von Status, Besitz und Familie hatten ihn brechen können. Im Gegenteil. Auch Hanna war aus ihrer Welt der Oberflächlichkeiten gerissen und vom Schicksal unsanft in die tiefsten Abgründe der Hölle gestoßen worden. Doch sie würden es beide überstehen, sich wieder ans Licht emporarbeiten, aber sie würden das, was ihnen das Leben schenkte, nie mehr für selbstverständlich halten.

»Meike war vorhin bei mir«, krächzte Hanna. »Sie hat mir einen Umschlag da gelassen. Ich habe nicht ganz verstanden, was sie mir gesagt hat. Schau doch mal in der Schublade vom Nachttisch.«

Kilian ließ ihre Hand los und zog die Schublade auf.

»Hier ist der Umschlag«, sagte er.

»Mach du ihn bitte auf«, erwiderte Hanna. Die Schmerzmittel benebelten sie so sehr, dass ihr schon wieder beinahe die Augen zufielen. Kilians Miene veränderte sich bei der Lektüre der Blätter, er runzelte die Stirn.

»Was ist das?«, wollte sie wissen.

»Das sind Fotos von … Autos.« Er ließ es beiläufig klingen, aber Hanna bemerkte trotz ihrer Benommenheit seine plötzliche Anspannung.

»Darf ich mal sehen?« Hanna streckte bittend die Hand aus, und Kilian reichte ihr die Fotos, die mit einem Farbdrucker auf Papier gedruckt waren.

»Das ist vor der Matern-Villa in Oberursel«, stellte Hanna überrascht fest. »Was … was hat das zu bedeuten? Warum hat Meike mir das gegeben?«

»Ich weiß es nicht.« Kilian nahm ihr sanft die Blätter aus den Händen, faltete sie zusammen und schob sie zurück in den Umschlag. »Ich muss jetzt leider gehen, Hanna. Heute Nacht darf ich auf Staatskosten übernachten.«

»Dann muss ich mir wenigstens keine Sorgen um dich machen«, murmelte Hanna. Die Müdigkeit ließ ihre Lider schwer wie Blei werden.

»Kommst du mich morgen wieder besuchen?«

»Natürlich.« Er beugte sich über sie. Seine Lippen berührten ihre, er strich ihr zärtlich über die Wange. »Sobald sie den Haftbefehl gegen mich aufheben und ich wieder frei bin, komme ich zu dir.«

Nachdem sie das Krankenhaus verlassen hatte, war Meike ein paar Stunden lang ziellos durch die Gegend gefahren. Sie fühlte sich grenzenlos einsam. Das Haus in Langenhain würde sie nie mehr betreten, nach allem, was dort vorgefallen war, deshalb hatte sie beschlossen, nach Sachsenhausen in die Wohnung ihrer Freundin zu fahren. Hanna ging es noch immer nicht wirklich besser, die Schmerzmittel benebelten sie und machten ein vernünftiges Gespräch mit ihr unmöglich. Dabei gab es so viel, worüber Meike mit ihrer Mutter sprechen musste. Hoffentlich hatte sie wenigstens den Umschlag mit den Fotos an die Bullen weitergegeben.

Meike fuhr am Deutschherrnufer entlang und bog in die Seehofstraße ein. Den Sommerferien sei Dank fand sie einen Parkplatz unweit des Hauses, in dem sich die Wohnung befand. Sie manövrierte den Mini in die Parklücke, schnappte ihren Rucksack und stieg aus. Das Geräusch der Autotür hallte überlaut in der Stille der Nacht, und Meike blickte sich um. Ihr Körper schmerzte von den Schlägen und den Tritten, sie war todmüde, aber gleichzeitig vor Nervosität hellwach. Das, was sie gestern erlebt hatte, würde sie nie mehr loslassen, das wusste sie. Ihr Erlebnis mit dem Kampfhund im Wald war schon schlimm gewesen, aber nichts im Vergleich zu dem, was im Haus ihrer Mutter passiert war. Sie schauderte. Dieser Kerl hätte sie ohne zu zögern umgebracht, das hatte sie in seinen mitleidslosen Augen gesehen. Nicht auszudenken, was geschehen wäre, hätte sie den Elektroschocker nicht gehabt!

Meike überquerte die Straße und kramte den Haustürschlüssel aus ihrem Rucksack. Aus dem Augenwinkel nahm sie eine Bewegung zwischen den geparkten Autos wahr. Die Angst zuckte in ihr empor. Ihr Pulsschlag beschleunigte sich, der Schweiß brach ihr aus, und sie legte die letzten Meter bis zur Haustür im Laufschritt zurück.

»Verdammt«, flüsterte sie. Ihre Finger zitterten so sehr, dass sie den Schlüssel nicht ins Schloss brachte. Endlich gelang es ihr, sie stieß die Tür auf und zuckte erschrocken zusammen, als etwas Dunkles an ihr vorbeihuschte. Die Katze von der Oma aus der Erdgeschosswohnung!

Meike knallte die Tür hinter sich zu, lehnte sich erleichtert dagegen und wartete, bis sich ihr Herz einigermaßen beruhigt hatte. Vor ihr lagen nur noch der kleine Hof und die Tür des Hinterhauses, in dem sich die Wohnung befand, dann war sie fürs Erste in Sicherheit. Sie sehnte sich nach einer heißen Dusche und nach vierundzwanzig Stunden Schlaf. Morgen würde sie entscheiden, ob sie nicht doch besser für eine Weile hier verschwand und bei ihrem Vater und seiner Frau Unterschlupf suchte.

Sie stieß sich von der Tür ab. Der Bewegungsmelder klackte, das Licht im Durchgang ging an, wenig später war sie im Haus und schleppte sich die knarrenden Treppenstufen hoch. Geschafft! Sie schloss die Wohnungstür auf, als sie plötzlich eine Stimme hinter sich hörte.

»Da bist du ja endlich. Ich warte schon den ganzen Abend auf dich.«

Das Blut gefror in ihren Adern, die feinen Haare in ihrem Nacken stellten sich auf. Ganz langsam wandte sie sich um und blickte direkt in die blutunterlaufenen Augen von Wolfgang Matern.

»Pia! Hier bin ich!« Das helle Stimmchen war schrill vor Angst.

In dieser Sekunde erwachte in Pia die Löwin. Eher würde sie sterben, als diesem Ungeheuer das Kind zu überlassen.

»Bleib, wo du bist!«, herrschte Bodenstein sie an, aber Pia hörte nicht, sie drehte sich um und lief zurück in die Richtung, aus der Lillys Stimme gekommen war. An der Stelle, wo sich der Gang teilte, bog sie nach rechts ab und versuchte, sich den Gebäudeplan ins Gedächtnis zu rufen, aber vergeblich. Der Keller war ein unterirdisches Labyrinth aus Gängen, Abwasserkanälen, ehemaligen Luftschutzbunkern und zahllosen anderen Räumen. Der Teil, den sie bisher gesehen hatte, wirkte so, als sei er vor nicht allzu langer Zeit neu ausgebaut worden, der Boden war betoniert, es gab moderne Leuchtstoffröhren und Lichtschalter, aber nun gelangte sie in einen Bereich, der so alt zu sein schien wie das Palais selbst. Der Gang wurde bedrohlich niedrig und düster, Wände und Decken bestanden aus Backsteinen, der Boden war unbefestigt. Die einzigen Lichtquellen waren altmodische vergitterte Lampen, die kaum Helligkeit verbreiteten. Je tiefer Pia vordrang, desto stärker wurde der modrige Geruch nach Feuchtigkeit und Rattenscheiße. Plötzlich gähnte vor ihr ein schwarzes Loch, erst im letzten Augenblick sah sie die Treppenstufen, die in einen weiteren engen, dunklen Tunnel führten. Wasser tropfte von der Decke, und die Stufen waren so glitschig, dass sie sich an dem rostigen Geländer festhalten musste, um nicht zu stürzen. Pia hielt inne. Lauschte in die Dunkelheit.

»Lilly!«, schrie sie wieder, aber sie erhielt keine Antwort. Das einzige Geräusch, das sie hörte, war ihr keuchender Atem. War sie überhaupt noch auf dem richtigen Weg? Angst und Verzweiflung drohten sie zu überwältigen, sie musste sich zwingen, nicht einfach umzukehren, sondern weiterzulaufen. Der Gang verlief jetzt schnurgerade, es gab auch keine Abzweigungen oder andere Räume mehr, und Pia begriff, dass sie sich unter dem Park des Palais Ettringhausen befinden musste, in dem Geheimgang, der hinunter zur Nidda führte. Gleichzeitig durchschaute sie Freys Plan. Er wollte mit Lilly flüchten, vielleicht lag ein Boot im Fluss, das auf ihn wartete. Sie musste sich beeilen! Hinter sich hörte sie Schritte, riskierte einen Blick über die Schulter.

»Warte auf uns, Pia!«, rief Christian. Doch statt zu warten, lief sie noch schneller. Frey hatte einen Vorsprung, den es einzuholen galt. Plötzlich erweiterte sich der Gang und endete an einem massiven Gittertor, dessen eine Seite jedoch noch offen stand. Pia trat hinaus und mit einem Mal stand sie vor ihr, diese unbarmherzige Bestie in Menschengestalt.

»Hallo, Frau Kirchhoff.« Markus Maria Frey war etwas außer Atem, dennoch lächelte er. Im fahlen Licht des Vollmondes konnte sie sein Gesicht erkennen und seine Augen. Es war das leere Lächeln eines Wahnsinnigen, eines kranken Gemüts, das ihn hoffentlich für den Rest seines Lebens peinigen würde. Frey ging rückwärts, ließ Pia nicht aus den Augen. Mit einer Hand hielt er Lillys Oberarm fest umklammert, mit der anderen presste er dem Mädchen eine Pistole ins Genick. »Weg mit der Waffe, sofort! Und bleiben Sie da oben stehen. Sonst sehe ich mich gezwungen, die Kleine zu erschießen.«

Genau an dieser Stelle musste Helmut Grasser Oksana in den Fluss geworfen haben. Er war mit dem toten Kind auf den Armen durch den Gang gelaufen, hatte einen Moment abgepasst, in dem niemand zufällig den Spazierweg am Flussufer entlang kam, der ein paar Meter unterhalb vorbeiführte. Frey hatte den Weg erreicht, zwischen ihm und dem Fluss lag nur noch die schmale Uferböschung.

»Geben Sie auf!«, sagte Pia mit fester Stimme. »Sie haben doch keine Chance mehr. Hier wimmelt es von Polizisten.«

Tausend Gedanken rasten durch ihren Kopf. Frey war keine zehn Meter von ihr entfernt und sie war eine gute Schützin. Sie musste nur abdrücken. Was aber, wenn er im Reflex auch den Abzug seiner Waffe, die er sicherlich nachgeladen hatte, betätigte?

»Ganz ruhig, Lilly«, sagte sie und ließ ihre Waffe sinken. »Dir wird nichts passieren.«

»Pia, der Mann war gar nicht nett zu mir«, beklagte sich das Mädchen. Ihre Augen waren riesengroß vor Angst, ihr Stimmchen zitterte. »Er hat einfach Robbie und Simba erschossen und Opa weh getan!«

Hinter Pia erschienen Christian und Bodenstein, oberhalb von ihnen, an der Mauer des Parks, flammten Scheinwerfer auf und tauchten die ganze Szenerie in ein gespenstisch helles Licht. Pia hörte, wie ihr Chef mit gesenkter Stimme telefonierte und versuchte, das Boot der Wasserschutzpolizei, das weiter vorne, wo die Nidda in den Main mündete, wartete, hierher zu beordern. Von links und rechts näherten sich schwarzvermummte Gestalten, Kollegen vom SEK, die sich aber außerhalb des Lichtkegels hielten.

»Staatsanwalt Frey!«, rief Bodenstein. »Lassen Sie das Mädchen los!«

»Was hat er vor?«, zischte Christian. »Er kann hier nicht mehr weg, das müsste ihm doch klar sein.«

Pia konnte nicht mehr klar denken. Sie sah nur Lilly, deren blondes Haar im grellen Licht wie Gold glänzte. Welche Angst musste diese kleine Seele aushalten! Wie konnte ein Mann, der selbst Kinder in diesem Alter hatte, einem kleinen Kind so etwas antun?

Ganz plötzlich setzte sich Frey in Bewegung, nachdem er fast eine Minute lang oberhalb der Böschung reglos verharrt hatte. Alles ging rasend schnell. Er packte Lilly um die Mitte und sprang in das tintenschwarze Wasser des Flusses.

»Nein! Lilly!«, brüllte Pia voller Panik und wollte losrennen, doch Bodenstein erwischte ihren Arm und riss sie grob zurück. Sie sah, wie Christian mit ein paar Schritten am Wasser war und ebenfalls in den Fluss sprang. Innerhalb von Sekunden verwandelte sich die Uferpromenade, die bis dahin wie ausgestorben dagelegen hatte, in einen Hexenkessel. Aus allen Richtungen stürmten Polizeibeamte herbei, ein Rettungswagen erschien, vom Main her bog das hellerleuchtete Schiff der Wasserschutzpolizei in die Nidda ein. Bodenstein hielt Pia fest in seinen Armen.

»Da ist sie!«, rief er. »Kröger hat das Mädchen!«

Vor Erleichterung wurden Pias Knie weich wie Butter. Hätte ihr Chef sie nicht festgehalten, wäre sie einfach zusammengesackt. Kollegen von der Bereitschaftspolizei halfen Christian aus dem Wasser, jemand nahm Lilly auf den Arm, wickelte sie in eine Decke. Nur zwei Minuten später konnte sie das Kind in ihre Arme schließen. Was mit Frey war, kümmerte sie nicht mehr. Von ihr aus konnte er im Fluss ersaufen wie eine Ratte.

Samstag, 3. Juli 2010

Es war für Ostermann ein Leichtes gewesen, die Fahrzeughalter anhand der Kennzeichen festzustellen, zumindest die der in Deutschland zugelassenen Autos. Er staunte nicht schlecht, als er die Namen las, die sich nach und nach den Fotos zuordnen ließen. Vor anderthalb Stunden waren zwei Kollegen vom Streifendienst mit Kilian Rothemund aufgetaucht, und Rothemund hatte ihm einen Umschlag mit Fotos von geparkten Autos übergeben. Meike Herzmann hatte die Autos am Donnerstagabend vor dem Haus des Medienmoguls Hartmut Matern in Oberursel fotografiert. Warum sie das getan hatte, wusste Rothemund auch nicht, aber er hatte eine interessante These, was es mit den ganzen Wagen auf sich hatte, die sich mit jedem Namen, der hinzukam, erhärtete.

Am Abend vor der Geburtstagsfeier Finkbeiners hatten sich in der Villa von Matern die führenden Köpfe des Kinderschänderrings versammelt, lauter einflussreiche, angesehene Männer, die in ihrem Leben viel bewegt hatten und zu den Spitzen der Gesellschaft gehörten. Zwei von ihnen waren tot, hingerichtet von einem ihrer ehemaligen Opfer, der dritte kämpfte noch um sein Leben. Rothemund hatte mit Prinzler telefoniert und ihn gebeten, ihm das Diktiergerät und die Gesprächsnotizen, die er von Holland aus an dessen Postfach geschickt hatte, so schnell wie möglich zu bringen.

Bodenstein, Cem und Kathrin trafen um drei Uhr morgens auf dem Kommissariat ein, ihnen stand das Grauen über das, was sie in den Katakomben unter dem Palais Ettringhausen gesehen und erlebt hatten, in die müden Gesichter geschrieben. Elf der »unsichtbaren Kinder«, wie Michaela Prinzler sie bezeichnet hatte, hatten sie in Höchst befreien und in die Obhut des Jugendamtes übergeben können, drei weitere kleine Mädchen hatten sich in einem Keller in Falkenstein befunden. Keines von ihnen kannte seinen Nachnamen, für keines gab es eine Geburtsurkunde – sie existierten offiziell überhaupt nicht. Die beiden Mitarbeiterinnen von Corinna Wiesner saßen bereits in Preungesheim, genau wie Helmut Grasser warteten sie dort darauf, morgen dem Haftrichter vorgeführt zu werden.

Markus Maria Frey war verschwunden. Die Wasserschutzpolizei suchte den Fluss ab, mit dem ersten Tageslicht würden Taucher zum Einsatz kommen, aber es bestand die berechtigte Befürchtung, dass sie nur seine Leiche finden würden.

»Komm, trink erst mal einen Kaffee.« Dr. Nicola Engel, die in ihrem Büro die Stellung gehalten hatte, saß Bodenstein gegenüber am Tisch im Besprechungsraum des K11. »Oder besser noch, fahr nach Hause und mach morgen weiter.«

»Nein.« Bodenstein schüttelte den Kopf. Er hatte mit Corinna Wiesner gesprochen und war selbst erstaunt darüber, dass es noch immer Menschen gab, die ihn zu schockieren vermochten. Die auf den ersten Blick so schöne und freundliche Frau, die selbst vier Kinder geboren hatte, war in Wahrheit ein mitleidsloser, herzloser Kontrollfreak. Die Faszination ihrer eigenen Wichtigkeit und der Macht über andere Menschen war bei ihr zu einer Sucht geworden, doch bei ihr war die Antriebsfeder für ihr Tun – anders als bei Grasser – nicht die Macht über Schwächere, nein, die Kinder waren ihr schlicht gleichgültig gewesen. Ihr hatte es gefallen, diese mächtigen Männer, die ihre perversen Gelüste nicht kontrollieren konnten, zu beherrschen. Mit ihrem scharfen Verstand und ihren organisatorischen Fähigkeiten hatte Corinna Wiesner diesen Verein von Kinderschändern perfekt und effizient geleitet, doch schließlich waren auch ihr und Frey Fehler unterlaufen.

Der erste verhängnisvolle Fehler hatte darin bestanden, dass sie Michaela Prinzler aus den Augen verloren hatten. Trotzdem hatten sie ihr grausiges Geheimnis durch beste Verbindungen zu den richtigen Stellen, durch Erpressung und Einschüchterung noch über lange Jahre wahren können. Den zweiten Fehler hatte Frey begangen, als er bei Oksana die Beherrschung verloren hatte.

Corinna Wiesner hatte die Verantwortung für die Gräueltaten nicht von sich gewiesen, sie war ohne jedes Unrechtsbewusstsein, fest überzeugt von sich und der Richtigkeit ihres Tuns. Uneinsichtig und emotionslos hatte sie für alles, was Bodenstein ihr vorgeworfen hatte, eine Rechtfertigung parat gehabt.

Helmut Grasser hatte erzählt, wie wütend Corinna geworden war, als sie davon erfahren hatte, dass Frey Oksana ertränkt hatte. Sie hatte in ihrem Zorn darüber gedroht, die Geburtstagsfeierlichkeiten abzusagen. Und als sie von ihrer Schwägerin Emma gehört hatte, dass Louisa offenbar missbraucht wurde, hatte sie dem alten Finkbeiner vorgeworfen, sie durch sein Verhalten alle in Gefahr zu bringen. Es war zu einem heftigen Streit zwischen Finkbeiner, Frey und Corinna gekommen, der so weit eskaliert war, dass Frey gegen seine Schwester sogar handgreiflich geworden war.

»Ich bin noch nicht fertig«, sagte Bodenstein zu seiner Chefin. »So, wie es aussieht, haben wir alle Namen des inneren Kreises dieses Kinderschänderrings, und Corinna Wiesner hat mir das eben bestätigt. Ich will noch heute Nacht Haftbefehle beantragen.«

Das war ein Bluff, denn Corinna Wiesner hatte geschwiegen, als er sie mit den Namen konfrontiert hatte, und er wagte zu bezweifeln, dass sie irgendetwas aus ihr herausbekommen würden. Ralf Wiesner hatte überhaupt keinen Ton gesagt. Wenn sie Pech hatten, würden sie nie beweisen können, dass die Leute, die am Donnerstagabend bei Matern gewesen waren, etwas mit dem Kinderschänderring zu tun hatten.

Die Kriminalrätin hob die Augenbrauen.

»Haftbefehle? Gegen wen?«, fragte sie.

Bodenstein schob ihr die Liste hin, die Ostermann angefertigt hatte.

»Ein paar Namen aus dem Ausland fehlen noch, aber wir haben uns schon mit den Kollegen in Holland, Belgien, Österreich, Frankreich und der Schweiz in Verbindung gesetzt. Morgen haben wir alle identifiziert, die sich am Donnerstagabend in der Villa von Matern getroffen haben.«

»Aha.« Dr. Engel überflog die Liste.

»Wir haben ein komplettes Geständnis von Helmut Grasser, und Corinna und Ralf Wiesner und ihre Mitarbeiter werden uns in den nächsten Tagen das hoffentlich bestätigen.« Bodenstein rieb sich mit beiden Händen das Gesicht, dann blickte er auf. »Frey hat das Mädchen getötet, und Grasser hat die Leiche in den Fluss geworfen. Er und Frey haben Hanna Herzmann überfallen und fast umgebracht, und auf Grassers Konto geht der Mord an Leonie Verges.«

»Sehr gut. Sie haben alle drei Fälle aufgeklärt.« Die Kriminalrätin nickte. »Herzlichen Glückwunsch, Herr Hauptkommissar.«

»Danke. Außerdem werden wir beweisen können, dass Kilian Rothemund zu Unrecht beschuldigt und verurteilt worden ist. Er hatte sich damals im Sommer 2001, als er von Michaela Prinzler die Namen der Kinderschänder erfahren hatte, ausgerechnet an Frey gewandt und ihn um Hilfe gebeten. Frey sah die Namen und war alarmiert. Ihm war klar, dass das für die ganze Organisation brandgefährlich zu werden drohte, und lockte deshalb seinen alten Freund Kilian in eine Falle. Allerdings kamen er und Corinna Wiesner nicht an Michaela heran. Prinzler hat seine Frau geschützt, sogar deren Tod vorgetäuscht. Es gab eine Beerdigung, Todesanzeigen, einen Grabstein, so hat er sie aus der Schusslinie genommen.« Bodenstein machte eine kurze Pause. »Markus Frey hatte keine gute Kindheit, er ging durch mehrere Familien, bis er schließlich bei den Finkbeiners landete. Er war dem alten Finkbeiner hörig, genau wie seine Ziehgeschwister. Ich vermute, auch er wurde missbraucht und drehte irgendwann den Spieß um. Vielleicht fand er Gefallen an der Macht über Schwächere.«

»Seine Frau Sarah, diese Inderin, sieht selbst aus wie ein Kind«, bemerkte

Kathrin Fachinger. »Warum haben wir nicht viel eher kapiert, dass Nicky in Wirklichkeit Markus Frey ist? Wir wussten doch, dass er eine enge Verbindung zu Finkbeiners hat.«

»Ich wäre auch nicht draufgekommen«, erwiderte Bodenstein. »Eigentlich hieß er Dominik, das weiß ich von Corinna Wiesner. Aber der Name hatte Renate Finkbeiner nicht gefallen, deshalb hat sie ihn in ›Markus‹ umbenannt, der Spitzname ›Nicky‹ blieb aber an ihm hängen. Den Mittelnamen ›Maria‹ hat Frey sich später selbst gegeben, er fand Markus Frey zu schlicht.«

»Phhh«, machte Kai Ostermann. »Und dazu hat er sich noch einen Doktortitel gekauft. Wie armselig.«

»Machtgier und Eitelkeit«, bemerkte Nicola Engel.

»Wie auch immer. Das System funktionierte perfekt. Mädchen, die zu alt wurden, wurden an Zuhälter verkauft, landeten im Drogenmilieu oder in der Psychiatrie. Corinna Wiesner hat das alles im Griff gehabt. Nur Michaela ist ihr entwischt.« Bodenstein machte eine Pause, betrachtete das Gesicht der Frau, die er vor vielen Jahren einmal geliebt und zu kennen geglaubt hatte. »Abgesehen davon, dass wir unsere Fälle aufgeklärt haben, können wir noch etwas anderes beweisen. Dank Rothemund und Prinzler weiß ich, weshalb damals der V-Mann Erik Lessing sterben musste.«

»Tatsächlich?« Nicola Engel schien diese Nachricht nicht zu beunruhigen, und das weckte in Bodenstein die winzige Hoffnung, dass sie vielleicht selbst auch nicht Bescheid gewusst, sondern lediglich Anweisungen von oben ausgeführt hatte. Das änderte zwar nichts an der Tatsache, dass sie ein Verbrechen vertuscht hatte, aber es war bei einer so ehrgeizigen Frau wie Nicola noch nachvollziehbar.

Es klopfte an der offen stehenden Tür. Pia und Christian Kröger, der seine nassen Klamotten gegen trockene getauscht hatte, traten ein.

»Wie geht es dem Mädchen?«, erkundigte sich die Kriminalrätin.

»So weit gut«, antwortete Pia. »Sie schläft drüben in meinem Büro. Ostermann ist bei ihr.«

»Ja, dann ... bleibt mir nichts mehr anderes, als euch zu gratulieren.« Dr. Engel lächelte. »Das war wirklich gute Arbeit.«

Sie stand auf.

»Einen Moment noch, bitte«, hielt Bodenstein sie zurück.

»Was gibt es noch? Ich bin müde, es war ein langer Tag«, sagte die Kriminalrätin. »Und ihr solltet auch langsam nach Hause gehen.«

»Erik Lessing, der damals bei den Frankfurt Road Kings als V-Mann eingeschleust war, hatte durch Bernd Prinzler, mit dem er sich angefreundet hatte, von der Existenz eines Kinderschänderrings erfahren, dem unter anderem der damalige stellvertretende Polizeipräsident von Frankfurt angehörte. Genauso wie ein Staatssekretär aus dem Innenministerium, ein Richter vom Oberlandesgericht, sowie eine ganze Reihe von Staatsanwälten, Richtern, Politikern und Wirtschaftsgrößen. Er wollte dieses Wissen publik machen und musste deshalb sterben.«

»Das ist doch Unsinn«, widersprach Nicola Engel.

»Lessings Vorgesetzter wusste immer, wann er sich wo aufhielt«, fuhr Bodenstein fort, ohne auf ihren Einwand zu achten. »Unter der Hand wurde eine Razzia organisiert. Nicht mit einem SEK, wie das sonst bei Razzien im Milieu üblich ist, vor allen Dingen wenn es um die Road Kings geht. Nein, man suchte sich einen perfekten Befehlsempfänger, der darüber hinaus ein ausgezeichneter Schütze war, und dazu eine ehrgeizige Kriminalrätin, von der man wusste, dass sie keine moralischen Skrupel hatte. Nämlich Sie, Frau Dr. Engel.«

Dr. Nicola Engels Miene versteinerte.

»Pass auf, was du jetzt sagst, Oliver«, sagte sie warnend, vergaß ihn zu siezen, wie sie es sonst tat, wenn andere dabei waren. Auch Bodenstein wechselte zum ›Du‹.

»Du bist mit Behnke in dieses Bordell gegangen und hast ihm vorher noch eine andere Waffe zugesteckt, eine, die nicht registriert war und die später im Auto von Prinzler gefunden wurde, damit es so aussah, als ob es sich um eine Schießerei im Milieu gehandelt hätte. Du hast Behnke einen dreifachen Mord befohlen.«

Bodenstein hätte sich nicht gewundert, wenn sie angesichts dieser massiven Beschuldigungen die Fassung verloren hätte, aber Nicola Engel blieb vollkommen ungerührt, ähnlich wie Corinna Wiesner vorhin.

»Das ist ja eine wirklich spannende Geschichte.« Sie schüttelte den Kopf. »Wer hat sie erfunden? Behnke, dieser versoffene, rachsüchtige Schwachkopf?«

»Er hat es uns erzählt«, bestätigte Christian Kröger. »Und ich hatte nicht den Eindruck, er würde lügen.«

Dr. Nicola Engel blickte ihn abschätzend an, dann wanderte ihr Blick über Pia und weiter zu Bodenstein.

»Diese ungerechtfertigte Verdächtigung wird euch alle drei euren Job kosten, das kann ich euch versprechen«, sagte sie mit ruhiger Stimme. Für einen Moment war es ganz still, man hätte eine Stecknadel fallen hören können.

»Falsch.« Bodenstein erhob sich von seinem Stuhl. »Sie sind die Einzige in diesem Raum, die ihren Job verlieren wird, Frau Dr. Engel. Ich nehme Sie fest wegen des Verdachts auf Anstiftung zu dreifachem Mord. Ich kann Ihnen das leider nicht ersparen, weil ich befürchten muss, dass Sie andernfalls versuchen werden, Spuren zu verwischen.«

Der Morgen graute vor den Fenstern herauf, als Wolfgang Matern verstummte. Fast anderthalb Stunden lang hatte er geredet, stockend zuerst, dann immer flüssiger, fast wie unter Zwang. Meike hatte ihm zugehört, fassungslos und erschüttert. Er hatte ihr gestanden, dass er es war, der Hanna verraten hatte. Ausgerechnet ihm, ihrem ältesten und besten Freund, dem sie bedenkenlos vertraut hatte, verdankte sie die schlimmste Zeit ihres Lebens.

»Ich konnte nicht anders«, hatte er auf ihre Frage, weshalb er das getan hatte, lapidar erwidert. »Als sie mir dieses Exposé zum Lesen gegeben hat und ich die Namen sah, da wusste ich, dass es eine Katastrophe geben wird.«

»Aber doch nicht für dich!« Meike saß ihm gegenüber auf einem Sessel, die Arme um die Knie geschlungen. »Du hast doch mit dem ganzen Kram gar nichts zu tun. Im Gegenteil! Du hättest dich endlich von deinem Vater und diesem … diesem Dreck befreien können.«

»Ja.« Er seufzte tief und rieb sich die müden Augen. »Ja, das hätte ich gekonnt. Aber ich hätte auch nicht gedacht, dass so etwas passieren würde. Ich … ich dachte, ich rede es Hanna aus, aber bevor ich überhaupt mit ihr sprechen konnte, hatte mein Vater die Finkbeiners alarmiert, und die hatten Hanna ihre Bluthunde auf den Hals gehetzt.«

Wolfgang vermied es, sie anzusehen.

»Ich war abends bei Hanna im Krankenhaus. Es war so schrecklich, sie so zu sehen«, flüsterte er heiser. »Meike, du kannst dir nicht vorstellen, wie sehr es mich quält, dass ausgerechnet ich schuld daran bin. Ich habe schon überlegt, ob ich mich umbringen sollte, aber selbst dazu war ich zu feige.«

Vor ihr saß kein Mann, sondern nur noch ein Schatten.

»Seit wann wusstest du, was dein Vater da treibt?«, wollte sie wissen.

»Schon immer«, gestand er. »Also, seitdem ich sechzehn oder siebzehn war. Zuerst habe ich es nicht richtig begriffen, ich dachte, sie treffen sich mit jungen Mädchen, mit Prostituierten. Meine Mutter hat immer weggesehen. Sie muss gewusst haben, was mit meinem Vater los war.«

»Vielleicht hat sie sich deshalb umgebracht.« Allmählich erkannte Meike die Zusammenhänge und begriff, welche Dramen sich hinter den Mauern der schönen Villa in Oberursel abgespielt haben mussten.

»Ganz sicher hat sie es deswegen getan«, bestätigte Wolfgang. Er saß zusammengesackt auf dem Sofa und sah krank aus. »Sie hat ja einen Abschiedsbrief hinterlassen. Ich habe sie damals gefunden und den Brief … eingesteckt. Niemand außer mir hat ihn jemals gelesen.«

»Du hast deinen Vater, dieses perverse Schwein, das deine Mutter in den Tod getrieben hat, auch noch geschützt!«, empörte Meike sich. »Wieso? Warum hast du das getan?«

Zum ersten Mal seit einer Stunde sah Wolfgang sie an. Seine Miene war leer, sein Gesichtsausdruck so benommen und hoffnungslos, dass Meike erschrak.

»Weil … weil er doch mein Vater war«, flüsterte er. »Ich wollte ihn bewundern, nichts Schlechtes an ihm sehen. Er war … er war genauso, wie ich immer sein wollte, so stark, so selbstsicher. Immer habe ich um seine Anerkennung gebuhlt, habe gehofft, dass er mich eines Tages mögen und respektieren würde. Aber … aber das hat er nie getan. Und jetzt … jetzt ist er tot, und ich kann ihm nicht mehr sagen, dass ich ihn … verachte!«

Er vergrub das Gesicht in den Händen und begann zu weinen.

»Ich kann das alles nie mehr gutmachen«, schluchzte er wie ein kleiner Junge. Meike konnte kein Mitleid mit ihm empfinden, nach allem, was er aus Feigheit und Schwäche angerichtet und zugelassen hatte.

»Doch, das kannst du«, sagte sie.

»Wie denn? Wie?« Er hob verzweifelt den Kopf, die Tränen strömten über sein unrasiertes Gesicht. »Wie kann ich das alles wiedergutmachen?«

»Du kannst jetzt mit mir zur Polizei fahren und ihnen alles erzählen, damit sie diese Typen schnappen«, erwiderte Meike. »Das ist das Geringste, was du tun kannst.«

»Und was passiert dann mit mir? Bin ich nicht mitschuldig?« Das klang weinerlich und selbstmitleidig. Meike verzog das Gesicht und musterte diesen jämmerlichen Schwächling, diesen Feigling voller Abneigung. Was hatte sie an ihm bloß einmal geliebt und bewundert?

»Darauf solltest du es ankommen lassen«, sagte sie. »Sonst wirst du deines Lebens nicht mehr froh.«

Christian Kröger bettete das schlafende Kind vorsichtig auf den Rücksitz von Pias Auto. Lilly schlief wie ein Murmeltier, erschöpft vom größten Abenteuer ihres jungen Lebens. Zwischendurch war sie einmal kurz aufgewacht und hatte Pia schlaftrunken gefragt, ob Robbie und Simba jetzt wohl im Hundehimmel seien und was mit den Kindern aus dem Keller passiere. Bevor Pia ihr hatte antworten können, war sie wieder eingeschlafen, und jetzt lag sie da, eingehüllt in eine weiche Fleecedecke, ein kleiner schnarchender Engel.

»Hoffentlich wird sie nicht für den Rest ihres Lebens traumatisiert sein«, sagte Pia. Christian schloss die Autotür so leise wie möglich.

»Das glaube ich nicht«, erwiderte er. »Sie ist ein robustes kleines Ding.«

Pia seufzte und blickte ihn an.

»Danke, Christian. Du hast ihr das Leben gerettet.«

»Tja.« Er zuckte verlegen die Schultern und grinste leicht. »Ich hätte auch nicht gedacht, dass ich jemals freiwillig in einen Fluss springen würde und das auch noch nachts.«

»Ich wäre für Lilly in den Grand Canyon gesprungen«, entgegnete Pia. »Es kommt mir so vor, als wäre sie mein eigenes Kind.«

»Jede Frau hat einen Mutterinstinkt«, behauptete Christian Kröger. »Deshalb ist es für mich nicht begreiflich, wie eine Frau wie Corinna Wiesner so etwas tun und geschehen lassen konnte.«

»Sie ist krank. Genau wie Helmut Grasser und all diese Pädophilen.«

Pia lehnte sich an den Kotflügel ihres Autos und zündete sich eine Zigarette an. Es war vorbei. Sie hatten alle drei Fälle gelöst und ein paar alte mit dazu, trotzdem verspürte sie kein Gefühl der Erleichterung und erst recht keinen Stolz. Kilian Rothemund würde rehabilitiert werden und Hanna Herzmann eines Tages vielleicht wieder gesund. Michaela Prinzler hatte die Operation überlebt, und Emma hatte einen Jungen zur Welt gebracht. Pia dachte an Louisa. Sie hatte liebevolle Eltern und war jung genug, um das, was sie erlebt hatte, vergessen zu können. Viele andere Kinder hatten dieses Glück nicht; sie würden mit den Erinnerungen an erlittene Grausamkeiten leben müssen, vielleicht psychisch daran zerbrechen, und es würde sie ihr ganzes Erwachsenenleben hindurch wie ein Schatten begleiten.

»Fahr nach Hause und versuch, etwas zu schlafen«, sagte Christian.

»Ja, das werde ich tun.« Pia zog an ihrer Zigarette. »Ich sollte mich freuen, dass wir einen wirklich großen Kinderschänderring zerschlagen können. Aber ich kann es nicht. Kindesmissbrauch wird nie aufhören.«

»Leider nicht.« Christian nickte. »Wir werden auch nie verhindern können, dass sich Menschen gegenseitig umbringen.«

Im Osten rötete sich der Himmel, in Kürze würde die Sonne aufgehen, wie sie das seit Milliarden von Jahren jeden Morgen tat, ungeachtet aller Tragödien, die sich auf der Erde abspielen mochten.

»Ich hoffe, dieses Schwein liegt auf dem Grund der Nidda und wird von den

Fischen gefressen, für das, was er getan hat.« Pia ließ die Zigarette fallen und trat sie aus. »Ich muss noch zu Christoph ins Krankenhaus, ihm ein paar Sachen bringen.«

Kröger und sie blickten sich an, dann umarmte sie ihren Kollegen spontan.

»Danke für alles«, murmelte sie.

»Gern geschehen«, erwiderte er.

Pia wollte gerade einsteigen, als ein roter Mini auf den Parkplatz einbog. Meike Herzmann und Wolfgang Matern!

»Was wollen die denn hier?«

»Du fährst jetzt nach Hause.« Kröger schob sie ins Auto. »Darum kümmere ich mich. Wir sehen uns am Montag.«

Pia war zu erschöpft, um ihm zu widersprechen. Sie schnallte sich an, startete den Motor und fuhr los. Um die frühe Uhrzeit an einem Sonntagmorgen waren die Straßen leer, sie hatte in knapp zehn Minuten den Birkenhof erreicht. Vor dem Tor stand ein Taxi mit laufendem Motor. Pia zog die Handbremse an und stieg aus. Ihr Herz machte einen Satz, aber diesmal nicht vor Angst, sondern vor Freude und Erleichterung. Auf dem Beifahrersitz saß Christoph. Er war etwas blass und trug einen Kopfverband, aber sonst sah er aus wie immer. Als er sie erblickte, stieg er aus. Sie umarmte ihn.

»Lilly geht es gut«, sagte sie leise. »Sie liegt im Auto und schläft.«

»Gott sei Dank«, murmelte Christoph. Er nahm ihr Gesicht in beide Hände und sah sie an. »Und wie geht es dir?«

»Das sollte ich wohl besser dich fragen«, erwiderte Pia. »Haben sie dich im Krankenhaus einfach so gehen lassen?«

»Das Bett war so unbequem.« Christoph lächelte schief. »Und wegen einer Gehirnerschütterung muss ich wohl kaum im Krankenhaus herumliegen.«

Der Taxifahrer ließ das Fenster der Beifahrerseite herunter.

»Ist ja schön, dass ihr euch alle wiederhabt«, meckerte er. »Aber könnte mich mal jemand bezahlen?«

Pia nestelte das Portemonnaie aus dem Rucksack und reichte ihm einen Zwanzigeuroschein.

»Passt so«, sagte sie, dann schloss sie das Tor auf und stieg wieder in ihr Auto. Christoph setzte sich auf den Beifahrersitz und Pia fuhr los. Die Hundekadaver und die Blutflecken auf der Auffahrt waren verschwunden, das verdankte sie sicherlich Hans Georg.

Auf der Rückbank regte sich eine kleine Gestalt.

»Sind wir schon zu Hause?«, erkundigte sich Lilly verschlafen.

»Was heißt hier ›schon‹.« Pia bremste vor dem Haus. »Es ist halb fünf morgens.«

»Ganz schön früh«, sagte Lilly, dann bemerkte sie Christoph und bekam große Augen.

»Opa mit einem Turban! Das sieht ja lustig aus!« Sie kicherte.

Pia sah Christoph an. Das sah wirklich irgendwie komisch aus.

Die Anspannung der letzten Stunden fiel von ihr ab und sie begann zu lachen.

»Wer den Schaden hat, braucht wohl für den Spott nicht zu sorgen«, kommentierte Christoph trocken. »Raus aus dem Auto, ihr albernen Weibsleute. Ich brauche jetzt erst mal einen Kaffee.«

»Ich auch.« Lilly stieß einen tiefen Seufzer aus. »Ich werde Mommy und Daddy auch nichts davon erzählen.«

»Wovon?« Pia und Christoph drehten sich gleichzeitig zu ihr um.

»Dass ich Kaffee trinken darf natürlich«, erwiderte Lilly und grinste.

ENDE

Epilog

»*Välkomen til Sverige,* Mr de la Rosa.« Die junge Beamtin an der Zollabfertigung lächelte freundlich und reichte ihm seinen argentinischen Diplomatenpass. »*Jag hoppas att ni hade en trevlig flygning.*«

»*Yes, thank you.*« Markus Maria Frey nickte, lächelte ebenfalls und verließ den Abfertigungsbereich des Stockholmer Flughafens. Sie wartete draußen am Gate, er erkannte sie sofort, obwohl er sie seit ein paar Jahren nicht mehr gesehen hatte. Die Jahre hatten ihr gutgetan, sie war schöner, als er sie in Erinnerung hatte.

»Nicky!« Sie strahlte, küsste ihn links und rechts auf die Wangen. »Wie schön, dich zu sehen! Willkommen in Schweden.«

»Hallo, Linda. Nett, dass du mich abholst«, erwiderte er. »Wie geht es Magnus?«

»Er wartet draußen im Wagen.« Sie hakte sich bei ihm unter. »Gut, dass du da bist. Die ganze Sache in Deutschland hat für große Unruhe bei unseren Freunden gesorgt.«

»Ein Sturm im Wasserglas.« Markus Maria Frey, der nun laut Pass Hector de la Rosa hieß, winkte ab. »Das beruhigt sich auch wieder.«

Vor ihnen stand eine Familie auf der Rolltreppe. Der Vater kämpfte mit dem überladenen Gepäckwagen, die Mutter wirkte genervt. Der Junge machte ein trotziges Gesicht. Das Mädchen, nicht älter als fünf oder sechs, hüpfte herum und übersah dabei das Ende der Rolltreppe. Bevor es hinfallen und sich weh tun konnte, griff Frey rasch zu und stellte es auf die Füße.

»*Kann du inte titta på?*«, schimpfte die Mutter mit ihrer Tochter.

»Ist doch nichts passiert«, lächelte Frey, strich dem Kind übers Haar und ging weiter. Was für ein süßes kleines Mädchen, auch wenn es jetzt weinte. Kinder gaben dem Leben erst einen Sinn.

Danksagung

BEI DER RECHERCHE für *Böser Wolf* stieß ich auf das Buch *Vater unser in der Hölle* von Ulla Fröhling (Bastei Lübbe Verlag). Ich war schockiert, erschüttert und tief berührt vom furchtbaren Schicksal der Protagonistin, und ich merkte, dass die Geschichte, die ich ursprünglich schreiben wollte, nur an der Oberfläche dessen kratzte, was sich wirklich hinter dem Wort ›Kindesmissbrauch‹ verbirgt. Ich habe sehr viel recherchiert und über dieses Thema gelesen.

Im Rahmen meiner Schirmherrschaft für das Projekt »101 Schutzengel gesucht« des FeM Mädchenhauses in Frankfurt sprach ich mit den Therapeutinnen dieser Einrichtung, die sich um traumatisierte Mädchen kümmern. Ich erfuhr, dass Fälle wie der, den Ulla Fröhling in ihrem Buch beschreibt, leider keineswegs einzigartig sind. Das Leid der Kinder und Frauen wiederholt sich täglich hinter verschlossenen Türen, in Familien und im Freundes- und Bekanntenkreis. Mir wurde bewusst, wie aktuell das Thema Kindesmissbrauch und wie groß die Not und die Angst der missbrauchten Mädchen ist.

Ich danke Ulla Fröhling von Herzen für ihr mutiges und wichtiges Buch. Ich hoffe, dass ich meinerseits mit diesem Roman vielleicht ein klein wenig dazu beitragen kann, dass dieses Tabu-Thema nicht in Vergessenheit gerät.

Viele liebe Menschen haben mich während der Entstehung dieses Buches begleitet und unterstützt, mir Mut gemacht und mich gedanklich auf den rechten Weg gebracht, wenn ich feststeckte. Hier darf ich besonders Susanne Hecker und meine liebe Autorenkollegin Steffi von Wolff erwähnen.

Ich danke meinen Eltern Dr. Bernward und Carola Löwenberg und meinen wunderbaren Schwestern Claudia Cohen und Camilla Altvater und meiner Nichte Caroline Cohen für Unterstützung, für das geduldige Probelesen des Manuskripts und sehr hilfreiche Anmerkungen. Ihr seid die beste Familie, die man sich wünschen kann.

Ein großes Dankeschön an Margrit Osterwold und noch mal an Steffi. Ihr habt Hamburg für mich zu einer zweiten Heimat werden lassen.

Ich danke Catrin Runge, Gaby Pohl, Simone Schreiber, Ewald Jakobi, Vanessa Müller-Raidt, Iska Peller, Frank Wagner, Susanne Trouet, Andrea Wildgruber, Anke Demmig, Anne Pfenninger, Beate Caglar, Claudia Gnass und Claudia Herrmann. *Amicus certus in re incerta cernitur.* Danke für eure Freundschaft.

Besonderer Dank an Kriminaloberkommissarin Andrea Rupp fürs gründliche Probelesen und hilfreiche Anmerkungen, was die Arbeit der Kriminalpolizei betrifft.

Ein großer Dank gilt den wunderbaren Mitarbeitern des Ullstein Verlages für Vertrauen und Unterstützung. Ganz besonders danke ich meinen großartigen Lektorinnen Marion Vazquez und Kristine Kress, die mit Feingefühl und Ermutigung aus einer anfänglichen Idee ein Buch gemacht haben.

Ich danke allen meinen Leserinnen und Lesern dafür, dass sie meine Bücher mögen. Das macht mich glücklich.

Und schließlich danke ich aus tiefstem Herzen einem ganz besonderen Menschen. Be45, ich bin angekommen. So soll es sein, so kann es bleiben.

Nele Neuhaus, im August 2012

Anmerkung

DIESES BUCH ist ein Roman. Ähnlichkeiten mit lebenden oder verstorbenen Personen oder Begebenheiten sind rein zufällig und von mir nicht beabsichtigt.